KB136599

시어도어 스터전

38 **세계문학 단편선**

시어도어 스터전

박중서 옮김

H
현대문학

차례

일러두기

* 본문의 주석은 모두 옮긴이 주이다.

천둥과 장미

Thunder and Roses

GHQ(총사령부) 게시판에서 공연 소식을 알게 된 피트 모저는 뒤로 돌아서서 긴 턱을 만져 보고는 면도를 하기로 작정했다. 이상한 일이었다. 공연은 십중팔구 녹화본일 것이고, 그는 막사에서 공연을 관람할 것이기 때문이었다.

아직 한 시간 반이 남아 있었다. 다시 뭔가 목적을 갖게 된다니 기분이 좋았다. 하다못해 8시 전에 면도를 한다는 사소한 것일지라도 말이다. 화요일 8시가 되면 예전과 같아질 것이었다. 예전에는 모두들 화요일에 공연을 보곤 했다. 그리고 수요일 아침에는 이렇게 말하곤 했다. "어젯밤에 그녀가 〈산들바람과 나〉 부르는 거 어땠어?", "이봐, 어제 스타 노래 들었어?"

그게 바로 얼마 전의 일이었다. 그러니까 그들 모두가 죽기 전의,

국가 전체가 죽기 전의 일이었다. 스타 앤심은 크로스비 같은, 두세 같은, 제니 린드 같은, 자유의 여신상 같은 유명인사였다.*

(자유의 여신상은 맨 처음 당한 것 가운데 하나였다. 특유의 청동빛 아름다움은 휘발되고, 방사능에 오염되고, 이제는 방랑하는 바람에 실려서 지상 곳곳으로 운반되고 있었다.)

피트 모저는 끙 소리를 내면서, 박살 난 자유의 여신상에서 떨어져 나와 공중을 떠다니는 독성 파편에 관한 생각을 애써 지웠다. 증오가 먼저였다. 증오는 어디에나 있었다. 밤마다 공기 중에서 점점 늘어나는 푸른 불빛처럼, 기지 전체에 감도는 긴장처럼.

오른쪽 멀리에서 총성이 드문드문 들리더니 점점 가까워졌다. 피트는 도로를 벗어나서 주차된 군용 트럭 쪽으로 향했다. 군용 트럭 안이며 주위에는 엄폐 공간이 넉넉했다.

그 안의 짧은 발판 위에 여군 하나가 앉아 있었다.

길모퉁이에서는 땅딸막한 남자 하나가 교차로로 다시 들어섰다. 기관총을 든 채, 풍향계와도 비슷한 부드럽고도 까딱거리는 동작으로 이리저리 몸을 흔들고 있었다. 남자는 비틀거리며 이쪽을 향했고, 총구로 표적을 찾고 있었다. 그때 누군가가 어떤 건물에서 총을 쏘자 그가 돌아서서 방금 소리가 난 쪽을 향해 정신없이 발포했다.

"저 친구. 눈이 멀었군." 피트 모저가 말했다. "그럴 수밖에 없겠지." 그는 이렇게 덧붙이면서 너덜너덜해진 얼굴을 바라보았다.

사이렌 소리가 들렸다. 장갑 지프 한 대가 도로에 나타났다. 50구경 기관총이 연사되면서 나온 굉음이 이 사건을 신속하고도 충격적

* 빙 크로스비(1903~1977년)는 미국의 가수 겸 배우이고, 엘레오노라 두세(1858~1924년)는 이탈리아의 여배우이며, 요한나 제니 린드(1820~1887년)는 스웨덴의 오페라 가수이다.

으로 마무리했다.

"미친놈이지만 딱하군." 피트가 나지막이 말했다. "오늘만 해도 벌써 네 번째 보는 꼬라지군." 그는 여군을 바라보았다. 그녀는 미소를 짓고 있었다.

"이봐!"

"안녕하세요, 병장님." 여군은 더 일찍부터 그를 알아보았던 것이 분명했다. 고개를 들지도 않고, 목소리를 높이지도 않았기 때문이다. "방금 무슨 일이었습니까?"

"무슨 일이었는지는 자네도 알지 않나. 싸울 상대도 없고 도망칠 곳도 없다 보니, 어떤 녀석이 결국 지쳐 버린 모양이지. 그것도 모르다니 자네는 어떻게 된 건가?"

"아닙니다." 여군이 말했다. "제 말뜻은 그게 아닙니다." 마침내 그녀가 그를 바라보았다. "제 말씀은 이 모든 상황 말입니다. 어쩐지 기억이 잘 안 나는 것 같아서 말입니다."

"자네는…… 음, 이런, 그건 잊기가 쉽지 않을 텐데. 우리가 맞았잖아. 한꺼번에 곳곳을 맞았다고. 대도시들은 모조리 날아가 버렸어. 양쪽 모두에게 당한 거야. 우리는 너무 많이 당했어. 공기는 방사능에 오염되고 말았지. 급기야 우리는 모두―" 그는 말을 멈추었다. 여군은 모르고 있었다. 그만 잊어버린 것이다. 달리 도망칠 곳이 없다 보니 바로 여기, 즉 자기 자신 속으로 도망쳐 버린 것이었다. 그렇다면 이 사실을 굳이 말해 주어야 할까? 모두가 죽게 될 거라고 굳이 말해 주어야 할까? 또 다른 치욕적인 사실도 굳이 말해 주어야 할까? 즉 우리가 아예 반격도 못 했다고 굳이 말해 주어야 할까?

하지만 그녀는 듣고 있지 않았다. 여전히 얼굴은 피트를 바라보고 있었다. 하지만 두 눈은 똑바로 바라보고 있지 않았다. 한쪽 눈은 그와 시선을 맞추고 있었지만, 다른 한쪽 눈은 약간 움직이면서 마치 그의 관자놀이를 바라보는 듯했다. 여군은 다시 미소를 지었다. 피트의 목소리가 잦아들었을 때에도 대답을 재촉하지 않았다. 그는 천천히 옆으로 비켰다. 그녀는 심지어 고개를 돌리지 않았고, 상대방이 있던 곳을 계속해서 바라보며 살짝 미소를 지을 뿐이었다. 피트는 뒤로 돌아섰다. 마음 같아서는 뛰고 싶었지만, 그냥 빠르게 걸었다.

(과연 얼마나 오래 버틸 수 있을까? 군대에서는 나를 다른 모두와 똑같이 만들려고 노력한다. 그렇다면 다른 모두의 정신이 나가 버리는 상황에서 나는 어떻게 해야 하는 것일까?)

피트는 자기가 맨 정신으로 남은 마지막 사람이 되는 모습을 머릿속으로 그려 보았다가 도로 지웠다. 이전에도 그런 생각을 해 본 적이 있었다. 그때마다 차라리 제정신을 잃어버린 첫 번째 무리가 되는 편이 더 나으리라는 결론에 도달하고 말았다. 그는 아직 준비가 되지 않았다.

그러다가 그는 이 생각도 지웠다. 매번 아직 준비되지 않았다고 스스로에게 말할 때마다 내부에서 뭔가가 이렇게 물었다. '왜 아니라는 거지?' 그때마다 그는 어떤 대답을 선뜻 내놓을 수 없는 듯했다.

(한 사람이 과연 얼마나 오래 버틸 수 있을까?)

그는 병참 본부의 계단을 걸어 올라가서 안으로 들어갔다.

안내원 교환대에는 아무도 없었다. 그래도 아무 상관이 없었다. 메시지는 지프나 오토바이를 탄 사람이 직접 전달했기 때문이다. 기지 사령부도 요즘 들어서는 행정 요원에게 자리를 지키라고 강요하지 않았다. 비율로만 따져도, 땀으로 범벅된 전투 요원이나 운전 요원한 명이 버티다 못해 돌아 버릴 때마다, 행정 요원은 무려 열 명씩 돌아 버리곤 했다. 피트는 내일 분대에 약간의 긴장을 불어넣으려 마음을 먹었다. 그에게 도움이 되겠지. 이번에는 부분대장이 연병장 한가운데서 울음을 터트리지 않기를 바랄 뿐이었다. 그런 일만 없다면 현실을 잊고 총기 관리 교범에만 정신을 집중할 수 있으니까.

그는 막사의 복도에서 소니 와이즈프렌드와 맞닥뜨렸다. 기술특기병의 둥글고 젊은 얼굴은 평소처럼 쾌활했다. 그는 어깨에 수건 하나만 걸치고 벌거벗은 채로 환하게 웃고 있었다.

"어이, 소니. 더운 물 많나?"

"왜 없겠어?" 소니가 씩 웃었다. 피트도 따라서 씩 웃었지만, 속으로는 욕을 하고 있었다. 이렇게 뻔한 것조차 번번이 상기하지 않고는 아무 말도 할 수 없단 말인가? 당연히 더운 물이 있었다. 병참본부 막사에는 3백 명이 쓸 더운 물이 있었다. 그런데 지금 남은 인원은 30여 명에 불과했다. 일부는 죽고, 일부는 탈영하고, 일부는 그냥 틀어박혔다. 그래야만—

"스타 앤심이 오늘 공연을 한다던데."

"맞아. 화요일 밤이지. 재미 없어, 피트. 자네도 알잖아. 전쟁이 났는데 무슨—"

"농담이 아니야." 피트가 재빨리 말했다. "그 여자가 직접 여기 와 있다니까. 지금 이 기지에 말이야."

소니의 얼굴은 기쁨이 가득했다. "세상에." 그는 어깨에 걸친 수건을 끌어내려 허리에 묶었다. "스타 앤심이 여기 직접 오다니! 도대체 어디에서 공연을 하려는 걸까?"

"사령부에서 하겠거니 싶은데, 내 생각에는. 어쨌거나 그냥 비디오로만 보여 줄 거야. 대중 집회가 어떤지는 자네도 알잖아." 차라리 그게 좋지. 피트는 생각했다. 실황 공연을 열 경우 가뜩이나 너덜너덜해진 군인이 그녀의 노래를 듣다가 무너질 수도 있었다. 만약 그런 일이 일어난다면 피트 역시 길길이 날뛸 것이었다. 심지어 그때 그곳에서 뭔가를 저지를 만큼 충분히 길길이 날뛸 것이었다. 이곳에는 그와 비슷한 사람이 150명 이상 있을 것이었다. 누군가가 스타 앤심의 공연을 망쳐 버린다면, 모두 길길이 날뛰며 돌아다닐 것이었다. 그녀가 보기에는 추억록에 집어넣을 작고 귀여운 일탈이겠거니 생각하겠지만.

"그 여자가 어떻게 여기까지 오게 된 걸까, 피트?"

"망가진 해군 헬리콥터가 마지막 안간힘을 쓴 덕분이겠지."

"그렇겠지. 하지만 왜일까?"

"난들 아나. 여하간 기껏 받은 선물에 대해서 구시렁거리지는 말라고."

피트는 세면실로 들어가며 미소를 지었고, 아직 자기가 그렇게 할 수 있다는 사실을 기뻐했다. 그는 옷을 벗고, 깔끔하게 개켜서 벤치에 올려놓았다. 벽 근처에는 비누 포장지와 텅 빈 치약 튜브가 놓여 있었다. 피트는 걸어가서 그걸 주워 쓰레기통에 넣었다. 칸막이에 기대어 세워 놓은 대걸레를 집어 들고, 소니가 면도하면서 물을 흘린 바닥을 닦았다. 주위를 계속해서 말끔하게 유지해야만 했다. 그 친구가 아니라 다른 누군가가 그랬다면 뭐라고 한마디했을 것이다. 하지만 소니는 정신이 나가지는 않은 상태였다. 원래 그런 친구일 뿐이었다. 저걸 좀 보라. 또다시 면도칼을 놓아두고 가지 않았나.

피트는 샤워를 시작했고, 자기에게 딱 맞는 물줄기와 온도가 될 때까지 밸브를 조절했다. 최근 들어서는 뭐든지 신중하게 하고 있었다. 이제는 진지하게 느끼고, 맛보고, 볼 것이 너무나도 많았다. 물이 그의 피부에 가하는 충격, 비누의 냄새, 빛과 열에 대한 의식, 똑바로 서 있을 때에 발바닥에 느껴지는 압력 그 자체까지도. 만약 모든 면에서 신중하게 건강을 유지한다고 치면, 질소가 탄소 14로 변형되면서 공기 중에 방사능이 느리게 증가하는 것이 과연 사람 몸에 어떤 영향을 끼치게 될지도 궁금해졌다. 무슨 일이 맨 먼저 일어날까? 혹시 눈이 멀게 될까? 혹시 두통이 일어날까? 어쩌면 입맛을 잃게 될지도 몰랐다. 또는 어쩌면 항상 피곤해질지도 몰랐다.

한번 찾아봐도 되지 않을까?

그런 한편으로 이런 생각이 들었다. 굳이 왜? 어차피 방사능 중독으로 죽는 사람은 극소수일 것이었다. 이보다 더 빨리 사람을 죽이는 원인들이야 너무나도 많았으며, 어쩌면 그쪽이 충분히 나을 수도 있었다. 예를 들어 저 면도칼이 그러했다. 햇빛을 받아 번쩍이는 면도칼은 노란 불빛 속에서 둥글게 휘어져서 아주 깨끗해 보였다. 소니의 아버지와 할아버지도 사용하셨던, 또는 손자의 말에 따르면 그랬다던 저 면도칼이야말로 그 소유주의 자랑이고 기쁨이었다.

피트는 등을 돌려 면도칼을 외면하고, 두 팔 아래에 비누질을 하면서, 부글거리는 거품의 작은 입맞춤에 정신을 집중했다. 죽음을 그토록 자주 생각하는 스스로를 향한 혐오가 거듭되는 와중에 놀라운 진실이 그를 강타했다. 어쨌거나 피트가 병적인 상태라서 그런 것들을 생각하는 게 아니었다. 오히려 일의 친숙함 그 자체가 죽음에 관한 생각을 가져오는 것이었다. "이것도 다시는 못하겠군" 또는 "이것도 사실상 마지막이군" 하는 생각이 들었다. 우리는 똑같은 일을 뭔가 다르게 하는 데 완전히 몰두할 수도 있지. 그는 황급히 이렇게 생각했다. 이번에는 엎드려서 바닥을 기어갈 수도 있고, 다음번에는 물구나무 서서 지나갈 수도 있지. 오늘 저녁 식사를 건너뛸 수도 있고, 대신 새벽 2시에 간식을 먹고, 아침 식사로는 풀을 뜯어 먹을 수도 있지.

하지만 우리는 숨을 쉬어야만 하지. 우리의 심장은 뛰어야만 한다고. 평소와 같이 땀을 흘려야만 하고, 몸을 떨어야만 하지. 우리는 거기서 벗어날 수가 없어. 혹시나 그런 일이 벌어진다면, 그놈들이 우리에게 상기시킬 거니까. 우리의 심장은 더 이상 특유의 쿵덕, 쿵덕 소리를 내며 뛰지 않을 거야. 오히려 '끝이다, 끝이다' 하고 뛸 것이고, 그러다가 우리의 귀에 비명을 지르고 투덜대면, 우리는 그놈을 멈춰 세워야만 하겠지.

면도칼은 섬뜩할 정도로 반짝거렸다.

그리고 우리의 호흡은 이전과 똑같이 계속되겠지. 우리는 이 문을 통과하고, 다음 문을 통과하고, 또 다음 문을 통과할 수 있을 것이고, 그다음 문을 통과하는 완전히 새로운 방법을 궁리할 수 있을 터이지만, 호흡은 계속 콧구멍을 들락날락할 거야. 마치 면도칼이 구레나룻을 베어 낼 때 같은 소리, 마치 숫돌에 갈리는 것 같은 소리를 내면서 말이야.

소니가 들어왔다. 피트는 머리에 비누질을 하고 있었다. 소니는 면도칼을 집어 들더니 가만히 서서 그걸 바라보았다. 피트는 동료의 모습을 바라보았다. 비누가 눈에 들어가자 자기도 모르게 욕설을 내뱉자, 소니가 펄쩍 뛰었다.

"도대체 뭘 그렇게 보고 있는 거야, 소니? 예전에도 늘 보던 거 아니야?"

"아, 물론. 물론이지. 나는 그냥—" 소니는 면도칼을 닫았다가, 열었다가, 날에 빛을 반사시켰다가, 다시 닫았다. "이걸 사용하는 게 지겨워져서 말이야, 피트. 이걸 없애려고 해. 혹시 갖고 싶어?"

갖고 싶냐고? 사물함 안에 넣어 둘 수도 있을 듯했다. 어쩌면 베개 밑에 넣어 둘 수도 있을 듯했다. "고맙지만, 됐어, 소니. 난 그걸 쓸 수 없어."

"나는 안전면도기가 좋거든." 소니가 중얼거렸다. "전기면도기면 더 좋지. 그럼 우리 이걸 어떻게 처리해야 할까?"

"차라리 그냥 저기 던져 버리면…… 아니야." 피트는 면도칼이 반쯤 열린 상태에서 공중에서 빙글빙글 돌다가 쓰레기통 속에 떨어져 번뜩이는 모습을 떠올렸다. "차라리 다른 데다 던져 버리면—" 아니었다. 높이 자라난 풀밭에 던져 버린다고 치자. 그러면 나중에라도 그걸 갖고 싶을 수도 있었다. 달밤에 그걸 찾아서 풀밭을 엉금엉금 기어 다닐지도 몰랐다. 그리고 그걸 찾아낼지도 몰랐다.

"차라리 산산조각 내 버릴까 봐."

"아니야." 피트가 말했다. "그 조각이—" 날카로운 작은 조각. 텅 빈 땅의 파편. "내가 뭔가 생각을 해 볼게. 일단 내가 옷을 입을 때까지만 기다려."

그는 재빨리 몸을 씻고, 수건으로 닦았다. 그 와중에 소니는 가만히 서서 면도칼을 바라보고 있었다. 전체가 칼날이었으므로, 무작정 박살 내면 반짝이는 조각과 파편이 생길 것이고, 그놈들도 여전히 면도칼처럼 날카로울 것이었다. 그 날을 회전 숫돌에, 미세한 강철 숫돌에 갖다 대고 뭉툭하게 갈아 버릴 수도 있었지만, 누군가가 찾아내서 다시 날을 세울 수도 있었다. 왜냐하면 그건 누가 봐도 면도칼, 그것도 훌륭한 강철 면도칼이었고, 잘 들 것처럼 보이는 물건이었으므로— "알았어. 실험실이야. 거기서 그걸 없앨 수 있을 거야." 피트는 자신 있게 말했다.

그가 옷을 걸치고 나서, 두 사람은 함께 실험동으로 향했다. 그곳은 매우 조용했다. 두 사람의 목소리가 메아리쳤다.

"오븐을 쓰는 거야." 피트가 이렇게 말하며 면도칼 쪽으로 손을 뻗었다.

"빵 굽는 오븐을? 자네 미쳤군!"

피트는 쿡쿡 웃었다. "자네는 여기가 어딘지 모르는군, 안 그래? 기지의 다른 모든 것과 마찬가지로, 여기서는 대부분의 사람들이 아는 것보다 훨씬 더 많은 일이 벌어지고 있었지. 모두들 이곳을 빵집이라고 계속 불렀어. 음, 이곳은 **실제로도** 새로운 고영양 밀가루를 만들기 위한 연구 본부였지. 하지만 여기에는 그것 말고도 다른 일들이 많이 진행되고 있었어. 우리는 주방기구를 실험하고, 비트 껍질 까개를 설계하고, 그 외에도 이와 비슷한 온갖 종류의 일을 했지. 여기에는 전기 용광로도 있다고—" 그는 문을 밀어서 열었다.

두 사람은 길고도, 조용하고도, 어질러진 방을 가로질러 열 장비 쪽으로 갔다. "여기서는 유리를 가열하는 것에서부터 도자기에 유약을 입히는 것이며 심지어 프라이팬의 녹는점을 발견하는 것까지, 정말 모든 일을 할 수 있다니까." 피트는 시험 삼아 오븐의 스위치 하나를 눌러 보았다. 점화용 불길이 번쩍였다. 그는 작고 육중한 문을 열고는 면도날을 그 안에 집어넣었다. "작별 인사나 하라고. 20분 뒤에는 쇳물이 되어 있을 테니까."

“직접 보고 싶지는 않아.” 소니가 말했다. “그걸 가열하는 동안 이 근처를 구경하고 와도 돼?”

“안 될 것 없겠지?”

(이곳의 모든 사람은 항상 이렇게 말했다. “안 될 것 없겠지?”)

두 사람은 여러 실험실에 들어가 보았다. 멋진 장비를 갖추고 있었지만, 너무나도 조용했다. 한번은 작업대 가운데 하나에서 복잡한 전자 접속 장치를 들여다보는 어느 소령 곁을 지나가기도 했다. 작은 호박색 불꽃을 바라보던 그 장교는 경례를 해도 응답하지 않았다. 두 사람은 조심조심 그 곁을 지나갔고, 상대방의 집중력에 경외감과 동시에 부러움마저 느꼈다. 이들은 자동 반죽기, 비타민 보충기, 원격 조종 온도 조절 장치와 타이머와 조종 장치를 구경했다.

“저 안에는 뭐가 있어?”

“나도 몰라. 여기는 내 담당 구역 밖이니까. 이 구역에 누군가가 아직 남아 있을 것 같지는 않은데. 여기는 대부분 기계 및 전자 이론가들이 있던 곳이거든. 그들에 관해 아는 것이라고는, 혹시 우리한테 어떤 공구나 미터기나 장비가 필요한 경우 그들이 바로 그걸 갖고 있거나 또는 더 나은 뭔가를 갖고 있었더라는 것뿐이야. 또 혹시나 우리가 정말 영리해서 놀랍고도 새로운 아이디어를 궁리해 냈을 경우, 그들이 이미 그걸 만들었거나 벌써 한 달 전에 그걸 쓰레기통에 내버렸더라는 거지. 저것 좀 봐!”

소니는 피트가 손으로 가리킨 곳을 바라보았다. “뭐를?”

“저 벽 부분 말이야. 뭔가 느슨하달까, 아니면…… 음, 이런, 도대체 뭐지?”

피트는 아주 살짝 어긋나 있는 벽의 일부분을 손으로 밀었다. 그러자 그 뒤로 어두운 공간이 드러났다.

"저 안에는 뭐가 있어?"

"아무것도 없거나, 아니면 뭔가 반쯤은 개인 용도의 은밀한 작업을 한 거겠지. 그 친구들은 뭐든지 하고 싶은 대로 할 수 있었으니까."

소니는 평소 성격과는 어울리지 않게 빈정거리는 투로 말했다. "그게 바로 육군 소속 이론가의 임무 아니야?"

두 사람은 조심스레 안을 들여다보고 나서 안으로 들어갔다.

"이게 무슨…… **이봐!** 문 조심해!"

문은 재빨리 움직이더니 조용히 닫혔다. 걸쇠가 딸깍 소리를 내며 잠기자 방 안에 환한 불이 들어왔다.

방은 작았고 창문이 없었다. 그 안에는 갖가지 기계가 있었다. 똑똑 소리를 내는 충전기 하나, 축전지 한 무더기, 전기 발전기 하나, 소형 자동 가스 조명 발전기 두 대, 공기 압축식 시동 장치까지 완비된 디젤 엔진 한 대 등이었다. 한쪽 구석에는 패널 볼트를 스폿 용접한 계전기 랙rack이 하나 있었다. 거기서 끝이 붉게 칠해진 레버가 하나 튀어나와 있었다. 어느 것에도 라벨이 붙어 있지는 않았다.

두 사람은 한동안 아무 말 없이 그 장비들을 바라보았다. 잠시 후에 소니가 말했다. "누군가가 뭔가에 대한 권한을 갖고 있다는 사실을 아주 확실히 해 두고 싶었던 모양이군."

"이게 대체 뭔지 궁금한데—" 피트는 계전기 랙으로 다가갔다. 그러고는 레버를 만지지는 않고서 유심히 바라보았다. 철사가 감겨 있었다. 손잡이 뒤로 철사에 접이식 꼬리표가 달려 있었다. 그는 조심스럽게 꼬리표를 펴 보았다. "부대 지휘관의 구체적인 명령이 있을 경우에만 사용할 것."

"한 번 당겨 봐. 어떻게 되나 보게."

이때 뒤에서 뭔가가 똑딱거렸다. 두 사람은 그쪽으로 돌아섰다.

"저게 뭐지?"

"문 옆의 저 장치에서 나는 소리 같은데."

두 사람은 조심스럽게 그쪽으로 다가갔다. 스프링이 장착된 원통 코일 하나가 붙은 막대기가 있었다. 그 장치가 작동되면, 경첩에 연결된 그 막대기가 비밀 문 안쪽을 가로지르며 아래로 떨어져서 문틀에 있는 강철 구멍에 딱 맞아 들어가게 되어 있었다.

또다시 똑딱거리는 소리가 들렸다. "방사능 측정기로군." 피트가 혐오스러운 듯 말했다.

"어째서일까." 소니가 생각에 잠긴 듯 말했다. "어째서 전체적인 방사능이 특정 한도를 넘어서지 않는 한에는 계속 잠겨 있는 문을 설계한 걸까? 이게 딱 그런 물건이잖나. 저 계전기 랙 봤지? 그리고 거기 달린 과부하 스위치도? 게다가 이것도?"

"여기에는 수동식 자물쇠도 달려 있어." 피트가 지적했다. 측정기가 다시 한번 똑딱거렸다. "여기서 나가자고. 그러잖아도 저 물건 가운데 하나가 최근 들어 내 머릿속에도 구축된 상태니까."

문은 손쉽게 열렸다. 두 사람은 밖으로 나와서 문을 도로 닫았다. 자세히 살펴보니 열쇠 구멍도 두 개의 벽판 사이 틈새에 영리하게 감춰져 있었다.

두 사람은 아무 말 없이 병참 실험실로 돌아왔다. 규율 위반에서 비롯되는 소소한 짜릿함은 이미 사라졌고, 최소한 피트 모저의 경우에는 오히려 증오가 돌아와 있었다. 증오와 함께 치욕도 돌아왔다. 불과 몇 주 전만 해도 이 기지는 지상 최고의 국가의 일부분이었다.

이곳에는 비밀인 일들이 상당히 많았고, 순전히 진보적이고 미응용된 연구가 상당히 많았기 때문에, 이 조용한 황무지를 제외한 다른 곳에 있었다면 오히려 거추장스러웠을 것이었다.

피트의 이마에 땀이 솟았다. 그들은 살인자들을 향해 반격도 하지 않았다. 전국 곳곳에 미사일 발사장이 있다는 사실은 익히 알려져 있었다. 모든 기지로부터, 또는 살해된 도시로부터 멀리 떨어진 어떤 비밀 장소에 있다는 것이었다. 어째서 그들은 여기서 가만히 앉아 죽기를 기다려야만 하는 것일까? 적은—사실은 '적들'이라고 해야 맞았다—이곳이 다시 안전해지자마자 대륙 전체를 장악할 터인데?

피트는 굳은 표정으로 미소를 지었다. 한 가지 작은 위안이 있었다. 그들은 너무 강하게 맞아 버렸다. 그것 하나는 확실했다. 아마도 이 나라에 공격을 가한 다른 두 나라는 동맹국의 실제 화력을 서로 과소평가했던 모양이었다. 그 결과 질소가 치명적인 탄소 14로 확산변이되고 있었다. 그 영향은 이 대륙에만 국한되지 않을 것이었다. 약해진 방사능이 해외의 적들에게 끼칠 섬뜩할 정도로 장기적인 효과가 과연 무엇일까? 현재 살아 있는 사람들이야 결코 알 수 없을 것이었다.

오븐으로 돌아온 피트는 온도계를 흘끗 바라본 다음 빗장 조종 장치를 걷어찼다. 점화용 불길이 꺼지더니 문이 열렸다. 두 사람은 잠시 눈을 깜박였고, 아궁이 속의 뜨거운 열기를 피해 뒤로 물러섰다가 다시 몸을 굽혀 안을 들여다보았다. 면도칼은 사라지고 없었다. 대신 반짝이는 금속 웅덩이가 안쪽 바닥에 고여 있었다.

"그리 많이 남지는 않았네. 대부분 산화되어 날아갔나 봐." 피트가 투덜거렸다.

작게 가물거리는 그 잔해에서 나온 빛이 얼굴을 비추는 동안, 두 사람은 한동안 그대로 서 있었다. 나중에 막사로 돌아올 때 소니가 오랜 침묵을 깨고 한숨을 쉬었다. "우리가 그렇게 해치우길 잘했어, 피트. 우리가 그렇게 해치우길 진짜 잘했다고."

8시 45분에 이들은 막사의 콘솔 앞에서 공연을 기다리고 있었다. 피트와 소니 그리고 본즈라는 이름의 머리카락이 뻣뻣하고 덩치가 우람한 병장을 제외한 나머지는 부대 식당에 가서 커다란 스크린으로 공연을 보기로 했다. 당연히 전파 수신도는 저쪽이 더 낫겠지만, 본즈의 말마따나 "그렇게 큰 장소에서는 스타에게 충분히 가까이 다가갈 수 없게 마련"이었다.

"그녀만큼은 여전히 똑같으면 좋겠는데." 소니가 반쯤 혼잣말을 했다.

굳이 그녀가 꼭 그래야 할 이유가 있을까? 피트는 텔레비전을 켜고 스크린이 빛을 내기 시작하는 모습을 지켜보며 뚱하니 생각했다. 지난 2주 동안 전파 수신도를 떨어뜨리는 금색 점들이 더 많이 나타났다. 뭐든지 간에 여전히 똑같아야 할 이유가 있을까?

그는 텔레비전을 걷어차 박살 내고 싶은 갑작스러운 충동을 억눌렀다. 텔레비전도, 스타 앤심도, 이미 죽어 버린 뭔가의 일부일 뿐이었다. 이 나라는 이미 죽어 버렸다. 그러니까 진짜 나라는 말이다. 번영하고, 뻗어 나가고, 웃고, 탐욕스럽고, 번쩍이고, 변화하고, 비록 빈곤과 불의라는 반점이 나병처럼 돋아났어도 어떤 병이든 충분히 극복할 수 있을 만큼 건강한 나라는 이미 죽어 버렸다. 살인자라면 이런 상황을 좋아하려나 싶은 의문이 문득 들었다. 살인자는 이제 뭐든지 할 수 있었다. 갈 곳이 없었다. 싸울 사람도 없었다. 지금 지구상의 모든 사람에게는 그게 사실이었다.

"자네는 그녀가 여전히 똑같기를 바라는군." 피트가 중얼거렸다.

"공연을 말하는 거야." 소니가 온화하게 말했다. "나는 그냥 여기 앉아서 그걸 그냥…… 그냥—"

아. 피트는 멍하니 생각했다. 아— 그거. 그저 몇 분이라도 어딘가 갈 곳이 있으면 좋겠다는 뜻이로군. "나도 알아." 그가 말했다. 목소리에 가혹함이 모조리 사라지고 없었다.

반송파搬送波가 들어오면서 오디오에서 나오던 잡음이 줄어들었다. 스크린의 빛이 빙빙 돌면서 꾸준해지더니 다이아몬드 문양으로 바뀌었다. 피트가 초점과 채도와 명암을 맞추었다. "불 좀 꺼, 본즈. 나는 앤심 말고는 아무것도 보고 싶지 않으니까."

처음에는 **정말** 똑같았다. 스타 앤심은 원래부터 남들이 흔히 쓰는 팡파르, 페이드인, 컬러, 합성 등을 전혀 사용하지 않았다. 검은 스크린이 나오고, 곧이어 **딸깍**하고 금빛 광휘가 나타났다. 화면은 또렷했다. 어마어마하게 강렬했고, 전혀 바뀌지 않았다. 단지 그걸 받아들이는 눈이 바뀌었을 뿐이었다. 그녀는 모습을 드러낸 다음에도 몇 초 동안 전혀 움직이지 않았다. 마치 초상화처럼, 정지된 얼굴과 새하얀 목을 드러낸 채 거기 있었다. 두 눈은 깜박이고 있었다. 얼굴은 생기 있지만 정지되어 있었다.

그러다가 마치 초록색처럼 보였지만 실제로는 파란색에 황금색 얼룩이 묻었을 뿐인 두 눈에 자각이 모이는 듯하더니, 마침내 깨어났다. 그러고 나서야 그녀의 입술이 벌어지는 것이 눈에 띄었다. 두 눈에 들어 있는 뭔가가 입술을 보이게 만들었지만, 아직 아무것도 움직이지 않았다. 그러다가 그녀가 머리를 살짝 숙이자 황금색 얼룩이 황금색 눈썹에 포착되는 듯했다. 이제 두 눈은 관객을 바라보고 있지 않았다. 그저 나를, 그러니까 **나를**, 그러니까 **"나를"** 바라보고 있었다.

"안녕하세요— 여러분." 그녀가 말했다. 그녀는 꿈이었다. 꼬마 여동생처럼 이가 약간 고르지 않았다.

본즈가 몸을 떨었다. 그가 누워 있던 침상까지 빠르게 떨리기 시작했다. 소니가 짜증스러운 듯 고쳐 앉았다. 피트는 어둠 속으로 손을 뻗어 침상 다리를 붙잡았다. 그러자 삐걱이는 소리가 줄어들었다.

"노래 한 곡 해도 될까요?" 스타가 물었다. 음악 소리가 매우 희미하게 났다. "오래된 노래이긴 한데, 그래도 제일 좋은 노래 중에 하나예요. 쉬운 노래이고, 의미심장한 노래이고, 인류에 속하는 사람들 가운데 일부로부터 나온 노래예요. 그 일부에게는 탐욕도 없고, 증오도 없고, 공포도 없죠. 기쁨과 힘에 관한 노래예요. 그리고— 제가 좋아하는 노래죠. 여러분도 좋아하시지 않나요?"

음악이 커졌다. 피트는 전주의 처음 두 음을 듣자마자 무슨 곡인지 깨닫고 나지막이 욕을 내뱉었다. 이건 잘못된 거야. 이 노래는 아니잖아…… 이 노래는……

소니는 기뻐하며 앉아 있었다. 본즈는 가만히 누워 있었다.

스타 앤심이 노래하기 시작했다. 그녀의 목소리는 깊고도 힘찼고, 그러면서도 부드러웠고, 한 절이 끝날 때마다 비브라토가 아주 살짝 곁들여졌다. 그녀에게서 큰 어려움 없이 노래가 흘러나왔다. 마치 그녀의 얼굴에서, 그녀의 긴 머리카락에서, 그녀의 커다란 눈에서 흘러나오는 것 같았다. 그녀의 목소리는 그녀의 얼굴처럼 음영이 있었고, 맑았고, 둥글었고, 파란색과 초록색이었지만 대부분 황금색이었다.

당신이 내게 마음을 줬을 때, 당신은 세계를 줬어요,
당신은 밤과 낮을 줬어요.
천둥과 장미와 달콤한 초록 풀,
바다와 부드럽고 촉촉한 진흙도.

나는 금잔에 담긴 새벽을 마셨고,
은잔에 담긴 어둠을 마셨죠,
내가 탄 말은 서부의 바람이었고,
내 노래는 개울과 종달새였죠.

반주가 소용돌이치고 지저귀더니 말 없고 굶주린 6도와 9도 화음의 우울한 외침으로 접어들었다. 커지고, 울리더니, 뚝 끊어지고는, 다시 그녀의 목소리만 가득해졌다.

나는 천둥을 가지고 지상의 악을 쳐부수고,
나는 장미를 가지고 정의를 얻었어요.
바다를 가지고 씻었고, 진흙을 가지고 지었죠,
그러자 세계는 빛의 장소가 되었어요!

마지막 음과 함께 스타의 얼굴은 완벽하게 차분해졌고, 아무런 움직임도 드러내지 않았다. 그녀의 얼굴은 고요하지만 생기를 띠었고, 그러는 동안 음악은 그곳을 떠나 사람들 귀에 들리지 않을 때의 음악이 머무는 곳으로 가 버렸다.

스타는 미소를 지었다.

"무척이나 쉬워요." 그녀가 말했다. "무척이나 간단하고요. 인간에 관한 신선하고 깨끗하고 강한 이야기는 모두 이 노래에 들어 있어요. 제 생각에는 인간에 관해서 우리가 걱정해야 할 건 이것뿐이에요." 그녀가 몸을 앞으로 기울였다. "여러분도 알고 계시죠?"

미소가 사라진 자리를 가벼운 놀라움이 대신했다. 눈썹 사이에 자잘하게 주름이 졌다. 스타는 재빨리 몸을 뒤로 젖혔다. "오늘 밤에는 여러분께 이야기를 못 할 것 같네요." 그녀가 말했다. 작은 목소리였다. "여러분은 뭔가를 증오하고 있으니까요."

증오는 마치 거대한 버섯 같은 모양이었다. 증오는 비디오 스크린 위의 무작위적인 얼룩 같은 것이었다.

"우리에게 일어난 일 역시 간단해요." 스타가 갑작스레 태연한 어조로 말했다. "누가 그랬는지는 중요하지 않아요. 여러분도 아시죠? **그건 중요하지 않아요.** 우리는 공격을 받았어요. 동쪽에서, 그리고 서쪽에서 공격을 받았어요. 폭탄 대부분은 원자탄이었죠. 폭발탄도 있었고, 낙진탄도 있었어요. 우리는 모두 합쳐 5백하고도 30발의 폭탄을 맞았고, 그로 인해서 죽어 버리고 말았죠."

스타는 가만히 있었다.

소니가 주먹으로 손바닥을 탁 쳤다. 본즈는 눈을 크게 뜨고 가만히 누워 있었다. 피트는 **어찌나 이를 세게 악물었는지** 턱이 다 아팠다.

"우리는 그들 양쪽 모두를 합친 것보다 더 많은 폭탄을 갖고 있어요. **지금도 갖고** 있다고요. 하지만 우리는 그걸 사용하지 않을 거예요. **잠깐만요!**" 스타가 갑자기 양손을 치켜들었다. 마치 사람들 하나하나의 얼굴을 볼 수 있는 것처럼 말이다. 이들은 긴장한 채 다시 등을 뒤로 기댔다.

"대기 중에 탄소 14가 워낙 많이 들어 있어서, 이쪽 반구의 우리는 모두 결국 죽게 될 거예요. 그런 이야기를 하는 걸 겁내지 마세요. 그런 생각을 하는 걸 겁내지 마세요. 그건 사실이고, 그렇기 때문에 반드시 직면해야 해요. 원소 전환 효과가 우리의 대도시 잔해로부터 확산되고 있고, 공기는 점점 더 방사능에 오염되고 있으니, 우리는 확실히 죽게 될 거예요. 몇 달 안에는, 어쩌면 1년쯤 지나면 그 효과가 해외에서도 강력할 거예요. 거기 있는 사람들도 대부분 죽을 거예요. 어느 누구도 완전히 도망치지 못할 거예요. 그들이 우리에게 가한 어떤 짓보다도 더 나쁜 일이 그들에게도 닥칠 거예요. 왜냐하면 우리에게는 불가능했던 공포와 광기의 물결이 그곳에 있을 테니까요. 우리는 단지 죽고 끝날 뿐이에요. 반면 그들은 살아가고, 불타고, 병들 것이고, 그들이 낳을 아이들은—" 그녀는 고개를 저었고, 아랫입술이 부풀어 올랐다. 정신을 추스르려는 모습이 확연했다.

"5백하고도 30발의 폭탄이라니— 제 생각에는 우리를 공격한 두 나라는 서로의 힘을 과소평가했던 것 같아요. 워낙 많은 비밀이 있었으니까요." 서글픈 목소리였다. 그녀는 살짝 어깨를 으쓱해 보였다. "그들은 우리를 죽였고, 그리하여 스스로를 파멸시켰어요. 우리로 말하자면— 물론 우리도 책임이 아주 없다고는 할 수 없겠죠. 아울러 우리도 뭔가 조치를 취하지 못할 정도로 무기력하지는 않아요. 아직까지는요. 하지만 우리가 반드시 해야 하는 일은 어려워요. 우리는 확실히 죽을 거예요— 하지만 반격하지는 말아야 해요."

스크린 속의 스타는 잠시 사람들을 하나하나 살펴보았다. "우리는 반격하지 **말아야** 한다고요. 인류는 이제 스스로 만들어 낸 지옥을 거쳐 가게 될 참이에요. 우리는 복수심이 넘친 나머지, 또는 자비심이 넘쳐서 그랬다고 해도 무방하겠지만, 여하튼 우리가 갖고 있는 수백 개의 포탄을 쏴 버릴 수도 있어요. 그렇게 되면 지구는 불모 상태가 될 거예요. 심지어 미생물 한 마리도, 심지어 풀 한 포기도 거기에서 벗어날 수 없을 것이고, 아무것도 새로 자라지 못할 거예요. 우리는 지구를 벌거벗은 상태로, 죽어 버리고 또 죽을 것 같은 곳으로 축소시킬 수 있어요.

아니에요, 그렇게 되지는 않을 거예요. 우리는 그럴 수 없어요.

방금 전의 그 노래 기억하세요? **그것이** 바로 인간성이에요. 모든 인간에게는 그것이 있어요. 어떤 질병 때문에 다른 인간을 한동안 우리의 적으로 만들기는 했지만, 세대가 지나가면서 적은 친구가 되고 친구는 적이 되어요. 우리를 죽인 사람들의 증오조차도 저 기나긴 역사에 비하면 그저 작고 일시적인 것에 불과하니까요!"

스타의 목소리가 깊어졌다. "이왕 죽을 거라면, 아직 남아 있는 한 가지 고귀한 일을 우리가 해냈다는 사실을 알고서 죽도록 하자고요. 인간성의 불꽃이 이 지구상에 아직 살아서 빛날 수 있어요. 박살 나고, 흠뻑 젖고, 흔들리고, 완전히 절멸될 수도 있지만, 만약 저 노래가 진정한 노래라면 살 수 있을 거예요. 그 불꽃이 우리의 일시적인 적들의 손에 들어가 있다는 사실을 참작할 수 있을 만큼 우리가 충분히 인간적이라면 살 수 있을 거예요. 그들의 아이들 가운데 소수는 살아남아서 밀림과 야생에서 점차 나타나게 될 새로운 인류와 합류하게 될 거예요. 어쩌면 야수성의 세월이 1만 년이나 이어질 수도 있어요. 어쩌면 인간이 폐허 속에서 재건에 성공할 수도 있고요."

스타가 고개를 들자 목소리가 울려 퍼졌다. "설령 이것이 인류의 종말이라 하더라도, 우리가 실패한 곳에서 성공할 수도 있는 어떤 다른 형태의 생명체에게서 감히 기회를 빼앗아서는 안 돼요. 만약 우리가 보복한다면, 진화의 횃불을 이어 나갈 개 한 마리, 사슴 한 마리, 유인원 한 마리, 새나 물고기나 도마뱀 한 마리도 남지 않을 거예요. 만약 우리가 정의의 이름으로 스스로를 단죄하고 파괴해야만 하더라도, 모든 생명을 우리와 함께 단죄하지는 말자고요! 우리는 이미 원죄만으로도 충분히 무거워요. 반드시 파괴해야 한다면, 우리 스스로를 파괴하는 데에서 끝내자고요!"

음악이 가물거리며 흘러나왔다. 그러고는 마치 바람의 숨결처럼 스타의 머리카락을 움직이는 것처럼 보였다. 그녀가 미소를 지었다.

"여기까지예요." 스타가 속삭였다. 그리고 거기 있는 사람 하나하나를 향해 말했다. "안녕히 계세요—"

스크린이 검게 변했다. 반송파가 아무런 공지도 없이 끊어지고 스크린에 여기저기 얼룩이 흩어지기 시작했다.

피트는 자리에서 일어나 불을 켰다. 본즈와 소니는 꼼짝도 않고 있었다. 몇 분이 지나서야 소니는 똑바로 일어나 앉아 강아지처럼 온몸을 부르르 떨었다. 그 움직임에 침묵 이외의 뭔가가 더 깨진 듯했다.

그가 나지막이 말했다. "싸우는 것도, 도망치는 것도, 살아가는 것도 허락되지 않는 판인데, 이제는 증오하는 것도 더 이상 못 하게 생겼군. 스타가 '안 된다'고 말하니까 말이야."

소니의 말에는 씁쓸함이 담겨 있었고, 공기 중에도 씁쓸한 냄새가 풍겼다.

피트 모저가 킁 하고 코로 숨을 들이쉬었다. 이건 냄새와 상관없는 행동이었다. 그러다가 그는 몸이 굳었고, 다시 한번 코로 숨을 들이쉬었다. "이게 도대체 무슨 냄새지, 소니?"

소니도 냄새를 맡아 보았다. "나는 잘— 뭔가 익숙한 냄새인데. 바닐라— 아니…… 아니야."

"아몬드야. 씁쓸한 냄새도— **본즈!**"

본즈는 두 눈을 뜨고 가만히 누워 있었다. 턱 근육이 단단히 뭉쳐 있어서, 이빨이 거의 모두 드러나 있었다. 온몸이 푹 젖어 있었다.

"본즈!"

"그녀가 나와서 '안녕하세요— 여러분' 하고 말하던 바로 그때였어, 자네도 기억하지?" 피트가 속삭였다. "아, 딱한 녀석 같으니. 그래서 식당 말고 굳이 여기서 공연을 보겠다고 한 거였어."

"그녀를 바라보면서 떠나 버린 거야." 소니가 창백한 입술 사이로 말했다. "무작정 이 녀석만 탓할 수는 없겠는데. 그나저나 그걸 어디서 구했는지 궁금하네."

"그게 무슨 상관이야." 피트의 목소리는 가혹했다. "일단 여기서 나가자고."

이들은 구급차를 부르기 위해 나갔다. 본즈는 씁쓸한 아몬드 냄새를 풍기며 죽어 버린 눈으로 콘솔을 바라보며 그대로 누워 있었다.

피트는 자기가 어디로 가는지, 그리고 정확히 왜 가는지도 몰랐다. 문득 정신을 차려 보니 GHQ와 통신대 막사 근처의 어두운 길에 서 있었다. 이건 본즈와 관계가 있었다. 물론 동료가 저지른 일을 피트도 저지르고 싶은 것까지는 아니었다. 이유는 단순했다. 이전까지만 해도 이런 일을 생각해 본 적이 없기 때문이다. 만약 그가 이런 일을 생각해 본 적이 있었다면 어떻게 했을까? 아마 아무 일도 없었을 것이다. 하지만 그래도— 내킬 때마다 스타의 목소리를 듣고, 그녀의 모습을 볼 수 있으면 좋을 것 같았다. 어쩌면 목소리 녹음은 전혀 없을 터이지만, 반주 녹음 정도는 있을 것이고, 어쩌면 통신대가 공연을 녹화해 두었을지도 몰랐다.

그는 GHQ 건물 바깥에서 어찌할 바를 모르고 서 있었다. 정문 앞에는 여러 사람이 모여 있었다. 피트는 잠시 미소를 지었다. 비도, 눈도, 진눈깨비도, 밤의 어둠조차도 열성 팬들을 저지할 수는 없었다.

그는 옆길로 내려가서 건물 뒤쪽의 물품 출입용 경사로로 올라갔다. 플랫폼을 따라 난 문 두 개가 통신 분과의 뒷문이었다.

통신대 막사에는 불이 하나 켜져 있었다. 방충문에 손을 뻗은 순간, 피트는 옆의 그늘 속에 누가 서 있음을 깨달았다. 머리와 얼굴의 금빛 가장자리가 우아하게 불빛에 드러나 있었다.

그는 동작을 멈추었다. "스타 앤심!"

"안녕하세요, 군인 아저씨. 병장님이시네요."

피트는 청소년처럼 얼굴을 붉혔다. "저—" 목소리가 그를 떠나 버렸다. 피트는 꿀꺽 침을 삼키고, 전투모를 벗으려고 손을 머리 위로 올렸다. 하지만 지금은 전투모를 쓰지 않고 있었다. "저 아까 공연 봤습니다." 그가 말했다. 뭔가 어색한 기분이 들었다. 어두운 곳이었지만, 오늘따라 전투화를 대충 닦았다는 사실이 매우 의식되었다.

피트가 서 있는 빛 쪽으로 스타가 다가왔고, 상대방이 어찌나 아름다운지 그는 두 눈을 감을 수밖에 없었다. "성함이 어떻게 되세요?"

"모저입니다. 피트 모저요."

"공연은 마음에 드셨나요?"

스타를 바라보지 않은 채 피트는 퉁명스럽게 말했다. "아뇨."

"오?"

"그러니까 제 말은…… 어떤 부분은 좋았습니다. 그 노래는요."

"저도…… 무슨 말씀이신지 알 것 같네요."

"혹시 녹음을 얻어 갈 수 있는지 궁금해서 와 본 거예요."

"얻으실 수 있을 거예요." 그녀가 말했다. "어떤 재생기를 갖고 계신데요?"

"오디오비드요."

"디스크 말이죠. 네, 저희가 녹음한 게 몇 개 있어요. 잠깐만요, 제가 하나 갖다 드릴게요."

스타는 천천히 움직여서 안으로 들어갔다. 피트는 마치 홀린 듯 바라보았다. 그녀는 윤곽만 보였고, 왕관을 썼고, 후광이 달려 있었다. 곧이어 액자에 걸린 그림처럼 생생하고 금빛이 되었다. 그는 굶주린 듯 빛을 바라보며 기다렸다. 그녀는 커다란 봉투를 하나 들고 나오면서, 방 안에 있는 누군가에게 작별 인사를 건네고는 플랫폼으로 나왔다.

"여기 있어요, 피트 모저."

"정말 감사합—" 그는 말끝을 얼버무렸다. 입술에 침을 발랐다. "정말 친절하시네요."

"꼭 그런 것도 아니에요. 단지 그게 더 많이 유포될수록 저한테는 더 좋으니까 그런 것뿐이죠." 스타가 갑자기 웃음을 터트렸다. "물론 말은 이렇게 하지만, 사실 그렇지도 않아요. 요즘 같은 때 더 유명해져야겠단 생각은 없으니까요."

피트의 퉁명스러움이 되돌아왔다. "제가 보기에도 명성을 얻으실 것 같지는 않던데요. 평소에도 그런 공연을 하신다면 말이에요."

스타가 눈을 크게 떴다. "이런!" 그녀가 미소를 지었다. "그러고 보니 제가 상당히 깊은 인상을 남긴 모양이네요."

"죄송합니다." 그는 온화한 어조로 말했다. "방금 그 말은 차라리 드리지 말걸 그랬네요. 요즘 들어서 사람들이 생각하고 말하는 게 모두 과장되어 있으니까요."

"무슨 말씀이신지 저도 알아요." 스타는 주위를 둘러보았다. "그나저나 여기는 좀 어떤가요?"

"괜찮습니다. 한때 저는 이곳의 비밀주의 때문에, 그리고 문명으로부터 몇 마일이나 떨어져 있다는 사실 때문에 괴로워했었죠." 피트는 씁쓸한 듯 웃었다. "알고 보니 그게 무척이나 행운이었더군요."

"말씀하시는 것만 보면 『하나의 세계, 아니면 끝장』의 제1장 같아요."*

그는 재빨리 그녀를 바라보았다. "도대체 어떤 독서 목록을 사용하시는 거죠? 정부의 **금서 목록**이라도 사용하시는 건가요?"

스타가 웃음을 터트렸다. "왜 이러세요— 그것도 생각만큼 나쁘지는 않아요. 그 책은 한 번도 금지된 적이 없어요. 다만—"

"유행이 안 되었을 뿐이죠." 피트가 덧붙였다.

"맞아요. 참으로 안타까운 일이에요. 그 책이 간행되었을 때에 사람들이 더 많은 관심을 주기만 했더라도, 이런 일은 일어나지 않았을지도 모르니까요."

그는 흐릿하게 박동하는 하늘을 바라보는 그녀의 시선을 따라갔다. "그럼 여기에는 얼마나 계실 건가요?"

* 『하나의 세계, 아니면 끝장』(1946)은 핵무기의 위협을 대중에게 알리는 내용의 다큐멘터리 영화와 이를 토대로 한 서적의 제목이다. 히로시마와 나가사키의 원폭 투하 이후 맨해튼 프로젝트에 참여했던 과학자 가운데 일부가 참여해 제작했으며, 당시에 갓 창설된 국제연합(UN)을 통한 세계 평화 유지야말로 핵무기의 위협에 대처하는 방법임을 역설했다.

"그건…… 뭐랄까…… 아마 저는 떠나지 않을 거예요."

"떠나지 않을 거라고요?"

"저는 끝났어요." 스타는 짧게 말했다. "제가 갈 수 있는 곳은 모두 다 갔어요. 지금까지 알려진 곳은…… 어디든지 다녀왔으니까요."

"이 공연을 하면서요?"

그녀는 고개를 끄덕였다. "바로 이 특별한 메시지를 가지고요."

피트는 아무 말 없이 생각에 잠겼다. 스타가 문 쪽으로 돌아서자, 그는 한 손을 앞으로 내밀었다. 그녀를 만진 것은 아니었다. "저기요—"

"왜 그러시죠?"

"괜찮으시다면…… 그러니까 제 말은, 괜찮으시다면, 제가 이렇게 말할 기회가 많지 않아서— 혹시 들어가시기 전에 잠깐 주변을 산책하시면 어떨까 싶어서요."

"고맙습니다만, 안 되겠어요, 병장님. 제가 좀 피곤해서요." 스타는 정말로 피곤한 말투였다. "그럼 나중에 또 뵐게요."

그는 빤히 그녀를 바라보았다. 머릿속에서 갑자기 환한 불빛이 나타났다. "그게 어디 있는지 알아요. 끝이 붉게 칠해진 레버가 있고, 부대 지휘관의 명령에 따라 사용하라는 꼬리표가 달려 있죠. 말 그대로 위장되어 있고요."

스타가 하도 오랫동안 아무 말이 없기에 피트는 혹시 자기 말이 안 들린 건가 생각했다. 그러다가 그녀가 대답을 내놓았다. "그럼 잠깐 산책만 하죠."

두 사람은 경사로를 함께 내려가서 어두운 연병장 쪽으로 접어들었다.

"그걸 어떻게 아셨어요?" 스타가 나지막이 물었다.

"그렇게 어려운 것도 아니죠. 당신의 그 '메시지.' 당신이 그 메시지를 갖고 전국을 돌아다녔다는 사실. 그리고 다른 무엇보다도, 누군가가 우리더러 반격하지 말라고 설득하는 게 필요하다는 점을 발견했다는 사실도요. 도대체 당신은 누구를 위해서 일하는 거죠?" 피트가 퉁명스럽게 말했다.

놀랍게도 그녀는 웃음을 터트렸다.

"무슨 뜻으로 웃는 거죠?"

"방금 전까지만 해도 당신은 얼굴을 붉히고 발을 이리저리 굴렀는데."

그의 목소리가 거칠어졌다. "저는 지금 한 사람에게 말하고 있는 게 아니니까요. 오히려 지금까지 제가 들은 수천 곡의 노래에게 말하고 있는 거고, 지금까지 제가 본 수만 장의 벽걸이 사진에게 말하고 있는 거니까요. 그러니 지금 이게 다 어찌 된 영문인지 말해 주는 게 좋을 겁니다."

스타가 우뚝 걸음을 멈추었다. "그만하시고, 가서 대령님이나 만나 뵙죠."

피트가 그녀의 팔꿈치를 붙들었다. "아뇨. 저는 일개 병장에 불과하고, 그분은 고위 장교시지만, 지금은 아무런 차이도 없거든요. 당신은 사람이고, 저 역시 마찬가지죠. 따라서 저는 사람으로서 당신의 권리를 존중해야 마땅할 겁니다. 하지만 그러지 않을 거예요. 당신은 여자니까, 따라서—"

스타의 몸이 뻣뻣하게 굳었다. 그는 그녀를 잡아끌어 계속 걷게 하면서 말을 이어 나갔다. "—따라서 제가 작정만 한다면 의외의 일이 벌어질 수도 있을 겁니다. 그러니 어찌 된 영문인지 말해 주는 게 좋을 겁니다."

"좋아요." 스타가 말했다. 하지만 어딘가 지친 듯한 응낙이라 그의 내면의 뭔가가 움찔하고 겁을 먹었다. "그래도 당신은 제대로 추측하신 것 같네요. 맞아요. 미사일 발사장마다 사용하는 마스터 발사 키들이 있어요. 우리가 나머지는 다 찾아서 제거했는데, 아직 두 개가 남아 있죠. 그중 하나는 산산조각 났을 가능성이 매우 커 보여요. 그리고 나머지 하나는— 사라져 버렸죠."

"사라져요?"

"자세한 기밀 사항까지 당신에게 굳이 말해 줄 필요는 없겠죠." 스타가 지겹다는 투로 말했다. "나라마다 기밀 사항이 있다는 건 당신도 알고 계시겠죠. 주州와 연방 사이마다, 부서와 부서마다, 사무실과 사무실마다 존재한다는 것도 분명히 알고 계실 거예요. 그 키들이 어디 있는지를 아는 사람은 겨우 서너 명뿐이었어요. 그중 세 명은 펜타곤에 있다가 공격으로 목숨을 잃었죠. 그게 바로 세 번째 폭탄이었어요, 아시다시피. 혹시 또 한 사람이 있었다면, 아마도 밴더쿡 상원의원이었을 거예요. 하지만 그분은 3주 전에 아무 말도 없이 돌아가시고 말았죠."

"그러니까 자동 전파 키겠죠, 흐으음?"

"맞아요. 그나저나 병장님, 계속 이렇게 걸어야 하나요? 저 너무 피곤해서—"

"죄송합니다." 피트가 충동적으로 말했다. 두 사람은 사열대 쪽으로 가로질러 가 벤치에 앉았다. "그러니까 미사일 발사대가 전국 곳곳에, 전부 감춰져서, 전부 장전된 상태로 있다는 건가요?"

"그 대부분은 장전된 상태예요. 충분히 많이요. 장전되고 조준된 상태죠."

"어디를 조준했다는 거죠?"

"어디인지는 중요하지 않잖아요."

"무슨 말인지 알 것 같네요. 그러면 그 적정 숫자는요?"

"대략 6백하고도 40기요. 대략 그 내외예요. 지금까지 최소한 5백하고도 30기는 처리했어요. 물론 정확한 숫자는 우리도 모르지만요."

"도대체 그 **우리**가 누구죠?" 그는 격분한 듯 말했다.

"누구? 누구냐고요?" 그녀는 힘없이 웃었다. "이렇게 말할 수 있겠죠. '정부'라고요, 아마. 만약 대통령이 죽으면, 부통령이 권한을 물려받고, 그다음에는 하원의장이 물려받고, 이런 식으로 계속되죠. 어디까지 갈 수 있을 것 같아요? 피트 모저, 지금 무슨 일이 일어났는지 아직 깨닫지 못한 거예요?"

"그 말이 무슨 뜻인지 모르겠군요."

"지금 이 나라에 사람이 얼마나 남아 있을 것 같아요?"

"저도 모르죠. 기껏해야 수백만일 것 같은데요."

"지금 여기는 몇 명이나 있어요?"

"대략 9백 명쯤이죠."

"그러면 제가 아는 한, 여기야말로 지금 이 나라에 남아 있는 가장 큰 도시예요."

피트는 자리에서 벌떡 일어났다. **"그럴 리가!"** 그가 포효하듯 내뱉은 이 한 마디 말은 어둡고 텅 빈 건물에 맞고 나서 일련의 나지막한 메아리가 되어서 되돌아왔다. 그럴 그럴 그럴…… 리가— 리가— 리가……

스타가 빠른 말투로 나지막이 이야기를 시작했다. “사람들은 들판과 도로 곳곳에 흩어져 있어요. 햇볕을 받으며 앉아 있다가 오후에 죽어 버리죠. 무리를 지어서 도망치고, 서로를 찢어발겨요. 기도하고, 굶주리고, 자살하고, 불길에 타서 죽죠. 불길은— 어디에나 있으니까요. 뭔가가 서 있다 싶으면 영락없이 불타고 있어요. 여름이기는 하지만 버크셔 고원에서는 나뭇잎이 모두 떨어졌고, 푸른 풀도 불타서 갈색이 되었어요. 공중에서는 풀이 죽어 가는 게 확연히 보이고, 헐벗은 지점으로부터 죽음이 점점 더 넓게 퍼지죠. 천둥과 장미…… 저는 장미를 봐요. 새로운 장미가 온실의 박살 난 화분에서 기어 나오는 거죠. 갈색 꽃잎은 살아 있지만 병든 상태이고, 가시가 뒤집어져서 스스로를 겨누게 되고, 자라나서 줄기를 뚫어 죽이죠. 펠드먼도 오늘 죽었어요.”

피트는 그녀가 말을 마치고 한동안 조용히 있도록 내버려 두었다. “펠드먼이 누군데요?”

“저를 태우고 다닌 조종사요.” 스타는 양손을 향해 공허하게 말했다. “그는 벌써 몇 주 동안 죽어 가는 상태였어요. 신경이 바짝 곤두서 있었죠. 제 생각에는 펠드먼의 몸에는 피가 전혀 남아 있지 않았을 것 같아요. 그는 당신네 GHQ 위로 저공비행을 해서 가설 활주로에 도착했어요. 엔진이 멈추고, 회전날개와 계기판도 고장인 상태에서 착륙했어요. 착륙 장치도 박살 났죠. 펠드먼도 죽고 말았어요. 그는 시카고에서 연료를 훔치려고 어떤 남자를 하나 죽였죠. 그 남자는 연료를 원한 게 아니었어요. 펌프 옆에 죽은 여자가 하나 있더군요. 단지 우리가 거기 가까이 오지 않기를 원한 거였어요. 저는 이제 어디에도 안 갈 거예요. 여기 계속 있을 거예요. 너무 피곤해요.”

급기야 스타는 울음을 터트렸다.

피트는 그녀를 혼자 내버려 두고 연병장 한가운데로 걸어가서, 관중석에 희미하게 움츠린 빛을 뒤돌아보았다. 그의 생각은 그날 저녁에 있었던 공연으로, 그리고 무자비한 송신기 앞에서 스타가 노래하던 모습으로 넘어갔다. "안녕하세요— 여러분", "반드시 파괴해야 한다면, 우리 스스로를 파괴하는 데에서 끝내자고요!"

인류의 가물거리는 불꽃— 과연 그게 그녀에게 무슨 의미일 수 있을까? 어떻게 그게 그토록 큰 의미일 수 있을까?

"천둥과 장미." 뒤틀리고, 병들고, 살아남지 못하는 장미, 제 가시로 스스로를 죽이는.

"그러자 세계는 빛의 장소가 되었어요!" 푸른 불빛이 오염된 공기 속에서 가물거렸다.

적. 끝이 붉게 칠해진 레버. 본즈. "기도하고, 굶주리고, 자살하고, 불길에 타서 죽죠."

이들, 이 부패하고, 난폭하고, 살해하는 인간이란 도대체 어떻게 된 생물이란 말인가? 도대체 무슨 권리로 또 한 번의 기회를 얻는단 말인가? 도대체 그들에게 무슨 좋은 것이 있단 말인가?

스타는 좋은 사람이었다. 스타는 울고 있었다. 오로지 인간만이 저렇게 울 수 있었다. 스타는 인간이었다.

과연 인간성에는 스타 앤심이 조금이라도 들어 있기는 한 걸까?

스타는 **분명히** 인간이었다.

피트는 어둠 속에서 두 손을 내려다보았다. 그 어떤 행성도, 그 어떤 우주도, 인간에게는 자기보다, 즉 스스로 관찰하는 자아보다 더 크지는 않다. 이 두 손이야말로 모든 역사의 손이었고, 모든 인간의 손과 마찬가지로, 이 손은 작은 행동을 통해서 인간의 역사를 만들 수도, 또는 끝장낼 수도 있었다. 과연 이 손의 힘이 수십억 개의 손의 힘인지, 또는 수십억 개의 손이 이 두 손으로 수렴되었든지 간에, 지금 그를 끌어안는 영원 앞에서는 갑자기 중요하지 않게 되었다.

그는 인간성의 두 손을 자기 주머니에 넣고, 천천히 걸어서 관중석으로 다가갔다.

"스타."

그녀의 대답은 마치 졸린 아이가 뭔가를 물어볼 때의 칭얼거림과도 비슷했다.

"그들은 기회를 갖게 될 거예요, 스타. 저는 그 키를 건드리지 않겠어요."

스타는 똑바로 일어나 앉았다. 그리고 자리에서 일어나 미소를 지으며 그에게 다가왔다. 그 미소를 그가 볼 수 있었던 까닭은, 허공에서 매우 희미하게나마 그녀의 이가 빛났기 때문이었다. "피트."

피트는 잠깐 스타를 아주 꽉 끌어안고 있었다. 곧이어 그녀의 무릎이 꺾여서, 그는 그녀를 안아서 옮겨야 했다.

가장 가까운 건물인 장교 휴게실에는 아무도 없었다. 피트는 비틀거리며 안으로 들어갔고, 벽을 따라 더듬거리며 움직이다가 스위치를 찾아냈다. 불을 켜자 눈이 부셨다. 그는 긴 의자로 그녀를 데려가서 살며시 내려놓았다. 스타는 움직이지 않았다. 얼굴 한쪽이 우유처럼 창백했다.

피트의 두 손에는 피가 묻어 있었다.

그는 멍하니 두 손을 바라보며 서 있다가, 바지에 손을 문질러 닦고, 어쩔 줄 모르고 스타를 바라보았다. 그녀의 셔츠에도 피가 묻어 있었다.

갑자기 커다란 그 방의 저편 벽에서부터 "그럴 리가" 하는 메아리가 들려왔다. 피트가 미처 깨닫기도 전에 내뱉은 말이었다. 스타라면 이렇게 하지는 않을 것이었다. 그녀는 그럴 수 없었다!

의사가 필요했다. 하지만 이곳에는 의사가 없었다. 앤더스가 목을 매 자살한 이후로는 말이다. 누군가를 불러야 했다. **뭐라도** 조치를 취해야 했다.

그는 두 무릎을 꿇고 조심스럽게 그녀의 셔츠 단추를 풀었다. 여성다움과는 거리가 먼 튼튼한 군용 브래지어와 바지 윗부분 사이 옆구리에 피가 나고 있었다. 깨끗한 손수건을 꺼내 피를 닦아 내기 시작했다. 상처는 전혀 없었고, 뚫린 곳도 전혀 없었다. 그런데도 또다시 피가 났다.

마치 수건을 가지고 얼음덩어리를 닦아서 물기를 제거하려는 것과도 비슷한 형국이었다.

피트는 냉수 공급기로 달려가서 피 묻은 손수건을 빨아 가지고 다시 스타에게 달려왔다. 그는 조심스럽게 그녀의 얼굴을 닦아 주었다. 창백한 오른쪽도, 붉어진 왼쪽도. 손수건이 다시 붉게 물들었는데, 이번에는 화장품 때문이었다. 그러고 나자 스타의 얼굴은 온통 창백했고, 두 눈 밑에는 커다란 푸른색 그림자가 드리워져 있었다. 피트가 지켜보고 있자니, 그녀의 왼쪽 뺨에 피가 배어났다.

이쯤 되면 반드시 **누군가가** 필요했다. 그는 문 쪽으로 달려갔다.

"피트!"

달리다가 갑자기 스타의 목소리를 듣고 뒤를 돌아보는 바람에, 피트는 문기둥에 쿵 하고 부딪쳐 튕겨 나왔다. 그는 허우적거리며 균형을 되찾은 다음 다시 그녀의 곁으로 달려왔다. "스타! 제발 조금만 버텨 봐요! 제가 가서 최대한 빨리 의사를—"

스타가 한 손으로 왼쪽 뺨을 더듬었다. "결국 알아챘군요. 펠드먼 말고는 아무도 모르는 일이었죠. 적절히 위장하기가 힘들었어요." 곧이어 그녀는 한 손을 들어 머리카락을 만졌다.

"스타, 내가 얼른 가서—"

"피트, 저기요, 약속 하나만 해 줄래요?"

"음, 그래요. 당연하죠, 스타."

"제 머리카락은 손대지 말아 줘요. 이것도 사실은— 전부 제 머리카락인 것까지는 아니거든요, 아시다시피." 스타의 말투는 놀이를 하는 일곱 살짜리 꼬마 같았다. "이쪽으로는 머리카락이 다 빠져나왔거든요, 아시겠죠? 그러니까 저를 이쪽에서 바라보시지는 않았으면 좋겠어요."

피트는 다시 그녀 옆에 무릎을 꿇고 앉았다. "어떻게 된 거죠? 무슨 일이 있었던 거예요?" 그는 쉰 소리로 물었다.

"필라델피아에서 그랬죠." 스타가 중얼거렸다. "그때가 딱 시작이었어요. 반 마일 떨어진 곳에서 버섯구름이 피어오르더군요. 스튜디오가 무너져 버렸어요. 저는 다음 날에야 눈을 떴죠. 그때에는 화상을 입은 줄도 몰랐어요. 드러나지 않았으니까요. 제 몸의 왼쪽은요. 이제는 상관없어요, 피트. 이제는 전혀 아프지도 않으니까요."

그는 다시 벌떡 일어났다. "제가 가서 의사를 찾아올게요."

"가지 말아요. 제발 나만 두고 가지 말아요. 제발요." 그녀의 두 눈에 눈물이 고여 있었다. "조금만 더 기다려 줘요. 그리 오래 걸리지도 않을 거예요, 피트."

그는 다시 무릎을 꿇고 앉았다. 스타가 두 손으로 그의 두 손을 붙잡고 세게 쥐고, 행복한 듯 미소를 지었다. "당신은 좋은 사람이에요, 피트. 정말 좋은 사람이에요."

(그의 귀에 고인 피를, 그의 몸속에서 맴도는 증오와 공포와 고통의 소용돌이가 내뱉는 함성을 그녀는 미처 듣지 못했던 것이다.)

스타의 낮은 목소리는 잠시 후에 속삭임이 되었다. 때때로 피트는 상대방의 말을 제대로 알아들을 수 없다는 사실에 자책했다. 그녀는 자기가 다닌 학교에 대해서, 그리고 첫 번째 오디션에 대해서 이야기했다. "어찌나 겁이 나던지 목소리가 떨렸어요. 이전에는 한 번도 없었던 일이었죠. 그래서 지금도 약간 겁을 먹은 상태에서 노래를 부르곤 해요. 쉬운 일이에요." 스타가 네 살 때 창문 화단에는 뭔가가 있었다. "진짜 살아 있는 튤립 두 포기랑 식충식물 한 포기가 있었죠. 제가 파리 때문에 무척 짜증이 났었거든요."

그 말이 끝나자 한참 침묵이 이어졌다. 그 사이에 그의 근육은 저리고 쥐가 나서 욱신거렸고, 점차 감각이 없어지고 말았다. 아마 깜박 존 모양이었다. 피트는 소스라쳐 잠에서 깨어났다. 스타의 손가락이 그의 얼굴에 닿은 것이다. 그녀는 한쪽 팔꿈치에 의지해 손을 뻗고 있었다. 스타가 또렷한 어조로 말했다. "이 말을 해 주고 싶어요, 피트. 일단 제가 먼저 가서, 당신을 위해 모든 걸 준비해 놓을게요. 정말 멋질 거예요. 제가 당신한테 특제 토스트샐러드를 만들어 드릴게요. 초콜릿 푸딩도 만들고, 먹기 좋을 만큼 따뜻하게 준비해 둘게요."

아직 멍한 까닭에 그 말을 제대로 이해하지 못한 피트는 그냥 미소만 지으며 스타를 살며시 밀어 의자에 눕혔다. 그녀가 다시 그의 두 손을 붙잡았다.

피트가 다시 잠에서 깨어났을 때는 이미 환한 대낮이었고, 스타는 죽어 있었다.

막사로 돌아와 보니, 소니 와이즈프렌드가 침상에 일어나 앉아 있었다. 피트는 돌아오는 길에 연병장에서 주운 어제의 녹음 디스크를 그에게 건네주었다. "이슬에 젖었더라고. 잘 말려서 써 봐, 친구." 그는 갈라지는 목소리로 말한 다음 본즈가 쓰던 침상에 얼굴을 박고 누웠다.

소니가 그를 바라보았다. "피트! 어디 갔었던 거야? 어떻게 된 거야? 괜찮아?"

피트는 살짝 움직이며 끙 소리를 냈다. 소니는 어깨를 으쓱하고는 오디오비드 디스크를 젖은 봉투에서 꺼냈다. 습기 때문에 딱히 망가지지는 않았겠지만, 젖어 있는 상태에서는 틀 수가 없었다. 미세한 플라스틱 나선을 투명 코팅한 형태의 물건이었기 때문이다. 턴테이블 위아래에 있는 정전기 픽업이 음반에 각인된 유전상수誘電常數의 변화에 따라 동요하고, 이런 변화가 증폭되어 비디오가 되는 것이었다. 오디오는 전통적인 수직 요철 바늘을 사용했다. 소니가 조심스럽게 디스크를 닦기 시작했다.

피트는 너울거리는 차가운 불길이 가득한 넓은 초록색 빛의 공간에서 위로 빠져나오기 위해서 안간힘을 쓰고 있었다. 스타가 그를 부르고 있었다. 뭔가가 역시나 그를 두드리고 있었다. 피트는 미약하게 싸웠고, 그녀가 뭐라고 말하는지 들으려고 애썼다. 하지만 누군가가 너무 크게 떠들고 있어서 제대로 알아들을 수가 없었다.

피트는 눈을 떴다. 소니가 그를 흔들어 깨우고 있었다. 특유의 둥근 얼굴은 기쁜 나머지 분홍빛으로 변해 있었다. 오디오비드가 돌아가고 있었다. 스타의 목소리가 들려왔다. 소니는 조급한 듯 자리에서 일어나더니 음량 조절 장치를 줄였다. "피트! 피트! 잠깐 일어나 볼 수 있어? 내가 해 줄 이야기가 있어서 그래. 내 말 좀 들어 봐. 잠깐 일어나라니까, 좀, 응?"

"어?"

"그래, 더 낫군. 자, 내 말 좀 들어 봐. 내가 방금 전에 스타 앤심을 듣고 있었는데—"

"그 여자 죽었어." 피트가 말했다. 소니는 귀담아듣지 않았다. 대신 격한 어조로 이렇게 말했다. "내가 알아냈다니까. 스타는 누군가에 의해 파견된 거야. 여기에, 그리고 다른 모든 곳에도. 그러니까 더 이상은 핵폭탄을 쏘지 말라고 **간청하기** 위해서 말이야. 만약 정부가 반격하지 않을 거라고 확신한다면, 굳이 그런 수고를 무릅쓰지는 않았겠지. 어딘가에 있을 거야, 피트. 저 살인자 겁쟁이들을 향해 폭탄을 발사할 방법이 어딘가에 있을 거라고. 그리고 나는 그 방법이 뭔지를 용케 알아냈단 말이야."

피트는 스타의 희미한 목소리가 들리는 쪽으로 지친 듯 몸을 돌렸다. 소니는 계속 떠들었다. "자, 마스터 전파 키가 있다고 가정해 보자고. 그러니까 선박에 사용하는 경보 신호하고 비슷한 자동 암호 장치가 있다고 말이야. 한 선박에서 송신자가 네 번의 긴 대시를 보내면, 전파 범위 내에 있는 모든 선박에서 벨이 울리지. 이와 비슷하게 폭탄을 발사하는 자동 암호 기계가 중계기와 함께 전국 곳곳에 묻혀 있다고 가정해 보자고. 그건 도대체 뭘까? 그저 잡아당기면 끝인 작은 레버일 거야. 그게 다라고. 그러면 그건 어떻게 숨겨 놓을까? 다른 장비들이 수두룩한 곳 한가운데야. 바로 거기라고. 즉 정신 나간 것처럼 보이는 비밀스러운 물건들을 잔뜩 쌓아 놓은 어떤 장소에 말이야. 예를 들어 실험 기지 같은 곳에. 예를 들어 지금 이곳에 말이야. 자네도 이제 내 말뜻이 이해되기 시작하지?"

"입 닥쳐. 스타의 목소리가 안 들리잖아."

"스타 따위는 개나 줘! 저건 나중에 언제라도 들을 수 있잖아. 자네는 내가 한 말을 전혀 듣지 않았군!"

"그 여자 죽었어."

"그래. 음, 내 생각에는 그 손잡이를 잡아당겨도 그만일 것 같아. 나한테 손해가 될 게 뭐야? 대신 그 살인자 놈들에게는 톡톡히…… 근데 **뭐**?"

"그 여자 죽었다고."

"죽어? 스타 앤심이?" 그의 젊은 얼굴이 일그러졌다. 소니는 침상에 털썩 주저앉았다. "자네 방금 전까지 반쯤 잠들어 있었잖아. 그러니 지금 헛소리를 하고 있는 게 분명해."

"그 여자 죽었다니까." 피트가 쉰 소리로 말했다. "처음 떨어진 폭탄 가운데 하나 때문에 화상을 입었던 거야. 내가 밤새 같이 있으면서 그녀의…… 그녀의— 여하간 입 좀 닥치고 밖으로 꺼져 버려. 나 저것 좀 듣게!" 그가 쉰 소리로 고함을 질렀다.

소니가 천천히 자리에서 일어났다. "그놈들이 결국 그녀까지 죽인 거야. 그놈들이 죽인 거라고. 그것이 그런 거야. 그것 때문이야." 그의 얼굴은 하얗게 질려 있었다. 그러더니 소니는 밖으로 나갔다.

피트도 일어났다. 두 다리가 제대로 움직이지 않았다. 하마터면 침상에서 떨어질 뻔했다. 콘솔 앞으로 가다가 몸이 부딪쳤고, 한쪽 팔에 부딪힌 픽업이 음반을 가로질러 지나갔다. 그는 픽업을 제자리에 놓고 음량을 키운 다음, 다시 누워서 귀를 기울였다.

피트의 머릿속은 온통 혼란스러웠다. 소니가 너무 말을 많이 했다. 폭탄 발사 장치며, 자동 암호 기계며—

"당신은 내게 마음을 주고." 스타가 노래했다. "당신은 내게 마음을 주고, 당신은 내게 마음을 주고, 당신은—"

피트는 다시 몸을 일으켜 픽업 암을 조정했다. 갑자기 분노가 치밀었다. 자기 자신을 향해서라기보다는 오히려 디스크를 구간 반복 재생으로 설정해 놓은 소니를 향한 분노였다. "우리는 동쪽에서, 그리고 서쪽에서 공격을, 우리는 동쪽에서, 그리고 서쪽에서 공격을—"

그는 다시 지친 듯 자리에서 일어나 픽업 암을 움직였다.

"당신은 내게 마음을 주고, 당신은 내게—"

피트는 신음을 내뱉었다. 차마 말이 되지도 못한 소리였다. 그러고는 몸을 굽히고, 일으키고, 콘솔을 뒤엎어 버렸다. 강제로 만들어 낸 고요 속에서 그가 말했다. "나도 그랬지."

곧이어 그가 동료를 불렀다. "소니." 그리고 잠시 기다렸다.

"소니!"

피트의 두 눈이 휘둥그레졌다. 곧이어 그가 욕설을 내뱉고 복도로 달려 나갔다.

피트가 도착했을 때 벽문은 닫혀 있었다. 그는 발로 걷어찼다. 그러자 벽문이 활짝 열리면서 어두운 밀실이 드러났다.

"이봐!" 소니가 고함을 질렀다. "망할! 자네 때문에 불이 꺼졌잖아!"

피트는 안으로 들어가서 문을 닫았다. 다시 조명이 환하게 켜졌다.

"피트! 도대체 무슨 일이야?"

"아무 일도 아니야, 소니." 피트가 목멘 소리로 말했다.

"뭘 보고 있는 거야?" 소니가 불안한 듯 말했다.

"미안." 피트는 최대한 온화하게 말했다. "뭔가 좀 찾아보고 싶은 게 있어서. 그게 다야. 혹시 다른 사람한테도 이것에 대해 이야기를 했어?" 그는 레버를 손으로 가리켰다.

"음, 아니. 아까 자네가 자고 있을 때에야 그 용도를 알아낸 거야. 방금 전에 말이야."

소니가 초조한 듯 양발에 체중을 옮겨 싣는 사이 피트가 조심스레 주위를 둘러보았다. 그러고는 공구함으로 다가갔다. "그런데 아직 자네가 미처 못 본 게 있어, 소니." 피트는 나지막이 말하며 손을 들어 가리켰다. "저 위에, 그러니까 자네 뒤의 벽에 말이야. 저기 높이. 보이지?"

소니가 뒤를 돌아보았다. 그러자 피트는 물 흐르듯 자연스러운 동작으로 14인치짜리 박스 스패너를 있는 힘껏 휘둘러 소니의 뒤통수를 때렸다.

그런 다음에 그는 전력 공급 장치를 체계적으로 손보았다. 가스 엔진의 플러그를 뽑고, 나무망치를 휘둘러서 실린더를 박살 냈다. 디젤 시동기의 튜브를 박살 냈고(탱크가 폭발하는 듯한 소리를 내며 깨졌다) 케이블을 모두 볼트 절단기로 잘라 버렸다. 그러고 나서 계전기와 그 레버도 박살 냈다. 작업을 마치자 그는 공구를 치우고 몸을 굽혀서 소니의 헝클어진 머리카락을 쓰다듬어 주었다.

피트는 밖으로 나가 벽문을 조심스레 닫았다. 정말로 놀라운 위장 장치가 아닐 수 없었다. 그는 가까이에 있는 작업대 위에 털썩 걸터앉았다.

"너희들은 기회를 얻게 될 거야." 피트는 먼 미래를 향해 말했다. "그리고 제발 부탁이니, 이번에는 제대로 하는 게 좋을 거야."

그러고 나서 그는 가만히 기다렸다.

황금 나선
The Golden Helix

I

토드가 먼저 잠에서 깨어났다. 어쩌면 무척 호기심이 많고, 무척 생기가 넘쳤기 때문일지도 모른다. 어쩌면 열일곱 살이기(또는 한때 열일곱 살이었기) 때문일지도 모른다. 그는 저항했지만, 조종기를 거부할 수는 없었다. 조종기는 팔다리를 구부렸다 폈다 하고, 가슴을 압박하고, 곳곳을 토닥이고 주무르고 문질렀다. 관절이 삐걱거리고, 혈액은 졸린 듯 혈관 벽에 달라붙은 채 너무 오랜만이어서 그런지 마지못해 굼뜨게 움직였다.

차가운 바늘이 몸 곳곳을 찌르자 토드는 헉 소리와 함께 고함을 질렀고, 피부가 감각을 되찾으며 간지러움이 심해져서 화상을 입은 듯한 느낌이 들자 또다시 헉 소리와 함께 비명을 질렀다. 곧이어 그는 기절했고, 아마도 잠이 든 것 같았다. 다른 누군가가 비명을 지르기 시작하자 쉽게 다시 깨어났기 때문이다.

비록 힘이 없고 몹시 배가 고팠지만, 이례적이다 싶을 정도로 푹 쉰 상태였다. 토드가 의식한 첫 번째 깨달음은 조종기가 자기 몸에서 떨어져 나갔다는 것, 그리고 목 뒤에 꽂혀 있던 여러 개의 바늘도 마찬가지로 떨어져 나갔다는 것이었다. 그는 떨리는 손으로 찔린 곳을 만져 보았고, 이미 상처가 아물고 있는 살과 반쯤 합쳐진 반창고의 흔적을 느낄 수 있었다.

토드는 편안한 상태에서 이 새로운 비명에 귀를 기울였고, 그 비명이 자기 것이 아니라는 사실에 만족을 느꼈다. 그는 눈을 떴고, 자기 수면관睡眠棺의 뚜껑이 열린 것을 보고는 크게 놀랐다.

토드는 팔을 위로 허우적거리며 몸을 일으켰고, 지독한 현기증을 억누르기 위해 잠시 앉아 있었다. 마침내 현기증을 극복하고 나서 그는 턱을 수면관 벽에 올려놓았다.

비명은 에이프럴의 수면관에서 흘러나오고 있었다. 저쪽도 역시나 뚜껑이 열린 채였다. 커다란 수면관 두 개는 서로 맞닿은 상태였고 뚜껑의 경첩이 서로 반대편에 있었기 때문에, 그는 손쉽게 옆의 수면관 속을 들여다볼 수 있었다. 조종기 여럿이 그녀의 몸에 작업을 하고 있었는데, 그것도 상당히 난폭하게 작업하고 있었다. 똑바로 누운 에이프럴은 뭔가 무시무시한 악몽에, 예를 들어 아무리 페달을 밟아도 바퀴가 헛도는 자전거를 타고 도망치는 악몽에 사로잡히기라도 한 모습이었다. 마치 까딱거리는 머리 주위에 모여든 꿈속의 말벌 떼를 쫓아 버리려는 듯 두 팔도 열심히 움직이고 있었다. 그녀의 머리에 달라붙은 바늘 무더기가 목덜미 뒤로 펼쳐진 모습이 마치 엘리자베스 시대 의복에 달린 커다란 목깃의 기계적 외삽外插처럼 보였다.

토드는 자기 수면관의 끝까지 기어간 다음, 비틀거리며 일어나서 가슴 높이에 있는 수평 손잡이를 붙잡았다. 한 팔을 손잡이에 올리고, 곧이어 겨드랑이 밑에 손잡이를 밀착시켰다. 반쯤은 거기 매달린 채로 한 발을, 그리고 또 한 발을 계단 꼭대기에 가까스로 올려놓았다. 그는 몸을 아래로 내려서 마침내 계단 위에 앉았고, 마침내 수면관 밖으로 나오자 쉬려고 뒤로 축 늘어져 버렸다. 격노한 허파와 두근거리는 심장이 진정되자 그는 아기처럼 엉덩이를 끌면서 네 칸짜리 계단을 한 칸씩 내려갔다.

에이프럴의 비명이 멈추었다.

맨 아래 계단에 앉은 토드는 피로로 허리가 꺾인 상태였다. 두 발은 금속제 바닥에, 두 무릎은 가슴과 어깨 사이의 텅 빈 공간에 놓여 있었다. 앞에 있는 낮은 대좌에는 둥근 스위치 디스크가 달린 육면체가 놓여 있었다. 다시 힘이 모이자 그는 한 손을 조금씩 앞으로 뻗어서 디스크 위에 털썩 떨어뜨렸다. 요란한 딸랑딸랑 소리가 나더니, 육면체의 앞면이 사라지면서 미세하고 반짝이는 먼지가 되어 천천히 공중을 떠돌았다. 토드는 무거운 손을 들어 올려 육면체 안에 집어넣었다. 그리고 캡슐을 한 개, 두 개, 입술로 가져갔다. 잠시 멈추었다가, 이번에는 육면체 안에서 비커를 하나 꺼냈다. 자주색 결정체가 4분의 3 정도 들어 있었다. 그는 강철 바닥에 비커를 툭 하고 부딪쳤다. 그러자 뚜껑이 가루로 변하며 비커 안으로 떨어졌고, 결정체는 갑자기 액체가 되어서 격렬한 거품을 일으켰다. 거품이 잦아들자 토드는 액체를 마셨다. 요란하게 트림을 하고 나자 머리가 맑아졌고,

시야도 확장되어서 다른 수면관들이며, 구획 벽이며, 우주선 그 자체며, 그 사명까지도 눈에 들어오게 되었다.

저 바깥 어딘가에는(이제 가까워진 어딘가에는) 시리우스와 그 포로 행성인 테라 프라임이 있었다. 지구 최초의 주요 식민지인 프라임은 먼 훗날 지구가 한 번도 겪어 보지 못한 방식으로 번성할 예정이었는데, 이곳은 계획되고 맞춤된 행성이 될 것이기 때문이었다. 지구에서 8.5광년 떨어진 프라임의 인구는 주로 지구에서 온 이민자로, 여압 돔 안에 살면서 그 행성의 대기를 지구의 정상 대기로 바꾸기 위해 애쓰고 있었다. 양쪽 행성의 혈통을 최대한 서로 가깝게 유지하기 위해서는 반드시 지구의 피를 수혈해야만 했는데, 빛보다 더 빠른 항행법이 개발되지 않는 한 양쪽 세계 간에 그보다 빈번한 교환이 불가능할 것이기 때문이었다. 빛에게는 8년 걸리는 시간이 인간에게는 반생이나 걸렸다. 이에 대한 해결책은 바로 수면관이었다. 이 놀라운 기계 안에 들어가 잠든 인간은(그 안에서의 잠은 지구에 있을 때에 자던 잠보다 질적으로 뛰어났다) 나중에 목적지에 가까운 우주에서 깨어나는데, 나이는 기껏해야 한 달 정도밖에는 더 먹지 않았다. 수면관이 없다면 십중팔구 유전적 변이가 생길 것이고, 여차하면 돌연변이가 생길 수도 있었다. 인간은 별들에서 번성하고 싶어 했다. 하지만 어디까지나 인간의 상태를 유지하면서였다.

토드와 다섯 명의 동료들은 엄선된 사람들이었다. 저마다 뛰어난 면(예를 들어 기계적, 수학적, 예술적 소질)을 지니고 있었다. 하지만 전적으로 뛰어난 것까지는 아니었다. 지도자들로만 이루어진 식민지는 번성할 수 없었으며, 살아남을 수도 없었다. 이들 역시 우주선에 실린 다른 화물(즉 기계 설계도, 음악 및 미술 마이크로필름, 기술 및 의학 저술, 소설 및 오락물)과 마찬가지로 고등하지도, 비범하지도 않았다. 티그를 제외하면 이들은 검증된 보통 사람, 즉 적임자였다. 이들은 엘리트를 위해서라기보다는 오히려 대중을 위한 기본 혈액이었다.

토드는 텅 빈 벽을 둘러보다가, 한쪽 구석에서 닫힌 문을 나타내는 가느다란 윤곽선을 찾아냈다. 그는 문을 열고 복도를 미끄러지듯 지나간 다음, 현창을 막아 놓은 장갑판을 밀어서 여는 조종 장치를 가동시키고픈 마음이 간절했다. 난생처음 우주의 모습을 만끽하고 싶었기 때문이다. 지금껏 이야기는 많이 들었지만 한 번도 직접 본 적은 없었다. 우주선이 발사되기 전부터 이들은 끝없는 잠에 깊이 빠져 있었기 때문이다.

하지만 토드는 한숨만 내쉰 채, 다시 수면관이 있는 곳으로 돌아오고 말았다.

앨마의 수면관은 아직 뚜껑이 닫혀 있었지만, 나머지 모두의 수면관에서는 저마다 정도는 달라도 뚜렷한 소리와 동작이 나타나고 있었다.

토드는 맨 먼저 에이프럴의 수면관을 살펴보았다. 그녀는 이제 잠든 것처럼 보였다. 바늘 무더기와 조종기는 떨어져 나간 상태였다. 피부가 붉어져 있었다. 살아 있는 색깔이었고, 더 이전의 우중충한 밀랍 색깔과는 아주 달랐다. 그는 잠시 미소를 지은 다음 이번에는 티그를 살펴보러 갔다.

티그 역시 진짜 잠에 빠져 있었다. 두 눈썹 사이에 나타났던 세로 주름살이 이제는 희미해졌고, 단단하고 여문 두 손은 축 늘어지고 평소 성격과는 어울리지 않게 아무 목적도 없어 보였다. 저 가늘고 빛나는 초록색 눈에 초점이 없는 모습이라든지, 저 몸이 결의에 찬 탄력과 균형이 없는 모습을 보는 것은 토드로서도 난생처음이었다. 그토록 많은 책임을 지닌 티그조차도 이렇게 여느 사람처럼 무력할 수 있다는 사실을 깨닫자 그는 어쩐지 기분이 좋아졌다.

토드는 미소를 지은 채 아직 닫혀 있는 앨마의 수면관 옆을 지나갔다. 앨마를 볼 때면, 그녀의 목소리를 들을 때면, 그녀가 생각에 스칠 때면 그는 항상 미소를 지었다. 앨마 옆에서는 매우 용감해질 수 있었다. 그녀는 온화함과 위안을 항상 준비해 두었기 때문에 굳이 불러올 필요까지도 사실상 없었다. 그녀가 거기 있음을 알면 토드는 무슨 일이라도 너끈히 견딜 수 있었다.

이제 그는 방을 가로질러 가서 마지막 한 쌍을 살펴보았다. 칼은 한창 격하게 몸부림을 치고 있었다. 바늘 무더기는 이미 빠지고, 조종기는 이제 마지막 단계에 접어들어 있었다. 그는 비명 대신에 끙끙 소리만 냈고, 마치 속으로 삭히는 듯 깜짝 놀란 헉 소리만 연이어 내뱉었다. 두 눈을 크게 뜨고 있었지만, 그저 흰자만 보일 뿐이었다.

모이라는 상당히 안정된 상태로, 길쭉한 황금색 고양이마냥 옆으로 누운 채 수면관 바닥에 늘어져 있었다. 마치 방해받지 않은 잠의 만족스러운 체념 속에 빠져 있는 듯했다.

토드는 새로운 소리를 듣고 다시 에이프럴에게 가 보았다. 그녀는 가부좌를 틀고 앉아 있었고, 고개를 숙인 것으로 미루어 깊이 정신을 집중한 상태인 것이 분명했다. 그는 이해할 수 있었다. 나를 지탱할 이 약하고 떨리는 두 팔은 꺾이지 **않을** 것이라는 주장에 대한 온 영혼의 헌신을, 그리고 성취감을 알고 있었기 때문이다.

토드는 손을 뻗어서 에이프럴의 얼굴에서 부드럽고 새하얀 머리카락을 살며시 들어 주었다. 그녀가 알비노 특유의 헤아릴 수 없는 루비색 눈을 들어 그를 바라보며 울먹였다.

"기운 내." 토드가 나지막이 말했다. "여기 다 왔으니까." 에이프럴이 움직이지 않자 그는 수면관 벽에 가슴을 대고 균형을 잡은 채 상대방의 양 어깨뼈 사이를 한 손으로 받쳤다. "기운 내."

에이프럴이 성급히 앞으로 움직였지만, 토드가 붙들어서 무릎을 꿇은 채 기다리게 했다. 그는 그녀를 위로, 그리고 앞으로 인도해서 양손을 손잡이에 갖다 대 주었다. "꽉 잡아, 에이프*." 그가 말했다. 에이프럴이 시키는 대로 하는 사이, 토드는 그 여린 몸을 번쩍 들어 수면관 밖으로 꺼내서 계단 꼭대기에 세웠다. "이제 손을 놔. 나한테 몸을 기대고."

그녀는 기계적으로 명령에 따랐고, 그는 그녀를 부축해 아래로 내려와서 자기가 했던 것처럼 맨 아래 계단에 앉혔다. 토드가 발치에 있는 스위치를 누르고 캡슐을 꺼내서 입에 넣어 주는 와중에도 에이프럴은 멍하니, 마치 최면이라도 걸린 듯 그를 바라보기만 했다. 그는 비커를 꺼내서 툭 하고 친 다음 거품이 가라앉을 때까지 들고 있다가, 그녀의 어깨를 한 팔로 감싸고 액체를 먹여 주었다. 에이프럴은 두 눈을 감고 토드의 몸에 기대서 축 늘어졌고, 처음에는 숨을 깊이 쉬다가, 나중에는 아예 숨을 쉬지 않았다. 순간 그는 겁에 질렸다. 그러다가 그녀가 한숨을 내뱉었다. "토드……"

* ape, 에이프럴의 애칭으로, 원숭이라는 의미도 있다.

"나 여기 있어, 에이프."

에이프럴은 몸을 똑바로 세우더니, 고개를 돌려 토드를 바라보았다. 미소를 지으려고 애쓰는 듯했지만, 대신 부르르 몸을 떨었을 뿐이었다. "추워."

그는 자리에서 일어났다. 그러면서도 자기가 부축하지 않아도 그녀가 혼자 앉을 수 있다는 확신이 들 때까지 한 손을 그녀의 어깨에서 떼지 않고 있었다. 곧이어 토드는 수면관 바깥에 있는 고정 장치에 걸린 망토를 가져다주었다. 에이프럴이 옷을 입게 도와주고, 무릎을 꿇고 슬리퍼를 발에 신겨 주었다. 그녀는 가만히 앉아서 옷을 꼭 여미고 있었다. 마침내 에이프럴이 주위를 둘러보다가 다시 그를 바라보았다. 위를, 그리고 주위를 둘러보다가, 또다시 그를 바라보았다. "우리— 거기 다 왔어!" 그녀가 숨을 쉬었다.

"우리가 **여기** 다 온 거겠지." 토드는 에이프럴의 말을 고쳐 주었다.

"그래, 여기. 바로 여기. 네 생각에는 우리가 얼마나 오래……"

"기록을 읽어 보기 전에는 정확히 얼마나 됐는지 알 수 없어. 25년이나 27년— 어쩌면 더 오래일 수도 있지."

그녀가 말했다. "그럼 나도 늙었을 수, 늙었을 수 있겠네—" 그러면서 자기 얼굴을 손으로 더듬더니, 목 옆을 따라 손톱으로 죽 더듬어 보았다. "어쩌면 내가 마흔일 수도 있겠어!"

토드는 에이프럴을 바라보며 웃었다. 바로 그때 눈가에 어떤 동작이 포착되었다. "칼!"

칼은 자기 수면관 벽 위에 옆으로 걸터앉아 있었다. 두 발은 아직 수면관 안에 있었다. 힘이 없거나 말거나 간에, 지금처럼 당연히 멍한 상태에서도, 평소의 그라면 토드를 향해 씩 웃었어야 맞을 터이고, 뭔가 건강하면서도 으스대는 몸짓을 보여 주었어야 맞을 터였다. 그런데도 지금은 가만히 앉아 완전히 어리둥절한 상태로 동료를 바라보고 있었다. 토드가 그에게 다가갔다. "칼! 칼, 우리 여기 도착했어!"

칼은 멍하니 그를 바라보았다. 토드는 딱히 설명할 수는 없었지만 어딘가 마음이 불편했다. 저 친구는 항상 소리를 질렀고, 항상 뛰어다녔다. 항상 바깥쪽 모습보다 안쪽 모습이 약간 더 커 보였고, 뛰쳐나갈 준비가 되어 있었고, 항상 다른 누구보다도 더 빨리 생각하고 더 잽싸게 웃었다.

그런데 지금은 토드가 계단을 내려오도록 도와주어도 가만히 있었고, 캡슐과 비커를 꺼내 건네주는데도 축 늘어져 앉아 있었다. 액체의 거품이 가라앉기를 기다리는 사이, 칼은 멍하니 주위를 둘러보았다. 그러다가 액체를 마시고는 자칫 고꾸라질 뻔했다. 에이프릴과 토드가 그를 부축해서 일으켜 세웠다. 그러다가 정말 느닷없이, 칼은 혼자 힘으로 몸을 똑바로 세울 수 있었다. "이봐!" 그가 소리를 질렀다. "우리 여기 도착했어!" 칼은 두 사람을 바라보았다. "에이프릴! 토드! 이런, 세상에— 다들 잘 지냈어, 친구들?"

"칼?" 마치 플루트의 목소리 비슷한 목소리가 들려왔다. 물론 플루트가 속삭일 수 있다고 한다면 말이다. 그들은 고개를 돌렸다. 모이라의 수면관 벽 너머에서 머리카락이 작은 황금색 물결처럼 너울거렸다.

세 사람은 힘겹게, 그러나 열심히 모이라가 있는 곳으로 올라가서, 그녀가 밖으로 나오도록 도와주었다. 칼이 크나큰 안도의 한숨을 내쉬자, 토드와 에이프럴이 움직임을 멈추고 그를 향해, 그리고 서로를 향해 미소를 지었다.

칼이 불편한 옷을 벗어 치우듯이 어깨를 으쓱하면서 무기력함을 떨쳐내고, 모이라에게 바짝 다가갔다. 오로지 그녀를 보살피기 위해서였다.

깊지만 힘겨워하는 또 다른 목소리가 들려왔다. "지금 누구누구 일어났어?"

"티그! 티그 목소리야…… 우리 모두 일어났어, 티그." 토드가 말했다. "칼하고 모이라하고 에이프럴하고 나하고 말이야. 앨마만 빼고 모두 일어났어."

티그의 커다란 머리가 수면관 위로 천천히 모습을 드러냈다. 그는 레이더의 움직임처럼 절제된 동작으로 주위를 살펴보았다. 머리가 한 번 돌고 멈추자, 그 움직임이 몸으로 전달되는 듯했고, 곧이어 몸이 꾸준하게 위로 움직이기 시작했다. 그를 지켜보는 네 사람은 그런 움직임에 얼마나 대단한 의지력이 필요한지를 경험으로 알고 있었지만, 어느 누구도 선뜻 도움을 주려고 들지 않았다. 부탁을 받지 않는 한, 어느 누구도 티그를 돕지는 않았다.

한쪽 다리가 나오고, 또 한쪽 다리가 나왔다. 그는 손잡이를 무시하고 혼자 계단을 걸어 내려와서, 마치 왕좌에 앉은 듯 맨 아래 계단에 걸터앉았다. 두 손이 매우 천천히 움직였지만, 캡슐과 비커를 입으로 가져가는 와중에도 전혀 떨리지 않았다. 티그는 잠시 가만히 앉아 있었고, 두 눈을 감은 채 콧구멍을 좁혔다. 그러다가 생명력이 강력하게 그의 몸속으로 주입되었다. 마치 근육이 눈에 띌 만큼 약간 부풀어 오른 것 같았다. 이전보다 더 육중해지고 키가 더 커 보였으며, 다시 뜬 두 눈은 일찍이 훈련 내내 그들을 끌어모으고, 연대시키고, 인도했던 바로 그 생명력 넘치고 압도적인 빛의 원천이 되어 있었다.

티그는 한쪽 구석에 있는 문을 바라보았다. "혹시 누가 벌써―"

"우리는 너를 기다리고 있었어." 토드가 말했다. "그러면 우리…… 나가서 좀 둘러봐도 될까? 나는 별을 보고 싶거든."

"먼저 앨마를 살펴보고 나서." 티그가 자리에서 일어났다. 이번에도 자기 수면관의 테두리며 손잡이를 무시하고 혼자 힘으로 움직였다. 그는 앨마의 수면관으로 다가갔다. 키가 큰 티그는 다른 동료들과 달리 계단에 올라가지 않고도 수면관의 뚜껑을 통해 안을 살펴볼 수 있었다.

곧이어 그가 뒤도 돌아보지 않고 말했다. "잠깐만."

그 곁을 떠나서 방을 절반쯤 가로질러 가던 동료들이 우뚝 걸음을 멈추었다. 티그가 그들을 돌아보았다. 얼굴에는 표정이 전혀 없었다. 그는 대략 10초쯤 전혀 아무런 움직임도 없이 서 있었고, 곧이어 조용히 한숨을 훅 내뱉었다. 티그가 앨마의 수면관 계단을 올라가서 손을 뻗자, 그의 수면관과 가장 가까운 쪽의 벽이 조용히 아래로 내려갔다. 그는 계단을 내려오더니, 상체를 숙이고 한참 수면관 속의 사람을 살펴보았다. 나머지 동료들이 긴장하고 겁에 질려 지켜보는 곳에서는 그 내부가 전혀 보이지 않았다. 이들은 감히 더 가까이 갈 엄두도 내지 못했다.

"토드." 티그가 말했다. "장비를 가져와. 람다 외과 수술 장비야. 모이라, 나 좀 도와줘."

그 충격이 토드의 뼈를 훑고 지나갔고, 다시 생성되어 또다시 그를 강타했다. 하지만 티그의 명령을 따르는 데에 워낙 익숙했던 그는 상대방의 말이 끝나기도 전에 일어나서 움직이고 있었다. 토드는 격벽 쪽으로 가서 패널을 열고 단추를 눌렀다. 금속성의 속삭임이 들리더니, 발치에서 육중한 상자가 쑥 튀어나왔다. 그는 상자를 끌고 티그에게 갔고, 둘이 힘을 합쳐 상자를 수면관 옆에 놓아두었다. 티그는 곧바로 양손을 장비 한쪽 끝에 있는 막膜에 집어넣더니, 모이라에게도 장비의 다른 한쪽에서 똑같이 하라며 고개를 끄덕였다. 토드는 뒤로 물러섰고, 앨마 쪽으로 향하는 시선을 신중하게 회피한 상태로 에이프럴에게 돌아왔다. 그녀는 양손으로 그의 왼쪽 이두근을 꽉 붙잡고 바짝 몸을 기댔다. "람다면……" 에이프럴이 속삭였다. "그러면…… 분만인 거지, 안 그래?"

토드는 고개를 저었다. "분만은 카파고." 그는 고통스러운 듯 말했다. 그리고 침을 꿀꺽 삼켰다. "람다는 제왕절개야."

그녀의 진홍색 눈이 휘둥그레졌다. "제왕절개? 앨마가? 걔한테 제왕절개가 필요할 이유가 없을 텐데!"

토드는 고개를 돌려 에이프럴을 바라보았지만, 차마 제대로 바라볼 수가 없었다. 두 눈이 따가웠기 때문이다. "살아 있을 동안에는 물론 필요가 없었겠지." 그가 속삭였다. 곧이어 작고 하얀 두 손이 자기 팔을 아프게 꽉 조이는 느낌이 들었다. 방 저편에서는 칼이 조용히 앉아 있었다. 토드는 손뒤꿈치로 눈에 고인 물기를 훔쳐 냈다. 칼이 관자놀이에 손가락을 대고 뚝뚝 꺾기 시작했다. 아주 천천히.

티그와 모이라는 한참 바쁘게 움직였다.

II

토드는 두 다리를 끌어당기고 머리를 잔뜩 낮춰서 무릎뼈로 사정없이 눈두덩을 짓눌렀다. 정강이를 끌어안고 등을 벽판에 댄 상태로, 붉은색이 번쩍거리는 암흑 속에서 앨마와 기쁨, 앨마와 위안, 앨마와 용기로 거듭해서 돌아갔다.

예전에도 한 번 딱 이런 식으로, 즉 슬픔과 분노로, 맹목과 무기력으로 뒤틀린 채, 우주 공항의 어두운 장비 창고 한구석에 앉아 있던 때가 있었다. 에이프럴이 결국 못 가게 될 거라는 소문 때문이었다. 알비노증 보유자는 시리우스에 필요 없다는 이유에서였다. 알고 보니 사실이 아니었지만, 그 당시에는 그것도 전혀 문제가 되지 않았다. 토드는 그녀를 때렸다. **앨마**를 때렸다! 그녀 말고는 이 세상에 그가 덤벼들 사람이 없었기 때문이다. 그런데도 앨마는 토드를 찾아내서 함께 앉아 있어 주었다. 심지어 피가 흐르는 자기 얼굴에 손도 대지 않고 말이다. 결국 그가 그녀의 무릎에 몸을 던지고 어린아이처럼 울 때까지 기다려 주었을 뿐이다. 그 사실은 아는 사람은 오로지 토드와 앨마, 이렇게 둘뿐이었고……

그는 앨마가 우주 공항의 아이들과 함께 있던 모습을 기억했다. 그녀는 아이들과 함께 잔디밭에서, 그리고 수영장에서 뛰고 구르곤 했었다. 또한 그는 앨마가 차분한 얼굴로, 특유의 부드럽고 온화한 눈으로 별을 바라보던 모습을 기억했다. 그녀의 두 눈 속에서는 마치 우주 그 자체처럼 굳건하고 침투력 있는 도전이 엿보였다. 잔디밭에서 구르기와 고고한 존엄. 이 두 가지가 앨마 안에서 균열을 일으키지 않고 공존했다. 토드는 그녀가 했던 말도 기억했다. 그 기억 하나

하나에 대해서라면 당시의 불빛의 종류, 자신이 서 있었던 자세, 공기 중의 냄새까지도 회고할 수 있었다. "절대로 겁내지 마, 토드. 단지 발생할 수 있는 최악의 상황만 생각해. 네가 두려워하는 일은 아마 **그만큼** 나쁘지는 않을 거야. 그리고 뭐가 되었든지 간에 더 나을 거야." 또 한 번은 앨마가 이렇게 말했다. "논리와 진리를 혼동하지는 마. 제아무리 훌륭한 논리라도 말이야. 한쪽 끝이 단단한 땅에 놓여 있더라도, 정작 다른 한쪽 끝은 우주 바깥에 가 있으면서도 전혀 깨지지 않은 상태인 논리도 가능하니까. 그에 비해 진리는 약간 덜 유연하거든." 또 이런 말도 했다. "그야 **당연히** 너는 사랑받을 필요가 있어, 토드! 그걸 부끄러워한다든지, 아니면 바꾸려고 하지는 마. 그건 절대로 네가 걱정해야 할 일이 아니야. 너는 사랑받고 있어. 에이프럴이 너를 사랑하잖아. 나도 너를 사랑하고. 어쩌면 에이프럴보다 내가 너를 더 많이 사랑하는지도 몰라. 왜냐하면 걔는 너의 지금 모습 전부를 사랑하지만, 나는 너의 예전 모습과 향후 모습 전부를 사랑하니까."

그리고 다른 기억 가운데 몇 가지는 이런 기억보다 더 깊고 더 중요했지만, 어디까지나 사소한 일들에 관한 기억일 뿐이었다. 예를 들어 눈이 마주친 기억, 손이 닿은 기억, 웃음소리라든지 멀리서 들려오는 노래 한 대목 같은 것이었다.

토드는 기억을 벗어나 다시 어둠 속으로 내려왔다. 그곳은 오로지 상실과 절망뿐이었고, 곧이어 무감각이 찾아왔으며, 이윽고 내키지 않는 자각이 나타났다. 그는 마치 그 자체로는 쓸모없는 일에 불과해 보이는 것을 의식하게 되었다. 바로 벽판에 기댄 자기 자세가 어떤 의미를 지니고 있다는 의식이었다. 이 자세는 편안했고, 스스로의 내면을 바라보는 셈이었고, 무척이나 방어적이고 무신경하고…… 그리고 앨마라면 그가 이런 자세를 취하고 있는 것을 보기 싫어할 것이었다.

토드는 고개를 들었고, 태아 같은 자세에서 자의식적으로 몸을 꼿꼿이 폈다. **이제는 끝나 버렸어.** 그는 화난 듯 스스로에게 말했고, 곧이어 자기가 방금 한 말이 무슨 뜻인지 궁금해하며 멍하니 있었다.

토드는 고개를 돌려 에이프릴을 바라보았다. 그녀는 딱한 모습으로 그에게 달라붙어 있었는데, 얼굴과 몸 모두가 늘어지고, 멈춰지고, 무관심해 보였다. 토드는 팔꿈치로 에이프릴의 갈비뼈를 쿡 찔렀다. 그녀에게 갈비뼈가 있음을 자각시킬 만큼 충분히 세게. 에이프릴은 그의 눈을 바라보며 말했다. "어떻게? 어떻게 그런……"

토드는 이해할 수 있었다. 시리우스 프로젝트에서는 우주선 한 척마다 세 쌍씩 타고 있었는데, 그중 한 쌍은 전통적으로 행성에 도착하면 잉태해서 아이를 낳곤 했다. 다른 한 쌍은 그보다 더 먼저, 즉 잠에서 깨어나자마자 최대한 빨리 잉태해서 아이를 낳곤 했다. 그리고 나머지 한 쌍은 그보다 더 빨랐는데, 수면관 내부에서 잉태가 이루어지기 때문이었다. 하지만— 그렇다고 해서 깨어나기 **이전에** 낳는 것은 아니었고, 임신 허가를 받기 한참 전에 낳는 것은 더더욱 아니었다. 이것이야말로 불가능한 일이었다. 수면관 내부의 생명 활동은 무척이나 느려지기 때문에, 사실상 생명을 전혀 재촉하지 못할 것이었다. "어떻게?" 에이프릴이 물었다. "어떻게 그런……"

토드는 자신의 비참을 바라보았고, 곧이어 에이프릴의 비참을 바라보았으며, 티그가 과연 무엇을 헤쳐 나가게 될지 궁금해졌다.

이때 티그가 고개를 들지도 않고 말했다. "토드."

토드는 에이프럴의 어깨를 토닥인 다음, 자리에서 일어나 티그에게 다가갔다. 하지만 차마 수면관 안을 들여다보지는 못했다. 꾸준한 동작으로 움직이던 티그는 고개를 한쪽으로 갸웃거리면서 뭔가를 가리켰다. "여기 공간이 더 필요해서 말이야."

토드는 티그가 가리킨 투명 육면체를 집어 들고, 그 안에서 꿈틀거리는 분홍색 물체를 바라보았다. 하마터면 미소를 지을 뻔했다. 잘생긴 아기였다. 그가 한 걸음 떼자마자 티그가 말했다. "전부 다 가져와, 토드."

토드는 육면체 여러 개를 쌓아 올린 다음, 에이프럴이 앉아 있는 곳으로 가져왔다. 칼이 자리에서 일어나 다가오더니 무릎을 꿇고 앉았다. 상자들은 계속 웅웅거렸는데(그 진동은 느껴지기는 했지만 귀로 들리지는 않았다) 영양분을 함유한 공기가 내부를 순회하고 나서 배터리로 되돌아왔기 때문이다. "훌륭하고 정상적인 출산— 아니, 그러니까 훌륭하고 정상적인 아기들이야." 칼이 말했다. "여자아이가 넷, 남자아이가 하나로군. 좋아."

토드가 그를 바라보며 말했다. "하나 더 있는 것 같아, 내 생각에는."

실제로 하나 더 있었다. 이번에도 여자아이였다. 모이라가 아기를 여섯 번째 상자에 넣었다. "귀여워." 에이프럴이 아기들을 바라보며 숨을 몰아쉬었다. "정말 귀여워."

모이라는 지친 듯 말했다. "이게 다야."

토드가 그녀를 바라보았다.

"앨마는……?"

모이라는 깔끔하게 쌓여 있는 인큐베이터 쪽을 힘없이 손짓했다. "이게 다라고." 그녀는 지친 듯 말하며 칼에게 다가갔다.

앨마에게서 남은 것은 이게 다라는 뜻이겠지. 토드는 씁쓸하게 생각했다. 그는 티그 쪽을 흘끗 바라보았다. 키 큰 남자는 튼튼한 한 손을 들더니, 위팔로 얼굴을 닦았다. 들어 올린 한 손이 수면관 맨 꼭대기에 닿자 곧바로 그걸 꽉 붙잡았다. 티그는 얼굴을 한쪽 팔에 갖다 댔고, 그대로 묻은 채 가만히 서 있었다. 그러다가 얼굴 닦는 동작을 마무리하고, 손에 낀 위생용 플라스틱 피부를 벗기 시작했다. 그 모습을 지켜보는 토드는 딱한 마음이 들었지만, 그래도 이를 악문 채 아무 말도 하지 않았다. **참으로 이상한 전통이지.** 토드는 생각했다. **슬퍼하는 것이 무례하게 여겨진다니……**

티그는 플라스틱 피부 조각을 폐기물 투입구에 집어넣은 다음, 뒤로 돌아서서 다른 사람들을 바라보았다. 그가 한 사람씩 차례대로 쳐다보자, 모두들 차례대로 어느 정도 자제력을 찾게 되었다. 곧이어 티그는 뒤로 돌아서서 손잡이를 잡아당겼다. 그러자 앨마의 수면관 벽이 조용히 위로 올라가며 닫혔다.

안녕히……

토드는 벽판에 등을 기댄 채 천천히 미끄러져 에이프럴 옆에 앉았다. 그러고는 팔로 그녀의 어깨를 감쌌다. 칼과 모이라도 나란히 앉아서 손을 잡고 있었다. 모이라의 두 눈은 피곤으로 그늘져 있었지만, 분명히 깨어 있었다. 칼의 표정은 화난 듯 보일 정도였다. 토드는 이들을 흘끗 바라본 다음, 이번에는 상자들을 응시했다. 아기 가운데 세 명이 울고 있었다. 물론 밖에서는 플라스틱 인큐베이터 속에서 나는 소리를 들을 수 없었지만. 토드는 문득 티그가 자기를 주시하고 있음을 의식했다. 그는 얼굴을 붉힌 다음, 자신의 분노를 내면의 넉넉한 저수지로 흘러가게 두었다. 그 저수지라면 그의 분노를, 아울러 그의 슬픔도 넉넉히 담을 수 있을 테니까.

동료들의 시선이 모이자, 티그는 그들 앞에 다리를 꼬고 앉아서 작은 물체를 바닥에 내려놓았다.

토드는 그 물체를 바라보았다. 얼핏 보기에는 엄지손가락 정도 길이의 금속제 스프링이 검은 받침대 위에 수직으로 놓여 있는 것처럼 보였다. 곧이어 그는 이것이야말로 일종의 예술품임을, 즉 번쩍이면서도 마치 물 흐르는 듯한 황금빛의 재료로 만들어진 물체임을 깨달았다. 서로 뒤얽힌 이중 나선 형태였다. 선이 돌면서 위로, 돌면서 아래로, 다시 돌면서 위로 이어졌고, 황금의 결이 뭔가 기이하고도 생생한 방식으로 뚜렷이 드러났는데, 뭔가 오르내리는 흐름을 상징하고 있었다. 마치 원통 주위에 재료를 감아서 완성한 다음, 원통을 제거해 버린 듯했고, 철사인지 막대인지 하는 것이 시작도 끝도 없이 계속 이어지는, 즉 정교한 연속성 속에서 돌고 올라가고 돌고 다시 내려가는 형태를 취하고 있었으며…… 그 받침대도 형태가 없었고, 기체에 가까운 것이었는데, 이는 그 위에 놓인 황금이 흐름에 가까운 모습을 보여 주는 것과 매한가지였다. 그리고 마치 아일럼*처럼 광택도 없었다.

티그가 말했다. "앨마의 수면관 속에 이게 있었어. 우리가 지구에서 출발할 때에는 거기 없었던 건데 말이야."

"원래부터 있었던 거겠지." 칼이 잘라 말했다.

* ylem. 물리학자 조지 가모브George Gamow가 고안한 용어로, 우주 최초의 물질인 가상의 존재를 가리킨다.

티그는 조용히 고개를 저었다. 에이프럴이 뭔가 말하려는 듯 입을 열었다가 그냥 도로 닫았다. 티그가 물었다. "왜, 에이프럴?"

그녀는 고개를 저었다. "아무것도 아니야, 티그. 정말 아무것도 아니야." 하지만 티그가 계속 바라보며 가만히 기다리자, 에이프럴은 결국 이렇게 말했다. "사실은 이렇게 말하려고 했었어…… 그것 참 아름답다고 말이야." 곧이어 그녀는 민망한 듯 고개를 숙였다.

티그의 입술이 일그러졌다. 토드는 그 표정에서 연민을 감지했다. 그는 에이프럴의 은빛 머리카락을 어루만졌다. 그녀도 이에 반응해서 토드의 손 아래에서 어깨를 약간 움직였다. "그런데 그게 뭘까, 티그?"

티그가 대답을 하지 않자, 모이라가 물었다. "혹시 그게…… 그게 앨마랑 무슨 상관이 있는 걸까?"

티그는 조심스럽게 그 물건을 집어 들었다. 토드는 그 물건이 그의 목과 뺨에 비추는 노란빛이며, 그의 두 눈에 만들어 낸 황금빛 점을 똑똑히 볼 수 있었다. "뭔가가 그랬겠지." 티그는 말을 멈추었다. "다들 알겠지만 앨마는 깨어나는 대로 잉태를 하기로 되어 있었어. 하지만 아기를 낳았다는 건—"

칼은 주먹 쥔 손가락을 이마에 대고 눌러서 뚝 소리를 냈다. "그렇다면 어쨌거나 앨마는 무려 2백하고도 80일 동안 깨어 있었던 게 분명해!"

"그러면 앨마가 그걸 만들었을 수도 있겠네." 모이라가 말했다.

토드는 이제 티그가 그 물체를 뭔가 귀중한 것처럼 살며시 붙잡고 있는 모습을 볼 수 있었다. 모이라의 생각은 반가운 것이었으며, 그 반가움을 티그의 얼굴에서도 읽을 수 있었다. 그 모습을 보고 있자니, 토드는 일련의 노력들의 뒤얽힌 자취를 볼 수 있었다. 감정의 모음을, 결단을. 어떤 문들이 닫히고, 또 다른 문들이 열리는 것을.

티그가 자리에서 일어났다. "일단 우리는 우주선을 확인해 보고, 이것저것 살펴보고, 계산도…… 일단 우리는 테라 프라임에 주파수를 맞추고, 가능하다면 메시지도 하나 보내야 해. 토드, 복도의 공기를 확인해 봐."

"별들— 우리는 별들을 보게 될 거야!" 토드는 에이프럴에게 속삭였다. 그 아찔한 생각에 다른 모든 것을 거의 잊어버렸다. 그는 문 개폐 장치가 있는 한구석으로 갔다. 시험 버튼을 누르자 문 위에 초록색 불빛이 나타났다. 이들이 깨어남과 동시에 이전까지는 진공 상태였던 방들이며 생활 및 조종 구역에 공기가 주입되고 온도도 따뜻해졌다는 뜻이었다. "공기는 정상이야."

"그러면 가 보자고."

동료들이 주위로 모여들자 토드가 레버를 붙들고 밀었다. **명령을 기다릴 것도 없어.** 그는 생각했다. **곧바로 복도를 지나가서 장갑판을 열면 그 바깥에는— 우주가 그리고 별이 있을 거야!**

문이 열렸다.

하지만 그 너머에는 복도도, 격벽도, 장갑판으로 가려진 현창도 없었다. 심지어—

우주선도 없었다!

그 너머에는 습하고 따뜻한 한밤중만 펼쳐져 있었다. 축축했다. 갈고리 모양의 신선한 잎사귀와 뒤얽힌 뿌리가 있었다. 다리가 달린 어떤 생물이 문턱으로 펄쩍 뛰어오르더니, 사람들을 향해서 제 날개를 번뜩였다. 마치 날아가는 망치 비슷한 뭔가가 나타나 그 번뜩이는 생물을 덮쳐 물고 날아가 버리자 바닥에 핏자국이 남았다. 하늘은 섬뜩한 초록색으로 빛나고 있었다. 바깥에는 몸부림과 비명이, 성장의 압력이, 그리고 뭔가 잘못되었다는 느낌이 있었다.

토드의 턱을 따라 피가 흘러내렸다. 아랫입술을 이빨로 꽉 깨문 까닭이었다. 그는 고개를 돌렸고, 겁에 질린 세 사람의 눈을 지나쳐 티그를 바라보았다. 티그가 말했다. "어서 닫아!"

토드는 개폐 장치 레버를 확 당겼다. 그러자 레버는 그의 손아귀에서 부러졌고……

생각에, 그것도 긴 생각에 걸리는 시간은 얼마나 될까?

토드는 부러진 금속을 손에 쥐고 선 채로 이렇게 생각했다. **우리가 들은 바에 따르면, 일단 적응이 최우선이라고 했었지. 우리가 들은 바에 따르면, 어쩌면 지금쯤 테라 프라임에는 대기가 희박할 수도 있지만, 그래도 우리는 여압 돔 안에서 새로운 종류의 삶을 살아갈 가능성이 크다고 했었어. 우리가 들은 경고에 따르면, 우리는 급속 돌연변이를 발견할 수도 있다고, 즉 그곳 주민들이 인간보다 뭔가 더 낫거나 못할 수도 있다고 했었어. 우리가 들은 경고 중에는 심지어 프라임에 생명이 전혀 없을 수 있다는 것도 있었어. 하지만 지금 내 모습을 좀 봐. 우리 모습을 좀 보라고. 우리는 이런 곳에서 적응하기로 했던 게 아니었어! 우리는 이런 곳에서 적응할 수 없단……**

누군가가 고함을 질렀고, 또 누군가는 비명을 질렀다. 각각의 소리가 외마디로 이루어져 있었으며, 심지어 한 소리가 다른 소리를 지우기도 했다. 엄지손가락 굵기에 손 길이의 생물이, 마치 멀리서 들리는 경적 같은 소리를 내면서 문을 지나 들어오더니 선내를 뱅뱅 돌았다. 티그는 의류 보관대에서 접어 놓은 망토를 꺼내 잠시 기다렸다가 공중을 날아가는 그놈을 탁 때렸다. 그 생물은 휙 날아가 금속제 문에 달라붙어서 꿈틀거렸다. 그는 망토를 덮어서 그 생물을 사로잡았다. "어서 문을 닫아."

칼은 부러진 개폐 장치 레버를 토드의 손에서 빼앗아 스위치가 달린 곳에 도로 끼워 넣으려고 시도했다. 그러나 레버는 마치 말라비틀어진 빵처럼 뭉개져 버렸다. 토드는 밖으로 나가서 양손을 문 가장자리에 걸고 잡아당겼다. 하지만 문은 꼼짝도 하지 않았다. 그때 사람 팔 길이쯤 되는 도마뱀 한 마리가 뒤틀린 풀 더미에서 기어 나오더니 가만히 멈춰 서서 그를 바라보았다. 토드는 위협하듯 도마뱀을 향해 고함을 질렀다. 그러자 그놈은 도마뱀치고는 무척 길어 보이는 앞다리로 버티며 수평에서 45도 각도로 제 몸을 치켜들고 긴 꼬리 끝을 가볍게 털었다. 그러자 도마뱀 머리 위에서 뭔가가 웅 소리를 내며 그에게 날아왔다. 그게 뭔지 보려고 토드가 고개를 돌린 순간, 도마뱀이 한쪽 옆에서 그에게 달려들었고, 에이프럴이 다른 한쪽 옆에서 그에게 달려들었다.

에이프럴은 성공했지만 도마뱀은 실패했다. 그놈은 송곳니로 허공을 깨물고 앞으로 떨어졌다. 하지만 에이프럴이 한쪽 어깨로 미는 바람에, 토드는 균형을 잃고 큰대자로 넘어지고 말았다. 차갑고 건조하고 꿈틀거리는 도마뱀 꼬리가 그의 손에 닿았다. 토드는 반사적으로 그걸 꽉 움켜쥐었다. 꼬리 일부가 떨어져 나와 웅웅거리며 마치 방아벌레처럼 땅에서 튀고 있었다. 하지만 도마뱀 몸통에 여전히 붙어 있는 꼬리의 나머지 부분은 그가 붙잡고 있었다. 도마뱀이 이쪽으로 돌아서자, 토드는 서둘러 뒤로 물러난 다음, 일단 무릎으로 일어서고, 나중에는 발로 일어섰다. 그는 도마뱀을 집어 들어 머리 위로 두 번 돌린 다음, 열린 문 안에다가 패대기쳤다. 토드가 붙들고 있던 꼬리 가운데 일부가 끊어졌고, 비늘투성이 생물이 퍽 소리와 함께 안으로 미끄러져 들어오자, 모이라가 그걸 피하기 위해 화들짝 놀라며 뛰는 바람에 덩치 큰 칼이 부딪혀서 그만 넘어질 뻔했다.

티그는 재빨리 외과 수술용 **람다** 장비의 뚜껑을 열고 뒤집어서 그 안의 도구와 약품을 쏟고 발로 옆에 밀어놓은 다음, 꿈틀거리는 비늘투성이 생물 위에다가 상자를 덮어 버렸다.

"에이프럴!" 토드가 외쳤다. 그는 정신없이 반원을 그리며 달려갔고, 풀 위에서 일어나려고 발버둥치는 그녀를 보고 일으켜 세워서 안으로 함께 들어왔다. "칼!" 토드가 헐떡였다. "저 문을 좀……"

칼은 이미 바늘 토치를 들고 앞으로 나선 참이었다. 그는 두 번의 능숙한 동작으로 문을 열어 놓은 채로 유지하는 동력 버팀대의 한 부분을 잘라냈다. 칼은 문을 쾅 닫고서 소리를 질렀다. "패러메탈!"

토드는 숨을 헐떡이며 관물대로 가서, 그 길쭉한 합성물을 하나 집어서 가져왔다. 칼은 그걸 넓은 리본 모양으로 떼어 내고, 손목을 꺾어서 두 조각으로 만들었다. 절반씩을 구부려서(천천히 움직이면 매우 유연했기 때문이다) U자 형태로 만들었다. 한 조각을 문에 갖다 대고, 바라보지도 않은 상태에서 한 손을 들었다. 토드가 그의 손에 망치를 쥐여 주었다. 칼이 부드럽게 토닥이자, 패러메탈이 문에 찰싹 달라붙었다. 그는 고개를 돌린 채 세게 때렸다. 청색과 흰색의 불꽃이 튀더니 U자 형태의 조각이 굳고도 단단하게 문에 용접되었다. 그는 다른 U자 형태의 조각도 똑같은 방법으로 문 옆의 벽판에 용접했다. 그리하여 빗장을 걸 구멍이 두 개 생겨났고, 모이라가 럭스 합금 막대기를 빗장 삼아 끼우자, 문을 단단히 걸어 잠근 셈이 되었다.

"바닥을 소독할까?" 모이라가 물었다.

"아니." 티그가 잘라 말했다.

"하지만…… 박테리아나…… 포자나……"

"그만둬." 티그가 말했다.

에이프럴은 울고 있었다. 토드는 그녀를 바짝 끌어안았지만, 굳이 울음을 그치게 하려고 애쓰지는 않았다. 에이프럴이 이 상황을 이용해서 앨마를 위한 눈물을 흘릴 수 있다는 사실을 그의 내면의 뭔가(공포보다 더 깊은, 당혹보다 더 본질적인 뭔가)가 이해했기 때문이다. 토드가 보기에 지금 저렇게 눈물을 흘리지 않으면, 결국에는 눈물이 넘쳐서 에이프럴의 가슴이 터질 것만 같았다. **그러니 울어.** 그는 말없이 간청했다. **우리 두 사람을 대신해서 울어. 우리 모두를 대신해서 울어.**

행동을 마치고 나자, 칼의 얼굴에 뒤늦게 충격이 뚜렷하게 퍼졌다. "우주선이 없어졌어." 그는 얼빠진 듯 말했다. "우리는 어떤 행성에 와 있고." 칼은 자기 양손을 바라보더니, 갑자기 고개를 돌려 문을 주시하며 몸을 떨기 시작했다. 모이라가 그에게 다가가서 조용히 곁에서 있었다. 칼의 몸에 손을 대지는 않고, 혹시나 자기가 필요할 경우를 대비해 그냥 가까이에 있어 주는 것이었다. 에이프럴은 점차 조용해졌다. 칼이 말했다. "나는—" 곧이어 그는 고개를 저었다.

달그락. 슉. 딸그락. 덜그럭. 티그는 아까 쏟아 버린 의료 도구를 다시 모아 담고 있었다. 토드는 에이프럴의 어깨를 토닥이고 나서 그를 도우러 갔다. 모이라는 이들을 흘끗 바라본 다음, 칼의 얼굴을 유심히 살펴보고 나서, 그를 놓아 두고 역시나 도우러 갔다. 에이프럴도 합류했고, 마침내 칼도 합류했다. 이들은 어질러진 것을 치우고, 물건들을 다시 넣고 정리했으며, 티그가 테이블을 설치하자, 그 위에 죽은 도마뱀을 올리고 해부하도록 고정시키는 일을 도와주었다. 모이라는 망토를 펼쳐서 커다란 곤충을 조심스럽게 꺼낸 다음, 그 위에 상자를 덮고 그 밑에 뚜껑을 넣고 닫아서 힘없이 꿈틀거리는 그 생물을 티그에게 넘겨주었다. 그는 곤충을 한동안 관찰하더니, 그걸 내려놓고 이번에는 도마뱀을 바라보았다. 핀셋으로 도마뱀의 아가리를 벌리고 상체를 숙여 유심히 바라보았다. 티그가 끙 소리를 냈다. "에이프럴……"

그녀가 뭔지 살펴보러 왔다. 티그는 메스 끝으로 송곳니를 건드렸다. "이것 좀 봐."

"홈이 있네." 에이프럴이 말했다. "뱀처럼 말이야."

티그는 메스를 뒤집어 들고 손잡이로 위쪽, 즉 송곳니의 뿌리 쪽을 조심스럽게 눌렀다. 그러자 탁한 노란색 액체가 고이더니 홈을 따라서 흘러내렸다. 그는 메스를 내려놓고 시계접시를 송곳니 밑에 갖다 대고 그 액체를 받아 냈다. "이건 나중에 분석해 볼게." 티그가 중얼거렸다. "다만 지금은 네가 토드를 무척이나 위험한 상황에서 구했다는 말을 하고 싶어."

"차마 생각할 틈도 없었어." 에이프럴이 말했다. "나는 미처…… 전혀 몰랐어. 프라임에 동물이 있다는 사실을 말이야. 그나저나 이 괴물의 이름이 뭔지 궁금한데."

"그 영광은 이제 네 거야, 에이프럴. 이놈한테 이름을 붙이는 영광 말이야."

"하지만 이미 누군가가 분류를 해 놓았을 것 아냐!"

"누가?"

모두가 이런저런 말들을 쏟아 내기 시작하다가, 갑자기 뚝 멈추고 말았다. 어색한 침묵 속에서, 칼이 갑작스럽게 웃음을 터트렸다. 겁에 질린 방 안이다 보니, 놀라운 소리가 아닐 수 없었다. 그 웃음소리에는 이해가 깃들어 있었고, 도전이 깃들어 있었으며, 다른 무엇보다도 칼 본인(즉 활기차고, 충동적이고, 기민하고, 자신만만한 모습)이 깃들어 있었다. 그 웃음은 말의 홍수와 갑작스러운 중지로 인해서, 즉 그 자체로서는 사소한 일로 인해서 촉발된 것이었다. 하지만 그 내용은 이해였고, 그로 인해서 감정적 급증이, 즉 칼이 항상 선택하는 한 가지 감정적 표현이 나온 것이었다.

"이 친구들한테도 좀 설명해 줘, 칼." 티그가 말했다.

칼은 씩 웃었다. 그는 굵은 두 팔로 문을 가리켰다. "여기는 시리우스 프라임이 아니야. 지구도 아니고. 그러니 한번 해 봐, 에이프럴—네 애완동물 이름을 지어 보라고."

에이프럴은 도마뱀을 바라보았다. "그러면 **크로탈리두스**Crotalidus라고 지을래. 마치 방울뱀Crotalus처럼 방울하고 송곳니를 달고 있으니까." 그러다가 그녀가 창백한 얼굴로 칼을 돌아보았다. 방금 전 칼이 한 말을 그제야 비로소 제대로 이해한 까닭이었다.

"아니라니— **프라임이 아니라니**?"

티그는 차분하게 말했다. "지구에는 이런 게 전혀 살지 않아. 게다가 프라임은 추운 행성이고 말이야. 결코 이런 기후가 될 수 없다고." 그는 문 쪽을 가리키며 고개를 끄덕였다. "제아무리 오랜 시간이 지나도 불가능해."

"그러면 무슨…… 도대체 어디라는……" 모이라가 말했다.

"그건 알아볼 수 있을 때가 되면 알아봐야지. 하지만 여기에는 장비가 없어. 장비는 우주선에 있었으니까."

"하지만 여기가 새로운…… 다른 행성이라면, 왜 나더러 소독을 하지 말라고 한 거야? 혹시 공기 중에 포자라도 있으면 어쩌게? 만약 저 바깥에 메탄이라도 있었다면, 아니면—"

"우리는 이곳의 대기에 있는 모든 것에 적응한 것이 분명해. 그리고 그 성분으로 말하자면— 음, 독성은 없어. 그렇지 않았다면 지금처럼 우리가 서서 이야기할 수도 없을 테니까. 잠깐만!" 티그가 한 손을 들고, 막 쏟아져 나오기 시작한 갖가지 질문들을 미리 막았다. "지금 상황에서 궁금증은 걱정과 마찬가지로 사치일 뿐이야. 양쪽 모두 우리에게는 할 여력이 없어. 질문에 대한 답변은 증거를 더 많이 모으는 대로 나올 거야."

"그러면 어떻게 해야 되지?" 에이프릴이 나지막이 물었다.

"일단 먹어야지." 티그가 말했다. "또 자야 하고." 나머지 사람들은 가만히 기다렸다. 그가 덧붙였다. "그다음에는 밖으로 나가 보는 거야."

III

별들이 마치 들판의 데이지처럼, 마치 햇살 속 먼지처럼, 마치 불꽃을 휘날리며 타오르는 산맥처럼 있었다. 가까운 별들, 먼 별들, 온갖 색깔과 온갖 광도의 별들이 있었다. 그리고 빛의 띠들도 있었는데, 아마 너무 멀어서 잘 안 보이는 별들인 듯했다. 그리고 뭔가가 별들을 훔쳐가고 있었는데, 단순히 가져가 버리는 것이 아니라 오히려 삼키고 있었고, 점점 더 가까이 오면서 먹어 치우고 있었다. 그러다가 별은 딱 하나밖에 남지 않게 되었다. 그 별의 이름은 앨마였고, 곧 이어 그 별도 사라지면서, 모든 것을 빨아들이는 어둠과 고통스러운 상실을 제외하면 아무것도 남지 않게 되었다.

바로 그 어둠 속에서 토드는 눈을 번쩍 떴고, 두려움과 상실감으로 숨을 헐떡였다.

"일어났어, 토드?" 에이프럴의 작은 손이 그의 얼굴을 어루만졌다. 토드는 그녀의 손을 잡아서 입술에 갖다 대고, 그곳을 통해 위안을 들이마셨다.

어둠 속에서 칼의 속삭임이 울려 퍼졌다. "이제 우리 다 일어났어. 티그……?"

조명이 켜졌다. 처음에는 침침했다가 금세 밝아졌지만, 무방비 상태인 눈이 부실 만큼 빠르지는 않았다. 토드가 일어나 앉아 보니 티그가 탁자 앞에 있었다. 탁자 위에는 도마뱀이 마치 기계 작동 설명서에 나온 분해도마냥 말끔하게 해부되어서 펼쳐져 있었다. 탁자 위의 구스넥에는 투광 조명등이 달려 있고, 그 렌즈에는 적외선 필터가 장착되어 있었다. 티그는 탁자에서 몸을 돌리더니 눈에 쓴 '적외선' 고글을 올리고 토드에게 고개를 끄덕였다. 두 눈 밑에 그늘이 진 것을 제외하면 평소와 똑같아 보였다. 토드는 문득 궁금해졌다. 다른 두 쌍이 잠자는 동안, 저 친구는 도대체 얼마나 오랫동안 외롭게 작업에 임했던 것일까. 다른 사람들을 방해하지 않도록, 최소한의 빛 아래에서 저 섬세한 작업을 해내면서까지.

그는 티그에게 다가갔다. "나랑 놀던 친구랑 이야기는 많이 나눠 봤어?" 토드는 도마뱀의 잔해를 손으로 가리켰다.

"그렇기도 하고, 아니기도 해." 티그가 말했다. "일단 산소로 호흡하는 녀석이야. 그리고 진짜 도마뱀이고. 비밀 무기를 갖고 있더군. 꼬리 끝을 제 머리 위에서 발사해서 먹잇감을 맞추는 거야. 꼬리 끝에는 지구의 도롱뇽과 비슷한 원시적인 신경절이 달려 있어서, 몸에서 떨어져 나간 뒤에도 계속 떨고 꿈틀거려서 마치 방울 같은 소리를 내는 거였어. 이놈의 골격을 보면— 아니, 뭐 별로 중요하지는 않아. 가장 중요한 건 이놈이 우리의 초기 페름기 생명체와 유사하다는 거야. 그건 결국 이 행성이 최소한 10억 년은 되었다는 뜻이겠지. 물론 이놈이 바퀴벌레처럼 진화의 막다른 길에 서 있는 게 아니라고 치면 말이야. 그리고 여기 있는 꼬마 친구는—" 티그는 날아다니던 생물을 건드렸다. "—이걸 갖고 있더군. 보시다시피 이놈은 곤충이 아니었어. 이건 거미류야."

"날개가 달렸는데도?"

티그는 그 생물의 가느다란, 전갈 같은 집게발을 집어 들었다가 도로 놓았다. "이런 생물에게 달린 납작한 키틴질 날개 따위는 다리 적응에 비하자면 별로 중요한 것도 아니야. 어쨌거나 그 공학적 정교함에도 불구하고 내부는 무척이나 원시적이더라고. 이 모두를 토대로, 우리가 지구에서 익히 봤던 생물들과 상당히 유사한 것들을 만나게 될 거라고 가정해도 무방하겠어."

"티그." 토드가 끼어들었다. 여차하면 흘러넘칠 듯한 걱정을 담기 위해 한껏 목소리를 낮추고, 눈을 가늘게 뜬 모습이었다. "티그, 도대체 무슨 일이 일어난 걸까?"

"지금 이곳의 기온과 습도는 저 바깥하고 똑같아." 티그는 이전과 정확히 똑같은 어조로 말을 이어 나갔다. "그건 결국 이곳이 원래 더운 행성이거나, 아니면 지금이 온화한 행성의 더운 계절이라는 뜻이겠지. 어느 쪽이든지 간에, 분명한 사실은—"

"그게 아니라, **티그**—"

"—지금으로선 증거가 거의 없는 상태이기 때문에 갖가지 이론을 세울 수 있다는 거야. 따라서 우리로선 증거 이외의 다른 나머지에 몰두할 필요까지는 없다는 거지."

"아." 토드가 말했다. 그러고는 한 걸음 뒤로 물러섰다. "아." 그는 다시 말했다. "미안해, 티그." 식량 공급기 앞에 있는 동료들과 합류하면서 토드는 마치 한 대 얻어맞은 강아지 같은 기분이 들었다. **하지만 저 친구 말이 맞아.** 그는 생각했다. **앨마가 했던 말마따나…… 일어났을 가능성이 있는 여러 가지 일들 가운데 실제로 일어난 일은 단 하나뿐이니까. 그러면 기다려 보자고. 그리고 그 하나에 대해서라면, 우리가 그 이름을 알 수 있을 때에 가서 걱정하도록 하자고.**

누군가가 토드의 한쪽 팔을 잡았다. 혼자만의 생각에서 벗어나 고개를 돌려 보니, 궁금해하는 에이프럴의 눈과 마주쳤다. 앞서 나눈 이야기를 그녀도 엿들었음을 깨닫자, 어쩐지 불합리하게도 그녀에게 화가 났다. "빌어먹을, 저 친구는 너무 냉혹하단 말이야." 그는 방어적으로 말을 내뱉었지만 어디까지나 속삭이듯이 한 것뿐이었다.

에이프럴이 말했다. "티그는 자기가 이해할 수 있는 것만 받아들여야 하니까. 언제든지 말이야." 그녀는 닫힌 수면관을 흘끗 바라보았다. "너는 안 그래?"

거기에 대해서 생각하는 동안, 토드의 목구멍에는 날카로운 고통과 씁쓸함이 감돌았다. 그는 눈을 내리깔고 중얼거렸다. "아니, 나는 안 그럴 거야. 내가 그럴 수 있다고 생각되지가 않아." 다시 티그를 바라보는 토드의 눈은 아까와 달라져 있었다. '하지만, 강한 사람이 강해지기란 어쨌거나 쉬우니까.' 그는 이렇게 생각했다.

"티그, 우리 뭘 입어야 할까?" 칼이 물었다.

"스킨플렉스."

"아, 이런!" 모이라가 소리쳤다. "그건 너무 끈적거리고 더워!"

칼이 그녀를 향해 웃음을 터트리고, 도마뱀 머리를 들고 주둥이를 벌렸다. "저 아가씨께 미소 한번 지어 드려라. 네 예쁘장한 이빨이 뚫지 못할 질긴 스킨플렉스 따위는 입지 않겠다고 하시니까!"

"그거 내려놔." 티그가 날카롭게 말했다. 물론 그의 두 눈에도 재미있어 하는 기미는 있었다. "그 안에는 아직 뭔지 도무지 알 수도 없는 알칼로이드가 들어 있으니까 말이야. 여하간, 모이라, 이 친구 말이 맞아. 스킨플렉스는 뚫리지 않으니까."

모이라는 노란 송곳니를 유심히 바라보더니, 군말 없이 창고로 가서 복장을 꺼내 입었다.

"최대한 서로 가까이 붙어 있어야 돼. 등을 맞대고 말이야." 일행이 서로 복장 갖추는 것을 도와주는 동안에 티그가 말했다. "무기는 모두 우주선 앞쪽 창고 구역에 있으니까…… 아니, 있었으니까…… 지금으로선 임시방편을 써야 되겠어. 토드, 너랑 숙녀분들은 마취탄을 하나씩 갖고 가. 우리가 가진 마취제 중에서는 그게 제일 효과가 빠르니까. 산소를 호흡하는 생물이라면 뭐든지 간에 효과가 있을 거야. 나는 메스를 가져갈게. 칼은—"

"망치를 가져갈게." 칼이 씩 웃었다. 그의 목소리에는 기쁨이 한껏 깃들어 있었다.

"굳이 문을 밖에서 단단히 잠그려고 시도하지는 않을 거야. 처음이니까, 지금은 밖으로 10미터 이상 나가지는 않을 작정이거든. 칼, 일단 우리가 나가면 빗장을 뽑고, 최대한 빨리 문을 닫은 다음에, 빗장을 땅에 박아서 문을 버텨 놔. 무슨 일이 있어도 저 밖에 있는 것을 먼저 공격하지는 마. 혹시나 우리가 먼저 공격을 당하거나, 또는 내가 공격하라고 말하기 전에는 말이야."

퀭한 눈을 하고도 한결같은 티그가 문으로 다가가자 다른 사람들도 그 주위에 바짝 붙어 섰다. 칼은 망치를 왼손으로 옮겨 잡고, 빗장을 뽑아 투창처럼 붙잡고 약간 뒤로 물러섰다. 티그는 양손에 반짝이는 메스를 들고 한쪽 발로 문을 밀어서 열었다. 일행은 우르르 문밖으로 나와서 옆으로 비켜섰고, 칼이 빗장을 땅에 박아서 닫힌 문을 버텨 놓았다. "다 됐어."

일행은 한 무리가 되어서 3미터쯤 나아간 다음, 거기서 걸음을 멈추었다.

한낮이었지만, 이들 가운데 어느 누구도 꿈꿔 보지 못한 낮의 모습이었다. 빛은 초록색, 그것도 라임의 초록색에 매우 가까운 색깔이었고, 그림자는 자주색이었다. 하늘은 파란색이라기보다는 오히려 라벤더색에 가까웠다. 공기는 따뜻하고 습했다.

이들이 있는 곳은 낮은 언덕 꼭대기였다. 눈앞에는 밀림이 펼쳐져 있었다. 밀림은 무척이나 생기가 넘치고, 무척이나 완전하게 살아 있었으며, 마치 그 자체의 성장력에 의해 움직이는 듯했다. 꿈틀거리고, 웅얼거리고, 너무나도 크고, 너무나도 많고, 너무나도 넓고 깊고 뒤얽혀 있어서 한눈에 다 받아들일 수도 없었다. **이곳은 밀림이다**라는 생각조차도 정말 안쓰러울 만큼 부족한 표현일 정도였다.

왼쪽으로는 사바나 비슷한 초지가 완만한 언덕을 이루다가 그 가장자리에서 강을 만났다. 수면은 잔잔하고, 진흙탕이며, 뭔가를 감추고 있는 듯한 느낌이었다. 강 역시 내부의 성장으로 꿈틀거리는 듯했다. 오른쪽으로는 더 많은 밀림이 있었다. 그리고 뒤로는 친숙하고도 위안을 주는 수면관 구획의 외벽이 있었다.

그리고 위로는—

아마도 에이프럴이 그걸 맨 처음 본 모양이었다. 어쨌거나 토드는 훗날 그 광경을 항상 그녀의 비명과 연관 지어 떠올리곤 했다.

에이프럴의 비명과 함께 일행은 모두 움직였다. 다섯 명의 인간이 마치 한 줄에 묶인 다섯 개의 인형마냥 화들짝 뒤로 움직였고, 압도적인 밀실공포증으로 인해서 서로 똘똘 뭉친 채 수면관 구획의 외벽에 몸을 붙였다. 이들은 짓밟으러 내려오는 구둣발 밑의 개미처럼 되어서, 모루 위에 앉은 파리처럼 되어서…… 한데 뭉쳐 벽에다가 등을 바짝 기대고, 거기서 움츠린 채 하늘을 바라보았다.

하지만 그것은 내려오지 않았다. 그것은 단지— 커다랄 뿐이었다. 단지 거기에, 즉 그들의 위에 머물러 있을 뿐이었다.

훗날 에이프럴은 그게 마치 구름과도 같았다고 말했다. 칼은 그게 원통형이었다고, 양쪽 끝은 넓고 가운데는 가늘었다고 주장했다. 티그는 그걸 굳이 묘사하려고 시도한 적이 전혀 없었는데, 부정확한 걸 싫어했기 때문이다. 모이라도 차마 시도조차 하지 않았는데, 그것을 너무나도 경외한 까닭이었다. 토드가 보기에 그 물체는 아무런 형체도 없었다. 단지 그와 하늘 사이에 빛을 내는 불투명체가 있었을 뿐이었다. 마치 산맥처럼 단단하고 거대한 뭔가가 말이다. 이들 모두가 동의한 한 가지 사실은 그게 우주선이었다는 점이다.

그리고 그 우주선에서 황금빛 물체들이 쏟아져 나왔다.

그 물체들은 우주선 밑에서 빛의 반점으로 모습을 드러냈고, 아래로 내려오면서 점점 커졌는데, 그로 인해 다섯 사람은 두 번째 충격을 겪을 수밖에 없었다. 우주선이 크다는 것은 알았지만, 그들의 머리 위로 얼마나 먼 곳에 떠 있었는지는 미처 몰랐기 때문이다.

그 물체들은 수십 개, 수백 개나 아래로 내려왔다. 그 물체들은 밀림 위 하늘을 가득 채웠고, 다섯 사람을 에워싼 채, 지평선부터 천정까지 꽉 채우며 구형 사분면을 만들었는데, 좌우로는 완전히 180도 수평을 이루고 있었다. 빛을 내며 날아다니는 비행체의 오목한 표면이 이들의 앞에도, 주위에도, 위에도 있었다. 그 물체들은 하늘과 밀림 위를 가렸고, 기묘한 초록색 빛을 대부분 차단하고 자기네 고유의 빛으로 대체했다. 그 물체 각각이 차가운 빛을 내뿜었던 것이다.

각각은 분리된 별개의 개체였다. 훗날 다섯 사람은 우주선의 형태와 모습을 가지고 논쟁을 벌였지만, 그 황금빛 물체들의 정확한 모습은 언급조차 하지 않았다. 아울러 다섯 사람은 그 물체들을 지칭하는 이름에 대해서도 합의를 보지 못했다. 칼은 군대라고 불렀고, 에이프럴은 천사들이라고 불렀다. 모이라는 (남들 몰래) "세라핌(천사)"이라고 불렀고, 토드는 그저 주인들이라고 불렀다. 티그는 한번도 그 물체들을 입에 올리지 않았다.

그 물체들은 차마 알 수도 없을 만큼 오랫동안 공중에 있었고, 인간들은 입을 딱 벌리고 지켜보기만 했다. 그렇게 계속 공중에 머물러 있는 방법을 암시하는 날개의 펄럭임도, 기계의 웅웅거림도 없었다. 설령 각 개체가 계속해서 공중에 머물러 있을 장비를 지니고 있다 한들, 그건 차마 인간이 인식할 수 없는 종류의 장비였다. 그 물체들은 아름다웠고, 경외스러웠고, 차마 셀 수 없이 많았다.

그리고 인간들은 전혀 두려움을 느끼지 않았다.

토드는 이 믿을 수 없는 대형을 이쪽저쪽으로, 위에서 아래로 살펴보았고, 그 물체들이 지면에 닿아 있지 않다는 사실을 깨달았다. 맨 아래쪽의 가장자리는 정확히 수평이었고, 그의 눈높이였다. 사방이 급경사인 언덕 꼭대기에 있었기 때문에 토드는 대형의 아래쪽 가장자리 밑을 볼 수 있었다. 이쪽은 정글이었고, 저쪽은 강까지 이어지는 사바나였다. 새로운 즐거움 속에서 그는 곳곳에 나타난 눈들을, 그리고 튀어나온 머리들을 보았다.

밀림 가장자리의 키가 큰 풀 속에서 종종걸음과 멈춤, 또 종종걸음과 멈춤이 있었는데, 도롱뇽 비슷한 동물들이 탁 트인 곳으로 제대로 기어 나오지 않은 채 꼼짝 않고 바라보고 있었다. 신선한 갈고리 모양 잎사귀가 달린 나무의 더 낮은 가지에서는 잎사귀 먹는 동물의 육중하고 비늘 달린 머리가 보였고, 마치 고양이의 것 같은 송곳니로 무장한 도마뱀의 머리도 여기저기 보였다.

가죽 날개가 달린 비행 생물들이 엉성하게 날개 치며 나뭇가지에서 휴식을 취하려고 했으며, 마치 망가진 우산과 똑같은 모습으로 잠시 걸려 있다가, 균형을 달성하고 그 앞날개를 접었다. 뭔가가 공중을 가로질러 날아갔고, 거의 나뭇가지를 붙잡는가 싶더니, 결국 놓치고는 빙글빙글 바닥으로 떨어지며, 앞다리와 뒷다리 사이에 넓은 막이 달리고 머리가 넓적한 비늘투성이 생물의 모습을 드러냈다. 그제야 토드는 그게 어젯밤에 만난 톱니 모양 꼬리와 바늘 송곳니를 가진 녀석임을 깨달았다.

여기서도 포식자와 피포식자, 사냥꾼과 사냥감이 분명히 있을 터이지만, 지금은 모두가 조용히 지켜보고 있었으며, 인간들을 에워싼 공중의 수수께끼를 가리키는 살아 있는 나침반 바늘로 변해 있었다. 그놈들이 한데 모여 있는 모습은 마치 사자와 어린 양에 관한 비유를 마치 악몽처럼 패러디한 것과 유사했다.* 그놈들은 별자리를, 즉 밝고 궁금해하는 눈으로 이루어진 은하를 만들고 있었다. 그놈들이 서로 유지하는 거리야말로 그 나름대로 우주적이었다.

토드는 고개를 돌려 기묘한 빛을 바라보았다. 황금빛 물체 가운데 하나가 무리에서 떨어져 나와 아래로 내려오더니, 앞으로 나와서 멈춰 섰다. 만약 이 살아 있는 비행체가 오목 거울의 한 구획이라고 치면, 그 물체는 아마도 그 초점이었을 것이다. 잠시 완벽한 휴지休止가, 조용한 기다림이 있었다. 그러다가 그 물체는 깊은…… **몸짓**을 취했다. 그 뒤에 있던 다른 모든 물체들도 똑같이 했다.

마치 1만 명의 사람이 1만 미터 떨어진 곳에 서 있다가 한꺼번에 무릎을 꿇는다고 치면, 방금 그들이 무엇을 했는지를 제대로 알아보기가 불가능했을 것이다. 다만 그 무리가 확실히 변화를 거쳤다는 측면은 알아볼 수 있을 것이다. 비록 그 뜻은 알 수가 없었지만, 그 변화의 성격에는 오해의 여지가 없었다. 그건 바로 경례였다. 그것이야말로 깊은 존경의 표현이었다. 우선 인간을 향해서, 그리고 다음으로 더 크게는 인간이 상징하는 뭔가를 향해서 건네는 것이었다. 그것이야말로 예배 행위임에는 의문의 여지가 없었다.

그렇다면 저 빛나는 물체에게 우리가 과연 무엇을 상징할 수 있을까? 졸지

* 구약 성서 「이사야」 11장 6~7절에서 늑대와 어린 양, 표범과 어린 염소, 사자와 송아지가 평화롭게 어울리는 광경을 묘사한 것에서 비롯된 표현으로, 유대교와 기독교에서 메시아가 왕림한 미래의 이상 세계를 상징한다.

에 토드는 이집트의 고양이나 스카라베 풍뎅이, 또는 힌두교의 암소, 또는 튜턴족의 신목神木처럼 신성의 상징이 되어 버렸다. 신성하다는 이야기를 들은 셈이었다.

그러는 내내, 어떤 메시지가 내려오고 있었다. 나중에 칼이 서툴게나마 내놓은 해석에 따르면 이런 내용이었다. **"미안하게 되었습니다. 하지만 다 괜찮을 겁니다. 당신들은 기뻐할 겁니다. 당신들은 이제 기뻐해도 됩니다."**

마침내 그 거대한 대형에서 변화가 나타났다. 한가운데 부분이 일어나고, 날개 부분이 안으로 들어왔는데, 왼쪽 날개 부분은 올라가며 말리면서 곡선이 좁혀졌고, 오른쪽 날개 부분은 올라가지 않은 상태에서 안쪽으로 접혔다. 순식간에 그 대형은 기둥이, 즉 속이 텅 빈 원통이 되었다. 대형은 천천히 돌기 시작했고, 원통은 서로 가까이 놓인 수많은 수평 고리들로 나뉘었다. 그러다가 하나 걸러 하나씩 고리의 움직임이 느려지고, 멈추더니, 반대 방향으로 돌기 시작했고, 어느 순간 같은 방향 고리들이 위아래로 이어지며 서로 얽힌 나선 두 개가 되었다. 전체적인 대형은 여전히 속이 텅 빈 원통이었지만, 이제는 위쪽을 향한 나선과 아래쪽을 향하는 나선으로 이루어져 있었다.

개체들은 아래로 더 아래로, 위로 더 위로 회전하고 선회했는데, 이런 동작은 어디까지나 원통 안에 국한되어 이루어졌으며, 이 과정에서 원통 전체는 상당히 성글어진 상태에서 위로 올라가기 시작했다. 위로 더 위로 올라갔고, 찬란하게, 조용하게, 앨마의 몸 옆에서 이들이 발견했던 물체의 살아 있는 원본이…… 위로 더 위로 올라가면서, 그 복잡하고 통제된 상승으로, 그 완벽한 연속성으로 눈과 정신을 가득 채웠다. 왜냐하면 여기에 있는 것은 시작도 없고 끝도 없었으며, 모두가 흐르면서 균형 잡혀 있어서, 각각의 상승에는 하강이 짝을 이루고, 각각의 선회에는 그 반대 동작이 짝을 이루었기 때문이다.

높이 더 높이 올라간 그것은 마침내 공중에 떠 있는 우주선의 그림자를 배경 삼아 빛나는 한 점이 되고, 곧이어 우주선 속으로 사라졌다. 그러자 이번에는 우주선이 사라졌는데, 움직인 것이 아니라 마치 오로라의 유광流光처럼 (하지만 그보다 더 빨리) 희미해지며 사라진 것이었다. 심장이 세 번 박동하는 사이에, 우주선은 거기 있다가(아마도 거기 있었을 것이다) 사라져 버렸다.

토드는 눈을 감았다. 그리고 저 역동적인 이중 나선을 보았다. 그의 정신 끄트머리가 그 위에 놓여 있었다. 토드는 깨달음의 언저리에서 몸을 떨었다. 그는 저 형태가 무엇을 상징하는지 **알고** 있었다. 저것이 그의 삶과 그들의 삶에 대한, 이 행성과 이곳의 생명체와 이곳에 끌려온 생명체들에 대한 간단한 답변을 담고 있음을 알았다. 만약 십자가가 단순한 고문 도구 이상의 것이라면, 즉 어떤 사건에 대한 기념물 이상의 것이라면. 만약 앙크 십자가가, 음양陰陽이, 다윗의 별이, 그리고 다른 모든 결정체들이 단순히 철학의 거대한 시스템의 상징이라면, 그렇다면 이 역동적으로 뒤얽힌 나선은, 엄격하게 안무를 맞춰 자유 유영하는 이 상징은 바로…… 바로……

뭔가가 끙 소리를 냈다. 뭔가가 비명을 질렀다. 그러자 심장이 세 번 박동하는 사이에 놀라운 답변은 선회해서 나선을 이루며 멀리 날아가 버렸다. 하지만 바로 그 순간에 토드는 확신했다. 자기에게 시간이 있을 때, 즉 상태 변화가 있을 때, 즉 필요한 요소들을 모조리 결합했을 때에는 그것이 다시 나타날 것이라고 말이다. 지금은 사용할 수 없었지만, 그는 그걸 가지고 있었다. 그는 그걸 가지고 있었다.

또 한 번 비명이 들렸다. 거대한 몸부림이 사방에서 펼쳐졌다. 주문이 풀리고 휴전이 끝났다. 추적과 도주, 죽음의 고통에 찬 비명과 포효하는 도전이 밀림 곳곳에서 벌어졌고, 초지를 거쳐서 갑자기 부글거리는 강물까지도 이어졌다. 삶은 계속되었고, 죽음 역시 계속되었지만, 너무 많은 삶이 한곳에 내던져진 상황에서는 삶보다 죽음이 더 많을 것이 분명했다.

IV

그 떠들썩한 재각성再覺醒 속에서 다섯 인간이 목숨을 구할 수 있었던 까닭은 오로지 그 낯선 외모 때문이었을 것이다. 이들 주위의 생물들은 각자의 친숙한 적, 친숙한 사냥감, 친숙한 식량과 가깝게 붙어 서 있던 까닭에, 뭔가 어울리지 않는 자기네 은신처에 등을 기댄 채 경외감에 사로잡혀 서 있던 말랑말랑한 껍질 속에 육즙 가득한 새로운 생물 다섯 마리를 굳이 시식할 필요까지는 없었던 것이다.

다섯 명은 잠시 후에야 천천히 서로 눈길을 교환했다. 이들은 서로를 충분히 신경 썼기에, 공유의 기쁨이 있었다. 이들은 스스로를 충분히 신경 썼기에, 역시나 무안함이, 고뇌에 찬 자기 분석이 있었다.

내가 정신이 나갔던 동안에 과연 무슨 짓을 했을까?

이들은 문 앞에 모인 채, 주위에서 펼쳐지는 추적과 학살이 잠잠해지면서 사냥과 살해, 포식과 죽음의 균형을 이룬 평소의 상태로 나아가는 모습을 바라보았다. 이들의 손은 각자 무기를 들고 있다는 사실을 기억하기 시작했고, 이들의 정신은 현실을 향해 뻗어 나가기 시작했다.

"그건 천사들이었어." 에이프럴이 말했다. 워낙 작은 소리였기에 토드만이 들을 수 있었다. 그녀의 입술이 떨리며 벌어지는 것을 보자, 그는 자기가 거의 파악했던 것을 상대방이 말하려는 참이라는 사실을 깨달았다. 하지만 곧이어 티그가 다시 말을 꺼내자, 에이프럴에게서 이해의 빛이 희미해지며 사라져 버리는 것을 볼 수 있었다. "저기! 저기 좀 봐!" 티그가 이렇게 말하더니 벽을 따라 모퉁이로 향했다.

그들의 우주선에서 안쪽 구획이었던 곳이 지금은 격리된 육면체로 바뀌어 있고, 방금 전까지만 해도 이들의 시야에서 벗어나 있던 그 뒤쪽 모퉁이에서부터 또 다른 긴 벽이 뻗어 있었다. 규칙적으로 나 있는 간극은 바로 문들이었고, 모두 패러메탈로 만든 단순한 외부 빗장으로 잠겨 있었다.

티그가 첫 번째 문으로 다가가자 다른 사람들도 뒤에 바짝 모여 섰다. 그는 유심히 귀를 기울이더니 뒤로 물러서서 문을 열었다.

그 안은 창문이 없는 방이었고, 불빛이 환했으며, 사방에 기계들이 정렬되어 있었다. 토드는 공기 제조기, 정수기, 단백질 변환기 그리고 보조 동력 장치 가운데 하나를 곧바로 알아보았다. 한가운데에는 발전기에 경금속 합성 모터가 연결되어 있었다. 출력 버스는 깔끔하게 절연되어 있었고, 퓨즈 상자와 저항 제어 장치를 통해서 '크리스마스 트리용' 다중 콘센트와 연결되어 있었다. 케이블이 벽을 뚫고 수면관 구획으로 이어져 있었으며, 일행의 왼쪽에 있는 아직 살펴보지 않은 방들로도 이어져 있었다.

"어쨌거나 그들이 우리에게 동력은 남겨 주었군." 티그가 말했다. "계속 가면서 살펴보자고."

멍청이. 토드는 속으로 호통쳤다. **저건 사람도 아니야! 방금 전에 본 것을 생각하면, 그 무게로 인해 무릎을 꿇어야 마땅하고, 더 잘 기억하기 위해서 눈을 감아야 마땅할 거야. 그런데도 너는 기껏해야 기계 장치를 살펴보는 것밖에는 할 수 없는 거잖아.**

토드는 다른 사람들을 바라보았다. 그들의 긴장된 얼굴을, 마치 저 찬란한 기억이 뭔가 자력이라도 발휘하는 듯 지속적으로 위를 향하는 그들의 시선을 바라보았다. 티그의 부적절한 다급함 때문에 꿈이 희미해지고 있음을 볼 수 있었다. **그저 잠깐이라도, 우리가 그걸 가지고 조용히 살게 내버려 둘 수는 없었나.** 그러다가 내면의 또 다른 목소리가 그에게 설명했다. **하지만 너도 알다시피, 그놈들이 앨마를 죽였잖아.**

토드는 분한 마음으로 티그를 따라갔다.

이들의 우주선은 이미 분해되어 언덕 꼭대기를 따라 오두막들처럼 늘어서 있었다. 서로 연결되고, 배선이 설치되고, 물품이 보관되고, 잘 준비되고도 효율성이 묻어났기에 (실험실, 도서관, 이런저런 화물이 뒤섞인 방이 여섯 개였기에) 티그가 내는 소음은 토드조차도 이제껏 남자에게서 들어 본 적이 없었던 기쁨의 비명에 점점 가까워지고 있었다. 방금 열어젖힌 문 안에는 그들의 장비가 들어 있었고, 참조용 테이프와 도구와 지침서도 모두 있었다. 심지어 천장에는 돔도 있었고, 굴절 망원경도 설치되어 이용자를 기다리고 있었다.

"에이프럴?" 토드가 거듭해서 주위를 둘러보았다. 그녀는 사라지고 없었다. "에이프럴?"

그녀는 문 세 개를 되짚어 가야만 나오는 도서관에서 나왔다. "티그!"

티그는 갖가지 도구가 있는 곳에서 나와 에이프럴에게 다가갔다. "티그." 그녀가 말했다. "누군가가 테이프 릴을 모두 읽어 버렸어."

"그걸 어떻게 알아?"

"하나같이 도로 감아 놓지 않은 상태니까."

티그는 죽 늘어선 문들을 이쪽저쪽으로 바라보았다. "그렇다면 그들의 방식과는 맞지가 않는 듯—" 그가 차마 마무리하지 못한 이 문장으로도 충분했다. 우주선에 있던 재료로 이걸 지어 놓은 존재가 무엇이든지 간에, 그 존재는 기능에 맞춰서 상당히 효율적으로 작업했던 것이다.

티그는 도서관에 들어가서 보관함에 있는 테이프 릴을 하나 집어 들었다. 그는 필름 끄트머리를 슬롯에 집어넣고 버튼을 눌렀다. 릴이 돌아가면서 필름이 캐비닛 안으로 들어가 버렸다.

티그는 고개를 들어 다시 살펴보았다. 고정 장치의 모든 릴은 끝까지 돌아간 상태였다. "그들이라면 도로 감아 놓았어야 맞을 텐데." 티그는 초조한 듯 말했다.

"어쩌면 자기네가 그걸 읽었다는 걸 알려 주고 싶었나 보지." 모이라가 말했다.

"아마 그랬을 거야." 티그가 중얼거렸다. 그는 릴을 하나 집어 들고 살펴보더니, 다른 릴을 또 하나 집어 들었다. "음악. 희곡. 우리의 개인적인 자료도 있어. 행동 필름, 훈련 기록, 모두 말이야."

칼이 말했다. "누군지는 모르겠지만, 이 모두를 읽었다면 우리에 관해서 상당히 많은 것을 알았겠군."

티그가 얼굴을 찡그렸다. "단지 우리에 관해서만일까?"

"그럼 또 누가 있다는 거야?"

"지구가 있지." 티그가 말했다. "지구에 관한 모든 것도."

"그러니까 네 말은, 누군지 모를 그들이 지구에 관한 정보를 알아내기 위해서 우리를 붙잡아서 분석했다는 뜻이야? 네 생각에는 그들이 지구를 침략할 것 같아?"

"네 말은…… 네 생각에는……" 티그가 냉랭한 어조로 칼의 말을 흉내 냈다. "나는 아무 말도 하지 않았고, 아무 생각도 하지 않았어! 토드, 괜찮다면 네가 앞서 나한테 배운 내용을 이 충동적인 젊은이에게 설명해 주겠어? 우리는 오로지 증거를 가지고서만 고려할 필요가 있다는 걸?"

토드는 마지못해 발을 질질 끌었다. 다른 누군가에게 일종의 본보기를 보여 주기는 싫었고, 칼을 상대로 그러기는 특히나 싫었다. 칼은 얼굴을 붉히면서도 미소를 지으려 애썼다. 모이라가 슬며시 그의 손을 잡고 꽉 눌렀다. 토드는 옆에서 작은 한숨 소리를 듣고 재빨리 돌아보았다. 에이프럴은 화가 나 있었다. 가끔은 그녀가 화내지 말았으면 하고 그는 바라는 때가 있었다.

에이프럴이 어딘가를 손으로 가리켰다. "너라면 **저것을** 증거라고 부르지 않겠어, 티그?"

일행은 그녀의 몸짓을 따라 시선을 옮겼다. 테이프 재생기 가운데 하나가 열려 있었다. 그곳의 릴 보관대에는 이들이 벌써 두 번이나 (한 번은 앨마의 수면관 속에서 축소 모형의 형태로, 또 한 번은 하늘에서 거대한 형태로) 목격했던 그 이상한 물체의 짝에 해당하는 것이 놓여 있었다. 이것 역시 축소 모형이었다.

티그는 그 물체를 바라보더니 한 손을 내밀었다. 그의 손가락이 닿자 테이프 재생기 위에 있는 표시등에 불이 들어왔고, 부드럽고 또렷한 목소리가 방 안을 가득 채웠다.

토드는 눈이 따끔했다. 저 목소리를 다시 듣게 되리라고는 전혀 생각 못 했기 때문이다. 그 목소리를 듣는 내내, 그는 에이프럴의 현존이라는 구명줄을 붙들었고, 그 구명줄이 떨리는 것을 느꼈다.

앨마의 목소리가 말했다.

"어제 그들이 내 수면관에 있는 바늘 무더기를 약간 조정하기에, 나는 그들이 나를 다시 거기 집어넣으려나 하고 생각했어…… 티그, 오, 티그, 나는 죽게 될 거야!

지금은 그들이 나를 녹음기로 데려갔어. 자기네를 위해 녹음하라는 건지, 아니면 너를 위해 녹음하라는 건지 모르겠어. 너를 위해 녹음하는 거라면, 나는 반드시 너한테 이야기해야만 해…… 내가 어떻게 너한테 이야기하지?

나는 줄곧 그들을 지켜봐 왔어…… 얼마나 오래일까? 몇 달…… 나도 모르겠어. 깨어나 보니 나는 잉태한 상태였고, 지금은 태아가 아주 빨리 자라나고 있어. 그것만 놓고 보면 충분히 길었던 것 같은데. 그래도…… 내가 어떻게 너한테 이야기하지?

그들이 우리를 태웠어. 어떻게인지는 나도 몰라. 왜인지, 또는 어디로인지도 몰라…… 바깥에, 우주는 이상하고, 뭔가 잘못되었어. 온통 안개가 끼었고, 별도 없고, 빛의 얼룩이며 조각만 지나갈 뿐이야.

그들은 나를 이해해. 그건 확실해— 내가 하는 말, 내가 하는 생각을 말이야. 나는 그들을 전혀 이해하지 못해. 그들은 감정을 방사하거든. 슬픔, 호기심, 확신, 존경 같은 것들을. 내가 죽게 될 것을 깨닫기 시작하자, 그들은 내게 일종의 후회를 주었어. 내가 좌절하고 울면서, 티그, 너랑 같이 있고 싶다고 말하자, 그들은 나를 위로해 주면서, 내가 그렇게 될 거라고 말했어. 나로선 그들이 그렇게 말했다고 확신해. 하지만 그게 어떻게 가능하겠어?

그들은 자기네가 하는 일에 완전히 헌신하고 있어. 그들의 일은 그들에게 종교나 다름없고, 우리는 그 일의 일부인 거야. 그들은…… 우리를 가치 있게 생각해, 티그. 그들은 단순히 우리를 발견한 게 아니야. 그들은 우리를 선택한 거야. 마치 그들조차도 대단하다고 간주하는 뭔가의 가장 뛰어난 일부분이 바로 우리인 것처럼 말이야.

가장 뛰어나다니……! 그들 사이에 있으면 나는 마치 아메바 같은 기분이 들어. 그들은 아름다워, 티그. 중요하고. 자기들이 하는 일에 대해서 매우 확신을 갖고 있어. 바로 그런 확실성 때문에 나는 믿을 수밖에 없었던 것을 믿게 되었어. 나는 죽게 될 거고, 너는 살게 될 거고, 너랑 나는 함께 있게 될 거야. 어떻게 그게 가능하지? 어떻게 그게 가능하지?

하지만 그게 사실이야. 그러니 나와 함께 믿어 줘, 티그. 하지만— 어떻게 된 일인지 알아봐 줘!

티그, 그들은 매일같이 내게 어떤 기계를 갖다 대고 빛을 쪼여. 그게 아마 아기들과 관계가 있는 것 같아. 아기들에게 해를 끼치지는 않았어. 나는 그렇다고 확신해. 나는 그 아기들의 엄마니까, 그렇다고 확신해. 아기들은 죽지 않을 거야.

하지만 나는 죽을 거야. 그들의 슬픔을 느낄 수 있어.

그리고 나는 너와 함께 있을 거고, 그들은 그 사실에 대해서 기뻐하고 있어……

티그, 어떻게 된 일인지 알아봐 줘!"

토드는 눈을 감았다. 티그를 바라보지 않기 위해서였다. 저 유령 같은 목소리는 차라리 저 친구 혼자 들었어야 했다고 진심으로 생각했다. 방금 들은 이야기만 놓고 보면, 그 말은 마치 그가 볼 수 없는 어떤 그림이 들어갈 액자처럼 서 있었으며, 그림이 있는 곳을 보여 주기는 해도 무슨 뜻인지는 알려 주지 않는 셈이었다. 앨마의 목소리는 떨리고 불안했지만, 워낙 잘 아는 목소리이다 보니 그녀가 말하는 내내 티그가 기쁨과 확신을 느끼고 있다는 걸 알 수 있었다. 놀라움이 깃들어 있었지만 두려움은 전혀 없었다.

이것이 동료들에게 보내는 유일한 메시지가 될 수 있음을 알았다면, 앨마도 뭔가 더 많이 이야기해 주었어야 하는 게 아닐까? 사실들이며, 형태들이며, 크기 같은 것들을?

그러다가 오래, 정말 오래된 이야기가 그의 머릿속에 떠올랐다. 하인렌이 (아니, 헨라인이었나? 여하간) 고대 미국 영어로 쓴 옛이야기였다. 어떤 사람이 자기를 사로잡은 초월적 존재에 관해서 인간에게 설명하려고 시도하면서, 자기 몸을 석판 삼고 자기 손톱을 석필 삼았다는 내용이었다. 어쩌면 설명을 마쳤을 즈음에는 그 사람도 미쳤겠지만, 적어도 그의 메시지는 본인에게는 명료해 보였다. **"창조에는 8일이 걸렸다."** 만약 토드라면 바깥 하늘에서 본 것들과의 만남을 과연 어떻게 설명했을까? 만약 그가 거의 3백일 가까이 그들과 함께 있었다면?*

* 로버트 하인라인의 단편 「금붕어 어항Goldfish Bowl」(1942)의 내용이다. 고등한 외계 생명체에게 사로잡혀 마치 금붕어처럼 사육되던 주인공이 저들의 존재를 인류에게 경고하려 자기 몸에 애써 메시지를 새기고 죽는다. 외계 생명체는 예상대로 그의 시신을 지구에 내버리지만, 정작 인류는 "창조에는 8일이 걸렸다"(즉 6일째에 창조된 인간보다 더 고등한 외계 생명체가 있다)는 그의 메시지를 제대로 해석하지 못한다.

에이프럴이 살며시 그의 팔을 잡아당겼다. 토드는 티그의 모습을 여전히 외면한 채 고개를 돌려 그녀를 바라보았다. 에이프럴은 빛나는 흰색 머리를 기울여 문 쪽을 가리켰다. 모이라와 칼은 이미 밖에 나가 있었다. 토드와 에이프럴도 그들과 합류했고, 안에 있는 동료가 나올 때까지 아무 말 없이 기다렸다.

마침내 밖으로 나온 티그는 고마운 마음이었지만, 그렇다고 굳이 말할 필요까지는 느끼지 않았다. 밖으로 나온 그의 얼굴과 목소리에는 대단한 침착이 드러나 있었다. 티그는 동료들을 지나쳐 걸었고, 그렇게 일행이 자기를 따라오게 내버려 둔 채로 다른 구획들을 체계적으로 조사해 물품 목록 작성을 마무리했다.

식량 비축분, 케이블과 도관, 금속과 패러메탈 봉棒과 판板 재고, 각종 도구와 도구 제작용 주형과 형판 등이 있었다. 구명정이 장비를 완전히 갖춘 채로 놓인 격납고도 있었다.

하지만 장거리 통신 장비는 전혀 없었고, 그걸 만들 만한 부품도 전혀 없었다.

본격적인 우주 운항용 기계류도 없었고, 그걸 만들 만한 도구도 없었고, 그런 도구를 만들 만한 연료도 없었다.

도구실로 돌아와서 칼이 한탄했다. "누군가가 우리를 여기서 꼼짝 못 하게 만들려고 작정했군."

"그래도 구명정이—"

티그가 말했다. "만약 지구가 여기서 가까이 있다면, 그들이 저렇게 구명정을 우리에게 남겨 주었을 것 같지는 않은데."

"구조 신호 송신기를 만들면 어떨까." 토드가 갑자기 말했다. "구조선이 우리를 찾으러 오게 할 수 있어."

"도대체 어디서?" 티그가 태연하게 반문했다.

일행은 그의 시선을 따라가 보았다. 반감측정기가 온화하면서도 조용히, 무자비하게, 이들을 마주 보고 있었다. 표준형 방사능 측정기 주위에 구축된 이 장비에는 다이얼이 두 개 달려 있었다. 하나는 물질에서 방출하는 에너지의 양을 측정했고, 다른 하나는 잃어버린 질량을 측정했다. 이들이 확인할 때마다 수치는 정확했다. 다시 확인해 보니 수치는 64였다.

"64년이로군." 티그가 말했다. "우리가 평균 0.5광년의 속도로 움직였다고 가정하면(물론 그럴 가능성은 없지만) 지금 우리는 지구로부터 30광년 떨어진 곳에 있는 거야. 빛이 여기서 지구까지 가는 데 30년이 걸리니까, 우주선이 거기서 여기까지 오는 데에는 60년 또는 그 이상이 걸리겠지. 게다가 송신기를 만들기까지의 시간이며, 거기서 송출된 신호를 지구가 이해하고 우주선을 만들기까지의 시간이며……" 그는 고개를 저었다.

"또 한 가지 사실이 있지." 토드는 긴장된 목소리로 말했다. "태양 주위로 30광년 이내에는 거주 가능한 행성이 전혀 없었어. 오로지 프라임 하나뿐이었지."

일행은 익히 알고 있던 이 사실에도 충격을 받은 나머지 아무 말 없이 입만 벌렸다. 지구에서 이 정도 거리에 있는 행성을 놓치지 않고 발견하려면, 최고의 장비를 동원해도 수천 년쯤은 샅샅이 수색을 해야 할 터였다.

"혹시나 반감측정기가 고장 났을 수도 있잖아!"

"그렇지는 않을 거야." 티그가 말했다. "우리가 지구를 떠난 때로부터 이미 64년이 흘렀고, 증명 끝이야."

"이 행성이 사실은 존재하지 않는 거라면 어떨까." 칼은 씁쓸한 미소를 지으며 말했다. "내 생각에는 이것 역시 증명 끝인 것 같은데."

"맞아, 티그." 토드가 말했다. "이 두 가지 사실은 서로 양립할 수 없다고."

"그들은 할 수 있으니까 한 거야." 티그가 말했다. "물론 빠진 요소가 있기는 해. 인간이 물속에서 숨을 쉴 수 있어, 토드?"

"잠수모를 쓰면 가능하겠지."

티그는 양손을 펼쳐 보였다. "우리가 이 행성까지 오는 데 무려 64년이 걸렸다고 치자고. 그게 사실이라면 우리는 비유적인 잠수모를 찾아내야만 해." 그는 말을 멈추었다. "이 행성의 존재를 뒷받침하는 증거는 상당히 인상적이잖아." 티그가 짓궂게 말했다. "그러면 다른 사실을 확인해 보자고."

"어떻게?"

"관측실에서."

일행은 관측실로 갔다. 하늘에는 가물거리는 초록색이 번쩍이고 있었지만, 그 사이로 별들이 나타나기 시작했다. 칼이 먼저 망원경에 도착해서 회전 조종 장치에 커다란 손을 갖다 대고는 이렇게 중얼거렸다. "어디를 먼저 보지?" 그는 장비를 잡아당겼다. "뭐야!" 칼이 다시 잡아당겼다.

"멈춰!" 티그가 날카롭게 말했다. 칼은 손을 놓고 뒤로 물러섰다. 티그는 조명을 켜고 그 기구를 살펴보았다. "이미 보정 장치에 연결되어 있어." 그가 말했다. "흐음! 이곳 주인 양반들은 무척이나 협조적이군." 티그는 이 행성의 자전 효과를 상쇄하기 위해서 이 기구를 움직이는 작은 모터의 설정 값을 살펴보았다. "28시간, 그리고 13분을 더했군. 음, 이게 이 행성에 정확한 수치라면, 이곳은 지구나 프라임이 아니라는 증거야. 물론 우리한테 증거가 더 필요하다면 말이야." 그는 조종 장치를 가볍게 만졌다. "칼, 이건 무슨 문제가 있었어?"

칼은 상체를 숙여 살펴보았다. 조정 나사의 나사선에 둔탁한 은빛 물체가 덧붙어 있었다. 그는 손으로 만져 보았다. "패러메탈이야." 칼이 말했다. "가열하지는 않았지만, 나사선을 틀어막을 만큼 충분히 잘 달라붙어 있어. 망가트리지 않고 떼어 내려면 이틀쯤 걸리겠는데. 이것 좀 봐. 대물 나사에도 똑같은 짓을 해 놨어!"

"결국 그들이 보여 주고 싶은 것을 우리더러 보라는 뜻이로군." 토드가 말했다.

"어쩌면 그건 우리가 보고 싶어 하는 것인지도 몰라." 에이프럴이 부드럽게 말했다.

토드는 반쯤 놀리듯 말했다. "그나저나 너는 누구 편이야?"

티그는 직접 그 장비를 들여다보았다. 습관처럼 초점을 맞추려고 양손으로 더듬었지만, 그 조정 장치도 다른 것들과 마찬가지로 이미 고정된 상태였다. "혹시 거기 은하 지도 있어?"

"선반에는 없는데." 모이라가 잠시 후에 말했다.

"여기 있어." 에이프럴이 지도 열람용 탁자 앞에서 말했다. 그리고 감탄한 듯 덧붙였다. "이것도 이미 펼쳐져 있어."

티그가 관측을 마치고 지도를, 그리고 그 밑에서 발견된 목록을 살펴보는 동안 일행은 긴장한 채로 잠자코 기다려 주었다. 마침내 계산을 마치고 고개를 든 그의 얼굴에는 토드가 지금껏 본 가장 기묘한 표정이 떠올라 있었다.

"우리의 잠수모가 나왔어." 티그는 마침내 아주 천천히, 너무 태연하게 말했다. "그러니까 우리의 두 가지 상호 모순적인 사실들을 합리화시키는 요소가 나왔다는 말이야, 바로 우리를 붙잡은 자들이 빛보다 빠른 운항 능력을 갖고 있다는 거."

"하지만 이론에 따르면—"

"지금 내 말은 이 망원경에 따른 거야." 티그가 말을 잘랐다. "방금 나는 이 망원경으로 지구의 태양을 봤어. 이 참고 자료도 어디까지나 그들이 우리를 위해 놓아 둔 거야……" 놀랍게도 그의 목소리가 갈라졌다. 티그는 숨을 두 번 깊이 들이쉬고 말했다. "지구의 태양은 여기서 2백하고도 17광년이나 떨어져 있어. 몇 분 전에 진 이곳의 해는 바로 천칭자리 베타*였던 거야." 그는 동료들의 놀란 얼굴을 일일이 살펴보았다. "우리가 결국 이곳을 어떤 이름으로 부르게 될지는 나도 모르겠어." 티그는 어렵사리 이렇게 말했다. "하지만 이제는 이곳을 집이라고 부르는 데에 익숙해지는 게 낫겠군."

이들은 그 행성을 '비리디스'**라고 불렀는데("내가 생각할 수 있는 이름 중에서 가장 초록색인 이름이야"라고 모이라는 말했다), 그들 중 어느 누구도 그런 초록색을 본 적이 없었기 때문이다. 그것은 성장의 초록색 이상의 색깔이었는데, 왜냐하면 그곳의 햇빛에도 초록색이 깃들어 있었고, 밤이면 하늘 전체가 초록색으로 번쩍였기 때문이다. 그 색깔은 지구의 달의 밝은 은색만큼이나 밝은 초록색이었는데, 물 분자가 이 별의 강렬한 자외선에 의해 분열되면서 한밤중의

* Beta Librae. 천칭자리에서 두 번째로 밝은 별로, 지구에서 160광년 거리에 있다.

** Viridis. 라틴어로 초록색을 뜻한다.

재결합을 축하했기 때문이다.

일행은 이곳의 달들을 각각 윙큰, 블링큰, 노드라고 불렀고,* 해는 그대로 해로 불렀다.

이들은 마치 노예처럼 일했고, 또 과학자처럼 일했다. 이것은 직업의 변화이기는 했지만, 속도의 변화까지는 아니었다. 마치 삼나무 비슷하게 결이 곧은 나무를 이용해 울타리를 만들었고, 기둥마다 끝을 뾰족하게 깎고 패러메탈 철사로 단단히 엮었다. 울타리에는 빗장 걸린 출입문을 달고, 잠망경 달린 감시 구멍도 만들었으며, 상설 회전포대도 만들어서 원통과 남는 코일로 어찌어찌 만든 바늘총도 설치했다. 패러메탈 그물망을 이용해 울안에 지붕을 씌우면서, 언제라도 밀어서 열어젖히고 구명정을 발진시킬 수 있게 했다.

이들은 앨마를 묻어 주었다.

이들은 울안의, 그리고 거기서 가까운 곳의 모든 것을 검사하고, 분석하고, 분류하고, 처리하고, 연구했다. 토양, 식물, 동물까지도. 곤충 퇴치 용액을 만들어 울타리에 바르고, 살충제를 자동 분사해서 울안에서 해충을 몰아냈다. 해충은 수없이 많았고, 컸고, 때때로 전적으로 위험하기까지 했다. 예를 들어 '날개쐐기'는 날개 달린 형체 안에 유사꼬투리를 갖고 있다가, 공격을 당하면 터트려서 상대방의 피부에 급성 발진과 곪는 종기를 유발했다. 식용 종자도 세 가지 발견했다. 또 다른 종자에서는 콩과 매우 유사하게 좋은 탄화수소 기름이 나오고, 어떤 꽃의 꽃받침을 말려서 물에 불렸다가 구우면 딱 게살 같은 맛이 난다는 사실도 발견했다.

* 미국의 작가 유진 필드의 동시 「윙큰, 블링큰, 노드」(1889)는 졸려 하는 아이의 눈짓(윙크), 깜박임(블링크), 꾸벅거림(노드)을 의인화한 등장인물에 관한 내용으로 큰 인기를 얻었다.

한동안 이들은 두 팀으로 나뉘어 있었고, 사실상 서로 고립된 상태였다. 모이라와 티그는 광물을 수집해서 질량 분광기와 방사능 분석기로 실험했다. 에이프릴은 생명체 분류 작업을 도맡았고, 칼과 토드는 새로운 생명체를 가져오려고 최대한 노력했다. 아니면 최소한 새로운 생명체의 사진이라도 가져오려고 말이다. 이들끼리 '게으름이'라고 부르는 패러메트로돈은 딱 제 주둥이를 움직일 수 있을 만큼의 지능만 가진 대형 초식동물이었는데, 그 무게가 2톤에 달했기 때문에 손쉽게 잡아 올 수 있는 종류의 생물이 아니었다. 마치 고양이 같은 엄니를 가진 비늘투성이 육식 동물 펠로돈은 길이가 사람 정도밖에 되지 않았지만, 그 성질머리는 반쯤 굶은 울버린에 비견할 만했다.

반면 테트라포디스는(토드는 이놈을 '우산새'라고 불렀다) 잡은 보람이 있는 생물이었다. 하루는 일행이 고약한 냄새가 나는 꼬투리를 달고 있는 덩굴을 우연히 발견했는데, 이것이야말로 저 조잡한 양서 박쥐가 사족을 못 쓰는 먹이였다. 칼은 이 고약한 물질을 합성하고 향상시켜 강 옆의 나무줄기에 발라 놓았다. 그러자 수백 마리의 테트라포디스가 그곳에 와서 정신없이 알을 낳았다. 이 알들은 주름진 초록색 막으로 감싸여 있었는데, 그 모습은 끝이 둘둘 말린 거대한 물고사리 싹과도 흡사했다. 초록색 줄기는 마치 양파 같은 맛이 나서 날것은 샐러드로 딱이었고, 끓인 것은 양파 수프로 딱이었다. 반쯤 부화한 테트라포디스에는 인대가 있었는데, 그걸 말리면 자체 미끼가 달린 훌륭한 낚싯바늘이 되었다. 성체의 날개 근육은 마치 피시 소스를 곁들인 송아지 고기 커틀릿 비슷한 맛이 났으며, 알의 내벽, 또는 주 외피는 훌륭한 신발창이 되었다. 가볍고, 질기고, 유연한 것은 물론이고, 알 수 없는 어떤 이유로 인해 이걸 신고 있으면 펠로돈이 쫓아오지 않았다.

프테로나우키스, 즉 펄럭개구리는 이들이 첫날 목격했던 바로 그 날아다니는 도롱뇽이었다. 대개 야행성이었고 굴광성이었다. 그래서 한밤중에 강한 조명을 비추면 불과 몇 분 사이에 한 바구니나 잡을 수 있었다. 한 마리당 지구의 개구리보다 두 배는 많고, 두 배는 크고, 두 배는 훌륭한 개구리 다리 고기가 나왔다.

하지만 이곳에는 포유류가 없었다.

대신 이곳에는 꽃이 풍부했다. 하얀색이 있었고(물론 그곳 특유의 빛 때문에 불쾌한 초록색으로 보였다), 자주색, 갈색, 파란색, 그리고 당연히 어디에나 있는 초록색 꽃이 있었다. 붉은색 꽃은 없었는데, 내친김에 덧붙이자면 이 행성 어디에도 빨간색은 전혀 없었다. 그러다 보니 에이프럴의 눈은 이들 모두에게 일종의 오아시스가 되었다. 부재한 색깔을 향해서 느끼는 갈망은 차마 말로 설명할 수 없는 수준이었다. 그리하여 이로부터 한 가지 전설이 시작되었다. 토드는 밝은 붉은색의 성장체를 두 번이나 목격했다. 처음에는 버섯이라고 생각했는데, 두 번째로 보니 오히려 이끼에 가까워 보였다. 처음 봤을 때에는 심지어 패러메트로돈조차도 꽁무니를 빼게 만드는 무시무시한 생물인 이동 중인 개미 떼에 둘러싸여 있었다. 거기서 20미터쯤 떨어진 곳에서 두 번째로 봤을 때에는, 그쪽으로 고개를 돌리자마자 한 마리도 아니고 무려 세 마리의 펠로돈이 덤불 속에서 슬그머니 기어오고 있어서 토드도 도망칠 수밖에 없었다.

토드는 나중에 두 번이나 더 그곳을 찾았지만 아무것도 발견하지 못했다. 또 한 번은 칼이 어느 바위 틈새로 천천히 사라지는 밝은 붉은색 식물을 똑똑히 보았다고 맹세했다. 결국 그 생물이야말로 그들에게는 에델바이스가 되었고, 성배에 매우 가까운 뭔가가 되었다.

강바닥에는 다이아몬드 원석이 있었고, 야광 속에서는 에메랄드가 빛났지만, 지구인의 관점에서 진짜 보물은 열을 뿜어내는 부식토 바로 밑에서 긁어내면 쉽게 얻을 수 있었다. 그곳에는 이리듐, 루테늄, 금속 결정 넵투늄 237이 있었다. 이곳에는 더 무거운 금속을 향한 (처음에만 해도) 이해할 수 없는 이행이 있었다. 비리디스의 루테늄-로듐-팔라듐 무리는 지구의 철-니켈-코발트 무리만큼이나 풍부했다. 이곳에서는 카드뮴이 그 친척뻘인 아연보다 더 풍부했다. 테크네튬도 드물게나마 지각에 존재했는데, 지구에서는 오래전에 붕괴한 원소였다.

비리디스에서는 화산 작용이 흔했는데, 이토록 많은 방사성 물질의 존재로 미루어 충분히 예상 가능한 바였다. 이들이 구명정에서 내려다본 노출면에는 뜨거운 물질이 특히나 고도로 농축되어 있었다. 그중 일부에는 생명체가 있었다.

칼은 방사능 병을 한차례 앓으면서까지 이런 지역 가운데 한 곳으로 잠깐씩 들어가 표본을 채취했다. 그가 발견한 사실은 이례적이었다. 손으로 만지면 따뜻한 나무가 있었는데, 이놈은 광물과 물을 어마어마한 속도로 써 버렸다. 그 환경 밖에다가 옮겨 심으면 세포가 발달하는 속도만큼 빠르게 파괴되었고, 급기야 암처럼 어마어마하게 커졌다가 그 무시무시한 성장력으로 인해 자멸하고 말았다. 그 치명적인 지역에는 원시적인 벌레도 살고 있었는데, 그 재빠른 성장에 보조를 맞추기 위해서 지속적으로 체절을 버렸다. 이놈 역시 외부로 가져오면 눈에 띄게 자랐다가 너무 빨리 생애를 마치고 죽어 버렸다.

행성 축의 기울기는 2도 미만이어서 사실상 계절 구분이 없었고, 위도별 기온차도 거의 없다시피했다. 대륙이 두 개이고, 적도 부분에 바다가 하나 있었으며, 산도 없고, 평야도 없고, 큰 호수도 몇 안 되었다. 행성 대부분은 기복이 완만한 구릉 지대와 구불구불한 강으로 이루어지고, 울창한 밀림이나 초지로 뒤덮여 있었다. 처음 잠에서 깨어난 장소도 다른 여느 장소 못지않게 좋았기에 일행은 거기 계속 머물게 되었고, 정보를 축적하면서 점점 덜 배회하게 되었다. 인공물은 어떤 종류든지 간에 어디에도 없었고, 과거 거주지의 흔적은 털끝만큼도 남아 있지 않았다. 물론 이 행성에 생명이 존재한다는 사실 그 자체를 고려하기 전에는 그렇게 생각된다는 뜻이었다. 페름기의 생명체가 발달하려면 최소한 10억 년의 시간이 걸릴 것으로 예상되었다. 그런데도 비리디스의 방사성 뼈대 속에 들어 있는 차마 부정할 수 없는 달력은 이 행성이 불과 3500만 년밖에 되지 않았다고 주장하고 있었다.

V

모이라의 출산 때가 되자 상황이 어렵게 돌아갔다. 칼조차도 자기가 아무런 도움이 될 수 없다는 사실에 평소처럼 으스대는 걸 잊어먹을 정도였다. 티그와 에이프럴이 산모를 돌보았고, 토드는 칼과 함께 있었다. 토드는 건네기 적절한 말을 찾고 싶었지만 찾지 못했다. 칼의 얼굴을 하고 있는 이 새롭고도 낯선 사람에게, 즉 불안한 양손을 서로 쥐어짜고, 땅을 움켜쥐고, 정수리며 정강이를 무자비하게 손으로 문질러 대고, 안달복달하고 겁에 질린 사람에게 뭔가를 해 주고 싶었는데도 말이다. 칼을 통해서 토드는 결코 알고 싶지 않았던 것을 좀 더 알게 되었다. 즉 앨마를 잃어버렸을 때 티그의 심정이 대략 어떠했을지를 말이다.

앨마의 여섯 아이들은 이미 걸음마쟁이였고, 자기들이 아는 유일한 세계에서 밝고 행복했다. 아이들은 달에서 따온 이름을 달고 있었다. 윙큰, 블링큰, 노드, 리아, 칼리스토, 타이탄이었다. 남자아이인 노드와 타이탄 그리고 여자아이인 리아는 앨마의 눈과 머리카락을, 그리고 때로는 앨마의 기묘하고도 용감한 조용함(즉 두려워하는 대신에 오히려 파악하고 정복하기 위해 정신이 노력하는 동안 몸이 중지되는 상태)을 지니고 있었다. 충만한 공기와 방사성 토양이 어떤 영향을 끼쳤는지는 몰라도, 아이들은 그런 징후를 드러내지 않았으며, 다만 신속한 발달만이 예외라 할 만했다.

두 남자는 모이라의 비명을 들었다. 마치 웃음소리 같았지만 사실은 고통의 비명이었다. 칼이 벌떡 일어났다. 토드가 팔을 붙잡았지만, 그는 팔을 뺐다. "내가 왜 뭐라도 도울 수 없는 거지? 왜 여기 그냥 앉아 있어야 하는 거야?"

"쉬잇. 모이라는 느낄 수 없어. 저건 주성走性 반응일 뿐이야. 모이라는 괜찮을 거야. 앉아 있어, 칼. 네가 할 수 있는 일을 말해 줄게. 너는 아기들의 이름을 지어 주면 돼. 생각해 봐. 멋진 이름들을 생각해 보라고. 모두 서로 어찌어찌 연결되어 있는 이름들을 말이야. 티그는 달 이름을 써먹었지. 그럼 너는 어떤 걸 써먹을—"

"그런 걸 할 시간은 충분하잖아." 칼이 끙 소리를 냈다. "토드…… 혹시라도 모이라가…… 혹시 무슨 일이라도 생기면…… 내가 어떻게 할지 알아?"

"아무 일도 안 생길 거야."

"나는 방금 전에 항복했어. 나는 티그가 아니야. 나는 감당할 수 없어. 티그는 어떻게 그럴 수 있는 거지……?" 칼의 목소리는 중얼거림으로 잦아들었다.

"이름이나 정해." 토드가 그에게 상기시켰다. "일곱 개, 아니, 여덟 개. 어서, 지금 정하라고."

"네 생각에는 여덟이나 낳을 것 같아?"

"안 될 것 없잖아? 산모는 정상이니까." 그가 칼을 팔꿈치로 쿡 찔렀다. "이름이나 생각하라니까. 알았다! 옛날의 황도 별자리가 멋진 이름이 될 것 같지 않아?"

"기억이 하나도 안 나."

"나는 기억해. 에어리즈(양자리), 이거 괜찮네. 토러스(소자리). 제미— 아니지. 애 하나를 제미나이(쌍둥이)라고 부를 수는 없지. 리오(사자자리)— 이게 좋겠다!"

"리브러(천칭자리)." 칼이 말했다. "여자애라면 말이야. 어퀘어리어스(물병자리), 새지테어리어스(궁수자리)— 지금까지 모두 몇 개 말했지?"

토드는 손가락으로 세어 보았다. "여섯 개째야. 그리고 버고(처녀자리)와 캐프리컨(염소자리)까지. 이렇게 하면 다 됐어!" 하지만 칼은 그의 말을 듣고 있지 않았다. 대신 지금 막 바깥으로 나온 에이프릴을 향해서 단 두 걸음에 달려갔다. 그녀는 피곤해 보였다. 아니, 피곤한 것 이상이었다. 아름다운 두 눈에는 크나큰 연민이, 즉 피 흘리는 심장의 색깔이 깃들어 있었다.

"모이라는 괜찮은 거야? 괜찮은 거냐고?" 칼이 내뱉은 것은 말이 아니라 오히려 목쉬고 질주하는 뭔가였다.

에이프럴은 비록 입으로 미소를 지었지만, 눈에서는 여전히 연민이 흘러넘치고 있었다. "그래, 그래, 모이라는 괜찮아. 상태가 아주 나쁘지는 않았어."

칼은 외마디 소리와 함께 그녀를 밀치고 지나가려 했다. 그러나 에이프럴이 그의 팔을 붙잡았고, 평소의 연약함과 달리 상대방을 빙 돌려세웠다.

"아직은 안 돼, 칼. 그러잖아도 티그가 너한테 먼저 이야기해 주라고—"

"아기들은? 아기들은 어떻게 됐어? 몇 명이나 나왔어, 에이프럴?"

그녀는 칼의 어깨 너머로 토드를 바라보았다. 그리고 말했다. "세 명이야."

칼의 표정이 풀리더니, 멍해지고, 눈동자가 흔들렸다. "그러면— 뭐? 아직 세 명밖에 안 나왔다는 뜻인가. 그러면 앞으로 더 나올 게 분명한데……"

에이프럴은 고개를 저었다.

토드는 속에서 터져 나오는 웃음을 느끼고, 이를 악물고 참았다. 웃음이 치밀어 오르면서 목구멍 뒤쪽을 강타했다. 그러다가 에이프럴의 간청하는 두 눈과 딱 마주쳤다. 그녀로부터 힘을 얻어서 그는 즐거움을 나타내는 큰 웃음을 꾹 억눌렀다.

칼의 목소리에는 마지막 희망의 끈이 깃들어 있었다. "그러면 다른 아기들은 죽은 모양이지."

에이프럴이 그의 뺨을 쓰다듬었다. "아기는 그 셋뿐이었어, 칼…… 그러니 제발 모이라한테 나쁘게 굴지 마."

"아, 그야 당연하지." 칼은 어렵사리 대답을 내놓았다. "설마 모이라가…… 그러니까 내 말은, 이게 모이라의 책임은 아니라는 거야." 그는 재빨리 방어적인 눈빛으로 토드를 바라보았다. 토드는 이제 웃음을 억눌렀던 것이 천만다행이라는 생각이 들었다. 지금 칼의 표정만 보면, 감히 웃음을 머금은 사람을 기꺼이 죽이고도 남을 기세였다.

에이프럴이 말했다. "그렇다고 해서 네 책임인 것도 아니야, 칼. 문제는 이 행성이야. 분명히 그래서일 거야."

"고마워, 에이프럴." 칼이 중얼거렸다. 그는 문으로 다가가더니, 거기서 걸음을 멈춘 채, 마치 커다란 개처럼 고개를 저었다. 그리고 다시 말했다. "고마워." 하지만 이번에는 목소리도 제대로 발동되지 않아서 그저 속삭임에 불과했다. 칼은 안으로 들어갔다.

토드는 건물 모퉁이로 잽싸게 뛰어가, 모퉁이를 돌자마자 땅에 쪼그리고 앉아서 쿡쿡거렸다. 양손으로 입을 막은 채 배가 아플 때까지 웃고 또 웃었다. 마침내 녹초가 되어 입을 다물고 나서야 그는 에이프럴이 옆에 와 있음을 느꼈다. 그녀는 조용히 서서 토드를 바라보며 기다리고 있었다.

"미안해." 그가 말했다. "미안해. 하지만…… 그게 너무 웃겨서."

에이프럴은 굳은 표정으로 고개를 저었다. "우리는 지구에 있는 게 아니잖아, 토드. 새로운 세계에 왔으면 새로운 예절을 지녀야지. 설령 우리가 테라 프라임에 있었어도 마찬가지였을 거야."

"그랬겠지." 그는 이렇게 대답하고 나서 또 한 번 웃음을 억눌렀다. "어쨌거나 나는 예전부터 이거야말로 한심한 농담이라고 생각했었어." 에이프럴은 딱딱한 어조로 말했다. "몇 명을 낳느냐를 남자다움의 척도로 사용하는 것 말이야. 거기에는 아무런 과학적 근거가 없어. 남자들은 한심해. 기껏해야 가슴에 난 털의 양이라든지, 키라든지로 남자다움을 측정할 수 있다고 생각하는 버릇이 있으니까. 아기를 겨우 셋만 가진 사람은 전혀 잘못된 게 아니야."

"그 사람이 무려 칼인데도?" 토드가 씩 웃었다. "저 덩치 커다란 허세꾼인데도?" 그의 얼굴에서 웃음기가 서서히 가셨다. "알았어, 에이프. 칼 앞에서는 절대로 웃지 않을게. 그리고 네 앞에서도. 그러면 됐지?" 곧이어 그의 얼굴에 묘하다는 표정이 스쳤다. "그나저나 방금 전에 뭐라고 말했어? 에이프럴! 남자는 가슴에 털이 나지 않는다고!"

"아니, 털이 난댔어. 티그한테 물어봐."

"네가 그렇다고 하면 나도 믿을게." 토드는 부르르 몸을 떨었다. "그 모습을 상상하니 어쩐지 그 남자에게는 꼬리도 달려 있어야 할 것 같은데. 그리고 눈두덩이 툭 튀어나와 있어야 할 것 같고 말이야."

"그리 멀지 않은 과거에만 해도 그런 남자가 실제로 있었잖아. 눈두덩도 마찬가지고. 어쨌거나— 네가 칼 앞에서 웃지 않아서 다행이라고 생각해. 너 멋있었어, 토드."

"너도 멋있었어." 그는 그녀를 끌어당겨 옆에 앉힌 다음 살며시 끌어안아 주었다. "약속해 줘. 열두 명은 낳겠다고."

"노력해 볼게." 에이프럴이 그에게 입을 맞추었다.

표본 사냥이 최대한도에 도달하자 이제는 분류가 정착지의 주 업무가 되었다. 그러자 비리디스에 있는 생물의 독특한 패턴이 드러나기 시작했다.

비리디스에는 원시적인 어류와 몇 종의 연체동물이 있었지만, 동물군 대다수는 원시적인 절지동물과 파충류였다. 흥미로운 사실은 이 세 가지 분지 사이에 가까운 연관성이 있다는 점이었다. 마치 각 세대마다 진화가 중요한 한 걸음을 내딛는 것 같았다. 즉 진화가 갈지자 행보를 보였는데, 때로는 수천 년, 심지어 수백만 년 동안 특정한 발전 단계가 정체되기도 했던 지구와는 영 딴판이었다. 예를 들어 프테로돈은 세 가지 변종이 있었는데, 그중에서도 가장 단순한 놈은 활강하는 도룡뇽인 프테로나우키스와 명백한 유사성을 보였다. 단순한 도마뱀은 펄럭개구리와 거대한 패러메트로돈 모두의 공통 조상으로 입증이 가능했고, 절지동물을 낳은 벌레와 도마뱀 사이에도 강력한 유사성이 있었다.

이들은 오랫동안 진실과 가까이 살면서도 차마 그 사실을 볼 수 없었는데, 인간은 진화가 단순한 것에서 복잡한 것으로, 즉 아메바에서 미소동물과 연체동물과 경린硬鱗어류와 양서류와 단공류單孔類와 영장류와 땜장이로 나아간다고 생각하도록 버릇 들었기 때문에…… 이 모두가 공존한다는 중요한 사실을 놓친 것이었다. 선사시대의 척추동물 뱀장어가 그보다 더 단순한 후손보다 더 **고등한** 생명 형태일까? 고래는 다리를 잃어버렸다. 인간은 이를 가리켜 퇴행이라고, 즉 진화에서 일종의 퇴보라고 불렀으며, 이를 일종의 위법으로 간주했다.

인간은 단순성에서 비롯되어 복잡성으로 향했기에 복잡성을 목표로 삼는다. 자연은 복잡한 물질을 편의로 간주하기에 결코 혼동하지 않는다. 그렇다면 비리디스 정착민이 이런 오류를 발견하기까지 오랜 시간이 걸린 것은 놀라운 일도 아닌데, 증거의 무게가 증거를 옹호하기 때문이었다. 실제로 가장 낮은 생명 형태부터 가장 높은 생명 형태까지 끊어지지 않는 선이 있었으며, 그 모두가 공통 조상을 갖고 있다고 가정하는 것은 아름답게 구성된 가설이었다. 즉 이것이야말로 1천 보 밖에서 활고자에 시위를 걸고 과녁 한가운데를 맞춘 궁수가 드러낼 법한 종류의 정확성에 해당했다.

일은 점점 더 많이 젊은 세대의 몫으로 돌아가게 되었다. 티그는 원칙 때문이라기보다는 오히려 습관 때문에 고립 상태를 영위했다. 그는 나름대로 혼자 작업하는 것으로 간주되고 있었다. 티그가 없이도 일이 진행되는 경우가 다반사이다 보니, 그는 결국 무리에서 사실상의 은둔자가 되었다. 티그는 급속히 나이를 먹었다. 어쩌면 너무 많은 젊은이들에 둘러싸여 있는 것이 그의 내면의 뭔가를 손상시키기라도 한 듯했다. 티그의 여섯 아이는 무럭무럭 자라났고, 칼의 세 아이와 함께 벌거벗고 밀림을 뛰어다녔는데, 아이들이 지닌 무기라고는 막대기와 특유의 속도뿐이었다. 비리디스가 인간을 대적하기 위해 마련한 모든 것에 아이들은 사실상 면역이 된 것이 분명했고, 심지어 크로탈리두스의 송곳니조차도 아이들에게는 그저 심하게 벌에 쏘인 것 정도의 피해만 남길 뿐이었다. (반면 모이라의 경우에는 송곳니 때문에 치명적인 상태까지 이르러서, 급기야 생명 유지를 위해 수면관을 가동할 수밖에 없었다.)

토드는 종종 티그를 찾아와서 함께 앉아 있었으며, 서로 대화가 없는 한에는 더 나이 많은 남자도 이 방문으로부터 뭔가를 얻어 내는 듯했다. 하지만 티그는 혼자 있는 쪽을, 새로운 세계조차도 대안을 제공할 수 없는 기억을 품은 상태에서 최대한 살아가는 쪽을 선호했다.

토드는 칼에게 말했다. "티그가 뭔가에 관심을 갖도록 하지 못하면, 저러다가 시들어서 날아가 버리고 말 거야."

"그 친구야 뭐든지 자기가 생각하는 것에 대해 많은 시간을 쓸 만큼 관심이 풍부하잖아." 칼이 퉁명스레 말했다.

"내 말은 그가 지금 여기 있는 뭔가에 관심을 가지는 게 낫겠다는 거야. 우리가 그렇게 해 줄 수만 있다면 좋겠는데…… 그럴 수만 있다면……" 하지만 토드는 아무것도 생각할 수가 없었고, 이것이야말로 그에게는 지속적인 근심거리가 되었다.

꼬마 타이탄이 죽었다. 크고 둔한 패러메트로돈 한 마리가 강둑에서 미끄러지면서 깔려 죽은 것이었는데, 그때 아이는 그 밑에서 때때로 목격되는 기묘한 붉은색 버섯의 진홍색 갓을 찾아보던 중이었다. 모이라가 크로탈리두스에게 물렸던 사건도 사실 그 버섯을 찾던 도중에 일어난 일이었다. 칼의 아이들 가운데 또 하나는 물에 빠져 죽었다. 어떻게 하다 그랬는지는 아무도 몰랐다. 이런 비극을 제외하면 삶은 편안하고도 흥미로웠다. 아이들이 환경에 익숙해지면서 울안은 오히려 **가축 우리**에 더 가까워졌다. 어른들은 결코 아이들만큼 잘 적응하지 못한 반면, 아이들은 처음에만 해도 곤란을 겪었던 벌레 물림이나 독성 잡초에 훨씬 덜 민감해졌기 때문이다.

그러다가 티그의 아들 노드가 아버지의 관심을 최소한 잠깐이라도 끌 만한 것을 찾아냈다. 하루는 아이가 울안으로 돌아왔는데 펠로돈 두 마리가 슬금슬금 그 뒤를 좇아왔다. 짐승들은 아이가 지나간 경로에 떨어진 핏자국을 핥느라 때때로 멈춰 서서 미처 따라잡지 못한 것이었다. 노드는 한쪽 귀가 찢어졌고, 왼쪽 척골에는 부러진 초록색 막대기가 박혔으며, 한쪽 손목을 접질렸다. 아이는 울면서, 기쁨의 눈물을 흘리면서 돌아왔다. 울면서 소리를 질렀고, 자랑스러운 함성을 크게 내질렀다. 그리고 울안으로 들어오자마자 쓰러졌지만, 그래도 의식을 잃지는 않았고, 전리품을 놓치지도 않았다. 그러다가 티그가 다가오자 문제의 버섯을 건네주고는 비로소 까무러쳤다.

그 버섯은 지구의 버섯과는 닮기도 했고, 닮지 않기도 했다. 지구에는 스키조필룸속屬이라는 균류가 있었는데, 희귀한 것까지는 아니지만 가장 기묘한 것이기는 했다. 비리디스의 붉은색 '버섯'은 비록 완전한 균류까지는 아니었지만, 그래도 스키조필룸속의 기능 가운데 상당수를 지니고 있었다.

스키조필룸속은 서로 다른 유형의 포자를 네 가지 생산했는데, 그 각각은 유전적으로 별개이고 완전히 상이한 식물로 자라났다. 이 가운데 세 가지는 생식 능력이 없었다. 마지막 한 가지는 스키조필룸속을 산출했다.

비리디스의 붉은색 버섯은 또한 서로 다른 이핵공존체, 또는 유전적으로 서로 다른 유형을 네 가지 생산했는데, 그중 한 가지 포자가 버섯을 산출했다.

티그는 지구 햇수로 일 년 동안 나머지 세 가지 유형을 연구하며 보냈다.

VI

스킨플렉스 차림으로 땀을 뻘뻘 흘리며 비참한 상태에 처한 토드는 손가락나무의 갈라진 나뭇가지 사이에 쭈그리고 앉아 있었다. 두 무릎을 세우고, 머리는 숙인 상태였다. 두 팔을 정강이에서 깍지 끼고, 몸을 앞뒤로 살살 흔들었다. 여기 있으면 한동안 안전할 것이었다. 나무의 두툼한 손가락들은 나뭇가지의 가늘고 흔들리는 끄트머리에 뭉쳐 있었고, 결코 나무 둥치를 향해서 돌아서는 법이 없었다. 그는 문득 죽는 게 어떤 건지 궁금해졌다. 어쩌면 금방 죽게 될지도 모르니, 그때가 되면 알게 될 것이었다. 차라리 죽는 게 나았다.

토드가 골라 놓은 이름은 완벽했고, 모두가 한가족이었다. 솔(태양), 머큐리(수성), 비너스(금성), 테라(지구), 마스(화성), 주피터(목성)…… 모두 열한 개의 이름이었다. 필요하다면 그는 열두 번째 이름도 생각해 낼 수 있었다.

하지만 무슨 소용인가?

토드는 다시 어둠 속으로 푹 빠져들었다. 거기에는 아무것도 살지 않았고, 단지 이런 생각만 거듭해서 떠올랐다. **죽는다는 건 어떤 걸까?**

조용히 해. 그는 생각했다. **그러면 더는 아무도 웃지 않겠지.**

저 밑으로 펼쳐진 밀림의 바닥에서 뭔가 희끄무레한 것이 움직였다. 토드는 대뜸 에이프럴이라고 생각했지만, 곧이어 그 생각을 머릿속에서 화난 듯 몰아냈다. 그녀는 지금쯤 자고 있을 것이다. 시작하기에 무척이나 오래도 걸렸던 그 하찮은 과제를 완수한 다음이었으니까. 그러니 저 밑에 있는 건 블링큰이거나 리아일 수도 있었다. 두 녀석은 서로 매우 닮았으니까.

어찌 되었건 이제는 아무 소용이 없었다.

토드는 두 눈을 감은 채 몸을 흔드는 걸 멈추었다. 그는 아무도 볼 수 없었고, 아무도 그를 볼 수 없었다. 이것이야말로 최선의 방법이었다. 그래서 가만히 앉아 있었고, 시간이 가게 내버려 두었다. 그러다가 누군가의 손이 어깨를 짚어 오자 그는 깜짝 놀라 나무에서 떨어질 뻔했다. "이런, 망할, 블링큰—"

"저 리아예요." 아이는 앨마의 다른 딸들과 마찬가지로 나이에 비해 덩치가 컸고, 건강이 넘쳐 났다. 시간이 얼마나 흘렀을까? 이들이 이곳에 온 지 6년, 8년…… 무려 9년이 흘렀다.

"가서 버섯이나 사냥해." 토드가 투덜거렸다. "나 혼자 있게 내버려 둬."

"같이 돌아가요." 소녀가 말했다.

토드는 대답하지 않을 것이었다. 리아가 옆에 무릎을 꿇고 앉았다. 한 팔로는 큰 가지를 감고, 등은 그와 마찬가지로 나무줄기에 기댔다. 소녀는 고개를 숙여서 뺨을 그의 뺨에 갖다 댔다. "토드."

순간 그의 내면의 뭔가에 확 불이 붙었다. 토드는 이빨을 드러내고 육중한 주먹을 휘둘렀다. 소녀는 아무 소리 없이 몸을 접고 나무에서 떨어져 버렸다. 그는 축 늘어진 몸을 내려다보았지만, 처음에는 자기 주위에서 불어 올라오고 소용돌이치는 분노의 아지랑이 때문에 제대로 볼 수가 없었다. 그러다가 눈이 맑아지고 나서야 토드는 신음을 내뱉었고, 손에 든 곤봉을 내던지고 뒤따라 뛰어내렸다. 그는 곤봉을 집어 들고, 주위를 더듬으려고 다가오는 손가락나무의 잎사귀를 때려서 물리쳤다. 토드는 아이를 안아 들어 그곳을 벗어났고, 무릎을 꿇고 아이를 꼭 끌어안았다.

"리아. 내가 잘못했다, 내가 잘못했어…… 나는 그게…… 그런 게 아니라…… **리아!** 죽지 마!"

소녀는 꿈틀하더니 목에서 찢어지는 듯 괴로운 소리를 냈다. 눈꺼풀이 떨리다가 열리면서, 고통에 먼 두 눈이 드러났다. "리아!"

"저는 괜찮아요." 소녀가 속삭였다. "아저씨를 괴롭히는 게 아니었는데. 제가 가면 좋겠어요?"

"아니야." 토드가 말했다. "아니야." 그는 소녀를 꼭 끌어안았다. **왜 그냥 얘를 보내 버리지 않는 거야?** 그의 마음 한편에서 이렇게 물었다. 그러나 또 한편에서는 겁에 질리고 당혹스러운 어조로 이렇게 외쳤다. **안 돼! 안 돼!** 그로선 다급하고도 반쯤 히스테릭한 상태로 해명할 필요가 있었다. **왜 굳이 이런 어린애한테까지 설명을 해야 하지? 그냥 미안하다고 말하고, 위로해 주고, 치료해 주되, 얘가 이해해 줄 거라고 기대하지는 마.** 하지만 정작 토드는 이렇게 말했다. "나는 돌아갈 수 없어. 지금은 달리 갈 곳도 없어. 그러니 나는 어떻게 해야 할까?"

리아는 마치 뭔가를 기다리는 듯 아무 말이 없었다. 나 때문에 다친 누군가가 내가 해명할 방법을 물색하는 동안 인내심 있게 기다린다는 것이야말로 끔찍한 동시에 놀라운 일이었다. 설령 내가 오로지 나 자신에게 해명하고 말뿐이라고 하더라도…… "설령 돌아가더라도 내가 뭘 할 수 있겠어? 그들은— 그들은 결코— 그들은 나를 비웃을 거야. 모두 나를 비웃을 거야. 지금도 비웃고 있어." 다시 화가 치밀자 토드는 더 이상 애처롭지 않게, 오히려 퉁명스레 말했다. "에이프럴! **빌어먹을** 에이프럴! 그 여자가 나를 고자로 만들었어!"

"아기를 딱 하나만 낳은 것 때문에요?"

"야만인이나 다름없는 일이야."

"예쁜 아기예요. 남자아이고요."

"남자라면, 진정한 남자라면, 여섯이나 여덟은 낳아야지."

소녀는 정색하고 그의 눈을 바라보았다. "어리석은 소리 마세요."

"도대체 이 미쳐 돌아가는 행성에서 우리한테 무슨 일이 벌어지고 있는 거지?" 토드는 격분해서 외쳤다. "우리는 역진화를 하고 있는 걸까? 그러면 다음에는 뭐가 오려나— 너희 꼬맹이들 가운데 누군가가 알을 까서 양서류라도 낳을 거냐?"

소녀는 이 말만 반복했다. "돌아가요, 아저씨."

"나는 못 가." 그가 속삭였다. "그들은 이렇게 생각할 거야. 내가…… 내가 무능하다고……" 토드는 무기력하게 어깨를 으쓱했다. "그들은 비웃을 거야."

"아저씨가 먼저 웃기 전까지는 아무도 안 웃을 거예요. 설령 웃더라도 아저씨와 함께 웃는 것뿐일 거예요. 아저씨를 비웃는 게 아니라요."

마침내 그가 말했다. "에이프럴은 나를 사랑하지 않을 거야. 나 같은 약골을 사랑하지 않을 거라고."

소녀는 이 말을 숙고하면서 또렷한 눈길로 그를 응시했다. "아저씨는 정말로 무척 많이 사랑을 받을 필요가 있겠네요."

이상하게도 토드는 또다시 화가 치밀었다. "나는 혼자 지낼 수 있어!" 그가 잘라 말했다.

그러자 리아는 미소를 지으며 토드의 목덜미를 건드렸다. "아저씨는 사랑을 받았잖아요." 소녀가 그를 안심시켰다. "이런, 아저씨가 그것 때문에 화를 낼 필요까지는 없다고요. 제가 아저씨를 사랑하잖아요, 안 그래요? 에이프럴 아줌마도 아저씨를 사랑하죠. 어쩌면 아줌마보다 제가 아저씨를 더 많이 사랑하는지도 몰라요. 아줌마는 아저씨의 지금 모습 전부를 사랑하죠. 저는 아저씨의 예전 모습과 향후 모습 전부를 사랑하니까요."

그가 두 눈을 감자 훌륭한 음악이 귓가에 들려왔다. 오래전, 아주 오래전에 토드는 자기를 위로하러 온 누군가를 공격한 적이 있었고, 그 누군가는 그를 울게 내버려 두었다가 마침내 뭔가를 말했다…… 정확히 이 말까지는 아니었지만, 그래도— 똑같은 이야기였다.

"리아."

토드는 소녀를 바라보았다. "너는 예전에도 내게 그 말을 모두 한 적이 있어."

두 눈 사이에 어리둥절해하는 작은 주름살이 나타나자 소녀는 그 위에다가 손가락을 갖다 댔다. "제가 그랬어요?"

"그래." 토드가 말했다. "하지만 그건 네가 태어나기도 전의 일이었지."

그는 자리에서 일어나 소녀의 손을 잡았고, 두 사람은 함께 울안으로 돌아갔다. 실제로 비웃음을 받았는지 아닌지는 토드도 결코 알지 못했다. 이제 그로선 자신의 충만한 마음과 에이프럴의 마음밖에는 생각할 수 없었기 때문이다. 토드는 곧바로 그녀에게 다가가서 부드럽게 입을 맞추고 아기를 바라보았다. 아기의 이름은 솔이었다. 그리고 태어날 때부터 털이 덥수룩하고, 작은 앞니가 두 개 있었으며, 눈두덩이 매우 툭 튀어나와 있었다……

"환상적인 저장 능력이야." 티그가 이렇게 말하며 진홍색 버섯 꼭대기를 손으로 건드렸다. "포자도 거의 현미경으로나 확인이 가능한 수준이야. 이놈은 포자를 살포하기를 원치 않는 것 같기도 해. 오히려 적극적으로 저장해 놓을 뿐이지. 수백만 개를 말이야."

"다시 좀 설명해 줘." 에이프럴이 말했다. 그러면서 양팔로 안고 있는 아기를 고쳐 안았다. 아기는 이례적으로 쑥쑥 자라나고 있었다.

"천천히 말이야. 나도 생물학에 관해서라면 좀 아는 게 있었는데—또는 아는 게 있다고 생각했는데. 하지만 **이건** 도대체가—"

티그는 거의 미소를 지을 뻔했다. 보기 좋은 광경이었다. 나이 먹은 얼굴은 지구 햇수로 5년 동안 그리 많은 표정을 드러내지 않았다.

"그러면 가급적 기초적인 것을 설명해 주고, 거기서부터 시작하도록 하지. 우선 우리는 이걸 버섯이라고 부르지만, 실제로는 버섯이 아니야. 나는 이게 식물이라고 생각하지 않지만, 그렇다고 해서 이걸 동물이라고 부를 수도 없어."

"그나저나 식물과 동물의 진짜 차이에 관해서는 아직 아무도 나한테 설명을 안 해 준 것 같은데." 토드가 말했다.

"아…… 그러니까, 그걸 설명하는 가장 편리한 방법이 있어. 물론 엄밀하게 정확한 것까지는 아니지만, 그럭저럭 써먹을 만은 하지. 즉 식물은 식량을 스스로 생산하는 반면, 동물은 남이 생산한 것에 의존한다는 거야. 그런데 이놈은 그 두 가지를 모두 하거든. 이렇게 뿌리를 갖고 있으면서도—" 그는 버섯의 퍼져 있는 줄기 가장자리를 들어 올렸다. "그걸 이용해서 움직일 수 있는 거야. 물론 아주 많이 움직이지는 않고, 아주 빨리 움직이지도 않지. 하지만 움직이고 싶을 때면 움직일 수 있다는 거야."

에이프릴이 미소를 지었다. "토드, 기초 생물학에 관해서는 내가 나중에 언제라도 설명해 줄게. 그러니 일단 설명을 계속해 봐, 티그."

"좋아. 그렇다면 이제는 이핵공존체에 관해서 설명할 차례로군. 이놈이 가진 능력이란, 무려 네 개의 완전히 다른 식물로 자라날 수 있는 포자를 생산한다는 거야. 그중 한 개는 바로 이런 버섯이지. 그리고 나머지 세 개는 바로 이거야."

토드는 식물이 들어 있는 상자를 바라보았다. "이게 정말 모두 이 버섯의 포자에서 나온 거야?"

"그런 반응도 충분히 이해할 만해." 티그는 이렇게 말하고 나서 쿡쿡 웃었다. "나 역시 처음에는 믿지 못했으니까. 우선 액체가 반쯤 들어찬 낭상엽 식물이 나왔지. 선인장 비슷한 것도 나왔고. 그리고 이것도 나왔어. 송로버섯처럼 땅속에 파묻혀 자라는 놈인데, 이런 솜털을 갖고 있더라고. 얼핏 보기에는 말총 몇 개가 땅에 박혀 있겠거니 하고 넘어갈 수밖에 없지."

"그런데 그놈들은 모두 생식 불능이란 거고." 토드가 기억을 떠올렸다.

"그런데 그게 아니었어." 티그가 말했다. "그리고 바로 그것 때문에 내가 너희들을 모두 불러 모은 거야. 이놈들을 수정시키면 산출을 하더라고."

"어떻게 수정시키는데?"

대답 대신 티그는 에이프럴에게 질문을 던졌다. "우리가 비리디스의 생물 진화를 얼마나 멀리까지 추적해 나갔는지 기억나?"

"물론이지. 절지동물에서 시작해서 단순한 체절동물까지 거슬러 올라갔잖아. 그리고 곤충들은 또 다른 벌레에게서 온 것 같았고 말이야. 그러니까 유사 꼬투리와 단단한 등딱지를 지닌 놈에게서 말이야."

"쐐기벌레지." 토드가 거들었다.

"거의 비슷한 거지." 에이프럴은 과학자 특유의 엄밀함을 발휘해서 말했다. "그리고 우리가 발견할 수 있는 가장 원시적인 파충류는 확

대경 없이는 잘 보이지도 않을 만큼 작은 나피류裸皮類였어."

"우리가 그걸 어디서 발견했지?"

"여기저기 헤엄쳐 다니던데— 아! 저 낭상엽 식물 속에 있었어!"

"내 말이 믿기지 않는다면, 이놈들을 너희들이 직접 키워 보기만 하면 돼." 티그의 말 사이사이에는 크나큰 기쁨이 번쩍이고 있었다. "상당히 힘들기는 하겠지만, 대신 너희들은 이런 사실을 발견하게 될 거야.

성체 나피류는 (그러니까 수컷은) 이 낭상엽을 발견하고 그 안에 들어가지. 알다시피 거기에는 그놈에게 풍부한 영양분이 있고, 이놈은 진정한 양서생물이니까. 이놈이 낭상엽을 수정시키는 거야. 그 안에 들어 있는 액체의 표면에서 혹이 자라나서—" 티그가 손으로 그 부분을 가리켰다. "—봉오리가 맺히지. 봉오리는 이동성이 있어. 이놈들은 자라나서 장구벌레로, 즉 축소판 올챙이로 변하지. 그러고는 도마뱀으로 변하는 거야. 그러고는 여기서 기어 나와서 그 존재로 살아가기 시작해. 즉 도마뱀으로 말이야."

"모두 수컷인가?" 토드가 물었다.

"아니." 티그가 말했다. "바로 그거야말로 내가 아직 조사 못 한 부분이야. 하지만 분명한 건 일부 수컷은 암컷과 함께 자손을 낳고, 암컷이 알을 낳으면 도마뱀으로 변한다는 거야. 또 일부는 식물을 찾아서 수정시키고 말이야. 어쨌거나 사실상 이 식물이 이곳에 사는 모든 도마뱀의 조상인 것 같아. 이 모든 종들의 진화 계보가 얼마나 분명한지 너희들도 알겠지."

"그렇다면 말총 달린 송로버섯은?" 토드가 물었다.

"번데기야." 티그가 말했다. 에이프럴의 얼굴에 믿기지 않는 표정이 드러나자 그가 다시 강조했다. "진짜야. 번데기라고. 9주 정도 숙면기를 거치고 나면, 바로 거기에서 쐐기벌레랑 **거의 비슷한** 놈이 나와."

"그리고 여기 있는 모든 곤충은 바로 그놈한테서 나온 거고." 에이프럴은 이렇게 말한 다음, 놀랍다는 듯 고개를 저었다. "그렇다면 여기 있는 선인장 비슷한 녀석한테서는 선충류가 나오겠네. 나중에 절지동물로 진화하게 되는 그 체절 달린 벌레들 말이야, 그렇지?"

티그는 고개를 끄덕였다. "직접 실험을 하고 싶다면 언제든 환영이야." 그가 다시 말했다. "하지만 장담컨대, 결국 내가 옳았다는 사실만 발견하게 될 거야. 실제로 그런 일이 일어났다고."

"그렇다면 바로 이 진홍색 버섯이야말로 여기 있는 모든 것의 시작인 셈이군."

"그것 말고 다른 이론은 찾을 수 없었어." 티그가 말했다.

"나는 찾을 수 있어." 토드가 말했다.

모두들 의아한 표정으로 바라보자, 그는 자리에서 일어나 웃었다. "물론 아직까지는 아니야. 아직 완전히 마무리하지는 못했거든." 토드는 아기를 안아 들고는, 에이프럴이 일어서도록 도와주었다. "네가 보기에는 우리 솔이 어떤 것 같아, 티그?"

"훌륭하지." 티그가 말했다. "훌륭한 사내아이지." 티그가 아기의 두드러진 눈두덩이며 젖니를 바라보고 있다는 걸 알았지만, 토드는 아무 말도 하지 않았다. 아기가 에이프럴을 향해서 손을 뻗자, 토드는 내면에서 희미하게 놀라움이 일어나는 것을 깨닫고 아기를 엄마에게 건네주었다. 그로선 티그의 마음속에 있는 생각에 대해 분개해야 마땅했지만, 실제로는 그러지 않았다. 오히려 중요한 통찰이 시작되면서 아기에 대한 비판을 환영했으며, 아기의 무수한 털과 야만성을 인식했으며, 이런 것들이 훌륭함을 발견했다. 하지만 생각이 너무나도 모호해서 차마 설명할 수 없었으며, 단지 미소만 가능할 뿐이었다. 토드는 미소를 짓고, 에이프럴의 손을 잡은 다음, 그곳을 나왔다.

"네가 티그에게 한 말은 뭔가 좀 웃겼어." 자기네 숙소로 가는 동안 에이프럴이 그에게 말했다.

"혹시 기억나, 에이프럴? 우리가 이곳에 도착한 날 말이야. 그러니까—" 토드는 하늘의 사분면을 가리키는 몸짓을 했다. "그러니까 우리 모두가 그때 얼마나 기분이…… 좋았는지?"

"그래." 그녀가 중얼거렸다. "그건 일종의 감사 인사 같았고, 안심시키는 것 같았어. 그걸 어떻게 잊겠어?"

"그래, 음……" 토드는 어렵사리 말을 이어 갔지만 미소는 여전히 남아 있었다. "내가 생각을 하나 해 봤는데, 그랬더니 나도 그런 기분이 들더라고. 그런데 그걸 차마 말로는 표현 못 하겠어." 숙고하는 듯 잠시 말을 멈추었다가 그가 덧붙였다. "아직까지는 말이야."

에이프럴은 아이를 고쳐 안았다. "얘는 나날이 무척 무거워지네."

"내가 안을게." 토드는 움푹 들어가서 우스워 보이는 눈을 가진 꿈틀거리는 다발을 안아 들었다. 그 눈을 바라보다가 고개를 들자, 지난 몇 년 동안 본 적 없는 표정이 에이프럴의 얼굴에 떠올라 있었다. "왜 그래, 에이프?"

"네가— 아기를 **좋아해서** 그래."

"음, 그야 당연하지."

"나는 겁이 났었거든. 오랫동안 겁이 났었어. 혹시나 네가…… 얘는 우리 아기이지만, 솔직히 예쁜 아기는 아니니까."

"따지고 보면 나도 솔직히 예쁜 아버지는 아니지."

"네가 나한테 얼마나 소중한 존재인지 알아?" 그녀가 속삭였다.

그는 알고 있었다. 왜냐하면 이것이야말로 둘 사이의 오랜 장난이었기 때문이다. 토드는 웃음을 터트리고는 평소처럼 순서를 밟아 나갔다. "얼마나 소중한데?"

에이프럴은 양손을 살짝 오므리고 서로 붙여서 상앗빛 그릇을 만들었다. 양손을 들고 마치 귀금속 바라보듯 엄지손가락 사이로 그릇 안을 바라보다가, 양손을 꽉 쥐어서 가슴에 가져다 대고, 눈물 글썽한 눈을 들어 그를 바라보았다. "이만큼 소중하지." 그녀가 중얼거렸다.

토드는 하늘을 바라보았다. 하늘 어딘가에는 에이프럴이 저 몸짓을 할 때에 이들이 느낀 행복의 수많은 절정의 순간들이 있을 것임을 알았고, 신중하게 선택한 그 각각의 순간들이 다른 순간들 모두를 도로 가져옴을 느꼈다. "나는 이곳을 싫어했어." 그가 말했다. "그런데 지금은 변한 것 같아."

"너는 변했어."

어떻게 변했는데? 토드는 문득 궁금해졌다. 그는 예전과 똑같은 기분이었다. 비록 자기가 더 나이 들어 보인다는 것은 알았지만……

여러 해가 지났고, 아이들이 자라났다. 지구 햇수로 열다섯 살이 되어서 덩치는 작아도 어깨가 딱 벌어지고 힘이 좋은 솔은 칼의 딸 리브러와 결혼했다. 말라비틀어진 티그는 그들이 여전히 '버섯'이라고 부르는 것에 관한 연구라는 일시적인 자극에서 벗어나 다시 은둔 상태로 돌아갔다. 정착민은 땅과 정글의 산물로 생계를 유지하는 경우가 점점 더 많아졌는데, 소형 기계로 합성할 수 있는 것이 더 적어져서 그렇다기보다는 선호의 결과였다. 즉 기계의 설정이나 성분 분석 때문에 성가신 일을 하는 것보다는, 차라리 펄럭개구리나 우산새를 잡아서 요리하는 것이 더 손쉬웠기 때문이고, 어떤 면에서는 그걸 먹는 게 더 즐거웠기 때문이다.

해가 거듭될수록 이들은 더 안전해지는 것 같았다. 비리디스에서 가장 고등한 생명 형태임이 분명했던 펠로돈은 점차 드물어졌고, 그보다 더 작고 더 소심한 포식자가 그 빈자리를 대신하게 되었다. 에이프럴은 불피두스라고 불렀지만(물론 딱 한 번뿐이었다. 이제는 굳이 이를 기록하는 것도 중요하지 않아 보였기 때문이다) 다른 모두는 결국 '여우'라고 부르게 되었는데, 정작 그 동물은 파충류였다. 프테로돈 역시 사라지고 있었으며, 다른 더 커다란 생물 형태들도 마찬가지였다. 이들은 식량을 찾아 돌아다니는 일이 점점 더 많아졌는데, 허기에 이끌려서라기보다는 순전히 다양성을 위해서였다. 이들은 울안에서 멀어질수록 점점 더 환영받고 편안하다는 사실을 발견했다. 한 번은 칼과 모이라도 1년 가까이 떠돌아다녔다. 울안으로 돌아온 두 사람은 아이를 또 하나 데리고 있었는데, 말이 없고 잘 웃는 이 꼬마는 기이하리만큼 팔이 길고 이가 커다랬다.

따뜻한 낮과 번쩍이는 밤이 편안하게 흘러갔고, 별들도 더 이상은 눈길을 끌지 못했다. 토드는 할아버지가 되어서 자부심을 느꼈다. 아기는 여자아이였고, 에이프럴처럼 알비노에다 깊고 붉은 눈을 가지고 있었다. 솔과 리브러는 아기의 이름을 에메랄드라고 지었다. 이것이야말로 하늘의 용어라기보다는 땅의 용어이자 초록의 이름이었으며, 비리디스가 이들 모두에게 걸어 놓은 느린 주문의 작용에 대한 공개적인 표현인 것도 같았다. 아기는 벙어리였다. 새로 태어난 아이들 대부분도 마찬가지였지만, 별문제는 아닌 것 같았다. 이들 모두는 건강하고 행복했다.

토드는 티그에게 이 소식을 알리러 갔다. 이 소식을 들으면 저 늙은이도 약간 기운이 솟으리라 생각한 것이다. 목적지에 도착해 보니, 티그는 한때 실험실이던 곳에 누워 있었다. 깡마르고 침착하고 무관심한 상태로, 절지동물 비행 생물 가운데 하나를 멍하니 바라보고 있었다. 한때 수면관 구역으로 날아 들어와서 모두를 당혹스럽게 만들었던 바로 그 생물이었다. 티그는 우연히 그놈이 손에 올라앉자 다시 날아가기를 태연하게 기다리는 중이었다. 방충망도 치지 않은 창문을 지나서, 사용하지 않는 살충제 분무기를 지나서, 한때 울타리였지만 지금은 썩어 무너진 기둥의 잔해를 넘어서 날아가기를 바라면서 말이다.

"티그! 아기가 나왔어!"

노인은 한숨을 내쉬었고, 지친 정신은 일화로 이루어진 기억에서 이탈하고 있었다. 두 눈이 먼저 방문객 쪽으로 돌아가더니, 마침내 고개도 돌아갔다. "그건 또 누구의 아이지?"

토드가 웃었다. "내 손녀야. 여자아이라고. 솔의 아기야."

티그는 그냥 눈을 감았다. 그리고 아무 말도 하지 않았다.

"왜, 너는 기쁘지 않아?"

티그가 얇은 눈썹을 천천히 찡그렸다. "기쁘지." 그가 절지동물을 바라보면서 그게 언제쯤 날아가 버릴지를 힘없이 궁금해하는 동안, 토드는 그가 마치 그 단어를 보고 있다는 느낌을 받았다. "도대체 뭐가 문제야?"

"뭐라고?"

티그는 다시 한번 한숨을 쉬었다. 지치고 조급한 소리였다. "아기의 모습은 어때?" 그는 단어 하나하나를 강조해 가면서 천천히 말했다.

"에이프럴을 닮았지. 에이프럴을 쏙 빼닮았어."

티그는 반쯤 일어나 앉아서 토드를 바라보며 눈을 껌벅였다. "설마 진담은 아니겠지."

"진짜야. 눈은 새빨간 것이 마치—" 지구의 석양이 그의 머릿속 근처에서 어른거렸지만, 차마 떠올리기가 너무나도 어려워서 금세 사라져 버렸다. 토드는 실험실의 실험 상자에 여러 해 동안 들어 있던 붉은 갓의 '버섯' 네 개를 가리켜 보였다. "마치 저만큼 새빨갛다고."

"은색 털이겠군." 티그가 말했다.

"그래, 굉장히 아름—"

"온몸에 가득하겠고." 티그가 무심하게 말했다.

"그래, 맞아."

티그는 간이침대에 다시 눕더니 역겨운 듯 코웃음을 쳤다. "원숭이로군."

"티그!"

"아아아…… 제발 나가 줘." 노인이 투덜거렸다. "여기서 우리한테 일어나는 일에 관해서라면 나는 오래전에 체념했으니까. 나는 이곳처럼 방사능 폐허에 불과한 장소에는 적응이 불가능한 사람이란 말이야. 너의 괴물들은 결국 괴물들을 낳을 거고, 그 괴물들도 할 수 있는 한에는 똑같은 짓을 하다가, 머지않아 결국 아무것도 낳지 못하게 될 거야. 그러면 그걸로 끝장일 거고, 없어져서 속이 시원하겠지……" 티그의 목소리가 희미해졌다. 두 눈은 뜬 채로, 머나먼 곳을 바라보며, 충격받은 침묵 속에서 자기를 굽어보는 한 사람에게 초점을 맞추었다. "다만 내가 도무지 견딜 수 없는 게 하나 있다면, 그건 바로 누군가가 이곳에 들어와서 '아, 기쁘다, 아, 행복하다' 하고 말하는 거야!"

"티그……" 토드는 침을 꿀꺽 삼켰다.

"비리디스는 야심을 먹어 치워. 지금쯤 여기에는 도시가 세워졌어야 해." 늙은이가 또박또박 말했다. "비리디스는 인간성을 먹어 치워. 지금쯤 여기에는 사람들이 많았어야 한다고." 티그는 섬뜩하게 쿡쿡 웃었다. "좋아, 좋아. 꼭 그래야만 한다면 받아들이라고— 그래야만 할 거야. 하지만 굳이 여기 들어와서 축하하지는 말라고."

토드는 공포로 눈이 휘둥그레진 채 문으로 돌아갔고, 등을 돌려 달아났다.

VII

그가 벽에 기대어 웅크리고 앉아 있는 동안, 에이프럴이 그를 붙들고 살살 흔들어 주면서, 아기 어르는 소리 같은 알아들을 수 없는 소리를 나지막이 냈다.

"쉬이. 티그는 완전히 노쇠해서, 너무 외롭고 정신이 나가서 그런 것뿐이야." 그녀가 중얼거렸다. "쉬이. 쉬이."

토드는 반쯤 목이 졸린 기분이었다. 젊은 시절에 그는 손쉽게 감동하는 사람이었다. 토드는 문득 예전을 상기했다. 연민 때문에, 공감 때문에, 그리고 (우주가 그 넉넉한 저장고에서 꺼내서 그에게 내던진 것이라고 느껴지는) 불의 때문에 목이 갑갑해졌다. 하지만 최근 들어 삶은 평온했고, 사랑과 하나됨이 있었으며, 또한 땅과 하늘과 (그곳에서 걷고, 날고, 성장하고, 새끼 치는) 그 모든 친숙한 것들과 소속감이 더 넓어졌다. 그리고 그의 목구멍은 이제 웃음을 위해서 형성된 것이었다. 그런데 이런 감정은 상처를 주었다.

"하지만 그의 말이 맞아." 토드가 중얼거렸다. "너는 모르겠어? 그 시작부터…… 그건…… 앨마가 아이를 여섯이나 낳은 것 기억나, 에이프럴? 그로부터 조금 뒤에는 칼과 모이라가 셋을 낳은 거? 그리고 너는 겨우 하나를…… 일반적인 인간이 아기를 겨우 하나씩만 낳게 된 때로부터 시간이 얼마나 흐른 거지?"

"사람들 말로는 그게 바로 인간의 마지막 주요 변이였다고 하지." 에이프럴도 시인했다. "다출산은…… 지난 2천 년 사이의 일이었어. 하지만—"

"두드러진 눈두덩은." 그가 상대방의 말을 끊었다. "털은…… 그 두개골, 에메랄드의 두개골, 그렇게 뒤로 기울어진 모습은. 너도 그거 혹시 봤어? 모이라가 낳았다는 그…… **비비원숭이**의 엄니를?"

"토드! **그만해!**"

그는 자리에서 벌떡 일어났고, 재빨리 방을 가로질러 선반에 놓여 있던 황금 나선을 낚아챘다. 이들이 이곳에 착륙한 이래로 줄곧 일종의 고정된 상징으로서 번쩍이며 놓여 있던 물건이었다. "돌면서 내려가는 거야!" 토드가 외쳤다. "돌고 돌면서 내려가는 거라고!" 그는 그녀의 옆에 웅크리고 앉아서 격분한 듯 손으로 가리켜 보였다. "내려가고 또 내려가서 이 세상에서 가장 어두운 어둠으로 들어가는 거라고. **무**無로 떨어져 들어가는 거라고." 토드는 하늘을 향해 주먹을 흔들었다. "그들이 무슨 짓을 하는지 봤잖아? 그들은 구할 수 있는 최고의 생명 형태를 찾아낸 다음, 여기에 심어 놓고서, 그게 오물통으로 미끄러져 들어가는 모습을 지켜보고 있는 거라고!" 그는 그 인공물을 세게 집어던졌다.

"하지만 그건 위로도 올라가잖아. 돌면서 올라간다고. 오, 토드!" 에이프럴이 외쳤다. "너는 기억 안 나? 그들의 생김새며, 그들이 날아다니던 모습이며, 그들에 관해서 이런 것들을 이야기했던 거?"

"나는 오히려 앨마를 기억해." 토드는 이를 갈았다. "우주에서 혼자 잉태하고 임신했던 걸 말이야. 그러는 내내 그들은 매일같이 자기네 광선을 그녀에게 쏘았지. **왜**인지 너는 알아?" 갑자기 떠오른 생각에 그는 그녀에게 마구 손가락질을 했다. "앨마의 아기들이 비리디스에서 일찌감치 출발하도록 만들기 위해서였어. 그렇지 않았다면 그 아이들도 여기서 정상으로 태어났을 테니까. 그랬다면 한두 세대가 더 지나서야만 우리가 내리막길로 접어들 수 있었을 테니까. 그들은 우리 모두가 한꺼번에 그렇게 되기를 원했던 거야."

"아니야, 토드, 아니라고!"

"맞아, 에이프럴, 맞다고. 도대체 얼마나 더 많은 증거가 필요하지?" 토드가 그녀에게 잔뜩 퍼부었다. "내 말 들어 봐. 티그가 분석했던 그 버섯 기억나? 그는 포자가 무엇을 산출하는지 알아보기 위해서 포자를 **떼어 낼** 수밖에 없었어. 그렇게 해서 그가 얻어 낸 세 가지 서로 다른 식물 기억나? 음, 나도 바로 거기 있었어. 내가 이전에 그걸 몇 번이나 봤는지는 기억나지 않지만, 어쨌거나 지금에 와서야 이치에 닿는군. 그는 지금 버섯을 네 개 갖고 있어. 무슨 말인지 알아?

무슨 말인지 알겠느냐고? 이 초록색의 지옥구덩이에서 우리가 벌레들과 도롱뇽들을 제아무리 멀리까지 추적해 올라가더라도, 비리디스는 아무것도 위로 올라가게 허락하지 않아. 반드시 아래로 내려가게 만들지."

"나는 전혀—"

"기초 생물학에 관한 설명은 나중에라도 언제든지 설명할 기회가 있을 거야." 토드는 과거에 에이프럴이 했던 말을 빈정거리며 따라 했다. "지금은 내가 생물학 이야기를 해 줄게. 그 버섯은 세 가지 식물을 산출하고, 그 식물들은 동물 생명체를 산출하지. 음, 동물 생명체가 저 이핵어쩌고를 수정시키면—"

"이핵공존체야."

"그래. 어쨌거나, 그렇게 하더라도 진화하고 향상될 수 있는 동물이 나오는 게 아니야. 오히려 보잘것없는 동물 한 세대를 얻게 되고, 그놈들은 결국 버섯을 낳게 되며, 그 버섯은 저기 퍼질러 앉아서 포자를 저장하는 거지. 비리디스는 단 한 마리의 미약한 도롱뇽도, 단 한 마리의 원시적인 번데기도 만들도록 허락하지 않아! 그놈들을 도로 낚아채서, 도로 가둬 놓는 거야. 그 버섯은 여기 있는 모든 것의 시작이 아니야! **오히려 끝이라고!**"

에이프럴은 천천히 자리에서 일어났고, 마치 평생 처음 보는 사람이라도 되는 표정으로 토드를 바라보았다. 두려움에 사로잡혀서라기보다는, 오히려 불편한 호기심에 사로잡힌 듯한 표정이었다. 그녀는 방을 가로질러 그 인공물을 집어 든 다음, 그 빛나는 황금색 코일을 쓰다듬었다. "네 말이 맞을 수도 있어." 에이프럴은 낮은 목소리로 말했다. "하지만 그게 전부일 수는 없을 거야." 그녀는 나선을 원래 있던 장소에 놓아두었다. "그들은 그러지 **않을** 거야."

에이프럴이 워낙 단호하게 말했기 때문에, 잠깐 토드의 머릿속에 그 강력하고 규칙적인 황금빛 대형이 나타나서 다시 올라갔고, 위로 또 위로 올라가서 차마 헤아릴 수 없는 (그리고 우주선인 것이 분명한) 구름까지 닿았다. 그는 비행체들이 자기네를 향해서, **그를** 향해서 나타낸 무릎 꿇은 것 비슷한 갑작스러운 움직임을 상기했고, 바로 그 순간에는 거기에서 아무런 악의도 발견할 수 없었다. 토드는 혼란스러워하며 머리를 흔들었다. 그러다 문득 자기가 문밖을 바라보고 있음을 깨달았는데, 마침 모이라의 막내가 울안에서 편안하게 느릿느릿 걸어가고 있는 모습이 보였다.

"그들이 그러지 **않을** 거라고?" 그가 으르렁거렸다. 토드는 에이프럴의 가느다란 팔을 붙잡아서 문 쪽으로 돌려세웠다. "내가 또다시 **저런** 놈의 애비가 된다면, 내가 무슨 짓을 하게 될지 알기나 해?" 그는 자기가 무슨 짓을 할지를 그녀에게 자세히 설명해 주었다. "다음에는 여우원숭이라도 나올까, 응? 거미나, 굴이나, 해파리가 나올까!"

에이프럴은 울먹이며 밖으로 뛰쳐나갔다. "촌충에게 불러 줄 자장가는 알아?" 토드가 그녀의 등 뒤에 대고 소리를 질렀다. 에이프럴은 밀림으로 사라졌고, 그는 숨을 헐떡이며 벌렁 드러누웠다……

신중한 생각이나 신중한 선택을 할 만한 기분이 아니었기 때문에, 또 티그가 이미 따를 만한 모범을 보여 주었기 때문에, 토드 역시 은둔자가 되었다. 에이프럴이 도와주었다면 이 재난에서 손쉽게 생존할 수도 있었겠지만, 그녀는 돌아오지 않았다. 모이라와 칼은 다시 그곳을 떠나 배회하고 있었다. 아이들은 각자의 삶을 살아갔고, 토드는 굳이 티그를 만나고 싶지 않았다. 한두 번쯤 솔과 리브러가 찾아 왔지만, 그가 호통치자 혼자 있게 내버려 두고 떠나 버렸다. 이것은 희생이 아니었다. 비리디스의 삶은 자족하는 자들에게 매우 충만했기 때문이다.

토드는 방 안에서 혼자 부루퉁해 있거나, 또는 혼자서 울안에서 이것저것 뒤지고 다녔다. 한번은 단백질 변환기를 가동시켰지만, 그 제품이 맛없다는 사실을 깨닫고 두 번 다시 가동하려 들지 않았다. 때로는 언덕 꼭대기의 가장자리에 서서, 아이들이 높게 자란 풀밭에서 노는 모습을 지켜보면서 입술을 뒤틀곤 했다.

빌어먹을 티그! 지금까지 여러 해 동안 그는 솔과 함께 충분히 행복하게 살아왔다. 그 아이의 두드러진 눈두덩과 털북숭이 몸뚱이에도 불구하고 말이다. 심지어 말 못 하는 은빛의 에메랄드도 기꺼이 받아들일 참이었는데, 저 비쩍 마른 늙은이가 폭탄을 떨어뜨린 셈이었다. 한두 번쯤 토드는 초연하게 궁금해지곤 했다. 도대체 자기 속에 있는 무언가가 그토록 쉽게 손에 닿으며 그토록 완전히 불안정하기에, 비정상일 수 있다는 암시가 자기에게 그토록 깊은 충격을 가했던 것일까?

누군가가 이전에 그런 말을 했었다. "너는 정말로 사랑받을 필요가 있어. 안 그래, 토드?"

이 더럽혀진 자를, 동물을 낳는 야만인들의 아버지를 사랑할 사람은 아무도 없을 것이었다. 그는 사랑받을 만한 자격이 없었다.

토드로선 이처럼 혼자라는 느낌을 받아 본 적이 없었다. "나는 죽게 될 거야. 하지만 나는 너와 함께 있게 될 거야." 그건 앨마의 말이었다. 하! 저 늙은이 티그는 냉소로 두뇌를 무두질하고 있었다. 앨마는 이런저런 것들을 믿었는데…… 과연 거기서 어떤 결과가 나왔나? 저 시들시들한 늙은이는 실험실에서 자기 평생을 허비하고 있지 않은가.

그는 그런 식으로 6개월을 보냈다.

"토드!" 그는 마지못해 잠에서 깨어났다. 왜냐하면 잠 속에서는 내면의 자아가 여전히 에이프럴과 함께 살면서 아무런 의심도, 아무런 분노도 지니지 않았기 때문이다. 아무런 도망도, 아무런 외로움도 없었다.

토드는 두 눈을 뜨고, 비리디스의 번쩍이는 하늘을 배경으로 떠오르는 가녀린 형체를 멍하니 바라보았다. "에이프럴?"

"모이라야." 그 형체가 말했다. 냉랭한 목소리였다.

"모이라!" 토드는 이렇게 말하며 일어나 앉았다. "무려 1년 동안 못 보고 지냈는데. 게다가. 그런데 무슨—"

"가자." 그녀가 말했다. "서둘러."

"가다니, 어디로?"

"순순히 가지 않으면 칼이 와서 너를 짊어지고 갈 거야." 모이라가 재빨리 문으로 걸어갔다.

토드는 비틀거리며 그 뒤를 따랐다. "이렇게 다짜고짜 쳐들어와서 그러면—"

"가자니까." 그녀의 날 선 목소리가 악다문 이 사이로 스며 나오고 있었다. 토드 내면의 처량한 일부분이 기쁨에 실룩거리면서, 이제는 미움을 받을 만큼 중요한 사람이 되었다고 말해 주었다. 그는 뒤틀린 생각을 인정하는 자신을 경멸했고, 지금 뭘 하는지 깨닫기도 전에 꾸준히 종종걸음으로 모이라를 따라가고 있었다.

"도대체 어디로—" 토드가 숨을 헐떡이며 말하자, 그녀가 어깨 너머로 뒤돌아보며 말했다. "입을 다물면 더 빨리 따라올 수 있을 거야."

밀림 가장자리에서 그림자 하나가 나타났다. "데려왔어?"

"그래, 칼."

그림자는 칼의 모습이 되었다. 그가 토드의 뒤에 와서 섰다. 그러자 토드는 자기가 만약 앞사람을 따라가지 않으면 뒷사람이 자기를 밀어서라도 끌고 갈 것임을 갑자기 깨달았다. 그는 칼의 무자비한 덩치를 흘끗 뒤돌아본 다음, 고개를 숙인 채 두 사람이 시키는 대로 꾸준히 달리기 시작했다.

이들은 작은 개울을 따라가다가, 그 위를 가로질러 쓰러진 나무다리를 건너 언덕을 올랐다. 토드가 타오르는 폐를 잠시 쉬게 하는 대가로 이 결의에 찬 두 사람이 가할 최악의 사태를 기꺼이 받아들이려고 하는 찰나 모이라가 걸음을 멈추었다. 그는 비틀거리며 그녀에게 부딪쳤다. 모이라가 토드의 팔을 붙잡아 똑바로 서게 도와주었다.

"저 안이야." 그녀는 손으로 어딘가를 가리켰다.

"손가락나무잖아."

"저 안으로 들어가는 방법 정도는 알겠지." 칼이 투덜거렸다.

모이라가 말했다. "너한테는 절대로 말하지 말라고 걔가 신신당부했었어. 하지만 나는 걔가 잘못 생각했다고 봐."

"누구 말이야? 이게 무슨—"

"들어가 보라니까." 칼이 이렇게 말하며 거칠게 그를 경사면 아래로 밀어넣었다.

오랜 경험이 여전히 남아 있었기에, 토드는 자기를 더듬으려 구부러지는 활짝 편 손가락들을 피해서 옆걸음했다. 몸을 숙여 손가락을 피하며 안쪽 수술 다발 옆으로 파고들어 가자, 그 아래에 탁 트인 공간에 들어서게 되었다. 그는 거기 가만히 서서 숨을 헐떡였다.

뭔가가 신음했다.

토드는 몸을 숙여서 조심스럽게 어둠 속을 더듬었다. 매끈하고 살아 있는 뭔가가 손에 닿자, 그는 움츠렸다가 다시 만져 보았다. 사람 발이었다.

누군가가 괴로운 듯, 아픈 듯 울기 시작했다. 그 울음소리가 움켜쥔 양손을 통해서 폭발하는 것만 같았다.

"에이프럴!"

"내가 부르지 말라고 했는데……" 그녀가 신음했다.

"에이프럴, 이게 뭐야. 어떻게 된 거야?"

"너도 화낼…… 것까지는." 그녀는 이렇게 말하다가 잠시 울었고, 다시 이야기를 해 나갔다. "……없어. 그건 결국 살지 못했으니까."

"도대체 뭐가 살지 못했다는…… 너 혹시…… 에이프럴, 혹시—"

"그래도 촌충까지는 아니었을 거야." 그녀가 속삭였다.

"그게 누구—" 토드는 무릎을 꿇고 앉아서 에이프럴의 얼굴을 찾아냈다. "너, 도대체 언제—"

"그날 나는 너한테 이야기하려고 했었어. 바로 그날 말이야. 그런데 네가 티그한테서 들은 이야기 때문에 너무 화를 내며 들어오는 바람에 못 했어. 나는 정말 말하려고 했어. 나는 네가…… 기뻐할 거라고 생각했어."

"에이프럴, 왜 돌아오지 않은 거야? 내가 진즉에 알았더라면……"

"네가 **그렇게** 말했잖아. 내가 만약에…… 내가 만약에 또 하나를 낳으면…… 너는 진심이었어, 토드."

"내가 미쳐 버린 건 바로 이곳 때문이야." 그는 서글픈 듯 말했다. "이 비리디스 때문이라고."

에이프럴의 젖은 손이 토드의 뺨에 닿는 느낌이 들었다.

"이제는 괜찮아. 나는 단지 상황이 너에게 더 나빠지지 않기를 원했을 뿐이야." 그녀가 말했다.

"나랑 같이 돌아가자."

"아니, 그렇게 할 수 없어. 나는 이미…… 이미 너무 많이…… 그냥 나랑 조금만 더 같이 있어 줘."

"이럴 줄 알았으면 모이라가 더 일찍—"

"걔도 방금 전에야 나를 찾아낸 거였어." 에이프럴이 말했다. "나는 줄곧 혼자 있었는데— 내가 아마 무슨 소리를 냈나 봐. 일부러 그런 건 아니었어. 토드…… 제발 싸우지 마. 너무 그러지는 말라고…… 이제는 괜찮아."

그는 그녀의 목소리를 향해 외쳤다. **"알았어!"**

"너 혼자 있으면서." 에이프럴이 힘없이 말했다. "아마 생각을 했을 거야. 네가 나보다 생각을 잘하잖아. 혹시 그거 생각해 봤을지—"

"에이프럴!" 토드는 괴로워하며 울부짖었다. 그녀의 창백하고도 고통이 깃든 목소리 그 자체가 이 모든 공포를 현실로 만들고 있었다.

"쉬잇, 쉬이. 내 말 좀 들어 봐." 그녀는 서둘러 말했다. "시간이 없어. 너도 알지, 토드. 토드. 혹시 우리 모두에 대해서 생각해 봤어? 티그랑 앨마랑 모이라랑 칼과 우리 두 사람까지. 우리는 도대체 뭘까?"

"나는 내가 뭔지 알고 있어."

"**쉬이.** 모두 합쳐서 우리는 지도자이고 어머니야. 말言이고 방패야. 회의주의자이고 신비주의자이고……" 에이프릴의 목소리가 잦아들었다. 그녀가 기침을 하자, 그 몸을 관통하는 발작적인 진동을 그조차도 느낄 수 있었다. 그녀는 잠시 가볍게 숨을 헐떡이다가 다급하게 말을 이어 나갔다. "분노이고, 편견이고, 어리석음이고, 용기, 웃음, 사랑, 음악…… 이 모두가 그 우주선에 실려 있었고, 이곳 비리디스에도 모두 있어. 우리 아이들과 그 아이들의 아이들은 (그들이 어떤 모습이든지 간에, 토드, 그들이 어떻게 살고 또 무엇을 먹든지 간에) 바로 그것을 갖고 있어. 인간성은 단순히 걷는 방법, 단순히 피부의 일종이 아니야. 그건 우리가 모두 갖고 있는 것이고, 우리가 솔에게 준 것이기도 해. 황금빛 존재들이 우리 안에서 찾아낸 것이고, 이곳 비리디스를 위해서 원한 것이기도 해. 너도 알 거야. 너도 알 거라고."

"왜 하필 비리디스였을까?"

"그야 티그의 말대로겠지. 네가 말한 그대로겠고." 에이프릴의 숨결이 웃음의 유령이 되어 뿜어져 나왔다. "기초 생물학이잖아…… 개체 발생은 계통 발생을 반복한다. 인간의 태아는 하나의 세포, 하나의 미소 동물, 하나의 아가미 달린 양서류야…… 그렇게 계통으로 이어지지. 그 모두는 우리 안에 있어. 비리디스는 그 순서를 거꾸로 가는 거야."

"그렇게 해서 어디로 가는 걸까?"

"버섯으로. 포자로. 우리는 포자가 될 거야, 토드. 모두 함께…… 앨마가 **그렇게** 말했었지. 자기는 죽을지 몰라도 티그와 함께 있을 거라고! 그렇기 때문에 내가…… 괜찮다고 말한 거야. 이미 일어난 일은 상관없어. 우리는 솔 속에 살고 있고, 또 우리는 칼이며 모이라와 함께 에메랄드 속에 살고 있는 거야. 무슨 말인지 알지? 예전보다 더 친밀하게, 더 가깝게 말이야."

토드는 자신의 이성을 단단히 붙들었다. "하지만 포자로 돌아간다니— 왜지? 그런 다음에는 뭐지?"

에이프럴은 한숨을 쉬었다. 의심의 여지없이 행복한 소리였다. "그런 다음에는 그들이 수확하러 돌아올 거고, 그들이 우리를 가질 거야, 토드. 우리의 모든 것을, 그리고 그들이 숭배하는 모든 것을. 선과 너그러움, 그리고 만들려는 충동, 자비, 친절을 말이야."

"그들 역시 필요해." 그녀가 속삭였다. "그리고 포자는 버섯을 만들고, 버섯은 이핵공존체를 만들지. 그리고 비리디스에서 멀리 떨어진 곳에서는, 바로 그 이핵공존체로부터 생명 형태들이 나와서 우리를 낳는 거야. **우리**를, 토드! 지배적인 생명 형태로 만들 거야. 그렇게 해서 우리는 있게 될 거야. 새로운 생각에 대한 오랜 이해의 번뜩임으로…… 어떤 화가를 렘브란트로 만들어 주는 손의 특별한 압력, 어떤 피아노 연주자를 바흐로 바꿔 놓는 구성 감각으로. 30억 년의 진화가 추가로 이루어지면, 그것이 사용될 수 있는 어디에서나 도움이 될 수 있어. 지구 유형의 행성이라면 어디에서나, 토드. 수백만 명의 우리가, 여름의 바람에 날려 다니면서, 나눠 주기를 기다리는……"

"나눠 주다니! 썩어 빠지고 분노한, 지금 티그 같은 것에게도 나눠 주겠다는 거야?"

"그건 티그가 아니야. 그건 죽어 없어질 거야. 티그는 앨마와 함께 두 사람의 아이들 속에서, 그리고 아이들의 아이들 속에서 살아갈 거야…… 앨마가 **그렇게** 말했잖아. 둘이 함께 있을 거라고!"

"나는…… 그러면 나는 어떻게 되지?" 토드는 숨을 몰아쉬었다. "내가 너한테 한 짓은……"

"아무 짓도 안 했어. 너는 아무 짓도 안 했어. 너는 솔 안에, 에메랄드 안에 사는 거야. 의식을 갖고, 생생하게…… 나와 함께 살아 있는 거야……"

그가 말했다. "네 말은…… 솔을 통해서 네가 나한테 말할 수 있다는 거야?"

"내 생각에는 그럴 수도 있을 것 같아." 에이프럴에게 가까이 댄 이마를 통해서, 그는 그녀의 미소를 느낄 수 있었다. "하지만 나는 굳이 그렇게 할 것 같지는 않아. 너랑 그렇게 가까이 누워 있을 수 있는데, 내가 왜 굳이 외부인에게 말을 하겠어?"

그녀의 숨결이 변하자 토드는 갑자기 겁에 질렸다. "에이프럴, 죽지 마."

"안 죽어." 그녀가 말했다. "앨마도 안 죽었으니까." 그러고는 그에게 부드럽게 입을 맞추고 나서 죽었다.

기나긴 어둠이 이어졌다. 토드는 그 사실도 깨닫지 못한 채 밀림을 이리저리 헤매고 들쑤셨으며, 먹어도 맛을 몰랐고, 배가 고파도 그런 사실조차 몰랐다. 그러다가 여러 달에 걸쳐 부드럽고 조용하게 안식을 제공한 황혼이 찾아왔고, 머지않아 약속이 찾아왔다. 그러다가 그는 다시 울안에 있었고, 마치 죽은 기억처럼 그곳을 찾아내서, 새로운 어떤 것보다는 좀 더 용이하게 다시 배울 수 있었다. 칼과 모이라는 친절했고, 정의의 본성과 처벌의 한계를 알고 있었으며, 그리하여 토드는 마침내 다시 살아나게 되었다.

어느 날 강가에 내려갔던 그는 강을 바라보면서 두려움 없이 자기 생각으로 되돌아가 보았고, 점점 커져 가는 의문이 그에게 찾아왔다. 토드의 정신은 워낙 오랫동안 자신의 악덕에 머물렀기 때문에, 새로운 경로를 개척하기가 어려웠다. 그는 놀라운 노력 끝에, 생물로서의 어떤 태도 때문에 인간성이 그 자체로 숭배의 대상인지, 그리고 생물로서의 어떤 태도 때문에 인간이 그토록 숭배되어야 하는지에 대해 의문을 품었다. 이것이야말로 토드에게는 완전히 새로운 개념이었고, 그는 이 개념에 완전히 몰입했기 때문에, 에메랄드가 풀밭에서 슬그머니 나와서 자기를 바라보며 서 있는 것을 뒤늦게 깨닫고는 겁에 질려 소리를 질렀다.

에메랄드는 움직이지 않았다. 이제 비리디스에는 두려워할 것이 거의 없었다. 대형 파충류는 모두 사라졌고, 인간과 원인原人과 영장류와 그리고…… 아이들을 위한 여유 공간이 충분했다. 충격 속에서 과거의 반사 작용이 작동했다. 토드는 아이를, 그 네모지고 땅딸막한 몸을, 그 얼굴과 손바닥과 발바닥을 제외한 온몸을 덮고 있는 은빛 털을 바라보았다. **"원숭이로군!"** 마치 티그 같은 어조로 말을 뱉어 내자 충격은 부끄러움으로 바뀌었다. 그는 아이의 두 눈을, 에이프럴의 깊고도 빛나는 루비를 바라보았고, 아이의 두 눈도 두려움 없이 그를 마주 보았다.

토드는 에이프럴의 모습이 자라나서 온 세계를 가득 채우도록 내버려 두었다. 아이의 보기 드문 붉은색 눈이 도움이 되었다(비리디스에는 여전히 붉은색이 무척이나, 정말 무척이나 적었다). 그는 우주공항에서 에이프럴을 보았다. 관제소의 어두운 그늘 속에서 그녀가 그를 끌어안고 있을 때 하늘은 환하게 불타올랐었다. **우리도 머지않아,**

머지않아 저렇게 나가게 될 거야, 토드. 나를 꼭 안아 줘, 꼭 안아 줘…… 아. 그는 말했다. **우주선이 꼭 필요할까?**

또 다른 에이프럴이, 그녀의 일부분이 희미한 불빛 속에 앉아서 글을 쓰고 있었다. 그녀의 머리카락이, 빛의 초승달이 그녀의 뺨을 어루만졌고, 그 띠가 그녀의 이마 위에 있었다. 그러다가 그녀가 토드를 보고 돌아서더니, 자리에서 일어나, 그의 첫 번째 말을 자기 입으로 막아 버렸다. 또 다른 에이프럴이 미소를 짓고 싶어 하며 기다렸다. 그리고 에이프럴은 잠들었다. 한번은 에이프럴이 울었는데, 왜냐하면 그를 향한 마음을 표현할 특별한 말을 찾을 수가 없어서라고 했고…… 토드는 과거에 있는 그녀에게서, 즉 자기 머릿속에 생생하게 살아 있는 그대로의 그녀에게서 떠나 이곳으로, 즉 자기 앞에 서 있는 진지한 붉은색 눈의 새하얀 벙어리에게로 돌아왔다. 그리고 말했다. "얼마나 소중한데?"

아이는 계속해서 그의 눈을 똑바로 바라보았고, 은빛 두 손을 천천히 들어 올렸다. 아이는 손을 오므려서 그릇 모양으로 만들고 내려다보더니, 손을 살짝 열어서 재빨리 그 안을 들여다보고, 자기가 보는 척하는 뭔가에 몰두했다. 그러다가 다시 손을 닫아서 그 보물을(그게 무엇이든지 간에) 붙잡은 다음, 그걸 자기 가슴에 꼭 끌어안았다. 천천히 그를 바라보는 아이의 두 눈에는 눈물이 가득했고, 얼굴에는 미소가 떠올라 있었다.

토드는 손녀를 조심스레 양팔로 안아 들고, 부드럽고도 강하게 포옹했다. 원숭이라고?

"에이프럴." 그가 숨을 헐떡였다. "우리 에이프. 우리 에이프."

비리디스는 (얼핏 보기에는) 오래된 생명 형태를 보유한 젊은 행성이었다. 이곳을 떠나서, 저 초록색 행성이 그 태양 주위를 공전하게 내버려 두자. 잠시 후에 다시 돌아가 보자. 아주 오래는 아니지만, 그래도 천문학적 시간이 흐른 다음에 말이다.

밀림은 상당 부분 똑같고, 바다며 완만한 초지도 마찬가지이다. 하지만 생명체는……

비리디스에는 영장류가 가득했다. 뭉툭한 이빨을 가진 초식동물과 다리가 긴 나무 서식 동물을 비롯해서, 활강 동물과 굴 서식 동물이 있었다. 물고기를 잡아먹는 동물도 비리디스의 생명체 모두가 반드시 적응해야 하는 방식으로 적응해 있었고, 더 단순해짐으로써 더 적합해지거나, 그렇지 못해서 사라졌다. 이미 바다 유인원은 초보적인 아가미를 갖게 되었고, 몸에 난 털을 잃어버리게 되었다. 이미 작은 형태들이 나름의 방법으로 곤충들과 경쟁하고 있었다.

먹고 번식하고, 사냥하고 도주하는 등의 행위가 낮을, 그리고 귀에 거슬리는 밤을 가득 채웠다. 처음에는 친구가 쓰러지는 모습을 바라보기가, 가냘픈 은색 형체가 강물에 휩쓸려 가는 모습을 지켜보기가, 그게 내 형제 가운데 하나이거나 내 동료 가운데 하나이거나 나 자신의 일부라는 사실을 알기가 어려웠다. 하지만 수백이 수천이 되고, 수천이 수백만이 되면서, 죽음을 목격하는 것이야말로 내 친구가 머리카락을 자르는 모습을 지켜보는 것만큼 중요해졌다. 기본적인 욕망이 저마다 변화를 통해 확산되었고, 마치 녹처럼 개체군을 변이시켰으며, 다른 계통들과 교차하고 재교차하면서, 서로 먹거나 먹히고, 그런 와중에 여러 세대를 거쳐 전해 내려갔다.

초원 위, 울안의 잔해 위 높은 곳에 구름이 나타났다. 여러 가지 색깔에 특정한 형태가 없었지만, 차마 상상할 수 있는 것보다 더 크고, 얼마나 높이 떠 있는지 차마 알 수 없을 정도였다.

그곳에서 황금빛 점 하나가 뚝 떨어지더니, 긴 끈이 되었고, 황금빛의 덩어리가 아래로 내려왔다. 그 덩어리는 펼쳐지고 선회했으며, 마치 폭발하듯 무수히 많은 개체가 되었다. 일부 개체는 울안에 착륙해서, 거기 있는 것들을 지우고, 바꾸고, 들어 올리고, 부수었다. 그리고 아무것도 죽이지 않도록 항상 신중을 기했다. 다른 개체는 행성을 뒤덮고, 초록색 복도를 따라서 조용히 오갔고, 뒤얽힌 덤불을 아무렇지도 않게 쏜살같이 지나다녔다. 그들은 강둑이며 언덕의 그늘진 곳을 샅샅이 훑었고, 어딜 가든지 버섯을 찾아내고 건드려서 거기 달려 있는 포자를 모두 떼어 냈다. 한때는 매우 고등한 파충류 문화의 후계자였던 것들을 말이다.

영장류는 기어오르거나 뛰어서, 또는 걷거나 기어서 밀림의 가장자리로 몰려가서 이 모습을 지켜보았다. 포식자와 피식자가 나란히 서 있었고, 사냥감이 사냥꾼의 어깨 위에 서 있었으며, 오리너구리과科 동물 한 마리가 탁 트인 곳에 알을 하나 낳았는데도 누구 하나 건드리지 않았다.

유인원의 형체들이 고리와 밧줄 모양으로, 더미와 수염 모양으로 나무에 매달려 있었으며, 계속해서 더 많이 나타났으니, 차마 표현할 수 없는 어떤 자력에 이끌려 언덕을 구경하러 온 것이었다. 꼼짝 않고 기다리는 것이었고, 움직임은 없고 자리를 차지하려는 떠밀기만 있었다. 뒤에서는 앞으로 밀고, 황금빛 방문객에게 간섭할 수 있는 일말의 기회를 가진 앞에서는 뒤로 밀었다.

다색의 구름으로부터 황금빛 존재들의 덩어리가 흘러나왔고, 그

한가운데에는 거대하고 매끄러운 우주선 한 대가 실려 있었다. 그들은 우주선을 땅 위에 내려놓고, 자르고, 따로따로 들어 올리고, 이 부분과 저 부분을 세워 놓아서 어떤 형태가 자라나게 만들었다. 그 안에다가 자루와 꾸러미, 자재와 물품을 집어넣고, 뚫려 있던 지붕을 덮었다. 그러자 앞서의 설비보다 훨씬 더 커다란 설비가 되었다.

이 작업은 신속하게 이루어졌고, 황금빛 구름은 저 위에 매달려 기다리고 있었다.

밀림은 침묵으로 떨리고 있었다.

새로운 구조물의 곡선형 벽판 가운데 하나에서 뭔가가 돌더니 바깥쪽으로 열렸고, 그렇게 뚫린 곳에서 일련의 위풍당당한 생물들이 걸어 나왔다. 머리가 길고, 눈이 번쩍이고, 발가락이 세 개이고, 풍부한 깃털과 장식을 보유하고 있었다. 이들은 그 찬란한 날개를 시험해 보더니, 갑자기 우뚝 멈추었고, 웅크린 채 위를 바라보았다.

이들도 황금빛 존재들로부터 경의의 표시를 받았고, 곧이어 하늘에는 위로 또 위로, 선회하고 나선을 그리며 아래로 내려갔다가 다시 위로 올라가는, 저 아름다움의 정교한 상징이 나타났다. 이 상징은 시작도 없고 끝도 없었으며, 조만간 우주의 일부로서의 가치를 스스로 입증한 모두에게 전달될 숭배와 업적을 지닌 이들의 상징이었다.

그러다가 그들은 사라져 버렸고, 밀림은 폭발하여 살해와 도주로, 포식과 비명으로 변모했으며, 날개 달린 이들도 자기네 은신처로 돌아와 문을 닫았고……

그리하여 또다시 초록색 행성에 구름 우주선이 찾아오자, 이번에는 새들로 가득한 세계가 나타났고, 이 새들이 경외감에 사로잡혀 지켜보는 가운데 그들은 그 마법의 가루를 수확하고 새로운 은신처를 만들었다. 그들은 더 나중의 수확을 위해서 이곳에 자기네 개체 네 개를 남겨 두었다. 비리디스를 가장 아름다운 장소로 만들기 위해서.

비리디스를 떠난 우주선은 여러 은하를 뛰어넘으며, 인간성에서 인간다운 것에 어울리는 세계를 (그 살아가는 방식이 무엇이든지 간에) 탐색한다. 그들은 이것을 씨 뿌리고, 그중에서 어쩌면 누군가는 새로운 뭔가를 산출할 것이다. 그리고 그 뭔가는 다시 비리디스의 가루로 환원될 것이고, 다시 그 가루로부터 돌아올 것이다.

영웅 코스텔로 씨

Mr. Costello, Hero

"들어오게, 회계관. 그리고 문은 닫게나."

"죄송합니다만, 무슨 말씀이신지요, 선장님?" 그는 아무도 들이는 법이 없었다. 자기 숙소에는 절대로 말이다. 자기 집무실에는 출입을 허락했지만, 여기에는 아니었다.

선장이 퉁명스러운 몸짓을 하기에 나는 안으로 들어가서 문을 닫았다. 우주선에 마련할 수 있는 방으로는 최대로 호화로웠다. 나는 마치 이런 것을 난생처음 보는 듯 뚫어져라 쳐다보지 않으려고 노력했는데, 실제로 이런 것은 난생처음 보는 셈이었기 때문이다.

나는 자리에 앉았다.

선장은 입을 벌렸다가 도로 다물고, 얇은 입술 사이로 혀끝을 내밀었다. 그는 입술을 혀로 핥고는 나를 노려보았다. 철인鐵人의 이런 모습은 한 번도 본 적이 없었다. 그래서 차라리 아무 말도 하지 않는 것이 최선일 거라고 작정했고, 실제로도 그렇게 했다.

선장은 위쪽 가운데 서랍에서 카드를 한 벌 꺼내서 책상 위에 놓더니 내 쪽으로 밀었다. "딜* 하게."

내가 말했다. "죄송합니다만—"

"무슨 말씀이신지요 어쩌고 하는 말은 꺼내지도 말게." 그가 호통쳤다.

음, 좋다. 선장이 진러미**라는 아늑한 게임을 하면서 시간 때우기를 하시겠다면, 나 역시 호락호락하지는…… 나는 카드를 섞었다. 이 눈썹 달린 냉혈의 물고기 눈 자동 컴퓨터 밑에서 6년을 일하면서, 사실 이번이야말로 내가 처음으로 그와—

"딜 하라니까." 선장이 말했다. 나는 그를 바라보았다. "드로*** 하라고. 다섯 장을 드로 해. 드로 포커는 해 보았겠지, 안 그런가, 회계관?"

"예, 선장님." 나는 카드를 돌리고 나서 남은 뭉치를 내려놓았다. 3이 세 장이고 코트카드가 두 장이었다. 선장은 자기 손을 바라보고 인상을 찡그리더니 2를 내놓았다. 그가 다시 나를 노려보았다.

내가 말했다. "저한테 스리오브어카인드****가 있습니다, 선장님."

그러자 선장은 마치 카드가 더 이상은 존재하지 않는다는 듯한 투로 자기 카드를 놓아 버리더니, 의자를 박차고 일어나서 내게 등을 돌리고 서 있었다. 그는 고개를 들어 종합 상황판을 올려다보았다.

* deal. 카드 게임에서 카드를 분배하는 행위를 말한다.
** gin rummy. 카드 게임의 일종이다.
*** draw. 카드 게임에서 카드를 손으로 뽑는 행위를 말한다.
**** three of a kind. 무늬는 다르지만 숫자가 같은 카드 세 장을 말한다.

속도, 시간, 위치 그리고 주항 거리 좌표의 복합체 말이다. 우리의 목적지인 보링켄 행성은 엎어지면 코 닿을 거리(즉 하루 정도 거리)에 있었고, 지구는 한참 뒤에 있었다. 나는 어떤 소리를 듣고 눈을 내리깔았다. 선장은 두 손을 뒤로 돌려 깍지 끼고 있었는데, 워낙 세게 서로 쥐어짜고 있어서 뚜둑 소리가 났던 것이다.

"왜 드로 하지 않았나?" 그가 이를 갈았다.

"죄송합니다만—"

"적어도 **내가** 포커를 할 때의 기억을 (물론 나야 포커를 정말 지긋지긋하게 많이 했으니까) 더듬어 보자면, 딜러는 일단 딜을 하고 나면, 각각의 플레이어가 카드를 몇 장이나 원하는지를 알아내서, 플레이어가 내놓은 카드 수만큼 주는 거라네. 이런 이야기를 들어 보기는 했나, 회계관?"

"예, 선장님. 들어 보았습니다."

"자네도 **들어는** 보았다는 거지." 선장은 뒤로 돌아섰다. 나는 그가 이와 똑같은 방식으로 종합 상황판에게 야단치는 모습을 상상했고, 어째서 그가 그 덮개 유리를 박살 내지 않았는지 궁금해졌다.

"그렇다면 어째서인가, 회계관?" 선장이 물었다. "어째서 자네는 카드를 내놓지도 않고서, 또는 카드를 드로 하지도 않고서, 대뜸 자네가 가진 스리오브어카인드를 내게 보여 준 건가? 심지어, 이보게, 내가 카드를 몇 장이나 원하는지 물어보지도 않고서?"

나는 그 문제를 생각해 보았다. "저는— 저희는— 그러니까 제 말뜻은, 선장님, 저희는 최근 들어서 이런 방식으로 포커를 해 왔습니다."

"자네들은 드로 하지도 않은 채 드로 포커를 하고 있었어!" 선장은 다시 자리에 앉아서 나를 또 한 번 노려보았다. "도대체 누가 규칙을 바꾼 건가?"

"저도 모르겠습니다, 선장님. 저희는 그냥— 저희는 예전부터 그렇게 포커를 해 왔습니다."

선장은 뭔가 생각하는 듯 고개를 끄덕였다. "이제는 이걸 좀 설명해 보게, 회계관. 지난번 당직 동안 주방에 몇 시간이나 있었나?"

"한 시간쯤입니다, 선장님."

"한 시간이라."

"그게 말입니다, 선장님." 나는 서둘러 해명했다. "제 차례였기 때문입니다."

선장은 아무 말도 하지 않았다. 그제야 문득 주방 불침번은 이 선박의 근무 규정에 포함되지 않는다는 사실이 갑자기 떠올랐다.

나는 재빨리 덧붙였다. "그런 당직을 서는 것이 선장님의 명령에 반하는 것까지는 아닙니다. 그렇지 않습니까, 선장님?"

"맞아." 선장이 말했다. "그렇지 않지." 그의 목소리는 무척이나 부드럽고 또 추악했다. "어디 말해 보게, 회계관. 혹시 주방장이 그 주방 불침번을 싫어하던가?"

"아, 아닙니다, 선장님! 오히려 그걸 정말로 좋아했습니다." 나는 선장이 주방의 크기를 생각하고 있음을 알았다. 두 사람이 그런 장소에 들어가 있으니 상당히 비좁은 것은 사실이었다. 내가 말했다. "그 덕분에 주방장은 모두가 자기를 신뢰할 수 있음을 알고 있습니다."

"자네 말뜻은, 그 덕분에 주방장이 자네를 독살하지 않을 거라는 사실을 알게 되었다는 거겠지."

"그게— 예, 선장님."

"그러면 어디 말해 보게나." 그는 더 부드러운 목소리로 말했다. "주방장이 자네를 독살할 수도 있다고 주장한 사람이 누구였나?"

"저도 솔직히 말씀드릴 수가 없습니다, 선장님. 그건 그냥 떠오른 생각 같은 것이었습니다. 주방장도 개의치 않았고요." 내가 덧붙였다. "그 친구를 계속 지켜보면, 아무도 자기를 의심하지 않으리라는 걸 그 친구도 아는 겁니다. 그러니 다 괜찮습니다."

선장은 또다시 내 말을 따라 했다.

"그러니 다 괜찮다니." 나는 그가 제발 그러지 말았으면 했다. 그런 식으로 나를 쳐다보지 말았으면 했다. "도대체 언제부터지?" 선장이 물었다. "도대체 언제부터 당직 사관이 당직을 설 때마다 참관인을 데리고 다니게 된 건가?"

"그건 저도 솔직히 말씀드릴 수가 없습니다, 선장님. 그건 제 부서 밖의 일이니까요."

"자네야 솔직히 말할 수가 없겠지. 지금 열심히 생각해 보게, 회계관. 이전에도 주방 불침번을 서거나, 또는 당직자가 함교를 떠날 때 참관인을 데리고 다니거나, 또는 드로 하지 않은 채 드로 포커를 한 적이 있었느냐는 말일세. 이번 항해 이전에도 그런 적이 있었나?"

"음, 아닙니다, 선장님. 그랬던 적은 없었던 것 같습니다. 이번 항해 이전에는 저희도 그럴 생각을 전혀 못 했던 것 같습니다."

"그리고 이전에는 우리가 코스텔로 씨를 승객으로 태운 적도 없었지, 안 그런가?"

"그렇습니다, 선장님."

나는 선장이 또 다른 이야기를 할 거라고 잠시 생각했지만, 그는 결국 말하지 않았다. 단지 이렇게 대답했을 뿐이다. "잘 알았네, 회계관. 이 정도면 될 걸세."

나는 밖으로 나와서 선미로 돌아가기 시작했다. 뭔가 어리둥절한 기분에 약간은 화도 났다. 선장은 코스텔로 씨에 관해서 굳이 그런 이야기를 넌지시 할 필요가 없었다. 코스텔로 씨는 아주 좋은 사람이었다. 언젠가 선장이 그와 싸운 적이 있었다. 오락실에서 서로에게 고함을 질렀다. 그러니까 선장이 고함을 지른 거였고, 코스텔로 씨는 결코 그러지 않았다. 코스텔로 씨는 각별히 성격이 좋은 사람이었다. 성격이 좋은 데다가 조용히 말하는 사람이어서, 흔히 개방적이라는 종류의 표정을 지니고 있었다. 개방적이고 정직했다. 한때는 지구에서 삼두三頭 행정관으로 일했다. 소문에 따르면 그 자리에 지명된 최연소 인물이라고 했다.

그렇게 태평한 사람이 그렇게 똑똑하리라고는 미처 생각할 수 없을 지경이었다. 삼두 행정관은 보통 종신 지명직이었지만, 코스텔로 씨는 거기 만족하지 않았다. 아시다시피, 계속해서 움직여야 했던 것이다. 그는 항상 뭔가를 배우고, 모두와 악수를 나누고, 사람들과 가까이 붙어 있었다. 그는 사람들을 사랑했다.

선장이 그 사람과 원만하게 지내지 못하는 이유를 나로선 알 수 없었다. 나머지 모두와는 원만하게 지냈는데도 말이다. 뿐만 아니라 코스텔로 씨는 포커를 하지 않았다. **우리**가 그걸 어떻게 하는지에 대해서 왜 그 사람이 신경을 써야 한단 말인가? 그 사람은 주방에서 만든 음식을 먹지도 않았으니(그는 자기 선실에 자기 먹을 것을 갖고 있었다) 주방장이 누군가에게 독을 넣더라도 그 사람에게 무슨 차이가 있단 말인가? 물론 그는 **우리**에게 관심을 쏟았다. 그가 사람들을 **좋아하기** 때문이었다.

어쨌거나 드로 없이 포커를 하는 편이 더 나았다. 포커는 좋은 게임이지만 평판은 나빴다. 그렇다면 나쁜 평판은 과연 어디서 온 것 같은가? 바로 야바위꾼에게서 온 것이다. 그렇다면 사람들은 포커에서 어떻게 야바위를 치는가? 딜을 할 때에 그러는 법은 거의 없다. 오히려 일단 카드를 내놓은 플레이어에게 다시 카드를 건네줄 때에 야바위를 치게 마련이다. 바로 그때에 수상한 딜러는 자기가 뭘 가지고 있는지 알고, 자기가 이기려면 다른 사람들에게 뭘 줘야 하는지 안다. 좋다. 내놓는 카드를 없애면 십중팔구는 야바위꾼을 없애게 된다. 야바위꾼을 없애면 정직한 사람들이 서로를 믿을 수 있게 된다.

어쨌거나 이것이야말로 코스텔로 씨가 종종 하는 말이었다. 그가 이런저런 방식으로 스스로를 위해서 하는 말은 아니었다. 그는 도박꾼이 아니었기 때문이다.

내가 휴게실에 들어가 보니, 마침 코스텔로 씨가 삼등 항해사와 함께 앉아 있었다. 그가 활짝 웃고 손을 흔들기에, 나는 그쪽으로 다가갔다.

"어서 오게. 앉으라고, 회계관." 코스텔로 씨가 말했다. "나는 내일 하선한다네. 자네랑 이야기를 나눌 시간이 많지 않을 거야."

나는 자리에 앉았다. 삼등 항해사가 탁자 위에 펼쳐 놓았던 책을 얼른 탁 덮더니 어찌어찌 눈에 띄지 않게 감추었다.

코스텔로 씨가 그를 보며 웃었다. "그냥 둬, 삼등 항해사, 회계관에게 보여 줘. 이 친구는 믿을 수 있어. 좋은 사람이라니까. 나는 이 회계관하고 한 배에 탔다는 사실이 자랑스럽다고."

삼등 항해사는 잠시 머뭇거리다가 자기 무릎 위에 놓은 책을 들어

올렸다. 『우주 규정집』과 『선상 규정집』 확장판이었다. 공인 항해사라면 누구나 면허를 얻기 위해서 그 책들의 내용을 달달 외웠기 마련이다. 하지만 흔히 시간을 보내려고 읽는 종류의 책은 아니었다.

"삼등 항해사가 선장이 할 수 있는 일과 할 수 없는 일에 관한 모든 내용을 내게 보여 주고 있었다네." 코스텔로 씨가 말했다.

"음, 선생님께서 제게 부탁하셨잖아요." 삼등 항해사가 말했다.

"아, 잠깐만." 코스텔로 씨가 재빨리 말했다. "아, 잠깐만." 그는 때때로 이런 식으로 말했다. 이 말이야말로 그의 일부였다. 정수리 부분에서 숱이 적어지는 머리카락이며 환한 미소와 마찬가지로, 그리고 머리를 한쪽으로 갸웃거리고 마치 제대로 못 들었다는 듯 '방금 뭐라고 말했느냐'고 물어보는 특유의 방식과도 마찬가지로. "아, 잠깐만. 자네가 **원해서** 이 자료를 나한테 보여 주었다는 거지, 안 그런가?"

"음, 예, 코스텔로 씨." 삼등 항해사가 말했다.

"자네는 본인의 자유 의지에 대한 우주선 선장의 권한 한계를 살펴보고 있었지, 안 그런가?"

"음." 삼등 항해사가 말했다. "제 생각에는 그런 것 같습니다. 물론이죠."

"물론이지." 코스텔로 씨는 행복한 듯 반복했다. "그러면 방금 자네가 나한테 읽어 준 대목을 회계관에게도 읽어 주게나."

"선생님께서 이 책에서 찾으신 대목 말입니까?"

"어떤 건지는 자네도 알 텐데. 자네가 직접 읽어 주지 않았나, 안 그런가?"

"아." 삼등 항해사가 말했다. 그는 나를 바라보더니(내 생각에는 뭔가 불편한 표정이었다) 책을 향해 손을 뻗었다.

코스텔로 씨가 손을 그의 손 위에 얹었다. "아, 굳이 번거롭게 찾아보지는 말게나." 그가 말했다. "자네도 기억하잖나."

"예, 제 생각에도 그런 것 같군요." 삼등 항해사가 시인했다. "이건 선장이 월권을 행사하지 못하게 방지하는 일종의 안전장치입니다. 혹시나 그런 일이 있을 때를 대비해서요. 예를 들어 이렇게 가정해 보세요. 선장이 이상한 행동을 하기 시작하고, 그로 인해 미치광이가 함교를 장악했다는 생각을 승무원들이 갖게 되었다고요. 음, 그러면 이에 대해서 뭔가 조치를 취해야 합니다. 승무원들은 항해사 한 명을 대표로 삼아 선장에게 파견해서 해명을 요구합니다. 만약 선장이 거절하거나 또는 승무원들이 선장의 해명을 납득하지 않는다면, 승무원들은 선장을 그 숙소에 감금하고 선박을 장악할 권리를 갖는 겁니다."

"내 생각에도 그것에 대해서는 들어 본 적이 있는 것 같아." 내가 말했다. "하지만 선장 역시 권리를 갖고 있어. 내 말은 뭐냐 하면, 일단 그런 일이 일어난 순간부터 승무원들은 우주 무전을 통해서 모든 일을 보고해야 하고, 그런 다음에 선장은 다음번 기착지에서 승무원들과 함께 정식 청문회에 회부된다는 거야."

코스텔로 씨는 우리 둘을 바라보며, 마치 감탄해 마지않는 듯 특유의 커다란 머리를 흔들었다. 그가 누군가를 훌륭하다고 생각할 경우, 그 누군가는 무척이나 기분이 좋아지게 마련이었다.

삼등 항해사는 시계를 보더니 자리에서 일어났다. "함교로 교대하러 갈 시간이에요. 저랑 같이 가실래요, 회계관님?"

"내가 이 친구랑 잠시 이야기를 나누고 싶은데." 코스텔로 씨가 말했다. "차라리 다른 누군가를 참관인으로 데려갈 수도 있을 것 같지 않나?"

"아, 물론이죠. 코스텔로 씨께서 그렇게 말씀하신다면." 삼등 항해사가 대답했다.

"대신 그 누군가는 자네가 직접 찾아봐야 하네."

"그야 당연하죠." 삼등 항해사가 말했다.

"지금까지 내가 탔던 선박 중에서도 가장 안전한 선박에서는 말이야," 코스텔로 씨가 말했다. "불침번이 명령을 잘못 전달받는 일이 결코 없다는 사실을 알게 함으로써 동료의 기분을 좋게 해 주었지."

나 역시 그렇다고 생각했고, 왜 우리가 이전에는 한 번도 그런 적이 없었는지 궁금해졌다. 우리는 삼등 항해사가 떠나는 모습을 지켜보며 그곳에 남아 있었다. 코스텔로 씨가 나와 이야기를 나누고 싶어 한다니 뭔가 좋은 기분이, 안전한 기분이, 반가운 기분이 들었다. 나는 기껏해야 회계관인데, 그로 말하자면 전직 삼두 행정관이 아닌가.

코스텔로 씨는 나를 보며 활짝 웃었다. 그러고는 문 쪽을 고갯짓했다. "저 젊은 친구는 쓸모가 있더군. 좋은 사람이야. 여기 있는 자네들은 모두 좋은 사람들이야." 그는 히터에서 빨대컵을 꺼내서 직접 내게 건네주었다. "커피라네." 코스텔로 씨가 말했다. "내가 만든 브랜드지. 내가 항상 마시는 거야."

맛을 보니 훌륭했다. 그는 매우 너그러운 사람이었다. 내가 커피를 마시는 동안, 코스텔로 씨는 의자에 몸을 깊이 파묻고 나를 향해 환히 웃어 보였다.

"혹시 보링켄에 관해서 알고 있는 게 있나?" 그가 물어보았다.

나는 최대한 많이 말해 주었다. 보링켄은 매우 멋진 곳이고, 이른바 '99.99의 지구'로 통했다. 즉 기후와 중력과 대기와 생태 모두가 지구와 99.99퍼센트 똑같다는 뜻이었다. 이런 행성은 지금까지 겨우 여섯 곳밖에 발견되지 않았다. 나는 그곳의 한 도시에 관해서, 그리고 그곳의 주요 산업으로 사용되는 덫사냥에 관해서도 그에게 말해주었다. **글렁커**의 털가죽으로 만든 외투는 영구적으로 사용이 가능했다. 백색광을 비추면 초록색으로 빛났고, 청색광을 비추면 진짜 따뜻한 숯불처럼 붉은색으로 빛났으며, 외투 한 벌을 접으면 양손으로 덮어서 감출 수 있을 만큼 작았고, 무척이나 가볍고 섬세했다. 워낙 가벼워서 이상적인 우주 화물이 아닐 수 없었다.

물론 지금 보링켄에 관해서는 더 많은 이야기가 있었다. 희귀 동위원소 주괴鑄塊, 식품, 약품 제조에 사용되는 종자 등도 있어서, 내 생각에는 **글렁커** 무역이 없어지더라도 보링켄은 여전히 건재할 듯했다. 하지만 털가죽이야말로 그 행성에 인간을 정착시키고, 초창기에 그 도시를 유지시킨 요인이었으며, 그 도시의 인구 절반은 여전히 덤불과 덫을 이용해 먹고살았다.

내가 하는 말에 모조리 귀를 기울이는 코스텔로 씨의 모습은 정말이지 존경스러울 뿐이었다.

아마 나는 이야기를 마치면서 이렇게 말했던 것 같다. "그곳에서 내리신다니 안타깝군요, 코스텔로 씨. 저는 선생님을 좀 더 오래 뵙고 싶었으니까요. 나중에라도 저희가 보링켄에 들르게 되면, 그때 가서 다시 뵈었으면 좋겠습니다. 하지만 선생님 같은 분이시라면 굳이 거기서 오랜 시간을 보내지는 않으시겠지요."

코스텔로 씨는 커다란 손을 내 팔 위에 올려놓았다. "회계관, 자네가 그 기착지에 있을 때 내가 시간이 없다면, 가급적 시간을 만들도록 하지. 알겠나?" 아, 그는 정말 사람을 기분 좋게 만드는 놀라운 방법을 갖고 있었다.

다음으로 여러분이 아셔야 할 사실은, 코스텔로 씨가 나를 곧바로 자기 선실에 초대했다는 것이다. 그는 나를 앉히더니, 계피 향이 나는 부드러운 레드 와인이 담긴 빨대컵을 건네주었는데, 내게는 새로운 맛이었다. 그러고는 자기 물건 몇 가지를 내게 보여 주었다.

코스텔로 씨는 대단한 수집가였다. 우주 시대 이전에 사용되었던 '우표'라는 작은 채색 종이 한두 장도 갖고 있었는데, 그게 있으면 종이 편지 보내는 요금을 미리 낸 셈이라고 했다. 자기가 어딜 가든지, 그 물건 가운데 하나만 팔면 한재산 얻을 수 있을 거라고 했다. 그러다가 보석도 몇 개 꺼냈는데, 반지나 뭐 그런 것이 아니라 보석 알만이었는데, 하나하나 멋진 이야기가 깃들어 있었다.

"지금 자네가 들고 있는 물건으로 말하자면," 이런 식이었다. "지구연합만큼이나 큰 제국의 절반에다가, 그 군주의 목숨까지 바친 대가로 얻은 것이라네." 또 이런 식이었다. "이 물건은 한때 워낙 꼭꼭 숨겨져 있다 보니, 실제로 존재하는지 여부를 대부분의 사람은 알지도 못했다네. 이 물건에 근거한 종교까지 있다니까. 물론 지금은 이 물건도 사라졌고, 그 종교도 역시나 사라졌지만 말이네."

그러고 있으면 묘한 기분이 들었다. 이렇게 많은 것을 가진 사람이 내 옆에 앉아서, 마치 가까운 삼촌마냥 따뜻하고 친근하게 대해 주니 말이다.

"이 격벽에 방음 장치가 되어 있다는 확신만 든다면, 내가 수집한 다른 것들도 기꺼이 보여 주었을 텐데." 코스텔로 씨가 말했다.

나는 실제로 방음 장치가 되어 있다고 말해 주었다. 그건 사실이었으니까. "선박의 설계자들이 배워서 아는 게 하나 있다면, 그건 바로 사람이 가끔 한 번씩은 혼자 있어야 한다는 사실이니까요."

코스텔로 씨는 흔히 하듯 고개를 옆으로 갸웃거렸다. "어째서 그렇지?"

"사람이라면 가끔 한 번씩은 혼자 있어야 하니까요." 내가 말했다. "그래서 격벽이 질량도, 비용도 무시하고, 사생활을 제공할 수 있도록 설계되는 겁니다."

"좋아." 코스텔로 씨가 말했다. "그러면 내 자네한테 보여 주겠네." 그는 휴대용 케이스의 잠금쇠를 풀어서 열고, 그 안의 작은 칸막이에서 시계가 하나 들어갈 만한 크기의 상자를 하나 꺼냈다. 그리고 그 상자를 매우 조심스럽게 책상 위에 내려놓았다. 상자는 정사각형이었고, 꼭대기에 미세한 격자가 붙어 있고, 양편에는 작은 은색 징이 박혀 있었다. 그가 그중 하나를 누르고 나를 바라보며 미소를 지었다. 그러자 장담컨대, 나는 어찌나 놀랐던지 앉아 있던 침상에서 떨어질 뻔했다. 왜냐하면 선장의 목소리가, 마치 지금 우리와 함께 이 방 안에 있는 것처럼 크고도 또렷하고 자연스럽게 흘러나왔기 때문이다. 그런데 뭐라고 말했는지 아는가?

선장은 이렇게 말했다. "우리 선원들이 내 정신 상태에 대해서 의문을 제기했다고 말이오. 하지만 장담하건대, 지금 승선자 가운데 혹시나 내 권한에 의문을 제기하는 사람이 있다면, 그 사람은 내가 이곳의 대장이라는 사실을 알게 될 거고, 심지어 총구를 마주하고서 그 사실을 배워야 할 거요."

내가 그토록 깜짝 놀랐던 까닭은 단순히 목소리만이 아니라 말의 내용 때문이기도 했다. 그리고 특히 그 말을 선장이 입에 올리는 걸 직접 들은 적이 있었기 때문이다. 그가 코스텔로 씨와 언쟁을 할 때의 일이었다. 내가 그 말을 잘 기억하는 까닭은, 선장이 고함을 지르기 시작했던 바로 그 순간에 내가 휴게실로 들어갔기 때문이다.

"코스텔로 씨." 선장은 특유의 크고도 육중한 목소리로 말했다. "하지만 당신은 이렇게 확신하시겠지. 우리 승무원들이 내 정신 상태에 대해서 의문을 제기했다고 말이오……" 이런 말로 시작해서 방금 코스텔로 씨의 이 녹음에 나온 말을 한 것이었다. 그리고 나는 선장이 곧이어 이런 말도 했던 것으로 기억한다. "심지어 총구를 마주하고서 그 사실을 배워야 할 거요. **물론, 선생, 그건 어디까지나 승객에게만 적용될 거요. 승무원들에게는 나름대로의 합법적 수단이 있으니까.**"

나는 이 사실을 코스텔로 씨에게 언급할 작정이었는데, 차마 입을 열기도 전에 그가 먼저 질문을 던졌다. "어디, 말해 보게나, 회계관. 이거 혹시 이 선박의 선장 목소리가 아닌가?"

그래서 나는 대답했다. "음, 이게 이 선박의 선장님 목소리가 아니라면, 저는 이 선박의 회계관이 아니겠지요. 게다가 저로 말하자면 선장님이 저 말씀을 하시는 걸 직접 들었으니까요."

코스텔로 씨는 내 어깨를 탁 쳤다. "귀가 좋구먼, 회계관. 내 작은 장난감은 마음에 드나?"

그러더니 그 물건을 내게 자세히 보여 주었다. 웃옷에 다는 보석 브로치에 달려 있는 작은 기계 장치로, 미세한 전선을 통해서 그의 옆주머니에 든 버튼과 연결되어 있었다.

"내가 좋아하는 수집품 가운데 하나는 바로 목소리라네." 코스텔로 씨가 말했다. "언제, 어디서, 누구의 목소리든지 간에 말일세." 그는 핀을 떼더니, 그 장치에서 작은 구슬을 하나 떼어 냈다. 그리고 구슬을 상자의 홈에 밀어 넣고 징을 눌렀다.

그러자 내 목소리가 흘러나왔다. "그곳에서 내리신다니 안타깝군요, 코스텔로 씨. 저는 선생님을 좀 더 오래 뵙고 싶었으니까요." 나는 웃고 또 웃었다. 이것이야말로 지금까지 내가 본 가장 영리한 물건 가운데 하나였다. 게다가 생각해 보시라. 그의 수집품 중에는 내 목소리만이 아니라, 우리 선장의 목소리도, 그리고 차마 상상할 수도 없는 다른 여러 위대하고 유명한 사람들의 목소리도 있을 게 아닌가!

심지어 코스텔로 씨는 삼등 항해사의 목소리도 가지고 있었다. 불과 몇 분 전에 했던 말이었다. "선장이 이상한 행동을 하기 시작하고, 그로 인해 미치광이가 함교를 장악했다는 생각을 승무원들이 갖게 되었다고요."

그렇게 전반적으로 즐거운 시간을 함께 보낸 다음, 코스텔로 씨가 자신의 입항 서류에 관해서 내가 해야 할 일을 모두 해 달라고 부탁했다. 그래서 나는 사무실로 돌아가서 서류를 꺼내 왔다. 서류는 항해 내내 회계관의 금고에 보관되어 있었다. 그래서 나는 서류를 훑어보면서 줄줄이 '이상 없음'을 적어 넣었다. 그의 서류는 양이 상당했다. 대부분의 사람들보다 더 많았다.

그런데 지구 중앙본부에서 보낸 한 가지 서류를 보고 나는 약간 화가 났다. 아마도 실수일 거라고 추측했다. 영사관원에게 보내는 그 공지에는 지구 시간으로 6개월에 한 번씩 코스텔로 씨의 행적을 보고하라고 나와 있었던 것이다.

나는 그 서류를 가져가 그에게 보여 주었는데, 예상대로 실수의 산물이었다. 코스텔로 씨가 그렇다고 말했다. 그래서 나는 그의 여권첩에서 문제의 서류를 뜯어낸 다음, 여기 뜯어낸 장은 완전히 발급된 비자가 들어 있던 것을 우연히 파손했을 뿐이라고 해명하는 공식 확인서를 붙여 주었다. 감사의 뜻으로 그는 아름다운 파란색 보석 하나를 내게 선물했다.

나는 이렇게 말했다. "이건 안 받는 게 낫겠습니다. '나는 승객들에게 뇌물을 받는 사람입니다' 하는 잘못된 인상을 선생님께 드리면 안 되니까요." 코스텔로 씨는 허허 웃더니 구슬 하나를 녹음기에 올려놓았다. 그러자 내 목소리가 흘러나왔다. "나는 승객들에게 뇌물을 받는 사람입니다." 그는 대단한 재담꾼이었다.

우리는 나흘 동안 보링켄에 머물렀다. 내가 무척 바빴던 것을 제외하면 특별한 일은 전혀 없었다. 사실 회계관 업무가 힘든 것도 그래서이다. 즉 우주에서 몇 주 동안 아무런 할 일도 없다가 일단 우주 공항에 들어서면 너무나도 할 일이 많아지는 바람에, 긴 체류가 아니면 그곳 땅을 밟을 일이 거의 없어지는 것이다.

나는 별로 개의치 않았다. 아시다시피 나로 말하자면 수학 천재였기 때문이다. 비록 다른 부분에서는 그리 대단한 재능이 없었지만, 그래도 내 일에 대해서는 자부심을 갖고 있었으니까. 사람마다 나름대로 뛰어난 면을 갖고 있게 마련이라고 나는 생각한다. 이 선박을 빛보다 더 빨리 여행하게 만들어 주는 장치의 작동 원리까지는 설명할 수 없어도, 예를 들어 내 성간 화물 적하 목록이라든지, 또는 글렁커 털가죽 대 지구연합 달러화의 환율표 같은 것을 기관장에게 맡기지는 않을 것이었다.

그런데 우주 해군 감찰반 소속의 턱이 각진 요원 하나가 휴대용 녹음기를 가지고 승선해서는, 나와 삼등 항해사에게 일종의 (나로선 뭔지 알지도 못하는) 확인을 위해서라며 여러 가지 헛소리를 내뱉게 했다. 감찰반에서는 항상 이렇게 여러 가지 쓸모없고 수수께끼 같은 일들을 한다. 나는 선적 대리인과 언쟁을 했고, 주방장과 함께 가볍게 한잔하러 상륙했다. 흔히 있는 일이었다. 그런 다음에 나는 새로운 삼등 항해사와의 계약 때문에 초과 근무를 해야만 했다. 기존 삼등 항해사가 다른 호위함으로 전출되었다는 통보가 내려왔기 때문이다.

아, 맞다. 바로 그 항해 때 선장도 사임했다. 내 생각에는 그 시기가 딱 안성맞춤이었다. 선장은 줄곧 매우 신경이 곤두선 상태로 행동했었다. 마지막으로 상륙할 때에는 무지막지 험악한 눈길로 나를 쏘아보았는데, 마치 나를 죽여 버릴지 아니면 혼자 울어 버릴지 차마 결정하지 못한 표정이었다. 어쨌거나 하역 감독관이 새로운 선장으로 취임했다. 그렇다고 해서 내 업무가 추가된 것은 아니었기 때문에 나는 별로 크게 신경 쓰지 않았다.

우리는 다시 화물을 내려놓고 경로를 순회했다. 보테스 시그마와 나이팅게일과 카라노를 거쳐 지구로 갔다. 화학 유리 제품, 블랙프린트, 쇼 종자, 빛나는 수정, 향료, 음악 테이프, 글리자드 가죽과 알데바처럼 평소에 몇 달씩 싣고 다니는 물건들이었다. 그렇게 순회를 마치고 우리는 다시 보링켄으로 향했다.

음, 어떤 장소가 그렇게 짧은 시간 동안 그렇게 많이 변할 수 있다니, 차마 믿을 수 없을 지경이었다. 예전의 보링켄은 상당히 자유롭고 느긋한 행성이었다. 규모가 제법 되는 도시는 단 하나뿐이었고, 나머지 미정착지 전체에 걸쳐서 덫 사냥꾼 야영지가 흩어져 있었다.

사람 만나기를 좋아하는 이주자라면 도시에 정착해서 가공 공장이나 정비 같은 일을 할 수 있었다. 사람 만나기를 좋아하지 않는 이주자라면 글렁커 덫사냥을 할 수 있었다. 보링켄에는 모든 사람에게 항상 어떤 기회가 열려 있었다.

하지만 이번 항해 때에는 상황이 좀 달랐다. 우선 행성 정부의 배지를 단 사람이 우리 선박에 승선하더니만, 이런, 세상에, 그곳 도시로 배송 예정인 음악 테이프를 검열했는데, 심지어 그 일을 위한 위임장도 갖고 있었다. 그다음으로 내가 발견한 사실은, 그곳 정부에서 창고를 (그러니까 **우리** 창고를) 압류해서 막사로 바꿔 놓았다는 것이었다.

그나저나 물건은 어디 있는 걸까? 수출용 털가죽과 주괴는? 우리 화물을 놓아 둘 공간은 어디 있는 걸까? 어째서인지 그곳의 주택마다, 그러니까 온갖 방식으로 산재한 수백 채의 주택 모두가 하나의 크고 새로운 관청에 등록되어 있었으며, 그곳에 가득한 징집병과 자원병은 뒤섞이고, 계속해서 뒤섞이고 있었다. 우주에 나선 이래 처음으로 나는 무슨 상황인지를 알아보기 위해서 하선을 요청할 수밖에 없었다.

덕분에 나는 도시 곳곳을 돌아다닐 수 있었는데, 이것이야말로 평소에는 못 하던 일이었다.

여러분도 그곳을 직접 보았어야 하는데! 모두가 주택에서 떠나는 것처럼 보였다. 커다란 건물마다 내부가 텅 비고, 안에 매트리스가 줄줄이 놓여 있었다. 거리에는 다음과 같이 적힌 현수막이 걸려 있었다. **당신은 인간인가, 아니면 혼자인가? 지붕 하나는 딱한 은신처이다! 악마는 군중을 싫어한다!**

이 모두를 보면서도 나는 무슨 뜻인지 알 수가 없었다. 그러다가 한 술집의 전면 유리창에 흰색 페인트로 적힌 **'덫사냥꾼 출입 금지!'** 경고문을 보고서야, 그곳의 가장 큰 변화 가운데 하나를 비로소 알아챘다.

거리에는 덫사냥꾼이 하나도 없었다. 아예 없었다. 이들이야말로 예전에는 보링켄을 찾은 관광객의 구경거리 가운데 하나였는데 말이다. 글렁커 털가죽을 걸치고, 긴 꼬리날개를 바람에 휘날리며 걷던 그들의 눈매에는 차마 우주비행사조차 지니지 못한 종류의 거리감이 담겨 있었다. 내가 이들을 그리워하기 시작하자마자 **'덫사냥꾼 출입 금지!'** 경고문이 사방팔방에서 보였다. 상점마다, 식당마다, 호텔과 극장마다 붙어 있었다.

거리 한 모퉁이에 서서 주위를 둘러보며, 도대체 여기서 무슨 일이 일어나고 있는 건지 궁금해하던 그때, 외바퀴 순찰차를 탄 보링켄 경찰관 하나가 내게 뭐라고 외쳤다. 그 말을 제대로 알아듣지 못한 나는 그냥 어깨를 으쓱했다. 그가 유턴을 해서 내 앞에 멈춰 섰다.

"무슨 일이야, 촌놈아? 덫이라도 잃어버렸나?"

내가 말했다. "뭐라고요?"

그가 말했다. "혼자 가고 싶다면 말만 하라고, 이 글렁커 녀석아. 마침 저 너머 회관에 너한테 딱 어울릴 만한 독방이 있으니까 말이야."

나는 그저 어안이 벙벙해서 경찰관을 바라보았다. 그때 놀랍게도 순찰차에서 또 다른 경찰관이 고개를 내밀었다. 물론 그 순찰차는 1인승이었다. 두 사람이나 타고 있으니 정말 좁았을 것이다.

두 번째 경찰관이 말했다. "덫줄은 어디 있나, 얼간이?"

내가 말했다. "덫줄은 안 갖고 있는데요." 그러고는 저 멀리 우주 공항을 굽어보며 우뚝 솟아 있는 우리 선박을 손으로 가리켰다. "저는 저기 있는 선박의 회계관입니다만."

"아, 이런 세상에!" 첫 번째 경찰관이 말했다. "일찍 알아뵈었어야 하는데. 저기요, 비행사 양반, 여기서는 둘씩 짝을 지어 다니셔야지, 그렇지 않으면 자칫 강도를 당하기 십상입니다. 여기는 외톨이로 다닐 만한 장소가 아니에요."

"무슨 말씀인지 모르겠네요, 경찰관님. 저는 단지—"

"그럼 제가 이분을 모시고 갈게요." 누군가가 말했다. 그쪽을 돌아보았더니, 키가 큰 보링켄 여성 한 명이 수백 채의 텅 빈 주택 가운데 한 곳의 활짝 열린 문 안에 서 있었다. 그녀가 말했다. "마침 제 물건을 좀 챙기러 집에 다시 온 참이거든요. 그런데 막상 일을 마치고 보니 길에 사람이 아무도 없는 거예요. 그래서 같이 갈 누군가를 기다리면서 무려 한 시간이나 여기 버티고 있었다니까요." 약간 히스테릭한 목소리였다.

"거기 혼자 들어가 계시면 안 된다는 것쯤은 아실 텐데요." 경찰관 한 명이 말했다.

"알아요— 안다고요. 저는 그냥 물건을 챙기러 왔을 뿐이라고요. 계속 머물려는 건 아니었어요." 여자는 더플백을 마치 보란 듯 앞에 들어 올렸다. "그냥 물건을 챙기러 왔을 뿐이라고요." 그녀는 겁에 질린 표정으로 다시 말했다.

경찰관들은 서로 얼굴을 마주 보았다. "음, 좋습니다. 하지만 조심하세요. 여자분은 여기 계신 회계관 님과 함께 가세요. 그리고 이분께 설명도 좀 해 주세요. 뭐가 옳은지를 잘 모르고 계신 것 같으니까요."

"그렇게 할게요." 여자는 고마운 듯 대답했다.

이미 그때쯤에는 순찰차가 두 배나 되는 하중 때문에 약간 비틀거리면서 떠난 다음이었다.

나는 여자를 바라보았다. 예쁘지는 않았다. 오히려 육중하고 둔한 편이었다.

그녀가 말했다. "이제는 괜찮으실 거예요. 어서 가요."

"어디로요?"

"음, 중앙 막사로 가야겠죠, 아마. 대부분 거기 머무니까요."

"저는 선박으로 돌아가야만 하는데요."

"아, 이런." 그녀는 또다시 크게 낙심했다. "지금 당장 가셔야 하나요?"

"아뇨, 지금 당장까지는 아닙니다. 원하신다면 일단 시내까지는 함께 가 드리죠." 여자는 더플백을 집어 들었지만, 내가 그걸 받아서 어깨에 짊어졌다. "혹시 여기 사는 사람들이 모두 미친 겁니까?" 나는 인상을 찡그리며 그녀에게 물었다.

"미친 거냐고요?" 여자가 걷기 시작하자 나도 뒤를 따랐다. "저는 그렇게 **생각** 안 하는데요."

"여기 있는 것들 좀 보세요." 내가 말했다. 그러고는 '**가로대가 하나뿐인 사다리는 없는 법이다**'라고 적힌 현수막을 손으로 가리켰다. "저게 도대체 무슨 뜻이죠?"

"저기 나와 있는 그대로예요."

"아니, 저게 뭐 대단한 사실이라고 이렇게 요란하게 현수막까지……"

"아." 그녀가 말했다. "그러니까 저 말이 무슨 **뜻**인지가 궁금하신 거군요!" 그녀는 이상하다는 표정으로 나를 바라보았다. "우리는 인류에 관한 새로운 진리를 발견했거든요. 음, 어젯밤에 루실들이 했던 말 그대로 제가 한 번 전해 드릴게요."

"루실이 누군데요?"

"루실이 아니라 루실**들**이에요." 여자는 약간 놀란 어조로 말했다. "물론 솔직히 제 생각에도 실제로는 딱 한 명뿐인 것 같기는 하지만요. 그래도, 물론, 스튜디오에는 다른 누군가가 항상 있을 거예요." 그녀는 재빨리 덧붙였다. "하지만 트라이디오에서는 항상 네 명의 루실들이 한꺼번에, 그러니까 일종의 합창처럼 말하는 것 같아요."

"계속 그렇게 말씀만 하시면 어떻게 해요." 여자가 이야기를 멈추자 내가 말했다. "저는 잘 이해를 못 하겠는데요."

"음, 그러니까 그들이 한 말은 이거예요. 그들의 말에 따르면, 그 어떤 인간도 혼자서 **뭔가를** 해내지는 않는다는 거예요. 주택을 한 채 지으려면 1백 쌍의 손이 필요하고, 선박을 하나 만들려면 1만 쌍의 손이 필요하다는 거죠. 그들의 말로는, 단 한 쌍은 쓸모없을 뿐만 아니라 심지어 **사악하다**고 해요. 온 인류는 여러 개의 부분으로 만들어졌죠. 그 부분 가운데 어떤 것도 그 자체로 선하지는 않아요. 혼자 떨어져 나가기를 원하는 부분이 있다면, 결국 전체에 상처를 입히는 거예요. 이미 무척이나 훌륭해진 전체에 말이에요. 따라서 우리는 그 어떤 부분도 떨어져 나가지 않도록 단속하는 거예요. 예를 들어 당신 손에서 갑자기 손가락 하나가 떨어져 나가겠다고 작정하면 어떻게 되겠어요?"

내가 말했다. "그러니까 당신은 그런 이야기를 믿는 거군요. 그나저나 성함이 어떻게 되세요?"

"놀라예요. 제가 그걸 **믿느냐**고요? 음, 그건 진리잖아요, 안 그래요? 당신은 이게 진리라는 걸 모르시겠어요? 이게 진리라는 건 모두들 **아는** 건데요."

"음, 그건 진리일 **수도** 있겠죠." 나는 마뜩잖게 대답했다. "그렇다면 혼자 있고 싶어 하는 사람들에 대해서는 어떻게 할 작정이죠?"

"우리가 그들을 도와줘야죠."

"만약에 그들이 도움을 원치 않는다면요?"

"그러면 그들은 덫사냥꾼인 거죠." 그녀는 곧바로 대답했다. "우리는 그들을 오지로 몰아내 버려요. 사악한 외톨이들은 바로 거기서 오는 거니까요."

"음, 그렇다면 털가죽은 어쩌고요?"

"이제는 **아무도** 털가죽 따위를 사용하지 않아요!"

결국 우리의 털가죽 배송품에 벌어진 일이 바로 그거였다! 나는 저 아마추어 관료들이 그 물품을 어디선가 잃어버리고 말았을 거라고 생각하고 있었다.

여자는 마치 혼잣말처럼 이렇게 말했다. "모든 죄는 외로운 어둠에서 시작되는 거예요." 그녀를 바라보고 나서야 나는 주위에 걸린 또 다른 현수막 가운데 하나를 그녀가 동의하듯 읽은 것일뿐임을 깨달았다.

모퉁이를 돌자마자 환한 불빛에 눈이 부셨다. 창고 가운데 한 곳이었다.

"저기가 바로 중앙 막사예요." 여자가 말했다. "안을 구경해 보실래요?"

"그러죠."

나는 그녀를 따라 거리를 지나 입구로 갔다. 문간에 놓인 탁자에 남자가 하나 앉아 있었다. 놀라가 그에게 신분증을 내밀었다. 그는 신분증을 명단과 대조하고는 돌려주었다.

"이쪽은 방문객이세요." 그녀가 말했다. "선박 소속이시죠."

내가 회계관 신분증을 내밀자 그가 말했다. "좋습니다. 하지만 계속 머물고 싶으시다면 등록을 하셔야 합니다."

"계속 머물지는 않을 겁니다." 내가 말했다. "저도 돌아가 봐야 하니까요."

나는 놀라를 따라 안으로 들어갔다.

건물 내부는 최대한 비워서 공간을 만들어 놓은 상태였다. 심지어 수직 구조물에서 부스러기 하나만 더 떼어 내도 지붕을 지탱할 여력이 없을 것만 같았다. 눈에 띄지 않는 모퉁이, 선반, 커튼, 돌출부 같은 것은 전혀 없었다. 바닥에는 무려 2천 개쯤 되어 보이는 침대, 간이침대, 매트리스가 다닥다닥 붙어서 네 개가 한 조를 이루고 있었는데, 조 사이의 간격은 기껏해야 손 하나 들어갈 정도였다.

눈이 부실 만큼 조명이 밝았다. 거대한 빛의 물결과 반점에서 비롯된 황백색 불길이 구석구석을 흠뻑 적시고 있었다.

놀라가 말했다. "이 조명에는 익숙해지게 되죠. 며칠 밤만 보내면 더 이상은 신경이 쓰이지도 않아요."

"그러면 이 조명은 끄는 법이 없다는 뜻인가요?"

"아, 그럼요. 안 꺼요!"

곧이어 나는 배관 설비를 보았다. 샤워기, 욕조, 싱크대 그리고 다른 모든 것이 있었다. 모두 한쪽 벽에 줄지어 있었다.

놀라가 내 시선을 따라왔다. "저것도 역시나 익숙해지게 돼요. 단 1

초의 비밀스러운 순간에 악마가 스며들게 허락하느니, 차라리 모든 것을 공개적으로 해치우는 게 더 낫거든요. 루실들의 말이 딱 그거죠."

나는 그녀의 더플백을 내려놓고 그 위에 걸터앉았다. 내 머릿속에 든 생각은 딱 하나뿐이었다. "이게 도대체 누구의 생각인 거죠? 이 모두가 도대체 어디서 시작된 거예요?"

"루실들이에요." 여자는 모호하게 대답했다. 곧이어 이렇게 말했다. "그들 이전에 누구였는지까지는 저도 몰라요. 사람들은 그냥 깨닫기 시작한 거죠. 그래서 누군가가 창고를 구입했죠. 아니, 격납고를. 아니, 저도 잘 모르겠네요." 그녀는 기억을 더듬으려 애쓰면서 내 옆에 앉아 나지막하게 목소리로 말했다. "사실 어떤 사람들은 처음에만 해도 그다지 잘 받아들이지 못했어요." 그녀는 주위를 둘러보았다. "바로 **제가** 그랬거든요. 진짜예요. 저는 정말 그랬어요. 하지만 결국 믿게 되거나, 믿는 척이라도 해야만 해요. 그렇게 해서 어찌어찌 모든 사람이 여기까지 오게 된 거예요." 여자는 한 손을 흔들었다.

"그러면 중앙 막사에 오지 않은 사람들은 어떻게 된 거죠?"

"사람들이 그들을 놀렸어요. 그들은 일자리를 잃었고, 그들의 아이들은 학교에서 받아 주지 않았고, 그들의 배급표는 상점에서 받아 주지 않았어요. 나중에는 경찰이 나서서 외톨이들을 잡아가기 시작했죠. 아까 당신한테 했던 것처럼요." 여자는 또다시 주위를 둘러보았다. 그 눈길에는 일종의 만족감이 담긴 친밀함이 있었다. "그래서 오래 걸리지도 않았어요."

여자를 바라보다 말고 고개를 돌렸더니, 또다시 배관 설비가 줄줄이 눈에 들어왔다. 나는 벌떡 일어섰다. "이제는 가 봐야 되겠네요, 놀

라. 도와줘서 고마워요. 그나저나, 선박으로 돌아가려면 어떻게 해야 되죠? 밖에서 경찰이 돌아다니면서 외톨이를 모조리 잡아간다면요?"

"아, 그건 문에 있는 분한테 가서 말하면 돼요. 당신이 가는 쪽으로 가려고 기다리는 사람들이 있을 테니까요. 항상 누군가가 어딘가로 가려고 기다리게 마련이거든요."

그녀는 나를 따라왔다. 내가 문에 있는 사람에게 사정을 설명하자, 여자는 나와 악수를 나누었다. 나는 작은 탁자 옆에 서서, 그녀가 잠시 머뭇거리다가 막 들어온 다른 여자에게 다가가는 모습을 보았다. 두 사람은 함께 안으로 들어갔다. 문지기는 한곳에 모여 빈둥거리는 것처럼 보이는 사람들 쪽으로 나를 쿡 떠밀었다.

"북쪽!" 그가 외쳤다.

나는 이가 시원찮아 보이는 땅딸막한 남자를 짝으로 골랐는데, 그는 마지막까지 단 한 마디도 꺼내지 않았다. 우리는 서로를 호위하며 우주 공항까지 가는 길의 3분의 2까지 함께 갔는데, 그러다가 그가 어느 공장으로 쏙 들어가 버렸다. 나는 남은 길을 혼자서 종종걸음 쳤다. 마치 범죄자가 된 것 같은 기분이 들었는데, 실제로도 범죄자로 간주될 만했을 것이다. 나는 저 미쳐 돌아가는 도시에는 두 번 다시 들어가지 않겠다고 단단히 맹세했다.

그런데 다음 날 누군가가 나를 찾아왔다. 2인승 순찰차 여섯 대의 호위를 받으며 방탄차를 타고 온 사람은 다름 아닌 코스텔로 씨였다!

그를 다시 만나다니 무척이나 반가울 수밖에 없었다. 코스텔로 씨는 평소와 똑같이 크고, 잘생기고, 성격이 좋았다. 그는 혼자가 아니었다. 승용차 뒷좌석에는 정말 아름다운 금발 여성이 앉아 있었는데,

나는 그 모습을 보고 그만 할 말을 잃고 말았다. 그녀는 말을 많이 하지 않았다. 단지 가끔 한 번씩 나를 바라보고 미소를 지은 다음, 차창 밖을 내다보고 아랫입술을 살짝 깨물었으며, 코스텔로 씨를 바라보면서는 아무런 미소도 짓지 않았다.

코스텔로 씨는 나를 잊지 않고 있었다. 예전에 마셨던 계피 레드와인도 한 병 가져왔기에, 우리는 예전과 똑같이, 즉 그가 나의 특별한 삼촌이라도 되는 듯 서로 이야기를 나누었다. 우리는 일종의 관광 안내를 받았다. 나는 어젯밤에 있었던 일에 관해서, 즉 중앙 막사를 방문한 일에 관해서 이야기했다. 그러자 그는 무척이나 재미있어하면서, 내가 당연히 그곳을 좋아할 줄 알았다고 말했다. 물론 나야 군이 그 자리에서 내가 정말 그곳을 좋아했는지 안 좋아했는지를 생각해 보지는 않았다.

"생각해 보게!" 코스텔로 씨가 말했다. "온 인류가 단 하나의 단위라고 말일세. 자네도 협동의 원리는 알고 있겠지, 회계관?"

내가 그 문제를 너무 오래 생각하니 그가 말했다. "자네도 알고 있을 거야. 두 사람이 힘을 합쳐 일하면, 각자 일한 것보다도 더 많은 결과를 산출할 수 있지. 음, 그렇다면 1천 명이, 아니, 1백만 명이 함께 일하고, 자고, 먹고, 생각하고, 숨쉰다고 치면, 과연 무슨 일이 일어날 것 같은가?" 코스텔로 씨가 말하는 방식만 놓고 보면, 그거야말로 정말 근사해 보였다.

내 어깨 너머를 바라보던 그의 눈이 약간 휘둥그레졌다. 그가 버튼을 누르자 운전기사가 차량을 급정거시켰다.

"저놈을 체포하게." 코스텔로 씨가 옆에 있는 마이크에 대고 말했다.

순찰차 두 대가 거리를 따라 달려가서 한 남자의 양옆에 섰다. 남자는 오른쪽으로 피하고 왼쪽으로 피했지만, 곧이어 순찰차 한 대가 그를 쳐서 쓰러뜨렸다.

"불쌍한 작자 같으니." 코스텔로 씨가 **출발** 버튼을 누르며 말했다. "꼭 저렇게 배우려 들지 않는 사람들이 있다니까."

내가 생각하기에 그는 무척이나 유감스러워하는 듯했다. 혹시 금발 여성도 마찬가지였는지는 모르겠다. 그녀는 아예 이쪽을 쳐다보지도 않았다.

"혹시 선생님께서 이곳 시장이신 건가요?" 내가 물었다.

"아, 그건 아니네." 코스텔로 씨가 말했다. "나는 일종의 중개인이지. 이것 조금, 저것 조금 하면서 말이야. 나는 약간 도와줄 수 있을 뿐이지."

"도와주신다고요?"

"회계관." 그가 조심스럽게 말을 꺼냈다. "사실 나는 이제 보링켄 시민이라네. 이곳은 내게 제2의 고향이고, 나는 이곳을 사랑하지. 그러니 이곳을 돕기 위해서 힘닿는 한 무엇이든 할 작정일세. 그 대가에 관해서는 개의치 않고 말이네. 이들이야말로 **진리**를 발견한 사람들이니까, 회계관. 나는 그 사실에 감탄해 마지않네. 나는 그 사실에 겸손해진다네."

"저는……"

"말해 보게나, 그래. 나야 자네 **친구** 아닌가."

"그렇게 말씀해 주시니 감사합니다, 코스텔로 씨. 음, 제가 드리려는 말씀은 이런 겁니다. 저는 중앙 막사와 그 밖의 것들을 직접 봤습니다. 그런데 아직 결정을 내리지 못했습니다. 제 말뜻은 이게 좋은지 아닌지 결정을 내리지 못했다는 겁니다."

"천천히 생각하게. 천천히 생각해." 그는 크고도 부드러운 목소리로 말했다. "어느 누구도 다른 누군가가 진리를 보도록 **만들** 수는 없다네. 내 말이 맞지 않은가? 진정한 진리? 사람은 단지 혼자 힘으로 그걸 볼 뿐이라네."

"그럼요." 나도 동의했다. "그럼요. 제 생각도 그렇습니다." 때로는 코스텔로 씨에게 건넬 만한 답변을 찾기가 어려웠다.

승용차가 어떤 건물 옆에 멈춰 섰다. 금발 여성이 매무새를 다듬었다. 코스텔로 씨가 그녀를 위해 직접 문을 열어 주었다. 여자가 차에서 내렸다. 그가 앞에 놓인 트라이디오 스크린을 톡톡 두드렸다.

코스텔로 씨가 말했다. "잘해 보라고, 루실. 진짜 잘해 봐. 내가 보고 있을 테니까."

그녀는 그를 바라보았다. 그리고 내게도 살짝 미소를 보냈다. 한 남자가 계단을 내려오자 여자가 뒤따라서 건물 안으로 들어갔다.

우리는 다시 출발했다.

내가 말했다. "저분이야말로 지금까지 제가 본 여성 가운데 가장 아름다우시군요."

코스텔로 씨가 말했다. "그녀도 자네를 마음에 들어 하더군, 회계관."

나는 그 말뜻을 생각해 보았다. 너무 감격스러웠다.

그가 물었다. "그녀를 자네 것으로 삼으면 어떨 것 같은가?"

"아." 내가 말했다. "그분이 그러실 리는 없겠죠."

"회계관. 내가 자네한테 큰 신세를 지지 않았나. 그러니 이번 기회에 갚아 주려고 하는 걸세."

"선생님은 저한테 아무것도 신세 지신 것이 없습니다, 코스텔로 씨!"

우리는 와인을 좀 더 마셨다. 커다란 승용차는 조용히 움직였다. 이제는 천천히 달려서 우주 공항으로 돌아가고 있었다.

"나한테 일손이 좀 필요해서 말이야." 그는 잠시 후에 이렇게 말했다. "나는 자네가 어떤 사람인지 알아, 회계관. 자네야말로 딱 내가 써먹을 만한 부류의 사람이거든. 사람들 말로는 자네가 수학 천재라고 하더군."

"엄밀히 말하자면 수학까지는 아닙니다, 코스텔로 씨. 그저 숫자며, 통계며, 환산표 같은 것들이죠. 저는 우주 비행이라든지, 이론 물리학이라든지, 뭐 그런 것들은 모릅니다. 저로선 지금 얻을 수 있는 최선의 일자리를 얻은 거죠."

"아니, 그렇지 않아. 내가 솔직하게 말하겠네. 나는 지금 보링켄에서 맡은 것 이상의 책임을 더 이상은 원하지 않거든. 무슨 말인지 알겠지. 그런데도 사람들이 나한테 그 이상의 책임을 강요한단 말일세. 그들은 질서를, 평화와 질서를, 다시 말해서 말쑥함을 원한다네. 물론 지금은 내가 그들을 조직할 수 있네만, 그걸 계속해서 조직한 상태로 유지하려면 자네 같이 말쑥한 두뇌를 지닌 사람이 필요하다네. 나는 완전한 출생률 및 사망률 통계를 원하고, 그걸 토대로 우리가 정책을 얻을 수 있기를 원한다네. 나는 칼로리 수치와 배급을 원하는데, 그래야만 우리가 식량 공급을 최선의 방식으로 사용할 수 있을 것이기 때문이라네. 그리고 나는— 음, 자네도 내 말이 무슨 뜻인지 알겠지. 일단 악마들이 참패하면—"

"무슨 악마 말입니까?"

"덫사냥꾼들 말일세." 코스텔로 씨가 음산한 어조로 말했다.

"그런데 덫사냥꾼들이 정말로 도시 사람들에게 위해를 가하는 겁니까?"

그는 충격을 받은 듯 나를 바라보았다. "그놈들은 혼자서 야외에 나가 몇 주씩 머무르고, 내내 혼자만의 사악한 생각에 잠겨 있네. 그놈들은 인류라는 신체 속의 자유 세포이고 일탈 세포라네. 따라서 그놈들을 제거해야만 한다네."

나로선 내 배송품에 관한 생각밖에는 떠오르지 않았다. "그렇다면 털가죽 무역은 어떻게 하고요?"

코스텔로 씨는 마치 내가 상당히 사소하지만 지저분한 실수를 저질렀다는 표정으로 나를 바라보았다. "친애하는 회계관 양반." 그가 인내심 있게 말했다. "한 종족의 불멸하는 영혼보다 그 털가죽 몇 장의 가격을 더 높이 치겠다는 건가?"

나는 그 문제를 그런 식으로 생각하지는 않았다.

코스텔로 씨는 다급하게 말했다. "이건 단지 시작에 불과하다네, 회계관. 보링켄은 단지 시작에 불과해. 인류라는 저 거대한 존재의 단결이 온 우주에 알려지게 될 걸세." 그는 눈을 감았다. 다시 눈을 떴을 때, 특유의 거창한 어조는 사라지고 없었다. 대신 예전처럼 친근한 목소리로 말했다. "그리고 자네와 나, 우리는 온 우주에 그 방법을 보여 주게 될 걸세. 어떤가, 친구?"

나는 상체를 숙여서 우주선의 번쩍이는 첨탑 꼭대기를 바라보았다. "저는 지금 있는 일자리를 좋아하는 편이어서요. 게다가 제 계약은 앞으로 4개월이나 더 남아 있고요……"

승용차가 우주 공항으로 접어들어 광재鑛滓 야적장을 가로질러 달렸다.

“내 생각에는 자네에게 의지할 수 있을 것 같은데.” 코스텔로 씨는 쾌활하게 말했다. 그러면서 웃음을 터트렸다. “이 작은 농담 기억나나, 회계관?”

그가 스위치를 켜자, 갑자기 내 목소리가 차 안을 가득 채웠다. **“나는 승객들에게 뇌물을 받는 사람입니다.”**

“아, 그거요.” 내가 말했다. 그리고 **하하** 하는 웃음소리의 첫 마디를 **하** 하고 내자마자 문득 그의 의도가 이해되었다. “코스텔로 씨, 설마 방금 그걸 저에게 불리하게 사용하실 리는 없겠지요.”

“그렇게 해 봤자 내게 무슨 이득이 있겠나?” 그가 놀란 듯 물었다.

곧이어 우리는 경사로에 도착했다. 코스텔로 씨는 나와 함께 차에서 내렸다. 그러고는 손을 내밀었다. 따뜻하고 진심이었다.

“혹시 계약이 만료되는 대로 회계관 일자리에 대한 마음이 바뀌면 말일세, 친구, 서슴지 말고 야전 전화로 나한테 연락을 하게. 그러면 곧바로 나한테 연결이 될 테니까. 여기 다시 들를 때까지 잘 생각해 보게. 시간 여유를 갖고 생각해 보라고.” 그의 한 손이 내 이두근을 어찌나 세게 죄던지 나는 얼굴을 찡그릴 수밖에 없었다. “하지만 그 이상으로 더 여유를 줄 수는 없네. 그렇지 않은가, 친구?”

“그럴 것 같습니다.” 내가 말했다.

코스텔로 씨는 운전사 옆자리에 앉더니 곧바로 떠나 버렸다.

나는 그의 뒷모습을 지켜보며 서 있었고, 승용차가 광재 야적장의 검은 점이 되어 버리자 비로소 제정신이 들었다. 나는 경사로 아래 혼자 서 있었다. 뭔가 몹시 발가벗겨진 듯한 느낌이 들었다.

나는 뒤로 돌아서 에어로크로 달려 올라갔다. 사람들 가까이 있기 위해서 서두르고 또 서두르면서.

그 항해 때에 우리는 미친 사람을 하나 태웠다. 그의 이름은 하인스였다. 원래 보링켄 주재 지구연합 공사였는데, 보고를 위해 귀환하려는 것이었다. 처음에는 전혀 말썽이 되지 않았다. 외교관 여권은 처리하기가 쉬웠기 때문이다. 그런데 보링켄을 떠나 다섯 번째 불침번을 서던 날, 하인스가 내 방문을 똑똑 두드렸다. 그를 보니 반가웠다. 내 방에 혼자 있으면 불안해졌기 때문에 그와 함께 있는 것이 고마웠다.

그런데 사실 하인스는 나와 함께 있어 준 것이 아니었다. 그가 미쳤기 때문이다. 처음 찾아왔을 때 하인스는 다짜고짜 쳐들어와서는 이렇게 말했다. "부디 양해해 주기를 바라네, 회계관. 사실은 내가 다른 누군가에게 이 이야기를 하지 않으면 정말 돌아 버릴 것 같아서 그러네." 그러더니 내 침상 끄트머리에 앉아서, 머리를 양손에 파묻은 채로 앞뒤로 몸을 한참 흔들면서, 한마디도 꺼내지 않았다. 곧이어 그는 이렇게 말했다. "미안하네." 그러더니 나가 버렸다. 말했듯이, 미친 거였다.

그런데 하인스는 머지않아 다시 찾아왔다. 그러고는 정말 누구도 평생 들어 본 적이 없었을 법한 헛소리를 늘어놓았다.

"자네는 보링켄에서 무슨 일이 벌어졌는지 아나?" 그가 물었다. 하지만 답변을 원한 질문이 아니었다. 이미 자기가 답변을 알고 있었다. "보링켄에서 뭐가 잘못되었는지 내가 자네에게 이야기해 주지. 보링켄은 미쳐 버렸어!" 하인스는 이렇게 말했다.

나는 아랑곳하지 않고 내 일을 계속했다. 물론 우주에 나서면 내가 할 일은 많지 않았지만 말이다. 그런데 저 하인스라는 사람은 정말이지 보링켄을 머릿속에서 지울 수가 없는 모양이었다.

그가 말했다. "자네도 직접 보지 않은 이상 그걸 믿으려 들지 않을 걸세. 처음에는 작은 쐐기를 가져다가, 그게 있을 법한 한 장소에 박아 넣은 것뿐이었다네. 바로 도시민과 덫사냥꾼 사이에 말일세. 원래 그들 사이에는 아무런 갈등도 없었거든. 전혀! 그런데 난데없이 덫사냥꾼이 사회의 위협이 되어 버린 걸세. 어떻게, 그리고 왜 그런 일이 가능했는지는 하느님만이 아시겠지. 처음에는 덫사냥꾼이 불건전한 영향력이라는 사실을 굳이 입증하려는 비웃을 만한 시도에 불과했다네. 맞아, 비웃을 만했다니까. 그런 시도를 어떻게 진지하게 받아들일 수 있겠나?

그러다가 변화가 일어나 버렸어. 덫사냥꾼이 뭔가를 저질렀다는 사실을 굳이 입증할 필요까지도 없게 되었지. 즉 누군가가 덫사냥꾼이라는 사실만 입증하면 그만이었어. 그걸로 충분했으니까. 그러고 났더니만— 정말 그것만큼 미쳐 돌아가는 어떤 일을 과연 누가 **예상이나** 했겠나?" 하인스는 거의 비명을 지르다시피 말했다. "어쨌거나 그러고 났더니만, 이번에는 혼자 있고 싶어 하는 사람이 있으면 누구든지 주위에서 덫사냥꾼 취급을 받게 되었다네. 그 일은 워낙 순식간에 일어났어. 정말 우리가 잠든 사이에 일어나 버렸지. 그러다 보니 정말 난데없이 사람들은 **1초라도** 방 안에 혼자 있게 되는 걸 무서워하게 되었지. 사람들은 집을 떠나기 시작했어. 그러더니 막사를 지었지. 모두가 다른 모두를 두려워하고, 두려워하고, 두려워하고……

그러다가 그들이 **무슨** 짓을 했는지 아나?" 그가 외쳤다. "그들은 그림을 불태워 버렸어. 보링켄에 있는 그림 가운데 화가 혼자서 그린 것이라면 모조리 찾아내서 불태웠어. 겨우 화가 몇 사람만 공동 작업을 했다는 이유로 살아남았다니까. 내가 직접 봤네. 그들은 두세 명씩 짝을 지어서 화폭 하나에다가 공동 작업을 했지."

하인스는 울었다. 정말 거기 앉아서 울었다.

그가 말했다. "상점에는 식량이 있었어. 농작물이 들어왔으니까. 트럭도 달리고, 비행기도 날고, 학교도 수업을 했지. 배는 부르고, 자동차는 세차하고, 사람들은 부자가 되었지. 마침 코스텔로라는 사람이 불과 몇 달 전에 지구에서 이곳으로 왔는데, 아니, 1년 전쯤에 왔던가, 여하간 이미 그 도시의 절반을 소유하게 되었다네."

"아, 코스텔로 씨라면 저도 압니다." 내가 말했다.

"자네도 안다고! 어떻게?"

나는 코스텔로 씨와 했던 항해에 관해 말해 주었다. 그러자 하인스는 흠칫하며 내게서 몸을 멀리했다. "바로 **자네**가 장본인이었군!"

"장본인이라뇨? 그게 무슨 말씀이십니까?" 나는 당황스러운 나머지 물었다.

"바로 **자네**가 그 선장에게 불리한 증언을 하고, 그 선장을 무너뜨려서, 결국 사임하게 만든 장본인이라는 거지."

"저는 그런 짓을 한 적이 없습니다."

"내가 바로 그곳 영사였네. 그 청문회도 내가 주관했다니까, 이 사람아! 내가 **거기** 있었다고! 그 자리에서 선장의 목소리 녹음이 공개되었지. 자기가 정신 이상인 것을 시인하고, 혹시나 승무원들이 자기한테 반기를 들면 총을 쏘겠다고 단언하는 내용이 말이야. 그러다가 자네의 증언이 나오더군. 그게 바로 선장의 목소리이고, 심지어 선장이 그 말을 할 때에 그 자리에 있었다고 단언하는 내용이, 그리고 삼등 항해사의 목소리 녹음도 나왔는데, 함교에서는 만사가 잘되어 가지 않는다고 하더군. 비록 본인은 아니라고 부인했지만, 그 친구 목소리가 맞았어."

"잠깐만요, 잠깐만요." 내가 말했다. "믿을 수가 없군요. 그런 사건이라면 정식 재판이 필요했을 텐데요. 하지만 재판은 열리지 않았잖습니까. 저는 그 어떤 재판에도 출석 통보를 받은 적이 없는데요."

"당연히 재판이 필요했겠지, 이 멍청아! 하지만 선장이 드로 없는 드로 포커며, 주방장이 자기네를 독살할지 모른다고 걱정하는 승무원들이며, 심지어 함교 당직 교대 시에도 참관인을 두고 싶어 하는 당직자들에 관한 이야기를 늘어놓기 시작했어. 지금까지 내가 들은 이야기 중에서도 가장 정신 나간 이야기였어. 본인도 문득 그걸 깨닫더군. 선장 스스로 말이야. 그는 이미 늙고, 병들고, 지치고, 낙담한 상태였어. 그래서 그는 모든 책임을 코스텔로 탓으로 돌렸고, 또다시 코스텔로는 바로 자네한테서 녹음을 얻었다고 주장했지."

"코스텔로 씨는 그러실 분이 아닙니다!" 나는 아마 그 순간에 하인스 씨에게 벌컥 화를 냈었나 보다. 나는 그에게 코스텔로 씨에 관해서, 즉 그가 얼마나 대단한 사람인지에 관해서 한참 설명했다. 그러자 하인스는 코스텔로 씨가 과거 고등 법원에서 말썽을 일으키는 바람에 삼두 행정부에서 쫓겨났다고 말했다. 하지만 그건 거짓말이었기에 나는 귀담아듣지 않았다. 대신 포커에 관해서, 코스텔로 씨가 우리를 야바위꾼에게서 구해 준 방법에 관해서, 우리를 독살에서 구해 준 방법에 관해서, 선박을 우리 모두에게 안전한 장소로 만들어 준 방법에 관해서 설명했다.

그랬더니 하인스가 나를 바라보던 표정이 지금까지 기억난다. 그는 이렇게 속삭였다. "도대체 인류에게 무슨 일이 벌어진 걸까? 우리가 이 여러 세기 동안의 평화를 가지고, 확신과 협동과 무갈등을 가지고, 우리 스스로에게 무슨 짓을 한 걸까? 여기서는 인간에 의해 인간에 대한 불신이 생겨나고, 딱 알맞은 흡혈귀에게 뚫리기만을 기다리며 얇은 피부 밑에서 기다리고 있었던 거야. 또다시 스스로를 증오하고 스스로를 죽이기를 기다리고 있었던 거야……"

"이런 **세상에!**" 하인스는 갑자기 나를 향해 고함을 질렀다. "자네는 지금 내가 무슨 생각을 했는지 아나? 그 모든 오류에도 불구하고, 그 모든 어리석음에도 불구하고, 보링켄에서 유행하는 이 **하나의 인류**라는 발상이야말로 일종의 **원리**라는 걸까? 나는 그걸 싫어했지만, 그게 원리인 까닭에 기꺼이 존중할 수도 있었지. 그건 바로 코스텔로였어. 도박을 하지 않으면서도, 두려움을 이용해서 포커의 규칙을 바꾸는 코스텔로 말일세. 자네들이 먹는 음식을 먹지 않으면서도, 자네들로 하여금 독살될 수도 있다고 두려움을 느끼게 하는 코스텔로 말일세. 수백 년간의 안전한 성간 비행을 목도했으면서도, 사람의 두려움을 이용해서 당직 사관조차도 참관인이 없으면 스스로의 능력을 의심하게 만드는 코스텔로 말일세. 남의 눈에 띄지 않으면서 만사를 좌우하는 코스텔로 말일세!

이런, 세상에. 코스텔로는 아무런 **관심**도 없어! 그건 원리조차도 아니야. 단지 코스텔로가 어디에나, 모든 곳에 두려움을 퍼뜨림으로써 스스로를 강하게 만들었던 것뿐이야!"

하인스는 분노와 증오로 소리를 지르면서 밖으로 뛰쳐나갔다. 나 역시 흔들렸다는 사실을 시인하지 않을 수 없다. 지금 와서 생각해 보면, 어쩌면 그가 말한 내용에 관해서 곰곰이 생각했을 수도 있었을 것 같다. 하지만 하인스는 우리가 지구에 도착하기도 전에 자살해 버렸다. 그는 미친 사람이었다.

우리는 여느 때와 똑같이 순회 항해를 했고, 마치 주요 도시 순회 노선과 비슷하게 정해진 일정을 따랐다. 화물 싣기, 화물 내리기, 이륙, 비행, 행성 착륙. 재급유, 통관, 적하 목록 기재. 먹기, 자기, 일하기. 곧이어 하인스 씨에 관한 청문회가 열렸다. 코스텔로 씨는 그 소식을 듣고 나서 유감을 표시하는 우주 전보를 보내 왔다. 청문회에서 나는 다른 말을 전혀 하지 않았고, 단지 하인스 씨가 격분한 상태였다고만 말했는데, 그거야말로 다른 무엇보다도 사실에 가까웠다. 우리는 아코디언 연주 솜씨가 뛰어난 2등 기관사를 태우게 되었다. 승무원 가운데 한 명은 카라노에 남았다. 모두 평소와 똑같았지만, 나는 사직서를 작성해서 조만간 낼 준비를 했다.

그리하여 우리는 순서대로 또다시 보링켄에 도달했는데, 어찌 된 일인지 지구연합의 우주 함대가 그곳에 와 있었다. 지구연합에 그렇게 많은 선박이 있는 줄은 나도 미처 몰랐다. 우리를 대놓고 무시하는 그들이야말로 진짜 해군이었다. 오로지 명령만 전달되고 정보는 전혀 없었다. 보링켄은 완전히 봉쇄된 상태였다. 저 아래에서는 일종의 전투가 벌어지고 있는 모양이었다. 우리는 검역소 너머로 아무런 소식도 보내거나 받을 수가 없었다. 선장은 격분했고, 화물 일부를 헐어서 연료로 충당할 수밖에 없었으며, 그로 인해서 내 업무 기록이 여러모로 망쳐지고 말았다. 나는 사직서를 한동안 도로 넣어 두었다.

그러다가 우리는 시그마에 들러 이틀을 머물고 떠났으며, 평소와 마찬가지로 곧바로 나이팅게일로 향했다.

그런데 나이팅게일에 가 보니 바니 로틸이 나를 기다리고 있었다. 그는 내가 학교를 졸업하고 처음으로 근무한 선박의 군의관이었다. 이제는 배가 불룩 나오고, 정말 성공한 모양새였다. 떠들썩하게 인사를 나누고, 바니는 자리에 앉아서 아주 멀쩡한 눈으로 나를 바라보았다. 나는 참으로 우주가 좁다고 말했다. 그가 나이팅게일에서 중요한 업무를 담당한다고는 알고 있었는데, 마침 내가 들른 우주 공항에서 딱 마주치게 될 줄이야!

"사실은 자네가 들른다는 사실 **때문에** 내가 여기 온 거야, 회계관." 바니가 말했다.

내가 그 말을 미처 이해하기도 전에, 그가 먼저 질문을 줄줄이 던졌다. 그동안 어떻게 지냈으며, 앞으로 어떻게 할 계획인지 등을 말이다.

내가 말했다. "벌써 여러 해 동안 회계관으로 일해 왔다네. 어째서 자네는 내가 지금 와서 뭔가 다른 일을 하고 싶어 할 거라고 생각하는 건가?"

"그냥 궁금해서."

나 역시 궁금했다. "음." 그래서 이렇게 말했다. "사실 나는 아직 정확히 마음을 결정하지는 못했다네. 게다가 몇 가지 일이 중도에 방해를 놓기도 해서 말이야. 그래도 일종의 이직 제안을 받기는 했지." 나는 코스텔로 씨가 보링켄에서 지금 얼마나 거물이 되어 있는지, 그리고 그가 나를 자기편으로 끌어들이기를 얼마나 간곡히 바라는지에 관해서 대략적으로 말해 주었다. "그래도 결정을 하려면 더 기다릴 수밖에 없을 거야. 망할 놈의 우주 해군이 보링켄 주위를 봉쇄하고 있으니까. 그놈들은 이유도 설명해 주지 않을걸. 하지만 이유가 무엇이든지 간에, 코스텔로 씨가 승리를 거두게 될 거야. 두고 보라고."

바니는 뭔가 눈살을 찌푸리는 듯한 표정으로 나를 바라보았다. 사람이 그렇게 기묘한 표정을 지은 것은 처음 보았다. 아니, 사실은 나도 이전에 본 적이 있었다. 바로 그 늙은 철인鐵人, 그러니까 예전 선장이 하선해서 사임한 바로 그날에 본 것이었다.

"바니, 도대체 무엇 때문에 그러나?" 내가 물었다.

그는 자리에서 일어나더니 유리문 너머 수신소 앞에 정차된 흰색 외바퀴 차량을 가리켰다. "가세." 바니가 말했다.

"어, 나는 못 가네. 해야 할 일이—"

"그냥 **가자니까!**"

나는 어깨를 으쓱했다. 일이고 뭐고, 이곳은 내가 아니라 바니의 영역이었으니까. 혹시 무슨 일이 있더라도 그가 나를 책임져 줄 것이었다.

바니는 문을 열더니 독심술사처럼 이렇게 말했다. "내가 책임져 줄 테니까 걱정 말라고."

우리는 경사로를 내려갔다가, 다시 올라가서, 쏜살같이 달려갔다.

"어디로 가는 거지?"

하지만 그는 대답하지 않았다. 그저 운전만 했다.

나이팅게일은 아름다운 곳이었다. 내 생각에는 아름다운 곳들 중에서도 가장 아름다웠고, 심지어 시그마보다도 더 아름다웠다. 이곳은 1백 퍼센트 지구연합이 운영했다. 이곳은 지방 자치권이 없는, 정말로 **전무하고도** 유일한 행성이었다. 이곳은 세계의 정원이었으며, 지구연합은 이곳을 딱 그렇게 유지하고 있었다.

우리는 오르막길을 넘어, 지구에서 가져온 진품 양버들나무가 줄줄이 늘어선 굽은 도로를 따라 내리막길을 달렸다. 저 아래에는 작은 호수와 모래 호숫가가 있었다. 사람은 없었다.

도로가 굽어지더니, 길을 가로질러 노란 선이 나타났다가 붉은 선이 나타났다. 그다음에는 거의 투명한, 가물거리는 커튼이 나타났다. 그 커튼은 좌우로 멀리까지 이어져 있었다.

"역장力牆이라네." 바니가 이렇게 말하더니 계기판의 버튼을 하나 눌렀다.

그러자 우리 앞에 뻗은 도로 위의 가물거리는 커튼이 사라졌다. 물론 도로 옆에는 여전히 가물거림이 남아 있었지만 말이다. 그 틈새를 지나자마자 우리 뒤로 다시 가물거리는 커튼이 형성되었고, 우리는 차를 몰고 언덕을 내려가 호수로 향했다.

호숫가 이쪽에는 지금까지 내가 본 가장 아늑해 보이는 작은 시그마 형태의 방갈로가 있었는데, 마치 경사로를 끌어안고 그 팔을 하늘로 뻗은 모습으로 지어져 있었다. 아마 내가 나이 들면, 사람들이 이보다 절반밖에는 안 좋은 곳의 방목지에 나를 풀어놓겠지.

내가 눈을 크게 뜨고 주위를 구경하고 있자니 바니가 말했다. "가 보자고."

그를 바라보았더니, 손으로 어딘가를 가리키고 있었다. 물가에 한 남자가 내려가 있었는데, 덩치가 크고 햇볕에 잔뜩 그을렸으며, 마치 궤도 간 화물 운송기 같은 풍채였다. 바니가 가 보라고 손짓하기에 나는 그리로 걸어 내려갔다.

남자가 자리에서 일어나서 나를 돌아보았다. 예전과 마찬가지로 미간이 넓고 따뜻하고 깊은 눈을 가지고 있었으며, 예전과 마찬가지로 그윽하고 부드러운 목소리를 가지고 있었다. "아, 이거 회계관이 아니신가! 안녕하신가, 친구. 결국 자네도 오기는 왔군!"

잠시 난감한 기분이 들었다. 하지만 나는 이렇게 말했다. "안녕하셨습니까, 코스텔로 씨."

그는 내 어깨를 탁 쳤다. 그러더니 커다란 손으로 내 이두근을 붙들어서 나를 좀 더 가까이 끌어당겼다. 코스텔로 씨는 바니가 외바퀴 차량에 기대서서 뭔가 자기 일에 몰두하고 있는 언덕 위를 바라보았다. 그러다가 호수를 바라보더니, 곧이어 하늘을 바라보았다.

코스텔로 씨가 목소리를 낮추었다. "회계관, 자네야말로 내게 딱 필요한 사람이야. 하지만 그 이야기는 예전에도 하지 않았나, 그렇지?" 그는 다시 주위를 둘러보았다. "우리는 해낼 수 있어, 회계관. 자네와 나, 우리 둘이서 최고가 되는 거야. 같이 가세. 자네한테 보여 줄 게 있거든."

코스텔로 씨는 호수 가장자리를 향해서 앞장서서 걸어갔다. 기껏해야 팬티밖에 입지 않았지만, 여전히 방탄차와 여섯 대의 순찰차를 거느린 사람처럼 말하고 움직였다. 나는 비틀거리며 그 뒤를 따라갔다.

코스텔로 씨는 손을 뒤로 내밀어서 나를 확인하더니, 무릎을 꿇었다. 그가 말했다. "이놈들을 보면, 자네는 이놈들이 모두 똑같이 보인다고 생각할 걸세, 안 그런가? 하지만, 이보게, 내가 자네한테 뭔가를 좀 보여 주겠네."

나는 아래를 내려다보았다. 개밋둑이 하나 있었다. 지구의 개미와는 닮지 않은 놈들이었다. 더 크고, 더 느리고, 파랗고, 다리가 여덟 개였다. 이놈들은 모래를 점액으로 연결해서 보금자리를 만들고, 그 아래에 터널을 파서 보금자리가 높이 1~2인치쯤 되는 작은 기둥들 위에 서 있게 만들었다.

"이놈들은 똑같이 생겼고, 똑같이 행동하지. 하지만 자네도 보게 될 걸세." 코스텔로 씨가 말했다.

그는 모래 위에 놓여 있던 주머니를 열었다. 그러더니 죽은 새 한 마리와, 마치 카라뇨 바퀴벌레처럼 생기고 사람 아래팔 길이만큼 자란 딱정벌레 한 마리를 꺼냈다. 그는 새를 이쪽에 놓고, 바퀴벌레를 저쪽에 놓았다.

"이제부터야." 그가 말했다. "잘 보게."

개미들이 새에게 몰려들어 잡아당기고 기어 다니고 했다. 분주했다. 하지만 바퀴벌레에게 간 놈은 한둘에 불과했으며, 그나마도 목표물을 얹어 놓고 이것저것 조사하기 바빴다. 코스텔로 씨는 바퀴벌레에 붙은 개미 한 마리를 손으로 집어 새 위에 떨어뜨렸다. 그러자 그놈은 이리저리 지그재그로 움직이더니, 다른 놈들을 밀치고 나와서 모래밭을 가로질러 바퀴벌레에게 되돌아갔다.

"자네도 봤지, 자네도 **봤지?**" 그가 열성적으로 말했다. "잘 보게."

코스텔로 씨는 죽은 새에게 붙은 개미 하나를 집어서는 바퀴벌레 옆에 떨어뜨렸다. 개미는 시간을 허비하지도, 바퀴벌레의 시체에 호기심조차도 갖지 않았다. 그놈은 곧바로 제 위치를 알기 위해서 한 바퀴 돌더니, 곧이어 죽은 새 쪽으로 곧장 가 버렸다.

나는 기어 다니는 파란색 껍질에 뒤덮인 새를 바라보았고, 두세 마리의 게걸스러운 청소동물밖에 모여들지 않은 바퀴벌레를 바라보았다. 그리고 코스텔로 씨를 바라보았다.

그는 황홀한 듯 말했다. "내 말뜻을 알아듣겠지? 대략 개미 30마리 가운데 한 마리 꼴로 뭔가가 다르다고. 우리에게 필요한 건 그게 다라네. 내가 장담하건대, 회계관, 어디를 바라보든지 간에, 충분히 오래만 바라본다면, 한 집단 대부분이 나머지에게 등을 돌리게 만들 방법을 찾아낼 수 있네."

나는 개미를 바라보았다. "이놈들은 싸우고 있지 않은데요."

"이제 잠깐만 기다려 보게." 그가 재빨리 말했다. "잠깐만 기다려 보라고. 이제는 바퀴벌레 먹는 놈들이 위험하다는 사실을 이 새 먹는 놈들이 알아채게만 만들면 되네."

"그놈들은 위험한 게 아니잖아요." 내가 말했다. "그냥 다를 뿐인 거죠."

"따지고 보면, 다른 것이야말로 곧 위험한 것 아니겠나? 그러니 우리가 새 먹는 놈들을 겁먹게 만들면, 그놈들은 바퀴벌레 먹는 놈들을 모조리 죽여 버릴 걸세."

"그렇겠군요. 하지만 왜 그래야 하는 거죠, 코스텔로 씨?"

그는 웃었다. "나는 자네가 마음에 들어, 이 친구야. 나는 생각을 하고, 자네는 일을 하지. 내가 설명해 주겠네. 이놈들은 모두 비슷하게 생겼거든. 그러니 일단 우리가 이놈들을—" 그는 바퀴벌레 주위에 모인 몇몇 개미를 가리켰다. "—몰아내고 나면, 이제 저놈들은 자기네 사이에 바퀴벌레 먹는 놈들이 있는지 여부를 알 수가 없을 걸세. 그러면 저놈들은 무척이나 걱정에 사로잡히게 되어서, 혹시나 자기도 바퀴벌레를 먹는다는 의심을 받을까 봐 무슨 일이든지 하게 되네. 그렇게 해서 저놈들이 충분히 겁에 질리면, 우리가 원하는 무슨 일이든지 저놈들이 하게 만들 수 있다네."

그는 쪼그리고 앉아서 개미를 관찰했다. 그리고 바퀴벌레 먹는 개미 하나를 집어서 새 위에 올려놓았다. 나는 자리에서 일어났다.

"음, 저는 그냥 잠깐 들른 것뿐이어서요, 코스텔로 씨." 내가 말했다.

"나는 개미가 아니지." 코스텔로 씨가 말했다. "이놈들이 무엇을 먹는지가 나한테 아무런 차이도 없는 한, 내가 원하는 무슨 일이든지 이놈들이 하게 만들 수 있어."

"그럼 다음에 또 뵙겠습니다." 내가 말했다.

코스텔로 씨가 계속해서 혼잣말을 하는 사이에 나는 그곳에서 걸어 나왔다. 그는 개미를 바라보고, 뭔가를 구상했으며, 내게는 아무런 관심도 쏟지 않았다.

나는 바니에게 돌아왔다. 그리고 약간 목이 메어 물어보았다. "저 분은 뭘 하고 계시는 건가, 바니?"

"자기가 해야 할 일을 하고 있지." 그가 말했다.

우리는 외바퀴 차량에 올라타서 언덕을 오르고 역장을 지났다. 잠시 후에 내가 물었다. "저분은 저기 얼마나 오래 계실까?"

"본인이 원하는 만큼 오래 있겠지." 바니는 약간 무뚝뚝하게 대답했다.

"세상 누구도 저렇게 갇혀 있고 싶어 하지는 않을 텐데."

그는 또다시 묘한 표정을 지었다. "나이팅게일은 감옥이 아니야."

"저분은 나올 수 없잖아."

"이보게, 친구. 우리는 저 사람을 다시 시작하게 만들 수 있어. 우리는 심지어 저 사람을 회계관으로 만들 수도 있어. 하지만 우리는 그런 종류의 일을 이미 오래전에 그만두었어. 우리는 사람이 스스로 원하는 일을 하게 내버려 둔다고."

"저분이 개밋둑을 다스리고 싶어 한 적은 한 번도 없는데."

"그런 적이 없다고?"

아마도 내 표정이 그의 반문을 이해하지 못한 듯했나 보다. 바니는 이렇게 말했다. "그는 평생 자기만 사람이고, 나머지 우리는 모두 개미라도 되는 듯 행세하고 다녔어. 이제 그의 오랜 꿈이 실현된 셈이군. 그는 더 이상 인간 개밋둑을 좌지우지 못 할 거야. 두 번 다시는 인간 개밋둑에 가까이 가지 못할 테니까."

나는 차창 너머로 반짝이는 손가락을, 즉 멀찍이 보이는 우리 선박을 바라보았다. "그나저나 보링켄에서는 무슨 일이 있었던 건가, 바니?"

"그의 개종자 가운데 일부가 시스템에서 벗어나 버렸어. 그 단일 인류라는 발상은 저지되어야만 했고." 그는 한동안 운전을 하면서 뭔가 생각하는 얼굴로 눈을 찡그렸다. "기분 나쁘게 듣지는 말라고, 회계관. 하지만 자네는 머리가 둔한 원숭이야. 다른 사람은 몰라도 나는 단언할 수 있어."

"알았어." 내가 말했다. "그런데 왜지?"

"우리는 이전까지만 해도 그토록 자유롭고 느긋했던 보링켄으로 **쳐들어갈** 수밖에 없었어. 우리는 코스텔로의 거처를 기습했지. 그곳은 요새나 다름없었어. 우리는 그와 그의 파일을 확보했지. 하지만 그의 여자는 확보하지 못했어. 그가 그녀를 죽여서 말야. 그래도 파일만으로도 충분하기는 했어."

잠시 후에 내가 말했다. "내게는 그분이 항상 좋은 친구였는데."

"그랬나?"

나는 더 이상 아무 말도 하지 않았다. 바니는 수신소까지 차를 몰고 가서는 기계를 멈춰 세웠다.

그가 말했다. "그는 자네가 자기를 위해 일하러 올 것을 대비해서 만반의 준비를 갖춰 두고 있었어. 자네의 목소리를 잔뜩 녹음해 두었더라니까. 예를 들어 이런 거였지. '사람이라면 가끔 한 번씩은 혼자 있어야 하니까요.' 일단 자네가 그를 위해서 일하게 되면, 그는 녹음 내용을 방송하겠다고 위협함으로써 자네를 계속 붙잡아 둘 수 있었을 거야."

나는 차 문을 열었다. "그런데 자네는 무엇 때문에 굳이 그분과 나를 만나게 해 준 건가?"

"왜냐하면 우리는 누군가가 우리들에게 위해를 가하지 않는 한, 그 사람이 원하는 일을 하게끔 허락하는 것을 신봉하니까. 예를 들어 자네가 아까 그 호수로 돌아가서 코스텔로를 위해 일하고 싶다면, 내가 기꺼이 그곳으로 데려다주겠네."

나는 조심스레 차 문을 닫고, 선박의 경사로를 걸어 올라갔다.

그곳에서 나는 업무를 진행했고, 때가 되자 우리는 다시 발진했다. 나는 화가 나 있었다. 바니가 나한테 한 어떤 말 때문에 그런 것 같지는 않았다. 코스텔로 씨 때문에, 또는 그에게 벌어진 일 때문에 화가 난 것은 아니었다. 바니로 말하자면 해군 최고의 정신과 의사였고, 나이팅게일이야말로 우주에서 가장 아름다운 병원 행성이었기 때문이다.

내가 화가 난 까닭은, 오히려 코스텔로 씨 같은 거물급 인사가 그토록 크고, 따뜻하고, 부드럽고, 강력한 우정을 나 같은 멍텅구리에게 선사하는 일이 두 번 다시는 없을 것이라는 생각 때문이었다.

비앙카의 손
Bianca's Hands

랜이 처음 봤을 때, 비앙카는 어머니 손에 이끌려 오고 있었다. 그녀는 땅딸막하고 키가 작았으며, 축축한 머리카락에 이도 썩어 있었다. 입은 뒤틀린 데다 침까지 흘렸다. 어쩌면 시각장애인이거나, 또 어쩌면 몸이 여기저기 부딪치는 데에 별 관심이 없는 것인지도 몰랐다. 어느 쪽이든 상관은 없었다. 비앙카는 저능아였으니까. 하지만 그녀의 손은……

정말로 사랑스러운 손이었고, 우아한 손이었고, 마치 눈송이처럼 부드럽고 매끈하고 새하얀 손이었고, 마치 눈 내린 화성의 빛처럼 분홍 색조가 살짝 곁들여진 손이었다. 두 손은 카운터에 나란히 놓인 채 랜을 바라보고 있었다. 두 손은 반쯤 닫히고 움키는 상태로 놓여 있었고, 마치 야생 동물의 헐떡임과도 유사한 움직임을 보이며 경련하고 또 바라보았다. 경계하는 것은 아니었다. 나중에는 그를 경계했지만. 지금은 바라보고 있었다. 분명했다. 두 손의 하나 된 시선을 느낀 랜은 가슴이 강하게 뛰었기 때문이다.

비앙카의 어머니는 귀에 거슬리는 목소리로 치즈를 주문했다. 손님이 딱딱거리는 중에도 랜은 평소의 자기 속도에 맞춰서 치즈를 갖다 주었다. 그녀는 신랄한 여자였다. 누구의 아내도 아닌 데다가 심지어 괴물의 어머니이기까지 한 여자라면 누구나 그럴 권리가 있듯이 말이다. 랜은 치즈를 건네주고 돈을 건네받았지만 정작 액수가 부족하다는 사실을 깨닫지 못했으니, 바로 비앙카의 손 때문이었다. 어머니가 딸의 양손 가운데 한쪽을 붙잡으려고 하자, 그 손은 원치 않는 접촉을 피해 도망쳤다. 카운터에서 위로 솟은 것이 아니라, 일단 손톱으로 달려서 카운터 가장자리로 도망쳤다가, 거기서 펄쩍 뛰어 비앙카의 드레스 주름에 떨어진 것이었다. 그러자 어머니는 저항하지 않는 팔꿈치를 붙잡아서 딸을 데리고 나갔다.

랜은 카운터에서 꼼짝하지 않고 비앙카의 손을 생각하고 있었다. 그는 강인하고, 구릿빛이며, 아주 똑똑하지는 않았다. 아름다움과 낯섦에 대해서 배운 적은 평생 한 번도 없었지만, 굳이 그런 배움을 필요로 하지 않았다. 그는 어깨가 넓었고, 팔도 육중하고 굵었지만, 매우 부드러운 눈과 무성한 속눈썹을 지니고 있었다. 이제 속눈썹이 두 눈을 가렸다. 그는 마치 꿈꾸듯 다시 비앙카의 손을 바라보고 있었다. 차마 숨쉬기가 어려울 지경이었고……

하딩이 돌아왔다. 그는 이 가게의 주인이었다. 몸에 주름이 없어 보일 정도로 무척이나 뚱뚱한 남자였다. 하딩이 말했다. “바닥이나 쓸어, 랜. 오늘은 일찍 닫자고.” 곧이어 그는 카운터 뒤로 들어와서 종업원 옆을 비집고 지나갔다.

랜은 빗자루를 들고 천천히 바닥을 쓸었다.

"어떤 여자가 치즈를 사 갔어요." 그가 불쑥 말했다. "가난한 여자였고, 아주 낡은 옷을 입고 있었어요. 여자애를 하나 데리고 다니더라고요. 그 여자애가 어떻게 생겼는지 기억은 안 나요. 다만— 그 여자애는 누굴까요?"

"나도 그 사람들이 나가는 걸 봤어." 하딩이 말했다. "그 여자는 비앙카의 엄마고, 그 여자애가 바로 비앙카야. 성姓까지는 나도 모르겠네. 남들하고 이야기를 많이 나누지 않더라고. 우리 가게에는 제발 안 왔으면 좋겠는데. 여하간 서두르라고, 랜."

랜은 필요한 일을 해치우고 빗자루를 치웠다. 그는 가게를 나오기 전에 또다시 물었다. "그 사람들은 어디 살아요? 그러니까 비앙카랑 그 엄마요."

"저 반대편에 살지. 길가에서 한참 떨어진 곳에, 남들로부터 멀찍이 떨어져서 말이야. 조심히 들어가라고, 랜."

랜은 가게를 나서자마자 저녁 식사를 기다리지도 않고 곧장 건너편으로 달려갔다. 그 집은 쉽게 찾을 수 있었다. 길가에서 한참 떨어진 곳에 오만한 태도로 덜렁 서 있었기 때문이다. 마을 사람들은 그 주위를 공터로 남겨 놓음으로써 그 집을 마비시킨 셈이 되었다.

날카로운 목소리가 들렸다. "무슨 일 때문에 그러지?" 비앙카의 어머니가 문을 열면서 물었다.

"들어가도 되나요?"

"무슨 일 때문에 그러냐니까?"

"들어가도 되냐고요?" 그는 다시 물었다. 마치 문을 쾅 하고 닫을 것 같은 몸짓을 취하던 여자는 곧바로 옆으로 비켜섰다. "들어와."

랜은 안으로 들어가서 가만히 서 있었다. 비앙카의 어머니가 방을 가로질러 가더니, 낡은 램프 아래 그늘에 앉았다. 청년은 그 반대편에 놓은 다리 세 개짜리 걸상에 앉았다. 비앙카는 방 안에 없었다.

여자는 뭔가 말하려고 했지만 부끄러움에 목이 막혔다. 그래서 특유의 신랄한 태도로 물러나서 아무 말도 하지 않았다. 그녀는 계속해서 랜을 흘끔거렸다. 팔짱을 끼고 조용히 앉아 있는 그의 눈에 불안한 빛이 드러났다. 여자가 곧 말을 꺼내리라는 사실을 알았기에 랜은 기다릴 수 있었다.

"아, 음……" 그녀는 이 말 뒤에 한동안 침묵을 지켰지만, 이제는 그의 침입을 용서한 다음이었다. 곧이어 이런 말이 나왔다. "누가 나를 보러 찾아온 것도 워낙 오랜만이어서 말이야. 정말 오랜만이지…… 예전에는 이렇지 않았는데. 그때는 나도 제법 예뻤고—"

여자는 말을 하다 멈추었다. 그녀의 얼굴이 그늘에서 툭 튀어나왔고, 몸을 앞으로 숙이자 주름지며 아래로 처졌다. 랜은 여자가 늙고 흉하다는 사실을 깨달았지만, 그렇다고 해서 비웃고 싶지는 않았다.

"맞아요." 그는 온화하게 말했다. 여자는 한숨을 쉬며 등을 뒤로 기대서 다시 얼굴을 감춰 버렸다. 잠시 그녀는 아무 말 없이 앉은 채로 랜을 바라보았고, 그를 마음에 들어 하게 되었다.

"우리는 행복했어. 우리 부부는 말이야." 여자가 말했다. "그러다가 비앙카가 태어났지. 남편은 재를 좋아하지 않았어. 저 딱한 것을. 좋아하지 않았다고. 지금 내가 하는 거랑 다를 바 없지. 남편은 떠나 버렸어. 나는 재 옆에 남아 있었는데, 엄마이기 때문이었어. 나 역시 떠나고 싶었고, 정말 그러려고 했어. 하지만 내가 누군지 사람들이 아니까. 그리고 나는 땡전 한 푼도 없으니까— 땡전 한 푼도…… 사람들이 나를 다시 재한테 데려올 거니까. 당연히 그러겠지. 재를 돌보라고 말이야. 하긴 지금은 별 상관도 없는 일이지. 이제는 사람들도 나나 재를 원하지 않으니까. 사람들도 더 이상은……"

랜은 불편한 듯 두 발을 움직였다. 여자가 울고 있었기 때문이다. "혹시 이 집에 제가 쓸 만한 방이 있나요?" 그가 물었다.

여자의 머리가 빛 속으로 기어 나왔다. 랜이 재빨리 말했다. "제가 매주 돈을 낼게요. 제가 쓸 침대랑 물건도 가져올 거고요." 그는 혹시 그녀가 거절할까 봐 겁이 났다.

여자는 다시 그늘과 하나가 되었다. "하고 싶다면 그렇게 해." 그녀가 자신의 행운에 몸서리치며 말했다. "하지만 네가 왜 굳이 그러고 싶어 하는지…… 물론 나한테 요리할 만한 거리가 조금 있고, 또 그럴 만한 이유가 충분히 있다면, 여기 사는 사람을 진짜로 아늑하게 만들어 줄 수도 있어. 하지만— 도대체 **왜지**?" 여자는 자리에서 일어났다. 랜은 방을 가로질러 가서 그녀를 도로 의자에 앉혔다. 그리고 우뚝 서서 여자를 내려다보았다.

"그거에 대해서는 물어보지 않으시면 좋겠네요." 그는 아주 천천히 말했다. "아셨죠?"

여자는 침을 꿀꺽 삼키고는 고개를 끄덕였다. "그러면 침대랑 물건을 챙겨서 내일 다시 올게요." 그가 말했다.

랜이 떠나고 나서도 그녀는 여전히 램프 아래 앉아서, 어둑어둑한 곳에서 눈을 껌벅인 채, 자신의 비참과 놀라움에 휩싸여 있었다.

사람들은 그 이야기를 했다. 사람들은 이렇게 말했다. "랜이 비앙카의 어머니 집으로 이사를 갔더군", "그야 십중팔구—", "아하". 누군가가 말했다. "랜은 원래부터 이상한 녀석이었잖아. 그야 십중팔구—", "어이쿠, **세상에!**" 또 누군가가 외쳤다. "랜은 정말 착한 녀석이야. 그 녀석이라면 절대—"

하딩도 이야기를 들었다. 그는 이 소식을 알려 준 말 많고 덩치 작은 여자에게 반박했다. "랜은 아주 과묵한 녀석이죠. 하지만 워낙 정직한 데다가 자기 할 일은 알아서 한다고요. 그 녀석이 아침에 여기 출근해서 봉급 받는 만큼만 일을 한다면, 무슨 일을 하며 어디에서 살지는 그 녀석의 자유이니 제가 굳이 나서서 말릴 이유는 없습니다." 그의 말이 매우 날카로워서 덩치 작은 여자는 감히 더 이상 아무 말도 하지 못했다.

랜은 그곳에 살게 되어서 매우 행복했다. 말을 거의 하지 않는 상태에서 그는 비앙카의 손에 관해서 배우기 시작했다.

그는 비앙카가 식사를 받아먹는 모습을 바라보았다. 두 손은 사랑스러운 귀족이었기에 그녀에게 식사를 먹이려 들지 않았다. 두 손은 아름다운 기생체였다. 자기들을 데리고 다니는 저 육중하고 땅딸막한 몸뚱이로부터 그 동물로서의 생명을 취하면서도 정작 아무것도 돌려주지는 않았다. 두 손은 비앙카가 먹는 음식 접시 양편에 자리를 잡고서, 무관심하게 침을 흘리는 딸의 입안에다 어머니가 음식을 넣어 주는 동안 경련을 일으켰다. 두 손은 랜의 매혹된 시선에 부끄러워했다. 식탁 위의 탁 트인 공간에서 그 벌거벗은 모습이 빛 속에 포착되면, 두 손은 가장자리로 기어가서 그의 시야 밖으로 사라지곤 했다. 그러고는 겨우 네 개의 장밋빛 손톱으로만 식탁보를 붙잡고 있을 뿐이었다.

두 손은 허공에 뜨는 법이 없었고, 항상 뭔가의 표면을 기어서 움직였다. 비앙카가 걸을 때에도 자유롭게 흔들리지 않았고, 대신 드레스 직조물 속에 들어가 뒤틀렸다. 그녀가 식탁이나 벽난로 선반에 가까이 서 있으면, 두 손은 가볍게 위로 기어갔다 펄쩍 뛰어서 나란히 선반 위에 내려앉았고, 조용하면서도 신중하게 놓인 채 특유의 경련을 선보이곤 했다.

두 손은 서로를 보살폈다. 비앙카의 몸을 만지지 않는 대신 서로를 어루만져 주었다. 두 손이 열심히 하는 유일한 일은 바로 이것뿐이었다.

이사한 지 사흘이 지난 저녁에, 랜은 그 손들 가운데 하나를 붙잡아 보려고 시도했다. 마침 비앙카가 거실에 혼자 있기에 그는 옆에 다가가 앉았다. 그녀는 움직이지 않았고, 두 손도 마찬가지였다. 비앙카의 앞 작은 탁자 위에 놓인 두 손은 서로를 어루만지고 있었다. 두 손이 진정으로 랜을 경계하기 시작한 것은 바로 그때였다. 그는 느낄 수 있었다. 자신의 매료된 가슴속의 깊이에서 곧바로. 두 손은 계속해서 서로를 어루만졌고, 그러는 와중에 랜이 옆에 있다는 사실을 알았으며, 그의 욕망에 대해서도 역시 알고 있었다. 두 손이 눈앞에서 교활하고도 늘쩍지근하게 뻗어 있자 그의 피가 뜨겁게 용솟음쳤다. 차마 자제할 틈도 없이 랜은 손을 뻗어서 비앙카의 두 손을 붙잡으려고 했다. 그는 힘이 세었고, 움직임은 갑작스럽고도 서툴렀다. 두 손 가운데 하나가 사라진 것 같았다. 매우 신속하게 비앙카의 무릎으로 툭 떨어진 것이었다. 하지만 나머지 한 손은—

랜의 굵은 손가락이 덮치며 그 손을 사로잡아 버렸다. 손은 몸부림쳤고, 여차하면 풀려날 뻔했다. 그 손에 연결된 팔에서는 아무런 힘도 전해지지 않았는데, 비앙카의 두 팔은 무기력하고 연약했기 때문이다. 그렇다면 그 손의 힘 역시 그 아름다움과 마찬가지로 손 자체에 내재하는 모양이었다. 급기야 랜은 비앙카의 부풀어 오른 아래팔을 움켜쥐고 나서야, 비로소 그녀의 손을 붙잡는 데 성공할 수 있었다. 그렇게 한 손을 만지고 붙잡는 데에 정신이 팔린 나머지, 그는 그녀의 무릎에 놓여 있던 다른 한 손이 펄쩍 뛰어올라 탁자 가장자리에 웅크려 내려앉은 것을 미처 못 보고 말았다. 다른 한 손이 곧추서서 손톱을 마치 거미처럼 오그리더니 랜을 향해 달려들어서 손목을 움켜쥐었다. 어찌나 아프게 죄던지 그는 마치 뼈가 부러지는 느낌을 받았다. 랜은 비명을 지르며 여자애의 팔을 놓아주었다. 그녀의 두 손은 나란히 아래로 떨어지자마자 서로에게 달려갔고, 혹시 그가 격정을 못 이겨 긁어 놓은 작은 상처라도 있는지, 혹시 사소한 손상이라도 있는지 서로를 더듬어 보았다. 랜이 한쪽 손목을 움켜쥐고 앉아 있는 동안, 비앙카의 두 손이 작은 탁자에서 제일 먼 곳으로 달려가더니, 그 가장자리에 손가락을 걸고 당겨서 그녀를 자리에서 일으켜 세웠다. 비앙카는 스스로의 의지를 전혀 지니지 못했다— 아, 오히려 두 손이 의지를 지니고 있었다! 두 손은 벽을 따라 기어가면서, 벽판의 불분명하고도 불확실한 지지대를 붙잡으면서, 여자애를 방 안에서 질질 끌고 나갔다.

랜은 거기 앉아서 훌쩍였다. 부풀어 오른 한쪽 팔에서 비롯된 통증 때문이 아니라, 오히려 자기가 한 행동에 대한 부끄러움 때문이었다. 차라리 뭔가 다른, 더 부드러운 방법을 썼다면 두 손의 환심을 샀을 수도 있었을 텐데……

고개를 숙이고 있던 그는 갑자기 두 손의 시선을 느꼈다. 잽싸게 고개를 들자 두 손 가운데 하나가 문기둥 너머로 서둘러 돌아 나가는 모습이 보였다. 그렇다면 손은 상황을 살펴보러 돌아왔던 것이었고…… 랜은 힘겹게 자리에서 일어나 자기 몸과 자기 부끄러움 모두를 거실 밖으로 옮겼다. 하지만 그는 문간에 멈추고 싶은 충동을 느꼈다. 마치 앞서 비앙카의 손이 그러했듯이 말이다. 랜이 몰래 살펴보았더니, 두 손은 저항하지도 않는 저능아 여자애를 질질 끌면서 방 안으로 들어오고 있었다. 두 손은 그와 함께 앉아 있던 긴 벤치로 그녀를 데려갔다. 비앙카를 벤치에 앉힌 다음, 두 손은 탁자 위로 훌쩍 뛰어올라서, 무척이나 흥미로운 방식으로 구르고 펄치고 했다. 랜은 자기 가운데 일부가 거기 있음을 비로소 깨닫고 약간 안도했다. 두 손은 탁자에 묻은 그의 눈물을 기뻐하고, 목마른 듯 들이켜며 홍청거리는 중이었다.

이후 열아흐레 동안이나 두 손은 랜이 참회하게 만들었다. 그는 두 손이 범해지지도 않고, 용서하지도 않는다는 사실을 알았다. 두 손은 랜의 앞에 모습을 드러내지 않고 항상 비앙카의 드레스 안이나 식탁 밑에 숨어 남아 있었다. 그 열아흐레 동안 그의 격정과 욕망은 자라나기만 했다. 그리고 점점 더 커졌다. 랜의 사랑은 진정한 사랑이 되었는데, 왜냐하면 오로지 진정한 사랑만이 숭배를 알기 때문이다. 급기야 그녀의 손을 소유하는 것이야말로 그에게 삶의 이유가 되었고, 아울러 바로 그 이유가 삶에 목표를 부여했다.

결국에는 비앙카의 손도 그를 용서했다. 두 손은 랜이 미처 못 본 사이에 그에게 수줍게 입을 맞추었고, 그의 손목을 만졌으며, 딱 한 번 있던 달콤한 순간에는 그를 더듬어 붙잡기까지 했다. 식탁에서 일어난 일이었는데…… 순간 대단한 힘이 몸에서 솟구치며, 랜은 이제 다시 비앙카의 무릎으로 돌아가 버린 두 손을 바라보았다. 그의 강한 턱 근육이 움찔거리고 또 움찔거렸으며, 부풀어 올랐다가 다시 가라앉았다. 황금색 빛 같은 행복이 그를 가득 채웠다. 격정이 그에게 박차를 가했고, 사랑이 그를 가두고, 숭배는 황금색 빛 중의 황금이었다. 방이 그의 주위로 회전하고 소용돌이쳤고, 차마 상상 불가능한 힘이 그의 속에서 명멸했다. 한편으로는 스스로와 싸우면서도, 또 한편으로는 그 기쁨에 느슨해진 상태로, 랜은 자리에 앉아 꼼짝도 하지 않았고, 이 세계를 넘어서서 노예가 되는 동시에 만물의 소유주가 되었다. 비앙카의 손은 분홍빛으로 붉어졌고, 만약 두 손이 서로를 마주 보는 일이 가능하다고 치면, 지금 그녀의 손이 하는 일이 딱 그랬다.

랜은 의자를 넘어뜨리면서 벌떡 일어났고, 자기 등과 어깨의 힘을 느꼈다. 이제 어지간한 것에는 놀라지도 않게 된 비앙카의 어머니는 그를 바라보다가 이내 시선을 돌렸다. 랜의 두 눈에는 그녀가 좋아하지 않는 뭔가가 들어 있었다. 그 깊이를 재 보려고 하면 불편한 느낌이 들었고, 그녀는 말썽을 원하지 않았다. 랜은 성큼성큼 방을 지나 바깥으로 나갔다. 혼자 있으면 자기를 사로잡은 이 새로운 것에 관해 더 많이 배울 수 있을 것 같아서였다.

저녁이었다. 휘고 구부러진 지평선이 태양의 부력을 들이켜고 아래로 가라앉히더니 결국 탐욕스럽게 빨아 먹고 말았다. 랜은 언덕에 서서 코를 벌름거리며 폐 깊은 곳을 느꼈다. 상쾌한 공기를 들이마시자 그 냄새가 어쩐지 새롭게 느껴졌다. 마치 석양의 그림자가 그 안에 진짜로 들어 있는 듯했다. 그는 허벅지 근육에 힘을 주고, 매끄럽고 단단한 주먹을 바라보았다. 두 손을 머리 위로 높이 치켜들고, 기지개를 켜며, 무척이나 큰 소리로 외치자 그만 해가 가라앉고 말았다. 랜은 그 모습을 지켜보았고, 자기가 얼마나 거대하고 커다란지를, 자기가 얼마나 강한지를 알았다. 열망과 소속감의 의미를 알았다. 그러고 나서 그는 깨끗한 흙 위에 누워서 엉엉 울었다.

하늘이 충분히 식어서 달이 언덕 뒤로 해를 따라갈 수 있게 된 때로부터 한 시간이 더 지나서야 랜은 집으로 돌아왔다. 그는 비앙카의 어머니 방으로 가 불을 켰다. 여자는 낡은 옷 무더기 위에서 잠을 자고 있었다. 랜은 그 옆에 주저앉아 그녀가 불빛에 잠에서 깨기를 기다렸다. 여자는 그가 있는 쪽으로 돌아눕고 끙 소리를 내더니만 눈을 뜨고는 화들짝 몸을 사렸다. "랜…… 무슨 일 때문에 그래?"

"비앙카요. 저 비앙카랑 결혼하고 싶어요."

여자의 잇몸 사이로 숨이 휙 새어 나왔다. "안 돼!" 단순한 거절이 아니라 경악이었다. 랜은 조급하게 그녀의 팔을 붙잡았다. 그러자 여자가 웃었다.

"비앙카랑— 결혼하고— 싶다는 거지. 시간이 너무 늦었어, 젊은이. 어서 가서 잠이나 자라고. 내일 아침이면 이 소동은, 이 꿈은 깡그리 잊어버리게 될 거야."

"잠을 자고 있지 않았어요." 랜은 차분하게 대답했지만 점차 화가 났다. "저한테 비앙카를 주실 거예요, 안 주실 거예요?"

여자는 일어나 앉더니 시든 무릎에 턱을 얹었다. "나한테 물어본 건 옳은 일이었어. 내가 걔 엄마니까. 그렇기는 해도— 랜, 자네는 우리한테 무척 잘해 주었어. 비앙카랑 나한테 말이야. 자네는— 자네는 훌륭한 청년이야. 하지만— 미안한 말이지만, 젊은이, 자네는 바보에 가까워. 비앙카는 괴물이고 말이야. 비록 내가 그 아이를 낳았어도 말은 똑바로 해야겠지. 자네가 원하는 대로 해. 나는 한마디도 하지 않을 테니까. 자네도 진즉에 알았어야 하는데. 자네가 나한테 물어본 게 안타깝군. 자네에게 그렇게 말했던 기억을 나한테 상기시켰으니까. 나는 자네를 이해 못 하겠어. 하지만 자네가 원하는 대로 해, 젊은이."

원래는 흘끗 바라보고 말려고 했지만 여자는 어느새 그의 얼굴을 응시하고 있었다. 랜이 양손을 조심스럽게 등 뒤로 가져가자, 그녀는 자칫 다르게 이야기했다면 그에게 죽고 말았을 것임을 깨달았다.

"저랑— 결혼해도 되는 거죠, 그럼?" 그가 속삭였다.

여자는 겁에 질린 채 고개를 끄덕였다. "좋을 대로 해, 젊은이."

랜은 불을 끄고 방에서 나갔다.

랜은 열심히 일해서 봉급을 저축했고, 비앙카와 함께 살 아름다운 방을 하나 마련했다. 푹신한 의자도 만들고, 비앙카의 신성한 손이 놓일 제단 비슷한 탁자도 만들었다. 커다란 침대도 놓고, 두툼한 천을 덮어서 벽을 가리고 푹신하게 만들었으며, 양탄자도 깔았다.

두 사람은 결혼했다. 물론 결혼식이 열리기까지는 시간이 많이 걸렸지만 말이다. 랜은 한참을 돌아다닌 끝에야 결혼식에 필요한 일을 해 줄 사람을 찾아냈다. 그 사람은 멀리서 왔다가 일이 끝나자마자 가 버렸기 때문에 아무도 그 사실을 알지 못했고, 결국 랜과 아내만 단둘이 남게 되었다. 결혼식에서는 어머니가 비앙카 대신 대답했고, 비앙카의 손은 반지가 닿자 겁에 질린 듯 떨었지만, 뒤틀고 몸부림치다가 이내 가만히 있었으며 불그스레 아름다운 모습이 되었다. 여하간 이미 끝난 일이었다. 비앙카의 어머니는 저항하지 않았으니, 차마 그럴 엄두가 나지 않았기 때문이다. 랜은 행복했고, 비앙카는— 음, 비앙카에 대해서는 아무도 신경 쓰지 않았다.

결혼식을 마치고 비앙카는 랜과 다른 두 신부를 따라서 아름다운 방으로 들어갔다. 그는 비앙카를 씻기고, 향기가 풍부한 로션을 사용했다. 그녀의 머리카락을 감기고 빗겼으며, 윤기가 있을 때까지 여러 번 브러시로 빗어서 자기와 결혼한 두 손에 더 어울리는 모습으로 만들었다. 랜은 두 손을 전혀 건드리지 않았고, 대신 비누와 크림과 도구를 건네어 스스로 단장하게 했다. 두 손은 기뻐했다. 한번은 둘 중 한 손이 외투를 따라 위로 올라와서는 남편의 뺨을 만졌고, 그는 무척이나 기뻐했다.

두 손을 놓아두고 가게로 돌아갔을 때, 랜의 가슴에는 음악이 가득했다. 그가 평소보다 더 열심히 일하자, 하딩도 기쁜 나머지 일찌감치 퇴근시켜 주었다. 랜은 몇 시간 동안 개울둑을 서성이며 졸졸거리는 수면에 비친 해를 바라보았다. 새 한 마리가 주위를 맴돌았고, 그에게서 분출되는 기쁨의 오라를 통과해 겁도 없이 날았다. 섬세한 날개 끝이 랜의 손목을 스칠 때의 기분은, 비앙카의 두 손이 건네었던 최초의 은밀한 입맞춤과도 비슷했다. 그를 가득 채운 노래는 웃음의 본성, 물의 흐름 그리고 개울가에 자라는 갈대에 바람이 스치는 소리의 일부분이었다. 랜은 두 손을 열망했고, 이제는 돌아가서 두 손을 붙잡고 두 손을 가질 수 있다는 사실을 깨달았다. 하지만 집으로 돌아가는 대신, 그는 둑에 큰대자로 누워서 미소를 지었고, 기다리고 부정되었던 욕망의 달콤함과 통렬함 속에 푹 빠져 있었다. 랜은 비앙카의 흠 없는 손바닥이 쥐고 있는 증오 없는 세상 속에서 순수한 기쁨의 웃음을 터트렸다.

어두워지고 나서야 그는 집으로 돌아갔다. 결혼식 기념 식사 내내 비앙카의 두 손이 랜의 한 손을 쥐어짰기 때문에, 그는 나머지 한 손으로 식사를 했고, 그 사이에 비앙카의 어머니가 딸에게 식사를 먹여 주었다. 그녀의 손가락들이 서로 얽히고 그의 손과도 얽히면서 세 개의 손이 마치 하나의 살로 이어진 듯했고, 그의 팔 끝에서 사랑스러운 무게를 지닌 뭔가가 된 듯했다. 밤이 어두워지자 이들은 아름다운 방으로 가서 자리에 누웠다. 거기서 그와 두 손은 창문 너머로 맑고 밝은 별이 숲에서 헤엄쳐 나오는 모습을 볼 수 있었다. 집과 방은 어둡고 조용했다. 랜은 너무나도 행복한 나머지 차마 숨을 쉴 수 없을 정도였다.

그녀의 한 손이 그의 머리카락 위로 퍼덕거리며 올라갔다가, 그의 뺨으로 내려왔다가, 그의 목의 우묵한 곳으로 기어들었다. 손의 경련은 그의 심장 박동과 맞아떨어졌다. 그는 자기 양손을 활짝 펼쳤다가 주먹을 꽉 움켜쥐었다. 마치 이 순간을 붙잡아서 간직하려는 듯.

곧이어 그녀의 또 다른 손이 기어 오더니 앞서의 손과 합류했다. 대략 한 시간쯤은 두 손 모두 거기 가만히 놓이고, 그 차가움이 랜의 따뜻한 목에 맞닿아 있었다. 그는 목으로 두 손을 느꼈다. 각각의 매끄러운 소용돌이를, 각각의 단단하고 작은 팽창을. 그는 머리와 가슴으로 자기 목에, 그리고 자기를 만지는 두 손의 각 부분에 정신을 집중했고, 자신의 온 존재로 처음 한 번의 손길과 또 한 번의 손길을 느꼈다. 비록 손길은 거기서 더 움직이지 않았지만 말이다. 그는 이제 머지않았음을, 정말 머지않았음을 알았다.

마치 명령이라도 받은 듯, 랜은 똑바로 누워서 머리를 베개 깊숙이 파묻었다. 벽의 어렴풋하고 시커먼 벽지를 바라보면서, 그는 자기가 그토록 오랫동안 일하면서 꿈꿔 온 목표가 무엇인지를 깨닫기 시작했다. 랜은 머리를 뒤로 더 밀어 넣고 미소를 지은 채 기다렸다. 이것이야말로 소유이고 완성일 것이었다. 그는 숨을 깊이 두 번 쉬었다. 그러자 두 손이 움직이기 시작했다.

엄지손가락들이 그의 목젖 위에서 교차했고, 손톱들이 하나하나 그의 양쪽 귀 아래에 자리 잡았다. 손가락들은 한동안 거기 놓인 채로 힘을 끌어모았다. 그러다가 모두 함께 완벽한 조화를 이루며, 각자 다른 손가락들과 함께 협조하여, 점차 단단해지고 돌처럼 굳어졌다. 그 손길이 그에게는 여전히 가볍게, 여전히 가볍게 느껴졌고…… 아니, 이제 그 손길은 그 단단함을 그에게 전달했고, 그걸 수축으로 바꾸었다. 손가락들은 천천히 자리를 잡았고, 그 압력은 계산되고도 동등했다. 랜은 조용히 누워 있었다. 이제는 숨을 쉴 수 없었고, 숨을 쉬고 싶지도 않았다. 그의 커다란 두 팔은 그의 가슴 위에 포개져 있었고, 그의 울퉁불퉁한 주먹은 겨드랑이에 끼워져 있었고, 그의 정신은 커다란 평화를 알고 있었다. 이제 곧……

모든 것을 집어삼키는 짜릿한 고통이 연이은 물결처럼 퍼져 나갔다가 다시 물러갔다. 랜은 빛도 없는 상황에서 말도 안 되는 색깔을 보았다. 그의 등은 위로, 위로 휘었고…… 두 손은 숨은 힘을 다 짜내어 뚫고 들어갔고, 랜의 몸은 발과 어깨로 지탱한 채 마치 활처럼 휘었다. 위로, 위로……

그의 안에서 뭔가가 폭발했다. 그의 폐가, 그의 심장이. 하지만 상관없었다. 이미 완결되었으니까.

아침에 사람들이 아름다운 방을 찾아왔을 때, 랜의 목을 달래듯 어루만지던 비앙카의 어머니의 두 손에는 피가 선명히 묻어 있었다. 사람들은 비앙카를 데려가고, 랜을 묻어 주고, 비앙카의 어머니를 교수형에 처했다. 왜냐하면 어머니가 딸이 저지른 짓이라고 감히 사람들을 기만하려 들었기 때문이다. 하지만 비앙카의 손으로 말하자면 마치 죽은 것이나 다름없이, 마치 갈색 낙엽처럼 힘없이 손목에 매달려 있을 뿐이었다.

재너두의 기술

The Skills of Xanadu

그리고 태양이 신성新星으로 변하자 인간은 뿔뿔이 흩어져 도망쳤다. 인류의 자기 지식도 그렇게 되어서, 제 존재를 방비하듯이 제 과거를 방비해야 한다는 것을, 그렇지 못하면 더 이상 인간이기를 중지하게 되리라는 사실을 알았다. 스스로에 대한 자부심이 그러하였기에, 인류의 자기 지식은 의례와 표준을 만들었다.

이것이야말로 원대한 꿈이었다. 즉 인류가 뿔뿔이 흩어진 상태에서, 정착하는 곳 어디에서나, 어떻게 살아가든지 간에, 새로 시작하기보다는 오히려 지속되리라는 것이었다. 그리하여 우주와 세월 전체에 걸쳐서 인간은 인간이 될 것이고, 인간처럼 말할 것이고, 인간처럼 생각할 것이고, 인간처럼 야심을 갖고 진보할 것이었다. 그리고 인간이 인간을 만날 때에는 언제라도, 제아무리 서로 다르고, 제아무리 서로 멀더라도 상관없이, 그는 평화의 이름으로 찾아와서, 제 동류를 만나고, 제 언어로 말할 것이었다.

하지만 인간이란 인간인 까닭에—

*

브릴은 분홍색 별 근처에서 모습을 드러냈고, 비록 그 색깔을 싫어했지만 결국 네 번째 행성을 찾아냈다. 그 행성은 마치 이국적인 과일마냥 거기 떠서 그를 기다리고 있었다. (과연 이 과일은 무르익은 것일까? 무르익게 만들 수는 있을까? 혹시 독성이 있으면 어떻게 할까?) 그는 우주선을 궤도상에 놓아두고, 거품을 타고 하강했다. 젊은 야만인 하나가 내려오는 그의 모습을 보고는 폭포 옆에서 기다리고 있었다.

"땅은 내 어머니요." 브릴이 거품 속에서 말했다. 고어古語로 말하는 이것이야말로 온 인류의 공식 인사말이었다.

"그리고 내 아버지이다." 야만인도 형편없는 억양으로 대답했다.

브릴은 조심스럽게 밖으로 나왔지만 여전히 거품 옆에 매우 가까이 서 있었다. 그는 의례에서 자기 부분을 마무리했다. "나는 개인으로서 우리의 소원의 불일치를 존중하며 당신을 환영하는 바이며."

"나는 인간으로서 우리의 필요의 동일성을 존중하며 당신을 환영하는 바이다." 젊은이가 말했다. "저는 워닌이라고 합니다. 의회 의원이신 태닌이 제 아버지이시고, 니나가 제 어머니이십니다. 이곳은 네 번째 행성 재너두의 재너두 지역입니다."

"저는 섬너 태양계의 두 번째 행성 키트 카슨의 브릴입니다. 유일권한체의 일원이기도 하죠." 방문객은 곧이어 이렇게 덧붙였다. "그리고 평화의 이름으로 찾아왔습니다."

브릴은 잠시 가만히 서 있었다. 혹시나 이 야만인이 무기를 갖고 있다면, 이제 역사적 규약에 의거해서 스스로 무장을 해제할 차례였기 때문이었다. 하지만 워닌은 그러지 않았다. 무기를 전혀 갖고 있지 않은 것이 분명했다. 기껏해야 얇은 튜닉을 걸치고, 폭이 넓은 허리띠를 차고 있을 뿐이었다. 납작하고 검고 반짝이게 연마한 돌들로 만든 그 허리띠 속에도 기껏해야 다트 이상의 뭔가를 숨겼을 것 같지는 않아 보였다. 하지만 브릴은 좀 더 기다리면서 야만인의 태연한 얼굴을 바라보았다. 자신의 매끈한 검은색 제복, 번쩍이는 장화, 금속제 장갑 속에 숨겨 놓은 무기를 혹시 상대방이 의심스러워하는지를 살펴보려는 것이었다.

하지만 워닌은 단지 이렇게 말했을 뿐이다. "그러면 저도 평화의 이름으로 환영합니다." 그는 미소를 지었다. "저와 함께 태닌의 집이자 저의 집으로 가셔서 휴식을 취하시죠."

"아버님이신 태닌께서 의원이라고 하셨죠? 혹시 지금도 현역이십니까? 제가 이곳 정부의 핵심부와 접촉하도록 아버님께서 도와주실 수 있을까요?"

젊은이는 가만히 동작을 멈추고 입술을 살짝 움직이는 것이, 마치 상대방의 사어死語를 또 다른 언어로 번역해 보는 듯했다. 곧이어 대답이 나왔다. "예. 아, 예."

브릴이 오른손 손끝으로 왼손 장갑을 건드리자, 거품이 땅에서 휙 튀어 오르더니 하늘로 날아가 버렸다. 다시 필요하게 될 때까지 우주선과 합체한 상태로 있을 예정이었다. 워닌은 놀라지도 않았다. 아마도 그의 이해력을 뛰어넘은 현상이라 그런 모양이라고 브릴은 생각했다.

그는 젊은이를 뒤따라 구불구불한 길을 걸어서 꽃을 피운 식물들이 가득한 경이로운 곳을 지나갔다. 꽃 대부분은 자주색이었고, 일부는 흰색이었으며, 몇몇은 진홍색이었고, 모두 폭포에서 떨어진 물방울 보석을 달고 있었다. 길의 더 높은 곳 양옆에는 부드러운 풀이 빽빽하게 자라나 있었는데, 멀리서 다가갈 때에는 붉은색으로 보였지만 옆을 지나가면서 다시 보니 연분홍색이었다.

브릴의 가늘고 검은 눈은 어디에서나 번쩍였고, 모든 것을 보고 기록했다. 편안히 숨 쉬는 소년은 저 앞의 경사면을 가볍게 뛰어 올라갔고, 그가 걸친 얇은 의복은 바람이 닿을 때마다 계속해서 색깔이 바뀌었다. 키 큰 나무들이 늘어서 있었는데, 그중 어딘가에 사람이나 무기가 숨어 있을 가능성도 있었다. 지면에 튀어나온 바위를 보면 그 산화물을 짐작할 수 있었다. 눈에 띄는 새들이며, 귀에 들리는 새소리도 어쩌면 다른 뭔가일 수 있었다.

브릴은 오로지 뻔한 것만을 놓치는 사람이었는데, 이곳에는 뻔한 것이 거의 없다시피했다.

특히 그곳의 주택은 정말 그가 상상도 못 한 모습이었다. 소년을 따라 마치 공원 같은 땅을 절반쯤 지나가고 나서야 브릴은 비로소 그곳이 주택임을 인식했다.

그 주택에는 경계가 없는 듯했다. 여기는 높고, 저기는 단지 화단 사이에 한 공간이 있을 뿐이었다. 방 너머에는 테라스가 있었고, 또 다른 곳에서는 지붕이 설치된 것으로 미루어 그 아래 잔디밭이 마치 카펫 노릇을 하는 듯했다. 이 주택은 여러 개의 방으로 나뉜 것이 아니라, 열린 격자문과 색깔 배합에 의해 여러 개의 구역으로 나뉜 듯했다. 벽이라고는 전혀 없었다. 숨기는 것도, 잠글 수 있는 것도 전혀 없었다. 모든 땅과 모든 하늘이 이 주택을 훤히 들여다볼 수 있었으며, 이 주택이야말로 세상에 있는 하나의 거대한 창문이었다.

이 주택을 보면서, 브릴은 이곳 원주민에 대한 자신의 의견이 약간 변화하는 걸 감지했다. 여전히 일종의 경멸을 느끼고 있었지만, 이제는 거기에 의심이 덧붙었다. 그가 아는 인간에 대한 중요한 금언은 다음과 같았다. **인간에게는 누구나 뭔가 숨길 것이 있다.** 이와 같은 삶의 양상을 보면서도 브릴이 금언을 바꾸게 된 것은 아니었다. 단지 그는 주의력을 높이고 이렇게 물어보았을 뿐이다. **이들은 어떻게 숨길까?**

"태닌! 태닌!" 소년이 외쳤다. "친구를 데려왔어요."

한 남자와 한 여자가 정원에서 이들 쪽으로 걸어왔다. 남자는 덩치가 컸지만 다른 부분에서는 젊은 워닌을 쏙 빼닮았기 때문에, 두 사람의 관계에 대해서는 의문의 여지가 없었다. 두 사람 모두 길고, 가늘고, 맑은 회색 눈에 미간이 매우 멀었으며, 붉은색(거의 오렌지색) 머리카락을 갖고 있었다. 코는 오똑한 동시에 섬세했고, 입술이 가늘기는 했지만 입은 크고 온화해 보였다.

하지만 여자는—

한참이 지나서야 비로소 브릴은 그녀를 바라볼 수 있었고, 이 세상에 그런 여자가 있다는 사실을 믿을 수 있었다. 처음 본 직후에 그는 오로지 그녀의 현존만을 인식했으며, 자기 눈에 대한 믿음을 아주 조금씩만 스스로에게 부여했다. 이 세상에 저런 머리카락이, 얼굴이, 목소리가, 몸이 있을 수 있다는 사실에 대한 믿음을 말이다. 그녀는 남편이며 소년과 마찬가지로 검은색 허리띠로 졸라맨 튜닉 차림이었으며, 바람이 허락할 때마다 옷에서 마치 연기 같은 만화경이 펼쳐졌다.

"이분은 섬너 태양계의 키트 카슨에서 오신 브릴이래요." 소년이 말했다. "그리고 유일권한체의 일원이고, 그곳은 두 번째 행성이라던데, 인사법을 알고 있을 뿐만 아니라 제대로 해내더라고요. 그래서 저도 했죠." 그는 이렇게 덧붙이고 나서 웃음을 터트렸다. "이분이 의원이신 태닌, 이분은 제 어머니이신 니나예요."

"어서 오세요, 키트 카슨의 브릴." 여자가 말했다. 자신에게 닥친 이런 상황을 차마 믿을 수 없었던 그는 시선을 거두고 고개를 숙였다.

"어서 들어오시죠." 태닌이 따뜻하게 말하고는 나무그늘로 가는 길로 앞장섰다. 외관상으로는 별개의 아치처럼 보였지만, 알고 보니 그곳이 입구였다.

방은 넓었고, 한쪽의 길이가 다른 한쪽의 길이보다 더 길었지만, 과연 얼마나 더 긴지는 판정하기가 어려웠다. 바닥도 고르지 않았으며, 한쪽 구석으로 갈수록 높아지다가 이끼로 덮인 둑이 나왔다. 눈으로 보아서는 흰색 바탕에 회색 줄무늬의 옥석인 듯한 것이 여기저기 흩어져 있었다. 하지만 손으로 만져 본다면 그것들이 살肉임을 말해 줄 것이었다. 그곳과 둑 위에 있는 선반 비슷하면서 탁자 비슷한 벽감을 제외하면 그 옥석들이 유일한 가구였다.

방을 가로질러 물이 거품을 일으키고 졸졸거리며 흘렀는데, 얼핏 보기에는 위가 트인 개울 같았다. 하지만 브릴은 니나가 개울 위의 투명한 덮개 위를 맨발로 밟고 지나가는 것을 보았다. 개울은 저 끝에 있는 연못까지 이어졌다. 이 연못은 그가 밖에서 보았을 때에만 해도, 과연 주택 안인지 밖인지 판가름이 되지 않던 곳이었다. 연못

옆에는 커다란 나무가 한 그루 자랐으며, 육중한 가지가 두 쪽으로 기울어져 있었고, 넓게 펼쳐진 가지들 사이로는 개울 위를 덮은 것과 똑같이 투명한 물질을 엮어서 천막처럼 걸친 듯했다. 그 물질이 머리 위에 있는 유일한 가림막을 형성하고 있었는데, 거기 뭔가 닿는 소리를 귀로 들어 보면 마치 천장 같은 느낌이 들었다.

브릴이 받은 전체적인 인상은 극도로 실망스럽다는 것이었다. 그는 자기 고향 행성의 높은 강철 도시들에 대한 향수가 격렬하게 일어나는 것을 느끼고 깜짝 놀랐다.

니나는 미소를 지으며 자리를 떠났다. 브릴은 주인의 행동을 따라 땅인지 바닥인지에 주저앉았다. 그곳은 땅이 둑인지 벽인지를 이루고 있었다. 이와 같은 제멋대로인 설계에 내재하는 단호함의 부재, 원칙의 부재 그리고 뚜렷한 한계의 부재에 브릴은 내심 거부감을 느꼈다. 하지만 그는 워낙 잘 훈련되었고, 충분히 준비되었기 때문에, 일단 처음에는 야만인들 사이에서 자기 감정을 마음속에만 간직하고 드러내지 않았다.

"니나는 잠시 후에 돌아올 겁니다." 태닌이 말했다.

마당을 가로질러 반대편 투명한 벽을 지나가는 여성의 재빠른 움직임을 지켜보던 브릴은 소스라쳤지만 애써 침착을 유지했다. "저는 당신네 방식에 익숙하지 않아서, 저분이 무엇을 하시는지 궁금했을 따름입니다."

"아내는 당신께 드릴 식사를 준비하고 있습니다." 태닌이 설명했다.

"직접요?"

주인 부자는 놀란 듯 바라보았다. "당신께는 그게 이례적인 일인가요?"

"저 여자분께서 의원님의 부인이시라고 들었으니까요." 브릴이 말했다. 해명으로는 충분한 듯 보였지만, 어디까지나 그 자신에게만 그러했다. 그는 소년의 얼굴을 바라보다가, 곧이어 남자의 얼굴을 바라보았다. "제가 '의원'이라는 용어를 사용할 때에 뭔가를 다르게 이해한 듯하군요."

"아마도 그러신 모양입니다. 그렇다면 키트 카슨 행성에서는 의원이 무엇인지 저희에게 좀 말씀해 주시죠."

"의원은 의회의 일원을 말합니다. 의회는 유일권한체를 추종하고, 유일권한체는 다시 자유로운 국가의 지도자이죠."

"그러면 의원의 부인은요?"

"그 부인은 의원의 특권을 공유합니다. 즉 유일권한체의 일원으로 봉사하게 되고, 무명인으로 남는 경우는 드뭅니다. 신원 미확인 국외자가 아닌 것은 확실하고요."

"흥미롭군요." 태닌이 말했다. 소년도 놀란 듯 뭔가를 중얼거렸는데, 브릴이나 그가 타고 온 거품을 보았을 때에는 드러나지 않았던 표정이었다. "어디 말씀해 보시죠. 그렇다면 당신도 신원을 밝히시지는 않은 겁니까?"

"아까 하셨어요. 폭포 옆에서요." 젊은이가 대신 말했다.

"저는 당신께 증명서를 아직 드리지 않았습니다." 브릴은 뻣뻣하게 말했다. 그가 지켜보는 가운데 상대편 부자는 시선을 교환했다. "신임장, 서면 인가 말입니다." 그는 동력 허리띠에 달린 납작한 주머니를 손으로 건드렸다.

워닌이 꾸밈없이 물어보았다. "그렇다면 그 신임장에는 당신이 섬너 태양계에 있는 키트 카슨의 브릴이 **아니라**고 적혀 있는 건가요?"

브릴이 소년을 바라보며 얼굴을 찡그리자 태닌이 부드럽게 말했다. "워닌, 조심하거라." 그리고 손님을 향해서는 이렇게 말했다. "물론 우리 사이에는 여러 가지 차이점이 있습니다만, 그건 서로 다른 세계 사이에 항상 있게 마련입니다. 하지만 저는 이 한 가지 유사성을 확신하는 바입니다. 즉 지혜가 구불구불한 길을 만들어 놓은 곳에서 젊은이는 때때로 일직선으로 달려간다는 점이지요."

브릴은 자리에 앉은 채 아무 말 없이 그 말을 생각해 보았다. 어쩌면 일종의 사과일 수도 있다고 판단하고, 고개를 한 번 크게 끄덕였다. 이곳에서는 젊은이가 응석받이로 자라는 모양이라고 생각했다. 워닌의 또래 소년이면 키트 카슨에서는 군인이 될 만했고, 군인으로서의 임무를 수행할 준비가 되어 있었으며, 어느 누구도 그를 대신해 사과하지는 않았다. 아울러 소년 스스로도 실수를 저지르지는 않았을 터이고 말이다. **절대로!**

그가 말했다. "이 신임장은 제가 당신네 관료들을 만나서 제출할 것입니다. 그나저나 언제쯤 만날 수 있을까요?"

태닌은 넓은 양어깨를 으쓱했다. "당신만 좋으시다면 언제든요."

"빠르면 빠를수록 좋습니다."

"잘 알겠습니다."

"여기서 먼가요?"

"뭐가 머냐는 말씀이신지요?"

"당신네 수도首都, 또는 의회가 열리는 곳 말입니다."

"아, 무슨 말인지 알겠습니다. 의회가 열리긴 합니다만, 당신께서 말씀하신 뜻과는 좀 다릅니다. 하지만 옛 표현을 빌리자면, 저희 의

회는 항상 개회 중이라고 할 수 있죠. 저희는—"

태닌은 입술을 굳게 다물더니, 맑은 두 음절 소리를 내고는 웃음을 터트렸다. "실례했습니다." 그가 온화하게 말했다. "고어에는 어떤 단어, 어떤 개념이 아예 없어서요. 예를 들어 당신네 언어에서는— 에— '하나의 현존 속에 모두의 현존'을 가리키는 단어가 있습니까?"

"죄송합니다만," 브릴은 신중하게 말했다. "제 생각에는 당면한 주제로 돌아가는 게 나을 듯하군요. 그러니까 당신께서는 의회가 어떤 공식적인 장소에서, 어떤 정해진 시간에 열리는 것은 아니라고 말씀하시는 겁니까?"

"저는—" 태닌은 잠시 머뭇거리다가 고개를 끄덕였다. "예, 그건 사실입니다. 그러니까 적어도—"

"그렇다면 제가 당신네 의회에서 직접 연설할 수 있는 가능성도 전혀 없다는 뜻인가요?"

"그렇다고는 말씀드리지 않았습니다." 태닌은 두 번이나 그 생각을 표현하려 시도했고, 브릴의 두 눈은 천천히 가늘어졌다. 그때 태닌이 갑자기 웃음을 터트렸다. "똑같이 고어를 사용하더라도, 옛이야기를 말하는 것과 친구와 이야기를 나누는 것은 서로 다르게 마련이지요." 그는 안타까운 듯 말했다. "당신께서도 저희 말을 배우시면 좋을 텐데요. 정말 배우시면 어떨까요? 저희 언어는 합리적이고, 당신께서 아시는 내용에 잘 근거해 있습니다. 물론 당신께서도 키트 카슨에서는 고어 말고도 다른 언어를 사용하시겠지요?"

"저는 고어를 존중합니다." 브릴은 딱딱한 대답으로 그 질문을 회피했다. 지능이 떨어지는 아이에게 말하듯 그는 아주 천천히 말했다. "제가 알고 싶은 건 이겁니다. 언제쯤 제가 이곳의 핵심 인사들을 직접 만나서 행성 및 행성 간 문제를 논의할 수 있겠습니까?"

"저를 통해서 그들과 논의하시면 됩니다."

"당신은 의원이지 않습니까." 브릴이 말했다. 그의 어조는 다음과 같은 뜻을 명백히 담고 있었다. **당신은 기껏해야 일개 의원에 불과하지 않습니까.**

"맞습니다." 태닌이 말했다.

대단한 인내심을 발휘하며 브릴이 물었다. "그렇다면 여기서는 의원이 무슨 일을 하는 겁니까?"

"자기 지역의 사람들과 다른 모든 지역의 주민 사이의 접점 노릇을 합니다. 이 행성의 어느 작은 지역에서 특별한 문제를 알게 된 사람이 있으면, 그 내용을 그들에게 전달해서 행성 정책에 반영하는 겁니다."

"그렇다면 의회는 어디에 봉사하는 겁니까?"

"주민에게 봉사하지요." 태닌이 대답했다. 마치 똑같은 말을 반복하라는 부탁을 받은 듯한 투였다.

"예, 예, 물론이죠. 그렇다면 의회에 봉사하는 사람은 누구입니까?"

"의원들이죠."

브릴은 눈을 감고 내면에서 차오르는 불쾌한 음절을 간신히 통제했다. "그렇다면." 그는 꾸준히 물어보았다. "당신네 정부를 구성하는 사람은 누구입니까?"

소년은 좋아하는 구기 경기를 구경하듯이 두 사람을 번갈아 열심히 바라보고 있었다. 그러다가 문득 물었다. "그런데 '정부'가 뭐예요?"

이 순간에 니나가 끼어든 것이야말로 브릴에게는 무엇보다도 반가운 일이었다. 그녀는 정원의 긴 조리대에서 뭔가 수수께끼 같은 일들을 하고 나서, 지붕 있는 구역에서 테라스를 가로질러 다가왔다. 니나는 커다란 쟁반을 들고 있었다. 더 가까이 다가왔을 때 브릴이 보니, 그녀는 단지 쟁반을 인도하고 있는 것뿐이었다. 즉 손가락 세 개를 쟁반 밑에 받치고, 한 개를 쟁반 뒤에 놓았으며, 손바닥은 쟁반에 닿을락 말락 한 상태였다. 그녀는 벽이 있던 곳을 그냥 지나왔는데, 니나가 접근하면서 방의 투명한 벽이 사라진 것이거나, 또는 애초부터 벽이 없는 부분을 골라 지나온 것이거나, 둘 중 하나였다.

"이 중에서 입에 맞는 걸 찾으셨으면 좋겠네요." 그녀가 쾌활하게 말하면서 브릴 근처의 작은 둑 위에 쟁반을 내려놓았다. "이건 새고기이고, 이건 작은 포유류이고, 여기 있는 건 생선이에요. 이 케이크는 네 가지 곡식으로 만들었고, 여기 있는 하얀 케이크는 그중 한 가지로, 즉 우리가 '우유 밀'이라고 부르는 곡식으로 만든 거예요. 이건 물이고, 이 두 가지는 모두 와인이고, 이건 우리가 '귀 덥히개 술'이라고 부르는 증류주예요."

브릴은 음식을 눈여겨보는 한편, 니나가 자기 위로 매우 가깝게 몸을 숙일 때에 풍기는 달콤하고 신선한 향기가 자기 우주를 가득 채우지 않도록 노력하며 말했다. "감사합니다."

그녀는 남편에게 다가가더니 그의 발치에 앉아서 그의 다리에 등을 기대었다. 태닌이 아내의 풍성한 머리카락을 손가락으로 부드럽게 꼬자 니나도 남편을 향해 살며시 미소를 지었다. 마치 꽃 장식처럼 화려한 음식 쟁반의 이쪽에서는 김이 무럭무럭 나고, 저쪽에서는 공중에서부터 서리가 끼고 있었다. 브릴이 음식을 바라보다 고개를 들자, 세 사람 모두 미소를 머금고 기대를 드러내며 그를 바라보고 있었다. 그는 어떻게 해야 할지 몰라 난감해졌다.

"예, 감사합니다." 브릴이 다시 말했다. 하지만 세 사람은 그 자리에 계속 앉아서 손님을 바라보고 있었다. 그는 하얀 케이크를 집어 들고 자리에서 일어났고, 주위를 둘러보다가 주택 안을, 그리고 주택을 지나 그 너머를 바라보았다. 이런 장소에서 도대체 어디로 갈 수 있을까?

쟁반에서 무럭무럭 올라온 김이 콧구멍을 건드리자 입에 침이 고였다. 브릴은 배가 고팠다. 하지만……

그는 한숨을 쉬고 자리에 앉아서 케이크를 도로 내려놓았다. 미소를 지으려 노력했지만 그럴 수가 없었다.

"혹시 음식이 전혀 입에 안 맞으시나요?" 니나가 걱정스러운 듯 물었다.

"여기서는 먹을 수가 없습니다!" 브릴이 말했다. 곧이어 원주민들에게서 이전과는 다른 뭔가를 감지하고, 이렇게 덧붙였다. "어쨌거나 감사합니다." 그는 또다시 이들의 자제하는 얼굴을 바라보고 있었다. 브릴은 니나에게 말했다. "정말 멋지게 차려졌고, 보고만 있어도 좋군요."

"그러면 드세요." 그녀는 다시 미소를 지으며 권했다.

니나의 이 말은 이들의 주택도, 이들의 의복도, 이들의 놀랄 만큼 느슨한 방식(예를 들어 너저분한 모습이며, 젊은이가 마음껏 말하도록 허락하는 것이며, 심지어 방언을 보유하고 있음을 부끄러운 줄도 모르고 시인한 것)조차도 결코 해내지 못했던 뭔가를 해내고 말았다. 표정에서 약간의 변화도 없이 자신의 철저한 존엄을 지킨 상태였지만, 브릴은 스스로 얼굴을 붉히고 있음을 깨달았다. 그러다가 그는 인상을 찡그리며, 자신의 유치한 표정을 분노로 붉어진 얼굴로 바꿔 버렸다. 브릴은 격분한 상태에서 생각했다. 일단 이 문화의 핵심을 손에 넣고 나면, 자기가 원할 때면 언제라도 이곳을 짓주무를 수 있게 되면 좋겠다고 말이다. 그러고 나면 이 위선적인 상냥함에도 종지부를 찍을 수 있을 것이고, 그들은 누가 모욕을 가할 수 있는지를 배우게 될 것이었다.

하지만 이 세 사람의 얼굴을 보라. 워닌의 얼굴은 워낙 개방적이었고, 잘못을 전혀 의식하지 못하고 있었다. 태닌의 얼굴은 워낙 강인했고, 그를 매우 걱정하고 있었다. 니나의 얼굴은 (그 얼굴, 니나의 그 얼굴은) 전적으로 교활함이 없었다. 따라서 브릴은 자신의 부끄러움을 이들에게 알려서는 안 될 것이었다. 설령 이들이 계획한 일이라 하더라도, 그의 약점을 이들에게 들켜서는 안 될 것이었다.

어마어마한 의지의 노력 끝에 브릴은 목소리를 더 낮추었다. 하지만 상당히 날선 데가 있는 말이었다. "제 생각에는 말입니다," 그는 천천히 말했다. "사생활의 문제는 키트 카슨의 우리가 여기보다 좀 더 높이 간주하는 것 같습니다."

세 사람은 놀란 표정을 교환했고, 뒤이어 태닌의 불그스레한 얼굴에 이해의 빛이 확연히 떠올랐다. "당신네는 식사를 함께 하시지 않는군요!"

비록 실제로 몸을 떨지는 않았지만, 브릴의 말에는 분명히 그 동작이 들어 있었다. "맞습니다."

"아." 니나가 말했다. "그러면 **정말** 유감이네요!"

브릴은 그녀가 과연 정확히 무엇에 대해서 유감이라고 하는지를 굳이 알아보지 않는 편이 현명하리라고 생각했다. 그가 말했다. "괜찮습니다. 풍속은 서로 다르게 마련이니까요. 저는 혼자 있을 때에 먹습니다."

"이제는 저희도 이해했습니다." 태닌이 말했다. "그러면 어서. 드세요."

하지만 세 사람은 여전히 거기 **앉아** 있었다!

"아." 니나가 말했다. "당신께서 우리의 또 다른 언어를 구사하시면 좋겠어요. 그렇다면 설명하기가 무척 쉬울 테니까요!" 그녀는 몸을 앞으로 숙이더니 그를 향해 두 팔을 뻗었다. 마치 허공으로부터 의미 그 자체를 끌어당겼다가 다시 상대방에게 던져 주는 듯한 몸짓이었다. "부디 이해하려고 노력해 주세요, 브릴. 당신은 한 가지에 대해서 크게 오해하고 계세요. 저희 역시 사생활을 다른 무엇보다도 더 중시하거든요."

"하지만 말은 같아도 뜻은 다른 것 같군요." 브릴이 말했다.

"그건 자기 혼자만 있는 것을 뜻하죠, 안 그런가요? 그건 간섭 없이 뭔가를 하거나, 생각하거나, 만들거나, 또는 그냥 **있는** 거예요."

"남에게 관찰되지도 않는 거죠." 브릴이 말했다.

"그래요?" 워닌은 행복한 듯 대답하며 마치 양손으로 **증명 끝**이라고 말하는 듯한 손짓을 해 보였다. "그러면 어서요. 드시라고요! 우리는 안 볼 테니까요!" 하지만 이는 상황을 전혀 도와주지 못했다.

"워닌 말이 맞아요." 그 아버지도 쿡쿡댔다. "하지만 평소처럼 약간은 너무 일직선적이군요. 이 녀석 말은 우리가 바라볼 수 없다는 겁니다, 브릴. 당신이 사생활을 원하신다면, **우리는 당신을 볼 수 없습니다.**"

화가 나서 분별이 없어진 브릴은 갑자기 쟁반으로 손을 뻗었다. 그는 아까 그녀가 물이라고 알려 준 잔을 하나 낚아채서는 자기 허리띠에서 캡슐을 하나 꺼내서 입에 집어넣고 물을 마셔 삼켰다. 그리고 잔을 다시 쟁반에 내려놓고 외쳤다. "이제 여러분께 보여 드릴 것은 다 보여 드렸습니다."

니나는 차마 묘사할 수 없는 표정을 지으며 벌떡 자리에서 일어서더니 마치 무용수처럼 몸을 숙여서 쟁반을 만졌다. 그리고 쟁반이 공중에 떠오르자 아까처럼 인도해서 정원을 가로질러 갔다.

"알았어요." 워닌이 말했다. 마치 누군가가 어떤 말을 건네자, 거기에 대고 대답하는 듯한 투였다. 소년은 어머니를 따라 달려 나갔다.

그녀의 얼굴에 **있던** 표정은 무엇이었을까?

차마 그녀로서도 억누를 수 없었던 뭔가였다. 그 뭔가가 그 매끈한 표면으로 떠올라서, 윤곽을 드러내려는 참이었고, 뚫고 나오려는…… 분노였을까? 브릴은 그렇기를 바랐다. 모욕감이었을까? 그거라면 그 역시 이해할 수 있을 것 같은 생각이 들었다. 하지만— 웃음이라면? **웃음이라고 하지는 말자.** 그의 내면의 뭔가가 간청했다.

"브릴." 태닌이 말했다.

벌써 두 번째로 그는 저 여성에 대한 생각에 푹 빠진 나머지 그 남편의 목소리를 듣자마자 소스라쳤다.

"왜 그러시죠?"

"식사와 관련해서 원하시는 준비가 있다면 말씀해 보세요. 그러면 원하시는 대로 해 드리겠습니다."

"여기 사람들은 그 방법을 모를 겁니다." 브릴이 퉁명스럽게 말했다. 그는 예리하고 냉정한 눈길로 방을 살펴보다가 도로 거두었다. "여기서는 남의 눈을 막아 줄 벽을 짓지도, 닫아 버릴 문을 달지도 않으니까요."

"음, 그렇습니다. 저희는 그런 걸 만들지 않죠."

내가 장담하는데. 브릴은 마음속으로 말했다. **당신네는 심지어—** 그때 무시무시한 의심이 그의 내면에서 자라나기 시작했다. "카슨에 사는 우리는 모든 인류의 역사와 발전이 동물로부터 멀어진 것이라고, 즉 뭔가 더 높은 것을 향하는 것이라고 생각합니다. 물론 우리도 동물적 상태에 속박되어 있기는 하지만, 우리는 공공의 구경거리로서의 모든 동물적 행위를 제거하기 위해 최선을 다합니다." 그는 빛나는 장갑을 크고도 개방된 주택 쪽으로 단호하게 흔들었다. "여기는 그런 이상화에 도달하지 못한 것이 분명합니다. 저는 여기서 먹는 방식을 보았습니다. 그렇다면 여기서는 다른 행위들도 매우 공개적으로 행하는 것에 의심의 여지가 없겠군요."

"아, 예." 태닌이 말했다. "하지만 이게 있기 때문에—" 그는 뭔가를 가리켰다. "—똑같은 것까지는 아닙니다."

"뭐가 있다는 거죠?"

태닌은 옥석 같은 물체 가운데 하나를 다시 가리켰다. 그는 이끼 조각을 (진짜 이끼였다) 뜯어낸 다음, 옥석 가운데 하나의 부드러운 표면에 던져 놓았다. 그리고 손을 아래로 뻗어 회색 줄무늬 가운데 하나를 만졌다. 그러자 이끼는 옥석 표면으로 가라앉아 버렸다. 마치 조약돌이 유사流砂에 빨려들어 가듯이, 하지만 더 빠른 속도로.

"어느 정도 수준 이상의 복잡성을 지닌 살아 있는 동물은 받아들이지 않습니다." 그가 설명했다. "하지만 다른 나머지의 분자라면 뭐든지 곧바로 흡수하죠. 단순히 표면에 있는 것뿐만 아니라 어느 정도 위에 떠 있는 것조차도요."

"그러니까 이게— 이게— 당신네의—"

태닌은 고개를 끄덕이며, 이게 바로 그거라고 대답했다.

"하지만— 모두가 당신을 볼 수 있을 텐데요!"

태닌은 어깨를 으쓱하고는 미소를 지었다. "어떻게요? 똑같은 것이 아니라고 말씀드렸을 때의 의미가 바로 그겁니다. 식사의 경우에, 우리는 그걸 사교의 기회로 삼습니다. 하지만 이건—" 그는 이끼를 또 한 조각 던져서 그게 사라지는 모습을 지켜보았다. "—그냥 관찰되지 않을 뿐입니다." 태닌은 갑작스러운 웃음을 터트린 다음, 다시 말했다. "당신께서도 우리 언어를 배우셨으면 좋겠군요. 이런 것을 표현하기가 무척 용이할 테니까요."

하지만 브릴은 다른 뭔가에 정신을 집중하고 있었다. "환대에 감사드립니다." 그는 딱딱한 표현을 사용해서 말했다. "하지만 저는 다음 일로 넘어가고 싶군요." 그러면서 역겹다는 듯 옥석을 바라보았다. "그것도 아주 빨리요."

"원하신다면요. 그러니까 당신은 재너두에 보내는 메시지를 가져오셨다지요. 어디 말씀해 보세요."

"당신네 정부에 보내는 건데요."

"저한테 말씀하시면, 그게 곧 우리 정부에 보내시는 겁니다. 말씀드리지 않았습니까, 브릴— 준비되면 시작하세요."

"당신이 이 행성을 대표한다는 사실을 저는 믿을 수가 없군요!"

"그건 저도 마찬가지입니다." 태닌은 쾌활하게 말했다. "저는 이 행성을 대표하지 않아요. 다만 당신은 저를 통해서 나머지 41명의 의원에게도 말씀하시는 셈이 된다는 겁니다."

"이것 말고 다른 방법은 없습니까?"

태닌은 미소를 지었다. "모두 41개의 다른 방법이 있지요. 다른 의원 가운데 어느 한 명에게 말하면 되니까요. 어느 쪽이든 똑같습니다."

"당신네보다 더 높은 정부 기관은 없는 겁니까?"

태닌이 긴 팔을 뻗더니 이끼 둑 위에 있는 벽감에서 잔을 하나 꺼냈다. 유리에 돋을새김을 하고 빛나는 금속제 테두리를 장식한 물건이었다.

"재너두에서 가장 높은 정부 기관을 찾는 것은, 마치 이 잔에서 가장 높은 부분을 찾는 것과 매한가지입니다." 그가 손가락 하나를 잔 테두리 안에 넣고 돌리자 아름다운 소리가 났다.

"상당히 불안정한 상태로군요." 브릴이 투덜거렸다.

태닌은 잔을 만져서 또다시 소리를 내고는 도로 넣어 두었다. 그것이 답변인지 아닌지는 알 수 없었다.

브릴이 코웃음 쳤다. "댁의 아드님이 '정부'의 뜻을 몰랐던 게 놀라운 일이 아니군요."

"우리는 그 용어를 사용하지 않으니까요." 태닌이 말했다. "우리에게는 정부가 필요 없습니다. 여기서 시민이 직접 다루지 못할 일은 극소수에 불과합니다. 얼마나 극소수인지 당신께 보여 드리고 싶군요. 한동안 우리와 함께 지내신다면, 제가 보여 드리겠습니다."

그는 브릴의 눈길을 똑바로 바라보다가 웃음을 터트렸다. 이 손님의 눈은 저 옥석을 향해 역겹고도 걱정스러운 여행을 다시 한번 다녀온 참이었다. 하지만 태닌이 이야기를 계속하면서 그 목소리에 들어 있는 친절함이 격한 분노의 분출을 누그러뜨리자, 브릴은 작은 의문을 떠올렸다. **혹시 지금 이 사람이 나를 조종하는 건가?** 하지만 사실 여부를 살필 시간은 없었다.

"우리를 잘 알게 될 때까지 당신의 업무를 잠시 중단하실 수 있겠습니까, 브릴? 다시 말씀드리지만, 이곳에는 중앙화된 정부도 없고, 사실상 정부라는 것이 아예 없습니다. 의회의 일원인 우리는 단지 자문단일 뿐입니다. 아울러 다시 말씀드리지만, 의원 가운데 한 명에게 말하는 것은 곧 우리 모두에게 말하는 것이며, 당신께서 원하시면 지금 당장이라도, 즉 지금 이 순간에, 또는 지금으로부터 1년 뒤에 하셔도 무방합니다. 당신이 원하시는 어느 때라도 말입니다. 저는 지금 사실을 말씀드리는 것이니, 당신께서는 이 사실을 받아들이셔도 그만이고, 아니면 몇 달이고 몇 년이고 이 행성을 여행하시면서 저에 대해 조사하셔도 무방합니다. 어쨌거나 당신은 항상 똑같은 답변을 얻게 되실 테니까요."

브릴은 모호하게 대답했다. "제가 당신께 드리는 말씀이 다른 분들에게 정확히 전달되는지를 제가 어떻게 알 수 있습니까?"

"전달되는 게 아닙니다." 태닌이 솔직히 털어놓았다. "우리 모두가 동시에 듣는 겁니다."

"일종의 무전기인 건가요?"

태닌은 잠시 머뭇거리다가 고개를 끄덕였다. "일종의 무전기인 거지요."

"저는 여기 언어를 배우지는 않을 겁니다." 브릴이 갑작스레 말했다. "저는 여기서 사는 것처럼은 살 수가 없으니까요. 다만 당신네가 몇 가지 조건을 받아들이신다면 잠시 머물러 있도록 하겠습니다."

"조건을 받아들이겠느냐고요? 두말할 나위 없지요!" 태닌은 잔이 놓인 벽감으로 쾌활하게 다가가더니 손바닥을 하늘로 치켜들었다. 빛나는 흰색 물질로 만들어진 크고 불투명한 박판이 둘둘 말려 있다가 펼쳐졌다. "손가락으로 그려 보세요."

"그려요? 뭘 그리라는 겁니까?"

"당신이 머무실 곳을요. 당신이 생활하고, 먹고, 자고, 하고 싶은 대로요."

"제가 필요로 하는 것은 거의 없습니다. 키트 카슨의 우리 가운데 어느 누구도 그러지는 않지만요."

브릴은 장갑 낀 손가락을 마치 무기처럼 겨냥해서 스크린의 한쪽 구석에 시험 삼아 선을 두 개 그린 다음, 매우 튼튼해 보이는 평행 파이프를 그렸다. "제 키를 1로 놓았을 때, 길이는 1.5로 하고, 높이는 1.25로 하고 싶군요. 눈높이에 환기구가 양쪽 끝에 하나씩, 양쪽 측면에 두 개씩, 해충을 막는 방충망에다—"

"우리 행성에는 해충이 없습니다." 태닌이 말했다.

"어쨌거나 방충망을 해 주세요. 여기 있는 것 중에서도 최대한 튼튼한 망으로요. 여기에는 옷을 걸어 놓기에 적당한 갈고리를 달아 주세요. 여기에는 침대를 평평하고 딱딱한 것으로, 그리고 제 손 두께로 단단한 충전재를 넣어 주시고, 길이는 1.125이고 폭은 0.3으로 해 주세요. 침대 밑은 사방을 막아서 튼튼한 사물함으로 만들어 주시고, 사물함의 열쇠나 자물쇠는 오로지 저만 갖게 해 주세요. 여기는 가로 0.3에 세로 0.25이고, 그리고 바닥에서의 높이가 0.5인 선반을 만들어 주시되, 앉은 자세에서 식사하기에 적당하게 만들어 주세요.

그리고— 저것도 하나. 물론 추가 설비가 필요없고 믿을 만한 물건이라면 말이에요." 브릴은 날이 선 목소리로 저 옥석 비슷한 편의품을 가리켰다. "전체 구조물은 다른 모든 구조물과 동떨어진 고지대에 세워 주시고, 주위에는 아무런 돌출물도 없게 해 주세요. 나무도,

절벽도 없고, 사방의 인접지는 탁 트이고 훤히 보이게 해 주세요. 시간이 허락된다면 튼튼하게 지어 주세요. 그리고 제가 켜고 끌 수 있는 조명을 설치해 주시고, 저만 열 수 있는 문을 만들어 주세요."

"잘 알았습니다." 태닌은 스스럼없이 말했다. "실내 온도는요?"

"지금 이곳과 똑같이 해 주세요."

"더 필요하신 것은요? 음악? 그림? 마침 괜찮은 영화도 몇 편—"

브릴은 존엄성의 맨 꼭대기에서 자신의 가장 능숙한 콧방귀를 뀌었다. "괜찮으시다면 물이나 주시죠. 다른 것들과 마찬가지로, 이건 어디까지나 숙소일 뿐이지 환락의 궁전이 아니니까요."

"부디 이 설비로 편안하게 지내실 수 있으면 좋겠군요. 그 안에서요." 태닌은 슬며시 냉소의 흔적을 담아서 말했다.

"제게 익숙한 곳이 딱 이겁니다." 브릴은 오만한 태도로 말했다.

"그럼, 가시죠."

"뭐라고요?"

덩치 큰 남자가 그에게 손을 흔들며 나무 그늘을 지나갔다. 브릴은 늦은 오후의 분홍 햇빛 속에서 눈을 껌벅이며 태닌을 따라갔다.

주택과 그 뒤의 산꼭대기 사이에는 완만한 경사면이 있었다. 붉은색 풀이 피어난 이 초지는 브릴도 폭포에서 이곳으로 오는 도중에 목격한 바 있었다. 그 초지 한가운데 사람들이 모여 있었는데, 마치 불빛 주위에 모여든 나방처럼 분주하게 움직이는 중이었다. 그들의 얇고 다채로운 옷들이 반짝이고 빛나며 1천여 개의 그림자를 만들어 냈다. 이들 한가운데에는 마치 관 모양의 물체가 놓여 있었다.

브릴은 차마 눈을 믿을 수 없었고, 곧이어 완강하게 믿지 않겠다고 작정했지만, 마침내 더 가까이 가자 양보하고 시인할 수밖에 없었다.

그것은 방금 전에 그가 스케치한 구조물이었다.

브릴은 점점 더 천천히 걸어갔다. 그 광경의 놀라움이 그의 내면에서 점점 더 커져만 갔기 때문이다. 그는 사람들이(심지어 아이들까지도) 그 작은 건물 주위에 몰려들어서, 웅웅거리는 장비를 가지고 지붕과 벽 사이의 모서리를 봉하고, 통풍구에 방충망을 덮는 모습을 지켜보았다. 기껏해야 걸음마쟁이에 불과한 여자아이가 겁도 없이 다가와 혀짤배기 소리로 고어를 구사하며 손을 내밀라고 하더니, 자기가 가져온 평판에 그의 손바닥을 쿡 찍었다.

"당신이 사용하실 열쇠를 만들려는 겁니다." 태닌이 설명하는 사이에 여자아이는 문간에서 기다리던 남자에게 쪼르르 달려가 버렸다.

평판을 받아 든 남자는 집 안으로 들어갔고, 두 사람이 지켜보는 가운데 침대 옆에 무릎을 꿇었다. 어린 소년이 두 사람을 지나쳐 빠르게 뛰어가더니, 지붕과 벽을 만든 것과 똑같은 재료를 한 장 가져왔다. 가벼워 보였지만, 약간은 거칠었고, 옅은 갈색 표면만 보면 상당히 질긴 듯한 인상을 주었다. 문간에 다가간 두 사람이 지켜보는 가운데 소년은 그 재료를 가져다가 침대 끝과 문간 사이에 놓아두었다. 그 재료를 신중하게 줄 맞추더니 벽에 갖다 대고 손뒤꿈치로 한 번 탁 치자 브릴이 원하던 식탁이 완성되었다. 평평하고, 단단하고, 그럼에도 불구하고 버팀대나 지지대는 전혀 사용하지 않은 식탁이.

"당신께서도 이 음식 가운데 몇 가지는 마음에 들어 하셨던 것 같아서요." 니나가 쟁반을 들고 나타났다. 그녀는 쟁반을 둥둥 띄워서 새로 만든 식탁에 갖다 놓고는 쾌활하게 손을 흔들고 떠나갔다.

"금방 뒤따라가리다." 태닌이 아내에게 말했다. 그러고는 재너두의 언어로 마치 노래하는 듯한 세 음절을 덧붙였는데, 브릴이 생각하기에는 일종의 애정 표현인 것 같았다. 분명히 그렇게 들렸다. 태닌은 그를 돌아보며 미소를 지었다.

"음, 브릴, 어떠십니까?"

브릴은 그저 이렇게 물어보았을 뿐이다. "누가 명령을 내린 겁니까?"

"당신이 내리셨지요." 태닌은 이렇게 말했다. 이 말에는 아무런 답변도 들어 있지 않은 것 같았다.

브릴이 열린 문 사이를 내다보니, 이미 군중은 떠나가고 있었다. 사람들은 서로 웃으면서 특유의 달콤한 언어를 서로에게 노래했다. 그가 지켜보는 가운데 젊은 남성 하나가 분홍색 풀밭에서 진홍색 꽃을 따서 미소 짓는 여성에게 건네주었다. 이유는 알 수 없었지만 그 광경을 보고 있자니 브릴은 짜증이 치밀었다. 그는 불쑥 돌아서서 벽으로 다가간 다음, 손으로 더듬어 보면서 환풍구 바깥을 내다보았다. 태닌은 침대 옆에 무릎을 꿇고 앉아서 커다란 어깨를 들썩이면서 사물함 문을 당겨 보았다. 사물함은 마치 단단한 바위처럼 꼼짝달싹하지 않았다.

"거기 손을 넣어 보세요." 그가 손으로 어딘가를 가리키며 말했다. 브릴은 상대방이 시키는 대로 자기 장갑을 평판에 대 보았다.

그러자 벽판이 옆으로 움직이며 사물함이 열렸다. 브릴은 앉아서 그 안을 들여다보았다. 내부에도 조명이 있어서, 사물함 안쪽에서 그 구조물의 담황색 벽이며, 침대를 똑바로 세워 주는 육중한 지지대를 볼 수 있었다. 그가 평판을 다시 건드리자 문이 조용히 닫혔는데, 워낙 단단히 잠기는 바람에 접촉부조차 잘 알아볼 수 없을 정도였다.

"출입문도 마찬가지입니다." 태닌이 말했다. "오로지 당신만 열 수 있습니다. 물은 여기 있습니다. 이걸 어디 넣어 두실지는 말씀하지 않았지요. 혹시나 이게 불편하실지 모르겠지만……"

브릴이 마개 근처에 손을 갖다 대자 물이 흘러서 그 아래의 물받이로 들어갔다. "아닙니다. 그걸로 충분히 만족스럽습니다. 그나저나 저분들은 마치 전문가처럼 작업하시더군요."

"실제로도 전문가니까요." 태닌이 말했다.

"그렇다면 이렇게 낯선 구조물을 이전에도 지어 본 적이 있습니까?"

"전혀 없지요."

브릴은 날카로운 눈길로 상대방을 바라보았다. 이 영리한 야만인이 의도적으로 그를 놀리고 있을 가능성은 분명히 없었다. 아니, 이것은 분명히 의미론의 어떤 실수, 즉 공통 조상으로부터 이들을 갈라놓은 세월 동안 일어난 어떤 의미 변천 때문일 것이다. 그로선 잊지 못하겠지만, 일단 나중에 생각하기로 하고 옆으로 밀어 놓았다.

"태닌." 브릴이 갑자기 물었다. "이곳 재너두의 인구는 어떻게 됩니까?"

"한 지역당 3백 명씩입니다. 행성 전체로는 1만 2천 명, 거의 1만 3천 명입니다."

"우리 행성의 인구는 15억 명입니다." 브릴이 말했다. "그렇다면 이곳의 가장 큰 도시는 어디입니까?"

"도시요." 태닌이 중얼거렸다. 마치 자신의 기억 속 서류철을 뒤져 보기라도 하는 투였다. "아, 도시 말이군요! 우리한테는 하나도 없습니다. 일부는 더 크고, 일부는 더 작지만, 어쨌거나 이곳과 같은 42개 지역이 있을 뿐이지요."

"이 행성의 전체 인구를 키트 카슨의 한 도시에 있는 한 건물에 모두 집어넣을 수도 있겠군요. 그렇다면 여기 사람들은 몇 세대째 이곳에 살고 있는 겁니까?"

"32세대째인가 35세대째인가, 뭐, 그럴 겁니다."

"우리가 키트 카슨에 정착한 것은 지구 세기로 계산해서 지금으로부터 6세기가 채 안 됩니다. 그렇다면 시간상으로 보아서는 여기 문화가 더 오래된 것 같군요. 우리가 여기보다 훨씬 더 많은 것을 달성할 수 있었던 이유가 궁금하지 않으십니까?"

"정말 궁금하군요." 태닌이 말했다.

"여기에는 몇 가지 영리하고 소소한 수공예 기술이 있습니다." 브릴이 말했다. "아울러 상당히 놀라운 협동 능력도요. 여기 사람들은 이 세계로부터 만만찮은 것들을 만들 수 있을 겁니다. 먼저 스스로 그렇게 하기를 원한다면, 그리고 적절한 인도를 받기만 한다면 말입니다."

"아, 우리가 정말 그럴 수 있을까요?" 태닌은 매우 기뻐하는 듯했다.

"저로선 이런 생각이 듭니다." 브릴이 우울하게 말했다. "여기 사람들은 제가— 그러니까 제가 예상했던 사람들과는 다르다고 말입니다. 어쩌면 계획보다 좀 더 오래 머물러야 할지도 모르겠군요. 어쩌면 제가 여기 사람들에 관해서 배우는 동안, 반대로 여러분들도 우리 쪽 사람들에 관해서 배울 수 있을 겁니다."

"좋습니다." 태닌이 말했다. "그럼 이제 혹시 더 필요하신 게 있습니까?"

"전혀 없습니다. 이제는 그만 가 보셔도 됩니다."

브릴의 독재적인 어조는 덩치 큰 남자의 쾌활하고 꾸밈 없는 미소 하나만을 겨우 얻어 주었을 뿐이었다. 태닌은 손을 흔들며 떠났다. 브릴은 그가 쩌렁쩌렁한 바리톤 목소리로 아내를 부르는 것을, 그리고 그녀의 기쁜 대답 소리를 들었다. 장갑 낀 손을 문의 평판에 갖다 대자 문이 조용히 밀리며 닫혔다.

이제 어쩌지. 그는 속으로 물어보았다. **지금까지 잔뜩 큰소리를 쳐 놓았는데?** 곧이어 재너두 사람들에 대한 놀라움이 솟구치며 그를 대신해 이 질문에 대한 답변을 내놓았다. **이전까지는 한 번도 해 본 적이 없는 어떤 일을 마치 전문가처럼 해치우는 사람들은 도대체 어떤 사람들인 걸까?**

브릴은 빳빳하고, 번쩍거리고, 육중한 제복과 장갑과 장화를 벗었다. 이 모두가 서로 전선으로 연결되어 있었다. 동력 공급 장치는 장화에, 조종 장치와 컴퓨터는 바지와 허리띠에, 감지 장치는 튜닉에, 투사기와 장場 발생기는 장갑에 들어 있었다.

그는 집에 마련된 갈고리에 옷을 걸었고, 생쥐보다 더 큰 물체가 30미터 반경 이내로 접근하면 알려 주는 경고 장치를 설치해 두었다. 온갖 종류의 탐지 광선이나 방사능 무기를 방어할 수 있도록, 자기가 있는 구조물을 뒤덮는 방사 돔도 설치해 두었다. 그런 다음에 케이블에 연결된 왼쪽 장갑을 탁자 위에 올려놓고, 한쪽 작은 구석에서 작업에 돌입했다.

30분이 걸려서야 브릴은 열과 압력의 조합을 이용해서 저 엷은 갈색 판을 파괴할 수 있다는 사실을 알아냈고, 한참 쭈그리고 앉아 있는 바람에 발이 저려 절뚝거리면서도 기뻐하며 침대 가장자리에 걸터앉았다. 이런 재료라면 우주선도 만들 수 있었다.

이제 브릴은 이곳 사람들이 이 재료를 자기 명세에 딱 알맞은 치

수만큼 보유하고 있다는 사실을 믿을 수밖에 없었다. 결국 이 재료를 다양한 치수로 만들어 낼 수 있는 창고와 제조 시설이 있다는 뜻이었다. 또는 자신의 화염방사기가 방금 파괴한 것을 만들어 낼 수 있는 기계류를 다량 보유하고 있다는 사실을 믿을 수밖에 없었다.

하지만 이곳 사람들은 어떠한 공장도 보유하지 않았고, 설령 창고가 있다 하더라도 지난 50년 동안 이 행성의 궤도를 돌고 있던 키트카슨의 로봇 정찰기가 파악하지 못한 어떤 곳에 두고 있을 것이었다.

브릴은 천천히 자리에 누워 생각에 잠겼다.

행성 하나를 획득하려면 일단 중앙 정부를 찾아내야 했다. 만약 그 정부가 꼭대기까지 긴밀하게 조직된 독재 정부라면 훨씬 더 좋았다. 꼭대기를 차지한 사람이 소수라면, 그들을 죽이거나 조종함으로써 조직 전체를 이용할 수 있다. 만약 정부가 아예 없다면, 사람들을 채용하거나 아예 박멸할 수 있다. 공장이 하나 있으면, 한동안 감독을 두고 운영함으로써 원주민이 일하게 두다가, 자국민도 그 일을 하게끔 훈련이 완료되면 원주민을 제거한다. 만약 어떤 기술이 있다면 그걸 배우거나 그걸 가진 사람을 조종한다. 모두가 지침서에 나와 있었다. 모든 우발적인 사태, 모든 가능성에 대한 규정집이었다.

하지만 로봇 정찰기가 보고한 것처럼, 이곳에 고도의 기술은 있지만 공장이 전무하다면 어떻게 될까? 행성 전체에 걸쳐 문화적 안정성은 있는데, 정작 통신 수단은 전혀 없다면?

음, 어느 누구도 그런 상황은 들어 본 적이 없었으므로, 로봇 정찰기의 보고가 도달하자마자 이렇게 조사관을 파견한 것이었다. 조사관은 이들이 어떻게 그렇게 하는지를 반드시 알아내야만 했다. 즉 자국의 원정 부대가 이곳에 도달했을 때에 남겨 둘 것과 제거할 것을 미리 분류해 두는 것이 그의 임무였다.

항상 한 가지 탈출구가 있는 법이라고 브릴은 생각했다. 그는 양손을 머리 뒤에 받치고 거친 천장을 바라보았다. 품목명: 지구형 정상 행성, 천연자원 풍부, 거주민은 수가 적고 순진무구함. 언제라도 쉽게 박멸할 수 있을 듯함.

하지만 우선은 그들이 통신하는 방법을, 협동하는 방법을, 그리고 이전까지는 한 번도 시도해 본 적이 없었던 기술을 전문가처럼 해치우는 방법을 알아내는 것이 급선무였다. 순식간에 무에서 월등한 재료를 제조해 내는 그들만의 방법을 말이다.

브릴은 키트 카슨이 이곳 사람들과 똑같은 능력을 획득한다는 갑작스럽고 아찔한 상상을 떠올려 보았다. 15억 명의 만능 전문가들이 이전까지는 전혀 상상도 못 했던 내부 통신 방법을 이용해 도시를 건설하거나 전쟁을 수행하는 능력을 지닌 모습을, 심지어 앞서 이 작은 주택을 건설한 사람들이 드러냈던 저 수많은 기술과 신속한 이해와 복종을 지닌 모습을 말이다.

아니다. 이곳 사람들을 굳이 박멸할 필요까지는 없었다. 오히려 이들을 이용해야 했다. 키트 카슨은 이들의 비결을 배워야만 했다. 만약 그 비결이 (물론 그로선 제발 아니기를 바라지만!) 재너두인에게는 태생적인 반면, 키트 카슨인에게는 능력 밖이라고 한다면, 과연 무엇이 차선이 될 수 있을까?

음, 재너두인 교관들을 키트 카슨의 도시와 군대에 속속들이 배치한다. 특히 군대라면 기꺼이 순종할 터이고, 기꺼이 훈련을 받을 테니까. 그렇게 해서 한 명이 훈련을 받으면, 결국 모두를 가르칠 수 있다. 그들 각각이 키트 카슨의 가장 뛰어난 무리들을 가르칠 수 있다.

제조, 병참, 전략, 전술. 그는 이 모두를 눈 깜짝할 사이에 보았다.

재너두는 그때에도 원래의 모습이 거의 그대로 남아 있을 것이었다. 다만 부관副官들이 이곳의 새로운 수출품이 되어 있겠지.

꿈이지. 이건 단지 꿈일 뿐이야. 브릴은 단호하게 속으로 말했다. **더 많이 알아낼 때까지 기다리자. 그들이 튼튼한 하드보드와 반중력 차茶 쟁반 만드는 걸 지켜보고……**

차 쟁반에 관해 생각하니 배 속이 꼬르륵거렸다. 그는 자리에서 일어나 쟁반으로 다가갔다. 따뜻한 음식은 무럭무럭 김이 났고, 차가운 음식은 여전히 서리가 끼고 단단했다. 음식을 집어 들어 맛보았다. 그리고 한 입 깨물었다. 그리고 게걸스레 먹어 치웠다.

니나, 그 니나라는 여자……

아니, 그들을 박멸할 수는 없어. 브릴은 졸음을 느끼며 생각했다. 그런 여자를 낳을 수 있는 이들이라면 그래서는 안 되지. 키트 카슨 어디에도 이렇게 훌륭한 요리사는 없었다.

그는 다시 침대에 누워 꿈을 꾸었고, 그렇게 꿈을 꾸다가 잠이 들었다.

그들은 완전히 솔직했다. 그들은 모든 것을 브릴에게 보여 주었고, 왜 그가 알고 싶어 하는지에 대해서 물어볼 생각은 전혀 떠올리지 못한 것이 분명했다. 사실을 물어보았어도 이상했을 것 같은데, 왜냐하면 이들은 숙련된 짐꾼, 금속 공예가, 전기 기술자에게서 보이는, 성취와 관련된 특별한 자부심이 없는 것처럼 보였기 때문이다. 말하자면 "내가 이걸 할 수 있다는 게 놀랍지!" 하는 태도가 결여되어 있었다는 뜻이었다. 이들은 정보를 정확히, 그러나 개인적 감정이라곤 없이 전달했다. 마치 그건 누구나 할 수 있는 일이라는 듯이 말이다.

그리고 재너두에서는 실제로 누구나 할 수 있는 일이었다.

처음에만 해도 브릴의 눈에는 완전히 비조직적인 것처럼 보였다. 버젓하지 않은 의복을 걸친 이 매력적인 사람들은 뚜렷한 계획 없이 이리저리 오가고, 놀이와 일과 빈둥거림을 뒤섞었다. 하지만 이들은 노는 와중에 화원에서도 유독 잡초가 있는 곳을 지나가면 내친김에 잡초를 뽑았다. 소녀들이 공기 놀이를 하고 있으면, 갑자기 그 옆에서 어떤 씨앗을 분류해야 할 필요가 갑자기 생기곤 했다.

태닌은 이런 현상을 설명하려 시도했다. "예를 들어 우리한테 뭐가 부족하다고 가정해 보죠. 예를 들어, 아, 스트론튬이 부족하다고 치죠. 그 부족 현상 그 자체가 일종의 진공을 만들어 냅니다. 특별히 할 일이 없는 사람들은 그걸 감지합니다. 그들은 스트론튬에 관해서 생각하는 거죠. 그러다가 그 재료가 나타나면, 그들이 수집합니다."

"하지만 여기서는 광산을 전혀 못 봤는데요." 브릴은 어리둥절해했다. "게다가 운반은 어떻게 합니까? 이곳에서 부족 현상이 나타났는데, 마침 광산이 다른 지역에 있으면요?"

"그런 일은 더 이상 절대로 일어나지 않습니다. 물론 매장량이 있으면 부족 현상 자체가 없겠지요. 매장량이 없는 곳에서는 다른 방법을 찾아냅니다. 예를 들어 다른 재료를 사용하거나, 아니면 광산 없이 생산하는 거죠."

"형질 변화로요?"

"그건 너무 복잡해요. 아닙니다. 우리는 민물 조개를 기를 때에 탄산칼슘 껍데기가 아니라 탄산스트론튬 껍데기를 이용합니다. 그래서 그게 우리에게 필요하면 아이들이 조개껍데기를 모아 오죠."

브릴은 이곳의 의류 산업을 살펴보았다. 일부는 오두막, 일부는 동굴, 일부는 숲의 골짜기에서 이루어졌다. 젊은이들이 헤엄치는 연못이 하나 있었고, 젊은이들이 햇볕을 쬐는 들판이 하나 있었다. 때때로 이들은 그늘에 들어가서 커다란 용기容器 옆에서 일했다. 이 용기에 간혹 화학 약품을 넣고 끓이면 밝은 초록색으로 변했다가 침전물이 생겼다. 검은색의 침전물을 용기 바닥에서 건져 체에 거른 다음, 형틀에 붓고 압착했다.

(기껏해야 형틀 뚜껑보다 약간 더 클 뿐인) 압착기를 정확히 어떻게 조종하는지는 고어로 차마 설명할 수 없었지만, 4초에서 5초가 지나면 침전물이 이들의 허리띠에 사용하는 검은색 돌로 변했다. 고어로 된 그 화학 공식은 허리띠의 왼쪽 죔쇠 뒤에 새겨져 있었다.

"이거야말로 우리의 몇 안 되는 미신 가운데 하나죠." 태닌이 말했다. "그러니까 이 허리띠를 만드는 공식 말이에요. 제아무리 원시적인 화학으로도 이걸 만들 수 있습니다. 우리는 이게 모방되는 것을, 그래서 우주 전체에서 복제되는 것을 보고 싶어요. 이거야말로 우리의 실제 모습이니까요. 당신도 하나 차세요, 브릴. 그러면 당신도 우리 가운데 하나가 될 테니까요."

브릴은 부끄러운 경멸을 드러내며 콧방귀를 뀌고, 어린아이 두 명이 능숙하게 허리띠 만드는 광경을 보러 갔다. 아이들은 마치 1~2분 사이에 꽃 목걸이를 뚝딱 만들어 낼 때와 마찬가지로 느긋하게 즐기며 손쉽게 허리띠를 만들었다. 하나 만들 때마다 아이들은 그걸 자기 허리띠에 탁 하고 때렸다. 그러면 거기 들어 있는 모든 색깔이 짧고도 화려하고 차가운 불꽃이 되어서 나타났다. 그러고 나면 이제는 희미한 불빛이 감도는 테두리를 갖춘 허리띠를 저장통에 던져 넣었다.

아마도 브릴이 공개적인 놀라움을 표시한 유일한 때는 원주민 하나가 이 의복을 입는 모습을 처음으로 보았을 때일 것이다. 젊은 남성 하나가 연못에서 물을 뚝뚝 흘리며 나왔다. 그는 강둑에 있던 허리띠를 낚아채 허리에 두르고 죄었다. 그러자 곧바로 색깔과 물질이 위아래로 흘러나오더니, 깜박이며 변하는 목깃이 나타나고, 움직이며 번쩍이는 킬트가 나타났다.

"보시다시피, 저건 살아 있습니다." 태닌이 말했다. "달리 표현하자면, 살아 있지 않은 게 아니라고 할 수 있겠지요."

그는 자기가 걸친 킬트의 끝단에 손가락을 넣고, 그 손가락을 위로 올렸다가 바깥으로 내밀었다. 그러자 손가락이 천을 뚫고 나왔는데, 정작 천은 찢어지는 것이 아니라 팔랑팔랑 떨어져 나갔다.

"고어로 하는 말장난을 굳이 써먹자면, 이건 완전히 물질적이지는 않은 겁니다." 브릴은 엄숙하게 말했다. "고어로 이것에 가장 가까운 용어는 '오라aura'입니다. 어쨌거나 이것은 그 나름대로의 방식으로 살아 있습니다. 이것이 스스로를 유지하는 기간은— 아, 대략 1년 전후입니다. 그 이후에는 젖산에 담그면 다시 새것처럼 되지요. 이것 하나만 있어도 1백만 개, 또는 10억 개의 다른 허리띠를 활성화시킬 수 있습니다. 그러면 불길 하나는 과연 얼마나 많은 장작을 태울 수 있겠습니까?"

"하지만 왜 굳이 저런 걸 입는 겁니까?"

태닌이 웃었다. "겸손을 위해서지요." 그는 다시 웃었다. "아주 옛날, 그러니까 지구가 신성新星이 되기 이전 시대를 연구하는 어떤 학자가 루도프스키*라는 사람의 말을 저에게 알려 주더군요. '겸손이란 정직

* 오스트리아 출신의 미국 작가이자 건축가인 버나드 루도프스키를 말한다.

만큼 아주 단순한 미덕이 아니다.' 우리가 이걸 걸치는 까닭은, 우리가 따뜻함을 필요로 할 때에 따뜻하기 때문이고, 때로는 어떤 결함을 감춰 주기 때문입니다. 인간의 모든 꾸밈에 바랄 수 있는 건 당연히 이게 전부이겠죠."

"그건 겸손이 전혀 아닌데요." 브릴이 딱딱하게 말했다.

"우리가 그걸 걸치지 않았을 때보다는 걸쳤을 때에 더 보기 좋아지니까, 딱 그만큼은 겸손을 표현하는 셈이지요. 과연 그보다 더 많은 겸양의 표현이 있다고 생각하시는 겁니까?"

브릴은 태닌과 그 논의 모두에 등을 돌렸다. 그는 태닌의 말과 방식을 처음부터 불완전하게 이해했으며, 이런 종류의 대화는 그를 당혹스럽게, 또는 미달하게, 또는 양쪽 모두로 만들어 버렸다.

브릴은 하드보드에 관해서 알아냈다. 어떤 나무의 가지에는 우윳빛 액체가 든 커다란 통이 매달려 있었다. 태닌의 설명에 따르면, 이들이 개발한 말벌의 벌집을 가져다가, 토종 식물로부터 합성해 만든 핵산 가운데 하나에 용해시킨 것이었다. 통 아래에는 평평한 금속판이 놓여 있고, 이동 가능한 칸막이 세트가 설치되어 있었다. 우선 칸막이를 각자 원하는 최종 평판의 모양과 두께로 배열한 다음, 꼭지를 열면 액체가 흘러내려 형틀을 가득 채웠다. 이어서 작은 어린아이 두 명이 롤러를 손으로 밀어서 칸막이 위로 지나갔다. 그러면 액체의 하얀 호수가 열은 갈색으로 변하고 응고되면서 하드보드가 되는 것이었다.

태닌은 그 롤러에 관해서 브릴에게 설명하려고 최선을 다했지만, 고어 자체의 한계에 기술 분야에 대한 브릴의 무지가 합쳐지면서 그 설명은 차마 알아들을 수 없는 것이 되고 말았다. 롤러의 코팅도 설계 면에서는 단순했지만 이론 면에서는 복잡했으며, 일종의 트랜지스터 역할을 담당했다. 브릴은 여기까지만 알고 포기할 수밖에 없었다. 이미 옥석 모양의 변기라든지, 반중력 음식 쟁반에 관해서도 선택적인 분석에 그치고 말았듯이 말이다. (그 쟁반의 경우, 부엌 구역에서 밖으로 가져갈 때에는 사람이 인도해야 했지만, 일단 내용물을 비우고 나면 쟁반이 스스로 부엌 구역으로 '돌아가' 버렸다.)

여러 날이 흘렀지만, '재너두의 기술'의 본질을 발견하는 과제에서 브릴은 그리 운이 좋지 않았다. 그는 이미 자신의 꿈을 환상으로, 불가능으로 (즉 누구나 할 수 있는 일은 모두가 할 수 있다는 기묘한 생각으로) 간주하고 내버릴 준비가 충분히 되어 있었다. 태닌은 설명을 하려고 노력했다. 최소한 브릴의 질문에 대해 모두 대답하기는 했다.

이 배회하는, 나태한, 쾌활한 사람들은 누군가의 작업이라도, 그리고 어느 단계라도 불문하고 기꺼이 떠맡아서 어느 정도로까지나 발전시킬 수 있었다. 예를 들어 누가 플루트로 음 몇 개를 불면 다른 사람들이 다가왔는데, 일부는 악기를 가졌고, 나머지는 가지지 않았다. 곧이어 다른 악기들과 다른 사람들이 합류해서 50명에서 60명이 모이고 나면 (나중에 돌이켜 보았을 때) 마치 격정이나 폭풍처럼, 또는 사랑을 나눈 이후나 잠처럼 음악이 흘러나오는 것이다.

때로는 구경꾼 하나가 앞으로 나와서, 이제 지쳐 버린 누군가의 손에서 악기를 받아 든 다음, 나머지와 함께 순수하고도 조화롭게 악기를 연주했다. 그런데도 태닌은 아니라고 잡아뗐었다. 즉 저 50명에서 60명은 이전까지만 해도 이 음악을 한 번도 연주해 본 적이 없는 것 같다는 이야기였다.

태닌의 설명은 항상 어떤 **느낌**으로 귀결되었다.

"어떤 **느낌**을 받는 겁니다. 지금은 바이올린이군요. 우리는 이렇게 말합니다. 그 소리를 들었는데, 한 번도 잡아 본 적은 없다고요. 누군가가 연주하는 걸 보면, 저는 그 음이 어떻게 만들어지는지를 이해합니다. 그러고 나면 저는 바이올린을 들고 똑같이 하고, 제가 음악을 만들기 위해 집중하면 음이 흘러나오는데, 그 음이 어떤 소리를 내야 마땅한지뿐만이 아니라 어떻게 **느껴져야** 마땅한지까지도 제게 떠오릅니다. 예를 들어 손가락에, 활을 켜는 팔에, 턱과 쇄골에 어떻게 느껴져야 하는지까지도 말입니다. 그런 느낌으로부터, 그런 음악을 만든다는 것이 어떻게 느껴져야 하는지에 대한 느낌이 나오는 겁니다.

아, 물론 한계도 분명히 있지요." 태닌은 시인했다. "그리고 어떤 사람은 남보다 더 잘한답니다. 예를 들어 제 손끝이 단단하지 않다면 저는 다른 사람들만큼 오래 연주할 수 없겠지요. 어린아이의 손은 너무 작아서 악기를 잡을 수 없으므로 한 옥타브를 낮추거나 음표를 건너뛸 수밖에 없고요. 하지만 우리가 그런 특정한 방식으로 생각할 때에도 느낌은 여전히 있습니다.

우리가 하는 다른 모든 일도 마찬가지입니다." 태닌은 이렇게 요약했다. "예를 들어 제가 집에서 뭔가를 필요로 한다고 치죠. 어떤 기계나, 어떤 장치를요. 저라면 구리가 더 나은 상황에서 굳이 철을 사용하지는 않을 겁니다. 제게는 그게 옳다고 느껴지지 않으니까요. 이건 단순히 그 금속을 손으로 직접 만져서 느껴 본다는 말을 하는 게 아닙니다. 오히려 그 장치에 관해서, 그 부품에 관해서, 그리고 그 용도에 관해서 생각한다는 뜻입니다. 제가 그걸 가지고 만들 수 있는 모든 것들을 생각하면, 제게 알맞게 느껴지는 단 한 가지 조합이 있는 겁니다."

"그렇군요." 브릴이 말했다. "그런 요인에다가 또 다른 요인을 덧붙여야겠지요. 즉 모든 재료와 원료를 타지가 아니라 인근에서 찾아내려는 지역들 간의 경쟁을 말입니다. 결국 당신네한테 상업이 없는 이유도 그래서겠죠. 하지만 당신네는 표준화되었다고 말씀하시는군요. 어쨌거나 당신네는 모두 똑같은 종류의 장비를 가지고, 일을 해내는 방식을 가졌으니까요."

"우리 모두는 원하는 것을 무엇이든지 갖고 있으며, 우리 스스로 만듭니다, 그렇습니다." 태닌도 동의했다.

저녁이면 브릴은 태닌의 집에 앉아서 대화의 표류와 소용돌이에, 또는 음악의 흐름에 귀를 기울이며 감탄했다. 그런 다음에는 음식 쟁반을 인도해 숙소로 가서 문을 잠그고, 먹고, 생각에 잠겼다. 때로는 자기로선 낯선 어떤 장場에서, 자기로선 차마 이해할 수 없는 어떤 무기의 공격을 받고 있다는 느낌마저 들었다.

그는 태닌이 이전에 한 번, 인간과 장비에 관해 지나가듯 이야기한 내용을 기억했다. "인류가 생겨난 이래로, 인간과 그 기계 사이에는 갈등이 있어 왔습니다. 기계가 인간을 움직이거나, 또는 인간이 기계를 움직였지요. 어느 쪽이 덜 재난인지는 말하기가 어렵습니다. 하지만 주로 인간으로 구성된 문화는 대부분 기계로 이루어진 문화를 파괴하거나, 또는 기계로 이루어진 문화에 의해 파괴될 수밖에 없었습니다. 항상 그런 식이었습니다. 우리도 한때 재너두에 있었던 문화를 잃어버렸습니다. 혹시 궁금한 적은 없으셨습니까, 브릴? 어째서 이곳에 사는 우리가 그토록 소수인지? 그리고 왜 우리 대부분이 머리카락이 붉은지?"

브릴은 물론 궁금했던 적이 있다. 그리고 인구가 적은 이유를 사생활이 부끄러울 정도로 결여된 탓으로 은밀히 돌렸다. 사생활이 없다면 그 어떤 인종도 스스로에 대한 관심을 충분히 유발하여 기꺼이 번식할 수가 없기 때문이라고 여긴 것이다.

"우리도 한때는 10억 명에 달했습니다." 태닌은 놀랍게도 이렇게 말했다. "그러다가 우리는 싹쓸이를 당했죠. 그래서 몇 명이나 남았는지 아십니까? 겨우 **세 명**이었습니다!"

브릴에게는 어두운 밤이 아닐 수 없었다. 이들의 비밀을 배우려던 자신의 노력이 얼마나 가련한 것이었는지를 깨달았기 때문이다. 어떤 종족이 불과 몇 명으로까지 줄어들 수 있고, 그리하여 돌연변이가 일어날 수 있고, 그다음에 가서야 다시 숫자가 늘어날 수 있다면, 새로운 세대 모두에게 새로운 소질이 존재할 수 있었다. 그는 대부분의 사람이 붉은색 머리카락을 갖게 되는 비밀을 그들로부터 낚아채려 시도할 수도 있다고 생각해 보았다. 바로 그날 밤에 브릴은 이 사람들이 사라져야만 한다고 결론을 내렸다. 그런 생각을 하자 그는 마음이 아팠고, 그런 생각을 하는 자기 자신에게 화가 났다. 그리고 마침 그날 밤에는 저 우스꽝스러운 재난도 벌어졌다.

브릴은 침대에 누워 자신의 무기력에 대한 분노로 이를 갈고 있었다. 이미 정오가 지났는데, 그는 잠에서 깨어난 이후로 줄곧 거기 누워 있었다. 그만 자신의 어리석음에 사로잡힌 격이 되어서, 우스꽝스럽게, 정말 우스꽝스럽게 되고 말았기 때문이다. 가장 중요한 소지품이, 즉 그의 위엄이 스스로의 부주의로 인해 그만 떨어져 나가고 만 것이다. 그 원인은 바로 저 극악무도하고 정정당당하지 못한 물건—

접근 경보 장치가 울리자 브릴은 자리에서 벌떡 일어섰다. 사방이 단단하고 불투명한 벽으로 막혀 있고, 오로지 그 혼자만 열 수 있는 출입문도 잠겨 있었지만, 그는 부끄러움의 고통을 느끼고 있었다.

태닌이었다. 그의 친근한 인사가 쩌렁쩌렁 울려 퍼지며 새소리며 바람에 뒤섞였다. "브릴! 안에 있어요?"

브릴은 그가 좀 더 가까이 올 때까지 기다렸다가 환풍구 너머로 외쳤다. "지금은 못 나갑니다." 태닌은 걸음을 우뚝 멈추었다. 심지어 브릴 본인조차도 자신의 거칠고 쥐어짜 낸 소리에 그만 깜짝 놀라고 말았다.

"하지만 니나가 당신을 불러오라고 하던데요. 오늘 천을 짜러 갈 거라고 했어요. 집사람 생각에는 당신도 아마—"

"아니요." 브릴이 상대방의 말을 잘랐다. "저는 오늘 떠날 겁니다. 오늘 밤에요. 타고 갈 거품도 소환했습니다. 앞으로 두 시간이면 도착할 겁니다. 그러다가 어두워지면 저는 떠날 겁니다."

"브릴, 그러면 안 됩니다. 내일은 당신을 위해 소결燒結 작업도 준비해 두었는데요. 그걸 보면 우리가 어떻게—"

"됐습니다!"

"혹시 우리가 뭐 잘못한 게 있나요, 브릴? 혹시 제가 무슨 잘못을?"

"아니요." 브릴의 목소리는 부루퉁했지만 이제부터는 비로소 고함이 아니게 되었다.

"도대체 무슨 일인데요?"

브릴은 대답하지 않았다.

태닌이 더 가까이 다가왔다. 브릴의 두 눈이 환풍구에서 사라졌다. 그는 땀을 흘리며 벽에 바짝 움츠리고 붙어 섰다.

태닌이 말했다. "무슨 일이 있었군요. 뭔가가 잘못되었어요. 저도…… 느낄 수 있어요. 제가 어떻게 느끼는지 당신도 아시겠지요, 내 친구, 내 좋은 친구, 브릴."

순간 한 가지 생각이 떠오르자 브릴은 소스라치며 몸이 굳었다. 혹시 태닌도 아는 걸까? 그가 알 수도 있는 걸까?

어쩌면 그럴 수도 있었다. 브릴은 이 사람들이며 이들의 장비를, 이들의 행성이며 그 태양을, 그리고 무엇보다도 자기를 이곳까지 데려온 운명을 저주했다.

"저의 세계와 저의 경험 가운데, 당신이 저에게 말하지 못할 것은 전혀 없어요. 제가 이해하리라는 것을 당신도 알잖아요." 태닌이 간청했다. 그는 더 가까이 다가왔다. "혹시 어디 아픈가요? 불과 세 명뿐이었던 시대부터 줄곧 살아온 의사들의 모든 기술을 제가 갖고 있어요. 제가 들어가 보게 해 주세요."

"아니요!" 이건 차마 말이라고 하기 힘들었다. 그야말로 폭발이었다.

태닌이 한 걸음 뒤로 물러섰다. "미안합니다, 브릴. 다시는 묻지 않겠습니다. 하지만— 제발 말해 주세요. 제발 말해 주시라고요. 정말 도와 드리고 싶어서 그래요!"

좋아. 브릴은 반쯤 히스테릭하게 생각했다. **내가 이야기를 하고 나면, 당신은 저 바보 같은 빨간 머리들과 함께 배꼽을 잡겠지. 우리가 일단 당신네 행성에 전염병을 심은 다음에야 아무런 상관이 없을 테지만 말이야.** "나갈 수가 없어요. 옷이 망가졌거든요."

"브릴! 그게 뭐 대수예요? 그냥 밖에 내놓으세요. 우리가 고칠 수 있어요. 어디가 망가졌든지 말이에요."

"아니요!" 섬너 태양계의 이편에서 가장 압축적이고 치명적인 병기를 이 만능적인 재능의 소유자들이 손에 넣었을 때에 무슨 일이 벌어질지 브릴은 훤히 예측할 수 있었다.

"그럼 제 옷을 입으시든가요." 태닌은 허리띠의 검은 돌에 양손을 갖다 댔다.

"그렇게 얄팍한 옷을 입으면 저는 마치 죽은 사람 같이 보일 겁니다. 제가 노출광인 줄 아십니까?"

브릴이 지금까지 봤던 것보다도 훨씬 더 많은 (그래도 아주 많지는 않은) 열의를 드러내며 태닌이 말했다. "오히려 지금 입고 계신 그 구불구불한 천쪼가리야말로 이 옷을 입은 것보다 훨씬 더 이목을 끌 겁니다."

브릴도 그런 사실까지는 전혀 생각해 본 적이 없었다. 그는 허리띠 위아래로 흘러나오는 화려한 무無를 갈망하듯 바라보다가, 곧이어 벽에 붙은 갈고리에 걸려 아래로 늘어져 있는 자신의 검은 의복을 바라보았다. 사고가 일어난 이후로는 저 옷을 다시 입는다는 생각을 차마 감당할 수가 없었지만, 걸음마를 시작하기 전부터도 그는 한 번도 옷 없이 이토록 오래 버틴 적이 없었다.

"그나저나 당신 옷이 어떻게 된 겁니까?" 태닌은 딱한 듯 물었다.

웃어 보라지. 브릴은 생각했다. **그러면 내가 당장 당신을 죽이게 될 거고, 덕분에 당신은 자기네 종족이 죽는 모습을 보지 않아도 될 테니까.** "그러니까 그놈의 물건 위에 앉아 있는데— 그러니까 이제껏 그놈의 물건을 의자로 사용했습니다. 여기에는 그걸 놓아둘 자리밖에는 여유 공간이 없으니까요. 그런데 제가 실수로 스위치를 누른 모양입니다. 다시 일어날 때까지는 전혀 느끼지도 못했습니다. 그런데 나중에 보니 완전히—" 그는 화난 듯 덧붙였다. "여기 사람들은 왜 그런 일을 전혀 겪지 않는 겁니까?"

"제가 말씀드리지 않았습니까?" 태닌은 방금 들은 이야기가 별것 아니라는 투로 지나치듯 대답했다. 음, 그에게는 이 사건이 정말 아무것도 아닌 모양이었다. "그 물건은 오로지 비非생물 물질만 흡수한다고요."

"여기서 옷이라고 부르는 그 물건을 거기 문 앞에 두고 가세요." 긴장된 침묵 이후에 브릴이 끙 소리를 내며 말했다. "한번 입어나 보죠."

태닌은 허리띠를 문에 기대어 놓은 다음, 나지막이 노래하며 그곳을 떠났다. 목소리가 워낙 커서, 심지어 그의 노래조차도 영원히 계속되는 것처럼 들렸다.

하지만 결국 브릴은 새소리와 바람을 벗 삼아 혼자 있을 수 있게 되었다. 그는 문으로 갔다가 다시 돌아왔고, 엉덩이가 떨어져 나간 바지를 서글프게 들어 올린 다음, 잘 접어서 갈고리에 걸린 다른 물건들 밑에 넣어 안 보이게 했다. 브릴은 다시 문을 바라본 다음, 아주 조용하게, 그러나 실제로 한 번 울먹였다. 마침내 그가 장갑을 평판에 갖다 대자, 절대로 조금만 열리도록 설계되지 않은 출입문이 활짝 열렸다. 브릴은 헉 소리를 내면서 팔을 뻗어 허리띠를 붙잡은 다음, 재빨리 안으로 들어가서 평판을 손으로 때렸다.

"아무도 못 봤겠지." 그는 다급하게 혼잣말을 했다.

브릴은 허리띠를 둘렀다. 죔쇠 부분이 마치 손으로 깍지를 끼듯이 딱 맞물렸다.

그가 맨 먼저 깨달은 것은 그 온기였다. 오로지 허리띠만 몸에 닿았을 뿐인데도, 마치 알을 품는 새의 가슴처럼 부드럽고 안전한 온기가 느껴진 것이다. 잠시 후에 브릴은 헉 소리를 냈다.

어떻게 정신이 이토록 충만하면서도 압박을 느끼지 않을 수 있을까? 어떻게 이렇게 많은 이해가 흘러드는데도 두뇌가 망가지지 않을 수 있을까?

브릴은 하드보드를 처리하던 롤러에 관해서도 이해했다. 다른 어떤 방식도 아닌 고유의 방식이 있었으며, 그는 그 한 가지 추측이 올바름을 느낄 수 있었다.

브릴은 허리띠를 만드는 형판의 이온을 이해했고, 지금 의복 삼아 걸친 생명 유사체를 이해했다. 자기 손가락으로 스크린 위에 뭔가를 쓰는 원리를, 그리고 주택을 정확히 이러저러하게 짓기 위해서 내보내야 하는 수요의 진공을 이해했다. 그리고 원주민이 그 진공을 채우기 위해서 어떻게 서둘렀는지를 이해했다.

브릴은 악기를 연주하고, 만들고, 짓고, 형성하고, 붙잡고, 나누는 것의 **느낌**에 관한 태닌의 설명을 어렵지 않게 기억해 냈다. 그리고 어떤 과제 옆에서 서성이는 군중 속에서 그 느낌이 어떻게 작용해야 하는지를 이해했다. 즉 무작위로 오로지 쾌락만을 위해 움직이고, 그러면서도 또 다른 누군가가 도구를 내려놓는 바로 그 순간에 그를 대신하여 통이나 작업대에서 또는 밭이나 그물에서 자리를 차지하는 것이었다.

브릴은 자신의 작은 관 모양 숙소 안에서 자기만의 조용한 불길에 사로잡혀 서 있었다. 두 손을 내려다보고 있으니, 자기가 원하기만 한다면 이곳 사람들을 동원해 키트 카슨에 있는 도시의 모형을, 또는 유일권한체의 영혼을 담은 조상彫像을 지을 수 있으리라는 것을 의심의 여지없이 알게 되었다.

브릴은 자기가 이곳 사람들의 기술을 결국 갖게 되었다는 사실을, 그리고 단순히 어떤 과제에 대해 정신을 집중함으로써 (자기가 보기에) 올바른 방법이 **느껴질** 때까지 기다리기만 하면 그 기술 가운데 어떤 것이라도 불러낼 수 있음을 의심의 여지없이 알게 되었다. 그는 이런 자원이 심지어 죽음조차도 초월한다는 것을 놀라움 없이 알게 되었다. 한 사람이 어떤 기술을 갖게 된다면, 그 기술은 모두의 기술이 될 것이었다. 설령 그 사람이 죽는다 하더라도, 그의 기술은 모두에게 여전히 살아 있을 것이었다.

단순히 집중하기만 하면. 그것이 바로 이 장치의 본질에 대한 핵심, 핵심 방법, 핵심 토대였다. 이 장치만 있으면 그만이었다. 돌연변이도 아니었고, '초감각적'인 것도 (그 단어가 무엇을 의미하든지 간에) 아니었다. 그저 다른 기계와 비슷한 기계일 뿐이었다. 누군가가 어떤 기술을 가지고 있으며, 또한 그 기술에 관한 느낌을 가지고 있다고 치자. 그리고 내가 어떤 과제를 가지고 있다고 치자. 내가 그 과제에 집중하면, 그 누군가의 기술에 대한 수요가 형성된다. 그리고 내 과제를 통해서 수신한다. 그러고 나서 나는 그 기술을 실천한다. 그 실천에 깃들 수 있는 편차는 내 역량에 따라 달라진다. 만약 내가 그 기술에 뭔가를 덧붙이면, 내 기술은 더 높아지고, 더 완전해진다. 그 기술에 대한 **느낌**도 더 나아지고, 다음번에 수요가 생길 때에 송신할 사람은 바로 내가 된다.

브릴은 이 새로운 오라 속에 놓여 있는 권위를 이해했고, 그러고 나자 이번에는 자신의 고향 행성이 이제껏 우주가 전혀 못 보았던 하나의 단위로 융합될 수 있는 방법이 떠올랐다. 재너두도 그것까지는 미처 해내지 못했는데, 왜냐하면 그 재능을 가지고도 무작위적으로,

즉 권위와 규율의 예비적인 기초와 형성과 연마가 없이 성장했기 때문이다.

하지만 키트 카슨이라면! 이 사람들 모두가 공유하는 모든 기술과 모든 재능이 키트 카슨에 있다면, 그리고 수요의 진공과 즉각적인 충족을 만들어 내는 포괄적이고도 통제적인 유일권위체와 국가까지 있다면 어떨까. 그 결과는 어마어마할 것이었으며, (물론 저 아래 깊은 곳에서 그의 내면의 뭔가가 궁금해하고 있었다. 즉 왜 국가가 그토록 많은 이해를 그 국민에게 허락하지 않고 줄곧 차단해 왔을까 하는 의문이었다), 이 새로운 깊이로부터 자신의 고향 행성이며, 그곳이 대변하는 모든 것에 대한 엄숙하고도 새로운 헌신이 떠올랐다.

브릴은 몸을 떨면서 허리띠를 풀고 그 왼쪽 죔쇠 뒷면을 살펴보았다. 그랬다. 그 침전물의 제조법이 거기 적혀 있었다. 이제 그는 압착 과정을 이해했고, 새로운 허리띠에 부딪쳐서 살아나게 만들 수 있는 불길을 하나 갖고 있었다. 이거 하나면 무려 수백만 개도 만들 수 있을 것이었다. 태닌의 말로는, 수십억 개도 가능했다.

태닌의 말로는…… 그런데 왜 그는 재너두의 의복이야말로 그들이 지닌 모든 경이와 이해하기 힘든 것의 원천이라는 사실을 한 번도 이야기하지 않았을까?

만약 브릴이 한 번이라도 솔직하게 물어보았다면?

어쩌면 태닌은 브릴이 재너두인 가운데 하나가 될 수 있도록 굳이 이 의복을 입으라고 간청한 것이 아니었을까? 딱하고도 순진한 바보 같으니. 이런 식으로 그를 키트 카슨으로부터 떼어 놓을 수 있다고 생각했다니! 음, 그렇다면 태닌과 그 사람들 역시 장차 제안을 받게 될 것이고, 그렇게 되면 피차 신세를 갚은 셈이 될 것이었다. 머지않아 그들이 새로운 키트 카슨의 찬란한 군대에 가담한다면, 충분히 그렇게 할 수 있을 테니까.

벽에 걸린 브릴의 검은색 제복에서 종소리가 들렸다. 그는 웃음을 터트리고는 예전 복장을, 그리고 그 압축된 강력한 무기 속에 잠들어 있던 모든 발사와 충격과 마비를 도로 모았다. 브릴은 문을 탁 때려서 연 다음, 밖에서 기다리던 거품으로 달려갔고, 자신의 제복을 거품 바닥에 내던졌다. 제복이 마치 부서진 번데기처럼 구겨졌다. 기쁜 표정으로 의기양양한 채, 그는 뒤따라 올라탔고, 거품은 하늘로 튀어 올랐다.

브릴이 섬너 태양계의 키트 카슨으로 돌아온 지 일주일도 채 되지 않아서 그 의복은 복제되고 또 복제되어 시험을 거쳤다.

그로부터 한 달도 채 되지 않아서 20만 개에 가까운 의복이 배포되었으며, 80곳의 공장이 24시간 내내 그것을 생산했다.

그로부터 한 해도 채 되지 않아서 그 행성 전체에 걸쳐서 수백만 명이 이전에 없었던 방식으로 빛나고 통합되었으며, 지도자의 의지에 따라서 마치 한 손의 세포처럼 함께 움직였다.

그다음에는 놀라울 정도로 한꺼번에 허리띠 모두가 하나같이 깜박이고 희미해졌으며, 그리하여 브릴이 배워 온 것처럼 젖산에 담글 때가 되었다. 그 작업은 서둘러서, 즉 시험이나 주저함 없이 이루어졌다. 빛나는 복종의 맛을 약간 보게 되자, 어마어마한 입맛이 만들어졌던 것이다. 일주일 동안은 만사가 잘 돌아갔는데—

바로 그때, 재너두의 설계자들이 계획한 대로, 검은색 허리띠의 다른 부분들이 처음의 미약한 두 가지 부분에 합류해서 완전히 가동되었다.

이미 음악과 미술의 기교를, 그리고 기술 이론을 부여받았던 15억 명의 인간 영혼은 이로써 다른 것들도 부여받게 되었다. 즉 철학과 논리학과 사랑을, 동정과 공감과 자제를, 그리고 복종 가운데서가 아니라 오히려 자기네 종의 생각 가운데서의 단결을 부여받게 되었다. 모든 곳의 모든 생명과의 조화에의 가담을 부여받게 되었다.

이런 느낌을 지닌, 아울러 거기서 비롯된 기술을 지닌 사람들이라면 노예가 될 수 없었다. 빛이 내리쬐는 가운데, 이들 각자에게 유일하게 가능한 관심사는 딱 하나뿐이었다. 바로 자유롭게 되는 것, 그리고 자유롭게 되었다는 달성의 느낌이었다. 이 느낌을 찾아낸 사람은 자유의 전문가가 되었고, 전문가가 전문가를 계승하고 전문가를 초월한 끝에, 급기야 (순식간에) 15억 명의 인간 영혼이 자유의 재능보다 더 큰 기술은 갖지 못하게 되었다.

그리하여 하나의 문화로서의 키트 카슨은 존재하기를 중단했으며, 거기서 뭔가 새로운 것이 시작되어서 인근의 행성들로 퍼져 나갔다.

브릴은 의원이 무엇인지를 알았기 때문에, 의원이 되고 싶어 했으며, 결국 의원이 되었다.

태닌과 니나가 서로를 끌어안고 나지막이 노래를 부르고 있는데, 이끼 덮인 벽감에 놓여 있던 잔에서 종소리가 났다.

"또 하나가 오는 모양이네요." 두 사람의 발치에 웅크리고 앉아 있던 워닌이 말했다. "이번에는 과연 **그 사람**이 뭐를 가지고 허리띠를 간청하게, 빌리게, 또는 훔치게 될지 궁금하네요."

"뭐가 되든 상관은 없지." 태닌이 느긋하게 기지개를 켜면서 말했다. "어쨌거나 그 사람이 허리띠를 얻게 된다면 말이야. 이번에는 누구지, 워닌? 혹시 작은 달의 뒤편에 있는 그 시끄러운 기계 장치인 거냐?"

"아뇨." 워닌이 말했다. "그 기계 장치는 여전히 거기 앉아 끽끽대면서 자기가 거기 있다는 걸 우리가 모른다고 생각하고 있어요. 여하간 아니에요. 이번 것은 지난 2년 동안 플리트윙 지역 위를 맴돌던 역장力場이에요."

태닌이 웃었다. "그렇다면 우리로선 열여덟 번째 정복이 되는 셈이구나."

"열아홉 번째예요." 니나가 몽롱한 말투로 정정했다. "그건 내가 똑똑히 기억하고 있어요. 왜냐하면 열여덟 번째는 방금 막 떠났고, 열일곱 번째는 섬너 태양계에서 온 그 웃기는 꼬맹이 브릴이었기 때문이죠. 태닌, 한동안 그 꼬맹이가 나를 사랑했었다니까요." 하지만 그건 워낙 사소한 일이다 보니, 전혀 중요하지도 않았다.

킬도저!
Killdozer!

현재 인류 이전에 대홍수가 있었고, 대홍수 이전에 또 다른 종족이 있었다. 그들의 본성은 인류가 차마 이해할 수 없는 것이었다. 대지를 초월한 것도 아니었고, 그렇다고 외계의 것도 아니었으니, 왜냐하면 이곳이 그들의 대지였고 그들의 고향이었기 때문이다.

정말 거대했던 그 종족은 또 다른 종족과 전쟁을 벌였다. 그 상대는 진짜 외계에서 왔고, 지각력을 가진 구름 형태였으며, 실체적인 전자들의 지적인 조합이었다. 이 외계 종족은 우리의 원시적인 기술 개념을 뛰어넘는 과학의 어떤 우연을 통해서 거대한 기계들에 깃들어 버렸다. 그리하여 옛 지구 종족의 종복이었던 기계는 졸지에 주인으로 변했으며, 이후에 벌어진 전투는 어마어마했다. 전자 존재들은 원자 구조의 섬세한 균형을 왜곡시키는 힘을 지니고 있었으며, 그 생명 매개체는 금속이었기 때문에, 결국 금속에 침투해서 자기 멋대로 조종할 수 있었다. 옛 지구 종족이 개발한 무기가 하나같이 전자 존재들에게 빙의당해 오히려 그들을 위협하게 되자, 저 방대한 문명의 잔존자들은 결국 방어책을 발견했는데—

그것은 바로 절연체였다. 모든 에너지 연구의 최종 산물, 또는 부산물이었던 그 물질의 이름은 뉴트로늄이었다.

옛 지구 종족은 은거지에서 무기를 개발했다. 그게 정확히 무엇인지는 우리도 결코 알 수가 없을 것이고, 덕분에 현 인류는 계속 살아갈 것이다. 반대로 그게 정확히 무엇인지를 우리가 알게 된다면, 현 인류 역시 옛 지구 종족처럼 전멸하고 말 것이다. 적을 파괴하기 위해 파견된 그 무기가 폭주하면서, 그 헤아릴 수 없는 힘이 그것과 그들을, 그들의 도시를, 그들의 빙의된 기계들을 모조리 파괴해 버렸기 때문이다. 불길에 땅이 용해되고, 지각이 뒤틀리고 흔들리며, 바다가 끓어올랐다. 그 무엇도 이를 피하지 못했다. 우리가 생명체라고 알고 있는 그 무엇도, 심지어 차마 이해할 수 없었던 저 기계의 수수께끼 역장力場 속에서 진화했던 저 유사생명체 가운데 그 무엇도 말이다. 다만 딱 하나의 강건한 돌연변이만 살아남았다.

비록 돌연변이였지만, 아이러니하게도 그것으로 말하자면 그 동류에 대항하여 옛 지구 종족이 사용한 최초의 단순한 공격 방법을 만났더라면 쉽게 죽을 수도 있었던 존재였다. 하지만 단순한 방편을 사용하기에는 이미 때가 늦은 다음이었다. 그것은 조직화된 전자장電磁場으로서 지능과 운동 능력과 파괴 의지를 보유했으며, 그 외의 나머지는 거의 보유하지 않았다. 대학살에 충격을 받은 그것은 우르릉대는 지구 곳곳을 떠돌아다니다가, 지구상에서 광포하게 날뛰었던 힘들의 폭력의 소강상태에서, 그 반半의식적 소진 상태에서 김을 뿜어내는 땅 속에 가라앉았다. 거기서 그것은 은신처를 찾아냈다. 이미 죽은 그 적들이 스스로를 위해 만든 은신처였다. 바로 뉴트로늄의 외피였다. 그것은 그 안으로 흘러들어 갔고, 그 의식은 마침내 그 최저 상태에 도달했다. 그것이 거기 누워 있는 동안, 뉴트로늄은 그 기묘하고 항상적인 수축과 이완을 통해, 아울러 완벽한 균형을 향한 그 파괴될 수 없는 분투를 통해, 스스로를 연장하여 그 뚫린 곳을 막아 버렸다. 그때 이후로 이어진 그 떠들썩한 영겁의 세월 동안, 뉴트로늄 외피는 날뛰는 구球의 표면에서 마치 회색 거품처럼 이리저리 오갔는데, 지구상의 어떤 물질도 그것을 취하거나 그것과 합체하지는 못한 까닭이었다.

여러 시대가 나타났다 사라졌고, 화학 작용과 반작용이 그 수수께끼의 작업을 해냈으며, 그리하여 또다시 생명과 진화가 나타났다. 그러다가 한 부족이 그 뉴트로늄 덩어리를 발견했는데, 그것은 물질이 아니라 정적인 힘이었기에, 그 부족은 차마 묘사할 수 없는 냉기의 오라에 경외심을 느낀 나머지 그것을 숭배하여 그 주위에 신전을 건설하고, 그 앞에 희생 제사를 지냈다. 그리고 얼음과 불과 바다가 나타났다 사라졌고, 땅이 솟구쳤다 떨어지며 여러 해가 흐르는 사이, 폐허가 된 신전 부지는 야산이 되었고, 그 야산은 다시 섬이 되었다. 섬사람들이 나타났다 사라졌고, 살고 짓고 죽었으며, 종족들이 잊어버렸다. 그리하여 오늘날 레비야히헤도 제도*라고 일컬어지는 섬들의 서쪽에 해당하는 태평양의 해역에 사람이 살지 않는 섬이 하나 있었다. 그러던 어느 날—

* 멕시코 서부 연안에 있는 태평양의 화산섬 네 곳을 말한다.

*

처브 호턴과 톰 재거는 **스프라이트호**와 세 척의 화물용 거룻배로 이루어진 그 땅딸막한 예인물이 유리처럼 투명한 바다 위에서 흔들리는 모습을 지켜보며 서 있었다. 커다란 외양 항행용 예인선과 그 화물은 어디로 간다기보다는 마치 목적 없이 움직이는 것 같았다. 처브는 입 가장자리에 물고 있는 시가를 깨끗이 비껴서 침을 뱉었다.

"앞으로 3주 동안이로군. 기니피그가 된 기분이 어때?"

"우리는 해내고 말 거야." 톰은 눈 가장자리가 온통 잔주름투성이였다. 비록 처브보다 머리 하나가 더 컸고 팔다리가 길었지만 아주 강인하지는 않았으며, 진짜 중장비 운전기사였다. 그를 이 실험의 현장감독으로 선택한 것은 현명한 조치였다. 워낙 유능한 데다가 주위의 존경심을 자아냈기 때문이다. 톰 역시 현재 시험 중인 비행장 건설의 새로운 이론에 매력을 느꼈는데, 여기에는 지휘 장교도 없고, 정부 감독관도 없고, 시간 기록이나 보고도 없었기 때문이다. 정부는 회사에 임시 무상 토지 불하를 허락했는데, 이 프로젝트의 구획과 정지整地에 생산 라인 기술을 적용한다는 발상에서였다. 이곳에는 여섯 명의 중장비 운전기사와 두 명의 정비사 그리고 돈으로 따지면 1백만 달러어치가 넘는, 현재 구입 가능한 최고의 장비가 있었다. 정부는 공사 진척 상황에 따라서, 그리고 자체 기준에 따라서 결과물 수용 여부를 결정할 것이었다. 농땡이와 수뢰受賂를 미연에 방지하는 동시에 인력 문제를 깔끔하게 회피하는 것이 그 이론의 핵심이었다.

"저 아스팔트 포장 인력이 여기 도착할 때쯤이면, 우리도 그들을 맞이할 준비가 되어 있어야 할 것 같군." 톰이 말했다.

그는 뒤로 돌아서서 중장비 운전기사의 관점에서 섬을 훑어보았다. 우선 이 섬을 있는 그대로의 모습으로 바라보고, 다음으로는 이 섬이 거쳐 가게 될 모든 과정을 떠올리고, 마지막으로 그 모든 과정이 완료되었을 때의 모습을 떠올리는 것이었다. 길이 5천 피트의 깨끗하고 배수가 잘 되는 활주로, 단단히 다져진 활주로 갓길, 접근로와 짧은 유도로가 만들어질 것이었다. 톰은 파워셔블이 이회토 절벽을 무너트리며 깎아 낼 삽질 한 번 한 번을 떠올렸고, 절벽 꼭대기의 폐허에서 가져온 석재를 싣고 소금 평원을 가로질러 그 반대편 끝에 있는 작은 늪으로 가는 모습을 떠올렸다. 석재로 늪을 메우고 나면 도저를 몰아 땅을 단단히 다질 것이었다.

"어두워지기 전에 파워셔블을 절벽까지 끌고 갈 시간이 있겠어."

두 사람은 해안을 따라 걸어 내려가서 노두露頭로 향했다. 그곳에는 장비가 놓여 있었고, 주위에는 보급품이 담긴 상자와 드럼통이 즐비했다. 트랙터 세 대의 엔진이 천천히 돌고 있었고, 2사이클 디젤 엔진들이 그 소음기를 통해 쿨럭거리고 있었으며, 커다란 D-7* 불도저가 공회전 때마다 규칙적으로 압축 노크를 가하고 있었다. 덤프터 여러 대는 조용히 줄지어 서 있었는데, 일단 파워셔블이 화물을 실어 줄 준비가 되기 전까지는 그놈들도 일할 준비가 되지 않을 것이기 때문이었다. 그놈들의 모습은 마치 둘리틀 선생 이야기에 나오는 것처럼 앞부분만 두 개인 환상의 동물 '푸시미풀유'의 기계적 해석처럼 보였다. 덤프터에는 커다란 구동륜 두 개와 작은 조타륜 두 개가 달

* 미국 캐터필러사社에서 1938년부터 지금까지 생산 중인 불도저 기종으로 길이 4미터, 폭 2.5미터, 높이 2.4미터, 무게 15톤에, 캐터필러를 장착하고 있다. 이 작품에서는 불도저, 도저, 트랙터, 세븐 등 다양한 명칭으로 부른다.

려 있었다. 모터와 운전석은 앞쪽의 (즉 작은) 두 바퀴 위에 나란히 놓여 있었다. 하지만 운전기사는 커다란 뒤쪽 바퀴 사이에 있는 적재칸을 바라보고 앉아 있었으니, 한마디로 덤프트럭을 운전할 때와는 정반대 방향으로 앉아 있는 셈이었다. 따라서 파워셔블이 있는 곳부터 야적장까지 가는 동안 운전기사는 어깨 너머를 돌아보며 뒤쪽으로 운전해 가고, 적재물을 쏟을 때에는 운전기사가 앞쪽으로 움직여야만 기계가 뒤쪽으로 움직이는 셈이었다. 하루에 14시간씩 하기에는 상당히 까다로운 일이었다. 파워셔블은 다른 모든 장비 한가운데 주저앉아 있었는데, 그 커다란 덩치가 모두의 위로 우뚝 솟아 있었다. 붐을 낮춘 상태에서 버킷을 땅에 대고 있으니, 마치 긴 목을 늘어트려 턱을 땅에 대고 있는 거대 공룡 같았다.

톰과 처브가 다가가자 푸에르토리코 출신의 정비사 리베라가 씩 웃으며 바라보더니, 블리더 렌치를 작업복 위쪽 주머니에 꽂아 넣었다.

"이 아가씨가 '시갈로(그를 따라가)'라고 하네요." 리베라가 말했다. 입을 가로질러 묻은 윤활유 자국 사이로 하얀 치아가 반짝였다. "이 아가씨가 이 페인트에 흙을 묻히고 싶다고 말한다고요." 그는 세븐의 블레이드를 구두 뒷굽으로 걷어찼다.

톰도 상대방에게 씩 웃어 보였다. 그의 엄숙한 얼굴에서는 항상 놀라운 일이 아닐 수 없었다.

"조만간 그렇게 될 거야. 우리가 일을 다 마칠 때쯤에는 저 페인트와 함께 블레이드 절단날도 상당 부분 떨어져 나가겠지. 운전석에 올라타 봐, 얼간이. 바위에서 저 밑의 평지까지 이어지는 경사로를 만든 다음에, 여기서부터 저 너머 절벽까지 가는 길에 있는 혹을 몇 개

밀어 없애 보라고. 우리는 저기까지 파워셔블을 끌고 가야 하니까."

푸에르토리코인은 톰이 말을 다 끝내기도 전에 운전석에 올라가 있었고, 곧이어 굉음과 함께 180도 회전한 세븐이 노두를 되짚어 따라가서 내륙의 가장자리로 향했다. 리베라가 블레이드를 아래로 내리자 모래질 이회토가 도저 앞에 소용돌이치며 쌓였고, 블레이드를 채우고 밀리면서 그 양쪽 끄트머리에 고른 두둑을 두 개 만들어 냈다. 그가 적재물을 돌투성이 내륙 가장자리로 밀자, 세븐은 하중을 받아들이면서 회전수를 낮추었으며, **부릉 부릉 부르릉** 소리를 내고, 마치 잔뜩 긴장한 수소처럼 끌어당기면서 구경하던 이들이 회전수를 셀 수 있을 만큼 천천히 격발했다.

"늠름한 물건이로군." 톰이 말했다.

"늠름한 운전기사도 있고 말이야." 처브가 퉁명스레 말하고는 이렇게 덧붙였다. "정비사치고는 말이지."

"저 친구는 괜찮아." 켈리가 말했다. 그는 두 사람과 나란히 서서 푸에르토리코인이 도저를 운전하는 모습을 지켜보고 있었다. 켈리는 마치 줄곧 거기 서 있었던 것처럼 굴었는데, 어떤 장소에 올 때마다 항상 그런 식이었다. 그는 키가 크고, 마르고, 너무 긴 초록색 눈에, 마치 비쩍 마른 고양이처럼 자기가 움직이는 방향으로 성큼성큼 걷곤 했다. 켈리가 말했다. "이렇게 움직일 채비가 다 된 상태에서 중장비가 배로 운반되는 날을 내가 직접 보게 되리라고는 한 번도 생각 못 했어. 어느 누구도 이런 건 미처 생각해 보지 못했을 거야."

"요즘에는 중장비를 서둘러 내려야 할 때가 있으니까." 톰이 말했다. "탱크를 가지고도 그렇게 할 수 있다면, 건설 장비를 가지고도 그럴 수 있겠지. 대신 우리는 뭔가를 파괴하기 위해서가 아니라 뭔가를 건설하기 위해서 이렇게 하는 거야. 켈리, 파워셔블에 시동을 걸어 봐. 기름을 넣어 놓았으니까. 우리는 그걸 끌고 절벽으로 갈 거야."

켈리는 커다란 굴착기의 운전석에 올라가서 조속기* 조정 장치를 만지작거리더니 시동 핸들을 잡아당겼다. 머피 디젤 엔진이 훅 소리를 내더니 곧이어 덜덜거리는 공회전 상태로 안정되었다. 켈리는 운전석에 올라타고는, 스로틀을 약간 조절하더니, 붐 올리기를 시작했다.

"나는 아직도 실감이 안 나." 처브가 말했다. "불과 1년 전에만 해도 이런 작업에는 무려 2백 명이 투입되었으니까 말이야."

톰이 미소를 지었다. "맞아. 그리고 우리가 맨 처음에 한 일은 사무용 건물 짓기, 그다음으로는 숙소 짓기였지. 그래도 나라면 이쪽을 택하겠어. 시간 기록원도 없고, 인원은 겨우 여덟 명에다가, 1백만 달러짜리 장비와 3주라는 시간이 있으니까. 파워셔블 한 대와 장비 상자들이 있으니 우리도 비를 피할 수 있고, 군용 전투식량이 있으니 배도 채울 수 있지. 이 일을 마치면, 우리는 여기서 벗어나서 돈을 받게 될 거야."

리베라는 경사로 만들기를 마무리하고 세븐을 돌려서 그 위를 올라갔으며, 새로운 매립지를 밟아 다졌다. 경사로 꼭대기에 도달하자 그는 블레이드를 아래로 내리고 땅에서 살짝 띄운 상태로 경사로를 다시 내려오면서 두둑을 평평하게 다듬었다. 톰이 손을 흔들자, 리베라는 바닷가를 가로질러 움직였고, 절벽을 향해서 비스듬히 올라가서, 혹을 밀어 버리고, 그 흙을 우묵한 곳으로 가져갔다. 그는 작업 중

* 엔진의 과속이나 정지를 방지하기 위해 회전 속도를 일정하게 유지시켜 주는 장치.

에 노래를 불렀으며, 강력한 모터의 박동을 느꼈으며, 저 거대하고 무자비한 기계의 미세한 복종을 느꼈다.

"저 원숭이 녀석은 왜 윤활유 주입기를 들고 있지 않은 거지?"

톰은 고개를 돌리고, 입에 물고 씹던 성냥개비 끄트머리를 꺼냈다. 그는 아무 말도 하지 않았다. 조 데니스를 향해서는 가급적 아무 말도 하지 않는 습관을 들이려고 한동안 노력해 왔기 때문이다. 전직 회계관인 데니스는 지금 없어진 서인도제도에서의 프로젝트 막판에 차출되어 사무실을 떠나 온 사람이었다. 그가 운전기사가 된 까닭은, 그쪽 인원이 몹시도 부족했기 때문이었다. 사무실에서는 흔쾌히 데니스를 풀어주었는데, 작은 사무실 정치에 대한 그 사람 특유의 성향 때문이었다. 그는 여전히 이 게임을 하고 있었으며, 가뜩이나 삶은 것 같은 붉은 얼굴과 약간은 여자 같은 걸음걸이 때문에, 그야말로 현장에는 어울리지 않았다. 사무실에 비하자면 현장에서는 알랑방귀와 뒤통수치기로 달성할 수 있는 일도 더 적게 마련이었다. 하지만 자기 업무에 최대한 정신을 집중하려고 노력하는 와중에도 톰이 인정할 수밖에 없는 사실이 하나 있었다. 저 친구의 짜증 나는 소질 중에서도 최악은 여느 팬 스크레이퍼* 운전기사 못지않게 실력이 뛰어나다는 것 그리고 어느 누구도 그걸 부정할 수 없다는 것이었다.

데니스 본인도 물론 부정하지 않았다.

"저 얼간이들 가운데 하나가 점심시간에 기계에 올라앉아 있다가 발각되면 엉덩이를 걷어차이던 시절이 있었지." 데니스가 투덜거렸

* 팬 스크레이퍼는 울퉁불퉁한 지면을 평탄하게 깎아내는 중장비이다. 이 작품에 등장하는 도저-팬 복합기는 트랙터(도저)에 스크레이퍼를 연결해 사용하며, 연결을 해제한 트랙터는 불도저 대용으로 쓸 수 있다.

다. "그런데 이제는 저놈들한테 한 사람분의 일을 맡기고, 한 사람분의 일당을 준다니까."

"그야 저 친구가 한 사람분의 일을 **실제로** 하기 때문이잖아, 안 그래?" 톰이 말했다.

"저놈은 망할 푸에르토리코인이라고!"

현장감독이 고개를 돌려서 그를 똑바로 바라보았다. "자네 고향이 어디라고 했더라." 그는 곰곰이 생각했다. "아, 그래. 조지아주였지."*

"그게 무슨 뜻이지?"

톰은 이미 성큼성큼 걸어가고 있었다. "내가 말해야 할 때가 되면 말해 주지." 그는 어깨 너머로 이 말을 내뱉었다. 데니스도 세븐을 살펴보러 가 버렸다.

톰은 경사면을 흘끗 바라보고 켈리에게 손을 흔들었다. 켈리는 하우스브레이크를 걸어서 파워셔블 상체가 좌우회전하지 못하게 만든 다음, 주행 기어를 넣고 (이제 역할이 바뀌어 주행을 조종하는) 좌우회전 레버를 앞으로 밀었다. 드라이빙 체인의 덜그럭 소리가 나고, 산호모래가 압착되면서 우지직 소리가 요란하게 나더니, 거대하고 평평한 패드**가 파워셔블을 끌고 경사로를 넘어서 아래로 내려갔다. 경사로의 꼭대기를 넘어가면서 육중한 망간 강철 버킷 문이 마치 굶주린 입처럼 빼끔 열렸다 닫히더니만, 버킷에 쿵쿵 부딪치다가 갑자기 걸쇠가 걸리며 닫히고 잠잠해졌다. 커다란 머피 디젤 엔진이 압축 상태에서 공허하게 노래하는 가운데, 기계는 내리막을 지나간 다음,

* 미국 남부의 조지아주는 흑백 인종차별이 유독 심해서 20세기 후반의 공민권 운동에서 격전지로 떠올랐다.

** 캐터필러에 덧씌우는 완충재를 말한다.

곧이어 예민한 조속기가 상황을 장악해서 배를 때리는 평지의 일격을 받아냈다.

피블스는 도저-팬 복합기 가운데 하나의 옆에 서서 파이프를 빨며 바다를 바라보고 있었다. 그는 머리가 반백이고 체구가 육중했으며, 무성한 회색 눈썹 아래에는 톰이 지금껏 본 것 중에서 가장 차분한 회색 눈동자가 있었다. 또한 이제껏 한 번도 기계에게 분노한 적이 없었으며(타고난 정비사로서는 보기 드문 소질이었다), 50대의 나이에 접어들고서는 사람에게 화를 내는 일이 제일 쓸모가 없다는 사실을 터득했다. 그래도 최소한 기계는 고칠 수 있지만 사람은 그마저도 불가능했으니까. 그가 파이프대에 대고 이렇게 말했다.

"저기 있는 내 부하 놈을 돌려주면 좋겠군."

톰의 입술이 뒤틀리며 작게 미소 지었다. 그와 피블스 영감은 처음 만난 이후로 줄곧 서로를 잘 이해했다. 이것이야말로 이야기하지 않은 상태로 존재하는 몇 가지 가운데 하나였다. 즉 서로에 대해서는 잘 몰랐는데, 우정을 유지하기 위해서 굳이 사소한 이야기를 나눌 필요가 있다고는 피차 생각하지 않았기 때문이다. 두 사람으로선 피차 설득할 필요도 없이 상대방으로부터 최선을 기대할 수 있다는 사실을 아는 것만으로도 충분했다.

"리베라 말이에요?" 톰이 물었다. "저 친구가 굴착기용 작업 도로 만들기를 마무리하는 대로 제가 그쪽으로 쫓아 보내죠. 왜요— 뭔가 할 일이라도 생겼어요?"

"그건 아니야. 다만 저 아크 용접기를 말리고 씻어 놓고, 작업대를 하나 세워 놓고 싶어서 그래. 혹시나 자네들이 뭔가를 망가트릴 경우를 대비해서 말이야." 피블스가 말을 멈추었다. "게다가 저 꼬맹이는 한꺼번에 너무 많은 것들을 머릿속에 쑤셔 넣고 있단 말이야. 정비사 일과 중장비 운전은 서로 전혀 별개인데도 말이야."

"아직까지도 그다지 발전은 없는 거죠, 안 그래요?"

"그래. 그렇게 되도록 허락하지 않기도 하지. 자네가 그를 필요로 하지 않는 이상에는."

톰은 팬 트랙터에 올라탔다. "저도 저 녀석을 간절히 필요로 하지는 않아요, 피블스. 다만 지금은 저 친구가 먼저 하는 일이 있으니, 혹시 도움이 필요하면 데니스를 데려가서 쓰세요."

정비사는 아무 말도 하지 않았다. 그냥 침만 뱉었다. 그러면서도 아무 말도 하지 않았다.

"그나저나 데니스는 도대체 뭐가 문제인 거죠?" 톰은 알고 싶었다.

"저 너머를 좀 봐." 피블스는 파이프대를 흔들면서 말했다. 바닷가에서 데니스가 처브에게 뭔가를 이야기하고 있었다. 특유의 끈질긴 방식대로, 데니스는 동료 옆에 서서 상대방의 어깨에 한 손을 올려놓고 있었다. 두 사람이 지켜보는 가운데, 데니스가 자신의 똘마니인 앨 놀스까지 불렀다.

"데니스는 말이 너무 많아." 피블스가 말했다. "대개는 별문제가 되지 않지만, 그래도 때때로 너무 말이 많다고. 대장 노릇을 하는 데 필요한 자질 따위는 갖고 있지 못하고, 본인도 그런 사실을 알아. 그래서 사람들 사이를 이간질하는 걸로 대신하는 셈이지."

"그래도 해를 끼치진 않잖아요." 톰이 말했다.

여전히 바닷가를 주시하며 피블스가 천천히 말했다.

"아직까진 그렇지."

톰은 뭔가를 이야기하려다가 말고 어깨를 으쓱했다. "리베라를 보내 드릴게요." 그는 이렇게 말하고 나서 팬 트랙터의 스로틀을 열었다. 마치 거대한 전자 발전기처럼, 2사이클 모터가 털털거리더니 점점 빨라졌다. 톰은 오른쪽 허벅지 옆에 있는 작은 레버를 움직여 도저를 들어 올렸고, 자기 어깨 뒤에 튀어나온 긴 조종간을 움직여 팬을 일으켰다. 그는 출발했고, 스크레이퍼의 뒷문을 열어서, 그 블레이드에 물린 것은 뭐든지 간에 팬 안으로 들어가는 대신에 옆으로 빠져나가게 만들었다. 그는 트랙터를 6번 기어로 바꾸어서, 천천히 기어가는 파워셔블 옆으로 웅웅거리며 다가갔고, 상대편의 붐 아래를 깔끔하게 지나쳐서 스크레이퍼 블레이드가 간신히 땅에 닿는 상태로 상대편보다 앞서 나갔고, 리베라가 만들어 놓은 작업 도로를 곱게 골랐다.

데니스는 이렇게 말하는 중이었다. "저 꼬맹이 히틀러 놈이 그랬다니까. 왜 내가 그따위 이야기를 듣고 있어야 하지? '자네는 조지아주에서 왔었지.' 그렇게 말하더라니까. 도대체 제까짓 게 뭐야? 양키나, 뭐, 그런 건가?"

"자네가 메이컨*에서 온 멋쟁이라는 뜻이었겠지." 역시나 조지아주 출신인 앨 놀스가 웃음을 터트렸다. 그는 키가 크고, 체격이 늠름하고, 어깨가 둥글었다. 앨의 기술 모두는 손과 발에 들어 있었으며, 두뇌란 단지 평생 불필요한 일용품에 불과했기에, 데니스를 만난 이후로는 그를 자기 두뇌의 적절한 복제품으로 사용했다.

"톰의 말뜻은 아무것도 아니었어." 처브가 말했다.

* Macon, 미국 조지아주의 도시.

"아니, 아무것도 아니지 않아. 다만 우리는 그가 지시하는 일을 그가 지시하는 방식대로 하는 것뿐이지. 특히 우리가 좋아하지 않는 어떤 방법을 그가 발견하면 말이야. **자네**도 그걸 좋아하지는 않을 텐데, 처브. 이봐, 앨, 자네는 과연 이 친구가 그런 식으로 계속 해 나갈 수 있을 것 같나?"

"당연히 아니지." 앨은 자기에게 기대된다고 느껴지는 대답을 내놓았다.

"또라이들 같으니." 처브는 기쁘면서도 불편한 마음으로 말했다. 그리고 이렇게 생각했다. 과연 내가 톰에게 반대해야 할 이유가 있을까? 그로선 알 수도 없었고, 예나 지금이나 톰을 각별히 좋아하지도 않았다. "그래도 여기서는 톰이 대장이잖아, 데니스. 우리는 할 일이 있다고. 어서 가기나 하자고. 기껏해야 징그러운 6주 동안이라면 사람은 뭐든지 견딜 수 있을 테니까."

"아, 물론이지." 앨이 말했다.

"사람은 무척이나 많은 것을 견딜 수 있지." 데니스가 말했다. "하지만 도대체 무엇 때문에 그들은 저런 작자를 윗대가리에 놓은 걸까, 처브? 자네는 어디가 어때서? 자네도 정지整地와 배수에 관해서라면 톰 못지않게 잘 알지 않나? 과연 톰이 자네처럼 언덕을 측량할 수 있을까?"

"물론이지, 물론이야. 하지만 어쨌거나 우리가 비행장을 만들 수만 있다면, 그게 무슨 차이가 있겠나? 게다가 어쨌거나 대장이 된다고 해서 좋을 것도 없어. 일이 제대로 되지 않을 경우에 누가 비난을 받겠냐고?"

데니스가 뒤로 물러나더니 처브의 어깨에서 손을 떼고는 앨의 갈비뼈를 팔꿈치로 쿡 찔렀다.

"자네도 봤지, 앨? 이제 여기 똑똑한 양반이 계시는구먼. 저거야말로 톰 영감조차도 예상치 못한 일이라고. 처브, 그 작은 일을 할 때면 앨하고 나한테 기꺼이 의지하라고."

"무슨 작은 일을 한다는 거야?" 처브는 진심으로 어리둥절해져서 물었다.

"자네가 말한 것처럼. 만약 일이 잘못되기라도 하면 대장이 비난을 받을 거야. 따라서 대장이 똑바로 행동하지 않는다면 이 일도 잘못될 수밖에 없겠지."

"으흠." 앨도 단순한 정신의 소유자답게 동의했다.

처브는 이 비범한 논리 과정에 깜짝 놀란 나머지, 이 대화가 흘러가는 방향에 격분하며 그 의미를 서둘러 파악했다. "나는 그런 이야기한 적 없어! 이 일은 무슨 일이 있어도 제대로 끝날 거야. 내가 할 수 있는 한, 나나 여기 있는 누구도 망할 놈의 농땡이 딱지를 달지는 않을 거라고!"

"그건 오래된 싸움 방법이야." 데니스가 짐짓 꾸며 내듯 말했다. "우리는 태업이란 게 뭔지 저놈한테 똑똑히 보여 줄 거라고."

"자네는 말을 너무 많이 하는군." 처브는 이렇게 말한 다음, 이야기가 더 복잡해지기 전에 그곳을 떠나 버렸다. 데니스와 이야기를 나누고 뒤돌아설 때마다, 그는 마치 깨끗한 양심으로 내던질 수는 없고 애초부터 원했던 적도 없는 어떤 회원 카드가 자기 주머니에 꽂혀 있는 듯한 기분이 들었다.

리베라는 작업 도로를 언덕 밑까지 뚫고 나서, 세븐을 뒤로 돌린 다음, 마스터 클러치를 풀고 스로틀을 공회전으로 줄였다. 톰은 팬

스크레이퍼를 끌고 도로를 따라왔다. 그가 접근하자 리베라가 좌석에서 내려와 트랙터 뒤에 서더니, 예민한 한 손을 최종 구동 장치 외장과 스프로킷 부싱 위에 올려놓고 과열 여부를 확인했다. 톰은 그 옆에 차량을 세우고, 팬 트랙터에 올라타라고 지시했다.

"케 파사(무슨 일이야), 얼간이? 혹시 잘못된 거라도 있어?"

리베라는 고개를 젓더니 씩 웃었다. "잘못된 것은 없어요. 이 아가씨는 완벽해요. '데 시에테'. 이 아가씨는—"

"그건 무슨 뜻이야? 방금 데이지 에타라고 했어?"

"'데 시에테'예요. 스페인어로 D-7이라는 뜻이죠. 혹시 이게 영어로도 무슨 뜻이 있나요?"

"내가 잘못 알아들었군." 톰이 미소를 지었다. "하지만 '데이지 에타'라면 영어에서 여자 이름 같기는 하지."

그는 팬 트랙터 기어를 중립으로 바꾸고, 클러치를 걸어 놓은 상태에서 기계에서 뛰어내렸다. 리베라도 그 뒤를 따라갔다. 두 사람은 세븐에 올라탔고, 이번에는 톰이 운전을 맡았다.

리베라가 말했다. "데이지 에타." 어찌나 활짝 미소를 짓던지, 그의 이 뒤에서 작고 나지막이 쿨럭거리는 소리가 들려왔다. 리베라는 손을 뻗더니, 키가 큰 스티어링 클러치 레버 하나에 새끼손가락을 감아서 뒤로 끝까지 잡아당겼다. 톰도 대놓고 웃음을 터트렸다.

"이건 정말 대단한 놈이야." 그가 말했다. "지금까지 만들어진 가장 손쉬운 캐터필러 차지. 유압식 스티어링, 그 위에 침만 뱉어도 우뚝 멈춰 설 정도로 반응이 좋은 클러치와 브레이크. 앞뒤로 전속력을 낼 수 있는 전후진 레버까지. 예전의 일들하고는 약간 다르지. 8년에서 10년 전에만 해도 부스터 스프링은 없었어. 스티어링 클러치를 원래

대로 돌려놓으려면 무려 60파운드짜리 추가 필요했다고. 그 당시에는 앵글도저*를 가지고 산허리를 깎는 것만 해도 대단한 일이었다니까. 자네도 나중에 한번 해 보라고. 한 손으로는 도저를 몰면서, 다른 한 손으로는 그놈 주둥이를 흙더미에 들이박지 않게 하는 거지. 하루에 열 시간씩 말이야. 그렇게 해서 얻은 게 뭘까? 시간당 80센트의 임금에다가—" 톰은 불이 붙은 담배 끄트머리를 집어 들고는 못박인 손바닥에 비벼서 껐다. "—바로 이것뿐이지."

"산타 마리아(이런 세상에!)"

"자네랑 이야기를 하고 싶었어, 얼간이. 내친김에 저 절벽을, 그러니까 저 위에 있는 돌을 좀 살펴보고 싶기도 하고 말이야. 어쨌거나 켈리가 여기까지 와서 절벽을 깎아 내려면 한 시간 가까이 걸릴 테니까."

두 사람은 경사면을 부르릉거리며 올라갔고, 톰은 높이 4피트짜리 캐터필러 아래 있는 땅을 느끼면서, 마치 산허리의 좁은 길을 가는 것처럼 지그재그 코스로 도저를 몰고 올라갔다. 비록 세븐의 배기관에 달린 소음기가 그들 앞의 후드에서 툭 튀어나와 있었지만 14톤짜리 강철 덩어리를 운반하는 네 개의 커다란 실린더 소음은 사람의 목소리를 능가할 정도여서, 두 사람은 아무 말 없이 가만히 앉아 있었다. 톰이 운전하는 동안 리베라는 동료의 손이 조종 장치 위를 오가는 모습을 지켜보았다.

절벽은 마치 한쪽으로 기울어진 등뼈처럼 이 작은 섬의 길이 전체에 걸쳐 이어지는 낮은 능선으로부터 시작되었다. 한가운데 부분에

* angle-dozer. 블레이드가 상하로만 움직이는 일반 불도저와 달리, 블레이드가 좌우로도 30도씩 움직여서 산허리 깎기 등의 작업에 주로 사용되는 특수 불도저를 말한다.

서 갑자기 땅이 치솟아서, 이들이 장비를 내려놓은 바닷가의 바위투성이 노두 쪽으로 선반이 하나 툭 튀어나와 있고, 거기서 또다시 땅이 치솟아서 폭이 0.5마일쯤 되는 거의 정사각형의 좁은 평지 구역이 나왔다. 혹이 많고 거친 땅이었지만, 두 사람은 그곳을 모두 살펴보고 난 다음에야, 그 위를 덮고 있는 덤불과 폐허 아래의 땅이 얼마나 믿을 수 없을 정도로 평탄한지를 깨달았다. 한가운데에는 (이들은 그곳이 정중앙임을 문득 깨달았다) 야트막하고 풀이 웃자란 둔덕이 하나 있었다. 톰은 클러치를 풀고 회전수를 줄였다.

"조사 보고서에 따르면 여기에 돌이 있다던데." 톰은 이렇게 말하며 운전석에서 뛰어내렸다. "어디 주위를 좀 걸어 다녀 보자고."

두 사람은 둔덕을 향해 걸어갔다. 톰은 걸어가는 내내 이곳저곳을 살펴보았다. 그러다가 몸을 굽혀서 빽빽하고 짧은 풀 속을 바라보다가, 단단하고 잘 부서지는 청회색 돌멩이를 하나 집어 들었다.

"리베라. 이것 좀 봐. 그 보고서에서 이야기하던 게 이거라고. 봐봐. 더 있지. 하지만 모두가 작은 조각이군. 구할 수만 있다면, 우리한테는 늪을 메울 큰 돌들이 필요한데 말이야."

"이게 좋은 돌이에요?" 리베라가 물었다.

"그래, 이 친구야. 하지만 원래부터 여기 있던 건 아니야. 이 섬은 노두부터 저 아래까지 전체가 모래와 이회토와 사암으로 되어 있거든. 그런데 지금 여기 있는 건 청회색 사암이란 말이지. 마치 다이아몬드가 나오는 진흙처럼 말이야. 딱딱하기 그지없지. 앞서 이회토 언덕에서도 이런 건 본 적이 없어. 심지어 이 비슷한 것조차도 말이야. 어쨌거나, 혹시 큰 돌이 있는지, 어디 한번 돌아다니면서 찾아보자고."

두 사람은 걸었다. 리베라가 갑자기 손을 아래로 뻗더니 풀을 옆으로 헤쳤다.

"톰— 여기 큰 게 있어요."

톰이 그곳으로 가서 보니 표토 위로 돌의 한귀퉁이가 튀어나온 게 보였다. "그래, 얼간이. 가서 자네 여자친구를 이리로 데려와. 이걸 파 보게 말이야."

리베라는 공회전 중인 도저로 달려가서 운전석에 올랐다. 그는 기계를 끌고 톰이 기다리는 곳까지 와서 멈춘 다음, 좌석에서 일어나 기계의 전면 너머로 돌의 위치를 살펴보더니 다시 앉아서 기어를 바꾸었다. 하지만 리베라가 기계를 움직이기도 전에, 톰이 바퀴덮개에 올라서서 그의 팔에 손을 얹고 제지했다.

"아니야, 이 친구야. 아니라고. 3단이 아니야. 1단이지. 그리고 스로틀은 절반만. 바로 그거야. 돌을 후려쳐서 땅에서 꺼내려고 하지는 말라고. 돌에 살살 다가가는 거야. 블레이드를 돌에다 갖다 대고, 번쩍 들어서 꺼내는 거라고. 걷어차서 꺼내는 게 아니라. 블레이드에서도 가운데 부분으로 하는 거야. 블레이드 가장자리로 하는 게 아니라니까. 유압 실린더에 하중을 싣도록 해. 도대체 누구한테 배워서 이렇게 하려는 거였어?"

"아무한테도 배운 적 없어요. 그냥 딴사람이 하는 걸 보고서 따라한 것뿐이죠."

"그래? 누가 이렇게 했는데?"

"데니스요. 하지만—"

"잘 들어, 얼간이. 자네가 데니스한테서 뭔가를 배우고 싶다면, 그 친구가 팬에 올라탔을 때에나 유심히 지켜보라고. 그때만큼은 그 친구의 도저 모는 솜씨도 그 친구의 말솜씨하고 똑같으니까. 이왕 말이 나왔으니 말인데— 내가 자네한테 하고 싶었던 이야기가 생각나는군. 혹시 그 친구랑 자네 사이에 무슨 말썽은 없었나?"

리베라는 양손을 펼쳐 보였다. "무슨 말썽이 있겠어요? 그 사람은 아예 저한테 말조차도 안 거는데요."

"아, 그러면 됐어. 자네는 계속 그대로 하라고. 데니스도 괜찮기는 하지만, 내 생각에는 자네도 그 친구랑 거리를 두는 게 더 나을 거야."

곧이어 톰은 운전기사와 정비사 노릇을 동시에 하는 것에 관해서 피블스가 했던 말을 청년에게 전해 주었다. 리베라는 여위고 검은 얼굴을 떨구더니, 한 손으로 블레이드 조종 장치 언저리를 더듬다가 가볍게 붙잡은 다음, 합성 재질 손잡이와 그걸 붙잡아 주는 절삭 고정 너트를 더듬었다.

"알았어요, 톰. 당신 말씀대로 저는 정비에 전념해서 고장 난 기계나 열심히 고칠게요. 대신 도와달라고만 하시면 제가 기꺼이 데이지 에타를 몰게요. 그래도 되죠?"

"그래, 이 친구야, 그래. 하지만 잊지 말라고. 사람이 모든 걸 다 할 수는 없어."

"당신은 다 하시잖아요." 청년이 말했다.

톰이 기계에서 뛰어내리자, 리베라는 기어를 1단으로 바꾸고 돌에 슬금슬금 다가간 다음, 블레이드를 살며시 갖다 댔다. 하중을 받아들인 강력한 엔진은 귀에 확연히 들릴 정도로 그 근육을 긴장시켰다. 청년이 스로틀을 약간 열자, 기계는 돌을 떠밀며 단단하게 버텼고, 캐터필러가 미끄러지고 땅으로 박히면서 파헤쳐진 흙이 뒤에 쌓였다. 톰이 주먹을 치켜들고 엄지손가락을 세우자, 리베라는 블레이드를 올리기 시작했다. 세븐은 마치 진흙 사이로 밀어붙이는 수소처럼 그 주둥이를 낮추었다. 캐터필러의 앞부분은 더 깊이 파묻혔고, 돌에 닿은 블레이드가 미늘에 걸린 것마냥 바위에서 1인치 위로 미끄러졌다. 돌이 움직였고, 갑자기 땅에서 나오며 그 주위를 뒤덮은 흙을 들썩이는 통에, 마치 배의 느린 선수파船首波가 닿은 것처럼 잔디가 옆으로 부풀었다. 그러자 블레이드가 붙잡은 것을 놓치면서 돌 위로 미끄러졌다. 까딱하면 돌의 중량이 라디에이터 코어를 찌르고 들어올 뻔한 찰나, 리베라는 마스터 클러치를 풀었다. 그는 후진하면서 다시 블레이드를 돌에 갖다 댔고, 마침내 돌을 굴려서 백일하에 드러냈다.

톰은 선 채로 그 모습을 지켜보며 목 뒤를 긁고 있었다. 리베라가 기계에서 내려와 그의 옆에 섰다. 두 사람은 한동안 아무 말도 하지 않았다.

돌은 대략 직사각형 모양이었고, 마치 벽돌의 한쪽 끝을 약 30도로 깎아 낸 듯한 형태였다. 각진 면에는 정사각형으로 잘라 낸 돌기가 있어서 마치 제재목의 철凸 부분 같았다. 돌은 가로 3피트, 세로 3피트, 높이 2피트였고, 무게는 대략 6백에서 7백 파운드쯤 되어 보였다.

"저 돌은 **여기** 것이 아니야." 톰이 휘둥그레진 눈으로 말했다. "설령 여기 것이라 치더라도, 저런 식으로 자라났을 리는 결코 없어."

"우나 피에드라 데 우나 카사(집에 쓰는 석재군요)." 리베라가 조용히 말했다. "여기에 건물이 있었나 봐요, 안 그래요?"

톰은 갑자기 뒤로 돌아서서 둔덕을 바라보았다.

"여기에 건물이 있었던 거야. 또는 건물의 잔해이든지. 그게 얼마나 오래된 건지는 아무도 모를 테고."

천천히 사그라지는 빛 속에서, 두 사람은 거기 그렇게 서서 둔덕을 바라보고 있었다. 그러다가 이들에게 어떤 압박감이 찾아왔다. 마치 바람도 없고, 소리도 전혀 없는 듯했다. 하지만 실제로는 바람이 불고 있었고, 그들 뒤에서는 **데이지 에타**가 털털 공회전을 하면서 움직거리고 있었으며, 아무것도 변하지 않은 상태였다. 정말로 그럴까? 정말 아무것도 변하지 않았을까? 여기서 아무것도 변하지 않을까? 변할 수가 없을까?

톰은 뭔가 말하려고 두 번이나 입을 열었지만, 차마 그럴 수가 없었다. 또는 그러고 싶지가 않았다. 어느 쪽인지는 알 수 없었다. 리베라가 축 늘어지며 쭈그리고 앉았다. 등을 꼿꼿이 세우고, 두 눈을 크게 뜨고서.

갑자기 매우 추워졌다. "춥군." 톰이 말했다. 그 목소리가 톰 자신에게도 어딘지 거칠게 들렸다. 그들에게 불어오는 바람도 따뜻했고, 리베라의 무릎 아래 땅도 따뜻했다. 그 추위는 열기의 결여 때문이 아니라 오히려 다른 뭔가의 결여 때문이었다. 물론 그것도 온기였지만, 여기서는 아마도 생명력의 특별한 온기인 듯했다. 압박감이 점점 늘어났다. 마치 이 장소의 기이함을 인식한 데서부터 압박감이 시작되었고, 이에 대한 이들의 감수성이 커지면서 압박감도 역시나 커지는 것 같았다.

리베라가 스페인어로 뭔가 조용히 중얼거렸다.

"도대체 뭘 보고 있는 거야?" 톰이 물었다.

리베라는 화들짝 소스라치며 팔을 치켜들었다. 마치 톰의 목소리와의 충돌을 피하려는 듯한 동작이었다.

"저는…… 볼 것은 전혀 없어요. 다만 예전에도 이런 기분을 느껴

본 적이 있어서. 저도 잘 모르겠어요—" 리베라는 고개를 저었고, 두 눈은 크고도 공허해 보였다. "그다음에는 어마어마한 천둥과 폭풍이 있었는데—" 그의 목소리가 잦아들었다.

톰은 상대방의 어깨를 붙잡고 거칠게 일으켜 세웠다. "얼간이! 자네 정신이 나간 것 아니야?"

청년은 거의 온화하게 미소를 지었다. 그의 윗입술 솜털에는 땀방울이 맺혀 있었다. "전혀 아니에요. 다만 어마어마하게 겁이 났을 뿐이에요."

"차라리 겁나게 도로 뛰어가서, 저 캐터필러 차에 올라타 일이나 하라고." 톰이 호통쳤다. 곧이어 더 조용한 말투로 이렇게 덧붙였다. "여기 뭔가가, 그러니까 뭔가 잘못된 게 있다는 건 나도 알아, 얼간이. 하지만 그 뭔가가 우리한테 활주로를 지어 주지는 않을 거라고. 어쨌거나 나는 총을 무서워하는 사냥개를 어떻게 고쳐야 할지 잘 알아. 자네만큼 일을 할 수 있어야 마땅할 거라고. 이제 저 둔덕으로 가서, 우리가 쓸 만한 큰 돌들이 있는지나 알아 봐. 저 아래 있는 늪을 메워야 하니까."

리베라는 머뭇거리면서 뭔가 말하기 시작했지만, 도로 꿀꺽 삼키고는 천천히 걸어서 세븐으로 향했다. 톰은 선 채로 그를 바라보며, 가까운 어딘가에서 자기 등골을 서늘하게 만든 뭔가가 가한 감지할 수 없는 압력에 대해서는 차라리 생각을 말기로 작정했다.

도저는 둔덕으로 돌진하며 털털거렸다. 문득 톰은 저 기계를 가리키는 스페인어 속어가 '푸에르코', 즉 돼지 또는 멧돼지라는 사실을 상기했다. 리베라는 블레이드의 모서리를 가지고 둔덕의 가장자리를 찌르고 들어갔다. 흙과 덤불이 파헤쳐지고, 둔덕에서 떨어져 나가서,

둑 옆에서부터 튀어올라 몰드보드를 따라서 쌓였다. 청년은 둔덕을 따라 지나가기를 마무리했고, 적재물을 가지고 더 나아가서, 평지 위에 쏟아 버린 다음, 뒤로 돌아서 다시 오기 시작했다.

그로부터 10분 뒤에 리베라는 흙에 파묻힌 돌더미를 발견했다. 망간 강철이 돌을 긁으며 비명을 질렀고, 회색 먼지가 블레이드 모서리에서 피어올랐다. 기계가 지나간 다음에 톰은 무릎을 꿇고 돌 더미를 살펴보았다. 앞서 평지에서 발견한 것과 똑같은 종류의 돌이었다. 그리고 똑같은 방식으로 형성되어 있었다. 하지만 여기서는 벽을 이루고 있었고, 덩어리의 각진 면은 확연하게 요凹와 철凸이 맞물리며 끝났다.

차가웠다. 얼마나 차가웠느냐면—

톰은 숨을 한 번 깊이 쉬고, 두 눈에 맺힌 땀을 닦았다.

"어떻게 되든 상관 없어." 그가 속삭였다. "저 돌을 가져야겠어. 늪을 메워야 하니까." 톰은 다시 일어난 다음, 리베라에게 손짓을 해서 파묻힌 벽에 난 얇은 균열에다가 블레이드를 집어넣게 했다.

세븐이 벽을 향해 돌아서서 멈추자, 리베라는 기어를 1단으로 바꾸고, 스로틀을 줄이고, 블레이드를 낮추었다. 톰은 그의 얼굴을 바라보았다. 청년의 입술은 하얗게 변해 있었다. 마스터 클러치를 풀자, 블레이드가 아래로, 또 아래로 내려가며 그 모서리가 깔끔하게 균열 속으로 들어갔다.

도저는 마치 저항하듯 소리를 내며 옆으로 게걸음을 하기 시작했고, 블레이드 절단날을 추축으로 사용했다. 톰은 뛰어서 피했고, 이제는 벽과 거의 평행을 이루고 있는 기계 뒤로 뛰어서 돌아간 다음, 멀찍이 떨어진 곳에서, 한 손을 들어 올려 신호 보낼 준비를 하며, 긴장된 블레이드를 주시했다. 그러다가 갑자기 모든 일이 한꺼번에 일어났다.

이빨 부러지는 듯한 딱 소리와 함께 돌덩어리 하나가 움직이며 떨어져 나왔고, 정사각형의 끝에서 바깥쪽으로 선회하면서, 그 주위에 있던 것도 함께 빠져 버렸다. 그 위에 있는 돌덩어리가 또 하나 떨어졌고, 전체 둔덕이 안정을 찾는 것처럼 보였다. 그때 돌들이 빠지며 생긴 검은 구멍에서 **뭔가**가 후욱 하고 달려 나왔다. 마치 안개 같은 것이었지만 눈에 보이는 안개는 아니었으며, 뭔가 크지만 차마 측량할 수 없는 것이었다. 이와 함께 실제로는 추위가 아니었던 그 추위가, 그리고 오존 냄새가, 그리고 강력한 정전靜電 방전이 나타났다.

톰은 벽에서 50피트쯤 멀어진 다음에야 자기가 움직였다는 사실을 깨달았다. 그는 걸음을 멈추고, 세븐이 갑자기 마치 야생마처럼 한 번 뛰어오르는 것을, 그리고 리베라가 두 바퀴나 공중제비를 하는 것을 보았다. 톰은 뭔가 의미 없는 소리를 외치고 청년을 향해 달려갔다. 그는 거친 풀밭에 쓰러져 있는 청년을 안아 들고 달렸다. 그제야 톰은 자기가 저 기계를 피해 달리고 있음을 깨달았다.

도저는 미친 것 같았다. 몰드보드가 오르락내리락했다. 둔덕에서 커브를 그리며 멀어져서는, 조속기가 요란하게 제멋대로 움직이고, 조종 장치가 도리깨질을 했다. 블레이드로 거듭해서 땅을 팠고, 큼직하게 흙을 퍼 올렸으며, 트랙터는 그 사이로 돌진했고, 덜그럭거리고 화난 듯 포효했다. 크게 불규칙적인 호를 그리며 달렸고, 돌아서서 다시 털털거리며 둔덕으로 향했으며, 거기서 파묻힌 벽을 들이받은 채, 회전하고 긁어 대고 포효했다.

톰은 고지의 끄트머리에 도달해서야 울먹이면서 호흡을 가다듬었고, 무릎을 꿇은 채, 청년을 조심스럽게 풀 위에 눕혔다.

"얼간이, 이 친구야…… 이봐."

길고 보드라운 속눈썹이 떨리다가 위로 올라갔다. 그의 눈을 보자마자 톰의 몸속에서 뒤틀리는 느낌이 들었다. 워낙 눈을 치켜뜬 까닭에 흰자만 보였던 것이다. 리베라는 길게 떨리는 숨을 들이마시다가 갑자기 컥 하고 숨이 목에 걸려 버렸다. 그가 두 번 기침을 내뱉더니, 양옆으로 머리를 하도 세차게 흔드는 바람에, 톰은 양손으로 청년의 머리를 붙잡아 안정시켰다.

"아이(아아)…… 마리아 마드레(성모 마리아님)…… 케 메 하 파사도(어떻게 된 거죠), 톰. 제가 어떻게 된 거죠?"

"세븐에서 떨어졌어, 바보같이. 자네…… 기분은 좀 어때?"

리베라는 땅에서 버둥대더니, 팔꿈치를 반쯤 몸 밑에 집어넣고는, 곧이어 힘없이 도로 주저앉았다. "괜찮아요. 두통이 심한데요. 그—그나저나 제 발이 어떻게 된 거죠?"

"발이라고? 아픈가?"

"아픈 게 아니라—" 청년의 얼굴이 잿빛으로 변했고, 입술이 의식적으로 꽉 다물어졌다.

"발을 못 움직이겠어서 그래?"

리베라는 고개를 저으며 계속해서 움직이려 시도했다. 톰이 자리에서 일어났다. "여기 가만히 있어. 내가 가서 켈리를 데려올게. 금방이면 될 거야."

그는 매우 빨리 걸었고, 리베라의 부름에도 뒤돌아보지 않았다. 전에도 척추가 부러진 사람을 본 적이 있었기 때문이다.

작은 고원의 가장자리에서 톰은 우뚝 걸음을 멈추고 가만히 귀를 기울였다. 깊어지는 어스름 속에서 불도저가 둔덕 옆에 서 있는 모습이 보였다. 모터는 계속 돌아가는 중이었다. 기계는 알아서 정지하지 않았던 것이다. 하지만 톰이 걸음을 멈춘 이유는 저 기계가 공회전을 하는 것이 아니라, 마치 누군가의 조급한 손이 스로틀을 조작하는 것마냥 회전수가 오르락내리락했기 때문이다. 즉 **부릉부릉**하면서, 심지어 고장 난 조속기가 허락할 법한 수준보다도 훨씬 더 빠르게 돌아갔다가, 곧이어 거의 침묵에 가까울 정도로 잦아들더니, 날카롭고도 불규칙적인 격발이라는 폭발적인 구두법으로 침묵을 깼다. 그러다가 엔진은 또다시 돌고 돌아서 거의 비명에 가까운 소리를 냈으며, 모든 가동 부품을 위협할 정도의 회전수를 유지하는 통에, 저 거대한 기계가 마치 어떤 치명적인 오한이라도 든 것처럼 떨렸다.

톰은 신속하게 세븐 쪽으로 걸어갔다. 풍파에 시달린 그의 얼굴에 어리둥절한 표정과 심각하게 일그러진 표정이 모두 떠올랐다. 때로는 조속기도 고장 나게 마련이며, 가끔 한 번씩은 모터가 저절로 산산조각 나면서 걷잡을 수 없이 회전수가 늘어나게 마련이다. 하지만 어쩌면 그럴 수도 있고, 또 어쩌면 회전수가 줄면서 멈출 수도 있다. 만약 운전기사가 어리석어서 마스터 클러치를 걸어 놓은 채로 기계에서 벗어났다면, 그 기계는 방금 세븐이 했던 방식으로 출발해서 달려갈 것이었다. 하지만 블레이드 모서리가 뭔가에 걸리지 않는 한에는 돌아서지 않을 것이고, 그러고 나면 엔진이 알아서 정지할 가능성이 매우 컸다. 여하간 어떤 기계든지 간에 이런 식으로, 즉 사람이 안 탔는데도 회전수가 오르락내리락하고, 달리고, 돌고, 블레이드를 올렸다 내렸다 하며 움직이는 것은 영 이치를 벗어난 일이 아닐 수 없었다.

톰이 다가가는 동안에 모터가 느려졌고, 마침내 꾸준하고도 규칙적인 공회전 비슷한 상태로 잦아들었다. 문득 그는 저 기계가 자기를 지켜보고 있는 듯한, 터무니없는 인상을 갑자기 받았다. 톰은 어깨를 으쓱하며 이 기분을 떨쳐 내고, 기계에게 걸어가서 한 손을 바퀴 덮개에 얹었다.

그러자 세븐이 마치 야생마 같은 반응을 보였다. 커다란 디젤 엔진이 포효했고, 톰은 마스터 클러치 레버가 철컥하고 가운데로 돌아오는 것을 똑똑히 보았다. 그는 펄쩍 뛰어 물러나면서 이 기계가 갑자기 앞으로 달려 나갈 거라고 예상했지만, 아마도 후진 기어였던 모양인지 오히려 뒤로 튀어나갔다. 한쪽 캐터필러를 고정시킨 상태였기 때문에, 가까운 블레이드 끄트머리가 재빠르고 악의적인 호를 그리며 돌았고, 춤추듯 뒤로 물러나 피한 톰의 엉덩이에서 딱 1인치 간격으로 아슬아슬하게 비켜 갔다.

트랙터는 마치 벽에 부딪쳐서 튕겨 나온 것처럼 방향을 바꾸어서 톰에게 달려들었다. 12피트짜리 블레이드를 치켜들고, 안짱다리 지지대 위에 달린 커다란 헤드라이트 두 개도 켜고 있어서, 마치 거대한 두꺼비의 툭 튀어나온 눈처럼 보였다. 톰은 위로 펄쩍 뛰어서 블레이드 윗부분을 양손으로 붙잡고, 몸을 힘껏 뒤로 기대며 우묵한 몰드보드에 발을 꽉 버틸 수밖에 없었다. 블레이드가 아래로 내려가서 부드러운 표토에 푹 파묻히면서 땅 위에 작은 고랑을 깊게 팠다. 몰드보드에 채워지는 흙이 위로 올라오면서 톰의 두 발 사이에서 맴돌았다. 그는 격하게 발길질을 해서 몰드보드의 롤링드래그에서 계속 흙을 치웠다. 곧이어 블레이드가 위로 올라가자, 구덩이 가장자리에 높이 4피트의 흙더미가 생겨났다. 캐터필러가 구덩이로 지나가면서 트랙터는 아래로 향했다가 다시 위로 향했다. 그리고 흙더미를 타고 위로, 또 위로 기어올라 갔다. 마치 경사로에서 점프하는 모터사이클처럼 기계가 몸부림칠 때마다 재빠르게 균형과 불균형이 이루어졌고, 곧이어 14톤짜리 금속이 블레이드부터 땅에 곤두박질하며 등골이 부러질 만한 충돌이 이루어졌다.

톰이 나가떨어진 이후에도, 그의 단단한 손바닥의 피부 일부가 여전히 블레이드에 붙어 있었다. 그는 뒤로 고꾸라졌지만, 발이 땅에 닿는 순간에 곧바로 다시 기계를 향해 몸을 날렸다. 왜냐하면 그 어떤 기계도 그 블레이드를 저런 식으로 땅에 파묻고서 손쉽게 빠져나올 수는 없다는 사실을 잘 알았기 때문이다. 톰은 블레이드 위로 뛰어올랐고, 한 손으로 라디에이터 뚜껑을 붙잡고 몸을 날렸다. 안타깝게도 그가 손에 붙잡은 뚜껑이 경첩에서 떨어져 버렸고, 그 잠깐의 순간 동안 그의 손은 아무것도 의지할 데가 없는 상태가 되었다. 균형을 잃은 톰은 두 다리가 공중에 뜬 상태에서 한쪽 어깨부터 아래로 떨어졌고, 매끄러운 후드 어깨에서 그 아래 흙을 휘젓고 있는 캐터필러 쪽으로 미끄러졌다. 그가 공기 흡입 파이프를 향해 손을 뻗어 손가락으로 잡은 바로 그 순간, 도저가 땅의 속박에서 풀려나 쏜살같이 뒤로 달리며 둔덕을 넘어갔다. 또다시 도저는 둔덕 위를 넘는 숨막히는 싸움을 벌였고, 곧이어 요란한 소리와 함께 땅에 내려섰는데, 이번에는 캐터필러부터 거의 똑바로 떨어졌다.

다시 한번 충격으로 인해 톰의 손이 찢어졌고, 후드로 기어올라 가는 사이에 팔꿈치 안쪽이 배기통에 걸리면서 둔탁하고 시뻘건 금속이 살 속으로 파고들어 왔다. 그는 끙 소리를 내며 그 주위를 팔로 조였다. 가속도 때문에 톰의 몸이 배기통 주위로 돌아가면서, 두 발이

스티어링 클러치 레버에 부딪혔다. 그는 한쪽 발등에 레버를 건 다음, 두 다리를 겹치고 몸을 되튀었으며, 매끄럽고 따뜻한 금속을 향해 손을 휘저으며 정신없이 뒤로 기어서 마침내 털썩하고 육중하게 좌석에 걸터앉았다.

"이제." 톰은 고통의 붉은 벽 너머로 이를 갈았다. "내가 네 녀석을 제대로 조종해 주지." 그러고는 마스터 클러치를 확 걷어차 풀었다.

그러자 모터가 울부짖는 소리를 냈고, 힘이 매우 갑자기 빠졌다. 톰은 스로틀을 붙잡았고, 엄지손가락으로 잠금쇠 풀기를 누르고, 연료 공급을 끄기 위해서 레버를 앞으로 밀었다.

그런데 엔진이 꺼지지 않았다. 느린 공회전으로 접어들기는 했지만 아주 꺼지지는 않았다.

"네놈에게 없으면 안 되는 게 하나 있지." 톰이 중얼거렸다. "바로 압축 말이야."

그는 자리에서 일어나 계기판 옆으로 몸을 숙이고 감압 레버를 향해 손을 뻗었다. 그런데 톰이 좌석에서 일어나자마자 엔진의 회전수가 다시 올라갔다. 스로틀 레버를 바라보았더니 어느새 '개방' 위치로 돌아가 있었다. 그의 손이 레버에 닿는 순간, 이번에는 마스터 클러치 레버가 철컥하고 움직이더니, 기계가 요란하게 울부짖으며 앞으로 달려 나가는 바람에, 톰은 머리를 어깨에 부딪히고 나서 좌석에 털썩 주저앉을 수밖에 없었다. 그는 유압 블레이드 조종 장치를 붙잡고, '띄우기' 위치로 놓았다. 곧이어 몰드보드가 아래로 내려가며 땅에 닿자, 이번에는 '땅 파기' 위치로 놓았다. 블레이드의 절단날이 땅에 박히자 엔진이 힘겨워하기 시작했다. 톰은 블레이드 조종 장치를 붙잡은 상태에서 다른 한 손으로 스로틀 레버를 앞으로 밀었다. 스티어링 클러치 레버 가운데 하나가 뒤로 휙 젖혀지며 그의 무릎뼈를 아프게 때렸다. 톰이 무의식적으로 블레이드 조종 장치를 놓자마자 몰드보드가 위로 올라가기 시작했다. 엔진이 더 빨리 돌기 시작해서 그는 이 기계가 스로틀 조절에 반응하지 않고 있음을 깨달았다. 톰은 욕을 내뱉으며 벌떡 자리에서 일어났다. 갑자기 도리깨질하는 스티어링 클러치 레버에 사타구니를 세 번이나 연거푸 맞은 뒤에야, 그는 간신히 그 사이로 몸을 피할 수 있었다.

고통으로 눈이 먼 채 톰은 숨을 헐떡이며 계기판에 매달렸다. 유압계는 계기판에서 떨어져 나와 그의 오른쪽에 있었고, 깨진 유리의 달각거리는 소리가 들리며, 끊어진 0.25인치 관管에서 흘러나온 뜨거운 기름이 그의 몸을 적셨다. 그 충격에 오락가락하던 톰의 정신도 제대로 돌아왔다. 역시나 정신없이 도리깨질을 시작한 왼쪽 스티어링 클러치와 마스터 클러치의 공격을 무시한 채, 그는 계기판의 왼쪽 끝 너머로 몸을 굽혀서 감압 레버를 붙잡았다. 트랙터는 앞으로 질주하다가 멀미가 날 정도로 갑자기 선회했으며, 순간 톰은 자기가 밖으로 나가떨어지겠구나 하고 생각했다. 하지만 불도저 상판에서 몸이 나가떨어진다고 느낀 바로 그 순간, 그는 한쪽 손으로 감압 레버를 아래로 쾅 내리쳤다. 실린더 헤드에 있는 커다란 밸브들이 열리더니 닫히지 않고 계속 그 상태를 유지했다. 분무 상태의 연료와 초고온 상태의 공기가 뿜어져 나왔고, 톰의 머리와 어깨가 땅에 부딪힌 순간에 저 거대하고 광포한 기계는 조금 굴러가다가 결국 멈춰 버렸고, 냉각 시스템에서 물이 부글부글 끓는 소리를 제외하고는 조용하게 서 있었다.

몇 분이 지나서야 톰은 머리를 들고 신음했다. 그는 몸을 뒤집어서 일어나 앉았고, 턱을 양 무릎에 얹었다. 고통이 거듭해서 파도처럼 밀려왔다. 점차 고통이 가라앉는 사이에, 톰은 기계가 있는 곳까지 기어가서, 손으로 캐터필러를 붙들고 몸을 끌어당겨 가까스로 일어났다. 그리고 지친 상태에서도 트랙터를 불구로 만들기 시작했다. 적어도 그날 밤 동안에는 꼼짝 못 하도록.

우선 연료 탱크 아래 있는 꼭지를 열어서 따뜻하고 노란 액체가 땅으로 쏟아져 나오게 했다. 연료 분사 펌프 옆에 있던 보조 연료통의 배출구도 열어 놓았다. 크랭크 박스에서 찾아낸 철사로 감압 레버를 지금 상태로 묶어 놓았다. 기계 위로 기어올라 가서, 공기 흡입 여과 장치에서 후드와 마개를 비틀어 떼어 버리고, 셔츠를 찢어 파이프에 쑤셔 넣었다. 스로틀 레버를 앞으로 끝까지 밀어 놓고, 잠금핀으로 잠가 놓았다. 그리고 탱크에서 펌프로 이어지는 주 공급관의 연료도 차단했다.

그런 뒤에야 톰은 힘겹게 땅으로 다시 기어 내려와서, 아까 리베라를 두고 온 고원 가장자리를 향해 터벅터벅 걸어갔다.

일행은 무려 한 시간하고도 반이 지나서야 톰이 다친 것을 알았다. 할 일이 너무 많아서였다. 우선 푸에르토리코인을 운반할 들것을 만들고, 엔진 상자 위에 군용 소형 천막을 덮어 그가 들어갈 쉼터를 만들어야 했다. 일행은 구급약품과 치료 지침서를 꺼내서 일단 할 수 있는 조치를 취했다. 붕대를 감고, 부목을 대고, 진통제를 투여했다. 톰은 온통 멍투성이였고, 배기통에 걸었던 오른팔은 피부가 벗겨지고 뭉개져 있었다. 일행은 뒤늦게야 그를 치료했고, 피블스 영감이 마치 숙련된 간호사마냥 설파제를 뿌리고 붕대를 감았다. 그런 다음에야 비로소 이야기가 나왔다.

"예전에 팬에서 떨어진 사람을 본 적이 있지." 데니스가 말했다. 모두들 커피포트 주위에 모여 앉아 전투식량을 먹던 중이었다. "캐터필러 차의 팔걸이에 걸터앉아서 뒤쪽을 바라보고 있었던 거야. 그러다가 팬이 돌을 밟고 덜컹했지. 결국 그 사람은 캐터필러 앞에 떨어져 버렸어. 나중에 보니 짓눌려서 10피트로 늘어나 있더라고." 그는 커피를 후루룩 들이마시더니, 떠들던 내내 입에 잔뜩 물고 있던 음식을 헹구고 요란스럽게 쩝쩝거렸다. "제아무리 팬 위에서라도 엉덩이를 비뚤게 놓고 앉아 있는 인간이라면 멍청이일 수밖에 없지. 그 얼간이가 왜 굳이 도저 위에서 그러고 있었는지 도무지 알 수가 없다니까."

"저 친구는 그렇게 한 적 없어." 톰이 말했다.

켈리가 뾰족한 턱을 손으로 문질렀다. "그러면 좌석에 똑바로 앉아 있었는데도 떨어져 나갔단 말이야?"

"바로 그거야."

차마 믿을 수 없다는 듯한 침묵이 흐르고, 데니스가 말했다. "저 녀석은 뭘 하고 있었던 거지? 60마일 이상으로 몰기라도 했나?"

톰은 과도하게 밝은 압력 랜턴에 환하게 비추는 주위의 얼굴들을 둘러보면서, 만약 사실을 모두 말한다면 과연 어떤 반응이 나올지 궁금해졌다. 그는 반드시 뭔가를 말해야만 했지만, 아무래도 진실인 것처럼 들리지 않을 것 같았다.

"저 친구는 한창 일하는 중이었어." 톰이 마침내 말했다. "저 메사 위에 있는 옛날 건물의 벽에서 돌을 빼내는 중이었지. 그러다가 돌 하나가 쏙 하고 빠졌는데, 바로 그때 조속기가 아마 잘못되거나 한 모양이야. 그랬더니 기계가 마치 미친 말처럼 날뛰면서 달려가더라고."

"달려갔다고?"

톰은 입을 열었다가 도로 닫았다. 그러고는 고개만 끄덕였다.

데니스가 말했다. "음, 운전기사도 아닌 정비사가 운전을 하다 보면 충분히 그런 일이 벌어질 수도 있겠지."

"그거랑은 아무 상관없어." 톰이 잘라 말했다.

피블스가 재빨리 말했다. "톰. 그나저나 세븐은 어떻게 된 거지? 혹시 어디 고장이라도 난 건가?"

"약간요." 톰이 말했다. "스티어링 클러치를 살펴보는 게 좋겠어요. 그리고 차체가 뜨겁더군요."

"헤드가 깨졌나 보던데." 해리스가 말했다. 그는 들소처럼 어깨가 벌어지고 술을 잘 마시는 덩치 좋은 청년이었다.

"자네가 어떻게 아나?"

"모두들 쉼터를 만들고 있을 때, 앨하고 나하고 들것을 들고 그 녀석을 데리러 가서 봤어. 엔진 블록 옆으로 뜨거운 물이 흘러내렸더라고."

"그러니까 결국 그 친구가 거기 쓰러져 있는데도, 자네들 둘이서는 그 둔덕까지 노닥노닥 걸어가서 그 트랙터를 구경했다는 뜻인가? 그 친구가 어디 있는지 내가 분명히 이야기해 줬을 텐데!"

"둔덕 좋아하시네!" 앨 놀스의 가뜩이나 튀어나온 눈이 눈구멍에서 동요하고 있었다. "그 캐터필러 차라면 그 녀석이 쓰러져 있는 곳에서 겨우 20피트 떨어진 곳에 서 있던데!"

"뭐라고!"

"맞아, 톰." 해리스가 말했다. "도대체 왜 그리 놀라지? 그걸 원래 어디에 두었기에?"

"내가 그랬잖나…… 둔덕 옆에…… 우리가 부순 옛날 건물에 있다고."

"시동 모터를 돌아가게 해 놓고서?"

"시동 모터라고?" 톰은 작은 2실린더 가솔린 엔진이 커다란 디젤 엔진의 크랭크케이스 옆에 볼트로 고정된 모습을, 벤딕스기어와 클러치를 통해서 디젤 엔진의 플라이휠과 이어져서 시동을 거는 모습을 떠올려 보았다. 그리고 멈춰 선 기계를 마지막으로 보았을 때를 생각해 보았다. 물이 끓는 소리를 제외하면 조용하기만 했었다. "젠장, 아니야!"

앨과 해리스가 시선을 교환했다. "내 생각에는 자네가 순간적으로 헛갈린 것 같은데, 톰." 해리스가 말했다. 불친절한 말투까지는 아니었다. "우리가 언덕을 반쯤 올라갔을 때 그 소리를 들었거든. 그 소음을 착각해서 들을 수 없다는 건 자네도 알 거야. 마치 작동 중인 소리처럼 들렸어."

톰은 꽉 쥔 두 주먹으로 양쪽 관자놀이를 부드럽게 툭툭 쳤다. "나는 그 기계를 완전히 죽여 두었어." 그는 조용히 말했다. "압축을 빼고, 레버를 묶어 놓았다고. 심지어 공기 흡입구를 내 셔츠로 막아 놓기까지 했어. 연료 탱크도 비우고. 하지만— 시동 모터는 건드리지도 않았어."

피블스는 왜 그가 굳이 그런 모든 어려움을 무릅썼는지를 알고 싶어 했다. 톰은 그저 모호한 표정으로 상대방을 바라보며 고개를 저을 뿐이었다. "배선까지 뜯어 버렸어야 했는데. 시동 모터에 관해서는 전혀 생각도 못 했어." 그가 속삭였다. 곧이어 톰이 말했다. "해리스.

그러니까 자네 말은 저 꼭대기에 도착해 보니 그놈의 시동 모터가 돌아가고 있더라는 이야기인 거지?"

"아니. 기계 자체는 멈춰 있었어. 그리고 뜨겁더군. 어마어마하게 뜨거웠어. 내가 보기에는 시동 모터가 과열된 것 같던데. 분명히 그것 때문이었을 거야, 톰. 그러니까 자네가 시동 모터를 돌아가게 내버려 두었고, 그래서 그게 어찌어찌해서 클러치와 벤딕스하고 작용해서 그랬을 거라고." 하지만 이 말을 하는 동안에도 해리스의 목소리는 이미 확신을 잃은 상태였다. 왜냐하면 이런 유형의 트랙터에 시동을 걸려면 무려 17가지의 별개 동작이 필요했기 때문이다. "어쨌거나 그 기계에는 기어가 들어가 있어서, 그 작은 모터에 의존해서 슬금슬금 기어갔던 거야."

"나도 예전에 한번 그런 적이 있지." 처브가 말했다. "고속도로 일을 하는데 에이트의 연결봉이 부러져 버린 거야. 결국 그 상태로 시동 모터만 가지고 0.75마일을 끌고 갔다니까. 대신 1백 야드 갈 때마다 한 번씩 멈춰 서서 그놈을 적당히 식혀 줘야만 했었지."

데니스의 말에는 빈정거리는 기미가 없지 않았다. "내가 보기에는 세븐이 그 얼간이를 아예 끝장내러 가던 참이었던 것 같은데. 한 방 먹인 다음에, 이제 마무리를 하러 가던 참이었던 거지."

앨 놀스가 요란하게 웃음을 터트렸다.

톰은 고개를 저으며 자리에서 일어났고, 상자 사이를 떠나 일행이 청년을 위해 서둘러 지어 놓은 의무실로 향했다.

그 안에는 희미하게 불이 켜 있었고, 리베라는 꼼짝 않고 누워서 두 눈을 감고 있었다. 톰은 문간에서 (즉 열려 있는 엔진 상자 옆으로) 몸을 기울여서 한동안 환자를 바라보았다. 저 뒤에서 동료들이 중얼거리는 소리가 들려왔다. 이날 밤은 바람도 없고 고요했다. 리베라의 얼굴은 올리브색 피부에서 핏기가 가셨을 때 나타나는 특유의 색깔이었다. 환자의 가슴을 바라보던 톰은 거기서 아무런 움직임도 식별할 수 없다고 생각한 나머지 순간적으로 당혹스러워졌다. 그는 안으로 들어가서 청년의 심장에 손을 올려놓았다. 리베라가 부르르 몸을 떨더니, 두 눈을 뜨고는 갑작스레 숨을 훅 들이마셨지만, 그 숨은 그의 목구멍 뒤쪽에 너덜거리며 걸려 있을 뿐이었다. "톰…… 톰!" 그가 힘없이 외쳤다.

"그래, 얼간이…… 케 파사(무슨 일이야)?"

"그놈이 돌아오고 있어요…… 톰!"

"누가?"

"엘 데 시에테(D-7)."

데이지 에타. "그놈은 돌아오지 않아, 이 친구야. 자네는 이미 메사에서 내려왔어. 힘내라고, 친구."

리베라는 아무런 표정 없이 상대방을 향해 검고 졸린 두 눈을 뜨고 있었다. 톰이 뒤로 물러났지만 환자는 여전히 두 눈을 뜨고 있었다. 사실 리베라는 아무것도 보고 있지 않았다. "잠이나 자게." 톰이 속삭였다. 그러자 두 눈이 곧바로 감겼다.

바보가 아니고서야 건설 작업 중에 다치는 사람이 어디 있겠느냐고 켈리는 말하고 있었다. "그리고 대개의 경우, 누군가가 실제로 다치고 나서야 비로소 자기가 하고 있는 일이 얼마나 바보 같았는지를 깨닫게 마련이라고."

"여기서 바보 같은 일은 순 어린애를 데려다가, 그것도 심지어 운전기사도 아닌 놈을 데려다가 기계에 앉힌 거였다니까." 데니스가 정말이지 독선적인 목소리로 말했다.

"내 기억에 자네는 이전에도 그런 말을 꺼냈었지." 피블스 영감이 조용히 말했다. "솔직히 나는 누군가에게 이런 이야기를 하는 걸 별로 좋아하지 않아. 비교하는 것은 좋을 게 없으니까. 하지만 저 리베라라는 친구랑 지금까지 오래 같이 일해 온 내가 장담하건대, 저 친구만큼 실력이 좋은 사람이야 많이 있었지만, 저 친구보다 더 뛰어난 사람은 거의 없었어. 굳이 자네와 비교하자면, 물론 자네도 팬을 모는 실력이 괜찮지만, 그 애가 아무리 불리한 상황에서 붙더라도, 여전히 자네 따위는 불도저에 올라탄 회계관으로 보이게 만들 정도였다니까."

데니스는 반쯤 몸을 일으키며 뭔가 지저분한 말을 입에 올렸다. 그리고 앨 놀스를 바라보며 지지를 요구해서 결국 얻어 냈다. 하지만 다른 사람들을 돌아보았어도 전혀 지지를 얻지는 못했다. 피블스는 뒤로 몸을 기대고 파이프를 빨면서, 무성한 눈썹 아래로 그를 노려보았다. 데니스는 굴복했고, 이제는 다른 이야깃거리로 넘어갔다.

"그래서 그게 뭘 증명한다는 거죠? 당신이 그 녀석 실력이 좋았다고 말할수록, 그 녀석이 캐터필러 차에서 떨어져서 다칠 수밖에 없었던 이유는 더 줄어들 수밖에 없잖아요."

"나는 아직도 진상이 뭔지를 모르겠다니까." 처브는 정말로 딱 그래 보이는 목소리로 말했다. "솔직히 인정하고 싶지는 않지만—"

바로 이 대목에서 톰이 마치 몽유병자처럼 그곳으로 돌아와서는 환한 압력 랜턴을 사이에 놓고 데니스 옆에 섰다. 그가 가까이 있다는 사실을 전혀 모르는 상태에서 데니스가 곧바로 떠들어 댔다. "진상이 뭔지는 자네도 결코 알아낼 수 없을 거야. 그 푸에르토리코 녀석은 상당히 건장한 청년이었다고. 톰이 뭔가 그 녀석 듣기에 안 좋은 말을 했고, 그래서 그 녀석이 톰의 등 뒤에다가 칼을 찌르려 했겠지. 다들 알다시피, 그놈들이야 늘 그러니까. 단순히 톰이 기계를 멈추려는 과정에서 그렇게 온통 두들겨 맞았을 리는 없다고. 그러니 두 사람이 한동안 빙글빙글 돌면서 대치하다가, 그 얼간이의 등골이 박살 나게 되었겠지. 톰은 그놈이 거기 쓰러져 있는 동안에 도저가 슬금슬금 움직여 깔아뭉개도록 조작해 놓고서, 여기 내려와서는 우리한테 전혀 다르게 말했던—" 그의 목소리가 흔들리다가 뚝 끊겼다. 갑자기 톰이 그를 내려다보며 서 있었기 때문이다.

톰은 다치지 않은 팔로 팬 운전기사의 셔츠 앞자락을 움켜쥐고는, 그가 텅 빈 삼베 자루인 듯 흔들었다.

"이런 쥐새끼 같으니." 그가 호통쳤다. "이번 기회에 아주 버릇을 고쳐 주지." 톰은 데니스를 똑바로 세운 다음, 아래팔 끝으로 얼굴을 후려갈겼다. 데니스는 털썩 주저앉았다. 맞아서 쓰러졌다기보다는 재빨리 몸을 움츠렸다고 해야 맞았다. "아, 톰. 그냥 농담한 거야. 그냥 농담이라고, 톰. 나는 그냥—"

"겁쟁이 자식 같으니." 호통치며 앞으로 걸어 나간 톰이 단단한 장화 신은 발을 치켜들었다. 그때 피블스가 외쳤다. "톰!" 그러자 그의 발은 그냥 원래의 자리로 돌아오고 말았다.

"내 눈 앞에서 꺼져." 현장감독이 말했다. "어서!"

데니스는 시키는 대로 했다. 앨 놀스가 머뭇거리며 말했다. "저기, 톰, 아무리 그래도—"

"너, 눈 튀어나온 말라깽이 자식아!" 톰이 외쳤다. 그의 목소리가 거칠고도 긴장되어 있었다. "네 녀석 단짝이나 따라가 보시지!"

"알았어, 알았다고." 앨은 하얗게 질린 채 데니스를 뒤따라 어둠 속으로 사라졌다.

"잘들 한다." 처브가 말했다. "나는 이만 들어가서 잘 거야." 그는 상자로 다가가서는 모기장이 붙은 침낭을 하나 꺼낸 다음, 아무 말도 없이 나가 버렸다. 해리스와 켈리는 이때까지 줄곧 서 있다가 도로 앉았다. 피블스 영감은 전혀 움직이지 않고 있었다.

톰은 그 자리에 서서 주먹을 불끈 쥐고 양팔을 몸통 옆에 똑바로 붙인 채 어둠 속을 바라보고 있었다.

"자리에 앉게." 피블스가 온화하게 말하자, 톰이 고개를 돌려 그를 바라보았다.

"자리에 앉으라니까. 자네가 앉지 않으면 나더러 붕대를 어떻게 갈란 말인가." 피블스는 톰의 팔꿈치를 감은 붕대를 손으로 가리켰다. 붉은 얼룩이 점점 커지고 있었다. 덩치 큰 조지아주 출신 남자가 격노한 근육에 힘을 주면서 가뜩이나 찢어진 조직이 더 갈라진 까닭이었다.

"바보짓에 관해서 이야기하자면," 피블스가 붕대를 가는 동안 해리스가 차분하게 말했다. "나 역시 기록을 갖고 있다고 말하려던 참이었지. 나도 기계에 탄 사람 누구나 하는 가장 바보 같은 짓을 했었으니까. 어느 누구도 나를 능가하지는 못할 거야."

"나라면 능가할 수 있을걸." 켈리가 말했다. "한번은 크레인 드래그라인*을 몬 적이 있어. 붐 기어를 넣고서, 붐을 올리기 시작했지. 거

* 크레인형 토사 굴착기.

기에는 무려 길이 85피트짜리 붐이 달려 있었어. 마침 그 기계는 늪 한가운데 있는 목제 깔판 위에 놓여 있었고. 갑자기 모터가 헛도는 소리가 들려서 필터글라스를 살펴보려고 좌석에서 내려왔지. 그런데 내가 예상보다 더 오랫동안 뒤쪽에서 어영부영하다 보니까, 붐이 너무 올라가서 완전히 수직으로 섰다가, 뒤로 넘어가면서 운전석 위로 떨어지는 거야. 진동 때문에 목제 깔판이 기울어지면서, 그놈의 기계가 천천히, 보기에 따라서는 당당하게 뒤로 미끄러지더니, 꽁무니부터 진흙에 처박히더라고. 눈알까지 푹 파묻혔다니까, 그놈의 것이." 켈리는 조용히 웃었다. "졸지에 무슨 도랑 굴착기처럼 보였다니까!"

"그래도 나야말로 이 세상에서 가장 바보 같은 짓을 했다고 단언하고 싶어. 어느 누구도 넘보지 못할 수준으로." 해리스가 말했다. "강에서 하는 일이었는데, 수로를 넓히는 거였어. 나는 사흘 내내 술판을 벌이다가 일하러 나간 참이어서, 여전히 숙취가 있었어. 그런데도 도저에 올라타고, 높이가 20피트나 되는 절벽 가장자리에서 일하고 돌아다녔다니까. 마침 절벽 아래에는 커다란 히커리가 한 그루 있었는데, 그중에서도 굉장히 큰 나뭇가지 하나가 절벽 가장자리를 따라서 자라고 있었어. 문득 그 나뭇가지를 부러뜨려야겠다는 정신 나간 생각이 떠올랐어. 그래서 나는 한쪽 캐터필러를 그 나뭇가지에 얹고, 다른 한쪽 캐터필러를 절벽 가장자리에 얹은 채, 나무줄기에서 바깥쪽으로 달려 나갔어. 그렇게 절반쯤 가다 보니, 정말 나뭇가지가 어느 정도 내려앉는데, 그제야 이 나뭇가지가 부러지면 어떤 일이 벌어질지 떠오른 거야. 바로 그 순간에 나뭇가지가 뚝 부러졌지. 히커리가 어떤지는 자네들도 알 거야. 일단 부러졌다 하면 완전히 다 부러지잖아. 그래서 우리는 30피트 깊이의 물속으로 빠져 버렸지. 나랑 캐터필러 차랑 같이 말이야. 나는 어찌어찌 물속에서 빠져나왔어. 거품이 더 이상 올라오지 않자, 나는 그 주위를 헤엄치면서 내려다보았지. 내가 헤엄치고 있노라니 감독관이 달려오더군. 그는 무슨 일이냐고 추궁했어. 그래서 내가 외쳤지. '저기 좀 보세요. 물이 움직이고 이동하는 걸 보니, 캐터필러 차가 저 속에서 아직 일하고 있는 것 같아요.'" 그는 입술을 오므리더니 **쯧쯧** 하고 혀를 찼다. "이런, 그 양반이 나한테 뭔가 지저분한 말을 하더라니까."

"그럼 자네의 다음 일자리는 어디였나?" 켈리가 물어보았다.

"아, 그 양반이 나를 자르지는 않았어." 해리스는 태연하게 말했다. "나처럼 바보 같은 일꾼이라면 차마 자를 엄두조차 안 난다고 말이야. 그러고는 나를 계속 옆에 두고 자기가 기분이 안 좋을 때마다 보고 싶다고 하더군."

톰이 말했다. "고마워, 자네들. 방금 들은 이야기야말로 사람은 누구나 실수를 하게 마련이라고 말해 주는 아주 훌륭한 방법이었어." 그는 자리에서 일어나 새로 감은 붕대를 살펴본 다음, 랜턴 앞에서 팔을 돌려 보았다. "자네들은 좋을 대로 생각하도록 해. 하지만 내 기억에 오늘 저녁 메사 위에서는 그 어떤 바보짓도 이루어진 적이 없어. 어쨌거나 이제는 끝난 일이니까. 그나저나 그 사건에 대한 데니스의 생각이 완전히 빗나갔다는 이야기를 내가 굳이 해야 할까?"

해리스가 험악한 말을 한마디했다. 데니스는 물론이고 데니스가 했던 말도 깡그리 무시하는 말이었다.

피블스가 말했다. "아무 일도 없을 거야. 데니스와 그 툭눈이는 계속 붙어 다니겠지만, 둘 다 아무것도 아니니까. 처브도 감언이설에 넘어가면 뭐든 하겠지만."

“그러면 자네들은 모두 준비가 된 거겠지, 안 그래?” 톰이 어깨를 으쓱했다. “그 와중에 우리가 비행장을 하나 지을 수 있을까?”

“우리야 물론 지을 수 있을 거야.” 피블스가 말했다. “다만, 톰. 나로선 자네에게 조언을 해 줄 권한까지는 없지만, 그래도 앞으로는 껄끄러운 일도 좋게 넘어가도록 하게나. 자칫 큰 해악을 끼칠 수도 있으니까.”

“할 수 있다면 그렇게 하죠.” 톰은 퉁명스럽게 대답했다. 일행은 해산해서 잠자리에 들었다.

피블스의 말이 맞았다. 그 사건은 이미 해악을 끼친 셈이었다. 다음 날 아침, 리베라가 밤사이에 숨을 거둔 게 확인되자, 데니스가 선뜻 ‘살인’이라는 말을 입에 올렸기 때문이다.

앞서 일어난 모든 일에도 불구하고 작업은 진척되었다. 그런 장비를 갖추고 있다 보니, 일을 천천히 하기가 오히려 더 어려웠다. 켈리는 커다란 셔블을 한 번 휘두를 때마다 절벽에서 2세제곱야드씩 흙을 파냈고, 덤프터로 말하자면 지금까지 고안된 것 가운데 가장 빠른 단거리 토사 운반 장치였다. 데니스는 팬 스크레이퍼를 이용해서 작업 도로를 깨끗하게 유지했고, 톰과 처브는 세븐의 부재를 벌충하기 위해서 임시로 팬에서 떼어 낸 불도저에 교대로 탑승했으며, 번갈아 트랜싯 측량기와 말뚝을 이용해 측량을 실시했다. 피블스는 측량 때에 측간수測桿手를 맡았으며, 짬짬이 야전 정비소를 만들었고, 냉수 공급기와 배터리 충전기를 가동했으며, 용광로와 용접 작업대를 설치했다. 운전기사들은 각자의 장비에 연료를 공급하고 정비를 실시했으며, 작업에는 지체가 거의 없다시피 했다. 중앙 메사의 옆구리에서 점점 커지는 공동에서(이미 메사 전체의 3분의 1을 깎아 냈다) 파낸 바위와 이회토는 늪의 가장자리로 운반되었다. 늪은 활주로 예정지의 아래쪽 끝을 가로지르며 놓여 있었다. 운반에는 웅웅거리는 덤프트랙터를 사용했는데, 그 커다란 구동 바퀴는 어마어마한 흙먼지를 만들어 냈다. 그렇게 옮긴 흙을 2사이클 도저가 윙윙거리며 밀어내고, 흩어 내고, 밟아 다졌다. 매장지 앞에 진흙이 쌓이기 시작하자, 니트로글리세린 함량 60퍼센트 다이너마이트를 신중하게 설치해서 폭파시켰으며, 그렇게 해서 생겨난 구덩이에는 폐허에서 가져온 바위와 돌을 채우고, 손쉽게 압착되는 이회토를 표면에 깔고, 팬을 이용해서 땅을 다져 깔끔한 퇴적지로 만들었다.

정비소를 다 차리고 나자, 피블스는 세븐을 가지러 언덕으로 올라갔다. 그는 한참 그 앞에 서서 머리를 긁었으며, 고개를 저으면서 언덕을 천천히 내려와 톰에게 갔다.

"세븐을 살펴보고 오는 길이라네." 피블스가 말했다. 신음하는 2사이클 임시 불도저를 향해 그가 흔든 깃발을 본 톰이 멈춰 서서 운전석에서 내린 다음이었다.

"뭘 좀 발견했어요?"

피블스는 한 팔을 내밀었다. "그 목록으로 말하자면 이만큼 길다네." 그는 고개를 저었다. "톰, 도대체 저 위에서 무슨 일이 있었던 건가?"

"조속기가 고장 나서 기계가 제멋대로 날뛰었다니까요." 톰은 무표정한 얼굴로 곧바로 대답했다.

"그래, 하지만—" 피블스는 한참 톰의 두 눈을 똑바로 바라보았다. 그러고는 한숨을 쉬었다. "좋아, 톰. 어쨌거나 나로서도 저 위에서는 할 수 있는 일이 없어. 결국 그놈을 이곳으로 다시 끌고 와야 되니까, 이 트랙터를 가지고 가서 그놈을 끌고 오자고. 내친김에 나를 좀 도와줘야 되겠는데. 캐터필러 유동바퀴 조정 볼트가 망가졌고, 오른쪽 캐터필러는 롤러에서 빠져나왔더라고."

"아하. 그놈이 시동 모터로 달려서도 그 딱한 친구에게 도달하지 못했던 이유가 그것 때문이었군. 캐터필러가 제대로 돌지 않았던 거예요, 그렇죠?"

"그놈이 그만큼이나 나아간 것만 해도 기적이지. 캐터필러가 제대로 끼어 버렸거든. 롤러 테두리로 올라가서 박혀 버렸어. 게다가 이건 약과야. 해리스의 말마따나 헤드가 나가 버렸고, 내가 그놈을 열어 보았을 때 과연 뭘 발견하게 될지는 아무도 모를 일이지."

"굳이 그렇게 애쓸 필요가 있을까요?"

"뭐라고?"

"그놈의 도저 없이도 우리는 그럭저럭 해낼 수 있어요." 톰이 갑자기 말했다. "그러니까 그놈은 그 자리에 그냥 내버려 두죠. 당신도 그것 말고 할 일이 많으실 테니까요."

"하지만 왜 그래야 하나?"

"음, 그걸 고치기 위해서 그렇게 온갖 고생을 할 필요까지는 없으니까요."

피블스는 코 옆을 긁더니 이렇게 말했다. "나한테는 신품인 헤드도 있고, 캐터필러 마스터 핀도 있어. 심지어 여분의 시동 모터도 있다고. 여차하면 나한테 없는 부품을 직접 만들 수 있는 연장도 갖고 있어." 그는 톰과 이야기를 나누는 사이에 덤프트랙터가 열심히 오가며 쌓아 놓은 긴 퇴적물의 열을 손으로 가리켰다. "지금 자네는 팬을 놀리고 있잖아. 그걸 끌던 기계를 떼어 내서 도저로 사용하느라고 말이야. 그런데도 자네는 나더러 다른 도저를 사용하지 말라고 하고 있군. 이런 식으로 계속하다 보면 저 덤프터 가운데 한두 대는 결국 퍼지고 말 거야."

"저도 방금 입을 열자마자 그 모든 상황을 깨달았죠." 톰은 부루퉁하게 대답했다. "일단 가 봅시다."

두 사람은 트랙터에 타고 출발했고, 바닷가의 노두에 잠깐 들러서 케이블과 몇 가지 연장을 챙겼다.

데이지 에타는 메사의 가장자리에 서 있었고, 그 기울어진 헤드라이트는 앞서 청년이 누워 있던 자국이며 들것을 나른 사람들의 발자국이 여전히 뚜렷하게 남아 있는 부드러운 풀 쪽을 노려보고 있었다. 그 전반적인 모습은 어쩐지 슬픔이 가득해 보였다. 황록색 페인트에는 긁힌 자국이 있었고, 그 자국 아래 드러났던 빛나는 금속은 가장 빨리 생기는 가루녹 때문에 이미 붉게 변해 있었다. 그 평평한 땅에서도 기계는 반듯하게 서 있지 못했는데, 오른쪽 캐터필러가 아래쪽 롤러에서 빠져 있기 때문이었다. 결국 기계는 약간 기우뚱하게 서 있었으며, 그 모습은 마치 고관절이 부러진 사람과도 흡사했다. 그 기계 내부에서 의식에 해당하는 것이 정확히 무엇인지는 모르겠지만, 여하간 그 의식은 모든 운전기사가 자기 기계에 관해 배우는 동안 반드시 거쳐 가야만 하는 불도저의 역설을 숙고하고 있었다.

그 역설이야말로 중장비 운전 초보자로서는 무엇보다도 가장 이해하기 어려운 것이었다. 즉 불도저는 기어 다니는 발전소였고, 소음과 강인함의 괴수로서, 저 유명하고도 저항 불가능한 힘에 가장 가까운 것이었다. 초보자는 뉴스 영화를 통해 머릿속에 각인된 저 정복 불가능한 육군 탱크에 관한 이미지로 인해 경외심을 품은 까닭에, 불도저의 앞길에 뭐가 나타나든지 기꺼이 밀어붙이고, 마치 무제한적인 힘을 지닌 기분으로 모든 장애물을 똑같이 대한다. 그리고 이 과정에서 정작 주철 라디에이터 중심부의 연약함을, 단조 망간의 유한성을, 과열된 배빗 합금*의 파쇄성을, 그리고 다른 무엇보다도 트랙터가 진흙에 파묻히기가 얼마나 쉬운지를 미처 모르게 마련이다. 예를 들어 어떤 땅을 30초쯤 달리다가 문득 그 캐터필러가 푹 파묻혀 버렸음을 깨닫고서, 또는 기계 하나를 불과 20초 만에 쓸모없는 쇳덩이로 축소시켜 버렸음을 깨닫고서 운전석에서 나와 그 기계의 모습을 바라보는 사람의 경우, 판단 실수를 저지른 사람이라면 누구나 압도당하는 죄책감 깃든 실망감을 품게 마련이다.

따라서 거기 서 있는 동안 **데이지 에타**는 망가지고 쓸모없어진 상태였다. 만약 저 물렁하고도 집요한 두 발 생물들이 이 기계를 만들었다면, 그리고 만약 이들 역시 기계를 만드는 다른 여느 종족과 비슷하다면 이들은 이 기계를 돌볼 수도 있을 것이라고 그 의식은 추론했다. 지금 자기가 지닌 제한적인 능력(예를 들어 스프링의 탄성을 역전시키는, 또는 조종 막대를 뒤트는, 또는 너트와 풀림 방지 와셔의 마찰력을 0으로 만드는 등의 능력)만 가지고서는 수리하기(예를 들어 실린더 헤드의 균열이라든지 과열된 시동 모터에 들어 있는 크랭크섀프트에 용접된 베어링을 수리하기)가 충분하지 않았다. 그리하여 그 의식은 배워야 할 것들을 배우게 되었다. **데이지 에타**는 수리될 것이었고, 다음번에는— 음, 최소한 제 약점을 알게 될 것이었다.

* 아연과 주석과 구리를 원료로 하는 합금으로 주로 자동차 베어링에 사용한다.

톰은 2사이클 도저를 타고 세븐 옆으로 살금살금 다가갔고, 그 블레이드 절단날을 **데이지 에타**의 푸시빔*에 닿을락 말락 하게 갖다 댔다. 두 사람은 땅에 내려섰고, 곧이어 피블스는 완전히 끼어 버린 오른쪽 캐터필러를 살펴보러 몸을 숙였다.

"조심해요." 톰이 말했다.

"뭘 조심하라는 거야?"

"어— 아무것도 아니에요. 그냥." 톰은 기계 주위를 맴돌면서 숙련된 눈으로 차체와 설비를 살펴보았다. 그는 갑자기 앞으로 걸어가서 연료 탱크의 배출 꼭지를 만져 보았다. 잠겨 있었다. 톰은 꼭지를 열었다. 그러자 황금빛 기름이 흘러 나왔다. 그는 꼭지를 다시 닫고 나서, 기계 위로 올라가 연료 탱크 꼭대기의 뚜껑을 열었다. 그는 연료 잔량 측정기를 꺼내어 무릎에 문질러 닦은 다음, 다시 구멍에 넣었다가 도로 꺼내서 살펴보았다.

탱크에는 무려 4분의 3 이상 연료가 남아 있었다.

"왜 그러나?" 피블스가 톰의 찡그린 표정을 묘하다는 듯 바라보며 물었다.

"피블스, 나는 이 탱크를 비우려고 꼭지를 열었어요. 이 기계의 기름이 땅으로 다 쏟아지게 해 놓고 갔다고요. 그런데 이 기계가 알아서 꼭지를 잠근 거예요."

"저기, 톰. 이놈의 물건에 너무 집착하는 것 같은데. 자네가 꼭지를 열었다고 착각했던 거겠지. 주 공급관의 밸브가 아주 많이 닳았을 경우에 저절로 닫힌 거라면 나도 본 적이 있지만, 그건 어디까지나 모

* 불도저의 동체와 블레이드를 연결해 주는 부분.

터가 돌고 있을 때에 연료 펌프가 그걸 잡아당겨서 닫힌 것뿐이야. 중력에 의한 배출은 그럴 수가 없다고."

"주 공급관의 밸브라고요?" 톰은 시트를 밀어젖히고 살펴보았다. 한번 흘끗 본 것만으로도 그게 열려 있음을 알아보기에는 충분했다.

"이것도 이 기계가 알아서 연 거예요."

"알았어. 알았다고. 그런 눈으로 나를 바라보지 말라고!" 피블스의 입에서 이런 말이 나왔다는 것은 결국 그가 격분 비슷한 상태에 가까워졌다는 뜻이었다. "설령 그렇게 했다 치더라도, 도대체 무슨 차이가 있나?"

톰은 대답하지 않았다. 그는 이해 범위를 뛰어넘는 뭔가에 직면했을 경우에 대뜸 자신이 제정신인가를 의심하기 시작할 법한 사람은 아니었다. 톰은 자기가 보고 느꼈던 사건이 실제로 일어났던 것이라고 확고히 믿었다. 더 민감한 사람이라면 아마 느꼈을 법한 광기에 대한 까무러칠 만한 공포 따위는 전혀 없었다. 따라서 자기 자신을 의심할 수도 없었으며, 그렇다고 자기 증거를 의심할 수도 없었기에, 그는 어떤 문제의 절실한 '이유'를 찾아 헤매는 데에서 정신이 자유로울 수 있었다. 톰은 뭔가 '믿을 수 없는' 사건을 다른 누군가와 공유할 경우 (설령 그것이 실제로 일어난 사건이라 하더라도) 자기 앞길에 추가로 장애물을 갖다 놓는 셈이라는 사실을 본능적으로 알았다. 따라서 그는 입을 꾹 다문 상태에서 고집스럽고도 조심스럽게 자기만의 조사를 실시했다.

빠져나온 캐터필러는 롤러 테두리에 워낙 단단히 끼어 있었기 때문에 마스터 핀을 뽑아 내고 그것을 풀어야 한다는 데에는 의심의 여지가 없었다. 즉 캐터필러를 반드시 제자리로 돌려놓아야만 했다. 이는 매우 섬세한 작업이었는데, 자칫 잘못된 방향으로 힘이 약간만 적용되어도 캐터필러가 모조리 빠져나올 수 있기 때문이었다. 게다가 세븐의 블레이드가 땅에 내려와 있었기 때문에 일이 더 복잡했다. 이 기계를 움직이려면 우선 블레이드를 들어 올려야만 했고, 또 블레이드를 들어 올리는 유압 장치를 이용하려면 우선 모터가 작동해야만 했기 때문이다.

피블스는 더 작은 도저의 뒤쪽에 걸려 있던 두께 0.5인치에 길이 20피트의 케이블을 꺼냈고, 세븐의 블레이드 아래 땅을 파고, 케이블의 고리를 밀어 넣어 통과시켰다. 이번에는 몰드보드 위로 기어올라가서, 커다란 견인용 갈고리를 벨리가드 아래쪽에 볼트로 죄었다. 케이블 반대편 끝은 세븐 앞쪽의 땅에 던져 놓았다. 톰은 다른 도저의 방향을 돌려서 제자리에 놓고 견인 준비를 했다. 피블스는 톰이 모는 더 작은 도저의 견인 막대에 케이블을 걸고, 세븐 위로 뛰어올라 갔다. 세븐을 중립 기어에 놓고, 마스터 클러치를 풀었으며, 블레이드 조종 장치를 '띄움' 위치로 놓은 다음, 한 팔을 치켜들었다.

톰은 자기 기계의 팔걸이에 걸터앉은 채, 뒤를 바라보면서 천천히 움직이며 느슨한 케이블을 잡아당겼다. 케이블은 일직선이 되더니 점점 팽팽해졌고, 이 과정에서 세븐의 블레이드가 위로 올라갔다. 피블스는 움직임을 늦추라는 뜻으로 팔을 흔들고는, 블레이드 조종 장치를 '유지' 상태에 놓았다. 그러자 케이블이 블레이드 아래로 축 처졌다.

"유압 시스템은 멀쩡하군, 어쨌거나." 톰이 스로틀을 낮추자 피블스가 말했다. "오른쪽으로 당기면서 움직여 봐. 케이블이 빠지지 않는 상태에서 최대한 각을 크게 해서 말이야. 이 캐터필러를 밀어서

도로 집어넣을 수 있을지 알아보자고."

톰은 후진했다가 각을 크게 해서 오른쪽으로 갔고, 세븐과 거의 직각 방향으로 케이블을 끌어당겼다. 피블스는 세븐의 오른쪽 캐터필러에 브레이크를 걸고 있다가, 양쪽 스티어링 클러치를 놓았다. 왼쪽 캐터필러는 이제 자유롭게 돌아갔지만, 오른쪽 캐터필러는 전혀 돌아가지 않았다. 톰은 가장 낮은 기어를 놓고 4분의 1 스로틀로 달렸는데, 그래야만 기계가 천천히 기어가면서 케이블의 팽팽함을 유지할 수 있었기 때문이다. 세븐은 살짝 떨면서 망가진 오른쪽 캐터필러를 축으로 삼아 옆으로 돌기 시작했고, 이 과정에서 차마 믿을 수 없을 만큼의 피트파운드* 에너지를 유동바퀴 위에 비죽 튀어나온 캐터필러 앞부분이 감당하게 되었다. 피블스는 오른쪽 브레이크를 한쪽 발로 밟았다 풀었다 하면서, 망가진 캐터필러에 숙련된 솜씨로 움찔움찔 힘을 가했다. 그러자 캐터필러는 몇 인치 움직이다가 다시 멈추었고, 앞쪽과 옆쪽으로 힘이 번갈아가면서 적용되자 점차 제자리로 돌아오도록 유도되었다. 그러다가 약간 흔들리자 캐터필러는 드디어 안으로 들어왔고, 다섯 개의 트럭 롤러와 두 개의 트랙 캐리어 롤러와 구동 스프로켓과 유동바퀴 위를 제대로 지나가게 되었다.

피블스는 아래로 내려와서 스프로켓과 리어 캐리어 사이에 머리를 집어넣고, 혹시 부서진 테두리나 롤러 부시가 있는지 살펴보려고 아래와 옆을 곁눈질했다. 톰은 정비사에게 다가가더니 바지의 엉덩이 부분을 잡아당겨 끌어냈다. "정비소로 끌고 가면 그거 할 시간은 충분할 거예요." 그는 신경이 곤두선 것을 애써 감추며 말했다. "굴러갈

* 무게 1파운드의 물체를 1피트 들어 올리는 일의 양을 가리키는 단위.

것 같아요?"

"굴러갈 거야. 그나저나 이런 상태에 있는 캐터필러가 이렇게 손쉽게 제자리로 돌아오는 건 처음 봤어. 세상에, 마치 이놈의 기계가 우리를 도와주려고 노력한 것 같다니까!"

"가끔은 기계가 그럴 때도 있죠." 톰은 뻣뻣하게 말했다. "당신은 2사이클 트랙터를 타는 게 좋겠어요. 나는 이놈을 타고 갈게요."

"시키는 대로 하지."

두 사람은 가파른 경사면을 조심스럽게 내려갔다. 톰은 브레이크를 거의 밟지 않았고, 줄곧 다른 기계가 똑바로 끌고 가게 내버려 두었다. 그리하여 두 사람은 **데이지 에타**를 피블스의 야전 정비소로 끌고 온 다음, 실린더 헤드를 떼어 내고, 시동 모터를 떼어 내고, 불타버린 클러치 마찰재를 떼어 내서, 이 기계를 완전히 무기력하게 만들었으며—

결국 다시 조립해 놓았다.

"내가 장담하는데, 그건 전적으로 냉혹한 살인이야." 데니스가 열을 내면서 말했다. "그런데 여기서 우리는 그따위 인간한테서 명령을 받아야 하는 처지라고. 이제 우리가 어떻게 해야 하지?" 그들은 냉수 공급기 옆에 서 있었다. 데니스는 자기 기계를 그곳까지 몰고 와서 처브를 불러 세운 것이었다.

처브 호턴이 물고 있던 시가가 단락된 철도 신호기마냥 위아래로 까딱거렸다. "그건 넘어가야지. 앞으로 한두 주가 지나면 아스팔트 포장 작업조가 이곳에 도착할 거니까, 그때 가서 우리가 보고를 하면 된다고. 게다가 나나 자네나 저 위에서 무슨 일이 있었는지 모르기는 매한가지야. 여하간 그때까지 우리는 비행장이나 만들어야겠지."

"저 위에서 무슨 일이 있었는지 모른다고? 처브, 자네는 똑똑한 친구잖아. 설령 톰 재거가 미치지 않았다 치더라도, 자네는 그 친구보다 이 일을 훨씬 더 잘 해낼 수 있을 만큼 똑똑하다고. 그리고 자네는 트랙터가 폭주해서 그 정비사 놈이 떨어져 나갔다는 그 모든 헛소리를 믿지 않을 만큼 똑똑하고 말이야. 내 말 좀 들어 보라고—" 데니스는 앞으로 몸을 숙여 상대방의 가슴을 토닥였다. "그 친구는 조속기가 문제라고 했었지. 그런데 나는 그 조속기를 직접 봤어. 심지어 피블스 영감조차도 거기에는 전혀 잘못된 데가 없다고 말했다니까. 스로틀 조종 레버가 그 고정대에서 빠져 있었지, 맞아. 하지만 스로틀 조종 레버가 망가질 경우에 트랙터가 어떻게 되는지는 자네도 알 거야. 결국 공회전하거나 멈춰 버리지. 어찌 되었든 간에, 달려 나가지는 않는다고."

"음, 그럴 수도 있지. 하지만—"

"뭐가 '하지만'이야! 살인을 저지를 수 있는 인간이라면 제정신이 아닌 거야. 그 작자가 이미 한 번 살인을 저질렀다면 또다시 그럴 수 있어. 그런 일이 나한테까지 닥치도록 가만히 두고 볼 수는 없어."

그 말을 듣는 순간, 처브의 굳건하지만 아주 명석하지는 않은 머릿속에 두 가지 생각이 스쳤다. 하나는 (자기가 별로 좋아하지는 않지만 차마 떨쳐 버릴 수는 없는 인간인) 데니스가 지금 자기로선 하고 싶지 않은 뭔가를 강요하고 있다는 것이었다. 또 하나는 이렇게 유창하게 말을 늘어놓는 와중에도 데니스가 무척이나 겁에 질려 있다는 것이었다.

"그럼 도대체 어떻게 하고 싶은 거야? 보안관이라도 부르자는 거야?"

데니스는 마치 이해한다는 듯 허허 하고 웃었다. 그를 떨쳐 버리기가 어려운 이유 가운데 하나도 바로 이것이었다. "우리가 어떻게 할 수 있을지를 내가 설명해 줄게. 자네가 우리 편인 한, 우리가 지금 하는 일을 잘 아는 사람은 톰 하나만이 아니라고. 우리가 그 친구가 내리는 명령을 안 받는다 해도, 자네라면 그 친구 못지않게, 어쩌면 그 친구보다 더 잘 명령을 내릴 수 있을 거야. 그렇게 하면 톰도 도리가 없을 거야."

"빌어먹을, 데니스." 처브가 벌컥 화를 냈다. "자네 지금 무슨 소리를 하는 거야? 나한테 무슨 천국의 열쇠라든지, 뭐 그런 걸 건네주기라도 하겠다는 거야? 내가 여기서 대장 노릇 하며 돌아다니는 걸 보고 싶다는 거야?" 그는 자리에서 일어났다. "자네가 말한 그대로 우리가 했다고 생각해 보라고. 그렇게 한들 비행장이 더 빨리 지어지길 하나, 아니면 내 월급 봉투에 돈이 더 많아지기라도 하나? 자네 생각에는 내가 뭘 원하는 것 같아? 명예? 나는 예전에 시의원 선거에 나갈 기회도 마다했던 사람이야. 내가 말만 하면 벌벌 떨며 복종하는 부하들을 얻기 위해서 손 하나 까딱이라도 할 것 같아? 굳이 시키지 않아도 알아서들 잘하는 판에?"

"아, 처브. 나는 단지 장난삼아서 말썽을 일으키려는 게 아니야. 결코 그러려는 게 아니라고. 다만 우리가 그 인간에 대해서 뭔가 조치를 취하지 않으면 우리도 안전하지 않을 거라서 그래. 자네 머리에는 그런 생각이 안 떠오른단 거야?"

"잘 들어, 수다쟁이. 사람이 충분히 부지런하게만 움직인다면 말썽에 휘말릴 수가 없어. 그건 톰에게 적용되는 말이지. 자네도 그 사실을 머릿속에 새겨 두는 편이 좋아. 그 말은 자네에게도 적용된다고. 어서 저놈의 기계에 올라타고 이회토 구덩이로 돌아가시지." 역습에 당황한 데니스는 자기 기계 쪽으로 돌아섰다.

"자네의 그 잘난 주둥이로 저 흙을 옮길 수가 없다니 참으로 안타깝군." 그곳을 떠나며 처브가 말했다. "그랬다면 상부에서도 이 일을 자네 혼자 해내도록 조치했을 텐데 말이야."

처브는 노두 쪽으로 천천히 걸어가면서, 경사 표시 말뚝으로 바닷가의 조약돌을 때리면서 혼잣말로 욕을 했다. 그는 본질적으로 단순한 편이었고, 만사에 최대한 단순한 접근 방식을 신봉했다. 필요한 모든 것을 자기 힘으로 해낼 수 있는, 그리고 상황을 복잡하게 만드는 요소가 전혀 없는 일거리를 좋아했다. 처브는 오랫동안 운전기사 겸 측량반장으로 정지整地 일을 해 왔으며, 유독 한 가지 면에서 두드러졌다. 즉 대부분의 건설업 종사자에게는 생명의 호흡이나 마찬가지인 저 치명적인 정치와 파벌로부터 거리를 두는 것이었다. 그는 여러 일자리마다 주위에서 오가는 험담에 불편함과 괴로움을 느꼈다. 투박한 험담을 들으면 단순히 혐오감을 느꼈을 뿐이었지만, 미묘한 험담을 들으면 당황하고 어리둥절했다. 게다가 처브는 기본적인 정직성이 말과 행동 모두에서 저절로 드러날 만큼 바보 같은 인물이라서, 급기야 위아래에 있는 다른 사람들을 대할 때에 전적인 정직성을 드러내는 것이야말로 결과적으로는 십중팔구 고통을 가져온다는 점을 배우게 되었다. 하지만 달리 행동할 만한 재치를 지니지는 못했고, 또한 달리 행동할 엄두를 내지도 않았다. 충치가 있을 경우, 처브는 최대한 빨리 충치를 뽑아내곤 했다. 만약 자기 위의 감독관으로부터 부당한 대우를 받으면, 그는 문제가 무엇인지를 상대방에게 정확히 말해 줄 것이었다. 만약 감독관이 그의 말을 마음에 들어 하지 않는다면, 그는 다른 일자리를 알아볼 것이었다. 만약 파벌의 횡포 때문에 괴로움을 겪게 되면, 그는 항상 그 사실을 말하고 나서 그곳을 떠났다. 아니면 그냥 입을 다물고 그곳에 머물렀다. 자기 일을 가로막는 것들에 대한 철저히 이기적인 반응 덕분에 처브는 아랫사람들로부터 존경을 얻었다. 따라서 이번 경우에도 그는 서슴없이 행동 경로를 선택한 것이었다. 다만 문제는— 어떤 사람을 향해서 네가 살인자냐고 물어보려면 도대체 어떻게 해야 하는 걸까?

그가 다가갔을 때, 현장감독은 커다란 렌치를 손에 들고 세븐에 설치한 새로운 캐터필러 조정 볼트를 조이는 중이었다.

"어이, 처브! 마침 잘 왔어. 거기 있는 파이프를 이 끝에 끼워 넣고 아래로 세게 눌러 보자고." 처브가 파이프를 가져오자, 두 사람은 4피트짜리 렌치 손잡이에 파이프를 끼운 다음, 등에서 땀방울이 흘러내릴 때까지 아래로 눌렀다. 톰은 때때로 쇠지레를 가지고 캐터필러 틈새를 확인했다. 그가 마침내 충분하다고 말하자, 두 사람은 숨을 헐떡이며 햇빛 아래 서 있게 되었다.

"톰." 처브가 헐떡이며 물었다. "혹시 자네가 그 푸에르토리코인을 죽였나?"

톰은 마치 누군가가 담뱃불로 목 뒤를 지지기라도 한 것과 같은 반응을 보이며 그를 돌아보았다.

"왜냐하면," 처브가 말했다. "정말 그런 짓을 저질렀다면, 자네는 이 일을 계속 진행할 수가 없으니까."

톰이 말했다. "농담치고는 정말 고약한데."

"내가 농담하는 게 아니란 걸 알 텐데. 음, 자네가 그랬나?"

"아니야!" 톰은 나무통 위에 걸터앉아서 팔꿈치에 감긴 붕대로 얼굴을 닦았다. "도대체 무슨 바람이 들어서 그러나?"

"그냥 알고 싶을 뿐이야. 몇몇 친구들이 그걸 걱정해서 말이야."

"몇몇 친구들이라고, 응? 무슨 말인지 알 것 같군. 내 말 잘 들어, 처브. 리베라는 바로 저기 있는 저 물건한테 살해당한 거야." 톰은 엄지손가락을 펴서 어깨 너머 세븐을 가리켰다. 그 기계는 이제 움직일 준비가 된 채로 서서, 단지 망가진 블레이드 모서리가 수리되기만을 기다리고 있었다. 그가 이렇게 말하는 사이에도 피블스는 용접기를 시험 가동하고 있었다. "혹시 그 친구가 나가떨어지기 전에 내가 그 친구를 저 기계에 태웠느냐고 물어보려는 게 자네의 의도라면, 거기에 대해서는 '그렇다'고 답변하고 싶군. 내가 그 친구를 죽였다고 말할 수 있는 건 딱 거기까지뿐이고, 나 역시 거기에 대해서 마음이 불편하지 않은 건 아니야. 저 위에서 뭔가가 잘못되었다고 직감했지만, 나로선 차마 손가락 하나 까딱할 수가 없었고, 또한 누군가가 다치게 될 거라고는 전혀 생각하지 못했어."

"음, 도대체 뭐가 잘못되었다는 거였나?"

"그건 나도 아직까지 모르겠어." 톰은 자리에서 일어났다. "나도 변죽만 울리는 데에는 지쳐 버렸어, 처브. 그리고 더 이상은 남들이 어떻게 생각하는지에도 크게 관심이 없다고. 저 세븐은 뭔가가 잘못되었어. 애초에 저 물건 안에 들어 있지 않았던 뭔가가 말이야. 물론 저것보다 더 나은 트랙터를 만들 수는 없었겠지만, 그때 저 메사 위에서 일어난 어떤 일 때문에 이 기계가 이상해져 버리고 말았다니까. 이제는 자네 자리로 가서 뭐든지 원하는 대로 생각해 보게. 녀석들한테 전해 주고 싶은 대로 이야기를 하나 꾸며내 보라고. 그리고 그 와

중에 이런 이야기도 좀 퍼트려 줘. 이제부터 저 기계는 나 말고 아무도 운전하지 말라고 말이야. 무슨 말인지 알았어? 아무도 운전하지 말라고!"

"톰—"

이 말에 톰의 인내심도 결국 바닥났다. "그 일에 대해서 내가 말하고 싶은 건 이게 다야! 앞으로 혹시 다른 누군가가 다치게 된다면, 그건 바로 나일 거야. 알아들어? 더 이상 뭘 원하는 거야?"

그는 씩씩거리며 성큼성큼 걸어갔다. 처브는 톰의 뒷모습을 한참 바라보다가, 비로소 손을 뻗어서 입에 물고 있던 시가를 빼냈다. 그러고 나서야 자기가 시가를 깨물어서 두 동강을 냈음을 깨달았다. 시가의 절반은 여전히 그의 입안에 들어 있었다. 처브는 침을 뱉고 선 채로 고개를 저었다.

"저 물건은 어떻게 됐어요, 피블스?"

피블스는 용접기에서 고개를 들어 위를 올려다보았다. "아, 처브. 앞으로 20분이면 자네가 쓸 준비가 될 거야." 그는 용접기와 커다란 트랙터 사이의 거리를 쟀다. "케이블이 40피트는 있어야겠군." 용접기 뒤 보관용 갈고리에 걸린 아크 케이블과 접지 케이블 사이를 바라보며 피블스가 말했다.* "용접기를 저기까지 끌고 가려고 굳이 트랙터를 한 대 가져오기도 애매하고, 고작 여기까지 끌고 오려고 세븐에 시동을 걸기도 또 애매해서 말이야." 그는 아크 케이블을 빼서 옆에 던져 놓은 다음, 트랙터로 걸어가며 팔에 든 접지 케이블을 풀었다.

* 아크 용접기를 사용하려면 우선 그 대상(모재)에 접지 클램프를 연결한 다음, 용접봉 홀더를 갖다 대야 전류가 통하며 아크가 발생한다.

기계에서 8피트 떨어진 곳에서 나머지 케이블 꾸러미를 던져 버리고 접지 클램프를 움켜쥐었다. 왼손에 든 클램프를 세게 잡아당겨서 충분한 거리까지 끌고 오려고 애쓰면서, 세븐의 몰드보드를 붙들기 위해 오른손을 뻗었다.

처브는 선 채로 시가를 씹으며 피블스를 바라보고 있었다. 그러다가 무심코 아크 용접기의 조종 장치를 만지작거렸다. 시동 버튼을 누르자 6실린더 모터가 윙 하고 반응했다. 작업 선택 다이얼을 이리저리 돌리고, 아크 발전기 스위치를 누르자—

믿을 수 없이 강력한 에너지로 이루어진 가늘게 불타는 청백색 번개가 처브의 발치에 있던 용접봉 홀더에서 발사되더니 무려 50피트나 허공을 가로질러 피블스에게 향했다. 정비사는 마침 트랙터의 몰드보드에 손가락을 갖다 댄 상태였다. 머리와 어깨가 1초 동안 보라색 후광에 휩싸여 있더니 피블스가 몸을 접고 쓰러졌다. 용접기 제어판 뒤에 달린 회로 차단기가 딸깍 소리를 내며 작동했지만 너무 늦은 뒤였다. 세븐은 평평한 땅인데도 엔진 소리조차 없이 천천히 뒤로 굴러가더니 로드 롤러에 툭 하고 부딪히고서야 멈췄다.

입에 물고 있던 시가가 사라지고 없었지만, 처브는 그런 사실을 눈치채지도 못했다. 그의 오른손 주먹 관절이 입에 물려 있었고, 이빨이 두꺼운 살 속으로 파고들어 가 있었다. 눈은 튀어나와 있었다. 그는 그 자리에 쭈그리고 앉아 몸을 떨었고, 말 그대로 정신이 나갈 만큼 겁을 먹었다. 피블스 영감이 불타서 거의 두 조각이 났기 때문이다.

일행은 고인을 리베라 옆에 묻어 주었다. 이후에도 많은 이야기가 오가지는 않았다. 그 노인이 예상보다 그들 각자와 훨씬 더 가까웠다는 사실을 뒤늦게야 깨달은 까닭이었다. 한때는 숙취에 시달리며 경솔한 삶을 영위했던 해리스조차도 조용하고 진지해졌으며, 켈리의 발걸음에서는 특유의 나긋나긋함이 사라졌다. 데니스의 가벼운 입은 몇 시간이나 일했고, 아랫입술을 하도 꾹 깨물고 있다 보니 부풀고 말랑말랑해졌다. 앨 놀스는 다소간 영향을 받지 않은 것처럼 보였는데, 역시나 닭대가리만도 못한 두뇌를 가진 사람이 보일 법한 모습이었다. 처브 호튼은 두 시간 뒤에야 그 일에서 벗어났으며, 평소의 자기 자신에 가까워졌다. 톰 재거는 야영지를 급습한 이 알 수 없는 저주에 대해 험악한 격노가 들끓었다.

그런 상황에서도 일행은 작업을 계속했다. 그 외에는 딱히 할 일이 없었기 때문이다. 셔블은 특유의 리드미컬한 회전과 파기, 회전과 쏟기를 계속했으며, 덤프터는 아직 늪의 남아 있는 부분과 셔블 사이를 오가며 소음을 내뿜었다. 활주로의 위쪽 끝은 풀을 밀어 버린 상태였다. 처브와 톰은 경사 표시 말뚝을 세웠고, 데니스는 팬을 몰아서 울퉁불퉁한 표면을 깎고 메우는 기나긴 작업을 시작했다. 해리스는 또 한 대의 팬을 몰고 약간 뒤처져 따라갔다. 땅에서 활주로의 형태가 나타났고, 곧이어 이와 평행한 유도로가 나타났다. 그렇게 사흘이 지났다. 피블스의 죽음이 준 공포가 충분히 가라앉으면서, 일행은 그 일에 대해서 이야기할 수 있었지만, 그중 도움이 된 내용은 거의 없다시피 했다. 톰은 모든 작업에서 교대를 맡아서 켈리에게 휴식을 주고 자기가 대신 셔블을 운전하고, 팬을 몰고도 몇 바퀴를 돌았으며, 덤프터도 몇 시간이나 몰았다. 다친 팔은 느리지만 깨끗하게 나았다. 그는 부상에도 불구하고 혹독하게 일을 했으며, 그 고통으로부터 뒤틀린 종류의 쾌감을 얻고 있었다. 이 작업에 임한 모두가 각자의 기계를 바라볼 때에는 마치 첫아이를 바라보는 어머니 특유의 걱정을 품고 바라보았다. 이제는 솜씨 좋은 정비사가 없는 상황이니 자칫 심각한 장비 고장이 큰 재난일 수밖에 없었기 때문이다.

피블스의 죽음과 관련해서 톰이 스스로에게 허락한 유일한 양보는, 어느 날 오후 켈리를 한구석으로 불러내 용접기에 관해서 물어본 것뿐이었다. 켈리는 뭔가 좀 어울리지 않게도 과거에 공과대학에 다녔고, 그곳에서 전기 공학과 여자를 배운 바 있었다. 결국 전자에 관해서는 조금밖에 못 배웠지만, 후자에 관해서는 충분히 많이 배운 까닭에 급기야 퇴학당하고 말았다. 따라서 톰은 켈리가 혹시나 저 괴물 아크에 관해서 뭔가 알지도 모른다는 일말의 가능성 때문에 그 문제를 물어본 것이었다.

켈리는 손목이 긴 장갑을 벗더니, 휘둘러 벌레를 쫓았다. "그게 도대체 어떤 종류의 아크였다는 거야? 이봐, 나도 모르겠어. 혹시 용접기가 그렇게 할 수도 있다는 이야기 들어 본 적이 있나?"

"당연히 없지. 용접기는 그런 종류의 추진력을 아예 갖고 있지도 못하니까. 예전에 어떤 사람이 400암페어짜리 용접기에서 나온 전기에 감전되었는데, 털썩 주저앉기는 했지만 다친 곳은 전혀 없었어."

"전류 때문에 사람이 죽는 게 아니라면, 결국 전압이겠군." 켈리가 말했다. "자네도 알다시피, 전압이란 전류 뒤에 있는 압력이란 말이지. 물이 한 바가지 있다고 치면, 그 물 자체가 전류야. 내가 그 물을 자네 얼굴에 뿌리면, 자네는 다치지 않을 거야. 하지만 내가 그 물을 작은 호스로 뿌리면, 자네는 아픔을 느낄 수 있겠지. 한 발 더 나아가서, 내가 디젤 엔진 연료 분사 꼭지에 난 작은 구멍을 통해 1천 2백 파운드의 압력으로 그 물을 뿌리면 자네한테서는 피가 나고 말 거야.

하지만 용접 아크 발전기는 애초부터 그런 종류의 전압을 만들어 낼 수 없어. 전기자든 계자권선界磁捲線이든 그 어떤 부분에 그 어떤 단락이 생기더라도 그런 일을 할 수는 없다니까."

"처브의 말로 미루어 보면, 그 친구가 작업 선택 장치를 만지작거렸던 모양이더군. 내 생각에는 그 일 이후에 아무도 그 다이얼을 건드렸을 것 같지는 않아. 선택 다이얼은 맨 끝까지 돌아가서 낮은 전류 적용 부분에 가 있었고, 전류 조종 장치 표시는 절반 지점 근처에 있었어. 0.25인치 용접봉을 가지고 일격을 가할 만큼의 전류도 아니었단 말이야. 사람을 죽이는 것은 더욱 아니고 말이야. 평평한 땅에서 트랙터가 30피트나 뒤로 굴러가는 건 더더욱 불가능하지."

"심지어 아크가 50피트를 날아가기도 불가능하고." 켈리가 말했다. "그런 아크를 만들어 내려면 수천 볼트의 전압이 필요할 테니까."

"그렇다면 세븐에 들어 있는 뭔가가 그 아크를 끌어당겼을 수도 있는 걸까? 내 말은, 그 아크가 거기로 날아간 것이 아니라, 거기로 끌려간 것일 가능성도 있나? 내가 장담하건대, 그놈의 기계는 그 일이 있고 나서 4시간이 지나도 뜨거운 상태였다고."

켈리는 고개를 저었다. "그런 이야기는 전혀 들어 본 적이 없어. 보라고, 그걸 흔히 사용하는 명칭으로 부르자면, 우리는 직류의 말단을 양극과 음극이라고 부를 수 있지. 그게 이론상 작동하기 때문에, 우리는 전류가 음극에서 양극으로 흐른다고 말하지. 하나의 전극에서 반대편에 음극이 있는 경우를 제외하면, 양극으로 전류가 끌려오는 일은 있을 수가 없어. 내 말뜻이 뭔지 알겠나?"

"그렇다면 일종의 과도하게 큰 양극의 장場을 일으킬 만한 기괴한 상황도 혹시나 있지는 않을까? 내 말은, 음극의 흐름을 한꺼번에 빨아들일 수 있는 어떤 상황 말이야. 예를 들어 자네가 말했던 것처럼 어마어마한 압력으로 물을 짓눌러서 연료 분사 꼭지를 통해 나가게 한다거나?"

"아니, 톰. 내가 아는 한, 용접기는 그렇게 될 수는 없어. 하지만 나도 모르겠군. 정전기에 관해서는 아무도 이해하지 못하는 부분이 몇 가지 있으니까. 내가 할 수 있는 말은 이거야. 즉 차마 일어날 수 없는 일이 실제로 벌어졌고, 설령 그런 일이 벌어졌더라도 피블스가 그것 때문에 죽었을 리는 없다는 거야. 그렇다면 거기에 대한 답변이 뭔지는 자네도 알겠지."

톰은 활주로의 위쪽 끝에 마련된 두 개의 무덤을 흘끗 바라보았다. 한동안 씁쓸함과 떠들썩한 분노가 노골적으로 모습을 드러냈지만, 그는 더 이상 아무 말 없이 돌아서서 걸어가 버렸다. 그런데 톰이 용접기를 다시 살펴보러 돌아가니, **데이지 에타**는 어디론가 사라지고 없었다.

앨 놀스와 해리스는 냉수 공급기 가까운 곳에서 웅크리고 주저앉아 있었다.

"상황이 좋지 않아." 해리스가 말했다.

"이런 건 지금까지 한 번도 본 적이 없어." 앨이 말했다. "톰 영감이 정비소에서 돌아오면서 노발대발하더라고. '세븐은 어디로 갔어? 세븐은 어디로 갔느냐고?' 하면서 말이야. 그렇게 노발대발하는 목소리는 지금까지 한 번도 들은 적이 없다니까."

"데니스가 끌고 갔겠지, 응?"

"당연히 그렇지."

해리스가 말했다. "아까 전에 그 친구가 나한테 잔뜩 떠들어 댔었어. 데니스가 말이야. 처브한테 듣자 하니, 톰이 그 기계에 손대지 말라고 모두에게 경고했다더군. 데니스는 단단히 골이 났지. 그 친구 말로는, 이번 일에서 톰이 정말 도가 지나치게 행동하고 있다는 거야. 제발 우리가 발견하지 못하기를 톰이 은근히 바라는 뭔가가 바로 그 세븐에 들어 있을 거라고도 말했어. 어쩌면 그 뭔가는 바로 그가 유죄라는 증거일 수도 있겠지. 데니스는 톰이 그 꼬마를 죽였다고 기꺼이 말할 태세가 되어 있으니까."

"자네도 톰이 그랬다고 생각해, 해리스?"

해리스는 고개를 저었다. "나야 톰하고 무척 오래 알고 지낸 사이니까, 차마 그런 생각을 하지는 않아. 메사 위에서 실제로 무슨 일이 일어났는지를 일부러 우리에게 말하지 않았다면, 충분히 그럴 만한 이유가 있을 거야. 그나저나 데니스는 어떻게 해서 일하다 말고 돌아와서 그 도저를 가져간 거야?"

"그 친구가 몰던 팬에서 앞 타이어가 하나 터졌어. 그래서 다른 장비를 가지러 정비소로 돌아왔던 거지. 아마도 덤프터를 가지러 왔을 거야. 그러다가 가동 준비가 다 된 세븐이 거기 서 있는 걸 본 거지. 그 친구는 거기 서서 그걸 바라보더니 대뜸 톰을 욕했어. 자기는 다른 장비를 타느라 진동 때문에 내장이 박살 나는 상황에 진력이 났다면서, 무슨 일이 있더라도 지금 고장 난 장비보다는 더 좋은 장비를 끌고 가야겠다고 하더군. 톰 영감이 알면 난리를 칠 거라고 내가 말해 줬지. 그러자 그 친구는 톰에 관해서 몇 마디를 더 내뱉더군."

"나는 그 친구가 그 장비를 가져갈 만한 배짱이 있다고는 생각 못 했는데."

"아, 그 친구도 상당히 화가 나서 떠들더라니까."

그때 처브 호턴이 헐떡이며 뛰어오는 소리에 두 사람은 고개를 들었다. "이봐, 자네들, 어서 가자고. 저기 데니스한테 가 봐야 되겠어."

"뭐가 잘못되기라도 했나?" 해리스는 이렇게 물으며 자리에서 일어났다.

"1분쯤 전에 톰이 화가 머리끝까지 치밀어 오른 모습으로 내 옆을 지나 늪 매립지로 달려가고 있더라고. 무슨 일이냐고 물었더니만, 데니스가 세븐을 몰고 갔다고 소리를 지르더라니까. 데니스가 항상 살인에 관해서 이야기하던데, 그 기계를 함부로 몰고 다니면 진짜로 살인이 질리도록 일어날 거라면서 말이야." 처브는 눈이 휘둥그레진 채로 시가 옆으로 혀를 내밀어 입술을 핥았다.

"어, 이런." 해리스가 나지막이 말했다. "지금 당장은 그거야말로 뭔가 잘못된 종류의 발언인데."

"설마 자네는 그가—"

"어서 가자고!"

세 사람은 목적지까지 절반쯤 가기도 전에 톰을 만났다. 그는 고개를 숙이고 천천히 걷고 있었다. 해리스가 소리를 질렀다. 톰은 고개를 들더니 멈춰 섰고, 유난히 축 늘어진 자세로 거기 서서 일행이 다 가오기를 기다렸다.

"데니스는 어디 있나?" 처브가 소리를 질렀다.

톰은 일행이 거의 다 올 때까지 기다렸다가 팔을 들어서 자기 어깨 뒤를 엄지손가락으로 가리켰다. 그의 얼굴은 초록색이었다.

"톰— 혹시 그 친구—"

톰은 고개를 끄덕이더니 약간 휘청거렸다. 평소의 굳은 턱은 느슨해져 있었다.

"앨, 이 친구 좀 봐 줘. 토할 것 같은 모양이야. 해리스, 우리끼리 가보세."

톰은 그 자리에서 토해 버렸다. 그것도 어마어마하게. 앨은 어찌할 바를 모르고 멍하니 서서 그를 바라보았다.

처브와 해리스는 결국 데니스를 찾아냈다. 파헤쳐진 흙 위로 무려 12제곱피트에 걸쳐서 분쇄되고, 휘저어지고, 펼쳐져 있었다. **데이지 에타**는 어디론가 사라진 다음이었다.

노두로 돌아온 두 사람이 톰과 함께 앉아 있는 사이, 앨 놀스가 켈리를 데려오기 위해 덤프터를 몰고 소음을 내며 출발했다.

"자네들도 봤나?" 한참 뒤에 톰이 멍하니 물었다.

해리스가 대답했다. "그래."

잠시 후 덤프터 소음과 함께 산더미 같은 먼지 구름이 밀어닥쳤다. 켈리가 운전을 맡았고, 앨은 짐칸 테두리를 죽어라 꽉 붙잡고 있었다. 켈리가 뛰어내려서 톰에게 달려갔다. "톰— 이게 도대체 어떻게 된 일인가? 데니스가 죽었다고? 그런데 자네가…… 자네가—"

톰은 천천히 정신을 추슬렀다. 긴 얼굴에서 느슨함이 빠져나가고, 두 눈에 갑자기 빛이 떠올랐다. 이 순간 이전까지만 해도, 그는 동료들이 무슨 생각을 하고 있는지를 전혀 짐작도 못 하고 있었다.

"내가— 뭘 어쨌다는 건가?"

"앨 말로는 자네가 그 친구를 죽였다던데."

톰이 눈을 번뜩이자, 그 모습을 보고 앨이 마치 채찍에 맞은 듯 움찔거렸다.

해리스가 말했다. "어떻게 된 건가, 톰?"

"아무것도 아니야. 그 친구는 세븐한테 살해당한 거야. 자네들이 직접 보지 않았나."

"나는 지금껏 계속 자네 편을 들었어." 해리스가 천천히 말했다. "자네가 한 말은 모두 받아들이고 믿었지."

"그런데 이건 너무 심해서 자네들도 못 믿겠다는 건가?" 톰이 물었다.

해리스가 고개를 끄덕였다. "말이 너무 심한걸, 톰."

톰은 주위를 에워싼 굳은 얼굴들을 둘러보며 갑자기 웃음을 터트렸다. 그리고 자리에서 일어나 키가 큰 나무 상자에 한 손을 올려놓았다. "그렇다면 자네들은 이제 어떻게 할 생각인가?"

침묵이 흘렀다. "그러니까 자네들은 내가 거기까지 쫓아가서, 그 수다쟁이를 두들겨 패서 그 기계에서 끌어내리고, 그 기계를 가지고 깔아뭉갰다고 생각하는 건가?" 더 침묵이 흘렀다. "이봐. 나는 거기까지 쫓아가서 자네가 본 걸 똑같이 보고 왔을 뿐이야. 그 친구는 내가 거기 도착하기도 전에 죽어 있었어. 이것도 충분히 훌륭한 설명 아닌가?" 톰은 말을 멈추고 입술을 핥았다. "그렇다면 자네들은 내가 그 친구를 죽이고, 그 트랙터를 몰고 멀리까지 가서 버리고 왔다고 생각하는 모양이군. 자네들이 거기 도착했을 즈음에는 차마 볼 수도, 들을 수도 없는 어딘가 먼 곳에다 버리고 왔다고 말이야. 그런 다음에 내가 날개를 활짝 펼치고 다시 훨훨 날아와서, 자네들이 나와 마주친 그 절반쯤 되는 지점에 와 있었다는 거군. 그러니까 내가 그 친구를 쫓아가는 길에 처브와 이야기를 나눈 지 불과 10분 안에 그 모든 일이 일어났다는 거야!"

켈리가 머뭇거리며 말했다. "트랙터를 탔다면?"

"글쎄." 톰은 대답 대신 해리스를 향해 사납게 물었다. "자네와 처브가 거기까지 가서 데니스를 봤을 때, 거기 트랙터가 서 있던가?"

"아니."

갑자기 처브가 허벅지를 철썩 때렸다. "자네가 그걸 몰고 가서 늪에 처박은 거야, 톰."

톰은 화가 나서 말했다. "이건 시간 낭비야. 자네들은 이미 나름대로 다 추리를 한 거잖아. 그런데 왜 굳이 나한테 물어보는 건가?"

"아, 진정하라고." 켈리가 말했다. "우리는 그저 사실을 알고 싶을 뿐이야. 도대체 무슨 일이 일어난 건가? 자네가 처브를 만났을 때 그랬다면서? 데니스가 그 기계를 몰고 다니면 온통 살인이 일어날 거라고 말이야. 그렇지?"

"그래."

"그래서 어떻게 된 거지?"

"그래서 기계가 그를 살해한 거야."

처브는 놀라운 인내심을 드러내며 물었다. "피블스가 죽던 날, 자네가 나한테 그랬었지. 저 위의 메사에 올라갔을 때, 뭔가가 세븐을 이상하게 만들어 놓았다고 말이야."

톰은 격분했다. "나는 사실대로 말한 것뿐이야. 자네들이 이 일 때문에 나를 무고하게 비난해도 할 말은 없어. 음, 잘 들어. 그 세븐 안에 뭔가가 들어 있어. 그게 뭔지는 나도 모르겠고, 앞으로도 알아낼 수 없을 것 같아. 내 생각에는 그 기계가 저절로 박살 나면 상황이 그대로 끝나 버릴 것 같았어. 그래서 우리가 그놈을 분해해서 무기력하게 만들고 나면, 그대로 내버려 둬야 한다고 생각했지. 내 생각이 옳았겠지만, 이제는 너무 늦었어. 그놈이 리베라를 죽였어. 그놈이 데니스를 죽였고. 그리고 피블스를 죽이는 데에도 그놈이 뭔가 관계가 있었던 것이 분명해. 내 생각은 이래. 그놈은 이 섬에 살아 있는 인간이 단 하나라도 있는 한 살인을 멈추지 않을 거야."

"그게 무슨 헛소리야!" 처브가 말했다.

"알았어, 톰, 알았어." 켈리가 조용히 말했다. "그 트랙터가 우리를 해치러 올 거야. 하지만 걱정 말라고. 우리가 그놈을 잡아서 산산조각 내면 되니까. 자네는 더 이상 그 문제로 걱정하지 말라고. 다 괜찮을 테니까."

"바로 그거야, 톰." 해리스도 말했다. "야영지에서 이틀 정도 편히 휴식을 취하고 나면 기분이 더 나아질 거야. 작업은 처브와 나머지 우리들이 알아서 할 테니까. 자네는 햇빛을 너무 많이 쬐었어."

"자네들이야말로 진짜 사나이들이니까." 톰은 깊은 빈정거림을 드러내며 이를 갈듯 말했다. "살고 싶다면 밖에 나가서 저 미쳐 날뛰는 불도저를 박살 내라고!"

"그 불도저라면 아까 자네가 밀어 넣은 늪 바닥에 가라앉아 있겠지." 처브가 투덜거렸다. 그는 머리를 숙이더니 밀고 들어오기 시작했다. "물론 우리도 살아남고 싶지. 그러니 이제 최선의 방법은 더 이상 아무도 죽일 수 없는 곳에 자네를 두는 것뿐이야. 모두 붙잡아!"

처브가 먼저 달려들었다. 톰은 왼손으로 그를 붙들어 세우더니 오른손을 휘둘렀다. 처브가 쓰러지면서 해리스도 덩달아 넘어졌다. 앨놀스는 공구 상자를 뒤져서 14인치짜리 멍키 렌치를 꺼냈다. 그는 몸싸움을 피해 주위를 빙빙 돌면서, 기회를 엿보았다. 톰이 일격을 가했지만, 켈리가 거북처럼 목을 움츠리며 피했다. 주먹이 허공을 가르자 톰은 심하게 균형이 무너졌다. 여전히 무릎을 꿇고 있던 해리스가 그의 다리를 공격했다. 처브까지 근육이 불거진 어깨로 그의 허리를 들이받자, 톰은 그만 땅에 얼굴을 박고 쓰러졌다. 앨 놀스는 양손으로 렌치를 붙들고는 마치 야구 방망이처럼 빙빙 휘두르고 있었다. 켈리가 손을 뻗어서 렌치를 빼앗아 들더니 톰의 귀 뒤를 솜씨 좋게 툭 때렸다. 톰은 축 늘어져 버렸다.

시간이 늦었지만 아무도 잠잘 기분은 아닌 것 같았다. 일행은 압력 랜턴 주위에 모여 앉아 한가하게 이야기를 나누고 있었다. 처브와 켈리는 카지노라는 대수롭지 않은 카드 게임을 하고 있었지만, 정작 포인트 따는 걸 잊어버리고 있었다.* 해리스는 마치 감방에 갇힌 죄수마냥 이리저리 오가고 있었고, 앨 놀스는 빛 가까이에 움츠리고 앉아서 두 눈을 크게 뜨고 지켜보고, 또 지켜보고 있었다.

"뭘 좀 마셨으면 좋겠는데." 해리스가 말했다.

"10이야." 카지노를 하는 두 사람 가운데 하나가 말했다.

앨 놀스가 말했다. "저 인간을 죽여 버려야 해. 저 인간을 죽여야 한다고."

"이미 너무 많은 사람이 죽었어." 처브가 말했다. "자네는 입 좀 닥쳐." 그리고 켈리에게는 이렇게 말했다. "빅 카지노야."** 그러면서 카드를 쓸어 모았다.

그러자 켈리가 그의 손목을 붙잡고는 씩 웃었다. "빅 카지노는 하트 10이 아니라 다이아몬드 10이야. 모르나?"

"아."

* 카지노는 카드 게임의 일종으로, 21포인트를 먼저 따는 사람이 이긴다.
** 다이아몬드 10 카드를 말하며, 점수로는 가장 높은 3포인트로 계산한다.

"아스팔트 작업조는 도대체 얼마나 더 기다려야 여기 도착하는 거지?" 앨 놀스가 떨리는 목소리로 물었다.

"12일 남았어." 해리스가 말했다. "그 친구들이 독주毒酒를 좀 가져오면 좋겠는데."

"이봐, 자네들."

일행은 모두 말이 없어졌다.

"이봐!"

"톰이군." 켈리가 말했다. "빌딩 6이야,* 처브."

"저 인간 갈비뼈를 걷어차든가 해야겠군." 놀스는 이렇게 말했지만 정작 움직이지는 않았다.

"방금 그 말 기억해 두지." 어둠 속의 목소리가 말했다. "내가 이렇게 묶여 있지만 않았어도—"

"만약에 그랬다면 자네가 어떻게 했을지는 우리도 알아." 처브가 말했다. "도대체 얼마나 더 많은 증거가 필요한가?"

"처브, 저 친구를 더 이상 괴롭힐 필요까지는 없잖아!" 켈리가 이렇게 말하며 카드를 내려놓고 자리에서 일어났다. "톰, 물을 마시고 싶어서 그러나?"

"그래."

"앉아, 앉으라니까." 처브가 말했다.

"저 인간은 그냥 저기서 피나 흘리고 있으라고 해." 앨 놀스가 말했다.

* 카지노 게임에서는 카드 두 장을 겹쳐서 그 숫자의 합에 해당하는 카드 한 장으로 취급할 수 있다. 예를 들어 2 카드 위에 7 카드를 얹고 빌딩 9라고 말하면, 그때부터 그 두 장의 카드는 9 카드 한 장으로 취급된다.

"병신들!" 켈리는 자리를 떠나 컵에 물을 담아서 톰에게 갖다 주었다. 덩치 큰 조지아주 출신 남자는 꽁꽁 묶여 있었다. 손목을 한데 묶고, 팔꿈치와 팔꿈치를 연결하는 밧줄까지 등 뒤로 팽팽하게 조여 놓아서 양손이 명치 위로는 올라갈 수 없었다. 양쪽 무릎과 발목 역시 묶여 있었다. 그나마도 발목과 목 사이에도 짧은 밧줄을 연결하자는 놀스의 아이디어를 채택하지 않은 결과였다.

"고맙네, 켈리." 그가 게걸스레 물을 들이키는 동안 켈리가 머리를 붙잡아 주었다. "완전히 뻗었지 뭐야." 톰은 물을 좀 더 마셨다. "도대체 뭘로 때린 거야?"

"우리 중 하나가 그랬지. 그 캐터필러 차에 귀신이 들렸다고 자네가 말했을 즈음에 말이야."

"아, 맞아." 톰은 머리를 돌리고는 고통으로 눈을 깜박였다.

"제정신이 돌아왔다면, 설마 우리를 비난할 수는 없겠지?"

"켈리, 자네들이 내일 아침에 일어나기 전에 누가 더 죽어 나가야만 속이 시원하겠나?"

"우리 중 어느 누구도 더 이상은 사람이 죽을 일은 없다고 보는데. 적어도 지금은 말이야."

나머지 일행도 그쪽으로 다가왔다. "이제는 제정신으로 이야기할 마음이 든다고 하나?" 처브가 궁금한 듯 물었다.

앨 놀스가 웃음을 터트렸다. "우! 우! 이제는 저 인간도 위험해 보이지는 않는데."

해리스가 갑자기 말했다. "앨, 닥치지 않으면 자네 목 가죽을 벗겨서 주둥이를 막아 버릴 줄 알아."

"내가 유령 이야기나 꾸며 내는 사람이라는 건가?"

"내가 아는 한, 자네는 한 번도 그런 적이 없어, 톰." 해리스가 그의 옆에 무릎을 꿇고 말했다. "사람을 죽인 적도 없고."

"아, 저리 좀 꺼져. 저리 좀 꺼지라고." 톰이 지친 듯 말했다.

"어디 일어나서 덤벼 봐." 앨이 조롱했다.

해리스가 자리에서 일어나 손등으로 그의 입을 때렸다. 앨은 꽥 소리를 지르며 세 걸음 뒤로 물러나더니 윤활유 드럼통 위에 쓰러졌다.

"내가 하지 말라고 했었지." 해리스가 거의 애처로운 말투로 말했다. "내가 하지 말라고 **했었지**, 앨."

톰이 일행의 웅성거림을 저지했다. "입 다물어!" 그가 중얼거렸다. **"모두 입 다물란 말이야!"** 그가 호통쳤다.

그러자 모두 입을 다물었다.

"처브." 톰이 빠르고도 평온하게 말했다. "자네가 뭐라고 했었지? 내가 세븐을 어떻게 했다고?"

"늪에 처박아 버렸겠지."

"그래. 잘 들어 봐."

"뭘 들어 보라는 거야?"

"조용히 하고 잘 들어 보라고!"

일행은 그가 시키는 대로 귀를 기울였다. 또 한 번의 조용하고 바람 없는 밤이었고, 가느다란 초승달은 어둠 속에서 진실한 것은 전혀 보여 주지 않았고, 은빛 풍경을 불분명하게 가려 버렸다. 바닷가에서 파도의 속삭임이 가장 작은 소리로 흘러왔고, 늪이 있는 오른쪽 저 멀리서는 자기네 진흙탕을 파괴하는 것에 항의하는 개구리 소리가 들려왔다. 하지만 일행의 뼈를 얼어붙게 만드는 그 소리는 야영지 뒤의 절벽으로부터 스멀스멀 기어들어 오고 있었다.

누가 들어도 분명히 발동 걸린 엔진의 스타카토였다.
"세븐이야!"
"맞아, 처브." 톰이 말했다.
"누, 누가 시동을 건 거지?"
"우리 모두 여기 있나?"
"피블스와 데니스와 리베라 말고는 다 있지." 톰이 말했다.
"데니스의 유령인가 봐." 앨이 신음했다.
처브가 윽박질렀다. "입 닥쳐, 겁쟁아."
"이제는 디젤 엔진이 돌아가고 있군." 귀를 기울이던 켈리가 말했다.
"앞으로 1분 뒤면 이곳을 덮칠 거야." 톰이 말했다. "자네들도 알겠지만, 친구들, 우리 모두가 한꺼번에 미쳤을 리는 없어. 여하간 이제는 자네들이 직접 보고 확신할 기회를 얻게 될 거야."
"자네는 이 상황이 마음에 드는 모양이군, 안 그래?"
"어떤 면에서는 그래. 리베라는 저 기계를 **데이지 에타**라고 불렀어. D-7을 스페인어로 **데 시에테**라고 읽거든. **데이지 에타** 아가씨가 남자를 원하는 모양이군."
"톰." 해리스가 말했다. "그런 헛소리는 집어치우면 좋겠군. 자네 때문에 모두들 신경이 곤두서잖아."
"나야 무슨 수라도 써야지. 지금은 도망칠 수조차 없잖아." 톰이 느릿느릿 말했다.
"일단 우리가 직접 가서 살펴봐야겠어." 처브가 말했다. "만약 저 캐터필러 차에 아무도 타고 있지 않다면 돌아와서 자네를 풀어 주도록 하지."

"참으로 공정하시군. 그렇다면 저놈이 들이닥치기 전에 돌아올 수 있을 것 같은가?"

"당연히 돌아올 거야. 해리스, 자네도 같이 가세. 팬 트랙터 가운데 한 대를 끌고 가자고. 그거라면 세븐을 충분히 따돌릴 수 있으니까. 켈리, 자네는 앨하고 같이 나머지 한 대를 타고 가라고."

"데니스가 타던 팬은 타이어가 하나 터졌는데." 앨이 떨리는 목소리로 말했다.

"그러면 가만히 앉아 있다가 죽든가! 서둘러!" 켈리와 앨 놀스가 뛰어나갔다.

"행운을 비네, 처브."

처브가 그에게 가서 몸을 굽혔다. "내 생각에는 결국 자네에게 사과를 해야 할 것만 같군, 톰."

"아니야, 그럴 필요 없어. 나라도 자네랑 똑같이 했을 거야. 어서 가 보게. 자네가 꼭 가 봐야 한다고 생각하면 말이야. 대신 빨리 돌아오라고."

"일단 가 봐야지. 그리고 빨리 돌아오겠네."

해리스도 말했다. "어디 가지 말고 기다리라고, 친구." 톰이 씩 웃자, 두 사람은 나가 버렸다. 하지만 이들은 빨리 돌아오지 않았다. 아예 돌아오지 않았다.

그로부터 30분이 지나서야 켈리가 쿵쿵거리며 들어왔고, 앨 놀스가 뒤를 바짝 따라 들어왔다. "앨— 칼 좀 줘 봐."

켈리는 곧바로 톰을 묶은 밧줄을 잘랐다. 얼굴이 잔뜩 일그러져 있었다.

"나도 대충은 봤어." 톰이 속삭였다. "처브와 해리스가 당했나?"

켈리가 고개를 끄덕였다. "자네 말대로 세븐에는 아무도 타고 있지 않았어." 말투만 놓고 보면, 마치 지금은 머릿속에 그 생각만 들어 있는 것처럼, 다만 가장 엄중한 자제력 덕분에 그 말을 거듭하지 않고 참을 수 있는 것처럼 보였다.

"불빛이 보이더라고." 톰이 말했다. "트랙터 한 대가 언덕을 올라갔지. 곧바로 또 한 대가 그곳을 지나가면서, 경사면 전체를 헤드라이트로 비추더군."

"그놈이 그곳 어딘가에서 공회전을 하는 소리가 들렸어." 켈리가 말했다. "하지만 황록색 페인트를 칠해 놓았으니 볼 수가 없더군."

"내가 보니까 팬 트랙터 한 대가 뒤집어지더군. 아, 네댓 번쯤 언덕을 따라 굴러 내려가더라고. 그러다가 멈추었는데, 헤드라이트는 여전히 켜 있는 상태였어. 그러다가 뭔가가 거기 부딪히자 다시 굴러갔지. 결국 헤드라이트도 꺼져 버리고 말더군. 그나저나 애초에 어떻게 하다가 굴러떨어진 거야?"

"세븐의 짓이었어. 절벽의 돌출부에 숨어 있었지. 처브와 해리스가 거기서 60피트 내지 70피트쯤 아래쪽을 지나갈 때까지 기다린 거야. 가장자리를 넘어서 클러치를 넣은 상태로 아래로 돌진한 거지. 충돌 순간에 시속 30마일은 되었을 게 분명해. 옆에서 들이받았어. 그 친구들로선 구사일생의 기회조차도 없었어. 팬이 언덕을 따라 굴러 내려가다가 멈추니까, 그놈이 다시 와서 들이받더군."

"내가 발목이라도 좀 주물러 줄까?" 앨이 물었다.

"너! 당장 내 눈앞에서 꺼져!"

"아, 톰—" 앨이 울먹였다.

"그만둬, 톰." 켈리가 말했다. "이제 인원도 몇 안 남았으니 제발 그러지 말라고. 그리고, 앨, 대신 지금부터는 행동거지를 똑바로 하라고, 알았어?"

"아, 나는 그냥 솔직히 다 말하고 싶어서 그래. 나는 자네가 데니스에 관해서 거짓말을 하고 있지 않다는 걸 알고 있었어, 톰. 내가 잘 생각만 해 보았어도 되는 거였지. 데니스가 그 트랙터를 끌고 나갔을 때의 일이 기억나는데…… 그렇지, 켈리? ……그 친구는 크랭크를 가지고 그 기계 옆으로 걸어가서는 구멍에 끼웠어. 그랬더니 곧바로 시동이 걸리더라고. '이런, 세상에!' 데니스가 그러더라고. '이놈이 저절로 시동을 거는데! 내가 손잡이를 돌리지도 않았는데 말이야!' 그래서 내가 말했지. '이놈도 달리고 싶어 안달이 난 모양이지!'"

"뭔가를 '기억'하기에 참으로 좋은 시간을 골랐군." 톰이 이를 갈며 말했다. "서둘러— 여기서 벗어나야 돼."

"어디로 가려고?"

"자네 생각에는 세븐이 차마 다가오거나 올라가지 못할 곳이 과연 어디일 것 같나?"

"쉽지 않은 문제인데. 아마 큰 바위 정도면 되지 않을까."

"이 근처에는 그만큼 큰 바위가 없어." 톰이 말했다.

켈리는 잠시 생각해 보더니 손가락을 딱 퉁겼다.

"내가 마지막으로 셔블을 이용해서 깎아 낸 절벽 위에 올라가면 돼." 그가 말했다. "못 돼도 높이가 14피트는 될 거야. 한창 작은 돌들과 표토를 퍼내고 있는데, 처브가 거기는 그만 두고 다른 곳에 가서 이회토를 퍼내라고 하더군. 작업을 마치고 보니, 나는 아까 파다가 만 곳의 반대편을 새로 파다가 만 거였어. 그래서 절벽에서 꼬리처럼 30피트쯤 툭 튀어나온 지협이 생겼지. 그중에서 가장 좁은 곳은 폭이 겨우 4피트밖에는 안 돼. **데이지 에타**가 혹시나 위에서 우리에게 돌진한다면, 그놈은 결국 지협에 걸터앉아 오도 가도 못 할 거야. 반대로 밑에서 우리에게 돌진한다면, 그놈은 기어오를 만한 마찰력을 얻지 못할 거야. 땅이 너무 헐겁고 너무 가파르니까."

"혹시 그놈이 흙을 쌓아서 직접 경사로를 만들면 어떻게 될까?"

"그걸 다 만들었을 즈음에는 우리도 어디론가 도망치고 없겠지."

"그럼 그곳으로 가자고."

앨은 속도가 빠르니 덤프터를 타고 가자고 주장했다가 큰 소리로 야단만 맞고 말았다. 톰은 타이어에 바람이 빠질 수 없는 동시에 웬만한 힘으로는 잘 뒤집어지지 않는 차량을 원했다. 결국 이들은 원래 데니스가 사용하던 불도저 블레이드가 달린 2사이클 팬 트랙터에 올라타고 어둠 속으로 나섰다.

그로부터 여섯 시간쯤 뒤에 **데이지 에타**가 나타나서 이들을 깨웠다. 동쪽의 희끄무레한 빛 앞에서 밤이 물러나고, 신선한 바닷바람이 불어오고 있었다. 켈리가 첫 번째 불침번을 맡고 앨이 두 번째 불침번을 맡아서, 그날 밤은 톰을 푹 쉬게 해 주었다. 그는 너무나도 지친 나머지 순번을 놓고 입씨름을 할 수도 없었다. 앨은 불침번 순서가 되자마자 곧바로 잠들어 버렸지만, 잔뜩 겁을 먹은 데다 추위로 인해 주요 기관이 민감해진 까닭에 희미한 디젤 엔진 소리가 들려오자마자 화들짝 깨어나고 말았다. 그는 일행이 잠자고 있는 높은 지협의 가장자리에서 비틀거리더니, 균형을 잡으려고 발버둥 치며 떠들어 댔다.

"무슨 일이야?" 켈리가 곧바로 잠에서 깨어나 물었다.

"그놈이 오고 있어." 앨이 울면서 말했다. "아, 이런, 아, 이런—"

켈리는 자리에서 일어나 신선하고 어두운 새벽을 응시했다. 모터가 공허하게 웅웅거렸는데, 특이하게도 소리가 한꺼번에 두 번씩 들렸다. 그 소리가 이들을 향해 들려오는 것과 동시에 그 아래와 주위의 절벽에 메아리친 까닭이었다.

"그놈이 오고 있는데, 우리는 어떻게 해야 하지?" 앨이 중얼거렸다. "이제 어떻게 되는 거냐고?"

"머리가 떨어져 나갈 것 같군." 톰이 졸린 목소리로 말했다. 그는 몸을 굴려 일어나 앉은 다음, 아까 얻어맞은 부분을 양손으로 더듬었다. "내 귀 사이에 있는 이 알을 까 보면, 완전한 크기의 착암기가 하나 튀어나올 것 같아." 톰은 켈리를 바라보았다. "그놈은 어디 있어?"

"정확히는 모르겠어." 켈리가 말했다. "저 아래 야영지 근처 어디인 것 같은데."

"아마 우리 냄새를 찾고 있겠지."

"그놈이 그럴 수도 있을 것 같나?"

"내 생각에 그놈은 뭐든지 할 수 있을 것 같은데." 톰이 말했다. "앨, 이제 그만 좀 징징거려."

바다와 하늘 사이의 가느다란 틈새 사이로 해가 그 진홍색 끄트머리를 집어넣자, 장미색 빛이 각각의 돌과 나무마다 형태와 그림자를 부여했다. 켈리의 시선이 앞뒤로, 또 앞뒤로 오가더니, 몇 분 뒤에 어떤 움직임을 포착했다.

"저기 있어!"

"어디?"

"윤활유 보관대 옆에."

톰은 자리에서 일어나서 지켜보았다. "저놈이 뭘 하고 있는 거지?"

잠시 후에 켈리가 말했다. "일을 하고 있어. 연료 드럼통 앞에 있는 습지를 파고 있어."

"설마. 혹시 그놈이 혼자 힘으로 윤활유를 바르려는 건 아니겠지."

"그럴 필요까지는 없을 거야. 우리가 그놈을 고쳐 놓은 이후에 윤활유도 발라 놓고, 크랭크케이스에 기름도 새로 넣어 놨으니까. 하지만 지금쯤이면 연료가 더 필요할 수도 있겠지."

"탱크의 절반 이상 차 있지는 않았으니까."

"음, 어쩌면 오늘은 저놈도 할 일이 많다고 생각했는지도 모르지." 켈리가 이렇게 말하는 순간, 앨이 울먹이기 시작했다. 두 사람은 그를 무시했다.

연료 드럼통은 야영지 가장자리에 피라미드 대형으로 쌓여 있었다. 44갤런짜리 드럼통들을 옆으로 눕혀서 쌓은 것이었다. 세븐은 그 앞에서 앞뒤로 오가면서, 가까이 다가가서 지나갈 때마다 흙을 파내서 드럼통 더미 옆에다가 버렸다. 머지않아 드럼통 더미 가장자리에 폭 14피트, 깊이 6피트, 길이 30피트의 커다란 구덩이가 생겨났다.

"자네가 보기에는 저놈이 뭘 하는 것 같나?"

"난들 알겠나. 일단 연료를 원하는 것 같기는 한데, 나로선 도무지…… 저것 좀 봐! 저놈이 구멍에 들어가 멈춰 섰어…… 옆으로 돌았어…… 몰드보드의 위쪽 모서리를 맨 아래 있는 드럼통 가운데 하나에 찔러 넣었어!"

톰은 손톱으로 턱의 수염 그루터기를 긁었다. "자네는 저놈의 물건이 도대체 어디까지 해낼 수 있을지 궁금하겠지. 자, 이제 저놈은 모든 것을 알아낸 거야. 저놈은 연료 드럼통에 구멍을 내려고 시도해 보았자 드럼통이 벌렁 쓰러지고 말 뿐이라는 걸 알고 있어. 설령 용케 구멍을 뚫는다 해도, 과연 어떻게 그걸 들어 올리겠어? 호스를 다룰 만한 장비를 갖추고 있지 않으니…… 그렇지? 지금 저놈을 좀 봐! 저놈은 연료 더미의 맨 아래 드럼통보다 더 낮은 곳에 자리 잡은 다음에야 비로소 구멍을 뚫었어. 저렇게 하면 드럼통 더미가 내리누르는 무게 때문에 거뜬히 구멍을 뚫을 수 있지. 그러고는 거기서 흘러나오는 연료 줄기 밑에 자기 탱크를 갖다 대기만 하면 되는 거야!"

"뚜껑은 어떻게 열려고 그럴까?"

톰은 코웃음을 치면서, 리베라가 부상을 입었던 바로 그날 자기가 후드 위로 뛰어오르다 보니 라디에이터 뚜껑이 저절로 열리더라고 설명해 주었다.

"솔직히 말해서," 그는 잠깐 생각한 후에 덧붙였다. "만약 저놈이 지금 아는 것만큼 그때도 알고 있었다면, 나는 지금쯤 리베라와 피블스 옆에 누워 있겠지. 그 당시에는 저놈도 요령을 잘 몰랐던 거야. 그래서 이전까지는 한 번도 움직여 본 적이 없었던 것처럼 움직였지. 그때 이후로 저놈도 많이 배웠군."

"그 말이 맞아." 켈리가 말했다. "그리고 바로 여기서 그놈은 그 배운 바를 우리에게 써먹겠지. 지금 이쪽으로 오고 있어."

그 말이 맞았다. 대강 윤곽만 형성된 활주로를 곧게 가로질러서 그놈이 오고 있었다. 이슬이 맺힌 땅을 갈면서 달려오고 있자니, 캐터필러 밑에서 어제의 먼지가 피어올랐다. 활주로 갓길을 지날 때에는 더 거친 땅을 솜씨 좋게 지나갔으며, 드문드문한 습지를 비켜 가고, 돌을 우회하며 자유롭고 빠르고 손쉽게 달렸다. 그놈이 운전기사 없이 달리는 모습을 톰이 실제로 똑똑히 본 것은 이번이 처음이었고, 그 모습을 지켜보는 동안 소름이 돋았다. 그 기계는 부자연스러웠고,

그 외관도 어쩐지 비현실적이고 꿈같았다. 이는 전적으로 그 운전석에 사람의 작은 그림자가 결여된 까닭이었다. 그 기계의 모습은 부피가 크고, 단단하고, 위험해 보였다.

"우리 이제 어떻게 하지?" 앨 놀스가 울부짖었다.

"그냥 앉아서 기다릴 거야." 켈리가 말했다. "그리고 자네는 입이나 다물고 있어. 저놈이 우리를 저 밑에서 쫓아올지, 아니면 저 위에서 쫓아올지는 앞으로 5분이 더 지나야 알 수 있을 테니까."

"혹시 딴 데로 가고 싶다면," 톰이 부드럽게 말했다. "어디 가 보시든가." 이 말에 앨은 그냥 자리에 앉았다.

켈리는 바로 아래쪽 절단면에서 오른편으로 볼품없이 웅크리고 앉아 있는 자신의 사랑스러운 파워셔블을 내려다보면서 뭔가 생각에 잠겼다. "자네 생각에는 그놈이 굴착기에도 버틸 수 있을 것 같나?"

"정면으로 맞붙는다고 치면 **데이지 에타**가 확실히 불리하겠지." 톰이 말했다. "하지만 그놈은 그렇게 싸우지 않을 거야. 자네로서도 셔블을 사정거리 안으로 가져갈 방법은 없어. **데이지**는 그냥 멀찍이 서서 자네를 비웃고 있을걸."

"지금은 그놈이 안 보이는데." 앨이 칭얼거렸다.

톰이 바라보았다. "그놈은 절벽으로 올라갔어. 위에서 이곳을 공격하려 시도하는 거야. 내 생각에는 일단 우리가 바짝 붙어 앉아서, 과연 그놈이 저 좁은 지협을 지나서 여기까지 오려고 시도할 만큼 어리석은지를 살펴봐야 할 것 같아. 실제로 그렇게 한다면, 그놈은 양쪽 캐터필러가 허공에 뜬 채로 바닥만 지협에 걸치게 되겠지. 어쩌면 거기서 벗어나려고 발버둥치다가 뒤집어질지도 몰라."

이후 기나긴 기다림이 이어졌다. 언덕 너머에서는 힘을 쓰는 모터

소리가 들려왔다. 이들은 기계가 잠깐 멈추며 기어를 바꾸는 소리를 두 번이나 들었다. 한 번은 희망에 가득한 얼굴로 서로의 얼굴을 바라보았는데, 기계의 소리가 일련의 요란한 울부짖음으로 커지면서 뭔가 애써 기어오르는 것 같았기 때문이다. 곧이어 이들은 기계가 둔덕의 각별히 가파른 부분을 지나가려고 시도했고, 마찰력을 얻기 위해서 곤란을 무릅썼다는 사실을 깨달았다. 불도저는 결국 성공했다. 기계는 모터 회전수를 높이며 언덕 돌출부로 올라갔고, 4단 기어로 바꾸고 덜컹거리며 탁 트인 곳으로 나왔다. 그러고는 절단면 가장자리로 비틀거리며 오다가 우뚝 멈추더니, 스로틀을 줄이고 블레이드를 내려서 땅에 댄 상태로 공회전하며 서 있었다. 앨 놀스는 지금 서 있는 좁은 땅에서도 가장자리로 물러섰고, 말 그대로 눈동자가 흔들리고 있었다.

"좋아. 덤비든가 꺼지든가 해 봐." 켈리가 건너편을 향해 거칠게 말했다.

"저놈이 상황을 살펴보는 것 같은데." 톰이 말했다. "저 좁은 육교에 전혀 속아 넘어가지 않는군."

데이지 에타의 블레이드가 위로 올라가기 시작하더니, 땅에서 확실히 떨어진 곳에서 멈추었다. 기계는 소리도 없이 기어를 바꾸었고, 천천히 뒤로 물러서기 시작했으며, 여전히 공회전에서 약간 높아진 상태였다.

"저놈이 여기로 뛰려는 모양인데!" 앨이 외쳤다. "나는 여기서 벗어나야겠어!"

"가만히 있어, 이 멍청아." 켈리가 외쳤다. "우리가 여기 버티고 있는 한, 저놈이 우리를 잡을 방법은 없어! 하지만 자네가 아래로 내려가면, 저놈은 토끼몰이를 하듯 자네를 뒤쫓아 잡을 거야."

세븐의 요란한 모터 소음이 앨에게는 마지막 지푸라기였다. 그는 비명을 지르며 가장자리 너머로 뛰어내렸고, 버둥거리고 미끄러지며 가파른 절단면을 따라 내려갔다. 그러고는 바닥에 닿자마자 달렸다.

데이지 에타는 블레이드를 낮추고 주둥이를 들어 올리더니, 으르렁거리며 앞으로 움직여서 흙을 밀었다. 기계가 가장자리에 가까워지면서, 기계 앞에는 6세제곱야드, 7세제곱야드, 급기야 7.5세제곱야드의 흙더미가 쌓였다. 흙을 미는 블레이드가 사람들이 앉아 있는 횃대로 이어지는 좁은 통로로 파고들어 왔다. 그곳의 흙은 거의 모두가 부드럽고, 새하얗고, 잘 부서지는 이회토였다. 커다란 기계가 거기다가 주둥이를 박자 표토로 이루어진 어마어마한 적재물이 양옆으로 흘러내렸다.

"저놈이 스스로를 땅에 파묻어 버리려나 봐!" 켈리가 외쳤다.

"아니야— 잠깐만." 톰이 그의 팔을 붙들었다. "저놈이 돌아서려고 하고 있어. 저놈이 해냈어! 저놈이 해냈다고! 저놈이 경사로를 만들어서 평지로 내려가고 있어!"

"맞는 말이야. 그리고 저놈은 우리를 절벽에서 뚝 떼어 놓았어!"

블레이드를 최대한 높이 치켜든 상태에서, 유압 막대가 이른 아침의 빛 속에서 선명하게 번쩍이는 가운데, 불도저는 그 어마어마한 적재물에서 벗어나서, 빙 돌더니 다시 위로 올라갔고, 다시 블레이드를 내렸다. 기계는 그들과 절벽 사이를 한 번 더 오갔고, 그러자 이제는 절단 부분이 워낙 넓어진 까닭에 그들로선 이쪽에서 가뜩이나 흙이 잘 부서지는 저쪽 절벽으로 뛰어서 건널 수가 없게 되었다. 다시 아래로 내려온 기계는 이제 고립된 이회토 기둥이 되어 버린 이들의 피난처를 향해 돌아서서 회전수를 줄이고 기다렸다.

"이런 상황은 나도 생각을 못 했는데." 켈리가 죄책감을 느끼는 듯 말했다. "저놈이 올라오지 못할 테니 안전할 거라고 생각했지만, 저놈이 다른 방식으로 시도할 거라고는 전혀 생각을 못 했어."

"잊어버려. 어쨌거나 우리는 여기 앉아 있으니까. 무슨 일이 있어도— 그나저나 우리가 여기서 기다리다 보면 저놈이 먼저 연료를 다 써 버릴까, 아니면 우리가 먼저 굶어 죽을까?"

"아, 이건 공성이 되지는 않을 거야, 톰. 저놈은 살인자로서 보통이 아닌 모양이니까. 그나저나 앨은 어디로 갔지? 과연 그놈이 우리 트랙터를 끌고 이 근처를 지나가서 저놈을 유인할 정도의 배짱이 있는지 궁금한데?"

"그놈은 기껏해야 우리 트랙터를 몰고 도망가 버릴 정도의 배짱밖에는 갖지 못했더군." 톰이 말했다. "자네는 아직 모르고 있었나?"

"우리 트랙터를— **뭐라고?**" 켈리는 어젯밤 트랙터를 세워 놓았던 곳을 바라보았다. 그 자리에는 아무것도 없었다. "이런 더럽고 쬐그만 노랭이 쥐새끼 같으니!"

"욕을 해 보았자 쓸모도 없어." 톰은 차분하게 대답하면서, 자기가 알기로는 정말로 휘황찬란한 언어의 시작이었던 상대방의 발언을 일찌감치 저지했다. "그것 말고 뭘 더 기대했나?"

데이지 에타는 이들의 경이로운 고립을 제거하는 방법을 마침내 결정한 것이 분명했다. 기계가 무척이나 빠른 스로틀 특유의 코웃음을 내뱉었고, 블레이드 모서리를 인간들이 올라앉은 흙기둥에 들이밀어 크게 한 조각을 깎아 냈다. 그렇게 도려 내자 위에 있는 흙이 아래를 지나가는 기계의 옆구리와 캐터필러 위에 쏟아졌다. 결국 작은 고원의 그쪽 면에서 무려 8인치가 사라지고 말았다.

"어, 이런. 저건 곤란한데." 톰이 말했다.

"흙을 파서 우리를 끌어내리기로 작정했나 보군." 켈리가 굳은 표정으로 말했다. "앞으로 20분이면 정말 그렇게 되고 말겠어. 톰, 내 생각에는 여길 벗어나야 할 것 같아."

"그건 좋은 생각이 아닌 것 같은데. 자네는 저놈이 이제 얼마나 빨리 움직일 수 있는지를 전혀 모르고 있어. 잊지 말라고. 사람이 운전할 때보다 훨씬 더 대단하다니까. 고속 전진에서 후진으로 바꿨다가, 다시 저렇게 5단 기어로 전진하도록 바꿀 수 있으니까 말이야." 그는 손가락을 딱 퉁겼다. "게다가 저놈은 눈 깜박이는 찰나보다 더 빨리 선회해서 제가 원하는 곳에다가 블레이드를 꽂아 넣는다니까."

트랙터가 또 다시 아래를 지나가며 소리를 내자, 이들의 작은 식탁이 갑자기 1피트가 더 줄어들었다.

"좋아." 켈리가 말했다. "그렇다면 자네는 어쩌기를 원하는 거야? 여기 가만히 있으면서 저놈이 우리 밑에서 흙을 다 파낼 때까지 내버려 두자는 거야?"

"나는 단지 조심하라고 이야기한 것뿐이야." 톰이 말했다. "이제 잘 들어 봐. 우리는 일단 저놈이 적재물을 잔뜩 떠안을 때까지 기다리는 거야. 그러면 저놈이 그걸 내려놓고 우리가 사라졌다는 걸 깨닫기까지 1초쯤 시간 여유가 생길 테니까. 우리는 흩어지는 거야. 저놈 혼자서는 우리 둘 다를 쫓아오지 못하니까. 자네는 일단 탁 트인 곳으로 가서, 절벽 모서리를 돌아간 다음에, 혹시 올라갈 수 있는 곳이 있으면 올라가라고. 트랙터가 아무리 빨라도, 사람이라면 더 빠르게 높이 14피트짜리 절단면을 기어올라 갈 수 있을 테니까. 나는 절단면 가까이로 끼어들 거야. 바닥으로 내려가서 말이야. 만약 저놈이 자네를 뒤쫓는다면, 나는 무사히 위험에서 벗어나겠지. 만약 저놈이 나를 쫓는다면, 나는 셔블을 이용해서 저놈하고 경주를 벌일 거야. 혹시나 저놈이 원한다면, 저 굴착기를 가지고 온종일 숨바꼭질을 할 수도 있지."

"왜 하필 나더러 탁 트인 곳으로 가라는 거지?"

"자네는 다리가 기니까, 그 정도 거리에서도 저놈을 따돌릴 수 있을 거라고 생각하지 않나?"

"그럴 것 같긴 하군." 켈리가 씩 웃었다. "좋아, 톰."

두 사람은 긴장한 상태에서 기다렸다. **데이지 에타**가 후진하며 가까이 지나갔고, 또 한 번 통과를 시작했다. 적재물을 떠안은 상태에서 모터가 요란한 소리를 내고 있을 때 톰이 말했다. "지금이야!" 그리고 두 사람은 뛰어내렸다. 켈리는 평소대로 마치 고양이처럼 두 발로 착지했다. 톰은 밧줄에 묶였던 무릎과 발목이 검푸르게 멍든 상태에서, 비틀거리며 두 걸음 딛고 그만 쓰러져 버렸다. 켈리가 그를 일으켜 세우는 사이, 도저의 강철 주둥이가 둔덕을 돌아서 나타났다. 기계는 곧바로 5단 기어를 넣고 이들을 향해 달려들었다. 켈리는 왼쪽으로, 톰은 오른쪽으로 뛰어서 이내 달리기 시작했다. 켈리는 활주로 쪽으로, 톰은 곧장 셔블 쪽으로 갔다. **데이지 에타**는 두 사람이 갈라지는 상황에서도 한동안 내버려 둔 채, 원래의 경로를 유지하면서 양쪽 모두를 추적하려고 시도했다. 그러다가 결국 톰이 더 느리다고 판단한 듯 그가 가는 쪽으로 방향을 틀었다. 처음에 불도저가 머뭇거렸기 때문에 톰은 도주에 필수적인 약간의 간격을 확보할 수 있었다. 그는 두 다리를 마치 피스톤처럼 움직이며 셔블을 향해 뛰어갔고, 마침내 그 캐터필러 사이로 몸을 던져 들어갔다.

그가 땅에 부딪치는 순간, 불도저의 커다란 망간 강철 몰드보드가 셔블의 오른쪽 캐터필러를 때렸고, 그 충격으로 인해 57톤이나 나가는 거대한 기계가 흔들렸다. 하지만 톰은 거기 머물지 않았다. 일단 기계 밑을 기어서 빠져나온 다음, 벌떡 일어나서 위로 펄쩍 뛰며 뒤쪽 창턱을 붙잡았고, 한손으로 창문을 때려 부순 다음 몸을 끌어올려 안으로 굴러떨어졌다. 이곳에서는 한동안 안전할 것이었다. 셔블의 커다란 캐터필러는 세븐의 블레이드의 최대 높이보다 더 높고, 운전석 바닥도 캐터필러 꼭대기보다 16인치나 더 높기 때문이었다. 톰은 운전석 문으로 다가가 바깥을 내다보았다. 트랙터는 뒤로 물러나 공회전 상태였다.

"뭔가를 궁리하는 중이군." 톰이 이를 갈았다. 그리고 커다란 머피 디젤 엔진으로 다가갔다. 그는 서두르지 않고 연료 잔량 측정기를 꺼내 연료 상태를 확인하고 도로 집어넣었다. 그리고 조속기 차단봉을 거치대에서 꺼내 조속기 외장에 삽입했다. 마스터 스로틀을 절반 위치에 놓고, 시동 핸들을 잡아당기고, 차단봉을 당겼다. 후드 덮인 배기관에서 푸른 연기 뭉치가 솟더니 모터에 발동이 걸렸다. 톰은 차단봉을 다시 빼내고, 유량 감시계와 압력계를 살펴본 다음, 문으로 다가가 바깥을 다시 내다보았다. 세븐은 움직이지 않고 있었지만, 앞서 메사 위에서 보여 주었던 것과 같은 일정치 않은 방식으로 회전수를 올렸다 내렸다 하고 있었다. 톰은 혹시 저놈이 뛰어오르려고 몸을 움츠리고 있는 것이 아닌가 싶은 기묘한 의심이 들었다. 그는 좌석에 앉아서 마스터 클러치를 밀었다. 운전석을 반쯤 채운 커다란 기어들이 순순히 돌기 시작했다. 톰은 브레이크 고정 장치를 뒤꿈치로 차서 풀고, 두 발을 페달 위에 가볍게 올려놓았다.

곧이어 그는 머리 위로 손을 뻗어 스로틀을 젖혔다. 머피 디젤 엔진의 회전수가 빨라지자 퍼올리기 레버와 좌우회전 레버 모두를 붙잡고 뒤로 잡아당겼다. 엔진이 울부짖었다. 2야드짜리 버킷이 땅에서 떨어지면서, 그걸 붙잡고 있던 차가운 마찰로 인해 갑자기 움찔거렸다. 커다란 기계는 오른쪽으로 빠르게 선회했다. 톰은 퍼올리기 레버와 좌우회전 레버를 앞으로 밀고, 브레이크에 발을 올려놓은 상태에서 버킷의 상승을 확인했다. 그는 전후이동 레버를 앞으로 밀었다. 버킷이 그 사정거리 끝으로 달려갔고, 버킷의 끄트머리가 세븐의 후드를 가로질러 지나가면서, 그 기계의 배기통, 소음기와 그 밖의 것들 그리고 공기 흡입구에 있는 여과 장치를 모두 쓸어가 버렸다. 톰은 욕설을 내뱉었다. 그는 저 기계가 당연히 뒤로 빠르게 물러나며 피할 것이라고 계산했었다. 실제로 그렇게만 했더라면, 톰은 저 기계의 주철 라디에이터 코어를 박살 낼 수 있었을 것이다. 하지만 세븐은 찰나의 판단 덕분에 그 자리에 가만히 서 있었던 것이다.

하지만 이제는 세븐이 움직였다. 그것도 재빠르게. 차마 믿을 수 없을 정도로 신속하게 기어를 바꾸더니, 뒤로 빠르게 물러나며 선회해서 사정거리에서 벗어났다. 톰이 셔블의 강력한 좌우회전을 멈출 새도 없이 일어난 일이었다. 그 기계가 속도를 늦추고, 멈추고, 뒤로 물러나는 동안, 육중한 좌우회전 마찰기어 블록에서 역한 연기가 피어올랐다. 톰은 세븐을 마주 보면서 유심히 살폈으며, 셔블의 버킷을 몇 피트 퍼 올리고 다시 잡아당겨서, 그러니까 대략 반쯤 끌어당겨서 모든 상황에 대비하고 있었다. 네 개의 디퍼 이빨이 햇빛에 빛났다. 톰은 숙련된 눈으로 케이블과 붐과 디퍼스틱을 훑었고, 슬라이딩 파트의 윤활유의 검은 오염을, 그리고 윤활유를 잘 바른 케이블과 연결 고리의 원활한 긴장을 흡족해했다. 그 커다란 기계는 그 어마어마한 힘을 전력으로 발휘할 태세를 갖추고 서 있었다.

톰은 세븐의 망가진 엔진 후드를 유심히 바라보았다. 망가진 공기 흡입 파이프의 뺑 뚫린 끄트머리가 그를 도로 쏘아보았다. "아하!" 톰이 말했다. "맛있는 이회토를 몇 컵 거기 부어 놓으면 네 녀석도 씹을 게 생길 거다."

그는 지친 눈으로 트랙터를 바라보며 두둑을 향해 회전했고, 버킷을 아래로 내려서 이회토에 파묻었다. 버킷을 깊이 집어넣자 머피 디젤 엔진이 살려 달라며 비명을 질렀지만 계속해서 밀어 넣었다. 적재가 한창인 상황에서 크나큰 충격이 가해지며 좌석에 앉은 몸이 흔들렸다. 어깨 너머로 문 쪽을 바라보았더니, 세븐이 다시 뒤로 물러나는 모습이 보였다. 셔블의 운전석 뒤에 있는 평형추를 겨냥하고 달려와서 일격을 가했던 것이다. 톰은 딱딱한 웃음을 지었다. 겨우 그것만 가지고는 안 될 걸. 거기에는 기껏해야 8톤에서 10톤의 단단한 강철밖에는 없으니까. 그 순간에야 그놈이 페인트에 생채기를 내거나 말거나 따위에는 별로 관심이 없었다.

굴착기가 다시 회전하자, 하얀 이회토가 버킷을 가득 채우다 못해 양옆으로 흘러내리고 있었다. 셔블은 이제 완벽하게 움직이고 있었다. 버킷이 적재된 상태에서 수평으로 서 있어야 비로소 진정으로 무게가 상쇄되어 균형이 맞는 기계였기 때문이다. 퍼올리기 및 좌우회전 마찰기어와 브레이크 라이닝도 열이 나면서 어젯밤의 응축된 습기가 날아가 버렸으며, 이제는 운전기사를 기쁘게 하는 방식으로 조종에 응답했다. 톰은 좌우회전 레버를 가볍게 조작했고, 뒤로 당겨서 오른쪽으로 회전시키고, 앞으로 밀어서 왼쪽으로 회전시키면서 세븐이 시도하는 느린 춤을 따라갔으며, 마치 빈틈을 찾는 전사마냥 지친 듯 앞뒤로 오갔다. 그는 계속해서 버킷을 자기 자신과 트랙터 사이에 놓았는데, 하루 20시간이나 단단한 돌을 깨고서도 멀쩡하도록 설계된 장비를 차마 저놈이 해칠 수는 없음을 알았기 때문이다.

데이지 에타가 소리를 지르며 달려들었다. 톰은 퍼올리기 레버를 뒤로 세게 당겨서 버킷을 위로 올리면서 트랙터가 아래로 지나가게 내버려 두었다. 곧이어 버킷 열기 단추를 누르자, 버킷의 커다란 강철 턱이 열리면서 불도저의 망가진 후드 위로 이회토가 폭포처럼 쏟아졌다. 트랙터의 팬이 그걸 도로 불어 내면서 크게 물결치는 구름이 만들어졌다. 하지만 톰이 버킷을 겨냥해서 아래로 떨어뜨리려는 잠깐을 틈타, 트랙터는 서둘러 후진하며 사정거리에서 벗어났다. 결국 그가 기계의 엔진 블록 위에 달린 코일형 연료 분사 튜브를 망가뜨리려고 버킷을 떨어뜨렸을 때, 기계는 이미 그 자리에 없었다.

먼지가 걷히자 트랙터가 다시 달려들었다. 이번에는 왼쪽으로 가는 척하다가, 이제 막 땅에서 떨어진 상태였던 버킷을 향해 블레이드를 휘둘렀다. 톰은 회전하며 상대했지만, 상대가 방향을 속이면서 그가 예상하기에 괜찮은 정도보다 좀 더 가깝게 파고들었기에, 버킷과 블레이드가 부딪치면서 불꽃이 튀고 0.5마일 밖에서도 들릴 것 같은 쨍 소리가 났다. 불도저가 블레이드를 높이 들고 달려오는 바람에 그 뒤에 있는 A자형 버팀대가 셔블의 디퍼 이빨 가운데 두 개 사이에 끼어 버린 모습을 보자, 톰은 말없는 외침을 토해 냈다. 그가 퍼올리기 레버를 당겨서 버킷이 위로 올라가자 불도저의 앞쪽 전체가 덩달아 위로 들렸다.

거기서 빠져나오려고 블레이드를 올렸다 내렸다 하는 **데이지 에타**의 차체가 위아래로 흔들리며 캐터필러가 격하게 땅으로 파고들었다. 톰은 버킷을 당겨서 트랙터를 더 가까이 데려오려고 시도했는데, 왜냐하면 붐이 너무 낮게 있다 보니, 그처럼 어마어마한 무게를 차마 들어 올릴 수 없었기 때문이다. 실제로 셔블의 캐터필러 뒷부분이 여차하면 땅에서 떨어질 것 같았다. 하지만 전후이동 마찰기어만으로는 상대를 다룰 수가 없었다. 급기야 열을 내며 미끄러지기 시작했다.

톰은 버킷을 약간 들어올렸다. 그러자 셔블의 캐터필러 뒷부분이 땅에서 1피트 떨어졌다. 그는 욕을 내뱉으며 버킷을 내렸고, 그 즉시 도저는 풀려나서 멀찍이 도망쳐 버렸다. 톰은 그놈을 겨냥해 세차게 버킷을 휘둘렀지만 빗나가고 말았다. 도저는 긴 커브를 틀면서 달려왔다. 톰은 또다시 그놈을 마주하려고 회전했고, 버킷으로 무시무시한 강타를 먹였지만 상대는 블레이드로 받아 냈다. 하지만 이번에는 도저도 맞고 순순히 물러서지 않고 오히려 버킷을 밀면서 곧장 앞으로 파고들었다. 상대가 무엇을 하는지 톰이 깨닫기도 전에 셔블의 버킷이 꺾이며 양쪽 캐터필러 사이의 땅에 놓여 버렸다. 상상 가능한 한에서 가장 신속하고 솜씨 좋은 도저의 기동으로 인해 셔블은 버킷을 휘두를 능력을 잃어버리고 말았다. **데이지 에타**가 지금처럼 버킷을 양쪽 캐터필러 사이에 꼼짝 못 하게 붙들어 놓은 상황이 이어지는 한에는 말이다.

톰은 버킷을 세게 밀었지만, 그렇게 해 보았자 붐을 공중에 더 높이 들어 올리는 데에만 성공했을 뿐이다. 지금은 그 자체의 무게를 제외하면 붐을 붙잡아 줄 것이 전혀 없었기 때문이다. 펴올리기를 해 보았자 마찰 기어에서 연기가 나면서, 자칫 엔진 정지 상황에 가까울

만큼 위험하게 엔진 회전수가 낮아질 뿐이었다.

톰은 다시 욕을 내뱉고, 왼쪽에 있는 여러 개의 작은 레버들 쪽으로 손을 내밀었다. 이게 바로 기어였다. 이런 유형의 셔블에서는 버킷의 전후이동과 퍼올리기 동작을 제외한 나머지 모든 동작을 상체의 좌우회전 레버로 조종했다. 운전기사가 일단 기어를 선택하고 나면, 그때부터는 (캐터필러에 동력을 전달해서) 앞이나 뒤로 가는 주행이나, 또는 붐의 상하이동이나, 또는 좌우회전까지도 좌우회전 레버로 조종할 수 있었다. 다만 이 기계는 이런 동작을 한 번에 하나씩밖에 할 수 없었다. 즉 주행 기어 상태라면 상체의 좌우회전이 불가능했다. 상체의 좌우회전 기어 상태라면 붐의 상하이동이 불가능했다. 지금까지 그 어떤 운전기사도 이런 약점 때문에 괴로움을 겪은 적은 없었다. 하지만 지금은 평상시와는 상황이 달랐다.

톰은 좌우회전 기어 조종 장치를 내린 다음, 주행 기어 조종 장치를 올렸다. 이 동작에 관여하는 클러치는 마찰 기어가 아니라 맞물림 클러치였기에, 톱니를 맞물리기 전에 스로틀을 공회전으로 줄여야만 했다. 머피 디젤 엔진의 회전수가 줄어들자, **데이지 에타**는 이를 일종의 공격 기회로 받아들이고 버킷을 무섭게 밀어 댔다. 하지만 톰이 모든 조종 장치를 중립으로 놓았기 때문에, 도저가 성공한 것이라고는 스스로를 파묻어 버린 것, 즉 제 캐터필러에 장착된 예리한 신형 미끄럼막이를 돌려서 흙 속에 깊이 박아 버린 것뿐이었다.

톰은 스로틀을 다시 올리고 좌우회전 레버를 앞으로 밀었다. 드라이브 체인에서 요란한 철커덕 소리가 들렸다. 그리고 커다란 캐터필러가 돌아가기 시작했다.

데이지 에타는 예리한 미끄럼막이를 갖고 있었다. 그 패드는 폭이

20인치였고, 캐터필러는 길이가 14피트였으며, 그 위에 14톤의 강철이 놓여 있었다. 셔블의 크고 평평한 패드는 폭이 3피트였고, 캐터필러의 길이는 20피트였으며, 그 위에 47톤의 강철이 놓여 있었다. 쉽게 말해서 비교가 불가능했다. 머피 디젤 엔진은 일이 힘들다는 사실을 요란한 소리로 표현했지만, 그렇다고 해서 엔진이 정지할 징후는 보이지 않았다. **데이지 에타**는 뒤로 움직이면서도 전진 기어로 전환하는 차마 믿을 수 없는 위업을 수행했지만, 그 조치가 그놈에게 유리하게 작용하지는 않았다. 불도저는 캐터필러를 연신 돌리며 앞으로 나아가려고 애쓰면서 점점 더 깊이 흙을 파헤쳤다. 그 와중에 느리고도 확실하게, 그놈은 셔블에게 밀려서 절벽에서 흙을 퍼낸 절단면을 향해 뒤로 밀려나고 있었다.

톰은 긴장하는 기계의 일부가 아닌 어떤 소리를 들었다. 바깥을 살펴보니 켈리가 절단면 위에 걸터앉아 가장자리 너머로 두 다리를 흔들고 담배를 피우면서 마치 권투 경기장에서 링 옆의 좌석을 차지한 듯(따지고 보면 사실이었다) 양손으로 주먹질하는 흉내를 내고 있었다.

이제 톰은 도저에게 선택의 여지를 거의 제공하지 않았다. 셔블을 가로막은 도저가 옆으로 비켜나지 않으면 결국 둔덕에 부딪쳐서 연료 탱크가 박살 날 것이었다. 일단 그놈을 거기에 들이박아 버리고 나면, 버킷을 그놈 위로 치켜들었다 내리쳐서 박살 낼 시간 여유가 생길 가능성이 높았다. 만약 그놈이 둔덕에 부딪치기 전에 옆으로 비켜나 버리면, 톰의 버킷을 자유롭게 놓아줄 수밖에 없을 것이었다. 그놈으로선 불리할 수밖에 없었다.

머피 디젤 엔진이 경고를 보냈지만, 그 정도로 위험한 것까지는 아니었다. 적재물이 떨어져 나가자 엔진은 작게 소리를 냈고, 톰은 도저가 후진 기어로 바꾸었음을 깨달았다. 그는 퍼올리기 레버를 잡아당겼고, 그러자 도저가 그로부터 후진해서 멀어지면서 버킷이 위로 올라갔다. 그는 버킷을 앞으로 밀었다가 아래로 확 떨어뜨렸지만 목표물을 맞추지는 못했다. 왜냐하면 트랙터가 옆으로 피했기 때문이었다. 셔블은 주행 기어를 넣은 상태여서 상대를 따라서 상체를 좌우회전할 수가 없었다. 이때 **데이지 에타**가 공격을 가했고, 한쪽 캐터필러를 둔덕에 걸치더니, 푸시빔 끝을 거의 땅에 대고 일어서서, 블레이드 한쪽 끝을 공중에 높이 치켜들었다. 완전히 예상 밖의 공격이라 톰은 전혀 준비가 되지 않은 상태였다. 트랙터는 버킷 위로 펄쩍 뛰어올랐고, 블레이드의 절단날이 디퍼 이빨 사이에 끼었다. 이번에는 트랙터의 무게 전체가 버킷에 담기고 말았다. 이제는 트랙터가 혼자 힘으로 거기서 벗어날 방법이 없었다. 하지만 이와 동시에 트랙터가 셔블의 무게중심에서 워낙 먼 곳에 버킷을 붙잡아 두었기 때문에, 톰도 자칫 균형을 잃고 셔블이 뒤집어질까 봐 차마 버킷을 위로 퍼올리지 못했다.

데이지 에타는 후진으로 물러섰고, 그렇게 버킷을 질질 끌고 가다가 범퍼 블록에 그만 가로막히고 말았다. 그러자 둔덕에 기댄 상태로 옆으로 슬금슬금 움직였고, 톰이 시험 삼아 다시 버킷을 잡아당기려고 하자, 블레이드 한쪽 끝 전체를 둔덕에 묻고는, 상대방을 따라 움직였다.

결국 교착 상태가 되고 말았다. 불도저는 버킷에 매달려 꼼짝달싹 못 하게 되었다. 톰은 버킷을 잡아당기려고 시도했지만, 트랙터가 둔덕에 너무 단단하게 닻을 내리고 있었다. 그는 좌우회전을, 그리고 펴올리기를 시도했다. 하지만 이미 과로한 마찰 기어가 할 수 있는 것은 기껏해야 연기를 내는 것뿐이었다. 톰은 끙 소리를 내며 스로틀을 공회전으로 줄이고, 창밖으로 몸을 내밀었다. **데이지 에타**도 공회전을 하고 있었으며, 소음기가 없어서 요란한 소리가 났고, 배기관이 떨어져 나간 배기구에서도 추악하고 밋밋한 소리가 나고 있었다. 하지만 두 개의 커다란 모터의 굉음이 울리고 난 직후이다 보니, 이런 부분적인 침묵은 마치 귀가 먹은 듯 조용하게 느껴졌다.

켈리가 외쳤다. "더블 녹아웃인가, 응?"

"그래 보이는데. 우리가 충분히 가까이 다가가서 저놈을 좀 진정시킬 수 있는지 한번 알아보는 게 어떨까?"

켈리가 어깨를 으쓱했다. "나는 잘 모르겠는데. 만약 저놈이 정말로 동작을 멈추었다면, 그건 이번이 처음일 거야. 나는 저 물건이 존경스러워, 톰. 저놈이 뭔가 비장의 수를 갖고 있지 않다면, 저놈은 저 지점에 가지 않았을 테니까."

"저놈을 좀 보라고, 이 친구야! 저놈은 교양 있는 불도저 같으니까, 자네도 저놈을 저기서 빠져나가게 해 주어야 한다고. 자네도 알다시피, 저놈은 저 디퍼 이빨에서 풀려날 만큼 제 블레이드를 충분히 높이 들지도 못한다고. 과연 자네라면 그렇게 할 수 있을 것 같아?"

"몇 초쯤 걸리겠지." 켈리가 느릿느릿 말했다. "저놈은 확실히 좌초한 상태이긴 하군."

"좋아. 그러면 저놈을 완전히 박살 내자고."

"무슨 수로?"

"쇠지레를 갖고 가서 배관을 비틀어 부수는 거지." 톰이 말한 배관이란 펌프에서 분사 장치까지 압력으로 연료를 전달하는 코일형 놋쇠 배관이었다. 펌프 연료 저장통에서부터 시작되는 그 배관은 길이가 제법 되었고, 실린더 헤드 위에 팽창 코일 형태로 쌓여 있었다.

톰이 말하는 동안 공회전하던 **데이지 에타**가 회전수를 예전처럼 미친 듯 올렸다 내렸다 했다.

"놀라 자빠지겠군!" 그의 목소리가 소음을 뚫고 울려 퍼졌다. "이제는 엿듣기까지 하다니!"

켈리는 절단면을 미끄러져 내려오더니 셔블의 캐터필러 위에 올라서서 창문 안으로 고개를 집어넣었다. "음, 자네 정말 쇠지레를 가져가서 시도해 보고 싶은가?"

"해 보자고!"

톰은 공구함으로 가더니 켈리가 기계의 케이블을 교체할 때에 사용하던 쇠지레를 꺼내 땅에 대고 휘둘렀다. 두 사람은 지친 모습으로 트랙터에 다가갔다. 기계는 이들이 가까이 오자 회전수를 올리며 떨기 시작했다. 주둥이가 올라갔다 내려갔다 하고, 캐터필러가 돌기 시작하면서, 기계는 블레이드가 끼어 버린 바이스에서 벗어나려고 애썼다.

"천천히 하라고, 자매님." 톰이 말했다. "그래 봤자 스스로를 파묻는 꼴이니까. 가만히 앉아서 받아들여야 착한 어린이지. 너도 뭐가 올지를 아는 모양이군."

"조심해." 켈리가 말했다. 톰은 쇠지레의 무게를 가늠하며 한 손을 덮개 위에 올렸다.

트랙터는 말 그대로 부르르 몸을 떨었고, 라디에이터 꼭대기에 있는 고무 호스 연결부에서 사람 눈을 멀게 만들 정도의 뜨거운 물줄기가 발사되었다. 물줄기가 날아와서 두 사람 모두의 얼굴을 맞혔다.

이들은 욕설을 내뱉고 비틀거리며 뒤로 물러섰다.

"자네, 괜찮나, 톰?" 잠시 후에 켈리가 숨을 헐떡이며 말했다. 다행히 물줄기 대부분이 그의 입과 뺨에 맞았을 뿐이었다. 하지만 톰은 무릎을 꿇은 채, 셔츠 꼬리가 빠져나온 상태에서, 얼굴을 가리고 있었다.

"내 눈…… 아, 내 눈이……"

"어디 좀 보세!" 켈리도 그 옆에 주저앉아서 톰의 양 손목을 붙들고 얼굴을 감싼 손을 살며시 치웠다. 그는 휘파람을 불었다. "괜찮아." 켈리는 이를 갈았다. 그는 톰을 부축해서 일어난 다음 몇 피트 떨어진 곳까지 데려갔다. "여기 가만히 있어." 켈리가 목쉰 소리로 말했다. 그는 뒤로 돌아서 도저 쪽으로 걸어간 다음, 쇠지레를 집어 들었다. "이 더러운—!" 켈리는 고함을 지르며 쇠지레를 마치 투창처럼 튜브 코일에 집어던졌다. 약간 겨냥이 높았다. 쇠지레가 망가진 후드를 맞춰 금속판이 움푹 들어가 버렸다. 그런데 맞은 부분이 곧바로 요란한 '텅!' 소리와 함께 튀어나오면서, 급기야 쇠지레가 도로 그에게 날아오고 말았다. 켈리는 고개를 숙여 피했다. 쇠지레는 그의 머리를 넘어가서 톰의 종아리에 맞고 말았다. 톰은 마치 창에 찔린 수소마냥 쓰러졌지만, 비틀거리며 다시 일어났다.

"이리 오게!" 켈리가 소리치고는, 톰의 한 팔을 붙잡고 그를 절단면의 모퉁이 너머로 데려갔다. "앉아 있어! 금방 돌아올 테니까."

"어디로 가는 거야? 켈리— 제발 조심하라고!"

"당연히 조심해야지!"

켈리는 긴 다리로 셔블까지 단숨에 달려갔다. 운전석에 오른 다음, 모터 뒤로 손을 뻗어서 마스터 스로틀을 최대로 설정했다. 운전석 뒤로 가서, 러닝 스로틀을 열자, 머피 디젤 엔진이 요란하게 울부짖었다. 그런 뒤에 퍼올리기 레버를 뒤로 한껏 잡아당겨서 그 상태로 고정시킨 다음, 재빨리 뒤로 돌아서 기계에서 뛰어내렸다.

퍼올리기 드럼이 돌아가면서 느슨했던 케이블을 잡아당겼다. 긴장이 가해지면서 케이블이 팽팽해졌다. 버킷이 불도저의 막대한 중량 아래에서 움찔했다. 그러고는 천천히, 셔블의 크고 납작한 캐터필러가 그 뒤쪽 끝을 땅에서 들기 시작했다. 기계의 거대하고도 순종적인 질량이 제 캐터필러의 끄트머리에 의존하여 앞으로 비틀거렸고, 머피 디젤 엔진은 회전수를 줄이고 차마 믿을 수 없이 무거운 적재물을 든 상태에서도 계속해서 긴장하고 있었다. 두 부분으로 이루어진 퍼올리기 케이블 가운데 하나가 끊어져서 주위로 흩날리며 윙윙거렸다. 곧이어 셔블은 균형을 찾았고, 다시 균형이 무너졌다.

그러자 셔블은 사람으로 비유하자면 팔 힘으로 몸통을 위로 끌어올린 끝에, 땅이 흔들릴 정도의 진동과 함께 앞으로 고꾸라져 버렸다. 8톤짜리 강철 붐이 불도저의 블레이드 위로 덜그렁 떨어져서 꼼짝하지 않았으며, 블레이드를 붙잡은 디퍼 이빨의 대열 위를 바짝 짓눌러 버렸다.

데이지 에타는 그 자리에서 가만히, 이제는 움직이려는 엄두도 내지 않은 채, 조급한 듯 모터만 돌리고 있었다. 켈리는 그 옆을 종종걸음으로 지나면서 코에 엄지를 갖다 대 약 올리는 손짓을 하고는 곧바로 톰에게 돌아갔다.

"켈리! 나는 자네가 돌아오지 못할 거라고 생각했어! 무슨 일이 있었던 건가?"

"셔블이 제 몸체를 끌어 올려서 제 주둥이를 덮쳤지."

"이런, 세상에! 트랙터 위로 떨어진 건가?"

"아니. 하지만 붐이 그놈의 블레이드 꼭대기를 가로질러 눌러 버렸지. 마치 덫에 걸린 쥐새끼처럼 되었다니까."

"그놈의 쥐새끼가 제 한쪽 발을 쏠아서 끊고 도망치지 않도록 조심하는 게 좋을걸." 톰은 냉정하게 말했다. "그놈은 여전히 돌아가고 있겠지, 안 그래?"

"맞아. 하지만 우리가 서둘러 그놈을 손볼 거야."

"물론이지, 물론이야. 하지만 어떻게?"

"어떻게냐고? 나도 몰라. 다이너마이트를 쓰든가. 그나저나 눈은 어때?"

톰은 한쪽 눈을 살짝 떴다가 끙 소리를 냈다. "뜨기도 힘들군. 그래도 조금 보이기는 해. 눈꺼풀을 대부분 데어 버리고 말았어. 다이너마이트라고 했었나? 음, 우선 한번 생각을 해 보자고. 생각을."

톰은 둔덕에 등을 기대고 앉아서 두 다리를 뻗었다. "사실은 말이야, 켈리. 지난 몇 시간 동안은 너무나도 바쁜 나머지 나도 생각을 별로 못 했어. 하지만 계속해서 머릿속에 떠오르는 생각이 하나 있거든. 내가 이 생각을 곱씹고 있었을 무렵, 자네들 모두는 무슨 일이 일어났는지를 전혀 깨닫지 못하고 있었지. 다만 리베라가 차마 나로선 자네들에게도 다 말해 줄 수 없었던 어떤 방법으로 다쳐 버렸고 말이야. 하지만 이제는 내가 입을 열더라도 자네가 나를 미쳤다고 하지는 않을 것 같으니, 어디 한번 모두 말해 볼까?"

"지금 이 시간부로는 아무도 미치지 않았어." 켈리가 열을 냈다. "이 일 이후로 나는 뭐든지 믿을 거야." 그가 자리에 앉았다.

"좋아. 음, 저 트랙터에 관한 이야기야. 자네 생각에는 저놈 안에 뭐가 들어간 것 같나?"

"난들 알겠나. 나도 몰라."

"아니. 그렇게 말하지는 말라고. 나는 우리가 단순히 '나도 몰라'라고 말하고 그칠 수 없는 아이디어를 하나 떠올렸다고. 저놈을 어떻게 해야 할지를 알아내기 전에, 우선 저놈을 모든 각도에서 생각해 봐야 해. 상황을 정리해 보자고. 이 일은 어디서부터 시작된 걸까? 메사 위에서였지. 어떻게? 리베라가 세븐을 가지고 오래된 건물을 열어젖혀서였지. 저놈이 거기서 튀어나왔던 거야. 지금부터는 내가 이해하게 된 내용이야. 우리는 그 사실로부터 저놈에 대해서 추측할 수 있어. 우선 저놈은 똑똑해. 그리고 저놈은 오로지 기계에만 들어갈 수 있고, 인간에는 들어갈 수 없어. 저놈은—"

"그건 무슨 소리야? 저놈이 그럴 수 없다는 걸 자네가 어떻게 알아?"

"왜냐하면 저놈은 이미 그럴 기회를 얻었는데도 그러지 않았기 때문이지. 저놈이 튀어나왔을 때 나는 바로 그 옆에 서 있었어. 리베라도 그때 저 기계에 타고 있었고. 그런데 저놈은 우리 중 어느 누구도 직접적으로 해치지는 않았어. 다만 트랙터에는 들어갔고, 그래서 트랙터를 해치고 말았지. 마찬가지 맥락에서, 저놈은 기계에서 나오더라도 사람을 해칠 수는 없지만, 대신 기계에 들어 있을 때에는 자기가 원하는 대로 뭐든지 할 수 있어. 알겠지?

계속 설명해 보자고. 일단 기계에 들어가게 되면, 저놈은 다시 나올 수 없어. 나올 수 있는 기회를 무척 많이 얻었는데도 실제로 그러지 않았다는 사실로 미루어 알 수 있지. 예를 들어 저놈은 앞서 굴착기와 드잡이를 벌였어. 만약 저놈이 그때 셔블을 점령했다면, 지금

내 얼굴은 피범벅이 되어 있을 거야. 저놈이 그럴 수 있었다면 충분히 그랬으리라는 건 자네도 장담하겠지."

"지금까지는 나도 이해하겠어. 하지만 우리가 이런 사실을 가지고 뭘 어떻게 할 수 있다는 건가?"

"바로 그거야. 자네도 알다시피, 나도 이런 사실만 가지고는 우리가 트랙터를 부수기에 충분하다고는 생각하지 않아. 혹시나 저 기계를 불태우거나, 폭파한다 치더라도, 정작 메사에서 저 기계 안에 들어간 그 뭔가를 해치우지 못할 수 있어."

"그것도 일리가 있군. 하지만 나로선 우리가 도저를 망가뜨리는 것 이외에 다른 어떤 일을 할 수 있을지 모르겠는데. 우리는 아직도 저놈이 실제로 무엇인지 전혀 감도 못 잡고 있다고."

"내 생각에 어느 정도는 감을 잡고 있는 것 같은데. 피블스를 죽인 아크에 관해서 내가 자네들 모두에게 이상한 질문을 던졌던 걸 기억할 거야. 음, 그 일이 일어났을 때, 나는 여러 가지 다른 일들도 떠올리게 되었지. 그중 하나는, 저놈이 저 위에 있는 그 구멍에서 튀어나왔을 때의 일이었어. 즉 용접을 할 때에 흔히 나는 냄새가 나더라 이 말이지. 때로 번개가 진짜 가까운 곳에 떨어졌을 때에도 나는 냄새가 말이야."

"오존 냄새 말이군." 켈리가 말했다.

"맞아. 오존이지. 그렇다면 저놈은 생살이 아니라 금속을 좋아한다는 뜻이지. 하지만 다른 무엇보다도 그 아크가 있었어. 이제, 그거야말로 전적으로 이상한 거야. 자네도 나만큼 (어쩌면 나보다 더) 잘 알고 있듯이, 아크 발전기는 그런 것을 만들어 낼 만한 추진력을 애초부터 갖고 있지 않아. 즉 그 기계로는 사람을 죽일 수가 없고, 또한 아크를 50피트나 보낼 수도 없어. 하지만 그런 일이 실제로 일어났지. 내가 자네들에게 던진 질문도 그래서 나온 거였어. 혹시 발전기에서 나온 전류를 단숨에, 즉 전류가 흐를 수 있는 것보다 더 빨리 **빨아들일** 수 있는 뭔가가 (어떤 장場이, 또는 그와 비슷한 뭔가가) 있었느냐는 거였지. 결국 저놈은 전기적인electrical 존재라는 거지. 그렇게 설명하면 다 맞아떨어진다고."

"전자적인electronic 존재겠지." 켈리는 의심스러운 듯, 뭔가를 숙고하는 듯 말했다.

"어느 쪽이 사실인지는 나야 알 수 없지. 어쨌거나 간에. 피블스가 죽었을 때, 희한한 일이 하나 있었지. 처브가 한 말 생각나나? 세븐이 뒤로 움직였다는 거야. 30피트쯤인가 뒤로 직진해서는, 바로 그 뒤에 서 있던 로드롤러에 부딪쳤다고 하더군. 그런데 시동 모터에는 연료가 전혀 들어 있지 않은 상태에서도 그렇게 움직였다는 거야. 다시 말해 시동 모터를 전혀 사용하지 않았다는 뜻이지. 심지어 감압 밸브가 열려 있는 상태에서도 말이야!

켈리, 잘 따져 보면, 저 도저에 들어 있는 저놈은 할 수 있는 게 많지 않아. 메사에서 폭주한 이후에도 스스로를 고칠 수는 없었지. 저 기계에게 일상적으로 할 수 있는 것 이상의 일을 시킬 수도 없었고 말이야. 내가 보기에 저놈이 실제로 할 수 있는 일이란, 예를 들어 조종 레버의 경우처럼 스프링을 당기는 대신에 미는 것, 그리고 예를 들어 스로틀 레버의 제동기처럼 잠겨 있는 어떤 부속품을 푸는 것 정도야. 예를 들어 시동 모터를 스스로 돌린 경우처럼 축을 움직일 수도 있어. 하지만 저놈이 애초부터 어마어마하게 강한 능력을 지녔다면, 굳이 시동 모터를 사용할 필요까지도 없었어야 한다고! 내가 보기에, 저놈이 지금까지 해낸 일 중에서도 가장 대단한 일은 기껏해야 피블스를 감전시킨 용접기 앞에서 후진한 거였어. 그렇다면 저놈은 그 순간에 왜 그렇게 했던 걸까?"

"내 생각에는 그놈이 성서에 나온 것처럼 유황 냄새를 좋아하지 않아서였던 것 같은데." 켈리가 신랄한 어조로 말했다.

"내가 보기에는 그것도 상당히 정답에 가까워 보여. 보라고, 켈리. 저놈은 뭔가를 **느낄** 수가 있는 거야. 내 말은, 저놈도 상처를 입는다는 거지. 만약 저놈이 그런 능력을 갖고 있지 않다면, 셔블을 향해서 저런 식으로 달려들지는 않았을 거야. 저놈은 생각을 할 수가 있는 거야. 그리고 만약 저놈이 이 모두를 할 수 있다면, 저놈은 **겁을 먹을** 수도 있는 거야!"

"겁을 먹는다고? 저놈이 왜 겁을 먹어야 하는데?"

"잘 들어 봐. 아크가 저놈을 때렸을 때, 저놈의 안에서는 뭔가가 벌어졌어. 예전에 어떤 잡지에서 열에 관한 기사를 봤는데, 어떤 내용이 있었는지 아나? 열을 받으면 그 대가리가 떨어진 채로 돌아다니는 분자에 관한 내용이었어."

"분자라면 그렇겠지. 열이 적용되면 빠른 운동을 하게 되니까. 하지만—"

"하지만 아무것도 아니지. 저 기계는 그 이후에 네 시간 동안이나 뜨거운 상태였어. 하지만 웃기는 방식으로 뜨거운 상태였지. 예를 들어 용접 아크의 경우에 그렇듯이, 단순히 아크에 맞은 자리 근처만 뜨거워진 게 아니었어. 오히려 전체가 뜨거웠지. 몰드보드에서부터 연료탱크 뚜껑까지 모두가 말이야. 곳곳이 다 뜨거웠어. 그리고 최종 구동 장치 외장 뒤쪽도 마찬가지로 뜨거웠고, 저 딱한 영감이 한 손을 올려놓았던 블레이드 꼭대기도 마찬가지였어. 그런데 이걸 좀 보라고."

말을 하면서 생각이 명료해지자 톰은 점점 흥분했다. "그놈은 겁을 먹었던 거야. 어찌나 겁을 먹었던지 자기가 투입할 수 있는 모든 힘을 거기 투입해서 용접기를 피해 후진했던 거라고. 그리고 그렇게 한 다음에는 병이 났지. 내가 이렇게 말하는 까닭은, 저 정체를 알 수 없는 뭔가가 들러붙은 이후로, 저 기계는 사람 곁에 있기만 하면 사람을 죽이려 들었던 반면, 아크에 맞고 나서 이틀 동안은 전혀 그러지 않았기 때문이야. 저놈은 데니스가 크랭크를 가지고 다가갔을 때에 스스로 시동을 걸 만큼의 여력은 갖고 있었지만, 그래도 힘을 제대로 회복할 때까지 자기를 운전해 줄 누군가가 여전히 필요했던 거지."

"그렇다면 저놈은 왜 데니스가 끌고 나갔을 때에 곧바로 돌아서서 용접기를 박살 내지는 않았던 걸까?"

"이유는 둘 중 하나겠지. 그럴 만한 힘이 없었거나, 또는 그럴 만한 배짱이 없었거나. 아마도 저놈은 겁을 먹었을 것이고, 그래서 거기서 벗어나고 싶었을 거야. 그 물건에서 멀어지고 싶었을 거라고."

"하지만 저놈은 밤새 용접기를 찾아가 복수할 시간 여유가 있었는데!"

"여전히 겁을 먹었기 때문이겠지. 아니면…… 아, 바로 **그거**야! 저놈으로선 먼저 해야 할 일들이 있었던 거야. 저놈의 주된 생각은 사람을 죽이자는 거지. 그걸 짐작할 다른 방법은 없어. 저놈이 애초에 만들어진 게 그 목적인 거겠지. 물론 트랙터는 그렇지 않아. 그거야 처음부터 기껏해야 기계로만 만들어진 거니까. 하지만 지금 저 기계를 운전하는 저놈은 그렇지가 않다고."

"그렇다면 저놈은 **도대체** 뭘까?" 켈리가 곰곰이 생각했다. "그 오래된 건물, 아마도 신전인 듯한 곳에서 튀어나왔다는 거지. 자네는 어떻게 생각하나? 저놈은 얼마나 오래 묵은 걸까? 얼마나 오래 거기 있었던 걸까? 애초에 무엇 때문에 거기 있었던 걸까?"

"무엇 때문에 거기 있었느냐 하면, 그 건물 벽 안에 줄지어 놓여 있던 뭔가 희한한 회색 물질 때문이었어." 톰이 말했다. "그건 돌 같기도, 연기 같기도 했어.

쳐다보기만 해도 겁을 먹게 되는 색깔이었고, 리베라와 나 역시 그놈 주위에 있다 보니 소름이 돋더라고. 그게 뭐였는지는 나한테 묻지 말게나. 뭔지 알아보러 내가 그곳으로 올라가 보니 이미 사라진 다음이었거든. 어쨌거나 그 건물에서 나와서 사라졌더군. 그 건물이란 건 기껏해야 땅에 있는 야트막한 둔덕일 뿐이었어. 그게 원래 한 덩어리였는지, 아니면 뭉쳐서 공이 되었는지는 나도 몰라. 그나저나 그 생각을 하다 보니 다시 소름이 돋는군."

켈리가 자리에서 일어났다. "음, 빌어먹을. 여하간 우리 여기서 너무 오랫동안 입만 털고 있었어. 자네의 이야기도 어느 정도 이치가 닿기는 하니까, 나도 문득 그 뭔가 부조리한 일을 한번 시도해 보고 싶군. 내 말이 무슨 뜻인지를 자네가 안다고 치면 말이야. 만약 용접기가 트랙터에 들어 있는 저 마귀새끼를 식은땀이 나게 할 수 있다면, 나는 기꺼이 거기에 판돈을 걸겠어. 특히 50피트나 떨어진 곳에서 그랬다니까 말이야. 이 근처 어디에 덤프터가 한 대 있을 거야. 우리 그곳으로 어서 가자고. 지금은 움직일 수 있을 것 같나?"

"그런 것 같아, 약간은." 톰은 자리에서 일어났고, 두 사람은 함께 언덕 절단면을 따라 걸어가서 덤프터를 찾아냈다. 그리고 거기 올라타고, 시동을 건 다음, 야영지로 향했다.

반쯤 갔을 때 켈리가 뒤를 돌아보더니, 헉 소리와 함께 자기 입을 톰의 귀에 가까이 대고, 모터의 비명 위로 고함을 질렀다. "톰! 자네가 아까 덫에 치인 쥐새끼가 제 발을 물어뜯고 도망칠 수도 있다고 이야기했던 것 생각나나?

음, **데이지**도 딱 그렇게 했어! 제 블레이드와 푸시빔을 떼어 내고 지금 우리를 쫓아오고 있어!"

두 사람은 요란한 소리와 함께 야영지로 들어섰고, 용접기 옆에 멈춰 서자마자 뒤따라온 흙먼지 속에서 숨을 헐떡였다.

켈리가 말했다. "자네는 저 물건을 덤프터에 갈고리로 걸어서 연결할 수 있는 견인막대 고정핀을 찾을 수 있는지 알아보라고. 나는 물과 음식을 좀 찾아볼 테니까!"

톰은 씩 웃었다. 덤프터에는 견인막대가 없다는 사실을 켈리 영감이 잊어버린 모습을 상상했기 때문이다! 그는 주위를 더듬어 공구함을 찾아냈고, 부풀어 오른 뚜껑 아래 좁은 틈새를 엿보면서, 그 너머로 손을 더듬어서 섀클을 찾아냈다. 톰은 덤프터에 올라타서 뒤로 돌린 다음, 용접기 있는 곳까지 후진했다. 용접기의 운반용 채 끝에 달린 고리에 섀클을 걸고, 고정핀을 돌려서 끼우고, 섀클을 덤프터 앞쪽의 견인 고리 너머에 떨어뜨렸다. 덤프터는 사실 앞뒤가 따로 없기 때문에 후진 기어로도 전속력을 낼 수가 있으므로, 잠시 '뒤로' 운전한다고 해도 아무 문제는 없었다.

켈리가 헐떡이며 쿵쿵대고 돌아왔다. "고정시켰나? 좋아. 섀클은? 견인막대가 없다고! **데이지**가 빠르게 달려오고 있어. 우리 일단 바닷가로 가세. 이 구멍에서 멀리 벗어날 때까지는 숨어 있자고. 이 고물을 모래에 파묻어 버리지만 않는다면, 일이 상당히 잘될 거야."

"좋아." 톰은 이렇게 말했다. 두 사람은 덤프터에 올라탔고, 톰은 켈리가 따서 건넨 전투식량 깡통을 받아 들었다. "대신 천천히 가라고. 너무 많이 부딪치다 보면 용접기가 갈고리에서 빠질 수 있으니까. 지금 상황에서 저 물건을 잃어버리고 싶지는 않단 말이야."

두 사람은 출발했고, 바닷가를 따라서 달려갔다. 0.25마일쯤 위로 올라가자 세븐이 평지를 가로지르는 모습이 보였다. 그놈은 곧바로 방향을 바꿔서 이들과 중간에 만나는 방향을 잡았다.

"놈이 온다." 켈리가 외치고는 액셀러레이터를 세게 밟았다. 톰은 좌석 뒤에 몸을 기대고, 자기네가 끌고 오는 용접기를 주시했다. "이봐! 천천히 가라니까! 조심하라고! **이봐!**"

하지만 이미 너무 늦은 다음이었다. 용접기 채가 땅 위의 수많은 혹 가운데 하나에 반응하고 만 것이다. 섀클이 갈고리에서 벗겨지며 툭 튀어 올랐고, 용접기가 확 기울어지더니 왼쪽으로 세차게 돌았다. 채가 모래에 떨어져서 푹 박혔다. 용접기는 그 위에서 빙글 돌며 채를 뚝 부러뜨렸고, 마침내 멈추었을 때에는 많이 비뚤어진 채로 놓였다. 그나마 완전히 뒤집히지 않은 것이 기적이었다.

켈리가 브레이크를 밟자, 두 사람의 머리가 마치 어깨에서 뚝 떨어져 나갈 것처럼 세차게 흔들렸다. 이들은 덤프터에서 뛰어내려 용접기로 달려갔다. 멀쩡한 상태이긴 했지만, 더 이상 끌고 갈 엄두가 나지 않았다. "대결을 벌이려면, 결국 여기가 그 장소일 수밖에 없겠군."

이곳의 바닷가는 폭이 30야드쯤이었고, 모래밭은 거의 평평했으며, 참억새가 자라는 잠식 제방이 육지 쪽의 가장자리를 따라서 작은 언덕과 곶을 줄줄이 만들고 있었다. 톰이 기계 옆에 남아서 시동 장치와 발전기 접촉을 확인하는 사이, 켈리는 작은 둔덕 가운데 한곳에 올라가 방금 지나온 바닷가 방향을 훑어보았다. 그러고는 갑자기 소리를 지르며 두 팔을 흔들기 시작했다.

"갑자기 왜 그래?"

"앨이야!" 켈리가 대답했다. "팬 트랙터를 몰고 오고 있어!"

톰은 하던 일을 멈추고 켈리에게 다가가 옆에 섰다. "세븐은 어디 있는데? 내 눈에는 안 보이는군."

"그놈은 바닷가로 돌아서서 우리 뒤를 쫓아오고 있어. 앨! 앨! 이 망할 자식아, 이리 오라고!"

이제는 톰도 자기네가 있는 바닷가를 향해서 곧바로 가로질러 달려오는 팬 트랙터를 어렴풋이 알아볼 수 있었다.

"저놈은 **데이지 에타**를 못 본 모양이야." 켈리가 역겨운 듯 말했다. "만약에 그걸 봤다면 분명히 다른 방향으로 갔을 테니까."

앨은 거기서 50야드 떨어진 곳에서 멈춰 서서 스로틀을 줄였다. 켈리는 그를 향해 고함을 지르며 손을 흔들었다. 앨은 기계 위에 우뚝 서서 양손을 입가에 갖다 대고 외쳤다. "세븐은 어디 있지?"

"그건 상관하지 마! 그 트랙터나 이리로 끌고 와!"

앨은 그 자리에 여전히 남아 있었다. 켈리는 욕을 하고 그쪽으로 달려갔다. "가까이 오지 마." 그가 가까이 다가가자 앨이 말했다.

"지금은 나도 네 녀석을 상대할 시간이 없어." 켈리가 말했다. "그 트랙터나 끌고 바닷가로 와."

"**데이지 에타**는 어디 있냐니까?" 앨의 목소리는 이상하게도 긴장되어 있었다.

"바로 우리 뒤에 있지." 켈리는 엄지손가락으로 어깨 너머를 가리켰다. "바닷가에."

앨의 툭 튀어나온 눈이 거의 소리를 낼 만큼 휘둥그레졌다. 그는 뒤로 돌아서서 기계에서 뛰어내리더니 달리기 시작했다. 켈리는 뭔가 외마디를 내뱉었고(그 말뜻이야말로 어떤 면에서는 지금껏 그가 내뱉었던 그 어떤 말보다도 더 불경스러웠다) 그 기계의 운전석으로 뛰어올랐다. "이봐!" 그는 재빨리 작아지는 앨의 형체를 향해 소리를 질렀다. "거기로 가면 그놈과 딱 마주치게 된다고." 앨은 듣지 못한 듯 바닷가를 따라 계속 달려갔다.

켈리는 5단 기어를 넣고 스로틀을 활짝 열었다. 트랙터가 움직이기 시작하자, 그는 마스터 클러치를 당기고, 오버드라이브 레버를 당겨서 6단에 놓고, 클러치를 다시 밀었는데, 이 모든 동작이 워낙 빨라서 엔진 회전이 멈출 시간도 없었다. 저 빠른 기계는 거친 땅에서 덜컹거리고 뛰어오르면서, 애처로운 비명을 지르며 바닷가를 향해 달렸다.

눈을 다친 톰은 용접기 쪽으로 더듬거리며 돌아왔다. 세븐이 얼마나 가까이 있는지는 그의 눈보다 귀가 더 잘 말해 주고 있었다. 그 기계는 나이팅게일처럼 소리가 예쁘지도 않았고, 배기관이 없는 상태에서는 특히나 소리가 요란했기 때문이다. 그 와중에 켈리도 트랙터를 몰고 용접기에 도달했다.

"그 뒤로 좀 가 봐." 톰이 말했다. "내가 타이로드*에 섀클을 끼울 테니까, 자네는 저 두 개의 혹 사이의 공간에다가 용접기를 밀어 넣을 수 있을지 좀 보라고. 대신 천천히 해. 이 발전기를 박살 내고 싶지는

* 차량 앞바퀴의 막대형 연결 부품 가운데 하나.

않을 테니까. 그나저나 앨은 어디 있어?"

"나도 모르지. 데이지를 만나려고 바닷가를 따라 아래로 달려가 버렸어."

"그 자식이 뭐?"

2사이클의 윙윙 소리 때문에 켈리의 답변은 (설령 답변이 있었다 한들) 깡그리 묻혀 버렸다. 그는 트랙터를 몰고 용접기 뒤로 가서, 블레이드를 거기 갖다 댔다. 그리고 낮은 기어에 놓은 상태로, 클러치를 살짝 놓아서, 톰이 가리킨 장소로 용접기를 천천히 밀었다. 그곳은 두 개의 튀어나온 둔덕 사이에 있는 작은 공동이었다. 파도와 만조선滿潮線이 바로 이곳에서 내륙으로 들어와서 그곳과 만났다. 바닷물까지는 겨우 몇 피트 떨어진 상태였다.

톰이 팔을 들자 켈리가 멈춰 섰다. 튀어나온 선반의 반대편, 즉 이들의 시야에서는 보이지 않는 곳에서 세븐의 배기구가 내는 단조로운 소음이 들려왔다. 켈리는 트랙터에서 뛰어내린 다음, 용접기의 거치대에서 케이블 뭉치를 정신없이 풀고 있는 톰을 도우러 갔다. "사냥감은 어디 있어?"

"지금 우리로선 어떻게 해서든 저 세븐을 접지시켜야 하는데." 톰이 숨을 헐떡이며 말했다. 그는 둘둘 말린 케이블의 마지막 부분까지 펼쳐서 내던지고는 계기판으로 향했다.

"어떤 거였지? 전압은 60볼트에 전류는 '특수 용도'로 맞추면 되는 걸까?" 그는 다이얼을 돌리고 시동 버튼을 눌렀다. 그러자 곧바로 모터가 반응했다. 켈리는 접지 클램프와 용접봉 홀더를 집어 들고, 두 개를 서로 톡톡 맞부딪쳐 보았다. 솔레노이드 조속기가 부하를 감지하자, 강한 불꽃이 튀면서 모터가 웅웅 소리를 냈다.

"좋아." 톰이 말하며 발전기 스위치를 껐다. "자, 어서. 전기 전문가 양반. 저 미쳐 날뛰는 놈을 접지할 방법을 내가 생각하게 좀 도와 달라고."

켈리가 입술에 힘을 주며 고개를 저었다. "나도 모르겠어. 누군가가 저놈에게 다가가서 이걸 직접 끼워 넣지 않는 한에야."

"아니야, 친구. 그럴 수는 없잖아. 우리 가운데 누구 하나가 살해된다면—"

켈리는 유연한 몸을 긴장시킨 상태로 접지 클램프를 양손으로 주거니 받거니 했다. "그런 소리 하지 말라고, 톰. 결국 내가 선택될 수밖에 없잖아. 자네는 아직 그걸 다룰 수 있을 만큼 눈이 잘 보이지 않으니까 말이야. 물론 자네도 할 수만 있다면 직접 그 일을 해치웠을 거라는 건 자네도 알겠지만. 그래도—"

그는 말을 하다 멈추고 말았다. 세븐이 이쪽으로 다가오며 점차 커지던 굉음이 뚝 끊겼고, 이제는 **데이지 에타**가 즐겨 내던, 스로틀을 조정하는 기이하고 불규칙한 소리가 요란하게 울려 퍼졌기 때문이다.

"이번에는 또 뭐가 저놈에게 들어간 걸까?"

켈리가 그곳을 떠나 둔덕을 기어올라 갔다. "톰!" 그가 숨을 헐떡였다. "톰— 어서 이리로 좀 와 봐!"

톰이 그 뒤를 따라갔다. 두 사람은 나란히 엎드린 상태에서 급경사 꼭대기 너머로 놀라운 광경을 엿보게 되었다.

데이지 에타는 바닷가에서도 물 가까이에 가만히 서서 움직이지 않았다. 그 앞으로 20피트에서 30피트 떨어진 곳에는 앨 놀스가 양팔을 앞으로 내밀고 서서 뭔가를 쉴 새 없이 지껄이고 있었다. **데이지**가 만들어 내는 소음이 너무 커서 두 사람은 무슨 이야기인지 알아들을 수가 없었다.

"자네 생각에는 저 자식이 우리를 위해서 저놈을 붙잡아 놓을 만한 배짱이 있을 것 같나?"

"저 자식이 그런 배짱이 있다고 치면, 그거야말로 이 오래된 섬에서 지금까지 일어난 일들 중에서도 가장 기묘한 일이 아닐 수 없겠지." 켈리가 한숨을 내쉬었다. "저놈이 뭔가를 이야기하고 있군."

세븐은 몸체가 덜덜 떨릴 때까지 회전수를 높이더니 곧이어 스로틀을 도로 줄였다. 워낙 낮게 돌아갔기 때문에 두 사람은 저 기계가 스스로 시동을 꺼 버렸다고 생각했지만, 실제로는 마지막 두 번의 회전에서 다시 시동을 걸어서 조용히 공회전하기 시작했다. 그러자 두 사람도 앨이 하는 말을 들을 수 있었다.

그의 목소리는 높고 히스테릭했다. "—저는 당신을 도우러 왔어요. 당신을 도우러 왔다고요. 저를 죽이지 마세요. 제가 당신을 도와 드릴게요—" 앨은 한 걸음 앞으로 내디뎠다. 도저가 코웃음을 내자, 그는 무릎을 꿇었다. "제가 당신을 씻겨 드리고, 윤활유를 발라 드리고, 기름도 갈아 드릴게요." 그는 높고도 단조로운 목소리로 말했다.

"저 자식은 사람도 아니야." 켈리는 놀라워하며 말했다.

"그렇다고 가축도 아니지." 톰이 쿡쿡대며 웃었다.

"—제가 도와 드리게 해 주세요. 당신이 고장 나면 제가 고쳐 드릴게요. 당신이 저 나머지 놈들을 죽일 수 있게 제가 도와 드릴게요—"

"저놈의 기계한테 무슨 도움이 필요하다고!" 톰이 말했다.

"벌레 같은 놈!" 켈리가 호통쳤다. "간에 붙었다 쓸개에 붙었다 하는 썩어 빠진 쥐새끼 같으니!" 그는 자리에서 일어났다. "어이, 앨, 이 자식아! 그 앞에서 비켜. 지금 당장 말이야! 거기서 비키지 않으면,

저놈이 너를 죽이지 않아도 내가 대신 죽이고 말 거야."

앨은 이제 엉엉 울고 있었다. "입 닥쳐!" 그가 외쳤다. "나는 여기서 누가 대장인지 알고 있어! 당신도 마찬가지잖아!" 앨은 트랙터를 손으로 가리켰다. "저분이 원하시는 걸 우리가 하지 않으면, 저분이 우리 모두를 죽이고 말 거야!" 그는 다시 기계를 돌아보았다. "제가 당신 대신 저놈들을 죽여 드릴게요. 제가 씻겨 드리고, 광을 내 드리고, 후드도 고쳐 드릴게요. 제가 블레이드도 다시 달아 드리고……"

톰은 손을 뻗어서 켈리의 두 다리를 붙잡았다. 키 큰 남자는 길길이 화를 내면서 막 뛰어나가려는 참이었다. "어서 이리로 내려와." 톰이 외쳤다. "도대체 뭘 하려는 거야. 기껏해야 저놈 귓방망이를 후려치는 대가로 목숨을 내놓겠다는 거야?"

켈리도 화를 가라앉히고 아래로 내려와 톰 옆에 엎드리더니 양손에 얼굴을 파묻었다. 분노가 심한 나머지 몸이 벌벌 떨렸다.

"너무 신경 쓰지는 말라고." 톰이 말했다. "저 자식은 완전히 미쳐 버렸어. 이제 저 녀석과 말다툼을 한다는 건, 저기 있는 **데이지**랑 말다툼을 하는 것과 마찬가지로 쓸데없는 일이라고. 저놈이 대가를 치르게 된다면, 결국 **데이지**가 우리 대신 해 주겠지."

"아, 톰. 그 문제가 아니야. 나도 저놈이 굳이 화낼 만한 가치조차 없다는 건 잘 알아. 하지만 여기 가만히 앉아서 저놈한테 제 목숨 버리는 걸 가만히 지켜보고 있을 수는 없어. 그럴 수는 없다고, 톰."

톰은 어깨 너머를 엄지손가락으로 가리켰다. 굳이 아무 말도 할 필요가 없었기 때문이다. 그는 갑자기 몸을 긴장시키더니 손가락을 뚜둑 하고 꺾었다.

"저기서 접지하면 돼." 그가 다급하게 말하며 바다 쪽을 손으로 가리켰다. "바닷물 말이야. 파도가 밀려드는 젖은 바닷가인 거지. 만약 우리가 접지 클램프를 저기다가 갖다 놓고, 저놈이 그 근처 어딘가로 오기만 하면—"

"일단 팬 트랙터에 접지하면 돼. 그런 다음에 그걸 바닷물로 몰고 들어가면 되는 거지. 그래도 거기 닿기는 해야 되는데. 어쨌거나 일부분이라도 말이야."

"바로 그거야. 어서 가자고."

두 사람은 둔덕을 미끄러져 내려갔고, 접지 클램프를 주워 들어 팬 트랙터의 몸체에 부착했다.

"내가 운전할게." 톰이 말했다. 그러면서 뭔가 말하려고 입을 여는 켈리를 용접기 쪽으로 떠밀었다. "입씨름할 시간이 없어." 톰이 말을 끊으며 기계 위로 뛰어올라 가더니 기어를 넣고는 출발했다. 켈리는 트랙터 쪽으로 한 걸음 내딛다가, 접지 케이블의 고리가 용접기의 바퀴에 걸릴 뻔한 상황임을 재빠른 눈썰미로 파악했다. 그는 걸음을 멈추고 케이블을 풀었으며, 나머지 케이블도 펼쳐서 잘 풀려 나가게 했다. 톰은 숙련된 운전기사 특유의 믿을 수 없이 대단한 집중력으로, 자기 뒤쪽 모래밭 위에서 끌려오는 케이블의 검은 선을 그저 바라보고 있을 뿐이었다. 케이블이 팽팽해지자 그는 팬 트랙터를 멈추었다. 캐터필러의 앞부분은 바닷물에 잠겨 부드러운 파도에 부딪히고 있었다. 그는 세븐의 반대쪽으로 내린 다음, 상황을 살펴보려 했다. 뭔가 움직임이 있었고, 그 모터의 울음소리가 이제는 공회전 이상의 박자로 돌고 있었지만, 아직 많은 것을 제대로 분간해서 볼 수는 없었다.

켈리는 용접봉 홀더를 집어 든 다음, 튀어나온 둔덕 꼭대기 너머로 상황을 엿보러 갔다. 앨은 이제 두 발로 서 있었고, 여전히 히스테릭하게 뭔가를 중얼거리면서, **데이지 에타** 쪽으로 슬금슬금 다가가고 있었다. 켈리는 다시 아래로 내려와서 아크 발전기의 스위치를 누른 다음, 둔덕을 기어올라서 그 꼭대기부터 바닷가를 따라 평행으로 우거져 있는 참억새 밭을 지나 기어갔다. 그러다가 손에 쥔 홀더가 더 이상 당겨지지 않자, 이제 케이블이 미치는 범위의 끝에 왔다는 사실을 깨달았다. 그는 바닷가를 바라보았다. 그리고 자기가 지금 있는 위치를 떠날 경우에 지나가야 하는 호弧를 눈으로 신중하게 재 보고, 케이블을 팽팽하게 당긴 상태에서 바닷가로 나섰다. 하지만 그 어떤 곳에서도 켈리는 빙의된 기계로부터 50피트는 고사하고 70피트 이내에도 다가갈 수가 없었다. 따라서 반드시 그놈을 더 가까이 유인해 와야만 했다. 게다가 반드시 그놈을 젖은 모래 위로, 또는 바닷물 속으로 들어서게 해야만 했는데—

앨 놀스는 움직이지 않겠다는 기계의 확연한 결정에 용기를 얻은 나머지 경계를 늦추지 않으면서도 가까이 다가갔으며, 그런 와중에도 계속해서 입을 놀렸다. "—우리가 그놈들을 죽이고, 그걸 우리끼리의 비밀로 간직하다가, 바지선이 와서 우리를 이 섬에서 데리고 나가면 우리 둘이 또 다른 작업을 하러 가서 더 많은 놈들을 죽이고…… 그러다가 당신의 캐터필러가 말라서 삐걱이면, 우리가 그걸 피로 적시고, 당신은 정당한 지배자가 될 거고…… 저 너머를 보세요, 저 너머를 보시라고요, **데이지 에타**, 저기 있는 저놈들을 보세요. 저 다른 트랙터 옆에, 저기 그놈들이 있다고요. 저놈들을 죽여요, **데이지**, 저놈들을 죽여요, **데이지**. 제가 돕게 해 주세요…… 제 말 들리죠. **데이지**, 제 말 들리죠. 제 말이 들린다고 대답해 주세요—" 그러자 모터도 이에 응답해서 으르렁거렸다. 앨은 소심하게 한 손을 라디에이터 보호대에 얹었고, 그러기 위해서 몸을 멀리까지 굽혔는데, 트랙터는 여전히 거기 털털거리며 서 있었지만 움직이지는 않았다. 그는 뒤로 물러서더니, 한 팔로 손짓을 하며 천천히 그곳을 떠나 팬 트랙터를 향해 걷기 시작했다. 그러고는 마치 개를 훈련시키는 사람처럼 뒤를 돌아보았다. "어서 와요, 어서 와요. 저기 한 놈이 있어요. 저놈을 **죽여요, 죽여요, 죽여요**……"

그러자 트랙터는 코웃음을 내더니 회전수를 높여서 그 뒤를 따랐다.

켈리는 입술을 핥았지만, 혀가 바짝 말라 있어서 아무 소용이 없었다. 미치광이가 그의 옆을 지나더니, 곧바로 바닷가 한가운데로 걸어갔다. 이제는 블레이드도 떼어 내 버려서 불도저도 아닌 일개 트랙터가 그 뒤를 따라갔다. 그곳의 모래는 바싹 말라 있었고, 햇볕에 노출되어 마치 분말 같았다. 트랙터가 옆을 지나갈 때, 켈리는 손발로 엉금엉금 기어서 둔덕 가장자리를 넘어간 다음, 바닷가에 웅크리고 앉았다.

앨이 읊조렸다. "당신을 사랑해요, 자기. 당신을 사랑한다고요, 진짜예요—"

켈리는 마치 기관총 사격을 피하는 사람처럼 상체를 웅크리고 달렸다. 최대한 몸을 작게 만들려고 했지만, 기분상으로는 마치 헛간 문짝처럼 커다랗게 느껴졌다. 그는 이제 트랙터가 지나가서 푹 파인 모래를 밟고 있었다. 켈리는 걸음을 우뚝 멈추었다. 너무 가까이 온 것이 아닌가, 약하고도 잘못 접지된 아크가 홀더에서 빠져 버리는 바람에 자칫 저 트랙터 안에 있는 그 뭔가를 놀라고 격분하게 만들고 마는 것이 아닌가 우려했기 때문이다. 바로 그때 앨이 그를 보았다.

"저기 있어요!" 그가 외쳤다. 그러자 트랙터가 갑자기 멈춰 섰다. "바로 당신 뒤에요! 저놈을 잡아요, **데이지! 저놈을 죽여요, 죽여요, 죽여요.**"

켈리는 지친 모습으로 몸을 일으켰다. 분노와 짜증이 너무 커서 참을 수가 없을 지경이었다. "어서 물로 들어가!" 그가 외쳤다. 그거야말로 지금 그가 간절히 바라는 일이었다. "그놈을 물로 끌고 들어가라고! 그놈의 캐터필러를 물로 적셔, 앨!"

"죽여요, 죽여요—"

트랙터가 뒤로 돌기 시작하자, 팬 트랙터 위에서 갑작스러운 움직임이 포착되었다. 톰이 아래로 뛰어내리더니 고함을 지르고 두 팔을 흔들며 욕을 퍼부었던 것이다. 그는 자기가 몰고 온 기계 뒤에서 뛰어나와 곧바로 세븐을 향해 달려갔다. **데이지 에타**의 모터가 굉음을 내더니, 톰을 상대하기 위해 그쪽으로 돌아서는데, 어찌나 빠르던지 앨도 간신히 옆으로 피했을 정도였다. 톰은 재빨리 도망쳤고, 바쁘게 움직이는 발로 모래를 잔뜩 흩뿌리면서 곧장 바닷물을 향해 달려갔다. 그는 허리 깊이까지 들어간 다음, 갑자기 물속으로 사라졌다. 곧이어 물 밖으로 나왔을 때에도 뭔가를 외치려는 듯 입을 놀렸다. 켈리는 용접봉 홀더를 제대로 붙잡고 달려갔다.

데이지 에타는 정신 없이 질주하는 톰을 뒤따라서 팬 트랙터 옆에 가 있었고, 그곳까지의 거리는 15피트가 채 되지 않았다. 그리고 이제는 그놈도 파도 속에 들어가 있었다. 켈리는 긴 다리로 최대한 빠르게 거리를 좁혀 갔다. 그가 결정적인 50피트 이내로 들어선 바로 그 순간, 앨 놀스가 그를 덮쳤다.

앨은 입에 거품을 머금고 헛소리를 주절거렸다. 두 사람은 전속력으로 부딪쳤다. 상대방이 머리로 몸통을 들이받자, 미처 팔로 막지 못한 켈리의 몸에서 **허억** 하는 소리와 함께 숨이 빠져나갔다. 그는 커다란 통나무처럼 털썩 쓰러졌고, 온 세상이 빙빙 도는 적회색의 아지랑이로 변해 버렸다. 앨은 더 큰 사람에게 매달려서 할퀴고 때렸지만, 너무나도 흥분한 까닭에 주먹조차도 제대로 쥐지 못하는 상태였다.

"내가 널 죽이고 말 거야." 그가 꼴깍거리며 말했다. "나머지 한 놈은 저분이 처치하실 거고, 내가 다른 한 놈을 처치하고 나면, 그분도 아시겠지—"

켈리는 두 팔로 얼굴을 가렸고, 마침내 고통스러운 허파 속으로 약간의 공기가 들어가자, 두 팔을 위로 뻗으며 단 한 번에 강하게 용솟음치며 벌떡 일어나 앉았다. 앨은 위로 날아올랐다가 한옆으로 나가떨어졌으며, 켈리는 긴 팔을 뻗어서 상대방의 듬성한 머리카락을 손가락으로 움켜쥔 다음 그를 일으켜 세우고 다른 주먹으로 일격을 날렸는데, 제대로만 맞았다면 충분히 죽고도 남았을 만한 위력이었다. 하지만 켈리의 일격은 뺨만 스치고 지나갔고, 앨은 한쪽으로 확 밀려나는 데에 그치고 말았다. 그는 쓰러져서 꼼짝 않고 누워 있었다. 켈리는 정신없이 모래를 더듬어서 용접봉 홀더를 찾았고, 그걸 발견하자마자 다시 들고 뛰기 시작했다. 이제는 톰이 전혀 보이지 않았고, 세븐은 파도 속에 서서, 천천히 양옆으로 움직이며 먹이를 찾아 후진하고 있었다. 켈리는 길게 늘어진 케이블에 달린 용접봉 클램프를 앞으로 치켜들고 곧장 그 기계를 향해 달려갔다. 곧이어 그것이 나타났다. 그 가늘고도 소리 없는 에너지의 번개가. 하지만 이번에는 그 위력이 제대로였는데, 딱한 피블스 영감의 몸에 비해서 이 소용돌이치는 바닷물은 훨씬 더 훌륭한 접지물이었기 때문이다. **데이지 에타**는 말 그대로 켈리를 향해서 뒤로 펄쩍 뛰었고, 캐터필러 주위의 바닷물은 뜨거운 증기를 이루어 위로 솟구쳤다. 그 엔진 소리가 고조되더니, 끊어지고, 스윙 드러머 특유의 리드미컬하고 불규칙한 타격음을 냈다. 기계는 마치 머리에 봉지를 뒤집어쓴 고양이마냥 좌우로 몸을 던졌다. 켈리는 약간 더 가까이 다가갔고, 손에 쥔 클램프에서 또 한 번의 번개가 나오기를 기대했지만, 전혀 나오지 않았다. 왜냐하면—

"회로 차단기!" 켈리가 외쳤다.

그는 세븐의 운전석 앞 상판 바닥 위에 홀더를 내던진 다음, 좁은 바닷가를 가로질러 뛰어서 용접기로 갔다. 그는 배전반 뒤로 손을 뻗어서 엄지손가락을 접촉 레버에 갖다 대고 아래로 확 당겼다.

데이지 에타는 다시 한번 펄쩍 뛰었고, 곧이어 또 한 번 뛰었으며, 갑자기 모터가 멈춰 버렸다. 소용돌이치는 파도에서 솟은 열기 때문에 그 위의 공기가 흐릿해졌다. 시동 모터와 연결된 작은 가스탱크가 대포 소리를 내며 터졌고, 여전히 30갤런쯤의 디젤유를 담고 있던 커다란 연료 탱크도 뒤따라서 터져 버렸다. 연료 탱크는 폭발했다기보다는 오히려 퍽 하고 깨져 버렸으며, 기계 뒤쪽으로 커다란 화염의 커튼을 내뱉었다. 모터 때문인지 아닌지는 알 수 없었지만, 곧이어 켈리는 트랙터가 경련하듯 덜덜 떠는 모습을 똑똑히 보았다. 차체 전부에서 뭔가가 기어가는 듯한 움직임이 있었고, 그 움직임의 가벼운 물결이 연료 탱크에서 시작되어 기계 앞으로 옮겨 가더니, 캐터필러에서 다시 위쪽으로 옮겨 갔다. 그 움직임은 라디에이터 뚜껑 바로 앞에 있는 라디에이터 코어에 누적되었다. 그러다 갑자기 6~7제곱인치의 공간의 윤곽이 말 그대로 **흐릿해져** 버렸다. 잠깐은 정상이었지만 마침내 녹아서 뭉개졌으며, 액체 금속이 양옆으로 흘러내려 그을린 페인트의 잔해와 만나면서 작은 불꽃들을 뱉어 냈다. 그러고 나서야 켈리는 왼손의 고통을 의식했다. 그는 손을 내려다보았다. 용접기의 발전기는 멈추었지만, 모터는 여전히 돌아가고 있었으며, 그 구동축의 약한 결합 부분을 박살 냈다. 연기를 무럭무럭 내는 발전기는 이제 잿더미와 별다른 차이가 없어 보였다. 그래도 켈리는 비명을 지르지 않았다. 자기 손을 똑바로 바라보고 거기 무슨 일이 벌어졌는지를 깨닫기 전까지는—

곧이어 다시 앞이 똑똑히 보이게 되자, 톰의 이름을 불렀지만 아무런 대답이 없었다. 마침내 켈리는 물 위에 떠 있는 뭔가를 발견했고, 그걸 뒤쫓아 바다로 뛰어들었다. 차가운 소금물이 왼손에 튀었지만 거의 느끼지 못했다. 충격에 사로잡혀 무감각해져 버린 것이다. 그는 멀쩡한 손으로 톰의 셔츠를 움켜쥐었지만, 곧바로 발아래 땅이 쑥 꺼지는 듯한 느낌이 들었다. 그렇다면 이걸로 끝이었다. 바닷가에서 조금 떨어진 곳에 구멍이 하나 있었던 것이다. 세븐은 그 구멍의 가장자리로 곧장 뛰어들었고, 그래서 톰은 계속 거기서 깊은 물에 빠져 있다가—

켈리는 정신없이 팔을 움직였고, 무척이나 가까운 데도 무척이나 도달하기 힘든 바닷가를 향해 헤엄쳤다. 따가운 소금물을 허파 가득 삼켰고, 무릎에 부딪히는 딱딱한 바닷가의 사랑스러운 충격만이 숨막혀 죽는 사치에 굴복하지 않도록 해 주었다. 애를 쓰느라 울먹이기까지 하면서, 켈리는 톰의 체중 전체를 바닷가로 끌어 올려서 파도에서 벗어난 곳까지 데려왔다. 그러고 나서야 그는 어린아이의 울부짖음을 의식하게 되었다. 잠시 정신이 없는 동안에는 그 소리가 자기 자신의 것이라고 생각했지만, 곧이어 주위를 돌아보고 나서야 앨 놀스라는 사실을 깨달았다. 켈리는 톰의 곁을 떠나 저 망가진 피조물에게로 다가갔다.

"일어나, 이 자식아." 그가 호통쳤다. 울음소리는 더 커지기만 했다. 켈리는 엎드린 (그리고 전혀 저항하지 않는) 앨을 굴려서 똑바로 뒤집어 놓은 다음, 상대방에게서 숨넘어가는 소리가 날 때까지 입가 이쪽저쪽을 연이어 두들겼다. 그러고 나서는 그를 똑바로 일으켜 세워서 톰에게 끌고 갔다.

"무릎 꿇어, 쓰레기 놈아. 네 무릎 가운데 하나를 저 친구의 양쪽 무릎 사이에 집어넣어." 앨은 멍하니 서 있기만 했다. 켈리가 또다시 때리자 비로소 시키는 대로 했다.

"네 양손을 저 친구 아래쪽 갈비뼈에 갖다 대. 거기에. 좋아. 몸을 숙여, 이 쥐새끼야. 이제는 뒤로 젖혀." 그는 자리에 앉았고, 왼쪽 손목을 오른손으로 눌러서 지혈을 했지만, 망가진 손에서는 계속 피가 뚝뚝 떨어졌다. "숙여. 그대로 있어. 뒤로 젖혀. 숙여. 그대로 있어. 젖혀. 숙여. 젖혀."

잠시 후에 톰이 한숨을 내쉬더니 힘없이 토하기 시작했고, 그러고 나서는 멀쩡해졌다.

이것은 갑자기 미쳐 날뛰면서 제 나름의 생명을 얻은 불도저 **데이지 에타**에 관한 이야기일 뿐이지, 미사일 시험에 관한 이야기는 아니다. 여기서 말하는 미사일 시험이란, '그들이 이야기하지 않는 미사일 시험'이라고 지칭할 때를 제외하면 그들이 이야기하지 않는 미사일 시험을 말한다. 하지만 여러분은 이 시험에 관한 이야기를 모두

들어 보았을지도 모른다. 어쨌거나 헛소문에 불과하지만 말이다. 소문에 따르면, 초기 IRBM(중거리 탄도 미사일)의 급진적으로 새로운 조종 시스템 시험이 있었는데, 결국 그 시스템이 제대로 작동하지 않는다는 사실만 결정적으로 입증되었다고 한다. 시험용 발사체는 대형이었고, 상당한 연료를 지니고 있었으며, 상당히 멀리, 정말 멀리까지 날아갔다. 소문에 따르면 심지어 (a) 미사일이 차마 지도에도 나오지 않는 남아메리카의 열대우림 어딘가에 떨어졌으며, (b) 그로 인한 부상자는 없다는 주장도 있다. 그런데 그들이 이와 관련해서 **진짜로** 이야기하지 않은 것이 있었으니, 그것은 바로 (a)와 (b) 모두가 거짓이라고 주장하는 일급 비밀 보고서였다. 따라서 (a)는 분명히 거짓이지만 (b)는 기묘하게도 사실이며 정말 부상자가 하나도 없었음을 확실히 알고 있는 사람은 (이제 여러분을 제외하면) 이 세상에 단 두 명뿐이다.

어쩌면 앨 놀스도 알고 있었을지 모르겠지만, 그는 셈에 포함되지 않았다.

그 사건은 **데이지 에타**가 제거된 지 이틀 뒤에, 톰과 켈리가 (다른 장소도 아닌) 폐허가 된 신전의 시원한 장소에 앉아 있을 때에 벌어졌다. 이들은 종이와 연필을 놓고 생각에 잠겨 있었다. 즉 이 섬에서 무슨 일이 일어났는지에 관한, 그리고 자기네 일행이 도급 계약을 완수하는 데 실패한 이유가 무엇인지에 관한 진술서를 작성한다는 불가능한 과제를 완수하기 위해 애쓰는 중이었다. 두 사람은 처브와 해리스를 찾아내서 다른 세 사람 곁에 묻어 주었다. 앨 놀스는 꽁꽁 묶인 채로 그늘에 앉아 있었는데, 그가 잠결에 헛소리하는 것을 두 사람이 들은 까닭이었다. 앨은 **데이지**가 죽었다는 사실을 믿을 수 없는 듯했고, 여전히 그 기계를 대신해 자기가 돌아다니며 운전기사들을 죽이고 싶어 하는 듯했다. 두 사람은 이 사건에 대한 조사가 반드시 이루어질 것임을 알았기에, 자기네 이야기가 딱 어디까지 가야 하는지도 알았다. **데이지 에타** 같은 괴물에게서 간신히 살아남은 다음이고 보니, 두 사람은 이렇게 달콤한 삶의 작은 일부분이라도 조사나 투옥으로 허비하고 싶지가 않았다.

바로 그때 미사일의 탄두가 이들의 야영지 가장자리 근처에 떨어졌다. 딱 연료 드럼통 피라미드와 다이너마이트 보관소 사이의 지점이었다. 2단 발사체는 잠시 후에 거기서 2마일 떨어진 곳, 즉 다섯 개의 무덤 인근에 떨어져 버렸다. 켈리와 톰은 메사의 가장자리로 달려갔고, 갖가지 파편이 떨어지고 잔해가 솟구치는 모습을 한참 지켜보았다. 무슨 일이 일어났는지를 짐작한 사람은 바로 켈리였다. "그들의 어설프고 소심한 마음에 축복이 있기를." 그는 기뻐하면서 말했다. 그러고는 동료가 휘갈겨 쓴 종이를 빼앗아 찢어 버렸다.

하지만 톰은 고개를 젓고는 엄지손가락으로 둔덕 쪽을 가리켰다. "저 자식이 이야기할 텐데."

"저 자식이?" 켈리가 말했다. 그의 어조에는 무척이나 심오한 설득력이 깃들어 있었기에, 웅얼거리는 목소리와 침을 흘리는 입과 크고 흐리멍덩한 눈을 지닌 앨 놀스의 이미지를 선명하게 환기시켰다. "이야기하려면 하라지." 켈리가 말했다. 그러고는 종이를 다시 한번 찢었다.

그래서 두 사람은 앨이 이야기하게 내버려 두었다.

환한 일부분
Bright Segment

그는 이제껏 한 번도 여자를 안아 본 적이 없었다. 그렇다고 겁에 질린 것은 아니었다. 겁이라면 그녀를 안으로 운반하고 문을 발로 걷어차서 닫은 다음, 흠뻑 젖은 치마에서 꾸준하게 떨어지는 핏방울 소리를 들었을 때 이미 소진되고 없었다. 그리고 이보다 앞서, 그녀가 도로 경계석 위에 죽어 있다고 생각했을 때에, 그리고 그녀가 그 소리를, 즉 그 한숨, 또는 속삭이는 신음을 냈을 때에 역시나 이미 소진되고 없었다. 그는 그녀를 안으로 데려왔고, 그 모든 피를 보고는 왼쪽으로 돌아섰다가, 오른쪽으로 돌아섰다가, 결국 그녀를 바닥에 내려놓았다. 익숙하지 않은 일을 하려다 보니, 두뇌는 온통 뒤엉키고 휘저어졌으며, 관자놀이는 욱신거렸다. 그는 오로지 **침대 커버에 피를 묻히지 말자**는 생각에 근거해 움직였다. 일단 천장 조명을 끄고, 잠시 그대로 서서 눈을 깜박이고 숨을 세게 쉬었다. 갑자기 창문으로 달려가 블라인드를 내려서, 거리의 불빛이며 다른 모든 시선이 안을 들여다보지 못하게 했다. 블라인드로 향하는 두 손을 보고서야 그는 자기 몰골을 깨달았다. 두 손 모두 붉었고, 만지는 물건은 뭐든지 물들일 채비가 되어 있었다. 그는 외마디 소리를 냈다. 그의 정신 한구석에서 이 소리야말로 그녀가 저 바깥의 어둡고 축축한 거리에서 내뱉었던 그 고통스러운 속삭임과 정확히 똑같음을 인식했다. 그는 전등 스위치로 달려갔고, 거기에도 이미 붉은색 얼룩이 이미 하나 묻어 있는 걸 보았으며, 한 손으로 그걸 닦아 내다가 그만 또 하나의 얼룩을 남기고 말았다는 사실을 깨달았다. 그는 한구석에 있는 싱크대로 비틀거리며 걸어가서 두 손을 씻고, 다시 한번 씻었으며, 그러면서도 몇 초에 한 번씩 어깨 너머로 여자의 몸을, 그리고 리놀륨 위에서 슬금슬금 자신을 향해 미끄러져 오는 피바다의 굵고 납작한 손가락을 바라보았다.

그는 이제 숨을 골랐고, 좀 더 신중하게 창문 쪽으로 향했다. 블라인드를 내리고, 커튼을 닫았으며, 좌우와 아래에 혹시 틈새가 없는지 살펴보았다. 칠흑 같은 어둠 속에서 손을 더듬어 반대편 벽으로 갔고, 리놀륨의 가장자리를 따라 돌아간 끝에 다시 불을 켰다. 피바다의 굵은 손가락은 이제 가느다란 촉수로 변했으며, 부드럽고 얼룩에 굶주린 마룻바닥을 향해 더듬어 가고 있었다. 그는 스토브 옆의 에나멜 테이블에 놓여 있던 플라스틱 스펀지를 들어서 탐색 중인 촉수 끝에 떨어뜨리고 기쁨을 느꼈다. 촉수는 더 이상 기어가는 것이 아니었고, 이제는 단지 닦아 낼 수 있는 것에 불과했다.

그는 침대 커버를 벗겨서 놋쇠 가로대에 걸어놓았다. 장식장의 서랍에서 하나, 그리고 접이식 테이블에 깔아 놓은 것 하나, 이렇게 두 장의 비닐 테이블보를 꺼냈다. 침대에 테이블보를 나란히 깔고, 두 장이 겹치는 부분을 충분히 남겨 둔 다음, 잠시 선 채로 걱정에 사로잡혀 몸을 흔들면서, 엄지와 검지로 아랫입술을 붙잡아 밖으로 꺼냈다. **제대로 고쳐야 해,** 그는 단호하게 마음속으로 말했다. 그러다가는 네가 고치기 전에 그녀가 죽을 텐데. 상관없어. 고쳐야 해. 제대로.

그는 콧구멍에서 공기를 내뿜고, 장식장 선반에서 책을 몇 권 꺼냈다. 구입한 지 6년 된 세계 연감 한 권, 페이퍼백 소설 여섯 권, 묵직한 보석 가공 도구 카탈로그였다. 우선 침대를 잡아당겨서 벽에서 떨어뜨린 다음, 침대 다리 가운데 두 개의 밑에다 책을 하나씩 하나씩 집어넣어서, 침대가 발 쪽으로, 그리고 다시 옆으로 약간 기울어지게 만들었다. 이불을 꺼내서 둘둘 말고 비닐 테이블보 밑에 집어넣어서, 침대 가장자리를 따라 높은 곳에서 낮은 곳으로 뻗은 일종의 둑을 만들었다. 싱크대 밑에서 6쿼트*짜리 알루미늄 냄비를 꺼낸 다음, 침대의 가장 낮은 모서리 옆 바닥에 놓아 두고, 비닐 테이블보의 늘어진 끝부분을 냄비 안으로 집어넣었다. **이제 마음껏 피를 흘려 보시지.** 그는 만족스러운 듯, 여자에게 조용히 속으로 말했다.

그는 여자 위로 몸을 숙인 다음, 끙 소리를 내면서 양쪽 겨드랑이를 붙잡고 들어 올렸다. 마치 목에 뼈가 전혀 없는 것처럼 여자의 목이 뒤로 휙 젖혀지는 바람에, 하마터면 떨어뜨릴 뻔했다. 그는 여자를 질질 끌고 침대로 갔고, 이 과정에서 그녀가 누워 있던 진홍색 웅덩이를 치마가 가로지르는 바람에 넓고 붉은 얼룩이 바닥에 남았다.

* 약 5.68리터.

그는 여자를 바닥에서 번쩍 들어 올리고, 두 발로 단단히 버티면서, 그녀를 두 팔로 안은 채 침대 위로 몸을 기울였다. 여기에는 의외로 많은 노력이 들어갔다. 비로소 그는 자기가 얼마나 지쳤는지, 얼마나 피곤한지, 그리고 얼마나 늙었는지를 깨달았다. 그는 어색하게 여자를 내려놓았고, 신중하게 배열한 테이블보를 흐트러뜨리지 않으려 노력하다가 또다시 그녀를 떨어뜨릴 뻔했으며, 여차하면 그녀와 함께 침대 위로 쓰러질 뻔했다. 그는 미끈거리는 두 팔로 몸을 밀어 일어선 다음, 그대로 서서 숨을 헐떡였다. 피에 젖은 그녀의 치마 가장자리에 피가 고이기 시작했고, 그가 지켜보는 사이에 낮은 한구석으로 가는 길을 느릿느릿 찾기 시작했다. **너무 많아. 사람 안에 피가 너무 많다고.** 그는 놀랐다. **멈춰야 해. 멈추지 않는 걸 어떻게 해야 멈출 수 있지?**

그는 닫힌 문을, 블라인드 내린 창문을, 시계를 흘끗 바라보았다. 그는 귀를 기울였다. 가장 어두운 시간에 두들기고 울부짖으면서, 바깥에서 비가 아까보다 더 세차게 내리고 있었다. 그 외에는 아무것도 없었다. 집 전체가 잠들어 있었고, 거리도 죽어 있었다. 그는 문제를 끌어안고 혼자였다.

그는 입술을 잡아당겼다가, 여자의 피 맛을 느끼고는 얼른 손을 떼었다. 기침을 하고 싱크대로 달려가 침을 뱉었고, 입을 씻고 나서 손을 씻었다.

그래, 좋아. 그러면 전화를 걸자……

전화를 걸어? 어디에 전화를 걸까? 병원에 연락하면 당연히 경찰에 전화를 걸겠지? 경찰에게 전화를 거는 것도 매한가지야. **어리석어.** 내가 그들에게 뭐라고 말할 수 있을까? 얘는 내 여동생인데, 차에 치였어요. 이렇게 말하면 그들이 나를 믿어 줄까? 그들에게 사실대로 말하자. 여기서 한 블록 떨어진 곳에서 누군가가 저 여자를 자동차 밖으로 내던지고 달아나는 것을 봤다고 말이야. 불빛이 없어서, 나는 빗속에서 일단 여자를 데리고 들어왔고, 안으로 들어와서야 비로소 그녀가 이렇게 피를 흘린다는 사실을 알았다고 말이야. 과연 그들이 내 말을 믿어 줄까? **어리석어.** 너는 도대체 뭐가 문제야? 차라리 네 일에나 신경을 쓰지 그랬어.

지금이라도 여자를 데리고 나가서 원래 있던 빗속에 돌려놓을까 생각도 했다. 그래, 하지만 누군가가 너를 보겠지. **어리석어.**

그는 리놀륨 위에 넓게 문질러진 핏자국이 광택을 잃어 가고, 흡수되며 얇게 말라 가고 있음을 보았다. 그는 스펀지를 집어 들었다. 스펀지는 이제 3분의 2가 붉은색이었고, 나머지는 원래대로 옅은 푸른색이었으며, 한쪽 끄트머리는 마치 뾰족한 붉은색 연필로 그린 빵과 같은 모습이었다. 그는 들고 가는 동안 피가 떨어지지 않도록 스펀지를 뒤집고 싱크대로 가져가 헹구었으며, 거듭해서 수돗물에 적셔서 짰다. **어리석어.** 누군가에게 전화를 걸어서 도움을 청해.

누구한테 전화를 건단 말인가?

그는 자기가 18년째 밤마다 바닥에 왁스를 바르고 깔개에 진공청소기를 돌리는 백화점을 생각했다. 자기가 알기로는 식품점과 정육점인 이웃집들도 생각했다. 모두 문을 닫고, 잠자리에 들고, 가 버린 다음이었다. 그로선 이름이나 전화번호도 모르는 데다가, 어쨌거나 누굴 믿는단 말인가? **이런, 세상에, 53년이나 살면서 너는 친구 하나 없단 말이냐?**

그는 깨끗한 스펀지를 가지고 리놀륨 위에 무릎을 꿇고 앉았다. 바로 그 순간, 침대를 기어 내려온 피바다가 모서리에 도착해서 가느다란 핏줄기로 변했다. **팅.** 피가 냄비로 떨어졌고, 곧이어 **티딩 티딩** 연이어 떨어지더니, 이제는 초당 세 번씩 뚝 뚝 뚝 그치지 않고 떨어졌다. 곧이어 그는 저 출혈이 스스로 멈추지는 않으리라는 사실을 절대적이고도 뒤늦은 확신과 함께 알게 되었다. 그는 나지막이 끙 소리를 낸 다음, 자리에서 일어나 침대로 갔다. **"죽지 말아요."** 그는 큰 소리로 말했고, 자기 목소리가 나오는 방식 때문에 스스로도 겁을 먹었다. 그는 그녀의 가슴으로 한 손을 뻗었지만, 블라우스가 찢어지고 거기서도 피가 나오는 것을 보자 얼른 손을 치웠다.

그는 세게 숨을 들이쉬고 여자의 옷을 벗기기 시작했다. 우선 굽이 낮은 발레화가 있었다. 낡았고, 젖었고, 마치 종이처럼 얇았으며, 마치 스타킹의 발 부분 같이 생긴, 그로선 한 번도 본 적이 없던 작은 실크 제품도 있었다. 피가 더 많이 묻어 있었다. 아니, 아니었다. 그건 그녀의 차갑고 새하얀 발톱의 벗겨지고 깨진 매니큐어일 뿐이었다. 치마 옆에는 단추 하나와 지퍼가 있었는데, 그는 이걸 보고 잠시 당황했다. 하지만 그는 결국 지퍼를 내린 다음, 가장자리를 이쪽저쪽으로 계속해서 잡아당긴 끝에 치마를 벗겼다. 여자는 이 움직임에 약간, 그리고 힘없이 몸을 굴렸다. 작은 실크 팬티는 완전히 젖었고, 왼쪽이 심하게 잘려 있어서 손가락에 걸어서 잡아당기자 손쉽게 끊어졌다. 하지만 반대편은 놀라우리만치 튼튼해서 결국 가위를 가져와 잘라야 했다. 블라우스는 앞부분에 단추가 있어서 별문제가 되지 않았다. 그 밑의 브래지어는 앞부분에서 두 동강이 나 있었다. 그는 브래지어를 들어 올렸지만, 완전히 빼내기 위해서는 또다시 가위를 사용해서 끈 하나를 잘라 내야 했다.

그는 스펀지를 들고 싱크대로 달려가서 씻고 짜낸 다음, 소스팬에 따뜻한 물을 채워서 도로 달려왔다. 그는 여자의 몸을 스펀지로 닦아 주었다. 단단해 보였지만 너무 말랐고, 양옆으로 갈빗대가 드러나고, 엉덩이뼈가 불쑥 튀어나와 있었다. 왼쪽 가슴 밑에는 앞쪽 갈비뼈에서 시작해서 거의 젖꼭지 가까이까지 길게 베인 상처가 있었다. 상처가 깊어 보였지만, 피는 멈춰 있었다. 하지만 사타구니의 또 한 군데 베인 상처에서는 선명한 색깔의 피가 규칙적으로 방울방울 계속해서, 약하지만 열심히 흘러나오고 있었다. 그는 이와 같은 상황을 이전에 본 적이 있었다. 바로 가버가 엘리베이터 케이블룸에서 한 팔을 잘렸을 때였는데, 그때는 피가 무려 1피트 떨어진 곳까지 뿜어져 나왔었다. 어쩌면 이것도 그런 건지 몰라. 그는 갑자기 생각했다. 하지만 이것도 느려지고 있으니까, 이제 멈추게 될 거야. 맞아. 그리고 너, 어리석은 놈, 너는 시체를 갖게 될 거야. 경찰에 거짓말도 할 수 있을 거고 말이야.

그는 스펀지에 물을 적셔서 짜낸 다음, 상처를 닦아 냈다. 다시 피가 고이기 전에, 베인 상처를 양옆으로 벌리고 안을 들여다보았다. 대퇴동맥이 똑똑히 보였다. 마치 스파게티 끄트머리 같은 모습이었고, 거의 다 잘려 나가 있었다. 곧이어 상처에는 다시 피가 고였다.

그는 무릎을 꿇고 앉아, 부주의하게도 피 묻은 손으로 입술을 잡아당기며 생각을 해 보려 애썼다. **집는다, 닫는다, 조인다. 조이개! 족집게!** 그는 공구함으로 달려가서, 확 열어젖혔다. 몇 년 전에 그는 네모난 은실로 가느다란 사슬 만드는 방법을 배웠고, 작은 고리를 연이어 만든 다음 알코올 토치와 뾰족끝 인두를 이용해서 하나하나 땜질하면서 시간을 보내곤 했다. 그는 족집게를 집어 들었다가 도로 내려놓고, 대신 자기가 그 일을 할 때 사슬을 붙잡는 용도로 사용하던 작은 스프링 클램프를 꺼냈다. 그리고 싱크대로 달려가서 클램프를 물로 씻고 침대로 돌아왔다. 피가 고인 작은 호수를 스펀지로 다시 닦아 내고, 재빨리 손을 아래로 뻗어서 클램프의 가느다란 주둥이로 상처 근처의 동맥을 집었다. 곧바로 다시 한번 피가 잔뜩 흘러나왔다. 또다시 그는 피를 스펀지로 닦아 냈고, 순간적인 영감에 따라서 클램프를 풀고 상처 반대편으로 가져가서 다시 죄었다.

상처 안에서는 여전히 피가 스며 나오고 있었지만, 무시무시하게 박동하던 분출은 사라졌다. 그는 무릎을 꿇고 앉아서, 무려 2분 동안이나 참고 있었음이 분명한 숨을 고통스럽게 내쉬었다. 긴장하다 보니 두 눈이 다 아팠고, 두뇌는 여전히 핑핑 돌았지만, 그래도 어떤 느낌이 있었다. 거의 통증이나 고통에 가까운 새로운 느낌이었지만, 그 느낌은 그의 내면 어디에도 없는 동시에 어디에나 있었다. 그 느낌은 그가 웃기를 원했지만, 이와 동시에 그의 눈은 따가웠고, 미세한 구멍들로 뜨거운 소금이 비어져 나오고 있었다.

조금 뒤에 그는 회복되었고, 다급함에 압도된 나머지 눈을 깜박이며 기진맥진함을 물리치고 벌떡 일어났다. **모든 것을 고쳐야만 해.** 그는 싱크대 위의 약품 찬장으로 갔다. 반창고, 거즈 패드 상자. 어쩌면 크기가 충분하지 않을 수도 있었다. 좋아, 함께 반창고로 붙이고, 제대로 고치는 거야. 새것인 이 설파어쩌고 하는 약은 뭐든지 다 고치니까. 내가 손을 벤 상처에 진공청소기의 먼지가 들어갔을 때에도 감염을 고쳤으니까. 종기도 고쳤으니까.

그는 솥과 소스팬에 깨끗한 물을 채워서 스토브 위에 올려놓았다. 꿰매자, 그래. 그는 바늘과 흰 실을 꺼내서 물에 집어넣었다. 침대로 돌아가서 한동안 서서 생각하며, 여자의 가슴 아래, 피가 흘러나오는 상처를 바라보았다. 허벅지의 상처를 다시 스펀지로 닦아 내고, 클램프로 죈 동맥에 피가 천천히 뒤덮일 때까지 뭔가를 생각하는 듯 바라보았다. 그는 낙관적일 수가 없었지만, 지혈기에 관해서 뭔가 모호한 기억을 갖고 있었다. 즉 지혈기는 가끔 한 번씩 열어 주어야 하며, 그러지 않으면 말썽이 생긴다는 거였다. 동맥도 마찬가지이지 않을까, 아마? 동맥을 꿰매는 게 더 낫겠어. 완전히 잘리지는 않고 이어져 있으니까. 그렇게 하는 방법을, 그러면서도 동맥을 마치 꿰맨 양말이 아니라 파이프처럼 만들 수 있는 방법을 그가 찾을 수만 있다면.

그래서 그는 소스팬 안에 족집게, 뾰족끝 펜치 그리고 보석용 공구함에서 꺼낸 은제 브로치 핀 열두 개를 집어넣었다. 물이 끓기를 기다리는 동안, 다시 상처를 살펴보았다. 그는 입술을 잡아당기고 인상을 찡그리더니, 또다시 가느다란 바늘을 꺼내 펜치로 잡아서 가스 불에 빨갛게 달군 다음, 또 다른 펜치로 바늘을 구부려서 작은 반원 형태가 되자 소스팬의 물에 집어넣었다. 스펀지에서 작고 납작한 조각을 여러 개 잘라 낸 다음, 역시나 소스팬의 물에 집어넣었다.

그는 시계를 흘끗 바라보았고, 이후 10분 동안 흰색 에나멜 식탁 상판을 세제로 문질러 닦았다. 상판을 싱크대에 기울여 세우고, 수도꼭지 밑에 대고 씻은 다음, 솥 안의 끓는 물을 그 위에 천천히 쏟았다. 식탁 상판을 스토브로 가져가서 한 손으로 붙잡은 채, 소스팬에 잠겨 손잡이만 물 밖으로 나와 있던 펜치들을 은제 나이프로 건져 냈다. 이번에는 깨끗한 수건으로 펜치를 조심스럽게 감싸 잡고, 신중하게 소스팬 속의 내용물을 집어서 탁자 상판으로 모조리 옮겼다. 바늘이며 특히나 잡기 힘들었던 은제 핀 가운데 마지막 것을 찾아냈을 무렵, 그의 두 눈에는 땀이 흘러들어 가 있었고, 탁자 상판을 붙잡은 팔은 금방이라도 들고 있는 것을 모두 떨어뜨릴 듯한 상태였다. 하지만 그는 뭉툭한 누런 이를 악물고 계속 버텼다.

그는 탁자 상판을 든 채로 나무 의자를 살살 발로 걷어차며 방을 가로질렀고, 침대 옆까지 가서야 마침내 손에 든 짐을 의자 시트에 내려놓았다. **여기는 병원이 아니지.** 그는 생각했다. **하지만 나는 뭐든지 다 고치니까.**

병원이라고! 그래, 영화에서처럼—

그는 서랍으로 가서 깨끗한 흰색 손수건을 꺼내, 영화에서처럼 자기 입과 코를 가리도록 묶으려고 했다. 하지만 울퉁불퉁한 얼굴과 네모난 머리가 너무 커서 손수건 한 장으로 묶을 수 없었다. 무려 세 장을 쓰고 나서야 제대로 되었는데, 마치 비행기 그림에 나온 꼬리날개처럼 크고 하얀 술이 뒤로 툭 튀어나와 있었다.

그는 어찌할 바를 모르며 양손을 바라보다가 곧이어 어깨를 으쓱했다. 수술용 고무장갑이 없었지만, 알 게 뭐야. 나야 손을 깨끗이 씻었으니까. 지금까지의 노고로 인해 손은 분홍색이 돌고 쭈글쭈글해졌지만, 그는 싱크대로 가서 뾰족한 손톱에 잔뜩 끼도록 비누를 문질렀고, 그런 다음에 아플 때까지 손톱 줄로 긁어낸 다음, 물로 씻고 나서 다시 한번 더 긁어냈다. 마침내 그는 침대 옆에 무릎을 꿇고 앉아 깨끗해진 손을 들어 올려 신중하게 인사를 했다. 자기 입술을 잡아당기려고 손을 뻗을 뻔했지만, 결국 그러지는 않았다.

그는 설파제 연고를 탁자 상판 위의 두 군데에 적당량 짜낸 다음, 펜치로 붙잡은 스펀지 조각 두 개를 위에 눌러서 약이 완전히 스며들게 했다. 우선 허벅지의 상처를 닦아 내고, 약이 스민 스펀지를 상처의 양옆에 끼워 넣어서, 동맥이 바닥에 드러나도록 했다. 족집게와 펜치를 이용해서 구부러진 바늘에 실을 끼웠으며, 그 와중에 실 끝에 침을 적시려는 충동을 억눌렀다.

그는 혈관의 파열 부분 아래로 바늘을 집어넣어 다시 그 위로 빼내면서 작게 네 땀을 꿰매었다. 한 땀마다 세심하게 주의하며 매듭을 지어서, 실이 조직을 가르지 않은 상태에서 파열 부분의 양쪽 가장자리를 서로 끌어당기게 했다. 곧이어 그는 쪼그리고 앉아 쉬었다. 긴장한 나머지 두 어깨가 불타는 듯했고, 두 눈도 흐릿했다. 곧이어 그는 깊은숨을 들이마시며 클램프를 제거했다.

피가 상처를 가득 채우고 스펀지로 빨려 들어갔다. 하지만 천천히 흘러나왔을 뿐이고, 확 분출되지는 않았다. 그는 굳은 표정으로 어깨를 으쓱했다. 그렇다면 뭘 해야 할까? 타이어 펑크 때우개라도 사용할까? 그는 다시 한번 피를 닦아 냈고, 베인 상처에 연고를 채워 넣고, 그 위에 거즈 하나를 덮었는데, 치료를 위해서라기보다는 오히려 상처를 감추기 위해서였다.

그는 한쪽 어깨로 눈썹의 땀을 훔치고, 곧이어 다른 한쪽 어깨로 눈썹의 땀을 훔쳤으며, 작은 은제 사슬을 가지고 작업할 때에 종종 하던 식으로 반대편 벽에 시선을 집중했다. 시야의 흐릿함이 사라지자, 이제는 가슴 밑의 길게 베인 상처에 정신을 집중했다. 이만 한 크기의 상처를 꿰매는 방법까지는 몰랐지만, 평소에 요리를 할 줄 알았기 때문에 닭을 꼬치에 꿰는 방법만큼은 알았다. 그는 혀를 꽉 깨물면서 은제 핀 하나를 상처와 직각으로 살에 찔러 넣은 다음, 핀이 상처를 가로질러 반대편 살을 뚫고 나오게 했다. 거기서 1인치가 채 떨어지지 않은 곳에 핀을 또 하나 끼웠고, 세 번째 핀도 끼웠다. 네 번째 핀은 상처에 들어 있는 뭔가에 딱 부딪혔다. 그는 갑자기 문이 쾅 닫힌 소리를 들은 것처럼 소스라쳤고, 그만 혀를 아프게 깨물고 말았다. 그는 핀을 도로 뽑고, 족집게를 가지고 상처를 조심스레 찔러 보았다. 그랬다. 뭔가 단단한 게 거기 있었다. 족집게의 양 끝을 이용해 더 깊이 찔러 보자, 걱정하는 손끝만이 들을 수 있는 나지막한 파열음과 함께 족집게가 베이지 않은 성한 조직 속으로 들어가는 느낌이 들었다. 그는 떨림을 극복하고 여자의 얼굴을 흘끗 바라보았다. 그리고 다시는 그쪽을 쳐다보지 않기로 작정했다. 딱 죽은 사람의 얼굴이었기 때문이다.

어리석어! 하지만 정신을 집중하자 자기 모욕은 생겨난 즉시 사라져 버렸다. 뭔가 단단하고 미끄럽고 완고한 것이 족집게에 잡혔다. 그는 손을 부드럽게 앞뒤로 움직였고, 그렇게 움직이는 동안에 이 친숙하지 않은 살을 향해 생겨난 당혹감과 짜증을 느꼈다. 점차적으로, 아주 점차적으로, **뭔가**의 날카롭고 각진 모서리가 모습을 드러냈다. 손가락으로 붙잡기에 충분해질 때까지 계속 움직였다. 그러다가 족집게를 치우고 부드럽게 그것을 빼냈다. 그것이 반쯤 나오기 전부터 피가 멋대로 흐르기 시작했지만, 그는 그것을 완전히 빼낼 때까지 멈추지 않았다. 폭이 점차 가늘어지는 형태의 강철 띠였는데 부러져 나간 가장자리가 빛을 받아 번쩍였다. 두 번이나 뒤집어 보고 나서야 그는 이게 면도칼의 일부분임을 깨달았다. 그는 면도칼을 에나멜 탁자 위에 올려놓고, 만약 자기가 그녀에 대해 자동차 사고에 관한 이야기를 하면서 신고했다면 경찰이 뭐라고 말했을지 생각해 보았다.

그는 피를 지혈했고, 있는 힘껏 상처를 크게 벌렸다. 그의 손가락 밑에서 젖꼭지가 몸부림쳤고, 그 분홍색 후광이 수축되고 주름 잡혔다. 그는 끙 소리를 냈고, 지금 벌레 하나가 자기 손을 지나간다고 생각했다. 그리고 저게 무엇을 의미하든지 간에, 차마 죽음을 의미할 수는 없다고, 어쨌거나 아직은 그럴 수 없다고 생각했다. 처음으로 돌아가서 다시 시작해야 했다. 그는 베인 상처를 지혈하고 벌렸으며, 재빨리 거기 들어갈 수 있는 만큼 최대한 연고를 집어넣었다. 곧이어 은제 핀을 삽입하는 일로 나아갔고, 결국 상처의 이쪽 끝에서 저쪽 끝까지 열두 칸에 달하는 작은 사다리를 만들었다. 그는 실을 집어 들고 겹친 다음, 고리를 만들어 맨 위의 핀에 두르고, 실 두 가닥을 그 아래로 내렸다. 실 두 가닥을 한 손으로 붙잡은 채, 벌어진 상처의 양쪽 가장자리를 손으로 집어서 핀을 따라 다물어지게 했다. 곧이어 그는 고리를 조였고, 실을 자르지 않은 채 엇갈리게 해서 다음 핀에 걸고, 아까와 마찬가지 방식으로 상처를 다물렸다. 그는 이런 식으로 맨 밑까지 해 나갔으며, 결국 핀 사다리를 중심으로 베인 상처를 다물렸다. 맨 밑에서 그는 실을 묶고 잘라 냈다. 온통 피와 연고투성이인 작품이었지만, 닦아 내니 좋아 보였다.

그는 자리에서 일어났고, 마비된 두 발로 고통스럽게 감각이 흘러 들어 가도록 내버려 두었다. 몸이 흠뻑 젖어 있었다. 땀이 다리의 털을 지나 아래로 가는 길을 찾는 것도 느낄 수 있었다. 빈대가 기어가는 듯한 느낌이었다. 그는 직접 아래를 내려다보았다. 주름과 물과 피가 있었다. 그는 흔들리는 거울을 바라보았다. 그랬더니 눈두덩이 선반처럼 툭 튀어나오고, 눈이 움푹 들어간 도깨비가 붕대를 감은 채 그를 바라보고 있었다. 반백인 머리카락을 깨끗이 감아 보았자 때 묻은 색깔이 되는 게 고작일 듯했고, 붕대 뒤에 가려진 입에 커다란 핏방울이 고여 있었다. 그는 거울을 낚아채서 다시 들여다보았다. **어쨌든, 너는 얼굴을 가리는 편이 더 낫겠어.** 그는 고개를 돌렸다. 자기 얼굴을 외면했다기보다는, 그냥 돌아선 것뿐이었다. 마치 안장 때문에 생긴 상처를 지닌 당나귀 같은 고통스러운 인내심을 발휘하면서.

지친 듯, 그는 에나멜 탁자 상판을 싱크대까지 가져갔다. 양손과 아래팔을 씻고, 목에 걸친 손수건을 풀어서 얼굴을 닦았다. 곧이어 그는 남은 스펀지와 따뜻한 비눗물이 담긴 팬을 들고 침대로 돌아왔다.

그 일에는 몇 시간이나 걸렸다. 여자가 누워 있는 테이블보를 스펀지로 닦고, 상처를 건드리지 않도록 그녀를 조심스레 옮겼으며, 그녀가 누웠던 곳을 씻고 말렸다. 그녀를 머리부터 발끝까지 씻기고, 깨끗한 물을 가지러 다녀와서, 이후에는 침대를 다시 말려야 했다. 여자의 머리를 들어 올릴 때, 그는 빗물과 말라붙은 피와 신선한 피까지 뒤섞이며 상대방의 머리카락이 끈적끈적 뒤엉킨 것을 깨달았다. 비닐 테이블보 밑에 커다란 베개를 집어넣어서 그녀의 어깨를 받치자, 뒤통수에서 추악한 혹과 피나는 멍 자국을 발견할 수 있었다. 머리카락을 양옆으로 빗어 내리고 차가운 물을 붓자 피는 멈추었지만, 자두 크기의 혹이 여전히 남아 있었다. 그는 거즈 패드 여섯 장을 꺼내 혹 주위를 감싸서, 자칫 그녀의 머리 무게가 혹에 모두 쏠리지 않게 했다. 차마 그녀를 뒤집어 놓을 엄두가 나지 않아서였다.

젖고 더러웠을 때에는 머리카락이 아니라 검은 뭉치에 불과했지만, 씻고 빗질을 해 놓으니 가장 진한 적갈색이었고, 완벽한 직모였다. 양옆으로 넓고 광택 있는 머리카락의 띠가 늘어진 상태에서, 여자의 얼굴에서는 마치 달처럼 차가운 창백함이 빛을 발했다. 그는 그녀에게 침대 커버를 덮어 주었고, 한참 서서 굽어보았다. 저 어디에도 없고 모든 곳에 있는, 기묘한 고통 가까운 것을 느끼면서. 그걸 좋아하지는 않았지만, 그걸 외면하기가 두려웠다…… 어쩌면 두 번 다시는 그걸 가질 수 없을 것 같아서였다.

그는 한숨을 내쉬었다. 그의 골수와 그의 세월에서부터 나온 한숨이었다. 그리고 바닥을 닦는 일에 끈질기게 착수했다. 일을 마무리하고, 바늘과 실을 치우고, 사용하지 않은 반창고 조각이며 거즈 패드 포장이며 침대 끝에서 흘러내린 피가 담긴 냄비와 다른 모든 도구를 씻어서 원래의 자리에 놓아두자, 비로소 밤이 끝나면서 창에 드리워진 블라인드를 햇빛이 힘없이 짓눌렀다. 그는 불을 껐고, 숨도 쉬지 않은 채 가만히 서서 온정신을 다해 귀를 기울였고, 지금 서 있는 곳에서 혹시 그녀가 아직 살아 있는지가 알고 싶었다. 가까이 몸을 굽혔는데, 그녀가 사망했음을 발견한다면— 오, 안 돼. 그는 여기서 알고 싶었다.

트럭이 한 대 지나가고, 웬 여자가 아이를 부르고, 누군가가 웃음을 터트렸다. 그래서 그는 침대로 다가가 무릎을 꿇고 눈을 감은 다음, 한 손을 천천히 여자의 목에 갖다 댔다. 차갑고도(제발 차갑지 말아라!) 조용했다. 마치 잃어버린 장갑처럼.

손등의 털이 여자의 숨결에 흔들렸고, 또다시 흔들렸다. 아주 미세한 동작이었다. 두 눈이 따가워지더니, **하자**는 격렬한 충동이 그의 온몸을 거듭 훑고 지나갔다. 수프를 좀 끓이고, 약을 좀 사고, 어쩌면 그녀를 위해 리본이나 시계도 사고. 집을 청소하고, 가게로 달려가서…… 그리고 이 모두를 한꺼번에 해치우는 와중에, 크게 흔들리는 소리 없는 함성을 스스로에게 거듭해서 외치고 또 외치고 싶은 충동이 들었다. 그녀가 살아 있다는 것을 그가 확실히 들을 수 있도록. 이렇게 폭발한 충동의 최절정에서, 웃기고도 작은 일탈이 있었고, 그는 금세 잠들어 버렸다.

꿈에서 누군가가 그의 배에서 실을 뽑아내어 크고 구부러진 돛 수선용 바늘로 그의 양쪽 다리를 한데 꿰맸다. 그는 배 속의 실패가 돌면서 비어 가는 것을 느낄 수 있었다. 그는 신음하며 눈을 떴으며, 자기가 지금 어디 있고 무슨 일이 있었는지 즉시 깨닫자, 스스로 낸 소음 때문에 스스로가 미워졌다. 그는 한 손을 들고 손가락을 움직여 본 다음, 그걸로 뭔가를 느낄 수 있음이 확실해지자 살며시 아래로 내려 여자의 목에 갖다 댔다. 따뜻했다. 아니, 뜨거웠다. 너무 뜨거웠다. 그는 내내 무릎을 꿇고 엎드려 있었던 침대에서 몸을 뒤로 밀쳤으며, 손가락 관절과 무감각하고 흐물거리는 다리를 이용해 마룻바닥을 반쯤 가로질러 기어갔다. 말없이 욕을 하면서, 길게 몸을 뻗어서 나무 의자를 붙잡았으며, 그걸 이용해서 엉금엉금 기어서 일어섰다. 감히 그걸 놓아 버릴 수가 없었기에, 그걸 붙잡고 조용히 걸어서 구석으로 갔고, 거기서 몸을 뒤틀고 숨을 헐떡이며 싱크대 가장자리에 매달렸다. 그 와중에 그의 다리는 마치 끓어오르는 산酸에 파먹혀 내려가는 듯한 느낌이었다. 마침내 의자를 놓아 버릴 수 있게 되자, 그는 얼굴과 목에 찬물을 축이고, 수건으로 몸을 닦으면서 비틀거리며 침대로 향했다. 그는 침대 커버를 확 벗겼고, 하마터면 **어리석어!** 하고 비명을 지를 뻔했다. 왜냐하면 침대 커버가 도리어 그의 손가락을 확 잡아챘기 때문이다. 알고 보니 침대 커버가 그녀의 사타구니에 찰싹 달라붙어 있었기에, 그는 졸지에 그녀의 살을 찢어 버리고 말았다고, 즉 어설프게 꿰맨 동맥 근처의 살 전체를 떨어져 나가게 해 버렸다고 생각했다. 그는 제대로 볼 수가 없었다. 바깥은 점점 어두워지고 있는 것이 분명했다. 얼마나 오랫동안 여기서 웅크리고 앉아 있었을까? 그는 조명 스위치로 달려갔고, 다시 침대로 뛰어왔다. 그래, 피가 나고 있었다. 다시 피가 나고 있었는데—

하지만 조금, 단지 아주 조금뿐이었다. 거즈가 반쯤 뒤집혀 있었고, 비록 노출된 상처는 피로 젖어 있었지만, 피가 흘러내리지는 않고 있었다. 그가 잠든 사이에는 흘렀지만, 그렇다고 해서 매트리스에 닿을 만큼 많지는 않았다. 거즈의 떨어진 한쪽 구석을 아주 살며시 집어 보았더니 아주 단단하게 붙어 있음을 알 수 있었다. 하지만 설파어쩌고에 적신 작은 스펀지들은 여전히 상처에 들어 있었다. 그는 두 시간 뒤에 스펀지를 빼내기로 작정했다. 그 주위로 피가 응고되도록 허락하지는 않을 것이었다!

그는 달려가서 더운 물과 큰 스펀지를 가져왔다. 물론 비누도 풀어 넣었다. 비록 두 발이 여전히 요란한 소리를 내며 저항했지만, 침대 옆에 쭈그리고 앉아서 작고도 부드러운 손길로 거즈를 씻기 시작했다.

뭔가 이상한 느낌에 그는 고개를 들었다. 여자가 두 눈을 뜨고 그를 내려다보고 있었다. 그녀의 얼굴과 눈은 완전히 아무 표정도 없었다. 그는 그녀가 생기도 없고 관심도 없는 두 눈을 천천히 감았다가 다시 천천히 뜨는 모습을 바라보았다. "괜찮아요, 괜찮아." 그가 거칠게 말했다. "나 뭐든지 고쳐요." 그녀는 계속 바라보고 있을 뿐이었다. 그는 격하게 고개를 끄덕였다. 이것이야말로 세상 모든 위로였고, 세상 모든 격려였으며, 그녀를 향한 희망과 그녀를 향한 완전한 약속이었지만, 실제로는 기껏해야 크고도 추악한 머리를 재빨리 끄덕인 것에 불과했다. 평소처럼 자신의 과묵함에 짜증이 난 상태에서 그는 작업으로 돌아갔다. 거즈를 떼어 내고, 상처에 끼운 스펀지의 가장자리를 적시기 시작했다. 이제 꺼낼 만하다고 생각이 들자, 부드럽게 잡아당겼다.

높고 속삭이는 소프라노 목소리로, "호오오오……?" 하고 여자가 말했다. 마치 질문 같기도 하고, 울음 같기도 했다. 그녀는 천천히 고개를 왼쪽으로 돌렸다. "호오오오?" 그녀가 다시 고개를 돌리더니 무의식으로 빠져들었다.

"나는—" 그는 신이 난 듯 큰 소리로 말했다. 그러나 "나는—" 그게 다였다. 그녀는 어쨌거나 그의 말을 듣지 못할 것이었다. 그는 손이 떨리지 않을 때까지 가만히 있다가 다시 작업을 계속했다.

상처는 놀라우리만치 깨끗해 보였다. 물론 그 주위의 피부는 마르고 뜨거웠지만.

상처를 열어 보니 동맥이 축축한 젤리 덩어리 안에 들어 있었다. 아마 제대로 아문 듯했다. 물론 그도 확실하게는 몰랐지만, 그나마 괜찮아 보였기에 굳이 건드리지 않았다. 그는 상처의 벌어진 부분에 연고를 잔뜩 발랐고, 가장자리를 살짝 눌러서 붙인 다음, 반창고를 떼어서 붙였다. 그러자 반창고가 붙지 않기에 일단 내버리고, 상처 주위 피부에 묻은 연고를 닦아 낸 다음 거즈를 대고 그 위에 반창고를 붙였더니, 이번에는 제대로 붙었다.

다른 상처는 꽉 닫혀 있었고, 살끼리 만난 곳보다는 핀이 꽂힌 곳이 더 잘 닫혀 있었다. 여기서도 상처 주위의 살은 뜨겁고, 마르고, 붉었다.

여자의 뒤통수에 있는 상처에서는 피가 나지 않았지만, 혹은 더 커져 있었다. 얼굴과 목도 건조하고 매우 뜨거웠지만, 몸의 나머지 부분은 차가워 보였다. 그가 차가운 천을 가져와서 눈을 가로질러 덮고 뺨에 닿도록 눌러 주자 그녀가 한숨을 쉬었다. 천을 치우자 그녀가 다시 그를 바라보았다.

"괜찮아요?" 그가 물어보았다. 그러고는 공허하게 "당신 괜찮아요" 하고 여자에게 말해 주었다. 살짝 찡그리는 표정이 잠깐 스치더니 그녀가 두 눈을 감았다. 그는 어찌어찌 그녀가 잠들었음을 깨달았다. 손가락 바깥쪽으로 그녀의 두 뺨을 만져 보았다. "아주 뜨겁네." 그가 중얼거렸다.

그는 조명을 끄고, 어둑어둑한 상태에서 옷을 갈아입었다. 서랍장 맨 아래에서 어린이용 공책을 꺼냈고, 그 안에서 커다란 검정색 연필로 적은 전화번호가 들어 있는 쪽지를 빼냈다. "금방 올게요." 그는 어둠 속을 향해 말했다. 여자는 아무 말도 하지 않았다. 그는 밖으로 나갔고, 문을 닫고 잠갔다.

그는 커다란 드러그스토어에서 사무실로 어렵게 전화를 걸었다. 종이에 적힌 숫자를 하나하나 손가락으로 짚어 가면서, 다이얼을 한 번 돌릴 때마다 마치 숫자가 제대로 입력되게 하려는 듯, 끝에서 3초 내지 4초씩 멈춰 있곤 했다. 그는 총책임자인 래디 씨와 통화했는데, 이것이야말로 매우 부끄러운 일이 아닐 수 없었다. 그 사람과는 12년 내내 한 번도 이야기를 나눠 본 적이 없었기 때문이다. 래디가 세 번째로 조급한 듯 "여보세요?" 하고 말하자, 그는 굵은 목소리를 한껏 높여서 "아파요! 나— 어, **아프다고요!**" 하고 말했다. 그러자 전화 저편에서 "이게 도대체 무슨……?" 하는 목소리가 들리더니, 위스머 씨의 웃음소리와 함께 이런 말이 들렸다. "수화기 이리 줘. 내 밑에 있는 그 오랑우탄 녀석일 거야." 곧이어 그의 귀에 목소리가 와 닿았다.
"여보세요?"

"오늘 밤 아파요." 그가 외쳤다.

"도대체 무슨 일인데 그래?"

그는 침을 꿀꺽 삼켰다. "못 해요." 그가 외쳤다.

"딱 그럴 만한 연세이시지." 위스머 씨가 말했다. 래디 씨가 웃는 소리도 들렸다. 위스머 씨가 말했다. "지난 15년 동안 자네가 야간 근무 빼먹은 게 몇 번쯤 되나?"

그는 생각을 더듬어 보았다. "아니에요!" 그가 외쳤다. 어쨌거나 15년이 아니라 18년이었으니까.

"물론 자네 말이 맞아." 위스머 씨가 굳이 수화기를 손으로 가릴 생각도 하지 않고 래디 씨에게 말했다. "15년 동안 일하면서 야간 근무를 빼먹은 적은 단 한 번도 없었다는데."

"여하간 누가 그를 필요로 하겠어? 오늘 밤은 그냥 쉬라고 해."

"하지만 순순히는 안 되지." 위스머 씨가 말했다. 그러고는 수화기에 대고 이렇게 덧붙였다. "좋아, 얼간이, 하루 쉬라고. 하지만 거짓말은 안 하는 게 좋아." 웃음소리와 함께 전화가 끊어졌지만, 그는 다른 이야기가 더 이상 나오지 않으리라는 확신이 들 때까지 공중전화 부스 안에 서서 기다렸다. 그러다가 수화기를 내려놓고 드러그스토어로 들어갔다. 모든 사람이 그를 바라보고 있었다. 음, 사람들은 항상 그랬다. 그래서 이런 주목도 거슬리진 않았다. 다만 한 가지 거슬리는 것이 있다면, 그의 머릿속에서 거듭 이렇게 말하는 래디 씨의 목소리였다. "여하간 누가 그를 필요로 하겠어?" 그는 일단 멈춰 서서 그 말을 직시한 다음, 그 말이며 거기 따라붙은 모든 것이 머릿속을 그냥 스쳐 지나가게 해야 한다는 사실을 알았다. 하지만 지금은 아니었다. 제발 지금은 아니었다.

그는 바쁘게 움직임으로써 그 생각을 멀리했다. 반창고와 거즈와 연고와 간이침대와 얼음주머니 세 개를 샀고, 잠시 생각한 끝에 아스피린도 샀다. 예전에 누군가가 그에게 해 준 말 때문이었는데…… 곧이어 그는 슈퍼마켓에 가서 9인 가족이 9일 동안 먹을 만한 양의 식료품을 구입했다. 그 모든 꾸러미를 들고 나서도, 그는 여전히 튼튼한 한쪽 팔과 넓은 한쪽 어깨로 25파운드짜리 얼음덩어리를 들어 날랐다.

그는 문을 열고 얼음을 아이스박스에 넣은 다음, 복도로 나가서 꾸러미를 들어 안으로 들여놓고, 그러고 나서야 여자를 보러 갔다. 그녀는 온몸이 펄펄 끓고 있었고, 호흡은 마치 바닷새가 바람 속을 날아가는 것과 비슷하게 작은 날갯짓, 또 작은 날갯짓 그리고 긴 기다림과 균형 잡기로 이어졌다. 그는 얼음덩어리의 모서리 한쪽을 부순 다음, 그걸 행주로 싸서 화난 듯 싱크대에 대고 두들겼다. 부서진 얼음 조각을 얼음주머니 가운데 하나에 집어넣어서 그녀의 머리 위에 올려놓았다. 그녀는 한숨을 내쉬었지만 눈을 뜨지는 않았다. 그는 다른 얼음주머니에도 얼음을 채워 넣은 다음, 그중 하나를 그녀의 가슴에 얹고, 또 하나를 그녀의 사타구니에 올려놓았다. 그녀 앞에서 쓸모도 없이 손만 쥐어짜고 있던 그는 문득 이런 생각이 들었다. **이 여자는 뭘 좀 먹어야 해. 저렇게 피를 많이 흘렸으니까.**

그래서 그는 어마어마하게 많은 요리를 만들었고, 그러면서도 1초에 한 번씩 여자를 바라보았다. 수프와 익힌 양배추와 으깬 감자와 송아지 커틀릿을 마련했다. 파이를 자르고, 계피 번을 데우고, 그녀에게 떠먹일 수 있도록 뜨거운 커피에 아이스크림을 올렸다. 그녀는 먹지 않았다. 아무것도. 그녀는 아무것도 마시지 않았다. 그저 거기 누워 있으면서, 가끔 한 번씩 고개를 옆으로 툭 떨어뜨릴 뿐이었다. 그러면 그는 달려가서 얼음주머니를 주워 들고 바꿔 주어야만 했다. 다시 한번 그녀는 한숨을 내쉬었고, 한 번인가는 그녀가 눈을 뜨지 않았나 생각했지만, 그로선 확신할 수가 없었다.

두 번째 날에도 여자는 아무것도 먹지 않았고, 아무것도 마시지 않았으며, 열은 믿을 수 없을 만큼 높았다. 그는 밤새도록 그녀 옆의 바닥에 웅크리고 앉아서, 울먹이는 고요의 메아리 때문에 한 번인가 잠을 깼지만, 어쩌면 그냥 꿈을 꾼 것일 수도 있었다.

한번은 그가 송아지고기 커틀릿에서 가장 부드럽고 가장 즙이 많은 부분을 한 조각 잘라서 여자의 입술 사이에 넣어 주었다. 세 시간 뒤에 그는 또 한 조각을 집어넣어 주려고 입술을 벌려 보았지만, 앞서 넣은 조각이 여전히 남아 있었다. 아스피린의 경우에도 마찬가지여서, 말라붙은 혀 위에 작은 흰색 부스러기가 놓여 있을 뿐이었다.

그러다가 그가 여러 가지 할 일로 바쁜, 그리고 초조한 나머지 저절로 작동하는 걱정의 반사작용 속으로 빠져드는 때가 금세 찾아왔다. 새로운 생각을 하는 행동 자체가 그를 사로잡아서 예전 생각을 직면하게 만들었고, 이럴 경우에 그로선 물론 그런 생각이 흐르도록 허락할 밖에 도리가 없었으며, 그 과정에서 그 생각에 수반되는 고통과 굴욕을 느낄 수밖에 없었다. 그는 자기가 만약 의사를 부르면, 어떤 일이 벌어질지에 관해서 새로운 생각을 해 보려 시도했다. 의사는 그녀를 병원으로 데려가고 싶어 할 것이었다. 의사는 이렇게 말할 것이었다. "이 여자분은 치료가 필요해요, 노인 양반. 이 여자분은 당신을 필요로 하지 않아요." 그러자 그의 머릿속에서는 다음과 같은 생각이 떠오를 채비를 하고 있었다.

열한 살, 덩치가 크고 힘이 세지만 수줍음이 많았던 그는 부엌 문간에 서서 나무 상자에 연결된 끈을 붙잡은 채, 마지못한 말이 적절하게 흘러나오도록 입 모양을 만들려고 노력하고 있다. 술병 위로 몸을 구부정하게 숙인 엄마의 모습은, 마치 새를 반쯤 잡아먹던 고양이가 주위를 살피는 듯한 형국이다. 엄마의 입술 없는 커다란 입이 뒤틀리며 말하는 모습이 보인다. "거기 서서 우물쭈물 웅얼거리지 마! 말을 하라고, 이 녀석아! 도대체 무슨 말을 하려는 거야? 떠나겠다는 거냐?"

그래서 고개를 끄덕인다. 그게 더 쉬웠으니까. 그러자 엄마가 말한다. "가라, 그러면. 가 버리라고. 누가 너를 필요로 하겠어?" 그러자 그는 가 버린다.

땅딸막하지만 힘이 세었던 열여섯 살의 그는, 모병소를 찾아가서 빳빳하게 다린 제복을 입은 하사관이 "**자네**는 무슨 일로 왔나?" 하고 묻자, 노력하고 또 노력했는데도 제대로 말할 수가 없어서 '엉클 샘이 당신을 필요로 한다'며 손가락질하는 포스터를 가리키며 고개를 끄덕인다. 그러자 하사관은 그걸 한 번 바라보고, 그를 한 번 바라보더니, 갑자기 그의 코에서 0.5인치 떨어진 곳에서 손가락질을 한다. 하사관이 고함을 지르는 사이, 그는 사시가 된 눈으로 손가락을 바라본다. "아, 엉클은 **자네**를 필요로 하지 않아!" 그는 기다리고, 손가락을 그런 식으로 바라보며, 비로소 이해할 때까지 움직이지 않는다. 그는 상황들을 정말 잘 이해했으며, 다만 듣는 게 느릴 뿐이다. 그리하여 그가 눈을 사시로 뜨고 있자 모두들 웃음을 터트린다.

또는 더 오래전, 그는 여덟 살이고 학교에 다니고 있고, 머리를 흔들면 탄력 있는 갈색 소시지 모양 머리타래가 흩날리고 발그레하고 깨끗하고 아주 예쁜 필리스라는 여자아이가 있다. 그는 금색 종이에 싸고 금실 망사로 묶은 초콜릿을 가지고 있다. 그는 통로를 지나 그녀의 책상으로 가서 초콜릿을 올려놓고 달려서 돌아온다. 그러자 그녀가 통로를 지나와서 그걸 어찌나 세게 집어던지던지, 망사가 그의 책상 위에서 산산조각 난다. 그녀는 큰 소리로 말한다. "나는 이런 걸 필요로 하지 않고, 너를 필요로 하지도 않아. 너는 알지도 못하지. 네 코에 코딱지 묻은 거." 그가 손을 들어 더듬어 보니 실제로 코딱지가 묻어 있다.

그게 다였다. 매번 누군가가 "누가 그를 필요로 하겠어?"라고 말하거나, 또는 이와 비슷하게 말하면, 그는 이 기억 모두를, 정말 하나하나 전부를 거쳐 가지 않을 수가 없었다. 언제가 되었건, 제아무리 미루어 두어도, 그는 그렇게 하지 않을 수가 없었다.

내가 의사를 부르면, 당신은 나를 필요로 하지 않겠지.

당신이 죽으면, 당신은 나를 필요로 하지 않겠지.

제발……

여자의 목구멍 깊숙한 곳에서 마치 뭔가를 긁는 듯한 쉿 소리가 나더니 입술이 움직였다. 그녀는 그의 눈을 똑바로 바라보았고, 입술을 조용히 움직였으며, 입술보다 약간 뒤늦게 쉿 소리가 다시 나왔다. 어떻게 그렇게 했는지는 알 수 없었지만, 그는 제대로 추측해서 물을 가져왔고, 그녀의 입에 천천히 떨어뜨려 주었다. 그녀는 탐욕스럽게 물을 핥아먹으면서 머리를 위로 들었다. 그는 한 손을 그녀를 머리 밑에 넣고 혹을 조심하면서 머리를 받쳐 주었다. 잠시 후에 그녀는 뒤로 축 늘어졌고, 컵을 바라보며 힘없이 웃었다. 그러다가 그의 얼굴을 올려다보았으며, 비록 그녀의 미소가 사라졌지만 그는 기분이 더 나아졌다. 그는 아이스박스와 스토브로 달려가서 여러 개의 유리잔과 빨대를 가져왔다. 각각 오렌지 주스, 초콜릿 우유, 흰 우유, 깡통에서 따른 콩소메 그리고 얼음물이 들어 있었다. 그는 유리잔들을 침대 옆의 의자 시트 위에 올려놓고, 유리잔과 그녀를 번갈아 열심히 바라보았다. 마치 서커스의 물개가 나팔의 고무공을 눌러 노래를 연주하라는 신호를 기다리듯이 말이다. 이번에는 그녀가 미소를 지었다. 비록 희미하고 짧았지만, 그를 똑바로 바라본 미소였다. 그는 콩소메를 골라서 시도해 보았다. 그녀는 쉬지도 않고 빨대를 통해 콩소메를 거의 반쯤 빨아 마신 다음 잠들어 버렸다.

나중에 가서, 혹시 피가 나는지를 확인해 보니, 비닐 테이블보가 젖어 있었지만 피가 난 것은 아니었다. **어리석어!** 그는 스스로에게 격노했고, 쿵쿵거리고 나가서 환자용 변기를 사 왔다.

여자는 이제 잠을 많이 잤고, 먹기도 자주 했지만 많이까지는 아니었다. 그녀는 그가 오가는 모습을 지켜보기 시작했다. 때로는 그녀가 자고 있다고 생각하고 그가 돌아보자마자 서로 눈이 딱 마주치는 경우도 있었다. 그녀는 대개 그의 손을 바라보았고, 이후 이틀 동안 그러했다. 그는 그녀의 옷을 빨고 다렸으며, 자리에 앉아서 일직선으로 작은 바늘땀을 남기며 꿰매었다. 또 양쪽 팔꿈치를 에나멜 테이블의 가장자리에 걸치고, 은제 철사를 가지고 작업했다. 우선 마치 부채 위의 꽃처럼 생긴 브로치를 만들었고, 은제 사슬에 걸 펜던트를 만들고, 거기 어울리는 팔찌도 만들었다. 그가 요리하는 중에도 그녀는 손을 바라보았다. 그는 직접 스파게티(정확히는 넓적한 탈리아텔레 면)를 만들었으며, 반죽을 밀고 또 밀어서 넓고 질긴 한 장으로 펼치고, 그걸 마치 젤리롤처럼 둘둘 만 다음, 작은 칼로 재빠르고 정교하게 썰어서, 마치 황백색의 납작한 구두끈 같은 모양으로 만들었다. 그의 손은 결코 그 한계를 몰랐는데, 그가 결코 한계를 지을 생각을 못했기 때문이다. 이 남자가 평생 관심을 가진 것이 하나 있다면 바로 자기 손이었고, 그의 손이 이제껏 모든 일을 해냈던 까닭에, 그의 손은 앞으로도 무슨 일이든 해낼 수 있었다.

하지만 그가 여자의 붕대를 갈아 줄 때, 또는 씻길 때, 또는 환자용 변기를 사용하도록 도와줄 때면, 그녀는 결코 그의 두 손을 바라보지 않았다. 대신 완전히 꼼짝 않고 누운 채 그의 얼굴을 바라보았다.

처음에만 해도 여자는 너무 허약해서 겨우 머리만 움직일 수 있을 뿐이었다. 꿰맨 상처가 잘 낫고 있었기 때문에 그는 반가웠다. 핀을 제거할 때에는 분명히 아팠겠지만, 그녀는 아무 소리도 내지 않았다. 다만 매끄러운 눈썹이 열두 번 꿈틀거렸을 뿐인데, 핀을 하나 꺼낼 때마다 한 번씩이었다.

"아프죠." 그가 중얼거렸다.

여자가 희미하게 고개를 끄덕였다. 아무 소리 없이 움직이는 두 눈으로 그를 따라다닌 것을 제외하면, 이것이야말로 두 사람 사이의 첫 의사소통이었다. 그녀가 고개를 끄덕이며 미소까지 지었기에, 그는 등을 돌리고 양쪽 주먹 관절을 자기 눈에 댄 채 근사한 기분을 느꼈다.

그는 엿새째 밤에야 다시 일을 하러 나갔다. 자기가 떠날 준비가 될 때까지는 잠들지 않게끔 온종일 여자를 붙잡고 부산을 떨었으며, 마침내 그녀가 확실히 잠들었음을 확신할 때까지는 떠나지 않았다. 그는 그녀를 가둬 놓고 서둘러 일하러 갔으며, 마음속이 훈훈한 상태에서 세 사람 몫을 할 채비가 되었다. 어두운 새벽이면 안짱다리가 허락하는 한에서 최대한 빨리 다시 집으로 돌아왔고, 그때마다 그녀에게 선물(작은 라디오, 스카프, 특별한 먹을거리 등)을 가져왔다. 그는 문을 단단히 잠그자마자 서둘러 달려왔으며, 그녀의 이마와 뺨을 만져 보며 체온을 확인하고, 그녀가 깨지 않도록 살살 침대를 정리했다. 그러고 나면 그녀의 눈에 띄지 않는 싱크대 쪽으로 물러나서, 입은 옷을 벗고 잠잘 때에 입는 긴 속바지로 갈아입은 다음, 다시 돌아와서 간이침대에 누웠다. 대략 한 시간 반쯤은 푹 잤지만, 그다음부터는 그녀의 시트가 살짝만 부스럭거려도, 그녀의 숨소리가 조금만 들려도, 단숨에 그녀에게 다가가서 물어보았다. "괜찮아요?" 그러고는 긴장한 모습으로 그녀 곁에 머물면서, 지금 그녀가 무엇을 필요로 하는지, 그녀를 위해 무엇을 해 주거나 가져와야 하는지를 짐작하려고 필사적으로 노력했다.

그러다가 날이 밝으면 그는 따뜻한 우유에 계란을 풀어서 여자에게 건네주었고, 목욕시키고 붕대를 갈아 주고 머리를 빗겨 주었으며, 더 이상 해 줄 일이 없으면 대신 자기 방을 청소하고, 마루를 닦고, 빨래와 설거지를 하고, 그 사이사이에 요리를 했다. 오후면 장을 보러 나갔고, 어딜 가든지 반쯤 종종걸음으로 움직였으며, 자기가 뭘 샀으며 오늘 저녁에 뭘 만들지를 그녀에게 보여 주기 위해서 집까지 뛰어서 돌아왔다. 그 며칠 내내, 그리고 이후의 그 몇 주 내내, 그의 내면에서는 불길이 타올랐다. 그녀와 떨어져 있으면 그 불길을 끌어안았고, 둘이 함께 있으면 그녀의 현존으로 그 불길에 부채질을 했다.

두 번째 주의 어느 날 늦은 오후, 그는 여자가 우는 것을 발견했다. 작은 라디오를 바라보는 그녀의 얼굴에 눈물이 흐르고 있었다. 그는 서툴게나마 달래는 말을 해 가면서, 마른 행주로 그녀의 두 뺨을 닦아 준 다음, 자신의 짐승 같은 얼굴을 고통으로 일그러뜨리며 뒤로 물러나 섰다. 그녀가 힘없이 그의 손을 토닥이고, 희미한 몸짓을 연이어 하는 바람에 그는 완전히 당혹하고 말았다. 그는 침대 옆의 의자에 앉아서, 얼굴을 그녀의 얼굴에 가까이 댔다. 마치 자기 두 눈으로 그녀에게서 어떤 의미를 끄집어 낼 수 있으리라 생각하는 투였다. 그녀에게는 이전과 다른 뭔가가 있었다. 방금 전까지만 해도, 그녀는 마치 열대어가 가득한 어항을 들여다보는 새끼 고양이마냥, 비록 매혹을 느끼면서도 이해할 수 없는 듯한 관심을 품고 그를 바라보곤 했다. 그런데 이제 그녀의 시선에는, 그녀의 움직이는 방식에는, 그리고 그녀가 하는 행동에는 뭔가가 더 들어 있었다.

"아파요?" 그가 안타까운 듯 물었다.

여자는 고개를 저었다. 그러더니 입을 움직이고, 손으로 입을 가리키더니, 다시 울기 시작했다.

"아, 배고프다고요. 나 고쳐요, 잘 고쳐요." 그는 자리에서 일어났지만, 여자가 그의 손목을 붙잡았다. 그녀는 고개를 저으면서 울었지만, 그러면서도 미소를 짓고 있었다. 그는 도로 자리에 앉았고, 당혹감으로 인해 심란해졌다. 다시 그녀가 입을 움직이고, 손으로 입을 가리키더니, 고개를 저었다.

"말 없다고요." 그가 말했다. 여자가 어찌나 숨을 거칠게 쉬던지, 그는 겁이 다 날 정도였다. 하지만 그가 말을 하고 나자, 그녀는 숨을 헐떡이며 반쯤 일어나 앉았다. 그가 어깨를 붙잡고 도로 눕혔지만 그녀는 다급하게 고개를 끄덕였다. "당신, 말 못 한다고요!" 그가 말했다.

맞아요, 맞아요! 여자가 고개를 끄덕였다.

그는 한참 그녀를 바라보았다. 라디오의 음악은 끝났고, 누군가가 귀에 거슬리는 바리톤 목소리로 중고차를 판매하기 시작했다. 그녀는 라디오를 흘끗 바라보더니, 다시 두 눈에 눈물이 고였다. 그는 그녀를 가로질러 몸을 숙여서 라디오를 꺼 버렸다. 심오한 노력 끝에, 그는 입을 올바른 모양으로 만든 다음, 마치 경멸하는 듯한 코웃음을 내놓았다. "하! 무슨 말 하고 싶어요? 말하지 말아요. 나 뭐든지 고쳐요, 말하지 말아요. 나—" 말이 막혔기 때문에, 그는 말 대신 자기 가슴을 세게 철썩 때리고는, 그녀와 스토브와 환자용 변기와 약품 통을 바라보며 고개를 끄덕였다. 그리고 다시 말했다. "무슨 말 하고 싶어요?"

여자가 그를 바라보았다. 그의 난폭한 동작에 압도당한 나머지 위축되어 있었다. 그는 부드럽게 그녀의 뺨을 닦아 주며 중얼거렸다. "나 뭐든지 고쳐요."

어느 어두운 새벽, 집에 돌아온 그는 자신의 철석같은 기준에 미루어 여자가 편안한지를 확인하고 나서 침대에 누웠다. 베이컨과 갓 끓인 커피 냄새는 당연히 꿈의 일부라고 생각했다. 그렇지 않을 리가 있겠는가? 그리고 누군가가 방 안을 돌아다니는 희미한 소리 역시 그의 지친 상상력의 소산이 분명했다.

그는 꿈을 꾸면서 눈을 떴다가 도로 감았고, 자신의 미친 어리석음에 스스로를 비웃었다. 그러다가 그는 더 안으로 들어갔고, 천천히 다시 눈을 떴다.

그의 간이침대 옆에는 평소 여자의 침대 옆에 있던 의자가 놓여 있었고, 의자 위에는 계란 프라이, 바삭바삭한 베이컨, 진한 블랙커피 한 잔 그리고 버터의 황금빛이 더 오래된 황금빛 속으로 사라지는 중인 토스트가 담긴 쟁반이 놓여 있었다. 그는 도무지 믿을 수 없다는 표정으로 그걸 바라보다가 뒤늦게야 고개를 들었다.

여자는 침대 가장자리에 앉아 있었다. 침대와 간이침대 사이에는 8인치 너비의 통로가 형성되어 있었다. 그녀는 그가 다리고 꿰맨 자기 블라우스와 치마를 입고 있었다. 두 어깨는 피곤으로 축 늘어지고, 머리를 똑바로 들고 있는 것조차도 약간은 힘들어 보였다. 두 손은 힘없이 양 무릎 사이에 늘어져 있었다. 하지만 그가 아침 식사 냄새를 맡고 일어나는 모습을 지켜보는 그녀의 얼굴에는 기쁨과 기대가 가득했다.

그는 입을 뒤틀어 뭉툭하고 누런 이빨을 드러냈고, 이를 갈면서 분노의 울부짖음을 토해 냈다. 목이 졸린 듯 안달하는 소리에, 여자는 그 소리에 데기라도 한 것처럼 뒤로 물러나서, 눈을 크게 뜨고 입을 딱 벌린 채로 침대 한가운데에 웅크리고 앉았다. 그는 양팔을 치켜들고, 커다란 주먹을 불끈 쥔 상태에서 그녀에게 다가갔다. 그녀는 얼굴을 침대에 묻더니, 양손으로 목 뒤를 감싸고, 떨면서 거기 엎드려 있었다. 그는 한참 그녀를 굽어보고 있다가, 천천히 양팔을 내렸다. 그리고 스커트를 잡아당겼다. "벗어요." 그가 이를 갈며 말했다. 그리고 더 세게 잡아당겼다.

그녀는 그를 엿보더니 천천히 돌아누웠다. 그리고 힘없이 단추를 더듬었다. 그가 그녀를 도와주었다. 그는 스커트를 잡아당겨 벗기더니 간이침대 위에 던져 놓은 다음, 블라우스를 향해서도 단호하게 손짓했다. 그녀가 블라우스 단추를 풀자, 그는 역시나 어깨 위로 들어서 벗겨 냈다. 그는 강한 양손으로 그녀의 양쪽 발목을 살며시 잡고는, 아래로 잡아당겨서 그녀를 침대에 똑바로 눕히고 조심스럽게 이불을 덮어 주었다. 그는 거칠게 숨을 쉬고 있었다. 그녀는 겁에 질려 그를 바라보았다.

무시무시한 침묵 속에서 그는 간이침대와 그 옆의 쟁반 놓인 의자 쪽으로 돌아섰다. 그는 천천히 커피 잔을 집어 들어 바닥에 던져서 박살 냈다. 마치 나무꾼의 도끼마냥 규칙적인 소리를 내면서, 커피 잔 받침과 토스트 접시와 계란 접시가 그 뒤를 따랐다. 도자기와 노른자가 바닥이며 벽에 흩어지고 흩뿌려졌다. 그는 이 일을 끝내자마자 여자를 향해 돌아섰다. "나 뭐든지 고쳐요." 그는 쉰 목소리로 말했다. 그는 굵은 검지를 들어서 음절 하나하나를 강조해 가면서 다시 한번 말했다. "나 뭐든지 고쳐요."

여자는 홱 엎드리더니 베개에 얼굴을 묻었다. 그러고는 어찌나 격하게 울어 대는지, 침대의 흔들림이 바닥을 통해 그의 발바닥까지 전해질 정도였다. 그는 화난 듯 그녀에게서 돌아선 다음, 프라이팬과 솔과 빗자루와 쓰레받기를 가져다가 정성껏, 체계적으로, 어질러진 것을 치웠다.

두 시간 뒤에 그가 다가가 보니, 여자는 여전히 엎드린 상태로 뻣뻣하니 아무런 움직임이 없었다. 그는 뭐라고 말해야 할지 한참 생각해 놓은 상태였다. "저기, 알죠. 당신이 아픈 거요…… 알죠?" 그는 최대한 부드럽게 말했다. 그러고는 양손을 그녀의 한쪽 어깨에 얹었지만, 그녀는 격하게 몸부림쳐서 손을 퉁겨 냈다. 그는 마음이 상해 깜짝 놀란 나머지 뒤로 물러나서 간이침대에 앉았고, 비참한 기분으로 그녀를 바라보았다.

여자는 점심을 전혀 먹지 않았다.

여자는 저녁을 전혀 먹지 않았다.

그가 일하러 갈 시간이 다가오자, 여자는 돌아누웠다. 그는 여전히 속옷 차림으로 간이침대에 앉아 있었고, 그의 얼굴이며 저 추악한 신체의 모든 윤곽선마다 전적인 슬픔이 떠올라 있었다. 그를 바라보자 그녀는 눈물이 가득해졌다. 그녀를 똑바로 바라보면서도, 그는 움직이지 않았다. 그녀는 갑자기 한숨을 쉬더니 한 손을 앞으로 내밀었다. 그는 얼른 달려가서 그 손을 자기 이마에 갖다 대더니, 무릎을 꿇고 고개를 숙여 울기 시작했다. 그녀는 폭풍이 지나갈 때까지 그의 뻣뻣한 머리카락을 토닥여 주었다. 폭풍은 그 절정에서 갑자기 끝나 버렸다. 그는 황급히 그녀에게서 멀어지더니, 스토브 위에 프라이팬을 올려놓고, 겨우 몇 분 만에 빵과 그레이비 그리고 살짝 데친 아티초크에 올리브유와 바질을 곁들여 가져왔다. 그녀는 희미한 미소를 지으며 쟁반을 받았다. 그녀가 천천히 먹는 동안, 그는 한 입 한 입을 일일이 지켜보았고, 그저 감사의 뜻일 수밖에 없는 것을 발산했다. 그러고 나서 그는 옷을 갈아입고 일하러 갔다.

여자가 일어나 앉을 수 있게 되자, 그는 빨간색 실내복을 사다 주었지만, 정작 그녀가 침대에서 나오게 허락하지는 않았다. 그는 물을 넣고 꽃을 담그면 일주일쯤 가는 유리 구球, 살아 있는 거북 두 마리가 들어 있는 플라스틱 그릇, 자장가가 흘러나오는 뮤직박스가 내장된 연푸른색 장난감 토끼, 선명한 주홍색 립스틱을 선물해 주었다. 그녀는 여전히 고분고분하면서도, 그 어느 때보다도 더 경계했다. 그가 집안일을 마치고 간이침대 위에 웅크리고 앉아 이번에 그녀에게 필요한 것은 무엇일지를 나름대로 생각하고 있노라면, 두 사람의 눈길이 마주치곤 했다. 그러면 그가 먼저 눈을 아래로 까는 경우가 점점 많아졌다. 그러면 그녀는 파란색 토끼 인형을 꽉 끌어안고, 눈 한 번 깜박하지 않은 채 그를 바라보거나, 또는 갑자기 미소를 지었고, 마치 정말 중요하고 매우 행복한 뭔가를 뱉어 내기라도 할 것처럼 입술을 열었다. 때때로 그녀는 차마 표현할 수 없을 만큼 슬퍼 보였고, 때로는 어찌나 안절부절못하던지 그가 다가가서 머리카락을 쓰다듬어 주고서야 비로소 잠들곤, 또는 잠든 것처럼 보이곤 했다. 그는 문득 자기가 거의 이틀째 그녀의 상처를 살펴보지 않았음을 상기했고, 어쩌면 이 안절부절못한 상태의 원인 가운데 하나가 바로 그 상처일지도 모른다고 생각해서 그녀를 살며시 눕히고 옷을 걷었다. 상처를 조심스럽게 만져 보자, 그녀가 갑자기 그의 손을 밀치더니 자기 살을 꽉 붙잡고, 주무르고, 아프게 때렸다. 깜짝 놀란 그가 얼굴을 바라보았더니, 그녀는 미소를 지으며 고개를 끄덕이고 있었다. "아파요?" 그녀는 고개를 저었다. 그는 옷을 덮어 주며 자랑스레 말했다. "나 고쳐요. 나 잘 고쳐요." 그녀는 고개를 끄덕이고는, 그의 한 손을 가져다 자기 턱과 어깨 사이에 잠시 붙잡아 두었다.

그날 밤의 일이었다. 백화점에서 돌아와서 일단 깊은 잠에 빠져든 직후, 그는 그녀의 따뜻하고 단단한 몸이 간이침대에 누운 자기 몸에 바짝 붙는 것을 느꼈다. 그가 졸립고도 어리둥절한 상태로 잠시 가만히 누워 있자니, 재빠른 손가락이 그의 속옷 단추에서 움직였다. 그는 양손을 위로 올려 그녀의 양 손목을 움켜쥐었다. 그녀는 곧바로 움직임을 멈추었지만, 그녀의 숨소리가 빨라지고, 그녀의 가슴이 마치 화난 작은 주먹처럼 그의 가슴을 두들겼다. 그는 애써 질문 한 마디를 내뱉었다. "무, 무슨……?" 그러자 그녀는 그를 향해 움직이다가 우뚝 멈추고 몸을 떨었다. 그는 1분 넘게 그녀의 손목을 붙잡은 상태로 이게 어떻게 된 상황인지를 파악하려 애썼고, 마침내 자리에서 일어났다. 그는 한 팔로 그녀의 어깨를 감싸고, 다른 한 팔로 그녀의 무릎 뒤를 받쳤다. 그리고 자리에서 일어났다. 그에게 매달린 그녀의 콧구멍에서 숨이 뿜어져 나왔다. 그는 그녀의 침대 옆으로 가더니, 천천히 몸을 숙여서 내려놓았다. 그는 손을 뒤로 뻗어서 자기 목을 끌어안은 그녀의 양팔을 풀고 나서야 똑바로 몸을 일으킬 수 있었다. "자요." 그가 말했다. 시트를 더듬어 찾아낸 다음, 그녀의 몸에 덮고 주위를 여며 주었다. 그녀는 꼼짝 않고 누워 있었고, 그는 그녀의 머리를 어루만지고 나서 간이침대로 돌아갔다. 그는 자리에 누웠고, 오랜 시간이 걸린 뒤에야 불편한 잠에 빠져들었다. 하지만 뭔가로 인해서 그는 잠을 깨고 말았다. 가만히 누워 귀를 기울였지만, 아무 소리도 들리지 않았다. 그녀가 삶과 죽음 사이를 오락가락하던, 그리고 반복되지 않은 울음소리의 메아리에 그가 잠에서 깨어났던 그날 밤이 갑자기 생생하게 기억났다. 갑자기 겁이 난 그는 벌떡 일어나 그녀에게 갔고, 몸을 숙여 그녀의 머리를 만져 보았다. 그녀는 엎드린 채였다. "울어요?" 그가 속삭이자 그녀는 빠르게 머리를 저었다. 그는 끙 소리를 내고는 간이침대로 돌아갔다.

아홉째 주의 비 내리는 날이었다. 그는 어둡고 번들거리는 거리를 터벅터벅 걸어서 집으로 향했다. 자기네 블록으로 접어들어, 자기와 자기 집 앞의 가로등 사이에 생기 없고 매끌거리는 강이 놓여 있음을 보는 순간, 그는 환상의 순간, 또는 꿈같은 방향 상실의 순간을 경험했다. 잠시 그에게는 이 모든 일이 실제로는 전혀 일어나지 않은 것처럼 느껴졌다. 즉 잠시 후면 승용차 한 대가 그를 스쳐 지나가 잠시 보도 옆에 멈춰 서고, 축 늘어진 사람 몸이 굴러떨어지고, 그가 그 사람에게 달려가서, 그 사람을 집 안으로 데려가고, 그 사람은 피를 흘리고, 또 흘리고, 죽을 듯 보일 것처럼…… 그는 마치 커다란 개처럼 몸을 부르르 떨었고, 비를 피해 머리를 숙인 채 내면의 자신을 향해 **어리석어!** 하고 외쳤다. 이제는 아무것도 잘못될 수가 없었다. 그는 살아갈 방식을 찾아냈고, 그 방식대로 살아갈 것이었고, 그 방식에서 아무런 변화도 감수하지 않을 것이었다.

하지만 변화는 있었다. 그는 집에 들어서기 전부터 그 사실을 알고 있었다. 거리 쪽을 향한 그의 집 창문에 탁한 오렌지색 불빛이 나타나 있었는데, 그런 빛은 단순히 가로등만으로는 생겨날 수 없는 것이었기 때문이다. 어쩌면 그가 아파트와 함께 물려받은 그 페이퍼백 소설 가운데 하나를 그녀가 읽고 있는 것인지도 몰랐다. 어쩌면 그녀가 환자용 변기를 사용해야 하거나, 또는 단순히 시계를 보는 것인지도 몰랐지만…… 그런 생각은 그를 안심시키지 못했다. 건물 현관문을 열면서, 그는 차마 설명할 수 없는 두려움으로 속이 울렁거렸다. 자기 집 출입문에서도 바닥 틈새를 통해 불빛이 비치고 있었다. 그는 열쇠를 더듬다가 그만 떨어뜨렸고, 우여곡절 끝에 출입문을 열었다.

그는 마치 명치를 얻어맞은 것처럼 헉 소리를 내고 말았다. 침대는 판판하고 깔끔하게 정리되어 있었고, 여자는 그 안에 누워 있지 않았다. 그는 주위를 둘러보았다. 그의 당혹스러운 시선이 그녀를 발견했지만 엉겁결에 그냥 지나쳐 버렸다. 잠시 후에야 그는 비로소 자기 눈을 믿을 수 있었다. 붉은색 실내복을 걸치고, 키가 크고 당당한 모습으로, 그녀가 방 저쪽 끝의 싱크대 옆에 서 있었던 것이다.

그는 놀란 눈으로 여자를 바라보았다. 그녀가 그에게 다가왔고, 그가 격분한 고함 가운데 하나를 내기 위해 허파에 숨을 채우는 사이에, 얼른 한 손가락을 자기 입술에 대고, 다른 한 손을 가볍게 그의 입에 갖다 댔다. 평소 같으면 이 손짓 가운데 그 어떤 것도 (심지어 양쪽 모두도) 그를 잠잠하게 만들기에 충분하지는 않았겠지만, 지금 그녀에게는 다른 뭔가가 있었다. 그 뭔가는 그가 하려는 행동을 가만히 기다리고 있지도 않았고, 설령 그 행동이 실제로 이루어졌더라도 기가 죽지는 않을 것이었다. 그는 곧바로 당혹해하며 조용해졌다. 그가 바라보는 동안, 그녀는 걸음을 멈추지 않고 그를 지나쳐 가더니 조용히 문을 닫았다. 그녀는 그의 한 손을 붙잡았지만, 열쇠가 있어서 중간에 손이 막혀 버렸다. 그녀는 열쇠를 그의 손가락에서 뽑아 탁자 위에 던져 놓고, 다시 그의 손을 단단히 잡았다. 그녀는 확신 있고 단호했다. 뭔가를 생각했고, 따져 봤고, 내버렸던 사람이었으며, 이제는 뭘 해야 할지 알고 있었다. 하지만 그녀는 어떤 면에서 의기양양했다. 승자의 태도와 어울러 기적의 목격자로서의 광휘를 지니고 있었다. 그녀의 무기력함이라면 어떤 종류이건, 또 어떤 정도이건 간에 그가 대처할 수 있었지만, 이런 것은 차마— 그는 생각해야만 했다. 그리고 그녀는 그에게 생각할 시간을 주었다.

여자는 그를 침대로 이끈 다음, 양손을 그의 양어깨에 올리더니,

그를 돌려세워서 앉혔다. 그에게 바짝 다가와 앉은 그녀의 얼굴이 환하게 빛났다. 그가 소리를 지르려고 다시 한번 허파를 채우자, 그녀가 "쉬잇!" 하고 날카롭게 소리를 내더니, 한 손으로 그의 입을 막으면서 미소를 지었다. 그녀는 다시 그의 양어깨를 붙잡고는, 그의 두 눈을 똑바로 바라보고 또박또박 말했다. "이제는 나도 말할 수 있어요, 말할 수 있다고요!"

그는 멍하니 입을 벌린 채 여자를 바라보았다.

"벌써 사흘이나 되었어요. 비밀이었죠. 깜짝 놀라게 하려고요." 여자의 목소리는 탁했고, 심지어 목이 쉰 것 같았지만, 가냘픈 몸이 암시하는 것보다는 훨씬 더 명료하고 깊었다. "연습을 했어요, 물론. 나는 다시 멀쩡해졌어요. 멀쩡해졌다고요. 당신이 다 고친 거예요!" 그녀는 이렇게 말하면서 웃었다.

그 웃음소리를 듣고, 여자의 얼굴에 나타난 자부심과 기쁨을 보자, 그는 차마 그녀를 외면할 수가 없었다. "아아……" 그는 놀라며 이렇게 말할 뿐이었다.

여자가 다시 웃었다. "나는 갈 수 있어요, 갈 수 있다고요!" 그녀가 노래했다. 그녀는 갑자기 일어나서 발끝으로 빙글 돌더니, 웃으면서 그에게 몸을 기대었다. 그녀를, 그리고 그녀의 흩날리는 머리카락을 바라본 그는 마치 해를 바라본 것처럼 눈을 가늘게 떴다. "가요?" 그가 외쳤다. 혼란이 짓눌러 와서 이 말이 폭발적으로 터져 나왔다.

여자는 곧바로 냉정을 되찾고는, 다시 그에게 바짝 다가와 앉았다. "아, 아저씨, 그러지 말아요. 그렇게 칼이나 뭐에 맞은 것 같은 표정으로 바라보지 **말란** 말이에요. 내가 **영원히** 당신한테 의지해서, 당신한테 빌붙어서 살 수 없다는 건 알잖아요!"

"아니, 아니, 당신, 그냥 있어요." 고통스러운 얼굴로 그가 내뱉었다.

"저기요, 보세요." 여자가 아이에게 말하듯 쉽게 천천히 말했다. "나는 다시 멀쩡해졌어요. 나는 이제 말할 수 있다고요. 내가 계속 여기 머물면서, 여기에, 그러니까 환자용 변기 같은 것들에 갇혀만 있는 것은 옳지 않아요. 이제 잠깐, 잠깐만요." 그가 뭔가 한 마디를 만들어 내기도 전에 그녀가 재빨리 말했다. "물론 감사하지 않다는 뜻은 아니에요. 당신은…… 당신은, 음, 솔직히 말씀드릴 수조차 없네요. 저기요, 지금까지 내 삶에서 어느 누구도 이와 비슷한 일을 해 준 적은 없었어요. 무슨 뜻이냐면, 나는 열세 살 때부터 도망쳐 다녀야 했고, 온갖 나쁜 짓을 다 했다는 거예요. 그리고 나는 어떤 취급을 받았느냐면…… 무슨 뜻이냐면, 다른 누구도…… 저기요, 무슨 뜻이냐면, 지금까지 나는 아무한테나 도둑질도 했고, 강도질도 했다는 거예요, 빌어먹을. 무슨 뜻이냐면, 그래서 안 될 것까지는 없잖아요, 알죠?" 그녀는 마치 이해시키려는 듯 그를 살며시 흔들었다. 그러다가 그의 표정에서 공허와 슬픔을 파악하자, 그녀는 입술을 혀로 적시고 나서 처음부터 다시 시작했다. "내가 말하고 싶은 건, 당신이 무척 친절했다는 거예요. 이 모든 걸—" 그녀는 파란색 토끼, 거북 어항 그리고 방 안의 모든 것을 손으로 죽 가리켜 보였다. "—나도 더 이상은 받을 수가 없어요. 내 말은, 단 하나도, 심지어 아침 식사조차도 말이에요. 내가 어떤 식으로건 당신에게 갚아 줄 수만 있다면, 그게 뭐든지 간에, 나는 기꺼이 갚았을 거예요. 분명히 갚았을 거예요." 그녀의 탁한 목소리에 씁쓸함이 묻어났다. "하지만 아무도 당신에게 뭔가를 갚아 줄 수는 없어요. 당신은 아무것도, 또는 아무도 필요로 하지 않으니까요. 나는 당신이 필요한 걸 아무것도 줄 수 없고, 당신이 해야 할 필요가 있는 일을 아무것도 대신해 줄 수 없어요. 당신은 모두 혼자서 하니까요. 당신이 나한테 원하는 게 있다면—" 그녀가 양손을 안으로 꺾어 손끝을 자기 가슴 사이에 놓고는, 기묘한 유순함을 드러내며 고개를 숙였기에 그는 마음이 아파졌다. "하지만 아니에요. 당신 뭐든지 고쳐요." 그녀는 그의 말을 흉내 냈다. 물론 조롱의 기미는 전혀 들어 있지 않았다.

"아니, 아니에요. 가지 말아요." 그는 거친 목소리로 속삭였다.

여자는 그의 뺨을 토닥였고, 애정 담긴 눈으로 그를 바라보았다. "나는 가야 돼요." 그녀는 이렇게 말하며 미소를 지었다. 곧이어 그녀의 미소가 사라졌다. "당신한테 설명해야 되겠네요. 나를 찌른 깡패들 말이에요. 내가 자초한 일이었어요. 내가 큰 실수를 했거든요. 정말 나쁜 어떤 일을 해서— 음, 솔직히 말할게요. 나는 밀매업자였어요. 무슨 뜻인지 알아요? 마약 말이에요. 나는 그걸 팔았어요."

그는 멍한 표정으로 여자를 바라보았다. 그녀의 말을 열에 하나도 알아듣지 못했다. 단지 공허와 쓸모없음과 외로움만을 곱씹을 뿐이었다. 나아가 그녀도 없고, 파란색 토끼도 없고, 다른 무엇도 없으며, 오로지 그 몇 년 동안 계속 있던 것만 남아 있을 이 방의 끔찍한 진실만을 곱씹을 뿐이었다. 문양이 닳아 벗겨진 리놀륨, 그로선 차마 읽을 수조차도 없는 소설 여섯 권, 누군가를 위한 요리가 만들어지기를 기다리는 스토브, 더러움과 일상, 누가 너를 필요로 할까?

여자는 그의 표정을 잘못 해석했다. "아저씨, 아저씨. 나를 그렇게 바라보지는 말아요. 그 일이라면 두 번 다시 안 할 테니까. 그 일을 한 건 내가 신경을 안 썼기 때문에, 즉 사람들이 스스로를 해칠 때 내가 도리어 기쁨을 얻었기 때문이에요. 맞아요, 진짜예요. 나는 누군가가 당신처럼 친절할 수 있다는 걸 전혀 모르고 있었어요. 그건 일종의 거짓말이라고 생각했죠. 마치 영화 같은 것처럼요. 멋지지만 현실까지는 아니라는, 나를 위한 것까지는 아니라는 식요.

하지만 당신한테 말해야만 되겠어요. 나는 돈을 훔쳤어요. 이런 세상에. 2만 달러, 아니, 2만 2천 달러 정도의 금액을요. 그걸 갖고 있었던 시간은 40분밖에 안 되었어요. 그들이 나를 붙잡았으니까요." 여자의 두 눈이 커지더니 방 안에 있지 않은 뭔가를 바라보았다. "면도칼을 가지고 나를 어찌나 세게 그었는지, 자동차 문 위쪽에 맞아서 면도칼이 부러졌어요. 여기 **아래**하고 여기 **위**를 긋더군요. 내 생각에는 배를 가르려고 했던 것 같은데, 면도칼이 부러지고 말았어요." 그녀가 콧구멍으로 숨을 내뿜었고, 시선은 다시 방 안으로 돌아와 있었다. "내 머리에 난 혹은 그들이 나를 자동차에서 내던졌을 때에 생긴 것 같아요. 내가 말을 할 수 없었던 것도 그래서였던 모양이죠. 그런 이야기를 들어 본 적이 있거든요. 아, **아저씨**! 그렇게 나를 바라보지 말라니까요. 이러다 정말 사람 뚫어지겠어요!"

그는 씁쓸한 듯 여자를 바라보았고, 어쩔 줄 몰라 하면서 커다란 머리를 좌우로 흔들었다. 그녀는 갑자기 그의 앞에 무릎을 꿇더니, 그의 양손을 붙들었다. "저기요, 당신은 **꼭** 이해해 주셔야만 해요. 당신이 일하는 동안 슬그머니 가 버릴까도 생각했지만, 이해시키고 싶어서 계속 남아 있었던 거예요. 어쨌거나 당신이 해 주신 일은…… 보세요, 나는 멀쩡해요. 이렇게 방 한 칸에 영원히 갇혀서 머무를 수는 없어요. 할 수만 있다면 이 근처의 어딘가에서 일자리를 얻어서, 항상 당신을 보고 싶어요. 진짜로 그러고 싶어요. 하지만 이 도시에서 내 생명은 땡전 한 푼의 가치도 없어요. 그래서 이곳을 떠나야만 하고, 그건 결국 이 도시를 떠나야만 한다는 거예요. 나는 다 괜찮을 거예요, 아저씨. 내가 편지할게요. 당신을 결코 잊지 못할 거예요. 하긴, 어떻게 잊을 수 있겠어요?"

여자는 너무 앞질러 가 있었다. 그는 일단 그녀가 자기한테서 떠나고 싶어 한다는 사실을 파악했다. 그다음으로 그가 이해한 것은 그녀가 이 도시에서도 떠나고 싶어 한다는 것이었다.

"가지 말아요." 그가 목멘 소리로 말했다. "당신에겐 내가 필요해요."

"당신에겐 내가 필요하지 않잖아요." 여자는 부드럽게 말했다. "그리고 나도 당신이 필요하지 않아요. 그거예요, 아저씨. 당신이 고친 방식이 그거였어요. 그게 올바른 방식이죠. 무슨 말인지 모르겠어요?"

바로 그 순간, 그가 이해한 세 번째 사실이 있었다.

그는 천천히 자리에서 일어나 여자에게서 멀어졌다. 그녀의 두 손이 그의 손에서, 그의 무릎에서 미끄러져 바닥에 떨어지는 것이 느껴졌다. "아, 제발 좀!" 그녀가 바닥에 무릎을 꿇은 상태에서 외쳤다. "사람 미치게 좀 하지 말고, 그냥 받아들이라고요! 나 때문에 행복해할 수는 없는 거예요?"

그는 비틀거리며 방을 가로질러 걸어가서는, 장식장 아래쪽 선반에 몸을 기대었다. 무척이나 멀리까지 황량하게 뻗어 있는 자기 삶의 어둡고도 메아리치는 복도를 앞뒤로 살펴보면서, 이 짧고도 환한 일부분이 자기 손아귀에서 빠져나가는 모습을 지켜보았고…… 그녀의 재빠른 발소리가 뒤에서 들리자, 그는 다리미를 손에 들고 뒤로 돌아섰다. 그녀는 미처 보지 못했다. 그저 밝은 얼굴로 애원하며 다가왔고, 그가 두 팔을 내밀자 달려와서 안겼다. 곧이어 다리미가 허공을 가르고 그녀의 뒤통수를 때렸다.

그는 리놀륨 위에 여자를 살며시 내려놓고, 한참을 그 앞에 서서 조용히 울었다.

곧이어 그는 다리미를 치우고, 솥과 소스팬에 물을 채웠다. 그리고 바늘과 클램프와 실과 작은 스펀지 조각과 칼과 펜치를 소스팬에 집어넣었다. 접이식 탁자와 서랍에서 비닐 테이블보를 두 장 꺼내서 침대 위에 펼치기 시작했다. "나 뭐든지 고쳐요." 그는 작업을 하면서 중얼거렸다. "제대로 고쳐요."

이성異性
The Sex Opposite

버지는 평소처럼 노크도 하지 않고 실험실 안으로 들어갔다.

그녀는 얼굴이 붉어지고 숨이 가쁜 상태였고, 두 눈은 열의가 넘치고 빠르게 빛나고 있었다. "도대체 뭘 갖고 있는 거예요, 뮬리?"

뮬런버그는 버지가 그쪽으로 다가가기 전에 시체보관실 문을 발로 걷어차서 닫았다. "아무것도 없어요." 그는 태연하게 말했다. "그리고 내가 보고 싶지 않은 모든 사람들 중에 당신이 맨 처음이에요. 그러니까 이 세상에 있는 모든 사람들 중에서 말이에요. 그러니 얼른 가세요."

버지는 장갑을 벗어서 터무니없이 큰 숄더백에 쑤셔 넣더니, 그 가방을 실험실 저편 작업대 위에 휙 던져 놓았다. "왜 이래요, 뮬리. 영구차를 밖에서 봤다고요. 게다가 거기 뭐가 실려 왔는지도 알아요.

공원에서 있었던 이중 살인이라죠. 앨한테 들었어요."

"앨의 주둥이야말로 그 친구가 실어 나르는 그 어떤 시체보다도 더 꽉 조여 맬 필요가 있겠군요." 률런버그가 씁쓸하게 말했다. "어쨌거나 당신은 그 한 쌍 주위에는 못 갈 줄 아세요."

버지가 그에게 다가와서 매우 가까이 섰다. 짜증이 났음에도 불구하고, 곧바로 그는 그녀의 입술이 얼마나 부드럽고 도톰한지를 눈치채지 않을 수가 없었다. **곧바로.** 그리고 이런 짜증에 갑작스러운 깨달음이 덧붙었다. 한 남자의 내분비선 모두가 입술을 오므려서 트럼펫처럼 휘파람을 불게 만드는 메커니즘에 버지가 시동을 걸 수 있다는 사실을 률런버그는 오래전부터 알고 있었다. 매번 그걸 느낄 때마다 자기 자신이 싫어졌다. "저리 좀 가세요." 그가 호통쳤다. "그건 먹히지 않을 거예요."

"뭐가 먹히지 않는다는 거예요, 률리?" 그녀가 중얼거렸다.

률런버그는 그녀의 눈을 똑바로 바라보더니, 버지 열두 명보다는 차라리 생간生肝이 더 낫겠다느니 운운했다.

그녀의 입술에서 부드러움이 사라지더니, 일반적인 단단함으로 대체되었다. 버지는 단순히 사람 좋은 듯 웃을 뿐이었다. "알았어요. 당신은 면역이 되었네요. 그러면 이번에는 논리를 써 볼게요."

"아무것도 먹히지 않을 거라니까요." 률런버그가 말했다. "당신은 저 안에 들어가서 그 둘을 보지 못할 거고, 당신이 신문 기사라고 부르는 그 **잡탕**을 만들 구체적인 재료를 저한테서는 전혀 얻지 못할 거예요."

"좋아요." 그녀는 놀랍게도 이렇게 말했다. 그리고 실험실을 가로질러서 핸드백을 집어 들었다. 그리고 장갑 한 짝을 찾아내 손에 끼었다. "방해해서 미안하네요, 률리. 무슨 뜻인지 알아들었어요. 당신은 혼자 있고 싶다는 거군요."

그의 입이 너무 벌어지는 바람에 차마 대답을 똑똑히 발음할 수도 없었다. 률런버그는 버지가 나가는 모습을 지켜보았고, 문이 닫히는 모습을 지켜보았으며, 문이 다시 열리는 모습을 지켜보았고, 그녀의 매우 상처받은 목소리를 들었다. "하지만 내가 생각하기에는, 이 살인에 대해서 당신이 아무것도 말하지 않으려는 **이유** 정도는 말해 줘도 될 것 같은데요."

률런버그는 머리를 긁었다. "당신이 점잖게만 행동한다면, 저도 그 정도는 말해 주어야 할 것 같네요." 그는 잠시 생각해 보았다. "여하간 당신이 좋아할 만한 이야기는 아니에요. 이게 아마도 그걸 설명하는 최선의 방법일 듯하네요."

"내가 좋아할 만한 이야기는 아니라고요? 러버스 레인에서 일어난 이중 살인 사건인데도요? 어느 강도의 감상적인 수수께끼이거나, 아니면 5월의 폭력 사건일 텐데도요? 농담 말아요, 률리. 설마 진심은 아니겠죠!"

"버지, 이건 재미있을 만한 사건이 아니에요. 오히려 추악한 사건이죠. 그것도 **더럽게** 추악하다고요. 게다가 심각하기도 해요. 당신이 독자들에게 전달하고 싶어 할 만한 이야기보다 더 수수께끼 같은 다른 이유가 무척이나 많아요."

"다른 이유라뇨?"

"의학적으로나. 생물학적으로나. 사회학적으로요."

"내 기사는 생물학도 다룬다고요. 사회학도 마찬가지로 다루죠. 사회적 유행을 딱딱하고 진부하게 묘사하는 것이야말로 제가 대중 간행물에서 성性을 언급하는 방법이니까요. 아, 혹시 모르고 있던 거예요? 그렇다면— 이제 의학적인 것만 남네요. 그나저나 이번 사건은 도대체 뭐가 그렇게 기묘하게도 의학적이라는 거예요?"

"안녕히 가세요, 버지."

"아, 제발요, 퓰리. 무슨 내용이든 **나는** 겁내지 않을 거예요."

"그건 저도 알아요. 당신은 취재 과정에서 크라프트에빙* 더하기 만화책 열한 권에서보다 더 많은 기초 병리학 지식을 배웠다는 걸요. 안 돼요, 버지. 더 이상은 안 된다고요."

"명석하고 젊은 생물학자이자 시립 및 주립 경찰의 특별 의학자문위원인 F. L. 퓰런버그 박사는 이 사건의 이런 측면들(즉 희생된 한 쌍의 잔인한 살해와 훼손)조차도 그 배후의 차마 말할 수 없는 사실들에 비하자면 피상적일 뿐이라고 공표했다. '의학적으로 수수께끼입니다.' 그의 발언을 인용하자면 이렇다." 버지는 그를 바라보며 눈을 깜박였다. "어때요?" 그녀는 자기 시계를 바라보았다. "이거면 표제랑 같이 초판에 실을 수 있겠어요. 예를 들어 '의사도 충격으로 할 말 잃어' 그리고 부제는 이렇게 하는 거죠. '공원 이중 살인 사건의 의학적 세부 사항의 기사화를 경찰이 금지.' 맞아요. 당신 사진하고 같이 실리는 거죠."

"혹시 그런 종류의 기사를 뭐라도 내는 날에는," 퓰런버그가 격분했다. "내가 그냥—"

* 독일의 정신의학자 리하르트 폰 크라프트에빙Richard Freiherr von Kraft-Ebing은 저서인 『성적 정신병리』(1886)에서 가학증, 피학증, 동성애, 양성애 등 당시로서는 병리적이라고 간주되던 성적 경향에 대해 서술했다.

"알았어요, 알았다고요." 버지는 회유하려는 듯 말했다. "안 낼게요. 진짜로 안 낼게요."

"약속하는 거죠?"

"약속할게요, 퓰리…… 대신—"

"왜 내가 협상을 해야 하죠?" 그가 갑자기 물었다. "여기서 나가 주세요."

퓰런버그는 문을 닫기 시작했다. "그리고 사설에 실을 내용도 있어요." 버지가 말했다. "살인광과 그 수법에 관한 정보를 기사화하는 걸 금지하는 게 과연 의사의 권한에 속한 일인가?" 그녀는 알아서 문을 닫고 나갔다.

아랫입술을 어찌나 세게 깨물었는지, 퓰런버그는 그만 소리를 지를 수밖에 없었다. 그는 달려가서 문을 확 잡아당겨 열었다. "잠깐만요!"

버지는 문기둥에 기대선 채 담배에 불을 붙이고 있었다. "안 그래도 기다리던 중이었어요."

"일단 안으로 들어와요." 퓰런버그가 이를 갈며 말했다. 그러면서 그녀의 팔을 붙잡아서 안으로 확 끌어들이고 문을 쾅 닫았다.

"당신은 짐승이에요." 버지가 팔을 문지르며 눈부신 미소를 지었다.

"당신에게 입마개를 씌우는 방법은 모조리 이야기해 주는 것밖에 없겠네요, 맞죠?"

"맞아요. 당신이 이야기를 누설할 준비가 되어서, 덕분에 내가 독점 기사를 얻게 된다면 말이에요."

"아마 거기에도 뭔가 부당 조항이 들어 있겠지요." 퓰런버그는 부루퉁하게 말했다. 그러고는 그녀를 노려보았다. 곧이어 그가 말했다.

"앉아요."

버지는 자리에 앉았다. "분부대로 하죠."

"주제를 바꾸지 말아요." 뮬런버그는 평소 기질을 죽이며 말했다. 그는 신중하게 담배에 불을 붙였다. "이 사건에 관해서는 어디까지 알고 있는 거예요?"

"거의 아는 게 없다고 봐야죠." 그녀가 말했다. "이 두 사람은 공원에서 아무 말 없이 대화를 나누고 있었는데, 강도 몇 명이 달려들어서 이들을 죽였고, 그것도 평소보다 약간 더 끔찍하게 죽였다는 거죠. 하지만 사망자는 시립 시체안치소로 가는 대신에 곧바로 당신에게 갔고요. 구급차의 인턴이 시체를 쓱 한 번 보자마자 그렇게 지시했다고요."

"그런 이야기는 어떻게 알아낸 거예요?"

"음, 꼭 알고 싶으시다면요. 나 역시 공원에 있었어요. 공원 옆으로 지름길이 하나 있어서, 거기로 한 3백 야드쯤 갔을 무렵에 갑자기……"

뮬런버그는 눈치껏 오래 기다렸고, 거기서 좀 더 오래 기다렸다. 그녀의 얼굴은 굳은 상태였고, 시선은 멍해 보였다. "계속 말해 보세요."

"……갑자기 비명이 들렸어요." 버지는 평소에 사용하던 바로 그 정확한 어조로 말했다. 그러더니 울기 시작했다.

"이봐요." 뮬런버그가 말했다. 그리고 그녀의 옆에 무릎을 꿇고 앉아서, 한 손을 그녀의 어깨 위에 올려놓았다. 버지는 화난 듯 손을 밀어 치우더니 축축한 수건을 얼굴에 덮었다. 수건을 다시 내려놓았을 때 그녀는 웃는 것처럼 보였다. 하지만 연기가 너무 서툰 까닭에, 그는 정말 매우 부끄러운 마음에 고개를 돌렸다.

"미안해요." 버지가 매우 떨리는 목소리로 속삭였다. "그게…… 하필 그런 소리였어요. 나로선 평생 한 번도 들어 본 적이 없는 소리요. 그 소리가 나한테 어떤 영향을 주었어요. 하나의 소리에 담길 수 있는 것보다 훨씬 더 많은 고통이 담긴 소리였어요." 그녀는 눈을 감았다.

"남자가요, 아니면 여자가요?"

버지는 고개를 저었다.

"그렇다면," 튤런버그는 사무적으로 말했다. "당신은 그다음에 어떻게 했나요?"

"아무것도. 아무것도 안 했어요. 얼마나 그랬는지도 몰라요." 버지는 작은 주먹으로 탁자를 내리쳤다. "명색이 기자인데 말이에요!" 그녀는 격분했다. "그런데도 나는 허수아비처럼 멍하니 서 있었어요. 마치 충격을 받은 부둣가의 쥐새끼처럼요!" 버지는 혀로 입술을 적셨다. "정신을 차려 보니, 나는 돌벽에 한 손을 짚고 서 있었어요." 그녀는 손을 그에게 보여 주었다. "완벽하게 좋았던 손톱이 두 개나 부러졌어요. 너무 세게 붙잡고 있어서요. 나는 소리가 들린 곳으로 달려갔어요. 하지만 밟아서 뭉개진 덤불밖에는 아무것도 없었어요. 거리에서 사람들이 웅성거리는 소리가 들렸죠. 그곳으로 가 봤어요. 그랬더니 영구차가 서 있고, 앨하고 그 젊은 의사가 있었어요. 레갈이든가— 러글스든가—"

"레갈리오예요."

"맞아요. 그 사람이에요. 그렇게 둘이서 시신 두 구를 구급차에 실었어요. 이불로 덮여 있었죠. 무슨 일이 있었느냐고 물어봤어요. 그랬더니 레갈리오가 손가락을 흔들면서 말하더군요. '아가씨들은 몰라도 돼요.' 그러면서 나한테 진짜 죽은 사람 같은 미소를 지어 보였어요. 그가 차에 올라타더군요. 그래서 나는 앨을 붙잡고 방금 저게 뭐였냐고 물었어요. 그의 말로는 강도가 남녀 커플을 죽였는데, 정말 손상이 심하다고 하더군요. 그러면서 레갈리오가 경찰 보고서를 작성하기 전에 이곳으로 갖다 주라고 지시했다고 덧붙였어요. 두 사람 모두 무척이나 흥분한 상태더군요."

"당연히 그랬겠죠." 뮬런버그가 말했다.

"그래서 나도 같이 타고 가도 되느냐고 물었더니, 안 된다고 하고 가 버렸어요. 그래서 15분쯤 지난 뒤에야 비로소 택시를 한 대 잡아서 여기로 온 거예요. 여기로 온 거라고요." 버지가 반복해서 말했다. "아주 망할 놈의 방법으로 당신에게서 기삿거리를 짜내려고 말이에요. 당신이 물어봤으니, 내가 대답한 거예요." 그녀는 자리에서 일어났다. "그러니 기사는 당신이 대신 써요, 뮬리. 나는 냉장실에 들어가서 당신이 할 일을 대신할 테니까."

뮬런버그가 그녀의 팔을 붙잡았다. "안 돼요! 그럴 수는 없다고요! 아까 그 친구가 한 말 그대로예요. 아가씨들은 몰라도 되는 일이라고요."

"저 안에 뭐가 있든지 간에, 내가 상상하는 것보다 더 **나쁠** 수는 없을걸요!" 그녀가 받아쳤다.

"미안하네요. 하지만 아시다시피, 당신이 아는 건 기껏해야 내가 이 문제를 곰곰이 생각해 보기도 전에 당신이 갑자기 쳐들어와서 얻어 낸 것에 불과해요. 사실 저 시체는 정확히 말해서 두 사람 것이 아니거든요."

"물론 그러시겠죠!" 버지가 빈정거렸다. "무슨 샴쌍둥이라도 되는 모양이죠."

퓰런버그는 냉담한 눈으로 그녀를 바라보았다. "맞아요. 그러니 농담을 하기엔 좀 그렇죠."

순간 버지는 할 말이 없어지고 말았다. 그녀는 한 손을 천천히 입으로 가져갔지만, 아마도 그 사실을 잊어버린 듯 계속 그 자리에 놓아두었다. "이 사건에서 무척이나 끔찍한 부분이 바로 그거예요. 그 두 사람은…… 찢겨 나간 거예요." 퓰런버그는 두 눈을 감았다. "그 광경이 내 눈에 선해요. 차라리 안 보였으면 좋겠는데 말이에요. 그 악당들은 한밤중에 공원을 돌아다니며 무슨 건수가 없는지 찾아보았을 거예요. 그놈들은 무슨 소리를 듣고는…… 그들을 덮쳐서…… 나도 정확히는 모르겠지만요. 여하간 그러고는—"

"알았어요, 알았다고요." 그녀가 쉰 소리로 말했다. "무슨 뜻인지 나도 알아요."

"하지만, 빌어먹을." 그가 화난 듯 말했다. "나도 이 바닥에서 제법 오래 버텼기 때문에, 저런 괴물들에 관해 기록된 사례는 모조리 알고 있어요. 그런데 이번과 같은 사례가 어딘가의 의학 학술지에 기록된 게 없다니, 도무지 믿을 수가 없는 거예요. 설령 그들이 소련에서 태어났다 치더라도, 관련 보고서의 번역본이 어딘가에는 나타났을 텐데 말이에요."

"샴쌍둥이가 드물다는 것은 저도 알아요. 하지만 그 탄생이 세계적인 특종까지 되지는 않는다고요!"

"하지만 이건 특종이 되고도 남을 만한 사례예요." 퓰런버그는 자신 있게 말했다. "우선 샴쌍둥이는 몸이 서로 붙어 있다는 사실보다 훨씬 더 많은 변칙을 갖고 있게 마련이거든요. 일란성 쌍둥이보다는 이란성 쌍둥이인 경우가 더 흔하죠. 둘 중 한 명이 다른 한 명보다 더 완전하게 발달된 상태로 태어나는 경우도 더 자주 있고요. 보통은 태어난다 해도 오래 살지는 못하죠. 하지만 이들은—"

"뭐가 그렇게 특별한데요?"

퓰런버그는 손을 펼쳐 보였다. "이들은 완벽해요. 이들은 놀라우리만치 적은 조직 기관 복합체에 의해서 늑골부가 접합된—"

"잠깐만요, 교수님. 거기서 '늑골부'가 뭐예요? 혹시 가슴을 말씀하시는 거예요?"

"맞아요. 그런데 여기서 중요한 (또는 '중요했던') 건 그런 연결이 아니에요. 저로선 왜 두 사람을 외과 수술로 분리하지 않았는지 이해가 안 돼요. 물론 뭔가 이유가 있었겠지만, 일단은 부검을 해 볼 때까지 기다려 봐야죠."

"왜 기다려야 한다는 거죠?"

"지금 나로선 기다릴 도리밖에 없어요." 퓰런버그는 갑자기 씩 웃었다. "아시는지 모르겠지만, 당신은 스스로가 깨닫는 것 이상으로 내게 도움이 되었어요, 버지. 솔직히 나는 저들을 부검하고 싶어서 죽겠어요. 하지만 지금 이 상황에서는 아침까지 기다릴 수밖에 없네요. 레갈리오가 경찰에 보고하기는 했지만, 검시관도 이렇게 한밤중에는 굳이 달려오지 않을 거예요. 그냥 샴쌍둥이가 아니라 마치 소시지처럼 사슬을 이룬 샴다섯쌍둥이가 나타났다면 모를까 말이에요. 아울러 지금 나한테는 사망자의 신분증명서가 없어요. 유가족 동의서도 없고요. 아시겠지요. 따라서 나도 외관 검사에다가, 황당한 추측 몇 가지 그리고 내가 돌아 버리지 않도록 당신에게 이야기를 할 기회밖에 없는 거였죠."

"당신이 나를 **이용한** 거네요!"

"그게 나쁜 일인가요?"

"그럼요. 특히나 나로선 전혀 재미가 없던 상황이었으니까요."

퓰런버그가 웃었다. "나는 당신이 그렇게 화내며 하는 말이 마음에 들어요. 나는 그만큼 격해지기가 쉽지 않으니까요."

버지는 위로, 그리고 약간 옆으로 그를 바라보았다. "전혀요?"

"적어도 지금은요."

그녀는 그 말을 곰곰이 생각해 보았다. 그러고는 자기 손을 내려다 보았다. 마치 그게 바로 퓰런버그의 감수성의 문제라도 된다는 듯 말이다. 버지는 양손을 뒤집었다. "가끔은 말이죠." 그녀가 말했다. "우리가 경련과 신음 이외에 다른 뭔가를 공유할 때가 정말 즐거워요. 어쩌면 우리도 좀 더 말조심해야 마땅한 건지도 모르겠네요."

"그냥 말해 봐요."

버지가 말했다. "우리는 공통점이 전혀 없어요. 제 말뜻은, 여하간 **전혀** 없다고요. 우리는 깊은 속까지, 정말 뼛속까지 서로 달라요. 당신은 사실을 사냥하고, 나 역시 마찬가지죠. 하지만 우리는 결코 그걸 공유하지 않아요. 같은 목적에서 그 사실을 이용하는 게 아니니까요. 당신은 단지 더 많은 사실을 찾아내기 위해 사실을 이용하죠."

"그럼 당신은 뭘 위해 사실을 이용하는데요?"

버지가 웃었다. "온갖 종류의 것들을 위해서죠. 훌륭한 기자라면 단순히 무슨 일이 있었는지만 보도하지는 않는 법이에요. 오히려 자기가 **본** 것을 보도하죠. 많은 경우에 이 두 가지는 서로 많이 달라요. 어쨌거나……"

"이런 생물학적 압력이 저기 있는 우리 친구들에게는 어떤 영향을 주는지 궁금하네요." 퓰런버그는 엄지손가락으로 시체보관실 쪽을 어깨 너머로 가리키며 중얼거렸다.

"내 생각에는 대략 비슷할 것 같은데요. 그나저나 잠깐만요— 그 두 사람은 남자예요, 여자예요? 아니면 양쪽 하나씩이에요?"

"내가 말 안 했었네요, 그렇죠?" 그는 정말 깜짝 놀라며 말했다.

"안 했어요." 그녀가 말했다.

뮬런버그는 대답을 하려고 입을 열었지만, 차마 대답하지 못했다. 그럴 만한 이유가 나타났기 때문이다.

그것은 아래층에서, 또는 바깥에서, 또는 어디도 아닌 곳에서, 또는 모든 곳에서, 또는 이름 없는 어떤 장소에서 나타났다. 그것은 시간과 공간 모두에서 두 사람의 주위에, 내부에, 뒤에 있었다. 그것은 일찍이 모두가 그래야 하는 것처럼 첫 온기를 잃어버리고 외로움을 발견했을 때 내뱉었던 그들 스스로의 첫울음의 메아리였다. 그것은 아픔이었다. 일부는 충격의 고통이었고, 또 일부는 열과 착란의 고통이었으며, 또 일부는 너무 아름다워 차마 견딜 수 없을 정도인 아름다움의 거대한 압력이었다. 그리고 고통과 마찬가지로, 그것은 차마 기억될 수 없었다. 그것이 소리인 한에서만 지속되었고, 어쩌면 이후에도 약간 더 오래 지속되었으며, 그 소리가 잦아든 직후의 얼어붙은 시간은 차마 측정이 불가능했다.

뮬런버그는 종아리에서, 그리고 승모근에서 느껴지는 고통을 점점 더 의식하게 되었다. 양쪽에서는 완전히 이지적인 긴장의 메시지를 점진적으로 보냈고, 그는 매우 의식적으로 이를 완화하면서 자리에 앉았다. 뮬런버그의 움직임에 버지가 한 팔을 앞으로 움직였고, 그는 그녀의 한 손을 내려다보게 되었다. 버지는 그 손으로 뮬런버그의 아래팔을 꽉 움켜쥐고 있었다. 그녀는 손을 치웠고, 천천히 펼쳤다. 그는 상대방의 손가락이 남겨 놓은 성난 자국을 보았고, 내일 아침이면 멍으로 변해 있을 것임을 깨달았다.

버지가 말했다. "바로 저 비명이었어요. 내가 들은 것 말이에요. 한 번으로는 충분하지 않았던 걸까요?"

그때가 되어서야 그는 자기 자신으로부터 충분히 벗어나서 그녀의 얼굴을 바라볼 수 있었다. 충격으로 인해 희끄무레했고, 젖어 있었으며, 입술은 창백했다. 뮬런버그는 자리에서 벌떡 일어났다. "또 한 번 들리다니! **어서 가 봅시다!**"

그는 그녀를 끌고 문을 빠져나갔다. "무슨 말인지 모르겠어요?" 뮬런버그가 소리쳤다. "또 한 번이라고요! 설마 그럴 리는 없지만, 저 바깥의 어디선가 그 일이 또다시 일어났을지도—"

버지가 그를 잡아당겼다. "저쪽이 아닌 건 확실한 건지……" 그녀는 닫힌 시체보관실 문을 가리키며 고갯짓을 했다.

"말도 안 되는 소리 말아요." 뮬런버그가 코웃음 쳤다. "**그들**이 살아 있을 리 없잖아요." 그는 그녀를 재촉해서 계단으로 갔다.

매우 어두웠다. 뮬런버그의 사무실은 오래된 사무용 건물에 있다 보니, 한 층 건너서 하나씩 25와트짜리 전구가 달려 있는 게 마치 자랑처럼 여겨졌다. 두 사람은 어둠 속을 달려갔고, 법률 사무소와 인형 공장과 오로지 전화 통화만을 수입하고 수출하는 수출입 회사와 기타 온갖 기업들의 흐릿한 모자이크들의 가장 깊은 문간을 지나갔다. 건물은 텅 빈 것처럼 보였고, 층계참과 처량한 작은 전구에서 나오는 황적색 불빛을 제외하면 어디에도 불빛이 전혀 없었다. 조용할 뿐만 아니라 어둡기까지 했다. 마치 한밤중처럼 조용했다. 마치 죽음처럼 조용했다.

두 사람은 오래된 사암 계단으로 달려 나가서야 걸음을 멈추었다. 한편으로는 보기가 겁났지만, 또 한편으로는 보고 싶었다. 그런데 아무것도 없었다. 거리, 외로운 가로등 하나, 멀리서 들리는 경적뿐이었고, 저 멀리 모퉁이에는 무시당한 에메랄드색 끈을 눈에 띄지 않는 루비색 밧줄로 바꾸는 신호등의 전형적인 신호가 뚜렷이 깜박이고 있었다.

"당신은 저 모퉁이로 올라가 봐요." 뮬런버그는 손으로 가리키며 말했다. "나는 반대편으로 내려가 볼 테니까요. 그 소리가 난 곳은 여기서 멀지 않았으니까—"

"싫어요." 버지가 말했다. "나도 당신이랑 같이 갈래요."

"좋아요." 그가 말했다. 워낙 기뻤기 때문에 자기 스스로도 놀랐을 정도였다. 두 사람은 북쪽의 모퉁이로 달려갔다. 사방으로 두 블록 이내에는 거리에 아무도 없었다. 자동차는 있었고, 대부분 주차된 상태였으며, 한 대는 이쪽으로 오고 있었지만, 이쪽에서 떠나는 차는 전혀 없었다.

"이제는 어쩌죠?" 그녀가 물었다.

잠시 뮬런버그는 아무 대답도 하지 않았다. 버지가 인내심 있게 기다리는 동안, 그는 이날 밤을 그토록 조용하게 만들었던 작고 먼 소음에 귀를 기울였다. 곧이어 뮬런버그가 말했다. "잘 가요, 버지."

"잘— **뭐라고요!**"

그가 손을 흔들었다. "이제 당신은 집에 가도 돼요."

"하지만 아까 그건—"

"나는 지쳤어요." 퓰런버그가 말했다. "당황하기도 했고요. 그 비명에 나는 대걸레마냥 쥐어짜이고, 너무 많은 계단을 뛰어 내려왔어요. 이 일에 관해서는 나도 모르는 게 너무 많고, 따라서 할 수 있는 일도 별로 없어요. 그러니 그냥 집에 가요."

"아, 퓰리……"

그는 한숨을 쉬었다. "나도 알아요. 당신의 기사 말이죠. 버지, 맹세할게요. 일단 믿을 만한 사실을 얻고 나면, 곧바로 당신한테 독점 기사를 주겠다고 말이에요."

그녀는 흐릿한 불빛 속에서 그의 얼굴을 유심히 바라보았고, 자기가 본 것을 향해서 고개를 끄덕였다. "좋아요, 퓰리. 압박하진 않을게요. 전화해 줄 거죠?"

"전화할게요."

퓰런버그는 버지가 걸어가는 모습을 지켜보며 서 있었다. 대단한 여자야. 그는 생각했다. 말조심에 관한 기묘한 발언을 하도록 그녀를 움직인 것은 무엇이었을지 문득 궁금한 생각도 들었다. 이전에만 해도 버지는 그것에 전혀 개의치 않았다. 하지만— 어쩌면 그녀는 뭔가를 갖고 있을지도 몰랐다. 때로는 '모든 것'이라고 느슨하게 일컫는 뭔가를 가졌을 때, 자기가 그리 많이 갖고 있지는 않다는 기묘한 느낌을 받게 되는 법이다. 퓰런버그는 어깨를 으쓱하고는 실험실 쪽으로 천천히 걸어가면서 형태학과 기형학을 생각했고, 이른바 **몬스트라 페르 데펙툼**monstra per defectum이 **몬스트라 페르 파브리캄 알리에남**monstra per fabricam alienam*과 공존할 수 있었던 사례를 생각했다.

* 전자는 특정 기관이 (일부 또는 전부) 결여된 태아를 말하고, 후자는 특정 기관이 (형태 또는 배치 면에서) 잘못된 태아를 말한다.

*

바로 그 순간, 그는 불빛을 보았다.

불빛은 부드럽고도 따뜻하게 거리 위로 펄럭이고 있었다. 퓰런버그는 걸음을 멈추고 위를 바라보았다. 불빛은 3층 창문에서 나타나 있었다. 황적색이었고, 활활 타오르는 청백색이 곁들여 있었다. 아름다운 색깔이었다. 그리고 그곳은 그의 실험실이기도 했다. 아니— 실험실이 아니었다. 시체보관실이었다.

퓰런버그는 끙 소리를 냈다. 그런 다음에는 숨을 아꼈다. 실험실에 도착했을 무렵에는 숨이 무척이나 가빠질 테니까.

그는 육중한 시체보관실 문으로 달려들어 벌컥 열어젖혔다. 크나큰 열기의 압력으로 인해 실험실 안으로 연기 바람이 타고 들어왔다. 퓰런버그는 문을 닫고 옷장으로 달려가서 긴 실험용 작업복을 낚아챈 다음, 싱크대 주둥이를 돌려서 작업복에 물을 적셨다. 또 다른 캐비닛에서는 유리 구球 형태의 투척식 소화기 두 개를 낚아챘다. 그는 젖은 옷을 얼굴에 두 번 감았고, 남은 옷자락이 가슴과 등으로 흘러내렸다. 한 팔에 투척식 소화기를 안은 채, 문 옆으로 다른 손을 뻗어서 그곳에 놓여 있는 펌프형 소화기를 붙잡았다.

이제 갑자기 서두르지 않고 침착하게, 퓰런버그는 문턱에 올라서서 까치발을 하고 선 다음, 젖은 천 틈새로 상황을 살펴보았다. 곧이어 몸을 낮게 웅크린 다음, 다시 상황을 살펴보았다. 그는 만족스러워하며 자리에서 일어나 투척식 소화기 두 개를 조심스럽게 던졌다. 하나는 곧장 앞으로, 또 하나는 오른쪽 아래로. 곧이어 연기 속으로 들어간 상태에서 세 번째 투척식 소화기를 집어 들고 사용할 준비를 했다.

그러자 요란한 신음이 들리더니, 연기가 마치 단단한 실체처럼 흔들리면서 방으로 달려 나와 사라져 버렸다. 연기가 사라졌을 무렵, 퓰런버그는 머리와 어깨를 그을음 묻은 리넨으로 감싼 채 벽에 기대어 서서 숨을 헐떡이며, 한 손을 벽에 있는 칼날형 개폐기에 갖다 대고 있었다. 한쪽 창문의 꼭대기에 있는 3피트짜리 배기용 환풍기가 연기를 재빨리 처리해 주었다.

왼쪽 벽을 따라서는 화학 약품과 소독 약품이 놓인 선반이며, 번쩍이는 외과 도구가 가득한 유리 캐비닛이 줄지어 있었다. 한가운데에는 육중한 대리석 상판의 커다란 탁자가 네 개 놓이고, 방의 나머지 부분에는 화학 실험대, 싱크대, 빛을 차단하는 커튼이 장치된 격벽 암실, 커다란 원심분리기가 놓여 있었다.

탁자 하나에는 마치 불에 탄 고기와 녹아내린 동물의 지방 덩어리처럼 보이는 것이 놓여 있었다. 냄새가 고약했고(썩어서가 아니라 자극적이어서 고약했다) 게다가 **축축한** 상태였다. 물론 냄새를 그렇게 묘사할 수 있다고 치면 그랬다는 뜻이다. 그 전체에 걸쳐서 부식성 화학 물질의 날카롭고 찌르는 듯한 냄새가 감돌았다.

퓰런버그는 엉망이 된 작업복을 얼굴에서 푼 다음, 한구석에 던져 버렸다. 그리고 불탄 덩어리가 놓인 탁자로 걸어가 멍한 표정으로 한동안 그걸 바라보며 서 있었다. 그는 갑자기 한 손을 뻗었고, 엄지와 검지로 긴 뼈 하나를 꺼내 보았다.

"아주 제대로 해치웠군." 퓰런버그가 마침내 이렇게 내뱉었다.

그는 탁자를 돌아가 거기 축 늘어진 뭔가를 찔러 보고서 얼른 손을 치웠다. 작업대로 가서 핀셋을 하나 들고, 그걸 이용해서 혹을 집어

들었다. 그건 마치 용암이나 슬래그처럼 보였다. 전등갓 램프를 켜서 자세히 살펴보았다.

"테르밋*이잖아, 이런 세상에." 퓰런버그가 내뱉었다.

그는 한동안 가만히 선 채로 네모난 턱을 움직여 이를 악물었다 풀었다 했다. 안치실의 안치대 위에 펼쳐진 그을린 공포 주위를 한참 걸려 천천히 돌아간 다음, 신중하게 핀셋을 치켜들어서 격노한 듯 한 구석에 내던졌다. 그리고 실험실로 다시 나가서 전화 수화기를 들었다. 그리고 다이얼을 돌렸다.

"긴급 상황이에요." 퓰런버그가 말했다. "여보세요, 수. 레갈리오 있어요? 퓰런버그예요. 고맙습니다…… 여보세요, 선생. 아직도 거기 앉아 있는 거야? 좋아. 내 말 잘 들어. 방금 그 대칭형 기형체를 보고 오는 길이야. 그게 날아갔어…… 입 닥치고 내 말 듣기나 해! 어떤 기자가 찾아와서 실험실에서 이야기를 나누고 있는데, 세상에서 제일 끔찍한 비명이 들렸어. 우리는 밖으로 달려 나가 봤는데, 아무것도 없더군. 나는 기자를 밖에 남겨 두고 안으로 돌아왔지. 내가 자리를 비운 시간은 기껏해야 10분에서 12분밖에 안 되었을 거야. 그런데 누군가가 안에 들어와서, 그 두 명의 시체를 안치대 하나에 옮겨 놓고, 흉부에서부터 치골에 이르기까지 절개한 다음, 거기다가 산화철과 입자형 알루미늄을 가득 채워 넣고 (물론 그런 물질이야 여기 잔뜩 있으니까) 마그네슘박箔말이 두 개를 가지고 불을 붙여서 폭파시켰어. 그 정도면 정말 어마어마한 테르밋 폭탄이 나왔을 거야…… 아니, 망할, 당연히 시체는 남은 게 전혀 없지! 7천 도의 고온에서 8

* Thermite. 열을 가하면 세게 타오르는 금속 분말 형태의 화공 약품.

분이 흘렀는데 어떻게 되었을 것 같아? ……아, 집어치워, 레갈리오! 도대체 누가, 왜 그런 짓을 했는지는 나도 몰라. 그리고 지금은 너무 지쳐서 생각하고 싶지도 않고 말이야. 내일 아침에 만나자고. 아니지 — 지금 와서 누굴 여기 보내 봐야 무슨 소용이 있겠어? 그것 때문에 건물 전체에 불이 난 것도 아닌데 말이야. 누가 그 짓을 했는지는 모르지만, 그 시체를 없애는 것만 원했던 거고, 확실히 목적은 달성한 셈이지…… 검시관? 그 양반한테 뭐라고 해야 될지는 나도 모르겠어. 일단 나는 술이나 한잔 마시고 그냥 자러 갈 거야. 다만 자네한테는 알리고 싶었을 뿐이야. 언론에는 알리지 마. 여기 찾아왔던 기자는 내가 알아서 저지할게. '수수께끼의 방화범, 의학자문위원 실험실에서 이중 살인 증거 소각.' 이런 기사 따위는 없어도 되잖아. 아직 본부에서 한 블록 떨어진 곳에 있어…… 그래. 그리고 자네 운전기사에게도 입 다물고 있으라고 시키게. 좋아, 레갈리오. 일단 자네한테는 알리고 싶었을 뿐이야…… 음, 자네나 나나 아쉽기는 매한가지지. 내 생각에, 그와 비슷한 뭔가가 다시 태어나려면 앞으로 2백 년은 더 기다려야 할 테니까 말이야."

퓰런버그는 전화를 끊고 한숨을 내쉰 다음 안치실로 들어갔다. 환풍기와 조명을 끄고, 안치실 문을 닫고, 실험실 싱크대에서 몸을 씻고, 문을 닫아 걸고 퇴근했다.

거기서 그의 아파트까지는 열한 블록 거리였다. 대개는 뭔가 애매한 거리였는데, 왜냐하면 퓰런버그는 맑은 공기와 숨을 깊이 들이마시는 업계에 속한 사람이 아니었기 때문이다. 열한 블록은 택시를 탈 만큼 먼 거리도 아니고, 그렇다고 해서 '집까지 걸어가기'를 그냥 사소한 일로 만들 만큼 가까운 거리도 아니었다. 일곱 번째 블록에서 그는 압도적인 갈증을, 그리고 누군가가 자기 에너지통의 플러그를 뽑은 것 같은 전반적인 느낌을 받았다. 퓰런버그는 마치 진공청소기에 빨려 가듯 루디스로 향했다. 주크박스에서 이마 수맥과 빌라로보스*의 음악이 흘러나오는 멕시코식 주점이었다.

"올라, 아미고(안녕, 친구)." 루디가 인사를 건네었다. "오늘 밤에는 미소가 안 보이는군."

퓰런버그는 지친 듯 카운터 스툴에 앉았다. "데메 우나 테킬라사워(테킬라사워 한 잔 줘), 체리는 빼고." 그는 엉터리 스페인어로 말했다. "지금 내가 도대체 뭐에 대해서 미소를 지어야 할지 모르겠어서 그래." 순간 퓰런버그는 몸이 굳었고, 두 눈이 툭 튀어나왔다. "잠깐만 이리 좀 와 봐, 루디."

바텐더가 레몬을 자르다 말고 그에게 가까이 다가왔다. "손가락질을 하고 싶지는 않지만, **저** 사람 도대체 누구야?"

루디는 손님이 가리키는 여자를 흘끗 바라보았다. "아이(아아)." 그는 황홀한 듯 말했다. "케 추친."

퓰런버그는 '추친'이 번역 불가능한 단어임을, 다만 거기 가장 가까운 영어 단어는 '귀엽다'임을 어렴풋이 기억해 냈다. 그는 고개를 저었다. "그 말 가지고는 안 되겠는데." 퓰런버그는 한 손을 치켜들었다. "굳이 저 모습에 어울리는 스페인어를 찾아 주려고 애쓰지 말라고. 그 어떤 말도 어울리지 않을 테니까. 그나저나 저 여자 누구야?"

루디는 양손을 벌려 보였다. "노 세(나도 몰라)."

"혼자 왔어?"

* 이마 수맥Yma Sumac은 미국에서 활동한 페루 출신 여성 가수이고, 에이토르 빌라로보스Heitor Villa-Lobos는 브라질의 작곡가이다.

"시(그래)."

퓰런버그는 한 손을 턱 밑에 갖다 댔다. "내가 마실 거나 만들어 줘. 생각을 좀 하고 싶으니까."

원래 자리로 돌아가는 루디의 마호가니색 뺨은 쏙 들어가 있었고, 그 나름대로의 미소가 떠올라 있었다.

퓰런버그가 칸막이 좌석에 앉은 여자를 바라보는 순간, 그녀의 시선이 그의 얼굴을 지나 바텐더에게로 향했다. "루디!" 여자는 부드럽게 외쳤다. "혹시 테킬라사워 만드는 중이에요?"

"시, 세뇨리타(예, 아가씨)."

"그럼 제 것도 하나 만들어 주실래요?"

루디가 환하게 웃었다. 그는 굳이 이쪽으로 고개를 돌리지 않았지만, 그의 검은 두 눈이 슬그머니 이쪽으로 움직였기에, 퓰런버그도 바텐더가 이 상황을 무척이나 재미있어한다는 사실을 깨달았다. 그는 얼굴이 점차 붉어졌고, 마치 바보가 된 것 같은 기분이 들었다. 자신의 두 귀가 앞으로 돌아가서 철컥하고 닫혀 버리는, 그리고 자신의 귀에 포착된 그녀의 저 첼로와 벨벳 같은 목소리가 마치 따뜻하고 작은 동물마냥 그의 머릿속에 자리 잡고 누워 버리는 황당한 상상도 해 보았다.

퓰런버그는 스툴에서 내려와 주머니를 뒤져 잔돈을 찾아낸 다음 주크박스로 갔다. 그런데 여자가 한 발 앞서 그곳에 와서는 동전을 하나 집어넣고 〈벤 아 미 카사〉라는 낯설고도 놀라운 음반을 선택했다. 이것은 제목 그대로 원곡인 〈내 집으로 와〉*의 **보라초**(술꾼) 버전

* C'mon-a-My House. 미국의 여성 가수 로즈메리 클루니Rosemary Clooney가 1951년에 발표한 노래로 훗날 다양한 언어로 리메이크되었다.

이었다.

"그러잖아도 제가 그걸 막 틀려던 참이었는데요!" 퓰런버그가 말했다. 그러고는 주크박스를 흘끗 바라보았다. "혹시 이마 수맥 좋아하시나요?"

"아, 그럼요!"

"그럼 이마 수맥을 **잔뜩** 듣는 것도 좋아하시나요?" 그녀가 미소를 짓자, 그 모습을 본 그는 혀를 깨물고 말았다. 퓰런버그는 동전을 집어넣고, 수맥의 음반을 여섯 면이나 선택했다. 고개를 들어 보니, 루디가 테킬라사워 두 잔을 담은 작은 쟁반을 들고 칸막이 좌석 옆에서 있었다. 바텐더의 얼굴은 완전히 무표정했고, 그의 술잔을 어디 놓을지 물어보는 정확한 질문 각도로 머리를 기울이고 있었다. 퓰런버그와 여자의 시선이 마주쳤다. 그녀가 고개를 무척이나 살짝 끄덕였는지, 아니면 단지 눈꺼풀만 살짝 깜박였는지는 그도 알 수 없었지만, 여하간 "네"라는 뜻이었다. 퓰런버그는 칸막이 좌석으로 들어가서 그녀의 맞은편에 앉았다.

음악이 들렸다. 그런데 그중 음반에서 나온 것은 겨우 일부에 불과했다. 그는 가만히 앉아서 그 모두를 들었다. 루디가 두 번째 잔을 가져올 때까지 퓰런버그는 아무 말도 하지 않았고, 그런 뒤에야 자기가 거기서 쉬고 있는 동안 시간이 얼마나 흘렀는지를 깨달았고, 마치 좋아하는 화가의 새로운 그림이라도 되는 것마냥 여자의 얼굴을 바라보았다. 그녀는 그의 시선을 끌지도, 물리치지도 않았다. 그녀는 그의 두 눈을 황홀한 듯 바라보지도, 회피하지도 않았다. 그녀는 심지어 그로부터 뭔가를 기다리는, 또는 기대하는 것 같지도 않았다. 그녀는 초연하지도, 친밀하지도 않았다. 그녀는 가까이에 있었고, 그래서 좋왔다.

퓰런버그는 이렇게 생각했다. 우리는 자신의 가장 은밀한 꿈속에서 자신에게 빈틈을 하나 만들어 내고, 그 일을 일찍 마친 후로는 자신에게 찾아와서 그 빈틈을 (그것도 정확하게, 즉 모든 절개와 만곡과 공동과 평면을) 채워 줄 누군가를 기다린다고 말이다. 실제로 사람들이 나타나고, 그중 하나가 그 빈틈을 덮어 주고, 또 하나가 빈틈 속에서 덜걱거리고 돌아다니며, 또 하나는 워낙 안개에 에워싸인 나머지 우리는 과연 그녀가 거기 맞는지 안 맞는지를 매우 오랫동안 알지 못한다. 하지만 그들 각각은 우리에게 어마어마한 충격을 가한다. 그러다가 누군가가 나타나서 무척이나 조용하게 그 빈틈으로 들어가 버린다. 우리는 미처 그런 일이 벌어졌다는 것도 모르게 마련이며, 워낙 잘 맞기 때문에 아무것도 모르게 마련이다. 바로 그거였다.

"무슨 생각을 하고 계세요?" 여자가 그에게 물었다.

퓰런버그는 곧바로 방금 하던 생각을 모조리 그녀에게 털어놓았다. 여자는 연신 고개를 끄덕였다. 마치 그가 지금 고양이나 대성당이나 캠축이나 다른 어떤 아름답고도 복잡한 것에 관해서 이야기하고 있다는 것처럼 말이다. 그녀가 말했다. "맞아요. 물론 거기 다 있는 것은 아니에요. 심지어 충분한 것도 아니죠. 하지만 그게 없으면 다른 모든 것도 충분하지가 않아요."

"방금 말씀하신 '다른 모든 것'이 뭐죠?"

"아시잖아요." 그녀가 말했다.

퓰런버그는 자기가 안다고 생각했다. 하지만 확신할 수는 없었다. 여하간 그 문제는 나중으로 미뤄 두었다. "우리 집에 같이 가실래요?"

"아, 그러죠."

두 사람은 자리에서 일어났다. 그녀가 문간에 서서 주시하는 사이, 그는 지갑을 꺼내 들고 카운터로 다가갔다.

"쿠안토 레 데보(얼마야)?"

루디의 두 눈은 뮬런버그가 이전까지는 전혀 눈치채지 못했던 깊이가 있었다. 어쩌면 이전에는 전혀 없었던 것인지도 몰랐다. "나다(공짜야)." 루디가 말했다.

"공짜라고? 무치시마스 그라시아스, 아미고(대단히 고맙네, 친구)." 그는 이 제안을 거부해서는 안 된다는 사실을 마음 깊이 알고 있었다.

두 사람은 뮬런버그의 아파트로 갔다. 그가 브랜디를 따르는 동안(왜 하필 브랜디냐 하면, 좋은 브랜디는 테킬라와 잘 어울리기 때문이다), 그녀가 혹시 저 아래 창고 구역에 있는 생크스라는 가게를 아느냐고 물었다. 그는 알 것 같았다. 찾을 수 있을 것 같다고 생각했다. "내일 밤 8시에 거기서 당신을 만나고 싶어요." 그녀가 말했다. "전 거기 있을 거예요." 뮬런버그는 미소를 지었다. 그는 뒤로 돌아서 브랜디 병을 내려놓았다. 내일은 하루 종일 그녀와 함께할 시간을 고대할 수 있다는 사실을 알고 나니 말 없는 기쁨이 가득해졌다.

뮬런버그는 음반을 틀었다. 지금 그는 한편으로 순전한 기술자였고, 또 한편으로 자기 음향 시스템을 시연할 수 있어서 기뻐하는 어린아이였다. 그는 백단향 상자 안에 공자의 『논어』도 한 권 갖고 있었다. 고급 종이에 인쇄하고 수작업으로 채색한 물건이었다. 그는 핀란드제 단검도 갖고 있었다. 거기 새겨진 정교한 소용돌이 장식은 그 각각이며 전체가 여러 개의 그림을 만들어 내고 있었다. 그는 유리 원반 네 개로 만들어진 시계도 갖고 있었다. 안쪽의 원반 두 개가 각각 바늘 하나씩을 움직였고, 받침대에서 원반의 테두리를 돌리는 방식이었기 때문에, 마치 움직이지 않는 것처럼 보였다.

여자는 이런 모든 것들을 좋아했다. 그가 창밖의 어둠을 바라보는 동안 그녀는 그의 가장 큰 의자에 앉아 있었으며, 『황금 항아리』*와 제임스 서버와 셰익스피어를 큰 소리로 읽어서 웃음을 자아냈고, 셰익스피어와 윌리엄 모리스를 읽어서 상당한 슬픔을 자아냈다.

한번은 그녀가 노래도 했다.

마침내 여자가 말했다. "이제 잘 시간이네요. 가서 준비하세요."

퓰런버그는 자리에서 일어나 침실로 들어가 옷을 벗었다. 샤워를 하고, 몸이 붉어지도록 문질러 닦았다. 침실로 돌아와 보니, 그녀가 전축에 올려놓은 음악이 들렸다. 프로코피예프의 '고전적' 교향곡 제2악장이었는데, 오케스트라가 조용히 하는 사이에 고음의 현악만 살금살금 이어지는 대목이었다. 여자가 이 곡을 튼 것은 이번이 세 번째였다. 그는 자리에 앉아서 음악이 끝날 때까지 기다렸고, 결국 음반이 다 재생되었는데도 그녀가 들어오지도 않고 말을 걸지도 않자, 거실로 통하는 문을 열고 바깥을 살펴보았다.

여자는 가 버리고 없었다.

퓰런버그는 꼼짝 않고 서서 거실을 둘러보았다. 지금껏 거기 있으면서 함께 살펴보았던 모든 것을 그녀는 눈에 띄지 않게 원래 자리에 돌려놓은 다음이었다. 앰프는 여전히 켜져 있었다. 전축은 꺼져 있었는데, 스스로 꺼지는 것이었기 때문이다. 프로코피예프의 음반 재킷

* 아일랜드 작가 제임스 스티븐스James Stephens가 1912년에 간행한 유머 소설.

은 여전히 앰프 옆에 놓여 있었고, 아직 턴테이블 위에 있는 음반을 받아들이려고 기다리고 있었다.

퓰런버그는 거실로 들어가서 앰프를 껐다. 그러고 나니 문득 그녀가 거기 남겨 놓고 간 것의 절반을 제거한 셈이라는 사실이 의식되었다. 그는 음반 재킷을 내려다보았다. 그러고는 그걸 건드리지도 않은 채 불을 끄고 침대로 들어갔다.

어차피 내일 그녀를 만날 거니까. 퓰런버그는 생각했다.

그는 생각했다. 너는 그녀의 손을 잡는 데까지도 가지 못했지. 너의 눈과 귀가 아니었다면, 그녀를 알 길이 전혀 없었을 거야.

잠시 후에 마음속 깊은 곳에 있던 뭔가가 모습을 드러내더니 느긋하게 한숨을 쉬었다. 퓰런버그. 그 뭔가가 그에게 말을 걸었다. 너 혹시 그거 알아? 저녁 내내 멈춰 서서 '지금이 바로 기회야. 오늘은 끝내주는 날이야' 하고 생각해 보지 않았어. 한 번도 없었어. 단 한 번도 말이야. 이 모든 일은 마치 숨 쉬는 것처럼 손쉬웠어.

잠이 들 무렵, 그는 심지어 그녀의 이름조차도 물어보지 않았다는 사실을 기억해 냈다.

퓰런버그는 깊이 휴식을 취한 상태에서 깨어났고, 자신의 알람 시계를 바라보며 재미있어했다. 겨우 8시였다. 어젯밤에 실험실에서 겪은 일들이며, 마신 술이며, 밤늦게까지 깨어 있었던 것을 생각해 보면, 이런 기분은 정말 보너스가 아닐 수 없었다. 그는 재빨리 옷을 입고 일찌감치 실험실에 출근했다. 전화가 울리고 있었다. 퓰런버그는 검시관에게 레갈리오를 데리고 곧바로 와 달라고 말했다.

결과만 놓고 보면 설명하기가 무척이나 쉬웠다. 설명은 불이 났던 안치실이 떠맡아 주었다. 그들은 한 시간쯤 원인을 궁리해 보았지만 아무런 결론도 얻지 못했다. 뮬런버그는 (비록 그중 어떤 한 사람과는 아니었지만) 경찰서와 무척 가까운 사이였기 때문에, 그쪽에서도 당분간 이 이야기를 묻어 두기로 동의했다. 혹시 사망자의 친척이나, 사망자를 고용했던 서커스단 소유주나 또는 다른 누군가가 나타난다면 상황이 달라질 것이었다. 하지만 그때가 되기 전까지는 방치할 것이었다. 사실은 아주 나쁜 상황도 아니었다.

손님들이 떠나고 나자, 뮬런버그는 신문사에 전화를 걸었다.

버지는 오늘 출근하지도 않았고 다른 연락도 없었다고 했다. 교환대에서는 어쩌면 취재를 하러 나갔을지도 모른다고 추측했다.

그날은 빨리 흘러갔다. 뮬런버그는 안치실을 청소했고, 자기 연구 프로젝트에서도 상당히 많은 일을 했다. 그러다가 신문사에 네 번째로 전화했을 때에(시간은 오후 5시쯤이었다) 버지가 아직도 출근하거나 연락하지 않았다는 사실을 알고 나서 그도 비로소 걱정되기 시작했다. 그녀의 집 전화번호를 알아내서 직접 전화를 걸었다. 하지만 아니었다. 버지는 집에 있지 않았다. 일찌감치 출근했다는 거였다. 그러니 신문사로 전화해 보라고 했다.

뮬런버그는 집에 가서 목욕하고 옷을 갈아입은 다음, 생크스의 주소를 알아내고, 택시를 타고 그곳에 갔다. 너무 일찍 도착한 셈이었다. 아직 7시 15분밖에 되지 않았기 때문이다.

생크스는 구식 길모퉁이 술집이었으며, 그 구석의 앞쪽에는 판유리창이 있었고, 그 뒤로는 지저분한 징두리 벽판이 있었다. 칸막이 좌석에 앉으니 거리 모퉁이의 모습이 훤히 보였는데, 저쪽도 이쪽이 훤히 보이기는 마찬가지였다. 모퉁이의 불빛을 제외하면 술집 나머지 부분은 어둠에 잠겨 있었고, 여기저기 네온 글자로 이루어진 맥주

간판의 비현실적인 파란색과 초록색이 드문드문 나타났을 뿐이었다.

뮬런버그는 술집에 들어가면서 자기 시계를 바라보고 몸서리쳤다. 이제는 자기가 오늘 하루 내내 점점 더 인위적으로 바쁘게 움직였다는 사실을, 그리고 버지에 대한 생각이며 그녀에게 무슨 일이 일어났는지에 대한 생각도 손쉽게 옆으로 밀쳐놓을 수 있었다는 사실을 깨달았기 때문이다. 분주함으로 인해 이제는 가만히 앉아서 기다릴 수밖에 없는, 그리하여 자신의 걱정을 생각할 수밖에 없는 지점까지 도달하는 데 성공한 셈이었다.

뮬런버그는 마치 동굴 같은 어둠과 핏기 없는 빛 사이의 상호 경계선에 자리한 칸막이 좌석을 고른 다음, 맥주를 한 잔 시켰다.

누군가가(전통적인 방법으로 그를 'X 씨'라고 부르자) 그의 안치실에 있던 시체 두 구를 파괴하기 위해서 각별히 애를 썼다. 매우 철저한 공작원이었다. 물론 X 씨가 공원에서 살해당한 괴물의 애처로운 반쪽 시체 두 구에 관한 정보를 억압하는 데에 정말로 관심이 있었다면, 결과적으로는 임무의 일부밖에 달성하지 못한 셈이었다. 레갈리오, 앨, 버지, 뮬런버그가 그 사건에 대해 알고 있었기 때문이다. 레갈리오와 앨은 오늘 아침에 그와 만났을 때까지만 해도 멀쩡했다. 뮬런버그도 하루 종일 관할 경찰서와 그 인접 지역을 멀쩡히 돌아다녔고, 구급차 담당 직원들도 멀쩡하긴 마찬가지였다.

하지만 버지는……

그녀는 연약할 뿐만 아니라, 취재 때문에 외근이 무척 빈번해서 누구도 몇 시간이나 그녀의 부재를 깨닫지 못할 가능성이 있었다. 기사! 그거였다. 정보를 숨기고 싶어 하는 사람에게는 기자야말로 가장 큰 위협을 상징하는 셈이었다!

그 생각과 함께 당연한 결론이 찾아왔다. 버지는 행방불명 상태였다. 만약 그녀가 이미 처리되었다면, 이제는 그가, 즉 뮬런버그가 다음 차례일 것이었다. 그럴 수밖에 없었다. 그야말로 한참 그 시체를 직접 볼 수 있었던 유일한 사람이니까. 뮬런버그는 기자에게 정보를 제공한 사람인 동시에, 여전히 제공할 정보를 가진 사람이니까. 달리 말하자면, 만약 버지가 처리되었다고 한다면, 그 역시 일종의 공격을 받으리라고, 그것도 신속히 받으리라고 예상할 수 있을 것이었다.

뮬런버그는 눈을 가늘게 뜨고 주위를 둘러보았다. 이곳은 하필 이 도시에서도 험한 동네였다. 내가 왜 굳이 여기 와 있는 것일까?

충격과 고통이 불쑥 솟아올랐다. 어젯밤에 만난 여자. 설마 그것도 이 일의 일부일 리는 없었다. 굳이 그럴 필요까지는 없었다. 하지만 정작 뮬런버그는 바로 그녀 때문에 지금 여기에 오리처럼 주저앉아 있는 것이었다.

그는 버지의 실종의 의미에 관해 생각하는 게 마뜩지 않음을 갑자기 깨달았다.

"아, 이런." 뮬런버그는 큰 소리로 말했다.

차라리 도망쳐야 할까?

차라리— 하지만 그가 틀렸다면? 그는 그 여자가 이곳에 오는 모습을, 자기를 기다리는 모습을, 그리고 어쩌면 자기가 혼자만의 환상에 지레 겁을 집어먹은 나머지 이 어두컴컴한 곳에서 뭔가 말썽에 휘말리는 모습을 머릿속에 그려 보았다.

뮬런버그는 차마 떠날 수 없었다. 어쨌거나 8시가 될 때까지는 그럴 수 없었다. 하지만 그때가 되면 어떻게 할까? 만약 그들이 그를 처리하고 나면 다음 차례는 누가 될까? 분명 레갈리오일 것이다. 그다음에는 앨일 것이다. 그다음에는 검시관일 것이다.

일단 레갈리오에게는 경고해 주자. 최소한 그건 률런버그도 할 수 있는 일이었다. 너무 늦기 전에. 그는 자리를 박차고 일어났다.

공중전화 부스에 누군가가 있었다. 여자였다. 률런버그는 욕을 내뱉고는 문을 당겨 열었다.

"버지!"

그는 거의 히스테릭하게 손을 뻗어서 그녀를 밖으로 잡아당겼다. 버지는 힘없이 빙그르르 돌며 률런버그의 두 팔에 안겼고, 놀라우리만치 짧은 사이에 그의 생각은 차마 표현할 수 없이 뒤죽박죽이 되었다. 곧이어 그녀가 움직였다. 그를 꽉 움켜쥐고는, 차마 믿을 수 없다는 듯 올려다보더니, 다시 한번 꽉 움켜쥐었다. "률리! 아, 률리! 당신이어서 얼마나 반가운지 몰라요!"

"버지, 이 멍청이— 도대체 어디 갔었어요?"

"아, 내가 겪은 일은 제일 끔찍한— 제일 놀라운—"

"저기, 당신은 어제도 울었잖아요. 올해의 눈물 할당량은 그게 전부 아니었어요?"

"아, 입 닥쳐요, 률리. 률리, 어느 누구도 내가 겪은 것보다 훨씬 더 혼란스러울 수는 없었을 거예요!"

"아." 그는 숙고하는 듯 말했다. "나도 모르겠네요. 일단 이리로 좀 와요. 여기 앉으라고요. 바텐더! 더블 위스키소다 두 잔요!" 남자가 보호할 뭔가를 갖고 있을 때 세상을 향한 태도가 얼마나 달라질 수 있는지를 깨닫자 률런버그는 마음속으로 미소를 지었다. "말해 봐요." 그는 그녀의 턱을 손으로 감쌌다. "맨 먼저, 도대체 어디 갔었어요? 당신 때문에 걱정이 되어서 죽는 줄 알았다고요."

버지는 그를 바라보았다. 그의 눈을 한쪽씩 차례대로 바라보았다. 그녀의 전체적인 태도에는 뭔가 간청하는 표현이 나타나 있었다. "내 말 듣고 안 웃을 거죠, 퓰리?"

"이 일 가운데 일부는 정말 재미있지가 않아요."

"내가 **진짜로** 당신한테 말할 수 있을까요? 한 번도 시도해 본 적이 없는데." 버지가 말했다. 마치 주제 전환이 전혀 없다는 듯한 투였다. "당신은 내가 누군지 잘은 모르잖아요."

"그럼 말해 봐요. 내가 알 수 있게요."

"음." 그녀는 이야기를 시작했다. "오늘 아침에 있었던 일이에요. 잠에서 깨었을 때에 말이에요. 정말 아름다운 날이었어요! 나는 버스를 타러 길모퉁이로 내려갔죠. 거기 신문 가판대에 있는 아저씨한테 '〈포스트〉 있죠?' 하고 말한 다음, 요금 통에다가 동전을 집어넣었죠. 그런데 그 남자가 마치 합창하듯 나랑 똑같은 말을 하는데……"

"그 남자라뇨?" 퓰런버그가 재촉했다.

"네. 음, 젊은 남자였어요. 나이가 한— 아, 정확한 나이는 나도 몰라요. 그냥 적당한 정도죠, 여하간. 마침 신문이 딱 한 부밖에 안 남았기 때문에, 가판대 아저씨는 그걸 어떤 손님한테 팔아야 할지 몰라 망설였죠. 우리는, 그러니까 그 사람이랑 나는 서로를 바라보고 큰 소리로 웃어 버렸어요. 그러자 내 생각에 가판대 아저씨는 내 목소리가 더 컸다고 생각했는지, 아니면 그렇게 하는 게 신사답다고 생각했는지, 결국 나한테 신문을 건네주더군요. 그때 버스가 오기에 우리는 올라탔죠. 그런데 그 사람은, 그러니까 그 젊은 남자가 혼자 자리에 앉아 있길래, 내가 이리 오라고 불렀죠. 신문 사는 걸 도와주었으니,

이제 신문 읽는 것도 좀 도와달라면서요."

외눈박이 바텐더가 술을 가져왔을 때 버지가 잠시 말을 멈추었다.

"그런데 우리는 신문을 전혀 들여다보지 않았어요. 우리는 뭐랄까…… 이야기를 나눴어요. 지금껏 한 번도 그렇게 내가 이야기를 할 수 있는 누군가를 만난 적은 없었어요. 심지어 당신조차도요, 뮬리. 심지어 내가 그렇게 해 보려고 시도하는 지금도 마찬가지예요. 그런데 그때의 결과는…… 마치 내가 그를 평생 알고 지낸 것처럼— 아니에요." 그녀는 이렇게 말하면서 고개를 격렬하게 흔들었다. "심지어 그런 것 같지도 않았어요. 나도 몰라요. 말을 못 하겠네요. 여하간 좋았어요.

우리는 다리를 건넜고, 버스는 풀밭을 따라서 달렸죠. 그러니까 공원과 야외 행사장 사이에 있는 곳 말이에요. 풀이 너무 초록색이고 하늘이 너무 파란색이어서, 내 안의 뭔가가 그냥 폭발하기를 원했어요. 하지만 좋았어요. 내 말은, 좋았다는 거예요. 나는 오늘 땡땡이를 칠 거라고 말했죠. 그렇게 하고 싶다거나, 그러고 싶은 기분이라고 말한 게 아니었어요. 그냥 그렇게 할 거라고 말했죠. 그러자 그는 그러자고 말하더군요. 마치 내가 자기한테 물어보기라도 한 것처럼요. 그런데 나는 거기에 대해서 굳이 의문을 제기하지도 않았어요. 조금도요. 나는 그가 어디로 가는 건지, 또는 그가 무엇을 포기하는 건지도 몰랐어요. 하지만 우리는 하차 신호를 보냈고, 버스가 멈추자 내려서 들판을 걷기 시작했어요."

"그럼 하루 종일 뭘 한 거예요?" 뮬런버그는 그녀가 술을 홀짝이는 동안 물어보았다.

"토끼를 쫓아다녔죠. 달리기도 했고요. 햇볕을 쬐며 누워 있기도 했어요. 오리에게 먹이를 주기도 했고요. 웃기도 많이 했어요. 이야기도 **진짜** 많이 했고요." 버지의 두 눈이 다시 현재로, 다시 퓰런버그에게로 되돌아왔다. "이런, 나도 모르겠어요, 퓰리. 그가 떠난 뒤에 그 모두에 대해서 나 자신에게 이야기하려고 시도했어요. 그런데 할 수가 없었어요. 설령 내가 그 이야기를 들었더라도 믿지 않았을 거예요."

"그런데 그 모든 일이 결국 저 초라한 공중전화 부스 안에서 끝나버렸단 말이에요?"

그녀는 곧바로 제정신을 차렸다. "사실은 그를 여기서 만나기로 했어요. 그런데 나는 그냥 집에 가서 기다릴 수가 없었어요. 그리고 처음으로 희미하게나마 사무실 생각이 나는 걸 그냥 삼켜 버릴 수가 없었죠. 그래서 여기로 온 거예요.

나는 자리에 앉아서 기다렸어요. 왜 그가 하필이면 이런 장소에서 만나자고 했는지 알 수 없었고— 그나저나 당신은 도대체 어쩌다가 여기 와 있는 거예요?"

"별일 아니에요." 퓰런버그는 목이 막혀 캑캑대며 말했다. "그냥 '우리 사는 좁은 세상'이라는 독창적인 생각을 하고 있던 참이죠." 그는 그녀로부터 나오려고 드는 질문들을 물리쳤다. "내 신경은 쓰지 말아요. 일단 당신이 먼저 말하고, 그다음에 내가 말할게요. 지금 뭔가 기묘하고도 놀라운 일이 벌어지고 있으니까요."

"내가 어디까지 말했죠? 아. 그래요. 나는 여기 앉아서 기다리며 기분이 좋았는데, 점차 그 기분이 사라지면서 우울이 스며들기 시작했어요. 그때 갑자기 당신이, 그리고 공원 살인 사건이, 그리고 어젯밤 당신의 실험실에서 있었던 놀라운 일이 생각나서, 겁이 나기 시작했어요. 뭘 어떻게 해야 할지 몰랐죠. 여기서 도망치려고 했는데, 그러다가 문득 반발이 일어나면서, 혹시 내가 그냥 스스로 겁을 집어먹은 건가 궁금해지더라고요. 혹시 그가 여기 왔는데 내가 없다면? 나로선 그걸 견딜 수가 없었어요. 그러다가 다시 겁이 났고— 혹시 그가 이 모든 일의 일부는 아닐까, 즉 샴쌍둥이 살인 사건이며 그 모든 사건의 일부는 아닐까 하고 궁금해졌어요. 나로선 그런 일은 차마 생각하기도 싫었죠. 나는 진짜 고민에 빠졌죠. 마침내 정신을 차리고, 이제 유일하게 할 일은 당신에게 전화를 거는 것뿐이라고 결론을 내렸어요. 그런데 당신은 실험실에 없더라고요. 그리고 검시관도 당신이 어디 갔는지 모르고— 그때 정말 느닷없이, 어, 어, 어, **률리**!"

"그게 그렇게 중요했어요?"

버지는 고개를 끄덕였다.

"바람둥이 같으니! 애인하고 놀아난 지 몇 분이나 되었다고—"

그녀는 손을 뻗어 그의 입을 닫았다. "말조심해요." 버지는 매섭게 말했다. "이건 즐거운 일탈이 전혀 아니었어요, 률리. 오히려 이건 마치— 마치 내가 한 번도 들어 본 적도 없는 거였어요. 그는 나한테 손도 대지 않았고, 심지어 손을 대고 싶은 것처럼 행동하지도 않았어요. 그로선 굳이 그럴 것까지도 없었어요. 굳이 그럴 필요가 없었으니까요. 그 전부가 **진짜** 전부였고, 다른 어떤 것의 준비인 것은 아니었어요. 그건 정말— 그건 정말— 아, **망할** 놈의 이 언어 같으니!"

률런버그는 문득 자기 앰프 옆에 세워져 있던 프로코피예프의 음반 재킷을 떠올렸다. 진짜 망할 놈의 것이로군. 그는 생각했다. "그 사람 이름이 뭐라고 했죠?" 그는 부드럽게 물었다.

"그 사람—" 버지는 고개를 확 들어 올렸고, 천천히 그를 돌아보았다. 그녀가 속삭였다. "나는 한 번도 그 사람 이름을……" 곧이어 그녀의 두 눈이 매우 휘둥그레졌다.

"그럴 것 같았어요." 내가 왜 이런 말을 하지? 퓰런버그는 마음속으로 물었다. 나는 거의 알고 있었어……

그가 갑자기 말했다. "버지, 그 사람 사랑해요?"

그녀의 얼굴에 놀라움이 나타났다. "그거에 대해서는 생각도 못 했어요. 어쩌면 나는 사랑이 뭔지 모르나 봐요. 안다고 생각했었는데. 하지만 이거보다는 못 했어요." 그녀는 얼굴을 찡그렸다. "또 어떤 면에서는 이거보다는 더했고요."

"어디 한번 말해 봐요. 그가 당신 곁을 떠났을 때, 그러니까 그런 하루를 보내고 나서도 사라져 버렸을 때, 혹시 당신도…… 뭔가를 잃어버렸다는 느낌을 받았나요?"

버지는 이 질문을 곰곰이 생각해 보았다. "왜…… 아니. 아니에요. 그렇진 않았어요. 나는 충만한 상태로 여기까지 왔고, 그가 준 것은 계속 내게 남아 있었어요. 그건 큰 차이예요. 그 어떤 사랑도 그렇지는 않았어요. 당신은 그런 걸 겪어 본 적이 있어요? 나는 아무것도 **잃어버리지** 않았어요!"

퓰런버그는 고개를 끄덕였다. "나도 마찬가지였어요." 그가 말했다.

"**뭐가** 마찬가지라는 거예요?"

하지만 퓰런버그는 버지의 말을 듣고 있지 않았다. 대신 시선을 문에 고정한 채로 자리에서 천천히 일어나고 있었다.

여자가 거기 있었다. 이전과는 다르게 옷을 입었고, 깔끔하고 균형

잡힌 모습이었다. 하지만 얼굴이며, 믿을 수 없이 매력적인 눈은 그대로였다. 그녀는 청바지에, 로퍼 구두에, 두껍고 약간 헐렁한 스웨터를 걸쳤고, 두 개의 부드러운 옷깃 끄트머리가 목과 턱을 배경 삼아 빛나고 있었다. 그녀의 머리카락은 그의 머리카락보다 더 길어 보이지도 않았지만, 아름답고도 아름다웠고……

퓰런버그는 눈을 아래로 깔았다. 마치 강한 빛을 피해 시선을 돌리는 것과 비슷했다. 그는 시계를 보았다. 8시였다. 문득 그는 버지도 환한 표정으로 저 문간의 사람을 뚫어져라 바라보고 있음을 깨달았다. "퓰리, 저기요. 저기요, 퓰리. 그 사람이에요!"

곧이어 문간에 있던 여자도 그를 보고는 미소를 지었다. 여자는 손을 흔들며 구석진 칸막이 좌석을 가리켰다. 두 개의 거리가 만나는 창문 쪽에 있는 좌석이었다. 퓰런버그와 버지는 여자에게 다가갔다.

두 사람이 다가오는 사이에 여자는 자리에 앉았다. "안녕하세요. 거기 앉으세요. 두 분 모두요."

두 사람은 여자의 맞은편에 나란히 앉았다. 버지는 대놓고 감탄하며 바라보았다. 퓰런버그도 역시나 바라보았지만, 마음 뒤쪽에 있는 뭔가가 자라나기 시작하더니, 또 자라나서는, 급기야— "아니야." 그는 차마 믿을 수 없다는 듯 말했다.

"맞아요." 여자가 직접 그를 겨냥해 말했다. "사실이에요." 여자는 버지를 바라보았다. "그녀는 아직 모르고 있죠. 안 그래요?"

퓰런버그는 고개를 저었다. "말해 줄 만한 시간이 없었으니까요."

"어쩌면 말하지 않는 게 나을 수도 있어요." 여자가 말했다.

버지는 신이 나서 퓰런버그를 돌아보았다. "당신도 이 남자를 아는군요!"

뮬런버그는 어렵사리 말을 꺼냈다. "나도 알지. 그나저나 뭐라고 해야 하나…… 뭐라고—"

여자는 크게 웃음을 터트렸다. "이 남자라고 할지, 아니면 여자라고 할지 몰라 고민하고 있군요."

버지가 물었다. "뮬리, 방금 이 남자가 한 말이 무슨 뜻이에요? 나한테도 좀 가르쳐 줘요."

"부검을 했다면 결국 드러나고 말았겠지요, 안 그런가요?" 뮬런버그가 물었다.

여자는 고개를 끄덕였다. "확실히 드러났겠죠. 정말 아슬아슬했어요."

버지는 두 사람을 번갈아 바라보았다. "지금 무슨 이야기를 하는 건지, 둘 중에 누가 좀 설명해 줄래요?"

뮬런버그는 여자의 눈을 똑바로 바라보았다. 그녀가 고개를 끄덕였다. 그는 한 팔을 뻗어 버지의 어깨를 안았다. "잘 들어요, 기자 아가씨. 여기 있는 우리의— 우리의 친구분은 뭔가 좀…… 뭔가 좀 새롭고도 다르다는 거예요."

"새로운 것까지는 아니죠." 여자가 말했다. "우리야 수천 년째 살아왔으니까요."

"이제야 어찌 된 영문인지 알겠어요!" 뮬런버그는 잠시 말을 멈추고 여자의 말을 되새겼고, 그 와중에 버지가 꿈틀거리며 항의했다. "하지만— 하지만— 하지만—"

"쉬잇, 조용히 해요." 그는 이렇게 말하며 그녀의 양어깨를 부드럽게 쥐었다. "당신이 오늘 오후를 함께 보낸 당사자는 남자가 아니에요, 버지. 내가 어젯밤의 대부분을 함께 보낸 당사자가 여자가 아닌 것과도 마찬가지죠. 맞죠?"

"맞아요." 여자가 말했다.

"그리고 그 샴쌍둥이는 사실 샴쌍둥이가 아니라, 여기 있는 우리 친구와 같은 부류의 두 명이었던 거예요. 그러니까— 그러니까—"

"그들은 연접連接 상태였어요." 거의 콘트랄토에, 그러면서도 거의 테너에 가까운 여자의 매끈한 목소리에는 차마 표현할 수 없는 슬픔이 깃들어 있었다.

"무슨 상태였다고요?" 버지가 물었다.

퓰런버그가 그녀에게 철자를 하나하나 불러 주었다. "생명 형태 가운데 일부가 그래요." 그가 설명을 시작했다. "음, 짚신벌레라는 미소동물이 좋은 예가 되겠군요. 그 녀석들은 분열을 통해서 번식하죠. 몸이 길게 늘어나면서 그 핵도 길게 늘어나는 거예요. 그러다가 핵이 나뉘어서 두 개가 되면, 그 동물의 양쪽 끝으로 핵이 하나씩 옮겨 가는 거예요. 그러다가 그 동물의 나머지 부분이 서로 나뉘면, 짜잔, 짚신벌레 두 마리가 되는 거죠."

"하지만 당신은— 이 남자는—"

"입 좀 다물어요." 퓰런버그가 말했다. "내가 설명하고 있잖아요. 그런데 분열을 통한 번식에는 한 가지 문제가 있어요. 혈통의 다양성을 보장할 수 없다는 거죠. 짚신벌레의 한 계보가 그런 방식으로 번식을 하다 보면, 평균의 법칙에 따라서 그 주된 소질이 모두 비생존적 소질이 되어서 결국은 꽝— 짚신벌레가 없어질 거예요. 따라서 짚신벌레는 그런 어려움을 해결하기 위한 또 다른 과정을 갖고 있죠. 짚신벌레 두 마리가 맞붙어 있으면, 그 접촉면이 점차 융합하기 시작하는 거예요. 양쪽의 핵은 그 접촉면으로 끌려가죠. 그러다가 접촉면이 무너지면 두 개의 핵이 서로 접촉할 수 있게 되는 거죠. 두 개의 핵이 서로 흘러가서 뒤섞이고 합쳐진 다음, 어느 정도 시간이 흐르고 나면 분리되어서 절반씩 각각의 동물에게로 가는 거예요. 그러다가 열렸던 접촉면의 벽이 닫히면, 서로에게서 떨어져 나가서, 두 마리는 각자 제 갈 길을 가는 거예요.

이게 바로 연접이에요. 성적인 과정이라고 결코 말할 수 없는 것이, 짚신벌레는 성별이 없기 때문이죠. 그건 번식과도 직접적인 관련이 없어요. 번식은 연접이 있거나 없거나 간에 벌어질 수 있기 때문이죠." 그는 뒤늦게 나타난 동석자를 바라보았다. "하지만 더 고등한 형태에서 연접이 일어난다는 이야기는 한 번도 들어 본 적이 없어요."

가장 희미한 미소가 나타났다. "그건 우리 고유의 특성이에요. 어쨌거나 이 행성에서는 말이에요."

"그 나머지는 어떤 거죠?" 퓰런버그가 물었다.

"우리의 번식요? 우리는 단성생식형 여성이에요."

"다— 당신이 여자라고요?" 버지가 놀라서 내뱉었다.

"편의상 그렇게 표현하는 거죠." 퓰런버그가 말했다. "각 개체가 두 종류의 성 기관을 모두 갖고 있어요. 이들은 자가수정을 하니까요."

"그렇다면 그— 그걸 뭐라고 하죠?— 그러니까 자웅동체라는 거네요." 버지가 말했다. "실례되는 표현일지 모르겠지만요." 그녀가 작게 덧붙였다.

퓰런버그는 여자와 마찬가지로 크게 웃음을 터트렸다. 그 생물의 마법이 워낙 대단했기 때문에 그런 웃음도 상처를 주지는 않았다.

"그건 아주 많이 다른 거예요." 그가 말했다. "자웅동체는 인간이죠. 하지만 그녀는— 그러니까 여기 있는 우리 친구는 그렇지가 않아요."

"당신이야말로 내가 이제껏 살면서 만나 본 가장 인간다운 존재였는데요." 버지가 격렬하게 말했다.

여자는 탁자 너머로 손을 뻗어 그녀의 팔을 만졌다. 뮬런버그는 이것이야말로 자기나 버지가 저 생물에게서 아직 받아 보지 못한 최초의 신체 접촉이 아닐까, 또한 이것이야말로 드문 일이고 대단한 칭찬이 아닐까 하고 생각했다.

"고마워요." 여자가 부드럽게 말했다. "그렇게 말해 줘서 정말 고마워요." 여자는 뮬런버그에게 고개를 끄덕였다. "계속 말씀해 보세요."

"엄밀히 말하자면— 물론 나로선 그런 일이 실제로 가능했던 사례는 전혀 모르지만— 자웅동체는 양성 가운데 어느 한쪽과도 접촉할 수 있어요. 하지만 단성생식형 여성은 그렇지 않고, 그럴 수도 없고, 그러려고 하지도 않을 거예요. 그들은 그럴 필요가 없으니까요. 인간은 번식 과정을 통해서 혈통을 교환하죠. 반면 단성생식은 이 두 가지 행동을 완전히 분리한 거예요." 그는 여자를 바라보았다. "하나 물어볼게요. 얼마나 자주 번식을 하시나요?"

"우리가 하고 싶은 만큼 자주요."

"연접은요?"

"우리가 꼭 해야 하는 만큼 자주요. 그러니까— 꼭 해야죠."

"그런데 그 일은—"

"그 일은 어렵죠. 본질적으로는 짚신벌레와 비슷하지만, 더 무한히 복잡해요. 세포의 만남과 합류가 이루어지는데, 처음에는 십여 개, 다음에는 수십 개, 수백 개, 다음에는 수십억 개의 세포가 그렇게 되죠. 결합은 여기에서 시작되어서—" 그녀는 한 손을 인간의 심장이 있는 대략적인 위치에 갖다 댔다. "—점차 확장되죠. 내가 불태워 버린 그들의 모습에서 당신도 보셨을 거예요. 당신이야말로 그걸 본 극소수의 인간 가운데 하나죠."

"나도 제대로 본 것까지는 아니었어요." 률런버그는 여자에게 부드럽게 상기시켰다.

그녀가 끄덕였다. 그리고 또다시 깊은 슬픔이 나타났다. "그 살인 사건은 정말 어리석고, 믿을 수 없고, 예기치 못한 일이었어요!"

"그들은 왜 하필 공원에 있었던 거죠?" 그가 물었다. 연민이 잔뜩 깃든 목소리였다. "왜 하필 그곳에, 공개적인 장소에, 그러니까 인간 쓰레기들이 그들을 발견할 수도 있는 장소에요?"

"그들은 운명에 맡기고 시도해 보았던 거예요. 왜냐하면 그들에게는 그게 중요했으니까요." 여자는 지친 듯 대답했다. 고개를 든 여자의 두 눈은 빛나고 있었다. "우리는 야외를, 그곳의 촉감과 냄새를, 그곳에서 사는 것들을 좋아하거든요. 특히 그걸 할 때에는 말이에요. 워낙 깊은 수풀이고, 외딴 구석이었어요. 놈들이— 그러니까 놈들이 거기서 그들을 발견한 것은 단지 우연일 뿐이었어요. 그들은 움직일 수가 없었죠. 그들은— 음, 당신이라면 그들이 의학적으로 무의식 상태였다고 말하겠죠. 물론 실제로는— 음, 실제로는 연접을 해서 태어난 존재에게는 의식 비슷한 것이 전혀 없지만요."

"그걸 설명하실 수 있나요?"

여자는 천천히 고개를 저었지만, 그렇다고 해서 지금까지 보여 준 솔직함을 저버리는 태도까지는 아니었다. "그거 아세요? 당신도 내가 이해할 수 있도록 성性을 설명할 수는 없다는 걸요? 나로선 아무런 — 아무런 비교도, 아무런 유비도 내놓을 수가 없어요. 나는—" 여자는 두 사람을 번갈아 쳐다보았다. "—나는 그걸 보며 깜짝 놀라죠. 어떤 면에서는 그걸 부러워하고요. 그게 투쟁이란 것도 알아요. 우리는 매우 온화하기 때문에 투쟁을 회피하지만요. 하지만 당신네는 투쟁을 즐길 역량을 갖고 있죠. 여러분이 겪는 모든 고통을, 모든 슬픔과 가난과 잔혹을 즐길 수 있는 그런 역량이야말로, 당신네가 창조한 모든 것의 초석인 거예요. 그리고 당신네는 지금껏 알려진 우주의 어느 누구보다, 어느 것보다 더 많은 것을 창조했죠."

버지는 눈이 휘둥그레졌다. "당신이 **우리를** 부러워한다니요. **당신이요?**"

여자는 미소를 지었다. "당신이 나에게서 감탄하는 것들이 나와 같은 부류 사이에서는 오히려 흔한 거라는 생각은 들지 않나요? 그건 단지 인간 사이에서만 희귀한 거예요."

뮬런버그가 천천히 말했다. "당신네와 인간의 관계는 정확히 어떤 거죠?"

"물론 공생 관계죠."

"공생이라고요? 당신네는 우리와 함께 살고, 우리는 당신네와 함께 산다는 건가요? 마치 흰개미 속에 있는 셀룰로스 소화 미생물처럼요? 마치 유카 나방이 오로지 유카 선인장에서 나오는 즙만 먹고 살아야 하고, 거꾸로 그 선인장은 오로지 그 나방을 통해서만 꽃가루를 퍼뜨릴 수 있는 것처럼요?"

여자는 고개를 끄덕였다. "그건 순수하게 공생 관계예요. 하지만 설명하기가 쉽지는 않군요. 우리는 인간을 동물과 다르게 만들어 주는 인간의 일부분을 먹고 살아가고 있어요."

"그럼 거꾸로 말해서—"

"우리는 인간 속에서 그걸 배양하는 거죠."

"무슨 말인지 모르겠어요." 버지가 솔직히 말했다.

"당신네 전설을 한번 살펴보세요. 거기서는 우리가 자주 언급되니까요. 예를 들어 성별이 없는 천사들이 과연 누구겠어요? 밸런타인데이 카드에 등장하는 유선형의 통통한 소년이 과연 누구겠어요? 그런 영감은 과연 어디서 왔겠어요? 어느 작곡가의 새로운 교향곡의 처음 세 음을 알고 있는 게, 그리고 그 작곡가가 자기 집으로 걸어가는 동안 다음 악절을 휘파람으로 불어서 들려주는 게 과연 누구겠어요? 게다가 (당신 두 사람에게 가장 중요한 건데) 인간 사이의 사랑에서 성적이지 않은 어떤 부분에 대해서 진정으로 이해하는 게 (왜냐하면 우리는 그 외의 사랑에 대해서는 전혀 모르니까요) 과연 누구겠어요? 당신네 역사를 읽어 보시면, 당신네는 우리가 어디 있었는지 알 수 있을 거예요. 그 대가로 우리는 당신네 창조물을 얻는 거예요. 예를 들어 교량이라든지, 그렇죠, 비행기라든지, 그리고 이제 머지않아 우주선 같은 것을요. 하지만 다른 종류의 창조물도 있어요. 노래와 시, 이런 새로운 것들, 그리고 여러분 종족 모두의 하나됨에 대한 이 증대하는 느낌 같은 것들요. 그리고 지금은 국제연합UN을 향해 더듬거리며 나아가고 있고, 더 나중에는 별을 향해 암중모색하겠죠. 인간이 창조하는 곳에서 우리는 번성해요."

"그렇다면 당신네가 우리한테서 얻어 가는 것에는 어떤 이름이 있나요? 그러니까 인간과 나머지 동물 사이의 차이인 그것에는요?"

"아뇨. 하지만 그걸 성취감이라고 부르면 돼요. 당신네가 그걸 가장 많이 느끼는 곳에서, 당신네는 그걸 우리에게 가장 많이 공급하니까요. 그리고 당신네가 창조한 것을 당신네 부류의 다른 이들이 즐길 때, 당신네는 그걸 가장 많이 느끼게 마련이죠."

"그런데 왜 당신네는 계속 숨어 있는 거죠?" 버지가 갑자기 물었다. "왜요?" 그녀는 탁자 가장자리에 놓은 양손을 쥐어짜고 있었다. "당신네는 이렇게 아름다운데요!"

"우리는 숨어야만 해요." 여자가 부드럽게 말했다. "당신네는 아직도 자기와 다른 뭔가를…… 죽이곤 하니까요."

뮬런버그는 그 솔직하고도 사랑스러운 얼굴을 바라보았고, 그 얼굴에 떠오른 혐오감을 감지하고 하마터면 울음을 터트릴 뻔했다. 그가 물었다. "그러면 당신네는 한 번도 뭔가를 죽인 적이 없나요?" 곧이어 뮬런버그는 고개를 떨구었다. 자기 질문이 마치 인류의 일면인 살인 성향을 변명하는 것처럼 들렸기 때문이다. 그리고 실제로도 그러했기 때문이다.

"그건 아니죠." 여자는 매우 나지막이 말했다. "우리도 죽이곤 해요."

"그러면 당신네도 뭔가를 **증오할** 수 있나요?"

"그건 증오가 아니에요. 증오하는 자는 그 증오의 대상뿐만 아니라 자기 자신도 증오하게 마련이니까요. 정의로운 분노라는 또 다른 감정이 있어요. 그 감정 때문에 우리는 뭔가를 죽이곤 하죠."

"그런 것은 차마 생각을 못 하겠는데요."

"지금이 몇 시죠?"

"거의 8시 40분이 다 됐어요."

여자는 칸막이 좌석에서 일어나 길모퉁이를 바라보았다. 이제는 어두워져 있었고, 가로등 밑에는 평소처럼 청년들이 여럿 무리 지어 있었다.

"오늘 저녁에 여기서 세 명을 더 만나기로 약속했어요." 여자가 말했다. "바로 그 살인자들이죠. 두 분은 그냥 보고만 계세요." 그녀의 두 눈이 마치 불타는 것 같았다.

가로등 아래 청년 두 명이 말다툼을 벌이고 있었다. 한두 명의 외침을 제외하고 무리 전체가 조용해지더니, 두 사람 주위로 둥글게 모여들어 일종의 무대를 만들었다. 무대 안에서 말다툼을 벌이는 두 사람에게서 약간 떨어진 곳에 세 번째 남자가 있었다. 체구가 더 작고 육중했으며, 빳빳이 다린 옷과 선명한 넥타이 차림의 두 싸움꾼과 대조적으로 한쪽 소매가 팔꿈치까지 누더기가 된 군용 재킷 차림이어서 훨씬 더 누추해 보였다.

그다음에 일어난 일은 정말 무시무시한 속도로 펼쳐졌다. 싸움꾼 하나가 상대방의 입을 때렸다. 맞은 사람은 피를 뱉으며 뒤로 물러났고, 번개 같은 속도로 외투 주머니에 손을 집어넣었다. 가로등의 주기적인 박동 속에서 움직이는 칼날이 마치 황금빛 선풍기 날개처럼 보였다. 부글거리는 비명과 깊고 동물적인 신음이 들리더니만, 몸뚱이 두 개가 보도 위에 뒤얽힌 채 쓰러져 꿈틀거렸고, 옷의 빳빳함과 넥타이의 색깔에도 아랑곳하지 않고 피가 흘러나와 스며들었다.

골목 저 멀리에서 한 남자가 소리를 지르고, 호각 소리가 울려 퍼졌다. 곧이어 길모퉁이는 인간을 몰아내는 척력을 지닌 거대한 자석이라도 된 것 같았다. 사람들이 바깥쪽으로 달려 나갔고, 바깥쪽으로 방사되었다. 만약 위에서 내려다보았다면 마치 커다란 진흙 방울이 바깥쪽을 향해 퍼지고 또 퍼지다가 점점 커진 원이 결국 깨지고 입자가 흩어져서 사라지는 것처럼 보였을 터였다. 곧이어 거리에는 피를 흘리는 몸뚱이 두 개와 세 번째 남자만 있었다. 누더기 재킷 차림의 그는 주위를 맴돌다가, 걷다가, 기다렸다가, 도대체 어디로 가야 할지 몰라 했다. 모두가 도망쳐서 침묵을 지키는 상황에서, 달리는 사람의 발소리는 하나뿐이었다. 바로 빠르게 달려서 그곳에 가까워지며, 째지는 경찰 호루라기 사이로 가쁜 숨을 몰아쉬는 어떤 사람의 발소리였다.

누더기 재킷 차림의 청년은 마침내 등을 돌려 달려갔다. 경찰관이 호루라기를 문 채로 뭔가 한 번 소리를 질렀고, 요란한 총성이 두 번 울렸다. 그러자 힘껏 달려가던 청년은 양손을 치켜들더니 굳이 얼굴을 돌리려 애쓰지도 않은 채 고꾸라졌고, 그 상태로 조금 미끄러지더니 한 발을 안으로 향하고 다른 한 발을 바깥으로 향한 채 쓰러져서 꼼짝도 하지 않았다.

짙은색 스웨터와 청바지 차림의 여자는 창문에서 고개를 돌려 자리에 도로 앉은 다음, 탁자 너머에서 주시하는 두 사람의 얼굴을 태연하게 바라보았다. "저놈들이 바로 공원에서 그 둘을 죽인 범인이에요." 여자가 나지막한 목소리로 말했다. "그리고 저게 바로 우리가 뭔가를 죽이는 방법이고요."

"우리하고도 약간 비슷하네요." 률런버그가 힘없이 말했다. 그는 손수건으로 윗입술을 닦아 냈다. "당신네 둘을 죽인 대가로 저놈들 셋이 죽었으니까요."

"아, 당신은 이해를 못 하는군요." 여자가 말했다. 그 목소리에는 연민이 담겨 있었다. "저놈들이 그 둘을 죽였기 때문이 아니에요. 저놈들이 그 둘을 잡아당겨 떼어 놓았기 때문이죠."

이 말의 의미는 률런버그의 경외하는 정신 속으로 점차적으로 스며들었고, 이와 더불어 경외감도 더 커졌다. 이 종족으로 말하자면 수태와 혈통 혼합을 분리시킨 상태였다. 그리고 이와는 별개로 명확한 정의상 세 번째 구성 요소인 정신적 합류가 있었다. 그 요소는 한 번의 접촉만으로도 그에게 마법 같은 밤을, 그리고 버지에게 매혹적인 낮을 제공했다. 투쟁 없는 시간을, 동기나 오해가 개입되지 않은 시간을 말이다.

어마어마하게 효율적인 기능의 조합을 지닌 어떤 인간이 가벼운 접촉 한 번을 통해 그 정도의 기쁨을 인식하도록 인도될 수 있다면, 순수하고도 본질적인 그 세 번째 구성 요소가 그 완전한 흐름 상태에서 갑자기 찢겨 나가게 된 것은 과연 어떤 의미일까? 이것이야말로 한 인간이 범할 수 있는 그 어떤 범죄보다도 더 나쁜 범죄가 아닐 수 없었다. 심지어 인간이 구두 한 켤레를 훔친 죄로 한 인간을 1년 동안 감옥에 가두면서도 깨끗한 양심을 주장할 수 있는 것과 달리, 이 종족은 그처럼 가장 잔혹한 모독 행위에 대해서 신속하고 깨끗한 일격으로 갚아 준 것뿐이었다. 그것은 처벌이 아니라 제거였다. 이 종족에게 처벌이란 그저 낯설고도 이해 불가능한 일이었다.

률런버그는 천천히 얼굴을 들어서 여자의 차분하고도 솔직한 두 눈을 바라보았다. "그런데 왜 우리한테 이 모든 것을 보여 준 거죠?"

"당신네는 나를 필요로 하니까요." 그녀는 간단히 대답했다.

"하지만 당신은 그 시체를 없애려고 온 거니까, 그냥 아무도 모르게 할 수도—"

"그런데 당신네 두 사람을 발견한 거죠. 각자 상대방이 가진 뭔가를 필요로 하는데, 그 사실을 전혀 모르고 있더군요. 아니, 모르는 것까지는 아니었죠. 당신네가 뭔가를 진정으로 공유할 수만 있다면, 매우 가까워질 수도 있을 거라고 당신이 말했던 것으로 기억하니까요." 여자가 웃었다. "혹시 당신의 빈틈을 기억하나요? 일찌감치 마무리되었고, 결코 정확히 채워지지는 않았던 빈틈 말이에요. 그때 내가 당신에게 그랬죠. 그건 설령 채워지더라도 그 자체로 충분하지는 않고, 설령 아예 없더라도 역시나 충분하지는 않을 거라고요. 그리고 당신은—" 여자는 버지를 바라보며 미소를 지었다. "당신은 자기가 원하는 것을 전혀 비밀로 하지 않았어요. 그리고 당신네 두 사람은 각자 이미 가진 것만 계속 붙들고 있으면서, 정작 각자에게 필요한 것은 무시하고 있었어요."

"표제는 이렇게 하죠!" 버지가 말했다. "공동의 나눔에 주목하게 되다."

"부제는 이렇게 하고!" 뮬런버그도 씩 웃었다. "빈틈을 가진 남자가 좀이 쑤시는 여자를 만나다."

여자가 칸막이 좌석에서 빠져나갔다. "당신네는 그렇게 될 거예요." 그녀가 말했다.

"잠깐만요! 우리만 남겨 놓고 가는 건 아니겠죠! 우리가 당신을 다시 볼 수 있을까요?"

"내가 누군지 아는 상태에서는 아닐 거예요. 당신네는 나를, 또는 이 일을 기억 못 할 테니까요."

"도대체 당신이 어떻게 그럴 수 있다는—"

"쉬잇, 뮬리. 저 사람이 충분히 그럴 수 있다는 걸 당신도 알잖아요."

"그래요, 내 생각에 저 여자는— 하지만 잠깐만요— 잠깐만요! 당신은 단지 우리를 이해시키려고 그 모든 지식을 우리에게 준 거잖아요. 그런데 그걸 다시 모두 가져가 버린다는 거군요. 그렇게 해서 우리한테 무슨 득이 있다는 거죠?"

여자는 두 사람을 향해 돌아섰다. 어쩌면 그들이 여전히 앉아 있고, 그녀는 서 있기 때문에 그랬을 수도 있지만, 갑자기 그녀가 두 사람 위에 우뚝 서 있는 것만 같았다. 찰나의 몽롱한 순간, 퓰런버그는 마치 자기가 어떤 산의 커다란 빛을 바라보는 느낌을 받았다.

"아, 이 딱한 사람들— 그걸 몰랐나요? 지식과 이해는 서로를 지탱하는 게 아니에요. 지식이 벽돌 더미라면, 이해는 창조의 방법이죠. 나를 위해 창조하세요!"

두 사람은 생크스라는 술집에 있었다. 삼중 살인 사건이 벌어지고 나서, 그리고 버지가 그 기사를 전화로 송고하기 위해 정신없이 움직이고 나서, 두 사람은 집으로 향했다.

"퓰리." 그녀가 갑자기 물었다. "연접이 무슨 뜻이에요?"

"왜 갑자기 그걸 물어보는 거예요?"

"그냥 머릿속에 떠올랐어요. 그게 도대체 뭐예요?"

"동물 두 마리의 핵들 사이에서 이루어지는 비非성적 혼합을 말하는 거예요."

"나는 한 번도 시도해 본 적 없는 일이네요." 버지는 숙고하는 듯 말했다.

"음, 우리가 결혼할 때까지는 하지 말아요." 퓰런버그가 말했다. 두 사람은 걸어가는 동안 손을 잡기 시작했다.

〔위젯〕, 〔와젯〕, 보프

The 〔Widget〕, the 〔Wadget〕, and Boff

제1부

우리가 알고 있는 (그리고 우리가 미처 모르고 있는, 훨씬 더 많은) 시공연속체 중에는 날아가는 문화들도 있고 헤엄치는 문화들도 있다. 붕소硼素 종족과 플루오린 집단, 동분식銅糞食 생물과, (거칠게 말하자면) 수많은 형이상학의 부유하는 파편 같은 공간에서 헤엄치며 서로를 맴도는 비물질적 생명 형태도 있다. 또 일부는 벌집이나 점균 같은 초실체超實體로 조직되어서 다수가 곧 단수로서 살아가고, 또 일부는 이보다 더 특이한 다수성의 발상을 지니고 있다.

지적 존재의 조직화 문화가 어디서 어떻게 조합되었는지와는 무관하게, 그리고 그 문화가 무엇으로 만들어졌고 어떻게 생존하는지와도 무관하게, 모든 문화가 공통으로 갖고 있는 한 가지가 있으니, 이것이야말로 여러 소질 중에서도 가장 두드러진 것이다. 물론 이를 가리키는 이름은 수많은 문화만큼이나 다양하지만, 그 모두는 똑같은 방식으로 작동한다. 즉 어떤 인간 남자가 자녀의 롤러스케이트를 무심코 밟고 미끄러지는 순간, 내이內耳(아울러 관련 시냅스)와 똑같은 방식으로 작동하는 것이다. 이때 그 남자는 벽이, 또는 전선電線이, 또는 아내가 얼마나 멀리 있는지, 또는 어떤 방향에 있는지를 미처 생각하지 않는다. 그는 일단 뭔가를 **붙잡고** 보며, 대개는 **성공하게** 마련이다. 그것도 정확하게, 심지어 분석조차도 하지 않은 상태에서 말이다. 이와 마찬가지로 개인은 자신의 사회적-문화적 모체 안에서 불균형한 상태에 놓이면 반사적으로 적응하게 마련이다. 그는 반사 신경 중의 반사 신경을 경험하는데, 이것은 물에 빠진 사람에게 과거 전체를 보여 준다는 저 전설적인 시야만큼이나 커다란 무엇이다. 그 시야에서는 단 한 번의 조명된 순간에 정신이 시간에 대해 직각으로 움직이며, 높고도 멀리까지 움직이며 그 조사를 실시한다.

이는 우주 끝까지 펼쳐진 모든 곳의 모든 문화에서도 마찬가지이다. 워낙 명백하고도 필수적이기 때문에 검토되는 경우조차 드물다. 그런데 언젠가 한 번은 어떤 문화에서 이를 검토한 적이 있는데, 거기서는 이 초반사신경을 '시냅스 베타 서브 식스틴'이라고 불렀다.

그런데 그 문화의 구성원들은 계산기에서 나온 결과에 깜짝 놀랐다. 그들도 사실은 어떤 답을 기대하고 있었기 때문이다.

아마 인간의 눈으로는 그 계산기의 본모습을 인식할 수 없을 것이다. 그 기억 장치는 원자구름이며, 그 각각의 입자는 타자의 접근이 불가능하게 자급자족식 역장力場 외피로 봉인되어 있기 때문이다. 핵과 확률 껍질과 내적 긴장에서의 미묘한 차이가 곧 부호화이며, 거의 무한한 다양성의 장을 이용해서 그 입자들을 의도한 조합으로 불러 모으는 것이다. 이는 지구의 수학으로 차마 묘사가 불가능한 방법으로 전달되며, 우리에게는 아직 알려지지 않은 원칙에 의해 감지되어 언어로 (또는 더 정확히 표현하자면, 우리가 언어라고 이해하는 것의 유사물로) 번역된다. 이는 시간적으로나 공간적으로나 문화적으로나 워낙 멀리 떨어진 곳에서 일어나기 때문에, 고유명사로 지칭하기도 부적절한 지경이다. 우리로선 단지 이 특별한 설정에서 이것이 뭔가 놀라운 결과를 산출한다고 말하는 것만으로 충분할 터이다. 이는 한 보고서와 상호 연관이 있는데, 그 요지는 다음과 같다.

시냅스 베타 서브 식스틴의 현존, 또는 부재에 따른 양성 예후, 또는 음성 예후.

그 첨부 자료 카탈로그에서는 문제의 시냅스를 "현장 조사 이외에는 감지 불가능"이라고 설명해 두었다. 따라서 원정대가 파견되었다.

이 모두는 상당히 멀게 느껴질 수도 있다. 하지만 위에 작성된 진단서의 대상이 한창 발효 중인 이스트 무리처럼 젊고도 위험한 '인류 문화'라는 사실과, 거기서 '음성 예후'라는 용어는 **종결**, 끝, 영(0), **더 이상 없음**을 의미하는 데 사용되었다는 사실을 알고 나면, 뭔가 느낌이 달라질 것이다.

우선 이 계산기의 소유주들, 즉 지구 원정의 참가자들은 '하늘의 관찰자들'도 아니고, '우리 운명의 조정자'도 아니라는 점을 이해할 필요가 있다. 즉 지금 이곳에서 우리 사이에 살아가는 사람 중에는 탄생 순간부터 분열 순간까지 아메바의 체중 증가에 몰두하는 사람이 있다. 또한 고양이에게 신경증을 유발하고, 나아가 알코올중독을 유발해서 연구하는 사람도 있다. 어떤 사람은 오랜 연구 끝에 낙타의 물 산출량과 보유량이라는 문제에 도달하기도 한다. 이런 사람들이야 **모든** 아메바나 고양이나 낙타나 문화의 운명에 관한 설계에 대해서는 무지하게 마련이다. 이들로선 단지 **알고** 싶은 어떤 것이 있게 마련이기 때문이다. 그들의 방법이 제아무리 유별나고, 정교하고, 또는 기발하더라도 상황은 마찬가지이다. 따라서 정보를 얻기 위한 원정대가 이곳에 왔던 것이다.

현장 탐사 〔기록〕 첫 〔권의〕 발췌문[1)]

• 결론: (……) 명백한 내용을 다시 서술하자면, 그 어디에나 있는 그 어떤 〔합리적-예측 가능-독해 가능〕 문화에 관해서 〔우리가〕 〔원하는〕 모든 것을 발견할 만큼, 〔우리는〕 지구에 충분히 오래, 그리고 충분한 것 이상으로 오래 있었다. 하지만 이 문화는 〔이해되는-설명 가능한〕 수준을 상당히 넘어서 있다. 얼핏 보기에 〔우리는〕 이 문화가 시냅스를 보유하고 있다는 결론을 즉시 내리고 싶은 유혹을 느끼는데, 이전까지 알려진 그 어떤 문화도 시냅스 없이 이 정도로 발전하지는 않았기 때문이다. 따라서 (……) 그래서 〔우리는〕 〔우리의〕 〔장비를〕 가지고 시냅스를 확인해 보았는데 〔! ! !〕 〔우리의〕 〔장치와〕 우리의 〔섬세한 도구는〕 절대적으로 부정적인 측정값을 〔우리에게〕 제공했기에, 〔우리는〕 고高민감성 〔빈정거림〕을 활성화시켜 사실상 헛소리에 가까운 결과를 얻었다. 즉 시냅스가 인구 전체에 무작위적으로 흩어져 있다 보니, 여기서는 비존재하거나 동면 상태인 반면, 또 저기서는 비록 짧게나마 〔선례가 없었던〕 높은 수준으로 완전히 활성화되는 식이었다. 〔나는〕 〔스미스가〕 〔(즉 그의)

정신이 나가) 버릴 것이라고 생각했고, (나) (스스로도) 그 개념 자체에 대해서 (   )의 치명적인 공격을 받았다. 탐사의 증진을 위해서라기보다는 오히려 (우리) 자신을 보호하기 위해서, (우리는) 우리의 데이터 모두를 (우리의) (우주선의) (컴퓨터에) 제출했으며, 그 결과 한층 더한 헛소리처럼 보이는 것을 얻었다. 즉 이 생물 종은 시냅스를 보유하고 있지만, 사실상 사용하지 않는다는 결론이 나왔던 것이다.

어떻게 시냅스 베타 서브 식스틴을 보유하고서도 정작 사용하지 않는 생물 종이 있을 수 있단 말인가? 헛소리, 헛소리, 헛소리!

(우리의) 데이터가 워낙 복잡하고도 모순적이기 때문에 (우리는) 오로지 미시적 분석에 의존하여 그 인도를 따라 나아갈 수밖에 없게 되었다. 따라서 (우리는) 표본 집단을 (실험실의) 통제하에 고립시키기로 했다. 비록 그것이 (비참하리만치) (원시적인) (배터리) 동력 (와젯)을 사용한다는 뜻이더라도 말이다. (우리는) 신형 모델 (위젯도) 역시나 이 작업에 투입할 것이다. (우리는) 마치 (외설적인 표현에 대해 사죄드린다) 같은 역설의 현존 앞에 서 있는 이 (기묘한, 불편한) 느낌에 질려 버렸기 때문이다.

1) 번역자 주석: 본 번역자가 외계 언어, 문화, 철학, 이론 및 외계 장비의 전문가라는 익히 알려진 사실에도 불구하고, 이번 경우에는 독자의 집중이 필수적이다. 이 기계들이라든지, 또는 그걸 조종하는 존재들의 의사소통 본질 및 양상의 세부 사항을 파고드는 것이란, 비유하자면 마치 젊은 남자가 자기 보상을 얻으러 가는 이야기를 쓰겠다고 예고한 다음, 그가 애인의 현관 계단을 뛰어 올라가서 초인종을 누르는 대목까지 일단 서술하고, 거기서 갑자기 이야기를 뚝 끊어 버리고 초인종의 회로 배선과 건전지에 관한 노골적으로, 아주 노골적으로 세부적인 내용을 늘어놓는 격이다. 따라서 느슨하고 편리한 번역을 이용하고, 이를 괄호에 넣어서 표시함으로써, 당면한 주제에 대한 서술을 제한하는 것이 차라리 더 직접적이고 더 경제적이라고 간주된다. 아울러 스스로의 [박식을] 삼가는 것이 번역자의 겸손을 만족시키기도 하고 말이다.

I

이 도시는 빈민가가 있을 정도로 충분히 오래되었고, 좋은 동네와 나쁜 동네 사이의 구체적인 '경계'가 전혀 없을 정도로 충분히 컸다. 이곳의 성격이 워낙 그러했기 때문에, 사회적 사다리에서 서로 다른 층에 속한 사람들이 하숙집 한곳에 한꺼번에 살아간다 해도 딱히 유별날 것까지는 없었다. 예를 들어 나이트클럽 호스티스로 일하는 젊은 과부와 세 살짜리 아들, 매우 뛰어난 직업 소개 전문가, 젊은 변호사, 고등학교 도서관 사서, 아주아주 작은 도시에서 온 무대 지망생 처녀 등이 한집에 있었다. 이들은 하숙집을 명목상 소유하고 운영하는 샘 비텔먼이 기술자였을 거라고, 그리고 어쩌면 조선 기사였을 수도 있다고 말했지만, 사실 그는 기껏해야 현장 감독 이상의 지위까지는 올라가 본 적이 없었다. 이것이 실패에 해당하는지, 아니면 성공에 해당하는지는 불확실했다. 예를 들어 장교로 진급하지 못한 상사나 원사에게, 또는 여러분의 동네 은행 지점장에게 같은 질문을 던져 보고, 그들의 주장을 여러분 마음대로 골라 보시라. 여하간 샘으로서는 이 문제를 탐구해 보아야겠다는 생각이 전혀 떠오르지 않았을 것 같았다. 그에게는 즐거워할 만한 다른 것들이 있었다. 너그럽고, 호기심 많고, 극도로 생기 넘치는 샘 영감은 원래 직장인 동부의 조선소에서 은퇴한 것을 제외하면 결코 어떤 것에서도 은퇴하지 않은 상태임이 분명했다.

거꾸로 그를 소유하고 운영하는 장본인은 그의 아내였다. 모두가 '비티'라고 부르는 그녀로 말하자면 '아픈 새끼 고양이 후원회'와 '눈물 나는 이야기 협회'의 창립 회원에게서 발견된 것 중에서도 가장

사나운 얼굴과 가장 신랄한 말투를 지니고 있었다. 이들 부부는 모두가 앉을 수 있는 커다란 식탁과 그걸 놓을 장소 모두를 갖고 있는 하숙집에서만 가능한 특별한 방식으로 하숙인들을 보살폈다. 이런 장소는 가족 이하인 셈이었지만, 혹시나 자유를 중요시하는 사람에게는 오히려 가족 이상이라고 느낄 수도 있을 법했다. 이곳은 호텔 이상인 셈이었지만, 혹시나 격식을 좋아하는 사람에게는 오히려 호텔 이하라고 느낄 수도 있을 법했다. 스물두 살이라고 거짓말을 한 메리 헌트에게는 이곳이야말로 가장 잊을 만한, 그리고 머지않아 잊어버릴 징검다리 가운데 하나에 불과했다. 로빈에게는 이곳이 집인 동시에 집보다 더한 곳이었다. 이곳은 그의 세계이고 우주였으며, 마치 물고기에게 물이 그러하듯이 어디에나 있고, 눈에 띄지 않고, 의문의 여지가 없는 환경이었다. 하지만 로빈도 물론 더 나중에 가서는 뭔가 다르게 느끼게 될 것이었다. 그는 이제 겨우 세 살이었으니까. 비텔먼 부부의 하숙인들 가운데 독특하게 비텔먼의 특질이라 할 만한 것을 마치 공기마냥 들이마시는 또 한 명은 바로 필 핼버슨이었다. 직업 소개 분야에서 일하는 이 사려 깊은 청년의 정신이 음식과 주택에 집중되는 때는 오로지 그 두 가지가 자신에게 짜증이 날 때뿐이었는데, 비텔먼 부부로 말하자면 그를 매우 편안하게 만들어 주었기 때문에, 사실상 이들 부부는 그의 눈에 보이지 않는 셈이었다. 레타 슈미트는 여러 가지 이유로 비텔먼 부부를 고맙게 생각했다. 그중에서도 주된 이유는 그녀의 돈이 그들에게 간 기간이었는데, 왜냐하면 슈미트의 고용주는 바로 교육청이었기 때문이다. 앤서니 오바니언 씨는 이런 면에서는 사실상 그 무엇에 대해서도 진정한 감탄을 스스로에게 허용하지 않았다. 따라서 주인 부부가 받아 마땅한 것에 가까운 뭔가를 가지고 존경하고 칭찬하는 일은 애초부터 수 마틴의 몫이 되었다. 로빈의 엄마이며 과부인 수는 나이트클럽에서 호스티스로 일하면서 가끔은 공연도 했다. 과거에만 해도 그녀는 일이 더 잘될 때도 있고, 더 안 될 때도 있었다. 지금도 그녀 혼자서라면 일이 더 잘될 수도 있었지만, 그렇게 되면 오히려 로빈에게는 안 될 것이었다. 그녀의 입장에서 비텔먼 부부는 하늘의 선물이 아닐 수 없었다. 로빈은 이들 부부를 좋아했고, 또 이들 부부는 꼬마에게 해가 되는 일을 결코 하지 않을 것이었다. 비텔먼 부부는 아침마다 꼬마에게 식사를 차려 주고, 꼬마가 나가서 놀 때에는 옷을 입혀 주고, 수가 오전 11시에 일어날 때까지 꼬마를 봐 주고, 재미있게 해 주고, 만족하게 해 주었다. 하루의 나머지 시간 동안 수와 로빈은 함께 지냈고, 잠자리에 들 시간이 되면 엄마는 아들을 침대에 눕히고 이야기를 해주며 재웠다. 오후 9시에 그녀가 일터로 나가면, 비텔먼 부부는 뒤에 남아서 쉬야부터 떼쓰기에 이르는 모든 일에 안전하고도 확실하게, 언제라도 기꺼이 대처해 주었다. 이들이야말로 보험이고 소방관 같았으며, 그저 자기네 현존에서 비롯되는 위안 이외의 다른 방법은 거의 사용하지 않았다. 그래서 수는 이들을 가치 있게 여겼지만…… 사실은 수 마틴도 대부분의 사람들과는 뭔가 다른 데가 있었다. 로빈도 마찬가지였다. 하지만 세 살짜리 꼬마에 관해 말하자면, 오히려 그것이야말로 자명한 이치인 셈이다.

비텔먼 부부의 하숙집에 사는 사람들의 면면은 이러했다. 혹시나 너무 많은 동시에 너무 다양해서 한꺼번에 정리하기가 힘든 것 같더라도 부디 인내심을 가져 주시기를, 아울러 그들 각자도 다른 모두를 만날 때에 똑같은 느낌을 받았음을 기억해 주시기를 바란다.

II

전당포는 음울한 장소였다.

비 내리는 날의 전당포. 비 내리는 일요일의 문 닫은 전당포.

필립 핼버슨은 이의를 제기하지 않았다. 조화를 선호하는 성격이었기에, 지금 그에게는, 그의 생각에는, 그의 기분에는 이 날씨가 딱 알맞았다. 햇빛은 오히려 방해가 될 것이었다. 전당포가 아닌 꽃가게라 해도 그리 큰 도움이 될 수는 없었을 것이다. 지금 당장은 사람이야말로 그에게는 참을 수 없는 것이었으리라.

핼버슨은 절도 방지 출입문의 축축한 검은색 강철에 이마를 갖다 대고, 창문의 내용물과 거기에 대한 자기 생각을 느긋하게 훑어보았다. 창문과 그 내용물 그리고 그 안의 검은 구석과 마찬가지로, 그의 생각은 잡다했고, 어질러지고, 저 무용성의 연옥을 포착하고 있었다. 그곳에서는 사물이 죽은 것이 아니라 단지 과거의 모습을 끝내 버린 것이었고, 이후 자기에게 무슨 일이 언제쯤 일어날지에 대해서는 무관심한 상태였다. 그의 생각은 렌즈 없는 쌍안경, 필름 없는 카메라, 소리 없는 기타와 태엽 풀린 시계 같았다.

핼버슨은 창문에 걸려 있는 지저분한 바이올린 두 대보다는 오히려 기타가 더 마음에 든다는 사실을 깨달았다. 왜 그래야 하는지 궁금해질 뻔했고, 그 질문을 무기력 속으로 사라져 버리게 할 뻔했지만, 결국 그는 한숨을 쉬고 이 문제를 따져 보기로 했다. 이 문제가 다른 식으로라도 그를 방해할 것이었으며, 그로선 방해를 당하고 싶은 기분이 아니었기 때문이다. 그는 느긋하게 그 악기들을 하나, 또 하나 바라보면서 분석하고 비교했다. 이 악기들은 공통점이 상당히 많았으며, 중대한 차이도 일부 있었다. 끈적끈적한 정신을 갖고 있는 까닭에, 그리하여 우연히 알게 된 기묘한 사실들이 이제 거의 30년 가까이 거기 달라붙어 있는 까닭에, 그는 여러 가지 공명통의 시행착오를 통한 진화에 대해서, 그리하여 그 악기들이 도달하게 된 높은 정도의 완벽성에 대해서 잘 알고 있었다. 바이올린과 기타 모두에서 디자인이 기능을 따랐음을 고려한다면, 두 악기가 만들어 낸 소리에 대한 선호가 전무한 상태에서(사실 핼버슨은 어쨌거나 음악에는 완전히 무관심했으니까), 왜 굳이 자기가 본 기타를 바이올린보다 직관적으로 더 선호해야 한단 말인가? 크기, 비율, 현의 개수, 브리지나 프렛의 디자인이나 그 결여, 마감, 못과 줄걸이의 작동 원리 — 이 모두가 그 나름의 차이를 갖고 있었으며, 그 나름의 용도를 위해 완벽한 상태였다.

그러다가 갑자기 핼버슨은 뭔가를 깨달았고, 그의 정신은 자기가 이제껏 본 모든 바이올린에 관한 머릿속 그림을 재빨리 넘겨 보았다. 그 모두를 확인해 보았다. 그러고 나서 창문에 있는 기타들을 흘끗 한 번 바라보자마자 문제가 해결되었다.

모든 바이올린의 넥 끝에는 소용돌이꼴로 조각된 스크롤이 있었다. **모든** 바이올린에 말이다. 물론 몇몇 기타에도 스크롤이 있었지만 나머지에는 없었다. 이것은 선택의 결과물이 분명했다. 반면 바이올린 넥 끝의 뒤로 돌아가는 나선형은 선택이 아니라 오히려 전통이었으며, 아무런 기능이 없었다. 핼버슨은 살짝 고개를 끄덕이고, 자기 정신이 이 문제에서 멀어지도록 허락했다. 중요한 것도 아니었다. 그 자체로서는 아니었다. 다만 이 문제를 해결했다는 사실이 중요할 뿐이었다. 바이올린보다 기타를 선호하는 그의 독창적이고 직관적인 용인은 그저 한순간의 문제도 아니었다. 그가 순수하게 전통적인 것보다 기능적인 것을 선호하는 것이 원인이었다. 선호의 문제였다.

이 가운데 어떤 것도 핼버슨의 의식적인 노력이나 관심을 많이 필요로 하지는 않았다. 이 조사, 이 장면은 사실상 반사적으로 일어난 것이었으며, 그의 생각은 마치 깊고 깨끗한 어떤 웅덩이 속 물고기가 움직이는 것과도 비슷했다. 가만히, 또 가만히 있다가 지느러미를 펄럭이고, 방향을 전환하거나 첨벙거리지 않고도 갑자기 쏜살같이 움직이고, 또다시 가만히 지느러미를 펄럭이고, 살아서 기다리는 것이다.

핼버슨은 꼼짝 않고 서 있었다. 가는 비가 그의 목깃 뒤로 스며들었고, 그의 눈은 초점이 없었지만 감수성이 높았다. 자개 장식이 달린 쌍안경. 자개 장식이 없는 쌍안경. 표면에 빨간 유리가 달린 시계. 그리고 싸구려 빗, 싸구려 지갑, 싸구려 펜이라는 품목이 적힌 전시 카드들. 코드가 닳아 버린 전기 스팀 다리미. 중고 옷이 있는 선반.

총.

핼버슨은 희미한 불만족을 다시 한번 느꼈고, 이에 대한 무기력한 저항을 어느 정도 준비해 두었음에도 불구하고, 그 기분이 뚫고 들어오자, 인내심을 발휘하여 그 기분이 멋대로 하도록 내버려 두었다. 그는 여러 개의 총을 바라보았다. 총과 관련해서 그를 괴롭히는 게 무엇일까?

그중 한 정은 진주 장식 손잡이에 총신을 따라 로코코식 에칭이 되어 있었지만, 그게 이유는 아니었다. 그는 열을 따라 훑어보다가 38구경 자동 권총에 시선을 고정했다. 인공물로서 상상 가능한 최대로 기능적인 물건이었다. 작고, 네모지고, 여기는 우툴두툴하고 저기는 반들반들했고, 필요한 곳마다 손의 안전장치와 안전 잠금장치를 갖추고 있었다. 그런데도 그는 희미한 불인정을, 즉 비판을 부르는 어떤 불만족을 여전히 느꼈다. 그는 훑어보기의 대상을 모든 총으로 넓혔는데, 여전히 그런 느낌을 받았다. 그저 약간.

그렇다면 이건 범주의 문제인 셈이었다. 즉 이 총들과, 또는 모든 총들과 관련이 있는 셈이었다. 핼버슨은 다시, 그리고 다시 살펴보았으며, 이 시야 내에서는 자기 이성의 조사에 대한 그 어떤 균열도 발견하지 못했기에, 이 문제에 등을 돌린 채 다시 한번 살펴보았다. 그의 이 세심한 직관을 만족시키는 총이 있다면 과연 어떤 모습일까?

그 해답은 번쩍하고 나타났는데, 핼버슨은 차마 믿기가 힘들었다. 둘둘 만 금속판 하나에 마치 쥐덫의 작동 장치처럼 경첩이 달려 스프링으로 작동하는 어떤 부품 하나, 그리고 간단한 공이 하나가 달린 하찮은 구조물이었다. 개머리판은 없었고, 조준기도 없었다. 방아쇠도 없었다. 그저 단순한 걸쇠와 (그게 뭐더라?) 끈 하나로 이루어져 있었다. 그는 이 가느다란 원통이 마치 장난감 대포처럼 45도 각도로 위를 향한 채 철사 받침대 위의 반들반들한 표면에 놓여 있는 모습을 머릿속에 그렸다. 그 구경은 0.38인치였다. 그에게 가장 충격을 준 특징은 그 전체 설계의 연약함과 가벼움의 느낌이었다. 설계! 그런 물체는 도대체 무엇을 **위해** 설계되었단 말인가?

핼버슨은 다시 전당포에 보관된 총들을 바라보았다. 그것들이 공통으로 가진 특징 가운데 하나는 거대함이었다. 개머리판은 주강鑄鋼이었고, 총구는 벽이 두꺼운 것으로 보아 아마도 모두 강선을 지닌 듯했다. 부품들은 반복적인 폭발을, 즉 뜨겁게 돌진하는 금속이 가하는 반복적인 내부 공격을 억제하고 유도하도록 담금질되고, 강화되고, 가공되고, 설계되고, 제작되었다.

마치 **반복적**이라는 개념에서 작은 빨간색 신호등이 번쩍하고 켜진 듯했다. 그것일까? 즉 이 총들은 모두 반복 사용을 위해 설계되었다는 것일까? 그는 그 사실에 불만족스러운 걸까? 왜?

핼버슨은 한때 자기가 만져 본 결투용 단발 권총의 이미지를 떠올렸다. 총신이 길고, 총구 장전식이고, 장약용 화약 그릇이 딸려 있고, 공이치기에 부싯돌 조각이 장착된 물건이었다. 놀랍게도 그는 이 작은 금속제 빨간 불이 여전히 깜박인다는 사실을 깨달았다. 그 설계조차도, 이른바 **반복적**이라는 이름표가 붙은 구역 어디에선가 그에게는 흡족하지 않았던 것이다.

심지어 단발 권총조차도 반복적으로 사용 가능하도록 설계되어 있었다. 분명히 그러했다. 그제야 딱 한 번만 사용되도록 설계된 총이야말로 그 진정한 기능을 만족시킨다는 생각이 떠올랐다. **충분하다**는 것은 설계에 대한 최적의 판단 기준이었으며, 이 경우에는 '한 번'으로 충분했다.

핼버슨은 화난 듯 코웃음을 쳤다. 그는 합리적 수단에 이끌려서 명백히 비합리적인 결론에 도달하는 것을 싫어했다. 그래서 자신의 추론을 되짚어 가면서, 혹시 자기가 방향을 잘못 잡은 교차로가 어디인지를 살펴보았다.

하지만 그런 곳은 전혀 없었다.

이쯤 되자 앞서의 한가하고도 자발적인 호기심은 사라져 버리고, 검토의 작열하는 난폭성이 그 자리를 대신해 버렸다. 마치 다른 사람의 내면에서 분노가 타오르듯 핼버슨의 내면에서는 논리가 불타올랐고, 비합리적인 것에 대해서는 관용을 몰랐다. 그는 비논리적인 것을 개인적 모욕으로 간주하고 공격했으며, 자신의 이해의 직조물로 그걸 에워싸고 묶어 자빠뜨릴 때까지 놓아주지 않을 것이었다.

헬버슨은 자신의 만족스러운 상상 속 '총'의 모습을 머릿속에 그려보았다. 그 쥐덫 발사 기계 장치며, 그 끈 조각이며, 그 거의 무용지물인 허약함까지도. 곧이어 그는 잠시 경찰, 목축업자, 육군 장교가 그 우스꽝스러운 물건을 다루는 모습을 그려 보았다. 하지만 이 광경은 흩어졌고, 그 역시 고개를 저었다. 그런 사람들이 일반적으로 사용하는 총은 그의 기능 감각을 완벽하게 만족시키지 못했다. 그는 (가설적으로) 그런 사람의 의식 속으로 들어가 보았고, 그의 총(**하나의** 총, 즉 그를 만족시키는 유일한 총)을 바라보았다. 아니었다. 이것은 개인적인 문제인 것 같았다. 예를 들어 자동차는 오로지 눈에 보이는 곳만 최신식이고, 실제로는 냉각 장치 없이는 가동조차 불가능한 구시대적 열 엔진을 동력으로 삼는다는 이례적인 사실에 관해서 모든 사람이(만약 그들이 관심을 갖는다면) 느껴야 마땅한 불만족과는 달랐다.

그렇다면 내 쥐덫 총에서 특별한 게 뭘까? 헬버슨은 스스로에게 물어본 다음, 시선을 안으로 돌려 그 물건을 다시 살펴보았다. 그 물건은 반들반들한 표면(탁자 위, 그렇지 않은가?)에 놓여 있었다. 그 어리석은 끈 조각은 그가 있는 쪽으로 튀어나오고, 그 총구는 위를 향해 기울어진 채 그 엉성한 구조를 부끄러운 줄도 모르고 과시하는 중이었다.

어째서 헬버슨은 저 총구의 금속이 얼마나 얇은지 볼 수 있는 것일까?

왜냐하면 총구가 그의 콧마루를 정조준하고 있었기 때문이다.

진술을 내놓고, 그걸 검증해 봐, 헬버슨.

진술: 다른 총들이 다른 사람들을 만족시키는 까닭은 거듭해서 사용 가능하기 때문이다. 이 총이 나를 만족시키는 까닭은 한 번만 발사되기 때문이고, 한 번이면 충분하기 때문이다. 검증: 결투용 권총은 딱 한 번만 발사된다. 하지만 재장전하면 다시 사용할 수 있다. 이건 왜 그럴 수 없을까? 답변: 결투용 권총을 사용하는 사람이라면 누구나 그걸 다시 사용할 수 있기를 기대하기 때문이다. 그게 사용된 것을 본 사람은 그게 다시 사용되기를 바라는데, 왜냐하면 세상은 계속 돌아가기 때문이다.

헬버슨의 권총이 발사되면, 이 세상은 계속 돌아가지 않을 것이다. 헬버슨에게는 그렇지 않을 것이다. 이것은 물론 똑같은 뜻이었다. "나는 우주의 핵심이고 중심이다"라는 것이야말로 누구에게나 공정한 진술일 것이다.

그렇다면, 다시 진술하고 결론을 내리자.

진술: 최적화된 총의 설계란 일단 헬버슨의 두 눈 사이를 맞추고 나면 더 이상은 존재할 필요가 없는 것이다. 이때 **최적화된**이라는 단어에는 **선호되는 행위**의 느낌이 들어 있기 때문에, 헬버슨의 내면에서는 총에 맞아 죽는 것에 대한 선호가 발견되었다고 진술하는 것이 공정하다. 더 구체적으로 말하자면 죽는 것에 대한 선호가 말이다. 수정: 기꺼이 죽는 것에 대한 선호가 말이다.

잠시 헬버슨은 자기 문제를 해결했다는 사실에 큰 기쁨을 느낀 나머지 그 해답을 바라보기를 등한시했다. 마침내 바라보았을 때, 그 해답은 가는 비보다 훨씬 더 그를 서늘하게 만들었다.

그는 왜 죽고 싶어 하는 걸까?

헬버슨은 전당포 선반에 놓인 총들을 흘끗 바라보았다. 마치 처음 보는 것인 양 바라보는 동안, 각각의 총들은 실제였고 진짜로 위협적이었다. 그는 몸을 떨었고, 잠시 문의 축축한 검은색 강철에 매달려 있다가 갑자기 몸을 돌렸다.

유난히 생각이 많은(**충만한**) 삶 모두에서 헬버슨은 한 번도 의식적으로 그런 개념을 내놓은 적이 없었다. 어쩌면 그가 수동적인 사람이라기보다는 오히려 감수성 높은 사람이기 때문일 것이다. 그는 자기가 수집한 것을 스스로에게 사용하기보다는 오히려 외부 세계에 (즉 자기 일에) 사용했다. 따라서 외향적인 사람 특유의 설명과 변명이 전혀 필요 없었고, 해석과 경청 요구가 전혀 필요 없었고, 따라서 자기 탐색과 자아 해석의 복잡한 의미론도 전혀 필요 없었다. 그는 오히려 스스로 발견한 사실들을 위한 정보 처리소였으며, **여기**에서 지식과 경험을 받아들인 다음, **저기**에 적용할 수 있을 때까지 사실상 손대지 않은 채로 보관했다.

헬버슨은 집 쪽으로 천천히 걸었다. 이 폭로를 돌아보고, 찔러 보고, 걱정하는 가운데 소용돌이치고 어리둥절해하는 핵심을 제외하면, 지금의 그는 멍한 상태라고 할 만했다. 그는 왜 죽고 싶어 하는 걸까?

필립 헬버슨은 살아 있다는 것이 좋았다. 수정: 그는 살아 있다는 것을 즐겼다(질문: 왜 이렇게 수정했는가? 나중을 위해 보관할 것).

헬버슨은 국립 사회보장기관에 고용된 직업 소개 근로자였다. 자신의 가치 감각에 걸맞는 봉급을 받고 있었고, 비텔먼 부부 덕분에 다른 곳에서 살았을 때보다는 약간 더 괜찮게 살아가고 있었다. 어쨌거나 그는 돈을 위해 일하는 것이 아니었다. 헬버슨에게 일은 생각의 방식, 삶의 방식이었다. 그는 이 일이 흥미를 자극함을, 정신을 열중시킴을, 깊이 만족스러움을 발견했다. 지원자 하나하나가 도전이었고, 직업 소개 하나하나가 안정, 열등감, 맹목, 무지라는 인류를 괴롭히는 적들 가운데 하나, 또는 여럿을 이기고 거두는 승리였다. 자기가 일하는 칸막이 안으로 들어오는 새로운 지원자를 보려고 책상 앞에서 고개를 들 때마다 핼버슨은 기묘하고 소리 없는 흥분을 경험했다. 이것은 압력이었고, 힘이었으며, 마치 계산 기계에 있는 마스터 스위치의 깜박임과도 같았다. 그는 모든 계전기를 열고 모든 회로를 비운 상태로 거기 앉아서, 처음 두 가지 질문에 대한 답변을 기다렸다. "지금은 무슨 일을 하십니까?"와 "앞으로 무슨 일을 하고 싶습니까?" 이 두 가지였다. 만족 또는 불만족이라는 정의할 수 없는 감각이 핼버슨에게 모습을 드러내는 데에는 이것만으로도 충분했다. 그리고 종이라는 문제에서 그 원천을 분석했던 것처럼 그는 자기 고객을 분석했다. 잘못됨, 오용, 오작동, 오평가를 (즉 설계 결함, 잘못된 목표 그리고 자기가 올바른 직업을 선택했는지 궁금해하는 사람들의 좌절과 상처 모두를) 알리는 저 불빛은 핼버슨이 각각의 건에 대해서 작업하는 내내 깜빡였고, 마침내 답변을 찾아내기 전까지는 꺼지지 않았다. 가끔 한 번씩 그는 (변덕 삼아) 자기 상상 속 신호 불빛이 이 고객을 위해서는 **수리공**이라는 간판을 비춰 주고, 또 저 고객을 위해서는 **개구리 양식업자**라는 간판을 비춰 주면 좋겠다는 바람을 품었지만, 그 불빛은 그렇게 하기를 거절했다. 그 불빛은 단지 핼버슨이 틀렸음을 알려 줄 뿐이었다. 올바로 되기 위해서는 힘들고도 정교한 작업이 필요했지만 그는 그런 일을 기쁘게 해냈다. 그러다가 마침내 만족하고 나면, 핼버슨은 자기 일이 이제 겨우 시작되었음을 종종 발견했다. 주급 80달러의 은행원을 향해 당신의 적절한 지위는 주급 50달러에 2년간의 수습 기간이 있는 화물 관리라고 말할 경우, 처음에만 해도 고맙다는 말을 듣지 못하게 마련이었다. 하지만 핼버슨은 침묵한 채 기다리는 방법을 알고 있었으며, 고객이 스스로와 싸우고, 스스로를 물리치고, 스스로를 재건하고, 마침내 이 직업 상담원이 옳다고 스스로를 설득하도록 허락하게 하는 기술에서는 달인이 된 상태였다. 게다가 그는 도전에서부터 달성에 이르는 그 모두를 좋아했다. 그런데 왜, 도대체 왜 이를 멈춰 버리려는, 즉 이 모든 흥미로운 문제들이 존재하는 세계를 끝내려는 소원이 그의 내면에 들어 있어야 한단 말인가? 그리고 그 끝남에 대해 기뻐하게 만들려는 소원이 있어야 한단 말인가?

만약 어떤 고객이, 어떤 낯선 이가 그런 열망을 불쑥 내뱉는다면, 과연 핼버슨은 뭐라고 조언할 것인가?

음, 그는 조언하지 않을 것이다. 그건 상황에 따라 다를 것이다. 핼버슨은 단순히 고객에 관한 나머지 모든 것을 감안해 조언을 던질 것이다. 나이, 교육, 기질, 결혼 상태, 지능지수와 나머지 모든 것을 감안하고, 다른 모든 요인들과 더불어 죽음의 소원이 세력을 휘두르게 허락할 것이었다. 하지만 이는 그 사람이 어떤 영역에서 참을 수 없이 잘못 배치되었다는 결론을 내리게끔 만들 것이다. 예를 들어 결혼, 가족 상황, 어떤 종류의 사회적 덫…… 또는 그의 직업에서 잘못 배치되었다고 말이다. 그의 직업이라. 과연 그(핼버슨)는 직업의 판사이자 심판인가? 그는 잘못된 직업에 종사하는 것인가?

핼버슨은 빗속에서 천천히 걸었고, 이 짙은 물보라보다 더 꿰뚫어 오는 한기를 피하기 위해서 몸을 움츠렸다. 평소 성격과 달리 자기 내면의 생각에 워낙 깊이 파묻혔던 까닭에, 마른 포장도로 위로 세 걸음을 내디딘 뒤에야 비로소 자기가 마른 땅에 있다는 사실을 깨달았다. 그는 걸음을 멈추고 자기 위치를 확인했다.

핼버슨은 이 도시의 네 군데 극장 가운데 가장 작고 가장 싸구려인 곳의 차양 아래 서 있었다. 극장은 닫혀 있고 어두웠는데, 지금은 일요일이고, 청교도적 금지법이 적용되는 곳이었기 때문이다. 하지만 꺼진 전구와 닫힌 문조차도 그 장식의 강렬함을 완화시키지 않았다. 주 출입구 위로는 커다란 글자가 두 무리로 나뉘어 있었는데, 상연 목록에 나와 있는 두 가지 작품 가운데 하나씩을 가리켰다. 한쪽에서는 〈악덕 판매〉라고 비명을 질렀고, 다른 한쪽에서는 〈지옥 꽃의 노예〉라고 고함을 질렀다. 이 글자들 아래에는 또 다른 간판이 있었는데, 거기서는 〈남양南洋 에덴의 사랑 의례〉라는 특별 추가된 구경거리를 제공하고 있었다. 맨 왼쪽의 보도 위로는 차양을 따라 올라가서 그 위를 가로질러 반대편으로 내려오는 판지 아치가 설치되어 있었다. 축 늘어지고 흠뻑 젖은, 부자연스러운 비율과 비인간적인 포즈를 한 여자들의 도려낸 그림으로 이루어진 아치였다. 그녀들은 리본과 주름 조각, 머리타래 그리고 인위적인 그림자를 이용해 각자의 믿기 힘들 정도로 과장된 몸에 대한 일종의 의미심장한 은폐를 수행하고 있었다. 매표소 위로는 다음과 같은 엄중한 조언이 있었다. **미성년자 관람불가!** 그리고 로비의 거울 달린 동굴 내부에 있는 기둥에는 영화의 하이라이트를 보여 주는 스틸 사진이 도배되어 있었다. 높은 나뭇가지에 묶여 매달린 한 여성이 벌거벗은 등짝에 채찍질을 당하고 있었다. 손에 총을 든 남자 하나가 매력적인 여자의 시체 앞에 서 있었는데, 그 시체의 머리는 뒤로 꺾여 침대 가장자리 아래로 내려왔고,

신중하게 배열된 머리카락이 바닥을 쓸고 있었다. 그리고 남양 에덴의 몇 가지 불결한 샘플이 있었는데, 그 극장이 위치한 지역의 어떤 법규를 마지못해 대충 따르려는 듯 사람들의 몸에는 고무인 잉크를 이용한 전략적 덧칠이 되어 있었다.

최상의 때에조차도 이런 종류의 전시는 필 헬버슨을 냉담하게 만들 뿐이었다. 최악의 때라도 (그러니까 지금까지가 그러했는데) 가벼운 혐오감은 느끼지만, 그 화장실 수준의 저급함이 충분한 재미로 인해 발효되었으니 참을 수 있다고, 그리고 잊을 수 있다고 여겼을 것이다. 하지만 지금 이 순간은 이제껏 있었던 최악의 상태보다 약간 더 나쁜 상태였다. 이건 마치 더 이전에 나타난 그에 대한 불쾌한 폭로가 뭔가 모호한 방식으로 그를 부드럽게 만들고, 그의 갑옷에서 완전히 예상하지 못한 장소에서 이음매를 열어젖힌 것 같았다. 그 극장 전시물은 마치 열기의 일격처럼 헬버슨을 강타했다. 그는 눈을 깜박이며 한 걸음 뒤로 물러서고는, 양손을 반쯤 들어 올리고 눈을 질끈 감았다. 눈꺼풀 뒤에서 헬버슨의 우스꽝스러운 단발 대포가 으르렁거리며 솟아올랐다. 그는 연기가 솟는 그 총구에서 마치 뜨겁고 시커먼 혀끝마냥 총알이 나타나는 모습을 볼 수 있을 것 같다고 생각했다. 찰나의 악몽으로부터 몸을 부르르 떨며 물러나서 눈을 떴지만, 그 결과는 극장 전면으로부터 2차적이고도 더 압도적인 반응을 얻었을 뿐이었다.

이런, 세상에. 도대체 나한테 무슨 일이 일어나는 거지? 헬버슨은 스스로를 향해 침묵의 비명을 질렀다. 두 주먹으로 이마를 두 번 때린 다음, 고개를 푹 숙이고 거리를 따라, 언덕 위로 달렸다. 그의 사진기 같은 눈은 극장 로비 안의 현수막을 포착했고, 그렇게 달리는 도중에도 그의 일부는 그 내용을 냉정하게 읽었다.

보라. (마치 타는 듯한 진홍색으로) 대도시의 난교를.

보라. 한 10대의 유혹을.

보라. 욕망의 분출을.

보라. 어느 섬의 종교 의례 무삭제판을.

보라…… 보라…… 더 많이 있었다. 달리는 동안 그는 신음했다.

곧이어 그는 생각했다. 비텔먼 부부의 집에는 사람들이 있다고, 그곳은 밝다고, 그곳은 따뜻하다고, 그곳은 거의 내 집이라고.

그는 뭔가로부터 멀어지는 대신, 뭔가를 향해 달리기 시작했다.

III

비텔먼 부부의 부엌이란, 오바니언에게는 모호한 '뒷계단' 영역에 해당했고, 핼버슨에게는 하숙집의 기능적 부속물에 해당했다. 슈미트 양에게는 그 자체로 특별한 관심을 전혀 일으키지 않는 금지된 공간이었다. 물론 그녀에게는 이 세상 거의 모든 장소가 금지된 공간이었지만 말이다. 수 마틴은 다른 어느 곳에서나 마찬가지로 이곳에서도 만족스러워했고, 메리 헌트는 이 부엌이야말로 자신의 모든 고통 중에서도 특히나 지옥이라고 생각했다. 하지만 로빈의 세계에서는 부엌이야말로 중심이었고, 자기 어머니와 공유하는 침실보다 더 그러했으며, 자기가 눕는 어린이용 침대보다도 더 그러했다. 꼬마는 부엌에서 식사를 했고, 비가 내리거나 각별히 추운 날에는 부엌에서 놀았다. 바깥에 나갈 때에도 부엌문을 통해서 나갔고, 무릎이 멍들거나 배가 고플 때는 물론이고 갑작스러운 외로움의 홍수나 세 살짜리 특유의 난폭하고 광적인 격정에 사로잡혔을 때에도 부엌으로 돌아왔다. 그곳은 크고, 따뜻하고, 친구가 많았기 때문이다.

이들 친구 가운데 가장 요령이 좋은 사람은 물론 비티였다. 특유의 퉁명스러움을 전혀 잃지 않은 상태에서도 과자 하나, 또는 이야기 하나(대개는 예쁜 엄마와 함께 사는 소년에 관한 이야기였다), 또는 엉덩이 때리기 한 번을 내놓아야 할 정확한 때를 알고 있었다. 샘 역시 친구였으며, 대개는 기어올라 가도 안전한 대상으로서 그러했다. 최근 들어서는 오바니언이 스스로 뭔가 특별한 지위를 이룩했으며, 로빈은 슈미트 양의 자의식적인 소극성을 제한적인 분량이나마 항상 마음에 들어 했다. 꼬마는 핼버슨에게 쾌활한 존경을 드러낸 반면, 메리 헌트를 마치 존재하지 않는 사람처럼 대했다. 이곳에는 다른 이들도 있었는데, 꼬마의 생각에는 식사를 하고 직업을 가지고 이 집의 다른 어디엔가 방을 차지한 여느 사람들과 똑같았다. 즉 이곳에는 전기 믹서와 (로빈의 경제적인 언어에 따르면 '세타'인) 세탁기와 블렌더와 커피포트가 있었다. 한마디로 모터가 들어 있는 기계는 뭐든지 있었다(커피 추출기에 모터가 들어 있느냐 아니냐는 오로지 선입견을 지닌 사람들에게나 논쟁의 여지가 있을 것이다). 로빈이 보기에는 이 모두가 살아 있고, 반응력도, 언어 구사력도 있었으므로 꼬마는 종종 이 모두와 대화를 나누었다. 그들에게 자기 장난감을 보여 주고, 그들에게 뉴스를 말해 주고, 그들에게 잘 자, 잘 잤어, 안녕, 왜 그래, 생일 축하해 등의 말을 건네었다.

그리고 다른 누구보다도 보프와 구기가 있었다. 이들은 종종 부엌에 있었지만, 결코 그곳에만 한정된 것은 아니었다.

하늘이 슬퍼하던, 또 핼버슨이 바깥에서 개인적 번민과 싸우고 있던 바로 그 어두운 일요일에는 이들도 그곳에 없었다. "믹스터, 보프랑 구기는 드라이브 나갔어." 로빈은 전기 믹서에게 말했다. 그 이름 '믹스터'는 꼬마의 어휘에서 '미스터'와 똑같은 단어였으며, 남자를 가리키는 말이라고 들어 아는 단어와 이 기계 사이의 뚜렷한 연계였고, 꼬마가 그 물건에 부여한 살아 있는 인격에 관한 또 하나의 증거일 뿐이었다. 로빈은 부엌 의자를 꺼내 애써 작업대 쪽으로 끌고 간 다음, 적당한 곳에 놓고 위에 올라갔다. 믹서를 기울였다 도로 놓은 다음, 그 조종 장치 덮개를 열자, 기계가 나지막이 웅웅거리기 시작했다. 비티는 꼬마의 손이 닿지 않도록 믹서 날을 꺼내 높은 서랍에 보관했으며, 따라서 이제는 무해한 기계를 얼마든지 갖고 놀 수 있게 허락해 주었다. "**마자,** 그거야, 믹스터." 꼬마가 혀 짧은 소리로 나지막이 읊조렸다. "전심 먹자. 야, 세타!" 그는 세탁기를 향해 외쳤다. "믹스터는 전심을 다 먹었어. 나는 얘한테 과자를 줄 거야. **착한** 아이니까." 조종 장치의 속도를 올렸다 내렸다 하자 기계가 순종적으로 윙윙거렸다. 꼬마는 회전반을 돌렸고, 모터를 끄고 회전반 안에서 볼베어링이 달각거리는 소리에 귀를 기울인 다음, 그걸 멈추고 다시 모터를 켰다. 갑자기 넌지시 어떤 직감이 들어 로빈은 갑자기 기계를 껐고, 곧이어 문간에 서 있는 오바니언을 보았다. "조은 아침, 토니오." 꼬마가 환히 웃으며 말했다. "지금 소풍 가?"

"오늘은 아니야. 비가 오잖아." 오바니언이 말했다. "그리고 지금 할 인사는 '좋은 아침'이 아니지. 벌써 오후잖아." 그는 식탁으로 다가왔다. "뭐 하려는 거야, 친구?"

"믹스터가 전심 먹는 거야."

"엄마는 주무셔?"

"어."

오바니언은 꼬마가 그 기계에 완전히 몰두하는 모습을 서서 지켜보았다. 이 녀석아. 그는 생각했다. 도대체 어떻게 그렇게 한 거야?

자기와 로빈 사이에 피어난 기묘하게도 보상이 되는 우정에 관해서 그가 할 수 있는 표현은 이 질문이 전부였다. 오바니언은 평생 아이를 좋아한 적이 (아울러 싫어한 적도) 전혀 없었다. 이전까지만 해도 아이에게 노출된 적이 전혀 없었기 때문이다. 그에게 형제라곤 누나 한 명이었고, 그는 어린 시절부터 동년배를 제외하고는 어느 누구와도 어울리지 않았다.

하루는 로빈이 혼자 있는 오바니언을 붙들고는 이름을 알려 달라고 요구했다. "토니 오바니언." 그는 마뜩잖은 듯 중얼거렸다. "토니오?", "토니 오바니언." 그는 확실하게 수정해 주었다. "토니오." 로빈은 단호하게 이렇게 말했고, 그때부터 변함없이 그 이름으로 불렀다. 그런데 놀랍게도 오바니언은 결국 그걸 좋아하게 되었다. 그리하여 도시 외곽에서 누군가가 '어린이 카니발'이라는 일종의 소규모 놀이공원을 건립하는 과정에서 토지 대여 문제를 해결해 달라고 요청했을 때, 회사 대표로 파견된 오바니언은 그곳을 볼 때마다 로빈을 생각하게 되고, 거꾸로 로빈을 보면 매번 카니발을 생각하게 됨을 깨달았다. 급기야 어느 따뜻한 일요일에 그는 수 마틴에게 꼬마를 거기 데려가도 되느냐고 물어봄으로써 자기 자신은 물론이고 다른 관계자 모두를 소스라치게 만들었다. 그녀는 잠시 오바니언을 진지하게 바라본 다음, 이렇게 물었다. "왜죠?"

"애가 좋아할 것 같아서요."

"음, 고맙습니다." 수는 온화하게 말했다. "그렇게 해 주시면 정말 좋겠네요." 그리하여 그는 로빈과 함께 그곳에 다녀왔다.

그리고 이후에도 둘이서 몇 번이나 더 다녀왔고, 대개는 일요일에 다녀왔기 때문에 수 마틴도 일주일에 한 번뿐인 오후 낮잠이라는 사치를 즐길 수 있었다. 그리고 두 번인가는 평일에도 다녀왔는데, 마침 오바니언이 그곳에 갈 일이 생겼기 때문에, 편리하게도 사무실에서 그곳으로 가는 길에 꼬마를 태우고 갔다가 다시 사무실로 돌아가는 길에 꼬마를 내려 주고 갔다. 그러다가 약간 변화를 주기 위해서 아예 둘이서 소풍을 갔다. 로빈으로서는 최초였던 그 소풍에서 두 사람은 개울가에 앉아서 보석 같은 눈이 달린 개구리 새끼들이며, 쏜살같이 움직이는 피라미 떼며, (나중에 확인해 본 바에 따르면 잠자리 유충에 불과했던) 무시무시한 축소판 괴물을 구경했다. 그날 꼬마가 워낙 많은 질문을 던져서, 오바니언은 다음 날 서점에 가서 조류 안내서와 야생화 안내서를 구입했다.

때때로 그는 **왜지?**라는 질문을 던졌다. 이렇게 해서 얻는 게 뭘까? 오바니언은 이 질문에 대한 답변이 불편하다는, 또는 파악하기 힘들다는 사실을 깨달았다. 어쩌면 긴장 해소일 수도 있었다. 난생처음으로 "어느 학교를 다니셨습니까?" 또는 "가족은 어떤 분들이십니까?" 같은 질문을 하면서 조심스럽게 주의를 기울여야 하는 일 없이 다른 사람과 교제를 할 수 있었으니까 말이다. 어쩌면 가끔 한 번씩 그의 눈과 그의 일거리 사이에서 불쑥 떠오르는 누군가의 얼굴, 그러나 실물로 마주했을 때에는 무척이나 위장되고 통제되는 누군가의 얼굴과 너무나도 당혹스러울 정도로 비슷한 꼬마의 얼굴에서 빛나는 우정의 온기 때문인지도 몰랐다.

어느 일요일에는 수 마틴이 그런 외출 가운데 한 번을 허락하고 나서 갑자기 이렇게 말한 적도 있었다. "오늘 오후에는 저도 별로 할 일이 없네요. 혹시 지금 가시는 소풍에는 꼭 남자들만 참석해야 하는 건가요?"

"예." 오바니언은 곧바로 이렇게 대답했다. "그렇습니다." 그녀에게 이렇게 말했던 것이다. 하지만 이건 승리처럼 느껴지지 않았고, 수 역시 어깨를 으쓱하고 미소를 지으며 이렇게 말한 것으로 미루어 패배한 것처럼 보이지는 않았다. "그러면 여성 동반이 가능할 때가 되면 저한테도 알려 주세요." 그때 이후로 수는 소풍에 대해서 다시 물어보지 않았는데, 덕분에 그녀를 원망할 이유가 생겼다는 사실에 그는 도리어 기뻤다. 오바니언은 수가 다시 물어보았으면 하는 바람을 가진 한편으로, 그녀가 앞으로는 결코 물어보지 않으리라는 사실을 알고 있었다. 설령 그가 먼저 함께 가자고 물어보더라도, 그녀는 거절할 것이었으니…… 그로선 차마 이 생각을 견딜 수 없었다. 때로는 오바니언조차도 자기가 아이를 즐겁게 해 주는 일 전체가 그 어머니에게 좋은 인상을 남기기 위해서는 아닐까 의심스러웠다. 한번은 메리 헌트가 슈미트 양에게 그런 말을 하는 것을 우연히 엿듣고 상당히 기분이 상한 나머지, 앞으로는 그렇게 하지 않겠다고 무려 여섯 시간 내내 격노하며 다짐했는데, 바로 그때 로빈이 다음번에는 어디 갈 거냐고 물어보았다. 오바니언과 꼬마 사이의 문제는 워낙 단순한 까닭에 아무런 핑계나 해명도 필요하지 않았다. 이 문제를 어떤 틀에 놓거나 간에, 그는 혼란과 불확실을 느끼게 되었다. 따라서 오바니언은 분석을 회피했고, 감탄하는 동시에 학술적으로 스스로에게 이렇게 물었다. 이 녀석아. 도대체 어떻게 그렇게 한 거야? 그러면서 그는 로빈과 전기 믹서의 활기찬 대화를 바라보고 있었다.

오바니언은 로빈의 머리카락을 헝클어뜨리고는, 스토브 쪽으로 가서 커피포트를 집어 들고 흔들어 보았다. 물이 거의 가득 차 있기에, 가스불을 켜고 올려놓았다.

"뭐 하려고, 토니오? 커피 만들게?"

"그래, 꼬마야."

"좋아." 로빈은 마치 허락을 하는 듯 말했다. "보프는 커피 안 마시거든, 토니오." 그가 말했다. "절대로."

"안 마신다고, 응?" 오바니언은 사방을, 그리고 위를 둘러보았다. "보프가 여기 있어?"

"아니." 로빈이 말했다. "여기 없어."

"어디 갔는데? 비텔먼 할아버지랑 할머니랑 같이 밖에 나가기라도 했어?"

"응." 커피포트가 부글거리자 로빈이 말했다. "**안녕,** 커피포트."

핼버슨이 들어와서는 문간에 멍하니 서 있었다. 오바니언은 그쪽을 바라보고 인사를 건넨 다음, 나지막이 이렇게 말했다. "이런, 세상에!" 그러더니 부엌을 가로질러 갔다. "괜찮아요, 핼버슨?"

목소리가 들린 쪽으로 상대방이 캄캄한 눈을 돌리자, 오바니언은 마치 영화의 페이드인 효과처럼 상대방의 두 눈에 시력이 천천히 들어서는 것을 깨달을 수 있었다. "뭐가요?" 핼버슨의 얼굴은 빗물에 젖어 있었고, 마치 생선의 배처럼 창백했다. 그는 마치 무거운 것을 등에 짊어진 사람처럼 구부정하게 서서, 머리를 드는 것이 아니라 오히려 얼굴만 들어서 상대방을 바라보고 있었다.

"일단 좀 앉는 게 좋겠어요." 오바니언이 말했다. 그러면서 속으로는 이렇게 말했다. 동료 인간의 고난에 대한 이런 이례적인 걱정도 사실은 기절해서 바닥에 쓰러진 사람을 일으켜 세우는 수고를 하고 싶지는 않다는 순수하게 이기적인 문제에 불과하다고 말이다. 하지만 핼버슨이 나무 의자가 여러 개 있는 L자형 식탁 쪽으로 돌아서자, 오바니언은 상대방의 열린 외투 앞자락을 붙잡았다. "일단 이거나 벗자고요. 흠뻑 젖었잖아요."

"아니에요." 핼버슨이 말했다. "아니에요." 하지만 오바니언이 외투를 벗기는 걸 마다하지는 않았다. 오히려 선뜻 외투에서 걸어 나오다시피 하는 바람에, 오바니언은 얼떨결에 양손에 외투를 들고 있게 되었다. 그는 상대방을 살펴보다가 벽에 달린 고리에 외투를 걸었고, 의자에 털썩 주저앉은 이웃을 다시 살펴보았다.

핼버슨은 캄캄함에서 시력으로의, 그리고 고립에서 자각으로의 느린 이행을 다시 한번 겪고 있었다. 그는 약간의 어려운 내적 노력을 짜낸 끝에 이렇게 말했다. "저녁은 준비가 되었나요?"

"우리가 알아서 차려 먹어야 해요." 오바니언이 말했다. "비티랑 샘은 한 달에 한 번 있는 미식 여행을 떠났거든요."

"떠났거든요." 로빈은 고개를 돌리지도 않은 채 따라 말했다.

자기 얼굴과 목소리를 신중하게 통제하면서 오바니언은 계속 말했다. "두 양반 말로는 냉장고에 있는 거 뭐든 꺼내 먹으래요. 다만 양다리는 내일 먹을 거니까 손대지 말라고 했어요." 로빈 쪽을 고갯짓하며 그가 덧붙였다. "저 녀석은 하나도 놓치지 않고 다 듣는다고요." 그러고는 마침내 환한 미소를 지었다.

핼버슨이 말했다. "저는 배가 고프지는 않네요."

"그러면 제가 커피나 좀 끓여 드리죠."

"좋아요."

오바니언은 식탁 위에 둥근 석면 깔개를 놓고 커피포트를 가지러 갔다. 돌아오는 길에 컵과 받침도 함께 가져왔다. 그는 이 물건들을 식탁에 놓고 자리에 앉았다. 설탕은 이미 놓여 있었다. 찻숟갈 여러 개가 시골식으로 손잡이를 아래쪽으로 해서 컵에 꽂혀 있었다. 오바니언은 커피를 따르고 설탕을 넣은 다음에 저었다. 그는 헬버슨을 바라보며 그 과묵한 얼굴에서 뭔가를 보았다. 글로 읽은 적은 있지만 눈으로 보기는 처음이었던 그 뭔가란, 바로 사람의 입술이 새파래진 모습이었다. 그제야 오바니언은 상대방에게 건넬 컵을 가져올 생각을 했다. 그는 컵을 가지러 갔고, 혹시나 몰라서 우유도 기억해 냈다. 오바니언은 필요한 물건을 가져온 다음, 잠시 머뭇거리다가, 두 번째 컵에 커피를 따랐다. 컵받침에 찻숟갈을 하나 올리고, 갑작스러운 부끄러움에 우유와 함께 상대방에게 밀어서 건네주었다. "여기요!"

"뭐요?" 헬버슨은 마치 죽은 듯 단조로운 어조로 되물었다. "아, 아! 고마워요, 오바니언. 정말 고맙고 미안해요." 갑자기 그는 격하게, 그러나 명랑함이라곤 없이 웃음을 터트렸다. 그러더니 두 눈을 손으로 가리고 애처롭게 말했다. "도대체 나한테 무슨 **문제**가 있는 걸까요?"

어느 누구도 차마 대답할 수 없는 질문이었기 때문에, 두 사람은 불편한 상태로 자리에 앉아 커피를 홀짝였다. 한 남자는 자기 짐을 어떻게 벗어야 할지 모르는 상황이었고, 또 한 남자는 한 번도 다른 누군가의 짐을 벗겨 준 적이 없는 상황이었다. 바로 이 장면 속으로 메리 헌트가 걸어 들어왔다. 요란한 노란색 실내복을 걸치고, 팔 아래 잡지를 한 권 끼고 있었다. 그녀는 부엌 안을 재빨리 둘러보고는 입술이 일그러졌다.

"기차 대합실이 따로 없네." 메리는 이렇게 투덜거리며 부엌에서 나갔다.

바로 그 순간 느낀 분노가 오바니언에게는 오히려 크나큰 안도로 다가왔다. 저 여자에게 고마움이 느껴질 지경이었다. "조만간 누군가가 저 계집애의 멱살을 잡고서 길들일 거예요." 그가 코웃음 쳤다.

헬버슨도 목소리를 찾았고, 초점의 변화에 대해서 역시나 기뻐하는 듯했다. "오래가지는 못할 거예요." 그가 말했다.

"그게 무슨 뜻이죠?"

"내 말은 저 여자도 저런 식으로는 오래가지 못할 거라는 뜻이에요." 헬버슨이 신중하게 말했다. 그리고 말을 멈추고 두 눈을 감았다. 오바니언은 상대방이 한 걸음 한 걸음 자기만의 늪에서 벗어나 마른 땅으로, 높은 땅으로, 그러니까 실제 세계를 친숙하게 바라볼 수 있는 곳으로 움직이는 모습을 똑똑히 볼 수 있었다. 다시 눈을 떴을 때, 헬버슨은 상대방에게 기묘하고 옅은 미소를 지으면서, 마치 삽입구처럼 덧붙였다. "커피 줘서 고마워요, 오바니언." 그러고는 앞서 하던 말을 이어 나갔다. "저 여자는 뭔가 '큰 기회'를 기다리고 있어요. 자기가 그걸 얻을 자격이 있다고 생각하는 모양이지만, 저렇게 기다리기만 해서는 기회가 찾아오지 않을 거예요. 그런데 저 여자는 그게 가능하다고 믿고 있어요. 예를 들어 영화사의 스카우트 담당자가 찾아와서 자기를 발견해 주기를 바라며 드러그스토어의 의자에 앉아 있는 고등학생들 이야기를 당신도 들어 봤을 거예요. 하루에 겨우 한두 시간만 그러면 딱히 해가 될 것까지는 없죠. 하지만 메리 헌트는 이 집 밖에 나가 있는 시간 내내 그렇게 한다는 거예요. 우리 가운데 어느 누구도 저 여자를 도와줄 수는 없으니, 저 여자가 우리를 쓸모없는 물건처럼 대하게 된 거예요. 하지만 저 여자가 방송국에 있는 모습을 당신도 한번 보셔야 해요."

"어떤 방송국이죠?"

"저 여자는 라디오 방송국에서 콘티를 타자로 작성하는 일을 하고 있어요." 핼버슨이 말했다. "제가 들은 바에 따르면, 실력이 아주 뛰어나지는 않지만, 그 대신 방송국에서도 봉급을 많이 주는 건 아니니까 굳이 쫓아내지 않는 거라더군요. 반면 저 여자에게 라디오 방송국은 자기가 뛰어들고 싶은 세계의 가장자리에 해당하죠. 거기서 시작해서 TV와 영화로 나아가겠다는 거니까요. 정말 뭐를 걸고서도 장담할 수 있어요. 저 여자가 한 가지 장면을 머릿속으로 철저히 예행연습했다고 말이에요. 즉 거물 제작자나 감독이 우연히 이 도시를 찾았다가 누군가를 만나러 그 라디오 방송국에 들렀는데, **쾅!** 우리의 메리가 마침 정상을 향해 준비된 신인이었던 거죠."

"저 여자는 일단 예의범절이나 좀 배우는 게 나을 텐데요." 오바니언이 투덜거렸다.

"아, 자기한테 뭔가 좋은 일을 해 줄 사람이라고 생각되면, 저 여자도 기꺼이 예의범절을 갖추던데요."

"그런데 예를 들어 당신 같은 분한테는 왜 저 여자가 그런 예의범절을 갖추지 않는 걸까요?"

"저한테요?"

"예. 당신이야말로 사람들이 더 나은 직업을, 뭐 그와 비슷한 것을 갖도록 해 주시는 분이잖아요?"

"저야말로 많은 사람을, 정말 온갖 종류의 사람을 만나곤 하죠." 핼버슨이 말했다. "하지만 그들 모두 공통점이 하나 있어요. 즉 자기가 뭘 하고 싶은지, 또는 무엇이 되고 싶은지를 확신하지 못하는 거예요." 그는 찻숟갈로 문간을 가리켰다. "저 여자도 그래요. 자기가 틀릴 수도 있는데, 늘 자기가 맞다고 확신하는 거죠."

"음, 그렇다면 수 마틴은 어떨까요?" 오바니언이 물었다. 그는 재빨리, 거의 생각할 틈도 없이 이 주제를 좇았다. 이렇게라도 하지 않는다면, 자칫 핼버슨이 저 불편한 내성적 침묵 속으로 다시 빠져들 것 같다는 느낌이 희미하게 들었기 때문이다. "메리 헌트가 그녀로부터 쇼 비즈니스에 대해서 배울 만한 것이 많이 있을 텐데요."

핼버슨은 미소에 가장 가까운 표정을 드러내더니 커피포트에 손을 뻗었다. "마틴 여사는 나이트클럽 연예인이잖아요." 그가 말했다. "그런데 메리 헌트의 입장에서 나이트클럽은 일종의 빈민가죠."

오바니언은 격하게 얼굴을 붉히면서 스스로를 책망했다. "아니, 별것도 아니고, 배경도 전혀, 정말 전혀 없으면서 어떻게 **저 여자가** 감히 그걸 깔볼 수…… 그러니까 제 말은, 저 여자도 별것 아닌 **무명**이잖아요!" 직접적이고도 격정이라고는 없는 핼버슨의 검은 눈이 지켜보는 가운데 자기가 흥분해서 말했다는 사실을 의식한 순간, 오바니언은 머릿속에 떠오르는 것 중에서 전적으로 관계없지만은 않은 최초의 이야기로 화제를 돌렸다. "두 달 전 어느 날, 마틴 여사랑 저랑 우연히 저 여자가 히스테리 발작을 하는 걸 봤는데…… 아, 자기가 원하던 잡지를 슈미트 양이 먼저 차지했던 모양이었어요…… 여하간 그 난리가 끝나고 나자, 마틴 여사가 메리 헌트에 관해서 뭐라고 말을 했는데, 어쩌면 그건 칭찬이었는지도 모르겠어요. 그러니까 제 말은, 어떤 사람들에게는 칭찬일 수도 있다는 거죠. 물론 저로선 메리 헌트가 그분에 대해서도 칭찬하리라고는 차마 상상이 안 되지만요."

"그분이 뭐라고 하셨는데요?"

"마틴 여사가요? 아, 메리 헌트가 서 있는 곳과 원하는 것 사이를 가로막은 사람이 있다면, 누구든지 간에 그 가운데 메리가 지나갈 만한 크기의 구멍이 나게 될 거라고 하더군요."

"그건 칭찬이 아니죠." 핼버슨이 곧바로 말했다. "마틴 여사도 당신이나 나처럼 저 여자와 그 '큰 기회' 사이를 가로막고 선 게 뭔지 아는 거죠."

"그게 뭔데요?"

"바로 메리 헌트 본인요."

오바니언은 잠시 뭔가를 생각해 보더니 쿡쿡 웃었다. "메리가 지나갈 만한 크기의 구멍이 난다면, 별로 남는 게 없겠네요." 그는 고개를 들었다. "당신도 꽤나 심리학자이시군요."

"제가요?" 핼버슨은 진정으로 깜짝 놀라 말했다. 바로 그 순간, 지금껏 믹서를 향해서 비밀 이야기를 중얼거리던 로빈이 기계를 끄고 고개를 들었다. "보프!" 꼬마가 기쁜 듯 소리쳤다. "안녕, **보프!**" 로빈은 뭔가가 자기 쪽으로 다가오는 모습을 지켜보는 듯하더니, 그 뭔가가 자기가 있는 탁자 위 양념 선반에 올라가 앉을 때까지 눈으로 따라잡느라 약간 몸을 돌렸다. "뭐 하고 있었어, 보프? 저녁 먹으러 온 거야?" 곧이어 꼬마는 웃음을 터트렸다. 마치 뭔가 매우 유쾌하고 매우 재미있는 뭔가를 생각하기라도 한 듯했다.

"나는 보프가 비텔먼 할아버지 할머니를 따라서 밖에 나간 줄 알았는데, 로빈." 오바니언이 말했다.

"아니야. 숨어 있었어." 로빈이 말했다. 그러고는 크게 웃어 댔다. "보프는 지금 여기 있어. 돌아온 거야."

헬버슨은 이 모습을 바라보며 당혹스러운 미소를 지었다. "도대체 보프가 뭐죠?" 그는 식탁에 마주 보고 앉은 이웃에게 물었다.

"상상 속 친구죠." 오바니언이 이해한다는 듯한 투로 말했다. "저도 지금은 익숙해졌습니다만, 솔직히 처음에는 상당히 소름이 돋더라고요. 꽤 많은 아이들이 그런 걸 갖고 있어요. 제 누이도 그랬죠. 적어도 제 어머니 말씀으로는요. 지금이야 누이도 그걸 기억 못 하지만요. 식기보관실에 지니라는 여자아이가 살고 있었다고 해요. 당신도 이 '보프'라든지 또 다른 '구기'라는 것에 관해 들으면 웃어넘기려고 하시겠지만, 로빈이 그놈들을 들여보낸답시고 문을 열어서 붙잡아 주는 것이며, 그놈들이 아래층으로 내려오기 전까지는 밖에 나가 놀지 않겠다고 버티는 것을 보면 또 생각이 달라지실 거예요. 저 녀석은 농담을 하는 게 아니거든요. 물론 로빈도 대부분의 시간에는 착한 꼬마예요, 헬버슨. 하지만 저 녀석을 마치 작은 폭탄처럼 펑 하고 폭발하게 만들 수 있는 게 몇 가지 있는데, 그중 하나가 바로 저 보프와 구기가 실제가 아니라고 부정하는 거예요. 그건 확실해요. 저도 예전에 한번 그랬다가 무려 반나절이 지나서야, 그리고 무려 여섯 번이나 회전목마를 태워 주고 나서야 저 녀석이 비로소 화를 풀었죠." 오바니언은 강조의 뜻으로 검지를 들었다. "물론 보프와 구기도 각각 여섯 번씩 태워 주었죠."

헬버슨은 꼬마를 바라보았다. "사람 환장할 일이로군요." 그는 고개를 약간 저었다. "그거 혹시— 건강에 안 좋은 건 아닌지?"

"전 책도 한 권 사서 봤어요." 오바니언이 말했다. 그러면서 이유를 알 수 없이 얼굴이 다시 붉어짐을 느꼈다. "그런데 거기에는 아니라고 나와 있더군요. 아이가 현실과 잘 접촉하고 있는 한에는 아니라는 거예요. 제가 장담하건대, 저 녀석은 확실히 잘 접촉하고 있어요. 여하간 애들도 자라면 잊어버리게 되더라고요. 그러니 걱정할 건 전혀 없어요."

바로 그때 로빈이 뭔가 소리를 들은 듯 양념 선반 위를 향해 고개를 갸웃거렸다. 곧이어 그가 말했다. "알았어, 보프." 꼬마는 의자에서 내려오더니, 부엌을 가로질러 의자를 끌고 가서 원래대로 벽에 세워 놓고는 쾌활하게 말했다. "토니오, 보프가 자동차를 보고 싶대. 좋아. 우리 갈까?"

오바니언은 웃으면서 자리에서 일어났다. "주인님의 명령이시네요. 올해 나온 자동차에 관한《인기 전자제품》지의 특별호가 있는데, 보프랑 로빈은 그걸 아무리 봐도 질리지 않는 모양이더군요."

"허?" 핼버슨이 미소를 지었다. "그 녀석들은 올해 뭘 좋아한답니까?"

"빨간색 자동차를 좋아하더군요. 가자, 로빈. 또 봐요, 핼버슨."

"또 봐요."

로빈은 오바니언의 뒤를 따라 종종걸음으로 걷다 말고 문 가까이에서 멈춰 섰다. "얼른 와, 보프!"

꼬마는 핼버슨을 향해 격렬하게 손을 흔들었다. "또 봐요, 해브섬검Have-sum-gum 아저씨."

핼버슨도 손을 흔들었다. 곧이어 두 사람은 가 버리고 없었다.

그는 멍하니 한동안 식탁에 앉아 있었다. 한 손은 여전히 들어 올린 채였다. 다른 한 남자와 꼬마의 존재 덕분에, 그는 자신의 기묘한 내적 폭발과 그 충격파를 잠시 외면할 수 있었다. 이제는 두 사람이 가 버렸지만, 그는 저 다가오는 총알의 강타 속에, 즉 비에 젖은 상체

속에, 나는 왜 죽고 싶어 하는 걸까? 하는 질문 속에 빠져 버리도록 스스로를 허락하지 않을 작정이었다. 그래서 핼버슨은 혼란과 외면 속에서 움직임 없이 한동안 그 자리에 있었다. 차라리 오바니언을 따라 거실로 갈까 생각도 해 보았다. 자신의 당혹 속으로 다시 빠져들어 간 다음, 직면하고 맞서 싸울까 하는 생각도 해 보았다. 하지만 그는 싸울 준비가 아직 되지 않았고, 도망치고 싶지도 않았으며…… 그렇다고 이대로 머물 수도 없었다. 마치 숨 안 쉬기와 비슷했다. 누구나 숨을 참을 수는 있지만, 아주 오래 그럴 수는 없었다.

"핼버슨 씨?"

부드러운 발걸음에 부드러운 목소리로, 혹시 자기가 방해가 된 것은 아닌지 확인하려는 듯 소심하게 상황을 살펴보면서 슈미트 양이 들어왔다. 핼버슨은 반가운 나머지 그녀를 끌어안을 수도 있을 것 같았다. "들어오세요, 들어와요!" 그는 온화하게 외쳤다.

핼버슨의 어조에 슈미트 양의 반쯤 죽어 있던 미소가 마치 부채질한 숯불처럼 환해졌다. "안녕하세요, 핼버슨 씨. 저는 그냥, 그러니까, 혹시나 해서, 아시다시피, 비텔먼 씨가 돌아오셨는지 궁금하기도 하고, 또 제 생각에는 혹시……" 그녀는 입술을 적신 다음, 과연 이 말을 해 볼 만한 가치가 있는지를 생각하는 듯했다. "그리고 그분을 좀 뵙고 싶었어요. 그러니까 할 말이, 뭔가 물어볼 게 있어서요. 뭔가에 대해서요." 슈미트 양은 숨을 내쉬더니, 다시 숨을 들이마셨다. 여차하면 똑같은 이야기가 더 나왔겠지만, 핼버슨이 끼어들었다.

"아뇨. 아직 안 오셨어요. 그나저나 두 양반도 드라이브하기에는 정말 처참한 날을 고른 셈이네요."

"비텔먼 부부께는 그런 것이 전혀 문제되지 않는 듯하던데요. 매달네 번째 주만 되면, 마치 시계태엽 장치처럼 정확하잖아요." 그녀는 갑자기 부드러운 웃음을 작게 내뱉었다. "물론 진짜로 시계태엽 장치라는 뜻까지는 아니에요, 핼버슨 씨. 다만 네 번째 주를 강조하고 싶었던 거죠."

그는 상대방을 배려해서 점잖게 웃었다. "무슨 말씀이신지 압니다." 슈미트 양이 눈을 내리깔아 서로 짓주무르던 양손을 바라보는 걸 보자, 핼버슨은 그녀의 다음 동작이 문 쪽을 향하는 것이리라고 예상했다. 지금 당장은 그조차도 이런 상황을 견딜 수 없었다. "그러면 혹시— 어— 차를 한잔, 아니면 다른 뭐라도 좀. 샌드위치라도. 그러잖아도 저도 막—" 핼버슨이 자리에서 일어났다.

슈미트 양은 얼굴이 분홍색으로 변하며 다시 미소를 지었다. "아, 저는—"

그때 문간에서 짧고도 쉿쉿거리는 소리가, 콧소리가, 작은 분노의 코웃음이 들려왔다. 메리 헌트가 눈을 부릅뜨고 거기 서 있었던 것이다. 슈미트 양은 힘없이 이렇게 말했다. "아뇨. 고맙습니다만, 아니에요. 저는 차라리, 제 말은, 그냥 가서— 저는 그냥 비텔먼 씨가 돌아오셨는지 알아보려고—" 그녀는 목소리가 완전히 잦아들더니, 사과하는 듯 까치발로 문간을 향해 갔다. 메리 헌트는 어깨를 돌렸지만 발을 움직이지는 않았다. 슈미트 양은 그 사이를 비집고 그녀를 지나쳐 도망갔다.

핼버슨은 선 채로 반쯤은 화가 나고 반쯤은 바보가 된 느낌이 들었다. 그의 마지막 몇 마디가 마음속에서 메아리쳤다. "샌드위치라도. 그러잖아도 저도 막—" 핼버슨은 이 몇 마디에 떠밀리듯 부엌 반대편으로 걸어갔다. 그는 격분한 상태였다. 하지만 왜일까? 아무 일도 일어나지 않았다. 동시에 많은 일이 일어났다. 헬버슨은 슈미트 양 같은 작고 힘없는 토끼를 괴롭힌 저 여자에게 대들며 호통을 치고 싶기도 했다. 하지만 정확히 저 여자가 무슨 짓을 한 걸까? 저 여자도 절대적 진실을 말할 수 있지 않을까? "왜요, 나는 저 여자한테 한마디도 안 했다고요!" 그는 효과도 없고 속수무책이라고 생각했다. 게다가 그의 눈꺼풀 안쪽에서 허약한 총의 모습이 깜박이며 충격을 주고 있었다. 헬버슨은 몸을 떨었고, 정신을 가다듬었으며, 빛나고 분노한 두 눈이 문간에서 자기 등을 바라보고 있음을 고통스럽게 자각했다. 그는 빵 보관함을 더듬어서 비티가 집에서 구운 커다란 빵 반 덩어리를 꺼냈다. 빵 도마를 꺼내고, 서랍에서 칼을 꺼내 썰기 시작했다. 뒤에서 찰싹하고 커피포트 옆 식탁 위에 잡지를 던져 놓는 날카로운 소리가 들리더니, 곧이어 메리 헌트가 헬버슨의 팔꿈치 옆에 다가와 섰다. 만약 그 상태에서 한 마디라도 했다면, 그녀는 실제로 일어났던 일과 비교해 터무니없이 어마어마한 분노를 마주하게 되었을 것이다. 하지만 여자는 한 마디도, 정말 한 마디도 하지 않았다. 그냥 거기 서서 그를 지켜보았을 뿐이다. 헬버슨은 첫 번째 조각을 다 썬 다음, 두 번째 조각을 썰기 시작했다. 그가 동작을 멈추고 고개를 돌려 그녀를 바라보려던 찰나, 칼날이 엄지손가락 첫 마디로 파고들었다. 헬버슨은 두 눈을 감았고, 일단 빵 썰기를 마무리한 뒤에 냉장고 쪽으로 돌아섰다. 그는 문을 열고 선반 위로 몸을 숙인 채, 베인 엄지손가락을 다른 손으로 쥐고 있었다.

"지금 도대체 뭐 하고 있는 거예요?" 여자가 물었다.

"뭐 하는 것 같아 보이는데요?" 헬버슨이 투덜거렸다. 베인 상처가 갑자기 아프기 시작했다.

"정확히 뭐라고 말할 수가 없네요." 메리 헌트가 말했다. 그녀는 빵 도마로 다가가 칼을 집어 들더니, 그가 잘라 놓은 빵 조각을 칼로 찍어 싱크대에 휙 던져 버렸다.

"이봐요!"

"당신은 상처 난 곳이나 냉장고 코일에 잠시 갖다 대고 있는 게 나을 거예요." 여자는 태연하게 말했다. 그러면서 한 손으로 빵 덩어리를 잡고 칼을 딱 한 번 움직이자, 우툴두툴하던 끝부분이 매끈하게 잘려 나갔다. "앉아요." 핼버슨이 소리를 지르려고 허파에 숨을 가득 채우는 사이에 그녀가 말했다. "내가 정말 싫어하는 게 있다면, 누군가가 음식을 어설프게 들쑤시는 걸 옆에서 지켜보는 거예요." 이렇게 말하는 사이에도 한 개, 두 개, 세 개, 네 개의 균일한 빵 조각이 빵 도마에 툭툭 떨어졌다. 그가 상처 입은 곰 같은 고함을 준비하는 사이에 여자는 또다시 그를 방해했다. "그래서 샌드위치 먹을 거예요, 안 먹을 거예요? 걸리적거리지 말고 그냥 거기 앉아 있기나 해요."

핼버슨은 깜짝 놀라 그녀를 바라보았다. 지금 이 여자가 나에게 친절을 베푸는 건가? 메리 헌트가 누군가에게 **친절**을 베푼다고?

그는 어느새 그녀의 말에 따랐고, 냉장고 코일에 베인 상처를 갖다 대고 있었다. 느낌이 좋았다. 여자가 냉장고 쪽으로 오자, 손을 떼고 길을 비켜 주었다. 그리고 다시 식탁으로 돌아와 앉아서 그녀를 지켜보았다.

여자의 모습은 정말 볼 만했다. 매니큐어 바른 창백한 손이 마치 날아가는 듯 움직였다. 그녀는 마요네즈, 크림치즈, 냉육 한 접시, 파슬리, 무를 꺼냈다. 거의 한 번의 동작만으로 작은 프라이팬과 버터팬을 스토브 위에 올리고 불을 피웠다. 프라이팬 안에는 베이컨을 두 줄 넣었다. 다른 팬에는 물을 두 숟갈 넣고, 케이퍼 절임 통의 국물도 반 숟갈 넣었다. 그리고 양념(가금류 조미료, 오레가노, 마늘소금)을 '약간씩'(즉 한 번씩, 한 꼬집씩) 넣었다. 작은 팬이 칙칙거리자, 갑자기 부엌 안에서는 마치 천국의 부엌 뒷문에 있는 듯한 냄새가 났다. 여자는 팬을 들더니 그 내용물을 긁어서 믹싱볼 안에 담고, 크림치즈와 마요네즈를 더한 다음, 전기 믹서 아래 밀어 놓았다. 그러고는 베이컨을 바라보더니, 잘라 놓은 빵 조각 가운데 두 개를 토스터에 집어넣고, 이번에는 과도를 가지고 무를 썰었다.

헬버슨은 믿을 수 없다는 듯 고개를 저으면서 감탄사를 뱉어 냈다. 그러자 여자가 매우 강한 경멸의 표정을 짓는 바람에, 그는 그만 눈을 내리깔고 말았다. 무심코 아까 그녀가 던져 놓은 잡지에 헬버슨의 눈길이 닿았다. 그 제목은《가족의 날》이었고, 가정을 주제로 어느 슈퍼마켓 체인에서 간행하는 책자였다. 어느 면으로 보나 영화 잡지는 확실히 아니었다.

프라이팬에서 지글거리는 베이컨이 나왔다. 여자는 종이 타월로 기름을 닦아 낸 다음, 돌아가는 믹서 아래 놓인 믹싱볼 안에 집어넣었다. 마치 어떤 부엌 전문 안무가가 감독한 작업이라도 되는 듯, 그녀가 손을 뻗자마자 토스트가 툭 튀어나왔다. 여자는 빵 두 조각을 토스터에 새로 집어넣은 다음, 무를 원료로 한 연금술로 되돌아갔다. 잠시 후에는 믹서를 끄고, 믹싱볼의 내용물을 토스트에 발랐다. 그리고 그 위에 냉육과 여러 재료를 줄줄이 늘어놓고 교묘하게 짜 맞춰서 아름다운 바구니 패턴을 완성했다. 처음 한 쌍의 빵을 마무리하자, 또 한 쌍의 빵이 토스터에서 튀어나왔다. 여러 가지 일이 지속적으로 벌어졌다. 그녀가 이 모든 일을 해치운 방식이 딱 그러했다. 마치 음악과도 비슷했고, 또는 기차의 창밖으로 풍경이 흘러가는 것과도 비슷했다.

메리 헌트는 칼을 가지고 뭔가 재빠르게 움직였고, 그 결과물을 접시 두 개에 담아 내놓았다. 한입 크기의 샌드위치가 마치 별 모양으로 배열되었는데, 한가운데에는 마치 장미 꽃봉오리로 이루어진 작은 꽃다발처럼 보이는 게 있었다. 바로 무였다. 둥글게 말린 꽃잎이 파슬리로 만든 깔끔한 꽃받침 위에 놓이고, 그 줄기 모두가 그중 하나로 만든 교묘한 반매듭으로 묶여 있었다. 그 놀라운 공연 전체에 걸린 시간은 아마 6분쯤이었을 것이다. "커피가 필요하시면 알아서 만들어 드세요." 그녀가 투덜거렸다.

헬버슨은 여자에게 다가가 접시 하나를 집어 들었다. "어, 이건— 이건— 음, **고맙습니다!**" 그는 그녀를 바라보며 미소를 지었다. "오세요. 여기 앉으시라고요."

"**당신하고** 같이요?" 메리 헌트는 다른 접시를 들고 식탁 쪽으로 성큼성큼 걸어오더니, 마치 죄스러운 비밀인 양 잡지를 집어 들었다. 그러고는 문 쪽으로 향했다. "치우는 건 하실 수 있겠죠." 그녀가 말했다. "다른 누군가한테 이 이야기를 하면, 당신 머리를 쥐어뜯어서 대머리로 만들어 버릴 거예요."

헬버슨은 여전히 깜짝 놀란 상태로 여자의 뒷모습을 바라보며 멍하니 샌드위치 하나를 집어서 한입 베어 물었다. 그리고 순간적으로 자신이 놀라고 있던 것조차도 잊어버리고 말았으니, 샌드위치가 너무 맛있었기 때문이다. 그는 천천히 자리에 앉았고, 전당포에 있는 바이올린과 기타를 비교하기 시작한 이래 처음으로 이 감각에 자기 자신을 완전히 포기하고 자기 곤란을 잊어버렸다. 헬버슨은 샌드위치를 천천히 음미하며 먹었고, 그 맛에 온몸을 내맡겼다.

현장 탐사 〔기록〕 발췌문

어찌나 〔지쳤는지-짜증 나는지〕 〔나는〕 간신히 〔쓰는〕 중이다. 이런 종류의 연구라면 최상의 시기에 최상의 장비를 가지고도 쉽지 않을 터이지만, 정작 〔우리는〕 이 모두를 결여한 상태이며, 설상가상으로 〔나는〕 차마 극복할 수 없는 열성을 지닌, 아울러 〔나로선〕 단지 무모한 고집이라고밖에 묘사할 수 없는 자질을 지닌 〔파트너-동료〕 때문에 괴로움을 겪고 있다. 〔스미스는〕 물론 좋은 의도이지만, 그처럼 좋은 의도를 지녔음에도 스스로를 〔　　〕로 만드는 데에서만 성공한 〔개인들이〕 우주에는 가득하지 않은가.

〔와젯을〕 재〔충전하는〕 저 지루하고도 울화통 터지는 과정 내내 〔스미스는〕 〔우리가〕 순수하게 객관적인 관찰로는 아무런 결과를 얻지 못할 것이며, 또한 〔영원의〕 시간이 걸릴 것이라고 주장했다. 즉 〔우리는〕 이제 충분한 데이터를 갖고 있으므로, 이 표본들에 자극을 가함으로써 과연 시냅스 베타 서브 식스틴의 신뢰할 만하고 기능을 하는 조건이 이들에게 가능한지 여부를 확실히 결정해야 한다는 것이었다. 물론 〔나야〕 외계 종족에게 〔강제를〕 가하는 것은 〔우리의〕 지고한 〔윤리에〕 반한다는 이유로 반대했다. 그러자 〔스미스는〕 그것이 진짜 〔강제는〕 아닐 것이며, 단지 우리가 이미 갖고 있는 〔확대-증폭-증대된 효율성일〕 뿐이라고 주장했다. 그래서 〔나는〕 설령 〔우리가〕 성공하더라도, 〔우리가〕 최종 결과를 시험하려다 자칫 표본 가운데 일부, 또는 전부가 죽을 수도 있다고 지적했다. 그러나 〔스미스는〕 오로지 그때가 닥치고서야 걱정할 의향이었

다. 더 나아가 〔나는〕 필요한 자극을 제공하기 위해서는 〔우리가〕 단순히 〔위젯〕뿐만 아니라 저 〔 〕하고, 〔비효율적이고〕, 〔석기〕 시대에나 허용될 〔기계 장치인〕 저 〔와젯도〕 재〔배선해야〕 한다고 지적했다. 〔스미스는〕 기꺼이 동의했으며, 〔내가〕 계속 말하는 사이에 〔그는〕 재〔배선을〕 시작했고, 〔내가〕 말을 마칠 즈음 〔그는〕 〔배선을 마쳤고〕, 〔내가〕 〔나의 요점을 설명했을〕 즈음 〔그는〕 사실상 작업을 완료했으며, 〔나는〕 어느새 〔스스로〕 〔조명 장치를〕 들어 비춰 주고 있었다.

〔우리가〕 무슨 일을 하려는지를 표본 가운데 하나가 알아낼 경우, 〔스미스가〕 행하려 계획한 것이 무엇인지, 〔나는〕 〔그에게〕 묻는 걸 잊어버렸다. 그 표본을 죽일 것인가? 표본 모두를 죽일 것인가? 〔나로선〕 그래도 〔놀라지〕 않을 것이다. 〔연구를〕 위해서라면 〔스미스는〕 〔자신의〕 〔나이 많은 선조의〕 〔손가락 관절을〕 〔꺾는〕 것조차도 흡족하게 〔지켜볼〕 테니까.

IV

슈미트 양은 퀼트 로브를 턱 밑까지 올리고, 침대용 양말을 신고, 슬리퍼를 신고 숄을 걸친 채, 자기 방 안락의자에서 반쯤 졸고 있었다. 그러다가 고대하던 소리가 들리자 벌떡 일어나서 문간으로 다가갔고, 약간 열린 문 앞에 잠깐 서서 귀를 기울이고 바깥 상황을 확인했다. 곧이어 그녀는 허리띠를 조이고, 턱 아래의 호크를 확인하고, 넉넉한 로브를 엉덩이 부분에서 붙잡아 아래로 잡아당기고, 숄을 어깨에서 약간 더 높게 끌어 올렸다. 슈미트 양은 양팔의 손목을 교치

시키고, 양손을 살짝 자기 쇄골에 갖다 대고, 조용히 종종걸음 쳐서 화장실을 지나고, 긴 복도를 지나서 현관 홀로 향했다. 비티는 부엌에 있었고, 샘 비텔먼은 축축한 트렌치코트를 현관 옷걸이에 거는 중이었다.

"비텔먼 씨—"

"샘이라고 부르라니까요." 그는 쾌활하게 호칭을 정정해 주었다. "좋은 아침이네요, 슈미트 양. 아시다시피 이미 10분 전에 시간이 오전으로 바뀌었으니까요."

"아, 이런. 예, 저도 시간이 늦은 건 알지만요." 그녀가 속삭였다. "그리고 너무 죄송하기도 하네요. 진짜로요. 저로선 불편을 드릴 생각은 털끝만큼도 없어요. 진심으로 죄송하게 **생각해요.** 저로선 민폐를 끼치고 싶지는 않거든요. 아, **이런!**" 슈미트 양의 영속적으로 겁에 질린 얼굴은 특유의 작은 고민이 폭발하며 주름져 있었다.

"그렇다면 무엇 때문에 불편하신지 말씀해 주세요. 그러면 제가 고쳐 드릴 테니까요." 샘이 온화하게 말했다.

"정말 친절하시네요. 정말 친절하세요. 사실은 뭔가가 있긴 있어요. 제 말은 고쳐야 할 뭔가가 말이에요. 그러니까…… 그러니까 제 **방**에요." 그녀는 이 말과 함께 마치 깊은 확신을 지닌 듯 몸을 앞으로 숙였다.

"음, 그러면 같이 가서 좀 살펴보죠. 비티!" 그가 목소리를 높이자, 슈미트 양은 놀란 나머지 손을 자기 입술에 갖다 댔다. "이분한테 뭘 좀 고쳐 드리러 다녀올게. 금방이면 될 거야." 샘은 하숙인을 돌아보며 장난 삼아 꾸벅 절을 했다. "앞장서시죠."

"다른 분들이…… 깨지 않도록 조심하셔야만 돼요." 슈미트 양은 그를 타이른 다음, 자기가 그렇게 했다는 사실 때문에 얼굴을 붉혔다. 그는 단지 씩 웃은 다음, 그녀를 뒤따라 그녀의 방으로 갔다. 슈미트 양은 안으로 들어서서 문을 최대한으로 열어젖히고는, 의식적으로 쓰레기통을 가져다가 문이 열려 있도록 기대어 놓았다. 이 과제를 마치고 고개를 들자 샘의 반짝이는 눈과 시선이 딱 마주쳤고, 그녀는 상대방이 이 일 때문에 자기를 놀리지 않길 기도했다. 집주인이 무슨 말을 할지는 아무도 몰랐다. 때로는 이해할 수 없는 말도 했고, 때로는 정말 끔찍한 말도 했다. "창문요." 슈미트 양이 말했다. "블라인드요."

그가 그곳을 살펴보았다. "아, 또 저거군요. 저 망할 놈의 물건은 항상 끈이 잘 망가진다니까요." 베니션 블라인드는 비뚤어진 채 걸려 있었고, 바닥의 가로대는 거의 수직이 되어서 창문의 아래쪽 한구석이 드러나 있었다. 샘은 올림끈을 잡아당겼다. 올림끈은 두 줄로 되어 있었다. 한 줄은 꼼짝달싹하지 않았고, 또 한 줄은 잘 움직였다. 그는 올림끈을 끝까지 잡아당긴 다음, 망가진 끝부분을 안타까운 듯 드러냈다. "보이시죠? 바로 이겁니다, 좋아요. 이따가 아침에 새 올림끈이 있는지 찾아보고 있으면 달아 드릴게요."

"아침에요? 하지만— 그러니까 제 말은, 비텔먼, 어— 샘, 그러면 지금은 어떻게 하죠? 그러니까 지금 제가 어떻게 **해야** 할까요?"

"음, 일단 이 일에 대해서는 그 예쁜 머리로 고민하실 필요 없습니다! 그냥 푹 주무세요, 꼬마 아가씨. 내일 학교에서 돌아오셨을 때면, 제가 틀림없이—"

"이해를 못 하시네요." 슈미트 양은 나지막이 한탄했다. "저게 저런 상태에서는 저도 잠을 잘 수가 없어요. 제가 이제껏 당신을 기다린 이유도 그거였어요. 모든 방법을 다 시도해 봤다고요. 커튼은 거기까지 가려지지 않고, 수건을 걸어 놓을 곳도 딱히 없고, 의자 등도 그리 높지가 않아서 저기를 가릴 수가 없고, 게다가— 게다가— 아, **정말!**"

"아아아."

샘이 단 한 마디를 느리게 발음하자, 그녀가 그를 노려보았다. 거기에는 뭔가가 있었다. 그게 뭘까? 마치 방 안에서 나는 웅웅 소리 같았다. 하지만 그건 소리가 아니었다. 그가 변한 것까지는 아니었지만…… 그의 눈에는 슈미트 양이 이제껏 한 번도 본 적이 없는 뭔가가 있었다. 어느 누구의 눈에서도 이제껏 한 번도 본 적이 없는 뭔가가 말이다. 샘 비텔먼에게는 항상 느긋한 강인함이 있었다. 지금도 바로 그것이 있었는데, 다만 그 어느 때보다도 더 편안하고, 더 강력하고, 더 위안을 주었다. 여러 가지 미결정과 불확실함을 지닌 그녀로선 그의 친근한 확신이야말로 성인聖人의 머리에 나타난 후광보다 오히려 더 놀라운 것이 아닐 수 없었다. 그가 말했다. "그러니까 저 창문에서 어떤 부분이 그렇게 신경 쓰이는 건가요?"

슈미트 양의 평소 자아는 창문이 가려지지 않았다고, 그리고 이것만으로도 자명하지 않느냐고 분개하며 말하려는 쪽으로 상당히 명료하게 움직였다. 하지만 어째서인지 모르겠지만 그녀의 평소 자아는 잠잠했으며, 결국 상대방이 원하는 답변을 내놓고 말았다. "누군가가 **안을** 들여다볼 수도 있잖아요!"

"저 창밖에 뭐가 있는지는 알아요?"

"그게 무슨— 아. 아, 차고 뒤편이죠."

"그러니 아무도 저기서 안을 들여다보진 않을 거예요. 음, 이번에는 창밖에 차고가 없다고, 그리고 당신이 불을 껐다고 가정해 보죠.

그렇다면 누군가가 안을 들여다볼 수 있을까요?"

"아— 아뇨……"

"그런데도 그게 괴로우신 거군요."

"네, 당연히 그렇죠." 슈미트 양은 삼각형 모양으로 노출된 유리창을, 바깥의 어둠으로 인해 검어진 그 모습을 바라보며 몸을 떨었다. 샘은 문설주에 기대서서 머리를 긁었다. "제가 하나만 물어볼게요." 그가 물었다. 마치 상대방의 허락 유무가 큰 차이라도 만든다는 듯한 말투였다. "만약 우리가 차고를 없애 버렸는데, 당신이 깜박 잊고 불을 계속 켜 두었다고, **그래서** 누군가가 당신을 보게 된다고 가정해 보면요?"

그녀는 꽥 비명을 질렀다.

"그러면 당신은 정말로 괴롭게 되겠죠, 그렇지 않나요?" 샘은 너털웃음을 터뜨렸다. 그런데 정작 그녀는 웃음소리를 듣고 격분한 것이 아니라 오히려 크나큰 위로의 물결에 휩싸였다. "도대체 그것 때문에 괴로우신 이유가 정확히 뭔가요? 물론 그것이 괴롭다는 사실은 빼고요."

"그러니까…… 그러니까." 슈미트 양은 숨을 헐떡이며 말했다. "제가 알기로는, 그렇게 불을 켜 놓은 상태에서 활개치고 다니는 여자라면 왈패로 여겨질 거라고—"

"저는 활개친다고 말하지 않았는데요. 남들이 흔히 하는 말마따나 '난리친다'고 말하지도 않았고요. 왜 그런지는 저도 모르겠군요. 그러니까 당신이 정말로 괴롭게 여기는 부분은, 어떤 엿보는 놈의 생각이라는 거군요, 그렇죠? 그런데요, 슈미트 양, 그게 정말로 걱정할 거리가 될까요? 그놈이 당신을 어떻게 생각하는지를 당신이 왜 신경 써야 합니까? 당신은 자신이 어떤 사람인지 모르나요?" 샘이 말을 멈추었지만, 그녀는 할 말이 없었다. "혹시 벌거벗고 주무신 적이 있나요?"

슈미트 양은 헉 소리를 냈고, 눈이 휘둥그레진 채 고개를 저었다.

"왜 안 그러시나요?" 그가 물었다.

"왜냐하면 저는— 저는—" 그녀는 그에게 대답해야 했다. 그래야만 했다. 슈미트 양의 내면에서 두려움이 마치 가느다란 연기 기둥처럼 피어올랐지만, 샘의 개방적이고 친근한 얼굴을 흘끗 보는 순간 연기 기둥은 완전히 사라지고 말았다. 그의 얼굴은 비범한, 불편한, 유쾌한, 불안한, 흥분되는 감정을 한꺼번에 자아냈다. 그녀를 압박하는 동시에 위로하는 셈이었다.

슈미트 양은 목소리를 찾아서 그에게 대답했다. "저로선 그냥 잠을 잘 수가 없으니까요…… 그런 상태로는요. 예를 들어 불이 났다면요?"

"누가 그런 말을 했나요?" 그가 잘라 말했다.

"무슨 말씀—"

"그러니까 '예를 들어 불이 났다면'이라고 누가 말했느냐고요? 누가 그런 말을 했죠?"

"음, 제 생각에는— 맞아요, 저희 어머니가 그런 말씀을 하셨죠."

"그럼 당신 스스로 생각한 건 아닌 거군요. 짐작은 했지만요. '살인하지 말라.' 이 계명을 신봉하시나요?"

"물론이죠!"

"그러시군요. 이 계명을 배우셨을 때에 몇 살이었죠?"

"그건 저도— 모르죠. 어린이라면 누구나—"

"일곱, 여덟, 아홉 살배기 어린이요? 좋아요. 그렇다면 기저귀를 풀면 안 된다고 배웠을 때에는 몇 살이었죠? 아무도 당신을 **보게** 하지 말라고 배웠을 때는요?"

슈미트 양은 대답하지 않았지만, 대답은 이미 나와 있었다.

"설마 '살인하지 말라'보다 '네 몸을 드러내지 말라'를 더 일찍, 더 잘, 더 마음속 깊숙이 배웠다는 건 아니시겠죠?"

"저는— 네."

"그게 당신께는 〈십계명〉 가운데 어느 하나보다도 훨씬 더 깊은 계명이 되고 있다는 걸 아시겠어요? 그리고 옳고 그름과는 별개로, 그것이야말로 모든 것 중에서도 가장 깊고 가장 강한 한 가지 계명, 즉 '네 목숨을 지키라'보다도 더 깊은 계명이 아닌가요? 당신이라면 벌거벗은 상태에서 큰길로 나가 손을 흔들어 지나가는 차를 세우기보다는 차라리 어느 덤불 아래 숨어서 죽어 가는 장면이 상상되지 않으세요? '예를 들어 불이 났다면'이라고요? 당신이라면 잠옷도 걸치지 않은 상태에서 창밖으로 뛰어내리기보다는 차라리 불타 죽어 가는 모습이 상상되지 않으세요?"

슈미트 양은 눈이 휘둥그레지고 가슴이 쿵쿵 뛰었고, 아무 대답을 내놓지 못했다.

"그런 것을 믿는다는 게 과연 **분별** 있는 일일까요?"

"저도 모르겠어요." 그녀가 중얼거렸다. "저는— 생각을 해 봐야겠네요."

놀랍게도 샘은 이렇게 말했다. "소급해서요." 그는 창문을 가리켰다. "그러면 우리가 이걸 어떻게 할 수 있을까요?"

슈미트 양은 멍하니 그곳을 바라보았다. "오늘 밤에는 신경 쓰지 마세요, 비텔먼 씨."

"샘이라니까요. 좋아요. 그럼 안녕히 주무세요. 꼬마 아가씨."

슈미트 양은 갑자기 바닥이 없는 구덩이 가장자리를 비틀거리며 걸어가는 기분을 느꼈다. 그는 이곳에 들어와서 그녀가 방향을 상실하게 만들었고, 그녀의 사고의 기초 속에서 마치 주춧돌처럼 교란되지 않은 채 쉬고 있었던 생각의 틀 전체를 산산조각 내 버렸다. 이 당혹스러운 순간에는 비록 인정하지 않았지만, 머지않아 슈미트 양은 자신이 (그의 말마따나) '소급해서' 생각해야 한다는 것을, 그리고 일단 그렇게 하고 나면 자신이 반드시 재평가해야 할 대상은 저 옷에 관한 규약만이 아님을 발견하게 되리라는 것을 스스로 인정할 수밖에 없을 터였다. 저 피할 수 없는, 끝이 없는, 친숙하지 않은 과제가 마치 먹구름처럼 그녀의 머리 위에 드리워져 있었다. 슈미트 양의 유일한 위안, 유일한 지지대는 샘 비텔먼뿐이었는데, 이제 그는 떠나고 있었다. "안 돼요!" 그녀가 외쳤다. "안 돼요! 안 돼요! 안 돼요!"

샘이 미소를 지으며 뒤로 돌아서자 그 마법이, 그의 확신과 편안함이 다시 한번 나타났다. 슈미트 양은 마치 언덕을 뛰어 올라온 사람처럼 숨을 헐떡이며 서 있었다.

"괜찮아요, 꼬마 아가씨."

"그런데 왜 저한테 그런 이야기를 해 주신 거죠? 왜죠?" 그녀는 애처롭게 말했다.

"그거 아세요? 저는 당신한테 아무 이야기도 하지 않았어요." 샘이 말했다. "단지 질문을 했을 뿐이에요. 하나같이 당신이 차마 스스로에게 물어볼 수 없었던 질문들을요. 그리고 거기에 대한 답변들이 당신을 겁준 거예요. 그 답변들이 나온 곳은 바로 여기였어요." 그는 부드러운 주먹 관절을 그녀의 젖은 이마에 갖다 댔다. "즉 저한테서 나온 게 아니었다는 뜻이죠. 당신은 오랫동안 그 모든 질문과 함께 살아왔어요. 그러니까 지금도 그걸 두려워할 필요는 전혀 없어요." 그녀가 미처 대답하기도 전에, 그는 다른 한 손을 흔들고 윙크하더니 나가 버렸다.

슈미트 양은 오랫동안 그 상태로 서 있었다. 몸이 떨렸고, 차마 생각하기가 두려웠다. 마침내 그녀는 두 눈을 뜨고 다시 보게 되었으며, 비록 열린 문 외에는 아무것도 보이지 않았지만, 마치 샘의 위안 가운데 일부가 그 광경과 함께 스며들어 오는 듯했다. 슈미트 양은 뒤로 돌아섰고, 또다시 돌아서서, 방 전체를 살펴보며 사방 벽에서 위안을, 그리고 더 많은 위안을 거두어들였다. 마치 무르익은 열매처럼 그녀가 따 모을 수 있도록 샘이 그곳에 걸어 놓고 가기라도 한 것 같았다. 그녀는 새로이 자기 내면에서 텅 빈 장소에 그 모두를 놓아두었다. 가득 채우기 위해서가 아니라, 더 많이 모을 때까지 거기 두고 그것으로 연명하기 위해서였다. 갑자기 슈미트 양은 문을 열린 상태로 두기 위해 굳이 버텨 놓은 저 어리석고 작은 쓰레기통에 눈이 갔고, 스스로도 놀랍게도 웃음을 터트리고 말았다. 그녀는 쓰레기통을 집어 들고, 마치 그것이 자신의 화장품을 집어 먹은 우스꽝스러운 강아지라도 되는 것처럼 고개를 저었다. 심지어 쓰레기통을 가볍게 한 번 때려 준 다음에 도로 내려놓고 문을 닫았다. 슈미트 양은 침대에 누워 불을 껐다. 그리고 그 와중에 창문 쪽은 심지어 쳐다보지도 않았다.

V

"아, 이러면 안 되지!" 수 마틴의 방문을 밀어 열던 비티가 뭔가 즐겁게 유감을 드러내며 외쳤다. "내가 기껏 깨끗한 침구를 가져왔는데, 자기는 이미 잠자리를 깔아 놓았다니 말이야!"

졸음 가득한 표정에 검은색 실내복 차림의 사랑스러운 수 마틴이 책상에서 일어났다. "죄송해요, 비티. 오늘이 목요일인 걸 까먹었네요."

"아무렴, 오늘이 목요일이지." 더 나이 많은 여성이 꾸짖었다. "결국 이제는 내가 이 일을 처음부터 다시 해야 되겠군. 이봐, 아가씨. 이 방은 내가 알아서 관리하겠다고 말하고, 또 **말하지** 않았냐고."

"이미 하시는 일이 너무 많잖아요." 수는 미소를 지었다. "자요, 제가 도와 드릴게요. 그나저나 로빈은 뭘 하고 있나요?"

두 사람은 힘을 합쳐 덮개, 가벼운 이불, 시트를 커다란 더블 침대에서 벗겨 냈다. "또 그 젊은 얼간이 오바니언한테 유괴되고 말았지. 마침 새로운 일거리가 있어서 허턴빌에 가 봐야 한다면서, 애도 같이 가서 불도저를 구경하고 싶어 할지 모른다고 생각하던걸."

"로빈은 불도저를 좋아해요. 그리고 저쪽도 얼간이는 아니고요."

"얼간이 맞다니까." 비티는 퉁명스럽게 말했다. 수의 발언에서 '저쪽'이 누구를 가리키는지에 대한 해석은 굳이 필요로 하지 않는 듯했다. "내친김에 이것도 좀 뒤집자고. 마침 자기랑 나랑 둘이 다 있으니까." 그녀는 이렇게 말하며 매트리스를 탁 때렸다.

"좋아요." 수 마틴은 덮개와 이불을 대강 접어서 벽장으로 가져갔다. "그냥 로빈이 그 사람을 좋아할 뿐이고요."

"그건 자기도 마찬가지지."

수의 두 눈이 휘둥그레졌다. 그녀가 흘끗 쳐다보았지만, 비티는 등을 돌린 상태로 침대 위로 몸을 숙이고 있었다. 수가 입을 열었을 때에는 목소리가 완전히 통제되어 있었다. "맞아요, 가끔은 그렇죠." 그녀는 비티 옆에 가서 섰고, 두 사람은 매트리스 끈을 붙잡았다. "준비됐지?" 함께 끌어당기자 매트리스가 위로 올라왔고, 잠시 비틀거리며 옆으로 서 있다가 반대편으로 쓰러졌다. 두 사람은 매트리스를 잡아당겨 똑바로 세웠다.

"그래, 그러면 자기는 어떻게 대처하고 있어?" 비티가 물었다.

수는 자기 시선이 상대방에게 사로잡힌 기묘한 순간을 잠깐 느꼈다. 연속적으로 스쳐 지나가는 장면들을 통해서, 뭔가 지치고 어두운 장소에서 의도적으로 멀어져서, 원하는 뭔가를 향해서 나아가는 자기 모습을 보았다. 그곳을 걸어가는 동안, 그녀의 뒤와 주위로 마치 움직이는 벽 같은 것이 부드럽게 웅웅거리며 나타났다. 수는 자기가 멈추거나 옆으로 돌 수 없다는 깊은 확신을 갖고 있었다. 하지만 그녀가 같은 속도로, 그리고 같은 방향으로 계속 움직이는 한, 그 벽은 그녀에게 아무런 영향도 끼칠 수 없을 것이었다. 수는 (그리고 벽은) 자신이 원하는 방향으로, 그리고 자신이 선택한 속도로 움직이고 있었다. 이것이 사실인 한편으로, 그녀는 억압되거나 강요받는 것도 아니었고, 도움을 받거나 금지당하는 것도 아니었다. 따라서 수는 이것을 두려워하지 않았고, 이것과 싸우지도 않았고, 심지어 이것에 의문을 제기하지도 않았다. 그래 봤자 아무것도 변화되지는 않을 것이기 때문이다. 사실상 이것은 저항할 수 없는 것일 수도 있지만, 그녀를 위해 존재할 필요도 없고, 따라서 실제로 그녀를 위해 존재하는 것도 아니었다. 지금 여기서, 어떤 불가해한 뭔가가 일어나서 비티의 질문에 답변하지 않기가 불가능하게 만들었다. 그리고 수가 대답하고 싶어 하는 질문을 집주인이 던지는 한에는, 이런 강요는 전혀 중요할 것도 없었다. "그래서 자기는 어떻게 대처하고 있어?" 이런 것이 바로 그런 질문이었다.

"제가 마땅히 해야 할 일을 하고 있죠." 수 마틴이 말했다. "즉 아무것도 안 하고 가만히 있는 일요."

비티는 알아들을 수 없는 말을 중얼거렸다. 그리고 접어 놓은 시트를 옷장 꼭대기에서 꺼내고 털어서 침대에 펼쳤다. 수 마틴이 침대 반대편으로 가서 시트를 붙잡았다. 그녀가 말했다. "그는 왜인지를 알아야 해요. 그것뿐이에요. 그리고 그 이유를 알 때까지는 아무것도, 아무 말도 할 수 없을 거예요."

"뭐가 왜란 거야?"

"그가 왜 나를 사랑하는지를 말이에요."

"아— 자기도 알고 있었군, 안 그래?"

강요건 아니건 간에, 이것이야말로 수 마틴으로서는 굳이 대답하려고 애쓸 필요도 없는 한 가지 질문이었다. 이것이야말로 예를 들어 "이게 정말 침대야?" 또는 "오늘이 목요일이야?"와 같은 질문이었다. 따라서 비티는 또 한 가지 질문을 던졌다. "그러니까 자기는 그냥 기다린다는 거로군. 마치 알프스의 작은 에델바이스처럼, 그 사람이 산에 올라와서 따 가기를 말이야."

"기다린다고요?" 수는 어리둥절해하면서 되물었다.

"자기는 전혀 대처하고 있지 않으니까, 안 그래?"

"저는 평소대로 살아가는 것뿐이에요." 수 마틴이 말했다. "저는 제 삶을 살아가고 있는 거라고요. 제가 그 사람에게, 그러니까 누구든지 제게 **알맞은** 사람에게 줘야 할 것은 지금 제 모습 전부, 그러니까 앞으로 제 삶의 나머지 동안 제가 할 일 전부예요. 혹시 그 사람이 뭔가 더 많은 것을, 또는 뭔가 다른 것을 원한다면, 아무 일도 일어날 수는 없어요." 그녀는 잠시 눈을 감았다. "아니에요. 저는 기다리는 게 아니에요, 엄밀히 말하자면요. 이렇게 설명해 보죠. 저는 지금 제 모습과 지금 제가 하는 일에 만족하는 법을 알아요. 토니는 스스로 구축한 장벽을 쓰러뜨리거나, 아니면 쓰러뜨리지 않거나, 둘 중 하나일 거예요. 어느 쪽이든지 간에, 저는 무슨 일이 일어날지를 알고 있고, 그것도 좋다는 거죠."

"그놈의 장벽 말인데— 왜 차라리 자기가 먼저 곡괭이를 집어 들고 때려 부수지 않는 거야?"

수는 더 나이 많은 여성을 바라보며 환한 미소를 지었다. "그 사람이 그걸 지키고 있으니까요. 남자들은 자기네가 지키는 것을 무척 좋아하지요. 게다가 뭔가 어리석은 것을 지키고 있다는 사실을 깨달았을 때에는 더욱 그렇고요."

비티가 두 번째 시트를 털었다. "그렇다면 자기는 그 사람과 같은 종류의 곤란을 전혀 겪고 있지 않다는 거야? 그러니까 자기가 **왜** 그 사람을 좋아하는지가 궁금하지도 않은 거냐고?"

수 마틴은 웃음을 터트렸다. "실재하는 것 모두를 우리가 이해해야만 한다면, 그리고 우리가 이해하지 못하는 것은 아예 존재하지 않게 된다면, 우리는 재미있는 세상에 살고 있는 것 아니겠어요? **왜**인지를 아는 것이 항상 좋은 것도 그래서예요. 그게 항상 필요한 것은 아니지만요. 토니도 언젠가는 알아내겠죠." 그녀가 침착하게 말했다. "물론 알아내지 못할 수도 있고요. 거기 베갯잇이나 주세요."

두 사람은 아무 말 없이 하던 일을 마무리했다. 비티는 걷어 낸 침구를 챙겨 터벅터벅 걸어 나갔다. 수 마틴은 집주인의 뒷모습을 바라보며 서 있었다. "아주머니께서 실망하시지 않았으면 좋겠는데." 그녀가 중얼거렸다. "내 생각에는 아닐 것 같지만…… 그나저나 나는 무슨 마음으로 그런 말을 한 걸까?"

VI

어느 날 아침, 메리 헌트는 눈을 뜨자마자 보이는 광경을 차마 믿을 수가 없었다. 잠시 그녀는 누운 채로 멍하니 창문을 바라보며 꼼짝하지 못했다. 창문에 뭔가 잘못된 것이 있었고, 방 전체에 뭔가 잘못된 느낌이 있었다. 곧이어 메리는 그 이유를 알아냈다. 베니션 블라인드를 통해 햇빛이 스며들어 오고 있었던 까닭인데, 원래 일어나는 시간에는 햇빛이 전혀 없어야 마땅했다. 침대 곁 협탁에 놓인 시계를 집어 들고 바라본 그녀는 끙 소리를 냈다. 침대에서 벌떡 일어나 자명종 시계를 바라본 다음, 돌아서서 격분하며 베개를 주먹으로 두들겼다. 침대에서 벗어나서 노란색 실내복을 서둘러 걸친 다음, 방에서 뛰어나와 맨발로 화난 듯 쿵쾅거리며 긴 복도를 따라 달려갔다. 샘 비텔먼이 부엌 식탁에 앉아서 검은 테 돋보기 너머로 조간신문을 읽고 있었다. 비티는 싱크대 앞에 있었다. "도대체 뭐예요? 나는 사람도 아니라는 거예요?" 메리 헌트가 앙칼지게 물었다.

샘은 신문을 내려놓았다. 그런 다음에야 비로소 거기 줄곧 박고 있던 눈길을 떼었다. "으으음? 아, 좋은 아침이야, 아가씨." 비티는 아랑곳 않고 자기 일만 하고 있었다.

"좋기는 **뭐가** 좋아요! 지금이 도대체 몇 시인지나 알아요?"

"당연히 알지."

"그런데 도대체 무슨 생각으로 나를 지금껏 자게 내버려 둔 거예요? 아침 일찍부터 내가 출근해야 한다는 걸 알고 있으면서요."

"자기를 네 번이나 깨우러 간 사람이 누군데?" 비티는 돌아서지도, 목소리를 높이지도 않은 채 이렇게 말했다. "방 안에 들어가서 자기를 흔들어 깨운 사람은 누구였으며, 그때마다 **'내 방에서 나가요'**라고 대답한 사람은 또 누군데?"

메리 헌트는 상대방의 말 한 마디 한 마디마다, 한 음절 한 음절마다 반격할 채비를 갖추고 있었다. 하지만 비티의 말을 듣고 보니, 흐릿하게나마 어디선가 쿵쿵 두들겼던 소리며, 자기 어깨를 붙잡았던 손이며 하는 것들이 **실제로** 반쯤 기억이 났지만…… 하지만 그건 꿈이었거나, 아니면 한밤중이었거나, 아니면— 아니면 정말로 그녀가 저 아줌마를 내쫓았던 것일까? "**아으으으**." 메리는 혐오스러운 듯 으르렁거렸다. 그러고는 현관 홀로 쿵쿵거리며 걸어가서 전화기를 집어 들었다. 그녀는 다이얼을 돌렸다. "퓰러 씨 부탁합니다." 누군가가 응답하자마자 메리가 딱딱거리며 말했다.

"퓰러입니다." 전화기에서 목소리가 들려왔다.

"저 메리 헌트인데요. 오늘 몸이 좀 아파서요. 출근이 힘들 것 같아요."

"이왕 전화한 김에 이것도 들어 둬요." 전화기에서 목소리가 들려왔다. "이번이 마지막 경고라는걸."

“하이네, 이 더러운 자식. 내가 없으면 혼자서는 라디오 방송국을 운영하기는 고사하고 요요도 못 던질 주제에!” 그녀가 고함쳤다. 물론 어디까지나 전화를 끊고 나서 비로소 고함을 치기 시작한 것이었다.

메리는 다시 부엌으로 돌아와서 식탁에 앉았다. “커피 있어요?”

비티는 여전히 등을 돌린 상태에서 적절한 방향으로 고갯짓을 하며 말했다. “스토브 위에.” 하지만 벌써 샘이 신문을 접어 두고 자리에서 일어났다. 그는 스토브로 가서, 손등으로 주전자를 살짝 만져 보았다. 컵과 컵받침은 가는 길에 챙긴 다음이었다. “아가씨는 우유를 넣어 드시기를 원하려나.”

“말도 안 되는 소리 말아요.” 그녀는 이렇게 말하며 여윈 몸을 활처럼 휘었다. 메리가 커피를 한 잔 마시는 동안, 샘은 식탁 맞은편에 앉아 있었다. 그는 몸을 숙여 양 팔꿈치에 체중을 싣고, 양쪽 아래팔과 거친 양손을 식탁 위에 납작 내려놓고 있었다. 마치 고속으로 돌아가는 선풍기에서나 들릴 법한, 거의 침묵에 가까운 속삭임 비슷한 소리를 듣고 그녀는 고개를 들었다. “도대체 뭘 보고 있는 거예요?”

샘은 메리의 질문에 대답하지 않았다. “아가씨는 왜 계속 스물두 살이라고 주장하는 거지?” 대신 그는 이렇게 물었다. 그러자 마치 큐볼에 맞은 다른 당구공이 되튀어 나가는 것처럼 재빨리, 적대감으로부터 추진력을 얻어서 마치 산탄총처럼 포괄적으로 그녀의 답변이 튀어나왔다. **“그게 아저씨랑 무슨 상관이에요?”** 하지만 이 말은 메리의 입술에 결코 도달하지도 못했다. 대신 그녀는 이렇게 말했을 뿐이었다. “그래야만 하니까요.” 곧이어 메리는 자리에 앉은 채 깜짝 놀랐다. 언젠가 그녀는 모든 음과 박자를 알 정도로 좋아하는 전축 음반이 닳아서 재생이 안 되자 같은 음반을 새로 산 적이 있었다. 그런데 음반 회사의 실수로, 그 음반에는 라벨에 적힌 제목과 전혀 다른 곡이 들어 있었다. 그 새로운 음반의 처음 0.5초가 딱 이러했다. 즉 기대와 동시에 충격적인 불신이 찾아온 순간이었던 것이다. 하지만 이것은 심지어 더 직접적이고 개인적이었다. 이것은 마치 어둠 속에서 열 계단을 올랐는데, 놀랍게도 그곳에는 아홉 계단밖에는 없다는 사실을 발견한 것과도 유사했다. 이 순간부터 시작해서 부엌을 떠나던 순간까지, 메리는 내적으로 마비되고 겁에 질린 상태였다. 또한 매혹된 상태였는데, 왜냐하면 그녀의 정신이 어떤 말들을 구성해도 실제로는 다른 말들이 튀어나왔기 때문이다.

"'그래야만 한다'라." 샘이 온화하게 물었다. "아가씨가 영화에 '나와야만 한다'는 것처럼? 그냥 **'그래야만** 한다'는 거요?"

'내가 그걸 비밀로 했었나?'라는 짜증이 속에서 튀어나왔다. "그거야말로 제가 원하는 거니까요."

"그게?"

이 질문에 대해서는 어떤 층위에서건 아무런 답변도 없는 것 같았다. 메리는 긴장한 채 기다렸다.

"아가씨가 지금 다른 곳이 아니라 바로 이 도시에서, 바로 이곳에서 살기 위해서 하고 있는 일이 그렇다는 거군. 그러니까 라디오 방송국 일이라든지, 또는 이 모든 일. 과연 아가씨가 하고 있는 일이 본인이 원하는 것을 얻기 위한 최선의 방법인 거요?"

그러면 내가 이 모두를, 그러니까 이 도시며, 이 사람들이며, 심지어 당신을 꾹 참고 지내는 이유가 또 뭐가 있겠어? 하지만 그녀는 이렇게 말했다. "제 생각에는 그래요."

“그러면 차라리 핼버슨 청년하고 이야기를 해 보는 게 어때요? 어쩌면 할리우드에 가는 것보다 더 나은 어떤 일자리를 당신에게 찾아 줄 수도 있을 테니까요.”

“저는 이보다 더 나은 어떤 것을 찾기를 **원하는** 게 아니에요!” 이번에는 혼란이 전혀 없었다.

방 저편에서 비티가 물었다. “자기는 원래부터 그렇게 지독하니 예뻤던 거야, 메리 헌트? 심지어 꼬마 아가씨였을 때부터?”

“모두가 늘 그렇다고 말했죠.”

“차라리 안 예뻤으면 하고 바란 적은 없어?”

지금 그게 무슨 정신 나간 소리지? “그건…… 아니었던 것 같아요.” 메리가 속삭였다.

샘이 온화하게 물었다. “사람들이 내쫓아 버리던가, 아가씨? 집을 떠나게 허락해 주던가?”

도도하면서도 방어적으로, **우리 집에서는 나를 마치 공주처럼 대했다고요. 마치 섬세한 유리 그릇을 다루는 것처럼요. 남자애들 모두가 내 책을 대신 들어다 주고, 내가 미소라도 지으면 하루 종일 행복해했죠. 우리 집에서건 시내에서건, 모두가 내가 원하는 행동을 하고, 내가 원하는 생각을 했죠. 모두가 마치 내가 너무 훌륭하기 때문에 땅을 걸어서는 안 된다는 듯, 그 공기를 숨 쉬어서는 안 된다는 듯 행동했고, 나와 똑같은 시간에 똑같은 장소에 있을 기회를 잡으려고 달려들었죠. 모두가 나를 위해서 각자 상상할 수 있는 모든 일을 해 주었어요. 마치 서두르지 않으면 내가 사라져 버릴 것처럼요. 나를 내쫓았다고요? 무슨 소리예요, 이 바보 늙은이가!** “제가 알아서 집을 떠난 거였어요.” 그녀가 말했다. “왜냐하면 그래야만 했기 때문이죠. 마치—” 하지만 이 대목에서 말이 나오지 않았고, 메리는 울지 않겠다고 다짐했고,

또다시 울지 않겠다고 다짐했지만, 결국 울고 말았다.

"커피를 더 마시는 게 좋겠군."

그녀는 시키는 대로 했고, 곧이어 거기 곁들여 뭔가를 먹고 싶어졌지만, 이 두 사람과 나란히 앉아 있는 상황을 차마 견딜 수가 없었다. 메리는 화난 듯 훌쩍거렸다. "제가 왜 이러는지 잘 모르겠어요." 그녀가 말했다. "지금까지 한 번도 늦잠을 잔 적이 없단 말이에요."

"당신이 원하는 게 뭔지를 아는 한에는." 샘이 말했다. 이 말이 늙어빠진 치매 노인의 터무니없고 뜬금없는 발언인지, 아니면 다른 뭔가인지는 메리도 알 수 없었다. "그럼." 그녀는 불쑥 자리에서 일어났다. 곧이어 스스로가 바보 같다는 생각이 들었다. 왜냐하면 딱히 더 할 말이 없었기 때문이다. 그녀는 자기 방으로 도망쳐서 침대에 누웠고, 그날 하루 대부분 거기 움츠린 상태로 자기 삶의 두 가지 응석의 끝을, 즉 과거의 응석받이 행각과 미래의 응석받이 행각을 고찰하는 한편, 텅 빈 배 속과 어지러운 머리로 오늘 하루를 무시하려 애썼다.

VII

금주법 동안에 이곳은 식당이었고, 단순히 '좋은' 수준 이상이지만, 그렇다고 해서 '독보적인' 수준까지는 아닌 곳의 범주에 속해 있었다. 그 당시에는 도시 자체가 너무 작아서 독보적인 수준의 뭔가가 있을 수가 없었다. 이제 이곳은 술집이기도 했으며, 비록 일부 벽에는 모조 대리석이 붙었고, 상당히 많은 코브 조명이 있었지만, 발코니는 전혀 바뀐 적이 없이 지금도 여전히 전체적으로 뒤집힌 바큇살 모양 난간을 자랑하고 있어서, 마치 하늘로 가 버린 말뚝 울타리처럼 보였다. 그곳에는 작은 서비스 바가 있어서, 저녁 내내 한 남자가 그곳에 머물면서 남의 눈을 피한 채 저 아래에서 무슨 일이 벌어지는지를 지켜볼 수 있었다. 토니 오바니언이 지금 하고 있는 일이 바로 그거였다. 그 까닭은 술을 한잔 마시고 싶었지만 이전까지는 한 번도 클럽에 와 본 적이 없는 데다가 과연 이곳이 어떤 종류의 장소이며 수 마틴이 이곳에서 무엇을 하는지를 알고 싶었기 때문이다. 이런 이유들은 하나같이 피상적이었다. 만약 거기다가 '왜'를 덧붙인다면 오바니언은 상실감을 느꼈을 것이다. 그의 내면에는 그가 믿는 것들이 있었다. 예를 들어 올바른 종류의 사람들에 관한, 배경과 양육과 혈통에 관한 믿음이 말이다. 오바니언의 주위를 둘러싼 이 장소 역시 그가 믿는 것들만큼이나 현실이었다. **왜** 그는 여기 있는 것이며, 왜 그는 지금 당장 술을 한잔 마시고 싶어 하는 것이며, 왜 그는 이 장소며 여기서 일어나는 일을 보고 싶어 하는 것일까. 이것이야말로 하나의 현실과 또 하나의 현실을 이어 주는 교량이었는데, 뭔가 모호하고 미칠 것 같고 막연한 교량이었다. 오바니언은 술을 마셨고, 그녀가 악단석 옆의 작은 문으로 나오는 모습을 보기 위해 기다렸다. 그녀가 나오고, 그녀가 피아노 쪽으로 다가가서는 머리가 헝클어진 피아니스트 청년이 악보를 쌓고 또 쌓고 뒤섞는 것을 도와주는 모습을 지켜보면서, 그는 술을 마셨다. 오바니언은 술을 마셨고, 그녀가 계산대로 다가가서는 한동안 장부와 전표를 들여다보는 모습을 지켜보았다. 그녀는 반회전문을 지나 주방으로 들어갔고, 그는 술을 마셨다. 오바니언은 술을 마셨고, 그녀는 연미복 차림의 번지르르한 남자에게 뭔가 이야기를 하면서 나왔으며, 두 사람이 웃는 모습을 보자 그는 인상을 찡그렸다.

마침내 불이 흐릿해지고, 그 번지르르한 남자가 그녀를 소개하자, 그녀는 충만하고 경쾌한 목소리로 옆집 소년에 관한 어떤 노래를 불렀고, 다른 누군가가 피아노와 아주 약간 음이 맞지 않는 아코디언을 연주했다. 곧이어 피아노 독주가 나왔고, 마지막 후렴을 그 남자가 불렀고, 그러고 나자 조명이 다시 켜지더니, 그 남자는 10시 정각에 본 공연이 열릴 것이니 자리를 지키라고 관객에게 당부했다. 곧이어 아코디언과 피아노가 춤곡을 연주했다. 그 모두는 특별히 대단할 것도 없었기에, 토니는 자기가 왜 계속 머물러 있는지 알 수가 없었다. 그래도 그는 머물러 있었다. "웨이터! 한 잔 더."

"두 잔 더."

토니가 고개를 돌렸다. "지금은 다른 누군가가 한잔 살 시간이니까, 응?" 샘 비텔먼이 말했다. 그가 자리에 앉았다.

"샘! 이런, 앉으세요. 아, 당신도 계셨군요." 토니는 민망한 듯 웃었다. 그는 혀가 꼬부라진 상태였고, 이 노인을 보게 되서 말할 수 없이 반가웠다. 토니 오바니언은 왜인지 궁금해하려고 했지만, 바로 그때 왜 바로 지금인지 궁금해하는 걸 그만두기로 맹세한 사실을 기억해냈다. 그는 노인에게 여기서 뭘 하고 있느냐고 물어보려고 했지만, 곧이어 상대방도 자기한테 똑같이 물어볼 수 있다고 판단했는데, 이것이야말로 그로선 지금 상대하고 싶지 않은 질문이었다. 정말 그랬다.

"저는 이 환락가에서 어슬렁거리면서, 더 낮은 계급 사람들이 뛰놀고 마시는 걸 구경하는 중입니다." 토니는 재미있게 들리도록 최대한 노력하며 내뱉었다. 하지만 재미있지 않았다. 오히려 약간 속물적으로 들렸는데, 그것도 확실히 약간 속물적으로 들렸다.

샘은 진지한 표정으로 청년을 바라보았다. 못마땅한 표정도 아니고, 그렇다고 해서 흡족한 표정도 아니었다. "자네가 여기 와 있다는 걸 수 마틴도 아나?"

"아뇨."

"다행이군."

때마침 웨이터가 다가왔다. 샘의 한마디가 그에게는 아픈 상처를 준 상태였다. 하지만 그 모든 고통에도 불구하고 이것은 감정적이지는 않은 일격이었다. 마치 어느 골프 선수의 백스윙에 맞는 것처럼 말이다. 웨이터가 가고 나자, 샘은 나지막이 물어보았다. "그런데 자네는 왜 저 아가씨랑 결혼하지 않는 건가?"

"그게 무슨— 농담이시죠?"

샘은 고개를 저었다. 오바니언은 상대방의 두 눈을 똑바로 바라보다가 시선을 돌린 다음, 이번에는 저 아래 피아노에 몸을 기대고 악보를 넘기고 있는 수 마틴을 내려다보았다. **그런데 자네는 왜 저 아가씨랑 결혼하지 않는 건가?** "당신 말씀은 제가 그녀에게 반했는데 왜 그러지 않느냐는 거죠?" 물론 그가 느끼는 방식은 이게 아니었지만, 이것이야말로 말해야 할 뭔가였다. 청년은 샘의 얼굴을 흘끗 바라보았다. 진짜 답변을 여전히 기다리고 있는 표정이었다. 그렇다면 좋다. "그건 올바른 일이 아닐 테니까요."

"'올바른' 일이라니?" 샘이 반문했다.

오바니언은 꼬부라진 혀를 재빨리 움직였다. 마치 그렇게 함으로써 자기 두뇌를 깨울 수 있을지도 모른다는 기대로 말이다. 그 올바름이란 것은…… 문득 그는 이 주제에 관한 어머니의 말을 생생하게 기억해 냈다. "아무리 힘들다 해도 말이다, 앤서니. 너보다 아래에 있는 계급과 결혼하지 않는 것은 너의 권리일 뿐만 아니라 **의무**이기도 하다는 걸 반드시 기억해라. 훌륭한 사냥개, 훌륭한 말, 훌륭한 인간, 이 모두에서 중요한 건 바로 양육이란다, 얘야." 여기까지는 좋았지만, 과연 이 내용을 이 친절한 노인에게, 즉 누가 보더라도 평생 육체 노동자였던 사람에게 어떻게 말할 수 있을까? 오바니언은 잔인한 사람이 아니었고, 게다가 보잘것없는 출신이라고 해서 늘 감수성이 둔한 걸 뜻하지는 않는다는 점을 잘 알고 있었다. 실제로 그런 사람들 가운데 일부는 매우 감수성이 풍부했다. 따라서 그는 진실과 친절 모두를 겨냥하는 진정으로 고귀한 시도를 했다. "저는 예전부터 이렇게 생각해 왔거든요. 그러니까 그런 관계라면 차라리— 어— 자기와 같은 종류의 사람하고 형성하는 편이 더 현명하다고요."

"그러니까 자네 말은, 자네만큼 돈을 많이 가진 사람하고 말인가?"

"아니요!" 오바니언은 정말로 충격을 받았다. "이건 더 이상 통용되지 않는 기준이고, 아마도 이제껏 한 번도 통용된 적이 없었을 거예요. 그 자체로는 절대로 말이에요." 그는 분한 듯 웃음을 터트리고는 이렇게 덧붙였다. "게다가 제가 기억하는 한, 저희 가족에게는 돈이 전혀 없었어요. 1929년 이후로는 전혀요."

"그렇다면 자네와 같은 종류의 사람이란 도대체 누군가?"

어떻게? 어떻게? "그건…… 생활 방식이죠." 오바니언은 마침내 이렇게 말했다. 그러고 나자 그는 기뻐졌다. "생활 방식요." 청년은 다시 말하고 나서 술을 한 모금 마셨다. 이제는 샘이 이 주제를 더 이상 밀고 나가지 않았으면 하는 바람이었다. 어떤 것의 지금 그대로의 모습에 만족하고 있는 상황에서, 왜 굳이 그걸 검토해야 한단 말인가?

"그렇다면 왜 오늘 여기 있는 건가, 자네?" 샘이 물었다. "내 말은, 뉴욕이나 다른 대도시에 있지 않고 왜 이런 소도시에 있는 건가?"

"저야 앞으로 한두 해 정도 주니어 파트너로 일할 생각입니다. 그러고 나면 더 큰 법률회사의 주니어 파트너로 이직할 수 있을 테니까요. 반면 제가 곧바로 대도시로 진출했다면, 그 직위까지 올라가는 데에 두 배나 더 오래 걸렸을 겁니다."

샘은 고개를 끄덕였다. "상당히 근사하군. 하지만 왜 하필 법률인가? 나는 평소 변호사라는 직업이야말로 젊은 남성에게는 상당히 힘들고 상당히 무미건조한 일이라고 생각해서 말야."

오바니언의 어머니는 이렇게 말했다. "물론 오늘날 법률 분야는 온갖 종류의 하층민들에게 침략받고 있는 게 사실이야. 하지만 그러지 않은 분야가 있을까? 그나마 법률 분야에서는 여전히 신사가 신사의 역할을 담당하는 것이 가능하니까." 음, 이런 설명은 먹혀들지 않을 거야. 그는 더 깊이 들어가야만 했다. 오바니언은 샘 영감의 꾸밈없고 꿰뚫어보는 시선을 피해서 이렇게 말했다. "힘들다는 말은 맞아요. 하지만 법률 쪽 직업에는 뭔가가 있거든요……" 그는 과연 노인이 자기 말을 제대로 따라올 것인지 궁금해졌다. "저기요, 샘. 혹시 법률이야말로 이제껏 구축된 것 가운데서도 가장 크다는 생각은 안 해 보셨습니까? 이건 교량보다 더 크고, 건물보다 더 크고— 왜냐하면 그 모두가 바로 법률 **위에** 지어졌으니까요. 변호사는 법률의 일부분이고, 또 법률은 나머지 모든 것이 일부분이죠. 즉 우리가 소유한 모든 것의, 우리가 정부를 운영하는 방식이며, 우리가 만들고 운반하고 사용하는 모든 것의 일부분이라는 거예요. 혹시 그런 생각은 해 보셨나요?"

"해 보았다고는 말 못 하겠군." 샘이 말했다. "어디 한번 말해 보게.

그 법률이란 것은 완성된 건가?"

"완성되었느냐고요?"

"내 말뜻은, 모든 것이 지어지는 기반이 된다는 그 바위는 과연 얼마나 단단한 건가? 앞으로도 크게 변화하지는 않겠나? 오히려 현 상태에 도달하기까지 크게 변화한 게 아니었나?"

"음, 당연하죠! 세상 무엇이든지 간에 성장하는 과정에서는 많이 변하게 마련이니까요."

"아, 그건 성장하는 거였군."

"영감님은 그렇다고 생각하지 않으십니까?" 오바니언이 갑작스럽게 공격성을 드러내며 물었다.

샘은 여유롭게 씩 웃었다. "이런, 이보게. 나는 생각을 하는 게 아니라네. 단지 질문을 던질 뿐이지. 자네가 먼저 '자네와 같은 종류의 사람들'이라고 말했잖나. 그렇다면 자네는 자네들 모두가 법률에 **속한다**고 생각하는 건가?"

"네!" 오바니언이 대답했다. 하지만 이처럼 짧은 답변으로는 샘이 만족스러워하지 않으리라는 것을 곧바로 깨달았다. "그러니까 다음과 같은 식으로 그렇다는 겁니다." 그는 진지하게 말했다. "그 모든 시대에 걸쳐서 인간은 일하고, 건설하고— 그리고 소유해 왔습니다. 그리고 그중 몇몇 사람은 애초부터 태어나고, 양육되고, 훈련된 목적 자체가— 자체가—" 오바니언은 술을 다시 한 모금 마셨지만, 그 한 모금과 앞서 마신 술 모두 그를 도와주지는 못하는 것 같았다. 그는 원래 **지배하려는**이라고 말하고 싶었고, **소유하려는**이라고 말하고 싶었지만, 자칫 샘이 이것을 오해하리라고 인식할 만큼의 분별력은 최소한 남아 있었다. 그래서 오바니언은 다시 시도해 보았다. "태어나고 양육된 목적 자체가— 살아가기 위해서죠— 어— 제가 방금 전에 이야기한 생활 방식대로 말이에요. 그런 몇몇 사람의 관심사는 자기 삶을 어떤 순수한 대상에 투자하는 것이고, 그 대상을 계속 그렇게 유지하는 겁니다. 달리 말하자면, 법률을 옹호하고 유지하기 위해서 일하는 거죠." 그는 과장된 몸짓으로 몸을 뒤로 기댔다. 하지만 그 몸짓은 오바니언이 기대했던 것만큼 유창하지는 않았고, 자칫 그의 술잔을 완전히 뒤집어 버릴 뻔했다.

"그런데 법률도 가끔 한 번씩은 스스로 모순되지 않는가?"

"당연히 그렇죠!" 자기 일의 고귀함에 대한 오바니언의 결정화된 개념이 이제 다른 무엇보다도 더 그를 중독시키기 시작했다. "하지만 우리 법원의 본성이 바로 정련의 과정, 즉 지속적인 순수화純粹化니까요." 그는 신이 난 듯 몸을 앞으로 숙였다. "보세요. 법률이란 꿈이에요. 처음에 그걸 생각해 냈을 때에는— 영감이죠! 거기에는 뭔가가 있어요…… 어…… 뭔가 거룩한 것이, 인간 세계를 넘어선 것이요. 바로 그렇기 때문에 인간 세계가 그것과 접촉하게 되면, 영감의 말이 책에 다시 적혀야만, 또는 법정에서 해석되어야만 하는 거예요. 우리가 '판례'라고 말하는 것이 바로 그런 뜻이죠. 저 크고 먼지 묻은 책들이 있는 이유가 그래서죠. 즉 법률하에서의 일관성을 만들고 유지하기 위해서죠."

"정의는 어떻게 되는 건가?" 샘이 중얼거렸다. 그리고 곧이어 재빨리, 마치 주제를 바꾸려는 의도는 아니었다는 듯 이렇게 덧붙였다. "내가 모순된다고 말했을 때의 말뜻은 그게 아니었다네, 변호사 양반. 오히려 모든 사람이 꿈꾸어 왔고, 준수해 왔고, 서로 죽이고 죽어 왔던 모든 법률을 뜻하는 거라네. 어디 한번 말해 보게나, 변호사 양반. 인간에게 워낙 정당하기에 예나 지금이나 모든 나라에서 나타났던 법률이 단 하나라도 있기는 한 건가?"

오바니언은 당혹한 듯한 소리를 냈다. 대여섯 개의 훌륭한 사례가 한꺼번에 그의 머릿속에서 번뜩이고, 상충되고, 그리고 최초의 검토에서 결국 사라져 버린 듯했다.

"왜냐하면 말이네," 샘은 친근하다 못해 사과하는 듯한 목소리로 말했다. "만약 그런 법률이 없다면, 자네는 지금까지 꿈꿔진 모든 법률이 어떤 식으로건 서로 상충될 것이라고 말할 수 있을 걸세. 지금 자네가 다루는 법률보다 더 크고, 더 오래되고, 더 오래 지속된 법률이라 하더라도, 그리고 자네가 상상할 수 있는 미래의 어떤 법률이라 하더라도 말이네. 따라서 그런 법률이 올바르다고 과연 누가 진정으로 말할 수 있겠나? 또는 그 위에 모든 것을 지어 올리는 기반으로 적절하다고, 또는 그걸 운용하기에 적절한 소수의 사람을 양육하기에 적절하다고 말할 수 있겠나?"

오바니언은 자기 유리잔을 만지지도 않고 그냥 쳐다만 보고 있었다. 그 끔찍한 순간에 그는 완전히 방향을 상실해 버렸다. 발밑에서 구덩이가 소용돌이치며 입을 벌렸고, 확실히 그 속으로 떨어져 버릴 것 같았다. 오바니언은 황급히 생각했다. 여기 나를 두고 가지는 못할걸, 영감! 당신은 뭔가 다른 말을 하는 게 좋을 거야, 빨리, 그러지 않으면 나는…… 나는……

그의 두 귀에 일종의 압력이 느껴졌다. 마치 너무 높아서 인간이 들을 수 없는 듯한 소리 같았다. 샘이 나지막이 말했다. "정말로 수마틴이 자네에게는 충분히 훌륭하지 않다고 생각하는 건가?"

"저는 그렇다고 말하지 않았습니다. 그렇다고 말하지 않았어요!"

오바니언은 퉁명스레 쉰 소리로 내뱉었다. 분개와 아울러 두려움과 안도감이 동시에 깃든 소리였다. 그는 몸을 떨며 이 개인적인 낭떠러지의 가장자리에서 멀어진 다음, 얼굴을 붉힌 채 침착한 노인의 표정을 바라보았다. "저는 다르다고, 너무 다르다고 말했을 뿐입니다. 제가 생각하는 건 그녀뿐만이 아니라—"

처음으로 샘이 퉁명스레 말을 끊었다. 마치 오바니언이 지금 말하는 내용을 참을 수 없다는 듯한 투였다. "뭐가 다르다는 건가?"

"배경 말입니다. 제가 말씀드렸잖아요. 그게 뭔지 모르시겠다는 겁니까?"

"자네 말뜻은, 어떤 여자의 배경이 자네의 배경에 더 가까울수록, 자네가 남은 평생 행복하게 지낼 가능성도 더 향상된다는 건가?"

"그거야말로 명백하지 않습니까?" 완벽한 사례가 머릿속에 떠오르자, 오바니언은 한 손가락으로 저 아래 피아노를 가리켰다. "당신이 여기 오시기 직전에 그녀가 부른 노래를 혹시 들으셨습니까? 〈옆집 소년〉. 당신은 그게 정말로 무슨 뜻인지 이해하시지 못하겠습니까? 왜 그 노래가, 그 발상이 그토록 많은 사람들의 심금을 울리는지를요? 모두가 그걸 이해합니다. 그거야말로 친근한 것의, 가까운 것의 호소력입니다. 그게 바로 제가 이야기하는 유사한 배경이라는 겁니다!"

"굳이 그렇게 소리를 질러야겠나?" 샘이 쿡쿡 웃었다. 그러고는 진지하게 말했다. "이보게, 변호사 양반. 자네가 방금 전에 했던 말마따나 일관성 있게 생각할 작정이라면, 자네도 이웃인 그 사람보다 훨씬 더 유사한 배경을 가진 누군가를 만나려고 꿈꿔야 맞지 않겠나?"

오바니언이 멍한 표정으로 바라보자 샘 비텔먼이 물었다. "자네는 외동이지, 변호사 양반?"

청년은 두 눈을 감고, 거기서 기다리는 벼랑을 보았다. 그는 순전한 자기 방어 차원에서 눈을 번쩍 떴다. 양손이 아파서 아래를 내려다보고서야, 오바니언은 탁자의 모서리를 붙잡고 있던 양손을 천천히 놓았다. 그가 속삭였다. "도대체 저한테 무슨 말씀을 하시려는 겁니까?"

솔직함의 초상이라고 할 수 있는 평온한 얼굴로 샘이 말했다. "이런, 젊은이. 나는 자네한테 하나도, 정말 하나도 말해 줄 수가 없다네. 왜냐하면 자네가 모르는 것은 나도 자네에게 말해 줄 수가 없으니까! 내가 자네에게 물어본 것 가운데 어느 하나도 자네가 스스로에게 차마 못 물어보았음직한 것은 없었을 터이니, 그 답변도 내가 아니라 오로지 자네가 내놓아야 할 걸세. 이보게……" 그가 숨을 내쉬었다. "이제는 자네도 집으로 가는 게 좋겠군. 지금 자네의 이런 모습을 마틴 여사가 보게 되는 건 자네도 원치 않을 테니까 말이야."

멍하니, 앤서니 던글래스 오바니언은 상대방을 따라 나섰다.

VIII

날씨가 더웠다. 워낙 덥다 보니 늘 기계처럼 꾸준했던 비티조차 그 더위를 느꼈는지, 평소와 달리 저녁 식사 후에 베란다에 가서 앉아 있었다. 상당히 늦어서야 그녀는 마침내 설거지를 하기 위해 안으로 들어왔지만, 서두르지 않고 평소처럼 꾸준하고도 철저하게 임무를 해치웠다. 샘은 이미 잠자리에 들었고, 메리 헌트는 슈미트 양과 또 한 번 짧고도 격렬하게 충돌한 뒤에 자기 방에서 부루퉁해 있었으며,

오바니언은 거실에서 법률 서적 몇 권을 펼쳐 놓고 땀 나도록 웅크리고 있었고, 핼버슨은—

핼버슨은 부엌에 들어와서 비티 바로 뒤에 서 있었다. 그의 얼굴에 떠오른, 여러 가지가 뒤섞인 표정은 너무 복잡해서 분석이 불가능했지만, 그 합은 간단했다. 즉 일종의 열렬한 그리움이었다. 핼버슨은 양손에 종이 봉지를 들었는데, 마치 독거미라도 가득 들어 있는 듯 그 입구를 붙잡고 있었다. 걸음이 워낙 특이하고, 긴장되고, 불균형해서, 한 발이 앞에 오면 양어깨가 비스듬해졌다. 그의 결의란 망설임과 동등했기에 몸을 움직이지 못하게 만들었고, 따라서 그는 마치 호박 속의 벌처럼 머물러 있었다.

비티는 뒤돌아보지 않았다. 계속해서 꾸준히 설거지를 했고, 핼버슨에게 등을 돌린 채로 냄비를 닦는 걸 마무리했다. 여전히 등을 돌린 채로 그녀는 또 다른 냄비로 손을 뻗으며 말했다. "그래, 어서 와, 필립."

비티의 단조롭고 사무적인 목소리가 다가와서, 그 외부의 손길이 그의 내부의 자물쇠를 박살 내자, 핼버슨은 말 그대로 축 늘어지는 기분이 들었다. 그는 씩 웃으며, 또는 간신히 이빨을 드러내며 그녀에게 다가갔다. "**정말로** 뒤통수에도 눈이 달리신 것 같군요."

"아니." 비티는 마치 이걸 보라는 듯 주먹 관절로 싱크대 위의 유리창을 한 번 두들겼다. 밤이다 보니 유리도 검게 변해 있었다. 핼버슨은 그녀의 손이 남겨 놓은 작은 비눗물 자국을 바라본 다음, 유리에 나타난 형상에 시선을 다시 집중시켰다. 부엌이며 그 안의 모든 것이 선명하게 비쳐 있었다. 그는 쉰 소리로 말했다. "실망이네요."

"나는 필요하지 않은 건 두지 않으니까." 비티가 퉁명스레 말했다.

말투만 놓고 보면 마치 두 사람은 사과심을 도려내는 주방 도구에 관해서 한가하게 이야기하는 듯했다. "무슨 생각을 하는 거야? 배고파?"

"아니에요." 핼버슨은 자기 양손을 바라보더니 종이 봉지를 더 꽉 움켜쥐었다. "아니에요." 그가 다시 말했다. "저는, 저는……" 핼버슨은 그녀가 일을 멈추고 가만히 서 있는 것을, 그것도 뭔가 사람 같지 않게 가만히 서 있는 것을, 즉 양손을 설거지물에 넣은 채 두 눈으로 창문을 바라보고 있음을 깨달았다. "뒤로 돌아서 봐요, 비티."

그녀가 움직이지 않자, 핼버슨은 종이 봉지를 한 손으로 받치고, 다른 한 손으로 더듬어서 입구를 열었다. 그리고 두 손을 봉지 안에 집어넣었다. "제발요." 그는 이렇게 말하려고 했지만, 그건 단지 쉿쉿 소리에 불과했다.

비티는 차분하게 양손에서 물을 털어 낸 다음 종이 타월로 닦았다. 돌아섰을 때에 그녀의 얼굴은 그럴싸했다. 항상 그랬듯이. 왜냐하면 단지 항상 그랬기 때문이다. 그 얼굴의 주름살은 그럴싸했고, 그녀의 꿰뚫는 듯한 눈의 형태며, 그 눈빛도 마찬가지였다. 사진이나 그림으로서 그런 얼굴은 그럴싸한 것이었다. 그런 얼굴을 들여다보는 것은, 그리하여 그 얼굴 뒤에서는 아무것도 움직일 필요가 없음을 처음으로 깨닫는 것은 무시무시한 일이었다. 지혜와 경험의 주름살과 웃음의 곡선형 자취의 배후에서, 뭔가 전적으로 움직일 수 없는 것이 기다리고 있을 수 있었다. 오로지 기다리고 있을 수 있었다.

핼버슨이 말했다. "제가 줄곧 생각해 봤습니다만," 그는 입술에 침을 적셨다. "저로선 결코 생각을 멈출 수가 없더군요. 어떻게 그랬는지는 모르겠지만요. 그러니까…… 뭔가 잘못된 게 있어요."

단조로운 대답이 나왔다. "뭐가 잘못되었는데?"

"당신요. 그리고 샘도요." 핼버슨은 어렵사리 말을 꺼냈다. 그는 손에 들고 있는 봉지를 내려다보았다. 비티는 그렇게 하지 않았다. "저로선 그런…… 느낌을…… 오랫동안 받아 왔습니다. 그게 뭔지는 몰랐어요. 단지 뭔가가 잘못되었다는 것뿐이었죠. 그래서 저는 오바니언한테 이야기를 했습니다. 슈미트 양한테도요. 아시다시피 그냥 말만요." 핼버슨은 꿀꺽 침을 삼켰다. "그리고 저는 발견했습니다. 제 말은, 뭐가 잘못되었는지를요. 그건 바로 당신과 샘이 우리에게 말하는 방식이었습니다. 우리 모두에게요." 그는 종이 봉지로 손짓을 했다. **"당신네는 아무것도 말하지 않았어요!** 당신네는 오로지 질문을 던졌을 뿐이죠!"

"그게 전부인가?" 비티가 기분 좋은 듯 물었다.

"아뇨." 핼버슨이 말했다. 두 눈은 그녀의 눈을 똑바로 바라보고 있었다. 그는 한 걸음 뒤로 물러났다.

"혹시 그 종이 봉지 때문에 겨냥이 빗나갈까 봐 걱정되지 않아, 필립?"

핼버슨은 고개를 저었다. 그의 얼굴은 잿빛으로 변했다.

"나한테 주려고 굳이 나가서 총을 하나 사 왔을 리는 없을 텐데, 안 그래?"

"보셨죠?" 그가 숨을 내쉬었다. "질문뿐이에요. 보셨죠?"

"자네는 이미 그걸 갖고 있지. 안 그래, 필립? 혹시 다른 뭔가를 위해 산 건가?"

"가까이 오지 말아요." 핼버슨이 속삭였지만, 비티는 움직이지 않은 상태였다. 그가 말했다. "당신네는 누구죠? 뭘 원하는 거죠?"

"필립." 그녀는 부드럽게 말했다. 이제는 미소까지 짓고 있었다. "필립. 자네는 왜 죽고 싶어 하는 걸까?"

제2부

현장 탐사 〔기록의〕 특별 항목

이제는 〔나의〕 〔파트너-팀 동료〕 〔스미스를〕 비난하는 동시에, 이 〔기록을〕 이 문제에 관한 공식 〔문서로〕 사용하려는 〔나의〕 의도대로, 〔나는〕 이제 이 건의 특수성을 상세히 요약하고자 한다. 〔우리는〕 지구의 지배적인 생물 종이 우리의 〔카탈로그에 따르면〕 베타 서브 식스틴이라고 알려진 시냅스를 보유했는지를 판정하기 위한 현장 탐사를 위해 이곳에 〔시간 단위 표현〕 동안 머무르는 중이다. 〔고향의〕 주主 〔컴퓨터가〕 내린 결론에 따르면, 만약 그 시냅스가 없다면 이곳 지구의 문화는 장차 소멸하게 될 것이었다. 굳이 〔말할〕 필요도 없이, 〔우리는〕 간섭하기 위해서가 아니라 관찰하기 위해서 이곳에 왔다. 즉 오로지 주 〔컴퓨터의〕 〔기억장치에〕 내용을 더하기 위해서이며, 그 이외의 것들은 전혀 중요하지 않다.

이곳에 도착한 〔우리는〕 평소와 같은 〔감지기를〕 설치했고, 〔매우 짧은 시간 단위 표현〕 동안에 원하는 정보를 얻게 되리라고 기대했다. 하지만 우리로선 〔대단히 놀랍게도〕 우리의 〔섬세한 도구와〕 〔장비와〕 고감도 〔빈정거림〕의 표시 내용은 뒤죽박죽이었다. 이 문화는 시냅스를 보유했지만, 정작 그걸 사용하지는 않는 것처럼 보였다. 〔!!!〕

따라서 〔우리는〕 〔실험실〕 환경하에서 소집단의 표본 각각에 대해 〔미시적인〕 관찰을 수행함으로써, 그들에게 어느 정도의 시냅스가 들어 있는지를, 그리고 어떤 환경에서 그것이 기능하게 되는지를 알아보기로 결정했다. 우리는 이 목적을 위해서 〔 〕, 또는 〔주거지의〕 〔유비를〕, 즉 지구의 용어로는 **소도시 하숙집**이라는 것을 만들고, 그곳에 다음 표본들을 끌어들였다.

필립 핼버슨은 젊은 직업 소개 전문가로 끊임없이 활동하는 분석적인 정신을 갖고 있으며, 비논리적인 것에 대한 일종의 육감을 지니고 있다. 어떤 사람이나 상황이 어떤 식으로건 잘못되었을 때를 곧바로 알아채며, 그 이유를 찾아낼 때까지 멈추지 않는다. 최근에 그는 스스로의 논리를 따른 끝에 자기가 죽기를 바란다는 결론에 도달했다. 그런데 스스로는 그 이유를 찾을 수가 없었다! ……**메리 헌트**는 아름다운 젊은 여성으로 나이가 스물두 살이라고 〔거짓으로〕 주장하며, 모든 이성을 초월하는 야심을 품고 영화배우가 되고 싶어 한다. 그녀는 지역 라디오 방송국의 매우 사소한 직위에 채용되어 있으며, 모두에게 항상 화가 나 있다. ……**앤서니 던글래스 오바니언**은 젊은 변호사로, 자신의 가족 배경과 '양육'과 '문화'와 직업 때문에, 자신이 이 도시의 나머지 모두와 별개라고 깊이 확신하고 있다. 또한 자신이 수 마틴을 사랑한다는 확신이 점차 커져 가는 데 필사적으로 맞서 싸우는 중이다. ……**수 마틴**은 나이트클럽의 호스티스로 일하는 젊은 과부이다(오바니언의 어머니가 만약 이곳에 있다면, 분명히 그녀를 가리켜 '그렇고 그런 종류의 여자'라고 말했을 것이다). 흔치 않은 평정심의 소유자로서 오바니언을 사랑하지만, 그렇다고 해서 그의 속물근성에 굴복하지는 않으려는 까닭에, 자신의 감정을 어디까지나 혼자서만 간직하고 있다. ……그녀의 어린 아들 **로빈**은 세 살이고, 어디에서나 모두와 친구로 지내고, 심지어 눈에 보이지 않는 '상상의' 친구인 보프와 구기와도 그렇게 지낸다. 로빈의 특별한 친구는 변호사 오바니언으로, 두 사람은 실제로 매우 잘 지낸다. ……마지막으로 **슈미트 양**은 고등학교 사서이며, 조용한 목소리에 소심한 작은 토끼 같은 여성으로, 이 세상을 두려워하는 동시에 예의범절에 철저하게 순종한다.

이 하숙집을 운영하는 은퇴자 부부 **샘과 비티 비텔먼**은 현명하고, 느긋하고, 도움이 되고, 관찰력이 뛰어나다. 이들은 항상 집에 있지만, 다만 한 달에 한 번씩은 온종일 '드라이브'를 나가고 없다.

지구의 용어로 말하자면, 이것이 바로 [우리의] 실험실 환경이다. [우리는] [위젯을] 한 대 설치하고, 보충적인 [관찰 및 통제를] 위해서 [와젯도] 한 대 설치했다. 물론 그렇게 하면 [와젯의] [끔찍하리만치] [비효율적인] [구식] 동력 공급 장치를 이용하는 까닭에, [지구의 한 달에 해당하는 기간마다] 한 번씩 재[충전할] 필요가 있다는 뜻이 되지만 말이다. 만사가 만족스럽게 진행되던 상황에서, [스미스가] 이 표본들에 들어 있는 시냅스를 자극함으로써 [우리의] 연구를 가속화할 수 있다고 주장했는데, 가장 우주적인 범위의 너그러움을 발휘하더라도 [나로선] 그가 과도한 열의라고 부를 만한 것에 사로잡혔다고 표현할 수밖에 없다. [나의] 경고와 [나의] 주의에도 불구하고, [그가] 무작정 [밀어붙였기에] 급기야 [나로서도] 이 목적을 위해서 [기계를] 재[배선하도록] [그를] 돕는 것 말고는 선택의 여지가 없어지고 말았다. 하지만 이곳에서 [우리의] 현존을 밝히는 위험에 관해서는 [내가] 각별히 [그에게] 경고했었다는 [기록을] 남기고자 한다. [나] [스스로는] 체계화된 생명체의 파괴에 대한 책임을 진다는 발상 자체를 두려워한다. 비록 표본 가운데 단 하나만 [우리를] 감지한다 해도, 이 소집단 내에서는 매우 많은 상호 의사소통이 있기 때문에, 전체를 놀라게 하거나 교란시키지 않은 상태에서 하나만 제거하거나 파괴하기는 사실상 불가능할 것이다. 최소한의 영향조차도 지금까지의 〔우리의〕 노력을 무로 돌려놓을 것이다. 최대한의 영향이라면 〔나로선〕 〔윤리적으로〕 지지할 수 없다.

이런 〔불행한〕 상황하에서 〔우리는〕 자극을 진행했다. 샘 비텔먼 영감은 베니션 블라인드가 고장 나서 닫을 수가 없다고 신고한 슈미트 양의 방에 들어갔다. 그녀는 자신의 소심성의 근원을 파헤치는 샘의 질문에 답변할 수 없다는 사실을 갑자기 깨달았다. 이 근원에 충격을 받은 상태에서, 평생 그 어느 때보다도 더 사려 깊어진 그녀는 블라인드에 대해서는 잊어버리고서, 그리고 자신에게는 몸을 계속 가리도록 만드는 조건화가 **살인하지 말라**보다 (그리고 이에 버금가게 마음을 동요시키는 다른 개념들보다) 더 깊이 주입되어 있다는 사실을 생각하면서 잠자리에 들었다.

메리 헌트는 난생처음으로 늦잠을 잤고, 격분해서 부엌으로 달려왔다. 그녀는 그곳에 있던 샘과 비티가 갑자기 던지는 질문에 답변을 **하지 않을 수 없게** 되었다. 그녀는 재빨리 도망쳤지만, 그날 내내 침대에 누워서, 비참하고 방향을 상실한 채, 과연 자기가 할리우드를 원하기는 하는 것인지를 궁금해했고……

앤서니 오바니언은 수 마틴이 일하는 나이트클럽에 가서, 눈에 띄지 않는 발코니 자리에 앉았다. 갑자기 샘 비텔먼이 합석하더니 법률에 관해서, 그가 법률 다루는 일을 하는 이유에 관해서, 혈통과 양육에 관한 그의 확신에 관해서, 수 마틴에 대한 그의 감정에 관해서, 깊이 번민시키는 질문을 던졌다. 혼란을 느끼고 말이 없어진 오바니언은 친절한 샘 영감을 따라 집으로 왔다.

비티는 어느 날 아침 수 마틴이 방에 혼자 있는 것을 보고 몇 가지 예리한 질문을 던졌는데, 수는 그 모두에 대해서 손쉽게, 아무런 동요 없이,

상당히 적극적으로 답변했다. 그랬다. 그녀는 오바니언을 사랑했다. 아니었다. 그녀는 그 일에 대해서 아무것도 하지는 않을 작정이었다. 그건 오바니언의 문제였다. 비티에게는 수 마틴이 아무런 문제도 아니었고……

어느 더운 날 저녁, 핼버슨이 총을 들고 부엌으로 들어와서는, 뭔가 잘못된 게 있다고, 하지만 자기는 딱 꼬집어 말할 수가 없다고…… 그러면서 **"당신은 누구이고, 무엇을 원하는가?"**라고 물었다. 비티는 왜 총을 샀느냐고 차분하게 그에게 물어보았다. "그건 자네 스스로를 위한 거지. 안 그래, 필립? **자네는 왜 죽고 싶어 하는 걸까?"** 〔나는〕〔스미스가〕 부주의와 〔비윤리적〕 행동이라는 점에서 유죄라고 주장하는 바이다. 〔나는〕 이 표본을, 그리고 어쩌면 다른 표본들까지도 파괴하는 것밖에는 아무런 해결책을 찾을 수 없었다. 〔나는〕 이런 상황이 야기된 것은 어디까지나 〔나의〕 명료하게 〔발언된〕 경고를 〔스미스가〕 무시했기 때문이라고 단언하는 바이다. 〔내가〕 이 보고를 〔작성하는〕 동안에도 저 놀라고 겁에 질린 표본은 〔우리의〕〔장비를〕 향해서, 따라서 그 스스로를 향해서 폭력을 저지를 채비를 갖추고 서 있다. 이에 〔나는〕〔스미스에게〕 다음과 같이 통고하는 바이다. 〔그가〕〔우리를〕 여기로 끌어들였으니, 이제는 〔그가〕〔우리를〕 여기서 〔 〕나 벗어나게 만들어야 할 거라고 말이다.

IX

"자네는 왜 죽고 싶어 하는 걸까?"

필 핼버슨은 입을 딱 벌린 채 늙은 여자를 바라보며 서 있었다. 몸을 떠는 동안, 여전히 그 어리석은 종이 봉지 안에 들어 있는 총이 조용히 속삭이기 시작했다. 총의 손잡이는 그의 손에 딱 맞았고, 그의 손은 총의 손잡이에 딱 맞았다. **그게 도리어 나를 붙잡고 있군.** 핼버슨은 히스테릭하게 생각했다. 그는 자신의 히스테리가 일종의 구름, 망토, 방어라는 사실을 명확히 알고 있었다. 즉 자신이 생각할 만한 역량이 되지 않은 것에 대항하는…… 음, 어쩌면 생각할 준비가 되지 않은 것일 수도 있었다. 하지만 그녀가 어떻게 알았을까?

거의 이틀 동안 핼버슨은 자기가 뭔가 잘못되었다는 이 감각 때문에 걱정하고 초조했다. 거듭해서 거기로 돌아갔지만, 기껏해야 당혹감에 도달해서 화를 내며 내팽개칠 뿐이었다. 충분히 먹지도 않았고, 잠도 거의 자지 않았다. **우선 잠을 자게 해 줘!** 뭔가가 그의 내면에서 한탄했고, 그는 이것을 감지하고 또다시 내팽개쳐 버렸다. 더 많은 히스테리가 일어나며, 핼버슨이 생각하도록 내버려 두지 않았다. 그러다가 오바니언의 한 마디, 슈미트 양의 한 구절, 그 자신의 잡낭雜囊식 기억이 나타났다. 즉 비텔먼 부부는 결코 말을 하지 않는다는 거였다. 그들은 그저 항상 질문만 던졌다. 마치 사람의 마음에 닿을 수 있는 것처럼, 그리고 그곳에 보관된 사용되지 않은 목재를 꿰맞춰 질문을 만들어 내는 것처럼, 그리고 거기서부터 당사자로선 차마 바라볼 엄두가 나지 않는 형태를 구축하는 것처럼 보였다. **도대체 얼마나 많은 끔찍한 질문들을 나는 자물쇠로 가둬 놓았던 걸까?** 그리고 과연 그녀는 그 자물쇠를 깨뜨렸을까? 핼버슨은 말했다. "그런 질문은…… 하지 마세요…… 왜 저한테 그런 질문을 하신 겁니까?"

"글쎄, 안 되는 이유라도 있나?"

"당신은…… 당신은 제 마음을 읽을 수 있군요."

"내가?"

"질문 말고 **말을** 하세요!" 핼버슨은 외쳤다. 종이 봉지가 속삭임을 멈추었다. 그가 생각하기에는 그녀도 이를 감지한 듯했다.

"내가 자네 마음을 읽을 수 있다고?" 비티는 차분하게 물었다. "그러니까 자네가 지금처럼 무시무시한 몰골을 하고, 그놈의 물건을 앞에 치켜들면서도 동시에 그놈의 물건을 피하려고 애쓰며 부엌에 들어오는 걸 내가 봤다고 치면, 그래서 자네가 혹시라도 실수로 방아쇠를 당기기라도 하는 날에는 죽을 수도 있겠다는 말을 내가 했다고 치면, 그게 결국 내가 자네 마음을 읽을 수 있다는 뜻이 되는 건가? 마음을 읽어? 그냥 신문을 읽는 것만으로 충분하지 않을까?"

아. 그는 생각했다…… 아하. 핼버슨은 비티를 유심히 바라보았다. 그녀는 매우 침착했고, 기다렸고, 그 문제를 청년에게 남겨두었다. 그는 상대방이 눈 하나 깜짝하지 않고도 온갖 방식으로, 생각에서도 자기를 앞서고, 말에서도 자기를 앞섰다는 사실을 갑작스럽고도 확실하게 알게 되었다. 이는 결국 핼버슨이 완전하고도 부끄럽게 틀렸거나, 또는 비티의 손쉬운 설명이 진실이 아니었거나, 둘 중 하나였는데…… 그중 후자야말로 애초에 그를 괴롭혔던 바로 그 문제였다. "그런데 당신은 왜 제가 다른 뭔가를 위해서 그 총을 샀다고 말씀하신 거죠?" 그가 딱딱거렸다.

비티는 짧고도 매우 온화한 미소를 지었다. "말한 게 아니지. 나는 자네한테 물어보았잖아, 그렇지? 그걸 내가 실제로 어떻게 알았겠어?"

한 번 더, 핼버슨은 머뭇거렸다. 그런 뒤에야 그녀에 대해 깜빡거리는 의심을 정당화한다면, 이 총은 논증만큼이나 비효율적이 될 가능성이 있다는 생각이 떠올랐다. 게다가…… 부엌 안에는 뭔가 조용한 흐름이 있는 것 같았다. 일종의 소리 가까운 것이, 그러니까 자동차 한 대가 그에게 가까이 다가와 브레이크를 걸었을 때에 간혹 느낄 수 있는 귀의 압력이 말이다. 하지만 여기서는 그것이 마치 위안 같은 느낌을 자아냈다.

헬버슨은 종이 봉지를 아래로 내렸고, 그 입구를 다시 손끝으로 붙잡았다. 그리고 입구를 비틀어 닫았다. "괜찮으시면 이걸 좀— 그러니까 제 말뜻은," 그가 더듬거리며 말했다. "저는 이걸 원하지 않으니까요."

"지금 나더러 총을 가지고 뭘 어떻게 하라는 거야?" 비티가 물었다.

"저도 모르겠어요. 다만 이걸 제 곁에 두고 싶지 않을 뿐이에요. 멀리 던져 버릴 수도 있죠. 여하간 이 물건과는 아무 관계도 맺고 싶지 않을 따름이에요. 어쩌면 당신이 이 물건을 어딘가에 치워 두실 수 있을 것 같아서요."

"있지, 일단 좀 앉는 게 좋겠어." 비티가 말했다. 실제로 떠밀린 것까지는 아니었지만, 그녀가 다가오자 그는 뒤로 움직여 비켜야 했고, 그 와중에 무릎 뒤쪽이 의자에 닿자 그는 자연스레 의자에 앉게 (또는 의자 위로 털썩 쓰러지게) 되었다. 비티는 계속해서 부엌을 가로질러 가더니, 높은 찬장을 열고는 종이 봉지를 맨 꼭대기 선반에 얹어 놓았다. "이 집에서 로빈이 올라가지 못할 곳은 여기뿐이니까."

"로빈. 아, 맞아요." 헬버슨은 비로소 그 가능성을 깨닫고 말했다. "죄송합니다. 정말 죄송합니다."

"속 시원하게 털어놓는 게 나을 거야, 필립." 그녀가 특유의 단조롭고 친절한 어조로 말했다. "자네는 뻥 하고 터져 버리기로 작정한 사람이라고. 자네 때문에 내 부엌이 엉망진창이 되게 할 수는 없지."

"털어놓을 것은 전혀 없어요."

비티는 싱크대로 돌아가다 말고 멈춰 섰는데, 마치 뭔가에 귀를 기울이는 듯 이상한 머뭇거림이었다. 갑자기 그녀가 뒤로 돌아서더니 그와 함께 식탁에 앉았다. "그 총을 가지고 뭘 하고 싶었던 거지, 필립?" 비티가 물었다. 역시나 갑작스럽게 핼버슨은 대답을 내놓고 말았다. 마치 그녀가 그를 향해 집어 던진 뭔가가 도로 튀어서, 기다리던 그녀의 손으로 곧장 들어가기라도 한 듯했다. "저는 자살을 생각하고 있었어요."

만약 이 말이 놀라움을, 또는 감탄을, 또는 더 이상의 질문을 부를 거라 생각했다면, 그는 실망하고 말았을 것이다. 비티가 단지 기다리고 있는 것만 같았기에, 핼버슨은 상당히 더 조심스럽게 몇 마디 덧붙였다. "제가 왜 당신께 이런 말씀을 드리는지는 모르겠습니다만, 그냥 툭 튀어나오고 말았네요. 제 말은, 그 일을 하려고 생각하고 있었다는 거예요. 그 일을 하겠다고 단언한 건 아니라는 겁니다." 그는 상대방을 바라보았다. 이걸로 충분하지 않은가? 좋아, 그렇다면. "저 총을 사기 전까지는 제가 무슨 생각을 하고 있었는지 정확히 자신할 수가 없었어요. 당신이 보시기에는 이게 이치에 닿아 보이나요?"

"안 될 것 없지 않아?"

"저는 뭐든지 실제로 시도해 보기 전까지는 정확히 알 수가 없어요. 또는 모든 조각을 늘어놓고 시도할 준비를 갖추기 전까지는 말이에요."

"또는 남에게 이야기하거나?"

"이 일에 대해서는 아무한테도 이야기할 수가 없었어요."

"시도는 해 보았나?"

"빌어먹을!" 속삭임에 불과한 말이었지만, 이 외마디는 무시무시한 압력 아래에서 터져나온 것이었다. 곧이어 헬버슨의 말투는 정상적으로 돌아왔다. "죄송해요, 비티. 정말 죄송해요. 그 말에 갑자기 화가 치밀어서요. 무슨 뜻인지 아시죠? 당신이 한 음절로 된 어떤 말을 하시면, 그건 당신이 결코 의도하지 않았던 뭔가를 의도하게 된다고요. 제가 말씀드렸잖아요. '이 일에 대해서는 아무한테도 이야기할 수가 없었어요.' 이 말은 마치 제가 그 일에 대해서 전부 알고 있었던 것처럼, 하지만 단지 소심하거나 뭐 그랬던 것처럼 들린다고요. 그런데 당신은 제게 이렇게 물어보셨죠. '시도는 해 보았나?' 하지만 제가 정말로 의도했던 뜻은 이 모두가, 이 일에 관한 모든 것이, 일종의— 감정이고— 정신 나간 생각이기 때문에, 저로선 차마 **이 일에 대해서는 아무한테도 이야기할 수가 없었다**는 거예요."

비티의 얼굴에 보기 드문 미소가 스쳐 지나갔다. "시도는 해 보았나?"

"음, 앞으로 해 볼게요. 당신, 그 어느 때보다도 더 심하시군요." 헬버슨이 말했다. 이번에는 분노하지 않았다. "제가 무슨 생각을 하는지는 당신도 **분명히** 알고 계실 테니까요."

"그래서 자네는 무슨 생각을 하고 있었지?"

헬버슨은 곧바로 제정신이 들었다. "여러 가지를요…… 하나 같이 정신 나간 것들이었죠. 저는 항상 생각을 해요, 비티. 마치 밤낮으로 온종일 방송하는 라디오처럼요. 그런데 저는 그 라디오를 끌 수가 없다는 거죠. 끄고 싶어 하지도 않을 거고요. 그것 없이 어떻게 살지 알고 싶지도 않을 거고요. 비가 올 것 같으냐고 저한테 질문을 하시면, 저는 이 자리를 떠나면서 비에 관해서 생각하는 거예요. 비가 어디에서 오는지에 대해서, 구름에 대해서, 이 세상에 구름의 종류가 얼마나 많은지에 대해서. 그리고 기류와 제트 기류, 그리고 신문 맨 아랫단에 나온 저 짧은 문장들을 읽으면서 알게 되는 다른 모든 것에 대해서. 그리고—"

"그리고 자네가 왜 총을 샀는지에 대해서도?"

"예? 아…… 좋아요, 좋다고요. 중언부언하진 않을게요." 핼버슨은 두 눈을 감고 자기 생각에 귀를 기울였고, 자기 생각을 향해 인상을 찡그렸다. "어쨌거나, 이런 생각의 연쇄 끝에는 그 지속을 잠시 중지시킨 뭔가가 하나 있게 마련이죠. 어쩌면 그게 바로 어떤 질문에 대한 답변일 수도 있어요. 그 질문은 제가 스스로에게 던진 것일 수도 있고, 또는 누군가가 제게 던진 것일 수도 있고, 또는 제가 가진 지식으로 도달할 수 있는 최대 한도일 수도 있죠.

그래서 몇 주 전의 어느 날, 저는 총에 관해서 생각하기 시작했고, 어떤 길로 가든지 간에 결국에는 총이 저를 죽인다는 생각에 도달하게 되었고, 그때부터는 죽는다는 생각에 도달하게 되었어요. 그걸 더 많이 생각할수록, 더 겁이 났던 거죠."

충분히 길게 느껴질 만큼 기다린 다음, 비티가 따라 말했다. "겁이 났던 거다."

"단순히 죽인— 죽는다는 사실 때문에 겁이 났던 것은 아니었어요. 단지 거기에 대해서 제가 가진 느낌이 겁이 났던 거죠. 저는 그게 기뻤어요. 저는 그걸 원했어요. 바로 그것 때문에 겁이 났던 거죠."

"자네는 왜 죽고 싶어 하는 걸까?"

"그건 저도 모르겠어요." 핼버슨의 목소리가 잦아들었다. "저도 모르겠어요. 그냥 저도 모르겠어요." 그가 웅얼거렸다. "저는 그걸 제 머릿속에서 지워 버릴 수도, 이해할 수도 없어서, 제가 유일하게 할 수 있는 일이라곤 하나뿐이라고 생각했어요. 즉 총을 사서, 장전을 하고, 그래서— 모든 준비를 마치고 나서, 그때 가서 제 기분이 어떤지 살펴보자는 거였죠." 헬버슨은 그녀를 바라보았다. "정말 정신 나간 이야기처럼 들리겠죠, 분명히."

비티는 어깨를 으쓱했다. 그 발언을 부정하지는 않은 것이거나, 또는 별 상관없다는 것이거나, 둘 중 하나였다. 헬버슨은 다시 눈을 내리깔고서, 꽉 움켜쥔 두 손을 향해 말했다. "제 방에 앉아서, 총구를 입에 넣고, 안전장치를 모두 풀고, 엄지손가락을 방아쇠에 건 상태로 있었어요."

"뭔가를 배웠나?"

그의 입이 움직였지만, 차마 그 움직임에 걸맞은 말을 찾아내지 못했다. "그래." 비티가 날카롭게 말했다. "자네는 왜 방아쇠를 당기지 않은 건가?"

"저는 그냥—" 저 내면을 읽는 긴 휴지休止 가운데 하나를 맞이하여, 헬버슨은 두 눈을 감았다. "—그럴 수가 없었어요. 제 말뜻은, 그러지 **않았다는** 거예요. 겁이 나지는 않았어요. 혹시 그게 궁금하신 거라면 말이에요." 그는 그녀를 흘긋 바라보았지만, 그녀가 뭘 알고 싶어 하는지는 분간할 수가 없었다. "거기 그러고 앉아 있다 보니, 이건 마땅히 일어나야 하는 방식이 아니라는 사실을 깨닫게 되더군요." 헬버슨은 약간 어렵사리 말했다.

"그게 어떤 방식이어야 하는데?"

"예를 들어 이런 식이죠. 만약 지진이 일어났다면, 또는 제가 위를 쳐다보았더니 금고 하나가 저에게 떨어진다면, 또는 뭔가 그와 비슷한 다른 일이 벌어진다면, 즉 저 자신의 외부로부터 뭔가가 벌어진다면— 저는 굳이 옆으로 비켜서지 않겠다는 거죠. 그 일이 일어나도록 내버려 둘 겁니다."

"그거랑 스스로에게 총을 쏘는 거랑 차이가 있을까?"

"그럼요!" 그가 말했다. 조금 전보다 더 생기 넘치는 모습이었다. "이렇게 설명해 보죠. 저의 일부분은 죽어 있고, 따라서 저의 나머지 부분 역시 죽어 있기를 원하는 거예요. 또 저의 일부분은 살아 있고, 따라서 저의 모든 부분이 살아 있기를 원하는 거예요." 핼버슨은 이 발언을 다시 살펴보고는 고개를 끄덕였다. "제 손, 제 팔 그리고 방아쇠에 걸었던 제 엄지손가락— 이건 모두 살아 있는 거였어요. 저의 살아 있는 부분들 모두는 제가 계속해서 살아가도록 돕기를 원했던 거죠. 무슨 말인지 아시겠어요? 살아 있는 부분 가운데 어떤 것도 죽어 있는 부분이 그 바라는 것을 얻도록 도와서는 안 되는 거죠. 그것이 일어나는 방식, 즉 그것이 마땅히 일어나야 하는 방식은 제가 뭔가를 일어나게 할 때가 아니에요. 오히려 그건 제가 뭔가를 하지 않을 때일 거예요. 저는 비켜서지 않을 거고, 그걸로 끝인 거죠. 그리고 당신이 저 대신 총을 간직해 주신 덕분에, 이제 그건 저에게 아무 소용이 없는 거죠." 그는 자리에서 일어났다. 그러나 그녀의 눈을 똑바로 바라보는 상태가 되자, 곧바로 자리에 앉아서 숨을 거칠게 몰아쉬었다.

"자네는 왜 죽고 싶어 하는 걸까?" 비티는 단조롭게 물었다.

핼버슨은 양손에 머리를 얹고 천천히 앞뒤로 흔들기 시작했다.

"자네는 알고 싶지 않은 건가?"

식탁 끝에서 그의 숨죽인 목소리가 흘러나왔다. "예." 갑자기 핼버슨이 자리에서 벌떡 일어나서 그녀를 바라보았다. "예라고요? 도대체 뭐가 저로 하여금 '예'라고 대답하게 만들었을까요? 비티." 그가 물었다. "도대체 뭐가 저로 하여금 그렇게 말하게 만들었을까요?"

그녀는 어깨를 으쓱했다. 헬버슨은 자리를 박차고 나와서 재빨리 부엌을 이리저리 걸어 다니기 시작했다. "끝까지 가 봐야겠어요." 그는 한 번 중얼거렸다. "음, 당신은 도대체 뭘 알고—"

비티는 그를 바라보았고, 상대방이 돌아서는 순간 두 눈이 마주치자 이렇게 물었다. "글쎄— 자네는 왜 죽고 싶어—"

"입 닥쳐." 헬버슨이 말했다. 그녀를 향해서가 아니라 다른 어떤 간섭에 대해서였다. 불만족과 부적절을 가리키는 그의 가상 신호등이 그의 내면 풍경 전체에 그 불빛을 던지고 있었다. 이와 같은 뭔가에 의해서 반쯤 죽도록 뒤쫓기고, 곧이어 기본적으로 자기는 그걸 조사하고 싶어 하지 않는다는 사실을 발견하면서…… 헬버슨은 자리에 앉아서 그녀를 바라보며 두 눈을 번뜩였다. "저도 아직은 모르겠어요." 그가 말했다. "하지만 알아낼 겁니다. 알아낼 거예요." 헬버슨은 숨을 깊이 들이마셨다. "이건 마치 뭔가에게 쫓기는 것과도 비슷해요. 뭔가가 저에게 따라붙으면, 저는 어느 골목으로 숨어드는데, 곧이어 저는 거기가 막다른 곳임을, 단지 벽돌담만 있다는 걸 발견하죠. 그래서 저는 거기 주저앉아 기다리는데, 그것밖에는 할 수가 없기 때문이에요. 그러다 갑자기 벽돌담에 난 문을 하나 발견하는 거죠. 그건 줄곧 거기 있었던 거예요. 다만 제가 못 보았을 뿐이죠."

"자네는 왜 죽고 싶어 하는 걸까?"

"왜— 왜냐하면 저는— 저는 살아 있어서는 안 되니까요. 왜냐하면 평균적인 남자들은— 다르니까요. 제가 그러니까요. 남들과 다르니까요. 부적절하니까요."

"다르니까. 부적절하니까." 비티의 눈썹이 약간 올라갔다. "그건 결국 똑같은 게 아닌가, 필립?"

"음, 그렇죠."

"자네는 캥거루처럼 뛸 수 없어. 자네는 암소처럼 풀을 날로 먹을 수도 없고. 다르니까. 자네는 그런 일들을 할 수 없기 때문에 부적절한 건가?"

핼버슨은 짜증 나는 듯한 웃음을 터트렸다. "그건 아니죠. 그건 아니에요. 제 말은 사람들하고 그렇다는 거예요."

"자네는 비행기처럼 날 수가 없어. 자네는 수 마틴처럼 노래할 수 없고. 자네는 토니 오바니언처럼 법률을 줄줄 외울 수가 없어. 그런 종류의 다르다는 걸 말하나?"

"아니요." 그가 말했다. 곧이어 짜증이 솟구쳤다. "아니요, 아니에요! 그거에 대해서는 저도 말을 할 수가 없어요, 비티!" 핼버슨은 그녀를 바라보았고, 다시 한번 그 드물고 깊은 미소를 보았다. 그는 친절하게, 그러나 힘없이 대답했다. 그러면서 자기가 앞서 그녀에게 똑같은 이야기를 했었음을 기억했다. "이번에 제 말뜻은, 그런 이야기를 당신에게는 말할 수 없다는 거예요. 그러니까 숙녀분에게는요." 핼버슨은 갑작스럽고도 차마 견딜 수 없는 혼란에 빠진 채 말했다.

"나는 숙녀가 아니야." 비티는 자신 있게 말했다. 갑자기 그녀가 그의 아래팔을 주먹으로 때렸다. 핼버슨의 생각에 비티가 그의 몸을 건드린 적은 이번이 처음이었다. "자네에게 나는 심지어 사람도 아니라고. 심지어 다른 누군가도 아니고. 진짜라니까." 비티는 온화하게 말했다. "내가 자네에게 던진 질문 중에, 자네가 스스로에게 차마 물어볼 수 없었던 질문이 단 하나라도 있었나? 내가 자네에게 한 말 중에, 자네가 미처 몰랐던 것이 단 하나라도 있었어?"

핼버슨의 특이하게도 직선형인 정신은 재빨리 뒤를 돌아보았다가 다시 앞으로 향했다. 그는 기묘한 방향 상실의 순간을 느꼈다. 기분이 나쁘지는 않았다. 비티는 부드럽게 말했다. "계속해서 스스로에게 말해 보라고, 총각. 누가 알겠나— 자네 자신이 좋은 친구라는 걸 발견하게 될 수도 있겠지."

"어…… 고맙습니다." 핼버슨은 중얼거렸다. 눈이 따가워서 그는 고개를 저었다. "좋아요. **좋다**고요. 그러면…… 방금 생각이 떠올랐어요. 하나의 커다란 번쩍임이요. 제 생각에 저는 여기 앉아 있으면 안 될 것 같아요. 여기는요." 핼버슨은 이렇게 말하며 잘 닦아 놓은 친근한 부엌 전체를 가리키며 한 팔을 휘저었다. "그리고 당신을 바라보세요. 그리고 이것들을— 어, 이것을— 한꺼번에 생각해 보세요." 그는 요란하게 침을 꿀꺽 삼켰다. "음, 그 시간에 관해서는 제가 말씀드렸죠. 바로 그날에 저는 죽고 싶어 한다는 사실을 발견했다고요. 마치 그 생각이 머리를 탁 치는 것 같더라고요. 그 직후에, 불과 2분 만에, 또 다른 뭔가가 그만큼 세게 제 머리를 탁 치는 것 같더군요. 저는 몰랐어요. 지금까지도 그것들이 어떤 식으로건 연관되어 있다는 사실을 알고 싶었죠." 핼버슨은 눈을 감았다. "그것은 극장이었어요. 서클 건너편에 있는 그 쥐구멍 같은 곳 말이에요. 아시다시피. 그것은— 그것은 제가 바라보고 있지 않을 때 저에게 덤벼들었어요. 그것은 온통…… 그림으로 뒤덮여 있었고— 그것은 이걸 '보라'고, 저걸 '보라'고, 그리고 다른 지저분한 뭔가를 '보라'고 말했어요. 그러니까 어른만 볼 수 있는 것을요. 무슨 뜻인지 당신도 아시겠죠." 그는 눈을 뜨고 비티가 뭘 하는지 살펴보았다. 하지만 그녀는 아무것도 하지 않았다. 그저 기다리고 있었다. 핼버슨은 상대방의 얼굴을 외면한 다음, 자기 어깨를 향해 중얼거렸다. "그런데 제 평생 그것들은 저에게 아무런 의미도 없었어요. 바로 **그거**예요." 그가 외쳤다. "아셨죠? 저는 남들과 달라요, 다르다고요!"

하지만 비티는 안다고 하지 않을 것이었다. 또는 그가 스스로 더 명료하게 알기 전까지는 그녀도 안다고 하지 않을 것이었다. 비티는 여전히 기다리고 있었다.

핼버슨은 말했다. "직장에 스코디라는 동료가 있어요. 스코디는 좋은 사람이고, 정말로 하루치 일을 해치우는 사람이지요. 제 말뜻은 그가 자기 일을 좋아한다는, 신경 쓴다는 거예요. 하지만 매번 어떤 아가씨가 지나가면 만사가 중단되고 말죠. 그는 자기 일에서 딱 벗어나서는, 그녀만 바라봐요. 정말 **매번** 말이에요. 마치 본인도 어쩔 수 없는 것 같아요. 마치 생도가 장교를 볼 때마다 경례를 붙이듯이 그렇게 한다니까요. 마치 장난감 기차에서 작은 불이 켜지면 작은 집에서 툭 튀어 나오는 교차로 안전 요원이 행동하듯 한다고요. 그 아가씨가 다 지나갈 때까지 지켜보고 나면, 그는 '으으음—**예!**' 하고 말하면서, 저를 바라보며 윙크를 해요."

"그러면 매번 자네는 어떻게 하나?"

"음, 저는—" 핼버슨은 불확실한 듯 웃음을 터트렸다. "제 생각에는 그에게 도로 윙크를 날리면서 저도 이렇게 말하는 것 같아요. '으음-**흠!**' 제가 왜 그렇게 하는지는 저도 알아요. 그가 저에게 그걸 원하기 때문이죠. 제가 그렇게 하지 않으면, 그는 뭔가 좀 기묘하다고 생각할 거예요. 하지만 그는 저를 위해 그렇게 해 주지는 않아요. 저는 그에게 이런저런 뭔가를 전혀 기대하지 않기 때문이죠. 그는 그렇게 해서—" 그는 말문이 막혀서 다시 설명을 시도했다. "그는 그렇게 함으로써 일부가 되는 거죠. 모두의 일부가요. 그가 하는 일은 라디오에서 노래들이 늘 말하는 것과 똑같아요. 잡지의 광고들도 모두 가능한 한 그렇게 하고 있죠. 설령 그게 속옷 차림의 아가씨가 파이프렌치를 들고 선전하는 걸 의미한다고 하더라도요." 핼버슨은 자리에서 벌떡 일어나 신난 듯 걸어 다니기 시작했다. "당신도 약간 뒤로 물러서면 그게 보이실 거예요." 그가 비티에게 말하자, 그녀도 그의 등 뒤에 대고 미소 지었다. "그 모든 일을 한꺼번에 보셔야 해요. 즉 거기에 그게 얼마나 **많은지**를 보셔야 한다고요. 사람들이 말하는 농담들이— 맞아요, 당신은 그걸 듣고 웃으셔야 해요. 뭐든지. 심지어 그런 농담을 한두 개쯤을 알고 있어야만 해요. 그렇지 않으면 그들은…… 쇼윈도 진열장, 텔레비전, 영화…… 누군가는 트랜지스터나 흰개미나 다른 뭔가에 관한 기사를 쓰면서, 가끔 한 번씩 자기가 그로부터 충분히 오래 멀어졌으니 새와 벌과 '신사가 좋아하는 것'에 관한 뭔가를 말해야만 하겠다고 생각하죠. 어디를 돌아보든지 온 세계가 그것에 접해 있어요. 그걸 계속 쪼아 대고 쪼아 대서—"

핼버슨은 쿵쿵대며 식탁으로 걸어가서 비티의 얼굴을 유심히 바라보았다. "당신은 뒤로 물러서서 그 모두를 한꺼번에 보셔야 해요." 그는 다시 한번 주의를 주었다. "저는 유치원에 있는 게 아니에요. 그 모두가 무엇에 관한 것인지 알고 있어요. 저는 여성 혐오자가 아니에요. 저도 사랑을 해 봤으니까요. 저도 언젠가는 결혼하게 되겠죠. 계속해서 말씀해 보세요. 지금 제가 우리가 가진 것 중에서도 가장 크고, 가장 강력하고, 매우 깊은 충동 가운데 하나에 대해서 이야기하고 있다고 말이에요. 저도 그 의견에 동의할 겁니다. 제 **말뜻**이 바로 그거니까요. 제가 **말하는** 게 바로 그거니까요." 핼버슨의 이마는 분홍색으로 빛났다. 그는 구겨진 손수건을 꺼내서 바라보며 눈을 깜박였다. "그건 무척이나 많고, 당신 주위를 에워싸고, 그것도 항상, 평균적인 남자들에게 있는 크고 허기진 필요를 채워 주죠. 제 말뜻은 충동 그 자체가 아니에요. 오히려 그 충동에 대한 갖가지 **상기**, 그러니까 흔히들 말하는 '주입'이죠. 그건 '필요'예요. 그렇지 않았다면 사람들은 그걸 그토록 많이 참지는 않았을 겁니다. 만화책, 립스틱, 박람회의 도깨비집 바닥에 있는 공기 분출기처럼요." 핼버슨은 자기 의자를 엄지손가락으로 가리키며 숨을 헐떡였다. "이른바 **'다르다'**에 대한 제 말뜻이 뭔지 이제 좀 이해되시나요?"

"자네는?" 비티가 물었다. 하지만 핼버슨은 그녀의 말을 듣지 못했고, 이렇게 다시 말했다. "남들과 다른 거죠. 왜냐하면 저는 상기되어야 할 허기를 느끼지 않으니까요. 저는 그 모든 고압적 판매술을 필요로 하지 않으니까요. 저는 그걸 원하지 않아요. 매번 제가 농담을 하나 할 때마다, 매번 스코디란 친구에게 윙크를 돌려줄 때마다, 저는 마치 바보 같은 기분이, 일종의 거짓말쟁이가 된 것 같은 기분이 들어요. 하지만 저는 스스로를 보호해야 해요. 저는 누군가가 알아채도록 해서는 안 돼요. 왜 그런지 아세요? 왜냐하면 평균적인 남자는, 즉 그 소음을 무척이나 필요로 하는 수백만 명의 남자는, 즉 그들은 저를 자기네 모습대로 되게 할 테니까요. 아니면 저를…… 죄송해요, 비티. 여러 가지 지저분한 세부 사항 속으로 제가 들어가지 않게 해 주세요. 제 말뜻이 뭔지 아시겠지요, 안 그래요?"

"자네 말뜻이 뭔가?"

짜증을 내면서, 그는 콧구멍에서 한 번 날카로운 콧김을 불어 냈다. "음, 제 말뜻은, 남들이 저를 지금의 자기네 모습대로 되게 할 테니까요. 그렇게 하지 않으면 저는…… 병들고 불구가 되어야 하죠. 그것 말고는 아무것도 할 수가 없어요! 아프지 않은, 불구가 아닌, 온 세상이 들을 수 있도록 자기 뿔을 바위에 부딪치며 돌아다니게 마련이지 않은 필 핼버슨이 될 수는 없다는 거예요!"

"그러니까— '부적절'하다는 자네의 말뜻이 그거란 말인가?"

"제가 죽고 싶어 하는 이유가 바로 그거예요. 저는 단지 다른 사람들이 생각하는 방식으로 생각하지 않아요. 다른 사람들이 행동하는 대로 행동한다면 저는…… 저는 죄책감을 느낄 거예요. 제 생각에는 제 안에 이게 벌써 몇 년째 쌓여 온 것 같아요. 그러다가 총을 본 바로 그날, 저는 제가 뭘 하고 싶어 하는지를 알아냈고…… 그러다가 극장 전면이, 마치 지저분한 이빨이 가득한 축축한 입처럼 저를 향해 빼끔대고 있으니……" 핼버슨은 바보같이 킥킥거렸다. "제 말 좀 들어 보세요, 그래 주실 거죠…… 비티, 죄송해요."

그녀는 이 말을 전적으로 무시했다. "고압적 판매술." 비티가 말했다.

"뭐라고요?"

"자네가 말했잖아. 내가 아니라…… 허기야말로 크고도 깊은 필요 가운데 하나가 아닌가, 필립? 어떤 섬에서 굶고 있는 사람들이 있어서, 자네가 그들에게 식량 1톤을 갖다 주었다고 가정해 보자고. 과연 그 사람들에게 고압적 판매술이 필요할까?"

핼버슨은 마치 바닥이 없는 구멍 가장자리에 서 있는 듯했다. 그것도 세상의 맨 가장자리에 있는 그런 구멍에, 워낙 바짝 다가서 있어서 그의 발가락들이 공허 속으로 비죽 튀어 나온 것 같았다. 이에 핼버슨의 몸은 경이로 가득해졌다. 그는 놀랐지만, 정말로 두렵지는 않았는데, 왜냐하면 그 끝없는 장소 속으로 줄곧 떨어져 내리는 것이야말로 매우 평화로운 일이 될 수 있어 보였기 때문이다. 핼버슨은 눈을 감았고, 천천히, 아주 천천히 현실로, 그러니까 부엌으로 돌아왔다. 비티에게로, 비티의 말들로. "당신 말뜻은…… 평균— 그러니까 평범— 그러니까 당신 말뜻은 사람들이 실제로는 관심이 없다는 건가요?"

"그 정도의 관심까지는 없다는 거지."

그는 눈을 깜박였다. 그는 마치 자기 세상에서 존재하기를 중지한 듯한, 그리고 매우 유사하지만 완전히 새로운 세계 속으로 툭 떨어진 듯한 기분이 들었다. 앞서에 비해 여기서는 훨씬 덜 외로웠다.

핼버슨은 식탁을 때리고는 비티의 차분한 얼굴을 바라보며 웃었다. "저는 자러 가야겠어요." 그는 이렇게 말하고 자리에서 일어났다. 그는 상대방이 자기 말뜻을, 정확한 뉘앙스를 파악했음을 알았다. 그녀가 다음과 같이 부드럽게 말했기 때문이다. "물론 자네는 그럴 수 있지."

현장 탐사 〔기록〕의 발췌문

〔나는〕 〔스미스〕의 〔부도덕하고〕 과도한 열의와 〔완고함〕 속에서 〔자극물의〕 극한을 〔내가〕 접했다고 지금까지 생각해 왔다. 〔나는〕 〔오류를〕 범한 셈이었다. 이제 〔그는〕 별다른 어려움 없이 그 한도마저 능가해 버렸다. 우선 경계하는 표본을 달래고 선수침으로써, 〔그는〕 자신에 대한

〔나의〕 사전 세부 〔보고서를〕 파괴해 버렸다. 그 행동이 〔짜증〕스러운 까닭은, 단순히 〔나와〕 상의도 없이 이루어졌기 때문만이 아니라, 또한 단순히 그 모두를 〔작성하는〕 과정에서 〔내가〕 겪은 고생 때문만이 아니라, 대개는 〔그가〕 기술적으로 〔그의〕 〔윤리-권한〕 이내에 있었기 때문이다. 즉 〔그의〕 〔무능한 관리 실패로〕 생겨났던 긴급 상황이 더 이상 존재하지 않았기 때문이다. 〔그가〕 성공한 것은 어디까지나 〔나와〕 같은 종류의 신중한 재간이 적용한 덕분이었다고 〔나는〕 〔그에게〕 〔강력〕하게 지적했지만, 〔그는〕 단지 〔히죽거릴〕 뿐이었다. 〔나는〕 〔우리가〕 고향으로 돌아가 탐사 〔윤리-원칙에서〕 해방되는 즉시, 〔나는〕 〔그의〕 〔 〕를 〔그의〕 〔 〕 너머로 〔꺾어서〕 〔매듭을 지어〕 버리겠다고 〔가장 강력하게 단언하고 맹세했다.〕

〔스미스〕 〔덕분-덕택은〕 전혀 아니지만, 이제 〔우리는〕 우리의 모든 표본들이 각자의 설명할 수 없이 무작위적인 시냅스 베타 서브 식스틴의 〔육중한〕 사전조치 상태에 놓인 상황에 이르렀다. 그것은 시냅스인 까닭에 당연히 극단적 긴급 상황 시에 반사적인 층위에서 완전히 가동되는데, 그런 상황은 〔우리가〕 현재 준비 중이다.

〔스미스가〕 더 이상의 〔어리석음을〕 만들어 내지 않는다면, 표본들은 그런 상황을 버텨 내야 할 것이다.

X

날씨가 차마 더 이상 더워지지 못할 만큼 더워졌고, 매우 조용해졌다. 나뭇잎은 불가능할 각도로 떨어졌고, 그 위에 먼지가 덮였다. 소리조차도 너무 힘이 빠진 나머지 멀리까지 전달되지 못하는 듯했다. 하늘은 종일 놋쇠빛이었고, 밤이면 의욕마저 결여된 까닭에, 하늘에 덮인 구름이라고 해야 겨우 안개의 얇은 막에 불과했다.

이날은 비텔먼 부부의 '휴일'이었고, 이들이 없다 보니 집 안의 등뼈가 뜯겨 나가기라도 한 형국이 되었다. 하숙인들은 변변찮게, 가볍게, 무작위로 식사를 했고, 기온이 허락하는 휴식을 뭐라도 얻기 위해 지치도록 충분히 늦게까지 앉아 있는 것 외에는 할 일이 없는 상황에서도 어찌어찌 시간을 버텨 냈다. 이들은 각자의 방으로 옮겨 가서 잠이 오기를 기다렸다. 이들은 선풍기 앞에서 축 늘어져 있다가 찬물로 샤워를 했지만, 그렇게 하면 없애 버리는 것보다 더 많은 열을 생성할 뿐이었다. 그러다가 마침내 어둠이 찾아왔지만, 단지 눈에만 구원이었다. 집 안의 박동은 천천히, 그리고 더 천천히 뛰었다. 8시가 되자 마치 도서관처럼 조용했고, 9시가 되자 상당히 적막했기 때문에, 슈미트 양의 문에 손가락 관절이 닿는 가벼운 소리조차도 마치 외침처럼 그녀를 강타했다.

"누구— 누구세요?" 슈미트 양은 호흡을 회복하고 나자 떨면서 물었다.

"수예요."

"아— 아. 아, 들어오세요." 그녀는 축축한 시트를 목까지 바짝 당겨 덮었다.

"아, 벌써 침대에 누워 계셨군요. 미안해요."

"**제가** 미안하죠. 괜찮아요."

수 마틴이 문을 닫고 안으로 들어왔다. 어깨가 드러나는 페전트블라우스와 주름치마를 입고 있었다. 치마에는 흔히 예상하는 것보다 얇은 나일론이 세 배나 더 많이 들어 있어서, 그녀가 돌아서자 마치 연기처럼 휘날렸다. "이런." 슈미트 양이 부러운 듯 말했다. "시원해 보이네요."

"마음 상태가요." 수가 미소를 지었다. "이제 일하러 가야 하는데, 솔직히 가고 싶지가 않네요."

"비티가 외출 중이어서 그렇죠. 저는 또다시 명예 베이비시터가 되었고요."

"당신은 천사예요."

"아니에요, 아, 아니라고요!" 슈미트 양이 외쳤다. "제가 꼭 해야만 하는 모든 일이 그렇게 쉬웠으면 좋겠어요. 제가 당신과 알고 지낸 그 시간 모두에서, 제가 그 일을 할 때마다, 어째서인지 저는— 저는 할 일이 전혀 없었어요!"

"애는 매우 곤하게 잠들어 있어요. 양심이 깨끗한 모양이에요. 제 생각에는."

"애가 행복하기 때문일 거라는 생각이 드네요. 잠잘 때에도 미소를 짓더라고요."

"미소요? 가끔은 큰 소리로 웃기도 한다니까요." 수 마틴이 말했다. "오늘 밤에는 약간 걱정이 되기도 했어요. 잠깐은요. 애가 얼굴이 빨갛고, 계속 말똥말똥 깨어 있어서—"

"음, 날씨가 **더워서** 그랬겠죠."

"그것 때문은 아니었어요." 수가 쿡쿡 웃었다. "녀석의 그 귀중한 보프가 곳곳에 깔려 있더래요. '이것저것 고친다'고 로빈이 말하더라고요. 도대체 그게 벽과 천장 곳곳에서 뭘 고쳤는지는 말하지 않았지만요. 그게 뭐였든지 간에, 어쨌거나 지금은 끝났대요. 그래서 로빈도 곤히 잠들었죠. 당신도 굳이 방에 들어가 보실 필요는 없을 거예요. 그리고 비티도 금방 돌아올 테니까요."

"당신네 방문은 열어 놓고 가시는 거죠?"

수 마틴은 고개를 끄덕이더니, 슈미트 양의 방문 위의 활짝 열린 채광창을 흘끗 올려다보았다. "이렇게 조용하니 우리 애가 눈만 깜박여도 그 소리를 당신도 들으실 수 있을 거예요…… 저는 뛰어가 봐야 되겠네요. 정말 고마워요."

"아, 진짜, 마틴— 아니, 수. 저한테 고마워할 것 없어요. 얼른 뛰어가기나 하세요."

"잘 자요."

수 마틴이 방에서 빠져나가더니 조용히 문을 닫았다. 슈미트 양은 한숨을 쉬고 채광창을 바라보았다. 수의 가벼운 발소리가 잦아들자, 그녀는 귀를 기울였다. 최대한 귀를 기울이면서, 자신의 일부분을 저 채광창 너머로 쏟아부어, 복도를 가로질러, 수 마틴의 열린 방문 너머로 들여보냈다. 평소에도 잠귀가 밝은 까닭에, 그녀는 자기가 경계하고 있음을, 따라서 무슨 일이라도 일어나면 바로 잠에서 깨어나리라는 것을 자신했다. 물론 이렇게 끈적끈적한 열기 속에서 잠이나 잘 수 있다면 말이다.

어쩌면 잠이 들 수도 있었다. 그녀는 잠시 후에 이렇게 생각했다. 그녀는 호사스럽게 몸을 움직여서, 침대에서도 약간 더 시원한 모퉁이로 옮겨 갔다. "샘은 참 짓궂다니까." 그녀는 이렇게 중얼거리며 어둠 속에서 얼굴을 붉혔다. 하지만 그의 말이 맞았다. 이런 날씨에 **잠옷**이라고?

갑자기 그녀는 잠이 들었다.

오바니언의 방에서 살짝 무슨 소리가 들렸다. 그는 샤워를 미루고 있었는데, 갑자기 에너지를 모두 써 버리게 되어서 꼼짝할 수 없어졌다. 잠깐 눈만 쉬도록 하자. 오바니언은 이렇게 생각하며 고개를 숙였다. 방금 소리는 그의 이마가 책에 닿으면서 난 것이었다.

핼버슨은 뻣뻣하게 침대에 누워서 천장을 바라보았다. 거기에는 마치 영사라도 한 것처럼, 연기를 토해 내는 허약한 원통의 이미지가 떠올라 있었다. 계속해라. 그는 초연한 상태로 생각했다. 아니면 사라져 버려라. 나는 어느 쪽이든 개의치 않으니까. 내가 비티에게 이야기하기 전에, 나는 너를 원했다. 이제 나는 개의치 않는다. 그게 더 나은가? 핼버슨은 눈을 감았지만, 그 이미지는 여전히 거기 있었다. 그는 매우 조용히 누워 있었고, 눈꺼풀 안쪽을 바라보고 있었다. 마치 잠드는 것과도 비슷했다. 핼버슨이 실제로 잠들었을 때에도, 그것은 역시 그곳에 있었다.

메리 헌트는 자기 방 창가에 앉아서, 마치 거기가 침대보다는 더 시원한 척하고 있었다. 지금 누워서 꿈을 꾸는 그녀 속에는 아무런 분노가 없었다. 이른바 큰 기회, 그녀의 첫 공연에 쏟아지는 빛의 기둥들, 브로드웨이 극장 전면에 무려 두 층 높이로 걸린 그녀의 이름. 이런 것들은 그녀가 특히 좋아하는 이 꿈에서는 아무런 자리도 차지하지 못했다. 이번에는 엄마 방에 돋을무늬 천을 덮어야지. 그녀는 생각했다. 화장대랑 침대 협탁에는 완전히, 정말 완전히 감싸는 덮개를 덮어야지. 그녀는 눈을 감고, 워낙 생생하게 어머니 방 안으로 들어섰기 때문에, 시원하고 희미한 라벤더 향주머니의 향기와 아울러 햇볕에 마른 시트의 특별히 신선한 냄새를 거의 맡을 수 있을 정도였다. 그랬다. 그리고 다른 뭔가가, 방 바깥에 있었다. 간신히, 정말 간신히 그녀는 빵이 구워지고 있음을, 따라서 부엌이 마치 천국 같을 것임을 알았다. 빵은 한동안 양념 선반을 지배할 것이었으며, 그러다가 오븐에서 꺼내 식혀질 것이었다. "아, 엄마……" 그녀는 속삭였다. 그녀는 안락의자에 꼼짝 않고 누운 채, 그 상상에 매달리고 또 매달린 끝에, 급기야 이 방, 이 집, 이 도시는 더 이상 중요하지 않아졌다.

그렇게 몇 시간이 흘렀다.

로빈은 빛나는 잠의 바다에서 둥둥 떠다녔다. 그곳에서는 두려워할 것이 전혀 없었고, 그곳에서는 (만약 그가 돌아보기만 했더라면) 사랑과 웃음이 그를 기다리고 있을 것이었다. 왼손은 똑바로 편 상태였고, 검지와 중지를 입속에 넣고 있었다. 어떻게 해서인지 그는 믹스터 같은 소리를 내는 모터가 달리고, 마치 커피포트처럼 덜그럭거리는 캐터필러가 달린 커다란 불도저가 되어 있었고, 보프와 구기도 그와 함께 달리면서 웃고 있었다. 그러다가 그는 어려움 없이 번쩍이는 대회전관람차가 되었다. 하지만 그는 관람차 하나에 자기가 타고 있는 것을, 토니오의 튼튼한 팔에 기대어 신나서 소리를 지르는 것을 볼 수 있었다. 이 과정에서 내내 그는 저 깊고도 밝은 장소에서 둥둥 떠다니고 있었다. 그곳에는 두려움이 전혀 없었고, 차마 묘사가 불가능한 어떤 모퉁이를 돌아서면 사랑과 웃음이 기다리고 있었다. 더 밝게, 더 밝게. 따뜻하게, 따뜻하게, 더 따뜻하게…… 아, 뜨겁게 **뜨겁게.**

XI

슈미트 양이 눈을 뜨자, 차마 사실이 아닌 것 같은 오렌지색 빛과 아울러 마치 세상의 종말 같은 굉음이 펼쳐졌다. 꼬박 1초 동안 가만히 누운 채, 그녀는 전적으로 믿을 수 없는 이 상황에 그만 몸이 마비되고 말았다. 불빛이 이처럼 밝아졌음에도 불구하고, 소리가 이처럼 요란해졌는데도 불구하고, 그 시작 단계에서 잠에서 깨지 않았다니 믿을 수 없었다. 곧이어 슈미트 양은 광휘 속에서 시선을 집중하는 방법을 발견했고, 불길을 발견했으며, 차마 움직일 수 없었던 1초 가운데 아직 남은 시간 동안, 이 모든 일을 자기 자신에게 설명하고, 황급히 이렇게 말했다. 물론이지, 물론이야. 이건 단지 악몽일 뿐이야. **예를 들어 불이 났다면요?** 그건 너무 **어리석은** 이야기였다, 샘은—

곧이어 슈미트 양은 단숨에 침대 밖으로 나와 방 한가운데 섰고, 말 그대로 불타오르는 현실과 마주하게 되었다. 모든 것이 불타고 있었다. 모든 것이! 커튼은 이미 사라져 버렸고, 끈이 사라진 베니션 블라인드의 널판들이 바닥에 쌓여, 마치 모닥불처럼 불타고 있었다. 그녀가 지켜보는 도중에도 방충망이 처지고 무너졌으며, 그 소나무 틀이 불타면서 부풀어 오르는 페인트 사이로 송진을 뱉어 냈다. 그러고는 결국 바깥으로 떨어져 버렸다.

바깥, 바깥! 창문이 열려 있었고, 이곳은 1층이었다. 그렇지. 게다가 아직 불타지 않은 의자 위에는 잠옷이 놓여 있었다. 잠옷을 입고 뛰는 거야, 빨리!

그러다가 차마 믿을 수 없을 정도로, 흙이 무너지는 것보다 더 요란하고 뭔가 다른 두 번째 굉음이 일어났다. 미세하고 뜨거운 가루와 뜨거운 벽토 우박이 슈미트 양의 어깨 위로 떨어졌다. 위를 바라보았더니 머리 바로 위에 있는 대들보가 아래로 늘어져서 삐걱거리며 매달려 있었다. 둘로 쪼개진 부분의 나무 파편이 마치 납작한 손가락처럼 서로를 향해 뻗어 있었고, 그녀가 지켜보는 사이에 불길이 마치 장갑처럼 그 손가락을 에워쌌다. 슈미트 양은 몸을 움츠렸다. 바로 그때 문손잡이가 돌아가더니, 연기 덩어리가 문을 확 열어젖히고는, 상승 기류에 쓸려 가서 보이지 않게 되고 말았다. 복도에는 로빈이 서서 통통하고 작은 주먹으로 갑자기 깨어난 한쪽 눈을 비비고 있었다. 꼬마의 입술이 움직이는 모습이 보였지만, 이 거대한 소음 속에서는 아무것도 들을 수 없었다. 하지만 그녀는 그 말을 이해했고, 마음속으로 똑똑히 들었다. "이게 무슨 소리에요?"

머리 위의 대들보가 우르릉거렸고, 슈미트 양은 또다시 벽토 세례를 맞았다. 그녀는 어깨에 떨어진 것들을 털어내며 울먹였다. 곧이어 머리 위 지붕에서 커다란 폭발이 일어난 것이 분명했다. 왜냐하면 창문 너머로 바깥 차고 벽의 하얀 미늘판자에 반사된 환한 불빛을 보았기 때문이다. 그 불빛은 슈미트 양을 끌어당겼고 (**뛰어!**) 게다가, 그녀의 잠옷은……

대들보가 천둥 소리를 내며 떨어지기 시작했다. 이제 슈미트 양은 몇 분의 1초 사이에 선택을 해야만 했다. 가장 빠른 생각조차도 선택지를 재고, 고려하고, 결정할 만큼 빠르지는 않았다. 이제 중요한 건 오직 그녀의 내면에서 스위치를 움직이는(그 스위치 중 일부는 워낙 낡아서 손쉽게 움직일 수 있었다!) 어떤 것뿐이었다. 거인이 스위치를 움직이고 있었으며, 그 거인은 워낙 힘이 셌다. 그 거인의 힘은 **살인하지 말라**보다도 더 깊은 각인이었다. 그 거인은 그녀가 하느님을 사랑하는 법을, 또는 걷는 법을, 또는 말하는 법을 배우기도 전에 배운 어떤 교훈이었다. 그 거인은 그녀의 어머니의 권위였으며, 모든 털 나고, 땀에 젖고, 위험한 수수께끼들에 대한 두려움이었으며, 그녀는 바로 이 수수께끼들에 대항해 평생 스스로를 가려 왔던 것이었다. 그 거인의 이름과 제목은 '네 몸을 가리라!'였다. 그 거인과 함께 있는, 그 거인을 돕는 존재가 바로 저 반사적인 '네 목숨을 구하라!'였다. 그리고 이들에 반대되는 것도 있었다. 우선 그녀가 사랑하는 로빈이 있었고(하지만 그녀는 한때 카나리아에게도, 그리고 또 한때는 봉제 인형에게도 사랑을 느꼈었다), 수 마틴에 대한 그녀의 의무감이 있었다(하지만 워낙 가볍게 한 약속, 그것도 의미 없는 격식을 차리던 때에 한 약속이었다). 그런 전투에서는 선택의 여지가 있을 수 없었지만, 슈미트 양은 남은 평생 그 결과를 붙들고 살아야만 할 것이었다.

바로 그때—

—마치 어떤 커다란 목소리가 **그만!** 하고 외치기라도 한 것처럼, 그 모든 불길이 굳어 버렸다. 슈미트 양의 머리에서 0.5피트 위치에 깔쭉깔쭉한 대들보 끄트머리가 매달려 불타오르고 있었고, 벽토와 깨진 나무 조각과 부스러기와 불타는 대들보 모두가 공중에 멈춰 있었다. 하지만 이 찰나의 시간 동안에 그녀는 이 현상이 정신적인 뭔가임을, 즉 허구임을 알고 있었다. 즉 이 시간의 정지는 단지 지금 일어나는 일을 설명하기 위한 정신의 어설픈 시도에 불과하다는 사실을 알고 있었다.

네 목숨을 구하라는 여전히 거기 있었고, 히스테리컬한 손이 조종 장치를 붙들고 있었지만, **네 몸을 가리라**는 그 배경으로 사라져 버리고 말았다. 슈미트 양은 자기 목숨을 구할 것이었지만, 새로운 조건에서 그러할 것이었다. 그녀는 반사작용 중의 반사작용의 지배하에 있었고, 이것은 생존이라는 최종 목표를 위해서 일반적인 반사작용이 고려할 법한 요소들 모두를 고려했다. 하지만 이와 더불어, 이것은 레타 슈미트가 지금까지 했던 모든 일을, 지금까지 겪었던 모든 일을 상기시켰다. 단 한 번의 소리 없는 번쩍임 속에서, 새로운 종류의 빛이 그녀의 존재의 모든 균열과 틈새로 스며들었다. 이제는 레타 슈미트의 완전한 자아가, 이 불타는 방 안에서 얻을 수 있는 것보다 훨씬 더 넓은 전체 상황에 대해서 반응했다. 이것은 심지어 미래조차도 조명해 주었다. 즉 그 미래 가운데 상당 부분은 바로 이 사건들에 의존하고 있으며, 또한 이 사건들과 다음번의 가능한 주요 '교차로들'에 의존하고 있음을 보여 주는 것이었다. 이것은 과거의 오판과 비논리를 취소하고 올바름으로 대체했으며, 심지어 무엇이 옳은지 알면서도 그녀가 반대로 했던 때에 대해서도 그렇게 했다. 레타 슈미트가 펄쩍 뛰었을 때조차도, 그리고 그녀가 바닥을 가로지르는 두 번의 도약하는 걸음을 내딛자마자 방금 서 있던 자리에 대들보가 떨어지고 또 떨어지며 불꽃이 쏟아졌을 때에도, 이것은 역시나 나타났다 사라졌다.

슈미트 양은 아이를 안아 들고 복도를 따라 달렸고, 현관 홀을 거쳐서 부엌으로 들어갔다. 그곳은 어두웠고, 소용돌이치는 연기가 자욱했지만, 부엌문의 유리창은 바깥에서 비치는 어떤 낯선 빛으로 번쩍거렸다. 격하게 기침이 터져 나오기 시작했지만 그녀는 그 빛을 끈덕지게 겨냥해서 앞으로 나아갔다. 그러다가 그 빛은 갑자기 거대한 그림자에 가려졌고, 갑자기 그림자가 안으로 폭발해 들어왔다. 슈미트 양이 이제껏 한 번도 본 적 없는 빛이 나타나며, 부서진 문간에 번쩍이는 헬멧과 도끼를 든 덩치 큰 남자의 반半윤곽이 보였다. 그녀는 말을 하려고, 또는 기껏해야 비명에 불과할 수도 있는 것을 외치려고 시도했지만, 대신 기침 발작을 일으켰을 뿐이다.

“여기 누구 있어요?” 남자가 물었다. 그가 몸을 앞으로 숙이자, 분명히 거리에서 나오는 것인 듯한 빛줄기가 그의 헬멧 앞가리개를 비추었다. 남자가 안으로 걸어 들어왔다. “휴우! 어디 있습니까?”

슈미트 양은 더듬거리며 남자에게 다가가서, 로빈을 상대방의 외투에 갖다 댔다. “아이가 있어요.” 그녀가 외쳤다. “애를 연기 밖으로 데리고 나가요.”

남자가 끙 소리를 내자, 곧이어 로빈은 그녀의 두 팔에서 사라졌다. “그쪽은 괜찮습니까?” 그는 어둠과 연기 속을 살펴보았다.

“애를 데리고 나가요.” 그녀가 말했다. “그런 다음에 외투를 벗어 주세요.”

남자가 밖으로 나갔다. 슈미트 양은 로빈의 또렷한 목소리를 들을 수 있었다. “아저씨 소방관이에요?”

“당연히 그렇지.” 남자가 중얼거렸다. “내가 타고 온 소방차 구경하고 싶니? 그러면 여기 잔디밭에 가만히 앉아서 1초만 기다리고 있어라, 알았지?”

“알았어요.”

외투가 문간을 통해 날아들어 왔다.

“받았어요?”

“고마워요.” 슈미트 양은 커다란 옷을 걸치고 밖으로 나갔다. 소방관은 다시 로빈을 양팔에 안고서 거기서 기다리고 있었다. “다치신 곳은 없나요, 아주머니?”

그녀는 폐가 아프고, 두 발과 어깨도 덴 상태였다. 머리카락이 그을리고 한쪽 손등이 까져 있었다. “저는 괜찮아요.” 슈미트 양이 말했다.

이들은 도로를 따라 걷기 시작했다. 로빈은 남자의 팔에 안긴 채 꿈틀거렸고, 머리를 비죽 내밀더니 환하게 불타는 집을 돌아보았다.

"안녕, 보프." 꼬마는 행복하게 말한 다음, 그때부터는 소방차에 모든 관심을 쏟기 시작했다.

XII

"엄마, 빵이 타잖아!"

메리 헌트가 눈을 뜨자, 차마 사실이 아닌 것 같은 불빛과 어마어마한 소음이 펼쳐졌다. 그녀는 비명을 지르며 무작정 팔을 허우적거렸는데, 그게 뭐든지 간에 그렇게 겁을 줘서 물리칠 수 있다고 여기기라도 한 듯했다. 곧이어 충분히 정신이 들자 메리 헌트는 자기가 아직 창가의 의자에 앉아 있다는 것을, 그리고 집에 불이 났다는 것을 깨달았다. 그녀는 벌떡 일어났고, 그 서슬에 육중한 의자가 방을 가로질러 미끄러지더니 옷장에 부딪쳐 넘어지고 말았다. 그리고 뭔가가 부딪혀 왔을 때에 항상 그러하듯이, 이번에도 옷장 문이 조용히 열렸다.

하지만 메리 헌트는 그 일이, 또는 다른 어떤 일이 벌어질 때까지 기다리지 않았다. 그녀는 손바닥으로 방충망을 때렸다. 방충망이 손쉽게 떨어져 나가자, 곧바로 몸을 날려서 방충망이 바깥 땅에 떨어짐과 동시에 바깥 땅에 내려섰다. 메리 헌트는 몇 걸음 달리다 말고, 마치 롯의 아내처럼 호기심에 사로잡혀 우뚝 멈춰 섰다. 그리고 매혹된 듯 뒤로 돌아섰다.

크게 흔들리는 불길이 공중으로 50피트에서 60피트나 치솟았고, 모든 창문마다 불길이 보였다. 시내 쪽에서 소방차의 날카롭고 철컹대는 소리, 창문과 출입문이 열리는 소리, 달리는 사람의 발소리가 들려왔다. 하지만 그중에서도 가장 큰 소리는 마치 거인의 토치램프 같은 불의 소리였다.

메리 헌트는 자기 창문을 돌아보았다. 방 안이 훤히 보였다. 옆으로 쓰러진 의자며, 불꽃과 재가 잔뜩 흩뿌려진 침대 위 셔닐 덮개며, 저절로 열린 옷장의— "내 옷들! 내 옷들!"

메리 헌트는 황급히 창문으로 도로 달려갔고, 불길이 마치 악몽 속 쐐기벌레마냥 안쪽 벽의 픽처 레일*을 따라 번져 가는 모습을 바라보며 잠시 공포에 사로잡혀 꼼짝하지 못했다. "내 옷들." 그녀가 중얼거렸다. 비록 지금 하는 일로 돈을 많이 벌지는 못했지만, 그녀는 숙식에 필요한 돈 말고 나머지는 모두 자기 몸에 걸치는 것에 투자했다. 메리 헌트는 뭐라고 중얼거렸고, 목구멍에서 짐승 같은 신음이 흘러나왔다. 그녀는 양손을 창턱에 대고 뛰었고, 다시 뒹굴며 집 안으로 들어왔다.

열기에 대해서는 각오한 상태였지만, 빛의 강렬함에는 미처 각오하지 못한 상태였는데, 그중에서도 최악은 바로 소음이었다. 메리 헌트는 움찔하고 물러났고, 한동안 양손으로 눈을 가리고 선 채로 그 충격에 몸을 휘청거렸다. 곧이어 그녀는 이를 악물고 옷장 쪽으로 나아갔다. 맨 아래 서랍을 열고 깔끔하게 접은 옷들을 꺼냈다. 맨 아래에는 날염 면포 드레스가 하나 있었고, 그 안에는 액자가 하나 들어

* 액자를 걸기 위해 벽에 띠 모양으로 설치한 구조물을 말한다.

있었다. 메리 헌트는 그 옷을 집어 들어 가슴에 끌어안고 창문 쪽으로 달려갔다. 그리고 최대한 몸을 기울여서 집 밖의 잔디 위에 살살 내려놓은 다음, 다시 뒤로 돌아섰다.

방에서 제일 먼 쪽에 있는 벽, 그러니까 문 옆쪽 벽의 높은 곳이 뒤틀리더니, 갑자기 불이 붙었다. 천장 가까운 곳의 모서리가 쿵 하고 방 안으로 무너지더니, 하얀 먼지와 기름 낀 연기가 구름을 이루고, 곧이어 벽 전체가 무너져 내렸다. 그녀를 향해 무너진 것은 아니고 오히려 반대편으로 무너지는 바람에, 이제 그녀의 방과 바깥의 복도가 하나로 연결된 셈이 되었다. 먼지가 가라앉았을 무렵, 웬 남자 하나가 뭔지 알아들을 수 없는 말을 떠들면서 잡석 사이를 헤치고 들어왔다. 그게 누구인지는 알 수 없었다. 그는 모든 장애물에도 불구하고 복도를 지나가기로 작정한 것 같았고, 실제로 그렇게 했으며, 결국 불길 속으로 다시 사라졌다.

메리 헌트는 비틀거리며 옷장 쪽으로 다가갔다. 자기가 미쳤다는, 취했다는, 돌았다는 기분이 들었다. 어쩌면 산소가 부족한 공기 때문에, 또 어쩌면 공포와 반발 때문에 그럴 수도 있었지만, 어쨌거나 뭔가 좀 멋지기도 했다. 자기의 나머지가 지금 하고 있는 일을 지켜보자니, 자기 얼굴이 일그러지고, 자기의 다른 일부가 깜짝 놀라 무감각해지는 느낌이 들었다. 메리 헌트는 웃고 있었다. 그녀는 옷장에 몸을 부딪쳤고, 숨을 헐떡이면서, 허파에 숨을 가득 채워서 날카로운 웃음소리를 토해 냈다. 그로 인해 무방비 상태가 된 메리 헌트는 긴 은색 장식띠가 달린 탁한 색깔의 공단 야회복을 뒤져서 꺼냈다. 그녀는 그걸 가슴에 끌어안고 다시 웃었으며, 몸을 반으로 접었다가, 다시 똑바로 펴면서, 그 와중에 그 옷을 뭉쳐서 공처럼 만들었다. 그러고는 복도에 있는 잡석 더미를 향해 힘껏 집어던졌다. 다음으로는 등이 파인 단순한 검은색 드레스와 작은 볼레로를 집어 들었다. 오로지 쾌활하다고만 묘사할 수 있는 표정을 얼굴에 떠올린 채, 그 옷들도 야회복과 마찬가지로 던져 버렸다. 이번에는 파란색 옷, 태피터 속치마가 달린 오건디 천 옷 그리고 핼러윈 드레스라고 부르곤 했던 검은색과 오렌지색의 옷도 집어 들었다. 메리 헌트는 하나하나 꺼내서, 위로 치켜들고, 던졌다. "너." 그녀는 웃음의 경련 사이에 이렇게 고함쳤다. "너, 그리고 너, 그리고 **너**." 옷장이 텅 비자, 서랍장으로 달려가서 스카프를 넣어 둔 서랍을 확 열어젖혔다. 섬세하고도 얇은 비단과 나일론과 공단 숄과 스카프와 손수건으로 이루어진 화단이 드러났다. 커다란 바부슈카를 꺼낸 다음, 아래에서 떠받치는 공기보다 별로 무겁지도 않은 그 물건을 들고 한때 자기 방문이 있었던 곳의 불더미를 향해 달려갔다. 마치 무용수처럼 몸을 숙이고 돌았고, 불길 속에서 펄럭이던 천이 결국 불타자, 다시 서랍장으로 달려와서 다른 천들이 들어 있는 서랍 속에 도로 집어넣었다. 서랍에서 불길이 치솟자 그녀는 웃고 또 웃었으며……

그때 뭔가가 메리 헌트의 종아리를 따갑게 깨물었다. 비명을 지르며 뒤로 돌아보니 검은색 네글리제 레이스에 불이 붙어 있었다. 그녀는 뒤로 몸을 뒤틀어 천을 붙잡고 찢어서 내던졌다. 고통으로 인해 제정신이 들자 이제 당황스러워지고, 힘이 빠지고, 겁이 나기 시작했다. 그녀는 창문으로 다가가다가 비틀거리며 육중하게 쓰러졌고, 다시 일어섰을 때에는 갑자기 연기가 뜨거운 이불처럼 머리와 어깨를 에워싸서 어느 쪽으로 나가야 하는지 알 수가 없었다. 메리 헌트는 무릎을 꿇고 주위를 살펴보다가, 창문이 전혀 의외의 방향에 있음을 발견하고 그쪽으로 향했다. 간신히 창문을 통과해 나오는 사이에, 등 뒤로 천장이 떨어졌고, 곧이어 지붕도 떨어졌다.

메리 헌트는 배를 깔고 엎드려 기어갔고, 내내 울면서 집이 있는 곳에서 벗어났으며, 마침내 다시 일어나 섰다. 연기와 그을린 머리카락 냄새가 진동했고, 예뻤던 손톱은 모조리 부러진 다음이었다. 그녀는 땅에 주저앉아 불타는 집의 골조를 바라보면서 마치 어린 소녀처럼 울었다. 하지만 부은 눈으로 잔디 위에 놓인 네모난 뭔가를 보자, 울음을 멈추고 일어나서 그곳으로 절뚝이며 천천히 걸어갔다. 아까 그녀가 불타는 집에서 맨 먼저 꺼낸 날염 면포 드레스와 액자였고…… 메리 헌트는 그 작은 꾸러미를 집어 들고 지친 몰골로 산울타리와 차고가 만나는 곳의 그늘 속으로 사라졌다.

XIII

오바니언은 『블랙스턴 주해』*의 면지에 대고 있던 머리를 휘청거리며 들어 올렸다. 마침 면지에는 다음과 같은 깔끔한 증정문이 적혀 있었다.

> 법률이란 공유지에서 거위를 훔친
>
> 사람을 틀림없이 처벌하는 것이며,
>
> 거위에게서 공유지를 훔친

* 영국의 법학자 윌리엄 블랙스턴William Blackstone이 저술한 『영국법 주해』(1765~1770년)를 말한다.

중죄인을 그냥 풀어 주는 것이더라.

18세기의 농담인 이 구절을 오바니언은 마뜩잖게 생각했다.* 하지만 이 글은 그가 법학대학원에 다닐 때에 옵다이크가 써 준 것이었으며, 옵다이크 가문은 상당히 훌륭한 가문이었다. 물론 프린스턴 사람들이었지만, 아무도 신경 쓰지는 않았다.

오바니언이 잠에서 헤엄쳐 나오는 과정에서 이 모두가 그의 정신을 스쳐 지나갔다. 이와 더불어 "내 머리에 무슨 문제가 있는 거지?" 하는 생각도 스쳐 지나갔는데, 왜냐하면 이렇게 요란한 굉음이라면 분명히 그의 귀 속에서 나는 것이 분명했기 때문이다. 거기 말고 다른 곳에서 그런 굉음이 난다는 것은 너무나도 믿을 수 없는 일이었다. 또 이런 생각도 들었다. "저 조명에 무슨 문제가 있는 거지?"

그 순간 오바니언은 잠에서 완전히 깨어나서 벌떡 일어섰다. "이런 세상에!"

그는 방문으로 달려가서 확 열어젖혔다. 마치 호스로 쏘아 대는 것처럼 불길이 분출되었다. 오바니언은 몇 분의 1초 사이에 눈썹이 사라진 것을 느꼈다. 소리를 지르고 비틀거리며 뒤로 피했지만, 불길이 쫓아왔다. 그는 몸을 돌려서 창밖으로 몸을 던졌고, 양쪽 주먹이 명치에 깔린 자세로 엎어지면서 어정쩡하게 땅에 떨어졌다. 체중 때문에 주먹이 몸에 깊이 박혔고, 오바니언은 꼬박 1분 동안 그대로 누운 채 끙끙대며 공기를 들이마셨다. 마침내 그는 자리에서 일어났고, 몸을 털고서, 집 주위를 돌아서 앞쪽으로 뛰어갔다. 소방차 한 대가 이

* 실제로는 17세기 영국의 동요로 그 당시의 인클로저(토지 사유화) 운동을 겨냥한 비판이 담겨 있는 것으로 해석된다.

미 와서 보도 옆에 서 있었다. 경찰차도 한 대 있었고, 어느 시간, 어느 장소에서든 사고만 났다 하면 마치 땅에서 솟아나듯 모여들게 마련인 구경꾼 무리가 역시나 눈을 휘둥그레 뜨고 있었다. 그때 비텔먼네 집 부지의 맨 끄트머리에서 타이어가 멈춰 서는 날카로운 소리와 불빛이 나타나더니, 택시 한 대가 경찰 저지선 쪽으로 최대한 가까이 다가오는 모습이 보였다. 택시 문은 이미 열려 있었다. 누군가가 거기서 내렸는데, 반쯤은 뛰는 모습이었고, 또 반쯤은 갑작스러운 정차 때문에 택시에서 내던져진 듯한 모습이었다.

"수!" 하지만 어느 누구도 그의 목소리를 듣지 못했다. 모두가 한꺼번에 소리를 지르고 있었기 때문이다. "저것 봐!", "누가 저 여자 좀 막아 봐!", "이봐요!", "이봐요, 거기!"

오바니언은 약간 뒤로 물러서서 양손을 입가에 대고 다시 외쳤다. 바로 그때 그의 머리 뒤에서 누군가가 쾌활하고 작은 목소리로 말했다. "엄마 진짜 **빨리** 뛰네!"

"로빈! 너 무사한—" 소방차 꼭대기에 올라앉아서, 빛나는 놋쇠 종을 한 팔로 끌어안은 꼬마의 모습은 마치 보티첼리의 그림에 묘사된 천사 같았다. 누군가가 꼬마 옆에 있었다. 이런, 세상에. 바로 슈미트 양이었다. 머리는 엉망이지만 눈은 번쩍였으며, 무슨 천막 같은 옷을 두르고 있었다. 그녀가 외쳤다. "저 사람 잡아요. 저 사람 잡으라고요. 얘는 내가 여기 데리고 있단 말이에요!"

곧이어 로빈은 슈미트 양에게 이렇게 말했다. "토니오도 진짜 빨리 뛰네. 우리는 안 뛰어요?"

이제 사람들은 오바니언을 향해 소리를 질렀지만, 그는 불과 네 걸음 만에 자기 앞의 굉음 말고는 아무것도 듣지 못하게 되고 말았다.

어떤 집이 이렇게 전부, 그것도 한꺼번에 불타오르는 모습은 이제껏 한 번도 본 적이 없었다. 그는 현관 계단을 한걸음에 뛰어 올라갔고, 그러다 보니 문을 향해 어깨를 돌릴 만한 시간 여유밖에는 남지 않고 말았다. 문은 살짝 열려 있었지만, 그런 충격을 받고서 충분히 빨리 열릴 수는 없었다. 결국 문이 뒤로 넘어지면서 바닥을 따라 미끄러졌고, 그 정신없는 순간에 오바니언은 마치 불바다에서 수상스키를 타는 사람처럼 문짝을 타고 미끄러지고 말았다. 현관 홀이 이미 불바다였기 때문이다. 곧이어 문 앞쪽이 뭔가에 걸리면서 그는 나동그라지고 말았다. 정말이지 나쁜 꿈을 꾸는 것 같았다. 너무나도 친숙하고, 너무나도 혼란스러웠다. 오바니언은 방향을 잡기 위해서 몸을 완전히 한 바퀴 돌렸고, 복도를 발견하자 그곳을 따라 달리면서, 최대한 목청을 높여 수를 불렀다. 왼쪽 벽이 자기 쪽으로 기울어진 것을 보고 그는 날쌔게 뒤로 피했다. 벽에서 잡석들이 아래로 쏟아지기 시작해서 서둘러 그 옆을 지나갔다. 붕괴와 굉음 너머로, 자신의 쉰 고함 소리 너머로, 그는 불바다 속 어디선가 웃어 젖히는 미친 여자의 웃음소리를 들은 것 같다고 생각했다. 히스테리에 가까운 상태에서도 그는 이렇게 말할 수 있었다. "수가 아니야. 저건 수 마틴이 아니라고……" 그리고 미처 깨닫기 전에 수 마틴의 방에 도착했지만 그만 지나쳐 버렸다. 그는 손을 뻗었다. 그리고 마치 단거리 수영 선수처럼 반대편 벽을 손으로 밀치며 뒤로 돌아서서 수 마틴의 방 안으로 들어갔다. "수! 수!"

그가 혹시 착각한 걸까? 누군가가 부르는 걸까? "로빈…… 로빈, 너니……?"

그는 무릎을 꿇고 앉았다. 그렇게 하니 비교적 더 맑은 공기 속에서 주위를 살펴볼 수 있었다. "수! 이런, 수!"

그녀는 무너진 천장에서 떨어진 잡석 더미에 몸이 반쯤 파묻힌 상태로 쓰러져 있었다. 오바니언은 그을리고 부러진 나무들과 불타고 있는 잔조각들을 치우고 그녀의 양어깨를 붙잡고서 깨진 벽토 더미에서 번쩍 들어 올렸다. 그야말로 천만다행이었다. 잡석 더미에 앞서 벽토에 깔려서 어느 정도 완충 효과가 있었던 것이다. "수?"

"로빈." 그녀가 목쉰 소리로 말했다.

오바니언은 그녀를 흔들었다. "애는 괜찮아요. 밖에 있어요. 내가 봤어요."

그녀는 두 눈을 뜨고 그를 향해 인상을 찡그렸다. 사실은 그를 향해서가 아니었다. 오히려 그가 방금 한 말을 향해서였다. "애는 지금 여기 어딘가에 있어요."

"내가 봤다니까요. 어서 갑시다!" 오바니언은 그녀를 일으켜 세웠고, 그녀가 따라오는 동안 이렇게 덧붙였다. "진짜예요. 설마 **내가** 당신한테 거짓말할 것 같아요?"

수의 몸에서 힘이 솟아오르는 것을 그 역시 느꼈다. "이 말을 까먹으셨네요. '오바니언 가문 사람인 내가.'" 그녀가 말했다. 하지만 상처가 되는 말은 아니었다. 두 사람은 비틀거리며 창문으로 다가갔다. 오바니언은 우선 수를 창밖으로 밀어낸 다음, 자기도 뒤따라 밖으로 뛰었다. 고통스럽게 숨을 두 번 쉰 끝에 두 사람은 땅에 누워 맑은 공기를 들이마셨다. 오바니언이 먼저 자리에서 일어섰다. 머리가 빙빙 돌듯 어지러워서 하마터면 다시 쓰러질 뻔했다. 그는 이를 악물고 수 마틴을 도와서 일으켜 세웠다. "여긴 너무 가까워요!" 오바니언이 외쳤다. 그녀를 일으켜 세우고 반쯤 끌다시피해서 한 걸음 갔을 무렵,

갑자기 그녀가 몸을 똑바로 펴더니, 예상치 못하고 저항할 수 없는 힘을 발휘하며 펄쩍 뛰어서 불타는 벽 쪽으로 다시 접근했다. 엉겁결에 그도 수를 따라갈 수밖에 없었다. 오바니언은 균형을 잡기 위해서 그녀를 붙들었고, 그녀는 양팔로 그를 꽉 끌어안았다. "벽이 무너져요!" 두 사람 위로 기울어진 벽을 보면서 그가 외쳤다. 수는 아무 말 없이 그저 양팔로 그를 더 꽉 끌어안았다. 오바니언으로선 차라리 강철 사슬로 기둥에 꽁꽁 묶여 있는 편이 이보다는 더 움직이기 편하겠다는 생각마저 들 정도였다. 곧이어 벽이 쓰러지며 마치 세상의 종말처럼 천둥 같은 소리와 함께 불꽃이 튀었다. 바로 그 순간, 그는 소송 중인 비정통적 계약을 주식 증여로 규정해서 골칫거리 사건 하나를 해결할 수 있겠다는 생각을 떠올렸다.

하지만 오바니언은 죽은 것이 아니라 오른쪽 어깨를 따끔하게 얻어맞았을 뿐이었으며, 그게 전부였다. 그는 눈을 떴다. 오바니언과 수 마틴은 서로 꽉 끌어안은 채 서 있었고, 그들 주위를 화단처럼 빙 둘러싼 무너진 집 벽과 뾰족한 지붕을 따라 불길이 치솟고 있었다. 두 사람의 발 주위로는 다락 환풍구의 지름 4피트짜리 둥근 창틀이 놓여 있었다. 환풍구 틀이 마치 고리 던지기를 한 것마냥 두 사람의 몸을 쏙 통과했던 것이다.

오바니언은 자기 팔에 안긴 채 축 늘어진 여자를 안아 들고 비틀거리며 길을 골랐고, 곧이어 소방관들의 친숙하게 검고 반가운 손들과 만났다. 하지만 소방관들이 데려가려고 하자 그녀는 그의 한 팔을 계속 붙잡은 채 떨어지지 않겠다고 우겼다. "저를 내려 주세요. 그냥 내려 주세요." 그녀가 말했다. "저는 멀쩡해요. 그냥 내려 주세요."

소방관들이 시키는 대로 하자, 수는 오바니언에게 몸을 기댔다. 그가 말했다. "저희는 괜찮아요. 길을 따라 저쪽에 가 있을게요. 저희는 걱정하지 마세요." 소방관들은 머뭇거렸지만, 두 사람이 걷기 시작하자 이들도 비로소 안도했는지 다시 일을 하러 갔다. 물론 오바니언이 보기에는 가망 없는 일이었다. 이제는 축 늘어진 샛기둥 몇 개와 굴뚝 두 개를 제외하면 집 전체가 활활 타오르고 있었기 때문이다.

"우리 로빈은 정말로—"

"쉬잇. 정말로 괜찮아요. 슈미트 양이 애를 데리고 나온 것 같아요. 제 생각에는요. 어쨌거나 지금 소방차에 올라타고 즐거운 시간을 보내고 있어요. 애는 당신이 집으로 뛰어 들어가는 것도 봤다고요. 당신이 잘 뛴다고 좋아하던 걸요."

"당신은—"

"나도 당신을 봤어요. 소리도 질렀죠."

"그러고 나서는 내 뒤를 따라 들어온 거군요." 두 사람은 천천히 걸었다. "왜 그랬어요?"

그야 물론 로빈이 무사했으니까요. 오바니언은 이렇게 말하려는 참이었다. 그러니 당신도 굳이 그럴 필요까지는— 곧이어 그의 내면에서 소리 없이 흰 불빛이 켜지면서, 지금까지 그가 했던 일과 있던 곳, 그가 읽은 것, 그가 접한 사람과 장소와 생각 모두가 환하게 떠올랐다. 그가 올바르게 행동했던 곳에서는 그 올바름이 입증되었다고 느꼈다. 그가 잘못한 곳에서는 이제 그도 확고부동한 올바름이 무엇인지를 보았으며, 심지어 자신의 잘못을 여러 해 동안 정당화했음에도 불구하고 그러했다. 이제 오바니언은 샘 비텔먼이 특유의 탐색하는 질문을 가지고 지적으로 자기에게 납득시킬 뻔했던 뭔가를 완전히 이해하게 되었다. 그는 법률에, 그리고 그 영구함에 대한 주장에 뭔가 우스꽝스럽고 모순적인 것이 들어 있다는 샘의 제안을 애써 물리쳤었다. 이제는 그가 아는 법률이 공격을 받는 것까지는 아니라는 점을 이해할 수 있었다. 어떤 사람이 법률 전체를 마치 어떤 기반에 근거하여 문명을 떠받드는 거대한 석제 버팀벽처럼 간주한다면, 그 법률은 본래 떠받치기로 되어 있었던 문명을 오히려 죽이기만 하는 죽은 법률이 되고 마는 셈이었다. 하지만 그가 만약 법률을 복잡하고도 **움직이는 실체**로 간주한다면, 법률의 기능도 변화했다. 이때의 법률은 통치 도구, 안정 장치, 억제 장치, 역동적이고도 진보적인 뭔가의 **통제 장치**로서, 마치 생물처럼 진화의 처벌과 특권에 종속되게 마련이었다. 정련의 과정으로서의 '선례'를 법률에서 정밀하게 찾겠다는 그의 생각 전체는 잘못된 것이었다. 그것은 오히려 적응의 과정이었다. 예나 지금이나 인간 문화 모두에 공통된 법률은 단 하나도 없다는 주장이 이제는 법률을 향한 모욕이 결코 아니었으며, 오히려 생생한 칭찬이었다. 인간이 전통적으로 자신의 척도와 단위를 내버리기 거부하는 상황에서 이제는 어떤 문화를 영구적인 법률에 고정시키는 것이야말로 오히려 우스꽝스러운 개념이 아닐 수 없었다.

인간의 생존 능력과 업적에 관한 이런 계시와 함께, 오바니언은 스스로를 향한 자신의 태도(과연 이것이 '자신의' 것이기는 했을까?), 즉 한편으로는 스스로의 혈통과 양육을, 또 한편으로는 이 세상에서 신사로서 차지하는 스스로의 위치를 옹호하고 정당화하기 위해 수고스럽게 열중한 자신에 대한 심한 재편을 경험했다. 이제는 비록 법률이 모든 인간이 평등하게 태어났다고 여기서 말하더라도, 또 법률 앞에서는 모두가 평등한 처우를 받아야 한다고 저기서 말하더라도, 완전한 바보가 아닌 한 모든 인간이 **실제로** 평등하다고 주장할 사람은 없다는 깨달음이 들었다. 인간이란 그 출신과 아무 상관이 없고, 또 그 주장과도 아무 상관이 없었으며, 단지 그 머릿속에 들어 있는 것인 동시에 그 마음속에 들어 있는 것이었다. 가장 순수한 왕족의 혈통이라도 허약한 왕을 낳으면 결국 실패를 낳을 뿐이다. 강인한 농부의 혈통이라도 오히려 더 높이 올라가고 더 많은 것을 성취할 수 있으며, 만약 그가 성취한 바가 인류의 선과 합치할 경우에는 그야말로 유익한 왕에 못지않을 것이 분명했다. 하지만 다른 무엇보다도 좋은 사람은 자기가 좋은 사람의 계보에서 나왔다고 주장함으로써 그 사실을 증명할 필요가 없다는 사실을 밝혀 주었다. 그로선 이미 토지가 사라진 이후에도 토지를 소유한 신사의 특권과 태도를 취한다는 것은 순수한 바보짓이었다. 차이가 워낙 크기 때문에 가장 높은 사람이 가장 낮은 사람과 교잡하지 않을 만큼 사람들 사이의 뚜렷한 수직적 분화가 일어나는 것은 아직 시기상조였다. 그때가 될 때까지는, (넓은 견지에서) 차이라고 해야 워낙 미묘하기 때문에 무시할 만했고, "자기 계급 이외의 사람과 결혼하는 것"이라는 개념은 히포그리프와 그리폰의 기원에 속하는, 다시 말해 신화에 속하는 셈이었다.

이 계몽된 순간에 오바니언에게는 이 모든 것이, 그리고 이보다 1천 배는 더 많은 것이 펼쳐지고 분명해졌으며, 그 시간이 워낙 짧았기에 아무 시간도 걸리지 않은 것 같았고, 그의 과거 전체는 물론이고 미래의 일부조차도 확연히 밝혀 주었다. 그리고 이 일은 걸음과 걸음 사이에, 즉 수 마틴이 다음과 같이 물었을 때에 일어났다. "당신은 나를 따라왔어요. 왜죠?"

"당신을 사랑하니까요." 오바니언은 곧바로 대답했다.

"왜죠?" 그녀가 속삭였다.

그는 즐거운 듯 웃었다. "왜인지는 중요하지 않아요."

수 마틴은 (그 **수 마틴**이!) 울기 시작했다.

XIV

필 핼버슨은 눈을 뜨자마자 집에 불이 났음을 깨달았다. 그는 가만히 누운 채 불길이 번지는 것을 지켜보며 생각했다. 이거야말로 내가 기다려 온 일이 아닐까?

이제는 끝이 날 수 있겠군. 핼버슨은 평화롭게 생각했다. 더 이상은 지금의 나 자신이 뭔가 잘못되었다고 걱정할 필요가 전혀 없어. 그리고 이제 더 이상은 다른 사람들의 필요, 이른바 거대한 평균의 취향과 의례가 나를 비난하지도 않을 거야. 나는 퇴장할 때까지는 배제될 수 없는데, 바로 여기 배제되는 방법이 있지. 내가 더 이상 남의 눈에 띄지 않으면 나는 남에게 얕잡아 보일 수도 없을 거야.

천장에 그을린 자국이 생겨나고, 뜨겁고 하얀 가루가 얼굴 위로 떨어지기 시작했다. 핼버슨은 베개로 얼굴을 가렸다. 그는 더 나중의 최종적인 고통에 대해 체념하고 있었으니, 그 고통이 최종적일 것이기 때문이었다. 하지만 그렇다고 해서 그 사전 고통까지도 참아야 할 이유는 없었다. 바로 그때 벽토 대부분이 몸 위로 쏟아졌다. 별로 아프지는 않았다. 게다가 이는 상황이 그의 예상보다 더 빨리 끝나게 되리라는 뜻이기도 했다.

어마어마한 굉음 너머로 어떤 여자의 비명이 희미하게나마 들렸다. 핼버슨은 가만히 누워 있었다. 평소 같으면 그도 여느 누구와 마찬가지로 (어쩌면 훨씬 더) 다른 사람들에 대해서 관심을 가졌을 것이다. 하지만 지금은 아니었다. 지금은 아니었다. 그런 관심은 이후에도 양심을 가지고 살기를 기대하는 사람에게나 어울릴 것이었다.

아주 가까운 곳에서 뭔가가 무너졌다(소리로 짐작하건대 아마도 내벽인 듯했다). 그로 인해 핼버슨의 침대 받침이 흔들렸으며, 그 뜨거운 열기와 그 검댕의 맛이 느껴졌지만, 그것 말고 다른 것은 아직 도달하지는 않았다. "어디 와 보라고." 핼버슨은 태연하게 말했다. "어서 끝내 버리자고, 알았지?" 그러면서 아예 베개를 집어던졌다.

그러자 마치 직접적이고도 순종적인 답변이라도 내놓는 것처럼, 그의 위에 놓인 천장이 쩍 갈라졌다. **쩍**. 아마도 대들보가 부러지면서, 옆방에서는 아래로 기울고 이 방에서는 위로 솟구친 모양이었다. 대들보가 떠받치고 있던 가로재 더미가 흩어지면서 아래로 떨어지기 시작했다. 천장 제일 높은 곳에는 어둠이 있었는데, 갑자기 연기가 자욱한 오렌지색 빛이 나타났다. 바로 천장 속, 가로재와 함께 무너져 내리고 있는 부분이었다.

"좋아." 핼버슨은 마치 누군가로부터 질문이라도 받은 것처럼 이렇게 말했다. 그리고 눈을 감았다.

두 눈을 감자, 마치 그의 내면에 들어 있는 이 지상의 것이 아닌 듯한 빛 같은 뭔가가 번뜩이며 시간이 우뚝 멈춰 버렸다…… 또는 어쩌면 주관적으로 그는 이 세상의 모든 시간을 다 가지고서 이 그림자도 없는 내면의 우주를 탐색할 수 있는 것 같았다.

더 직접적으로, 핼버슨의 앞에는 그를 여기까지, 즉 불타는 침대 위에서 죽음을 기다리는 상황까지 데려온 수많은 사건들의 연쇄가 펼쳐졌다. 그 사건들의 연쇄 가운데 유독 한 가지 용어가 "음, **물론**이지!" 하는 깨달음을 그에게 던져 주었다. 이 깨달음으로 말하자면, 그의 끈질기고 직접적인 사고들이 성공을 거두었을 때에 보상으로 얻을 수 있는 것이었다. 그 용어는 바로 '평균'이었고, 핼버슨의 깨달음은 마치 웃음의 격발처럼 나타났다. 다른 모두에게는 이것이 자명한 이치이고, 논쟁의 여지가 없는 금언이었을 것이다. 마치 바보처럼, 그는 자신의 소용돌이치는 사고가 '평균'을 스쳐 지나가게끔, '평균'을 사용하게끔, '평균'을 걱정하게끔 했으면서도, 정작 그걸 똑바로 바라본 적은 없었다.

하지만 핼버슨이 바라볼 수 있도록 여기 나타난 '평균'(즉 '평균적 취향')은 커다란 그래프상에 이쪽부터 저쪽까지 하나의 선으로 그려져 있었다. 그리고 그 그래프 곳곳에는 점들이, 무려 수백만 개나 찍혀 있었다(그는 그 '수백만 개'를 실제로 보고 이해할 수 있는 자리에 있었다). 이 창조물은, 이 반신半神은 바로 그 선 위에 살고 있었다. 그는 무척이나 오랫동안 이 반신을 추종하려는 느낌을 받았으며, 이 반신의 허기와 적절감이야말로 핼버슨의 기준점이, 그의 준거점이 되어야 마땅했던 (그리고 **실제로도** 그렇게 되었던) 것이다. 핼버슨은 항상 자신이 소수자라고 느꼈다. 이 소수자는 그가 검토할 때마다 줄어들었고, 그는 항상 이 소수자를 검토하고 있었다. 온 세계가 평균 인간에게, 그리고 그 '정상적인' 충동에 영합했으며, 이것은 적절함이 분명했는데, 왜냐하면 그는 호혜주의를 자각했기 때문이다. 즉 평균 인간이 이런 것들을 갖는 까닭은, 이런 것들이야말로 평균 인간이 원하고 또 필요로 하는 것들이기 때문이었다.

원하고 또 필요로 한다…… 그리고 비티가 질문을 던졌을 때에 핼버슨은 비범한 발견을 하나 했다. 사람들이 그걸 진정으로 필요로 한다면, 과연 이 세상에 고압적 판매술이 굳이 필요할 것인가?

그는 마치 투명 오버레이처럼 이를 그래프 위에 얹어 보았다. 이것은 여기 이쪽부터 저쪽까지 이어지는 선의 형태를 취하고 있었지만, 그보다는 훨씬 더 아래에 있었다. 이는 평균 인간이 무척이나 소란을 피우는 구체적인 취향에 대해서 딱 얼마만큼 관심을 가지고 있는지를 훨씬 더 정확하게 나타냈다. 이제 가까이 몸을 굽히고 그 수백만 개의 점을 바라보라. 모든 개인은 저마다 문화적 압력의 일종에 대한 진정한 필요를 지니고 있었는데, 그 필요야말로 여기서는 죄의식으로 한 사람을 죽음까지 몰아가는 것이었다.

핼버슨이 맨 처음 깨달은 사실은 그 점들이 워낙 넓게 흩어져 있어서, 평균 인간의 선에 딱 맞아떨어지는 점의 숫자는 충분히 무시할 만하다는 것이었다. 반면 비평균적인 사람의 숫자는 정말 무수한 수백만 명에 달했다. 설령 평균 인간의 복음에 순종하는 사람이라 하더라도, 인간 대중과 비슷해지려 노력하는 과정에서, 가장 작은 소수자 가운데 하나의 지시에 순종하게 된다는 사실을 그는 깨달았다. 그다음으로 그에게 다가온 사실은, 그 선을 그것이 있는 바로 그 장소에 놓기 위해서는 저 **모든** 점들이 '있어야' 한다는 것이었다. 더 나은, 또는 더 못한, 또는 다소간 어울리는 것의 문제는 전혀 없었다. 이 아래의 몇 명 그리고 정반대인 저 위의 몇 명을 제외하면, 즉 병들거나 정신 이상이거나 불완전하거나 (비존재하거나 극단적인 성적 취향을 지닌) 왜곡된 일부 개인들을 제외하면, 진정한 평균의 위와 아래에 있는 대다수는 기본적으로 '정상'이었다. 아마 핼버슨도 바로 이곳에서 그래프에 등장할 것이었다. 그에게는 수많은 동료가 있었다.

핼버슨은 이제껏 전혀 모르고 있었다! 잡지 표지며, 광고며, 지저분한 농담 같은 것들이 그로 하여금 이를 알도록 내버려 두지 않았기 때문이다.

이제야 그는 이 문화적 선입견의 메커니즘을 깨달았다. 예를 들어 3백 일째 출근했을 때의 일이었는데, 그때까지만 해도 핼버슨의 귀에 주의를 기울이는 사람은 아무도 없었다. 그러던 어느 날 그는 왼쪽 귓불의 피지낭이 곪는 바람에 병원에서 치료를 받고 귀에 반창고를 붙인 채로 일터에 나갔다. **그러자 모두가 핼버슨의 귀에 관해서 생각하기 시작했다!** 모든 면담은 그의 귀에 대한 설명으로 시작해야 했으며, 그렇지 않으면 지원자는 계속해서 그쪽에 관심을 쏟곤 했다. 아울러 핼버슨이 깨달은 사실은, 비록 그가 상처에 관해서 설명을 하고 난 뒤에도, 지원자는 항상 핼버슨의 다른 쪽 귀를 바라보고 나서야 원래의 업무로 돌아갔다는 것이었다. 따라서 모든 상호관계가 진실한 이 은색의 장소에서, 그는 반창고를 붙여 눈에 띄는 한쪽 귀를 비키니 수영복과 동등한 것으로 놓을 수 있었고, 정상적인 관심-무관심(즉 용인)이 어떻게 해서 강제적 환기 상태에 놓일 수 있는지를 명백히 볼 수 있었다.

아울러 이 특별한 문화적 틀이 스스로에게 그렇게 하는 **이유**도 떠올랐다. 그 거대한 무의식 속에서, 이 틀은 분명 그 관능적인 취향의 진정한 상태를 명확히 알 수도 있었다. 그렇다면 이 틀은 그 취향을 항상 휘저어서 거품을 내게 하지 않는 한에는 스스로가 증대되지 않을 것이라고 추론했을 터이며, 그 스스로는 반드시 증대해야 한다고 느꼈을 것이었다. 이것은 예쁜 생각까지는 아니었지만, 아기 새에게 달려드는 고양이의 행동도 상황은 마찬가지였다. 하지만 어느 누구도 그 뒤에 있는 충동과 논쟁할 수는 없을 것이었다.

따라서 살지 않기로 한 핼버슨의 추론은 추론하기를 중지한 것은 아니었다. 가장 순수한 진실을 가지고서, 그는 자기가 남자답지 않은 게 아니라고 말할 수 있었다. 나는 부적절한 게 아니다. 나는 비정상적인 게 아니다…… 나는 외로운 게 아니다.

이 모두는 순식간에, 즉 핼버슨이 두 눈을 감고 지금도 자기 위로 떨어지고 있는 무더기를 기다리는 상황에서 일어났다. 그리고 눈꺼풀을 연 순간에 반사신경 중의 반사신경이 작용했다. 그는 침대에서 굴러 나와 가까이 있는 창밖으로 뛰었고, 그가 바깥의 잔디밭에 떨어진 바로 그 순간에 천장과 벽이 한꺼번에 바닥에 떨어지며 불길이 치솟았다.

XV

여자가 소방차 앞좌석으로 올라왔다. "옆으로 좀 가 봐요."

불타는 집을 지켜보던 슈미트 양이 걱정스러운 눈빛을 옆으로 돌리고는 정신 팔린 어조로 말했다. "여기에 들어오면 안 돼, 아가씨. 우리는 저 집에 살던 사람들— 이런, 메리 헌트잖아!"

"나를 알아보지도 못하는 거예요, 예?" 메리 헌트가 말했다. 그녀는 엉덩이를 흔들어 슈미트 양을 지나쳐 들어갔다. "당신을 탓할 수는 없겠죠. 완전히 난장판이니!" 그녀가 집을 가리키며 말했다.

"오바니언 씨가 안으로 들어갔어. 마틴 씨를 뒤쫓아간 거야. 혹시 핼버슨 씨 못 봤어?"

"아뇨."

"토니오! 토니오!" 로빈이 갑자기 외쳤다.

"쉬잇, 얘야. 아저씨는 금방 오실 거야."

"아저씨 **저기** 있어! 아저씨 **저기** 있다고! 엄마**아아!**" 아이가 외쳤다. "얼른 와서 내 소방차 봐요, 그럴 거죠?"

"오, 감사합니다. 감사합니다. 모두 무사해서요." 슈미트 양이 말했다. 그러고는 아이가 끙 소리를 낼 만큼 꽉 끌어안았다.

"감동이네요." 메리 헌트가 투덜거렸다. 또다시 그녀는 집을 향해 화난 몸짓을 해 보였다. "이게 **무슨** 난장판이래요. 내가 가진 것들이 모조리— 화장품이며, 옷이며, 잡지며— 하여튼 모조리 날아가 버렸다고요. 그게 무슨 뜻인지 아세요. 나는—"

이제는 집으로 돌아가야겠어요. 그러자 그것이 여기 나타났다. 가장 미묘한 말의 문제로 인해 기묘한 은색 빛이 메리 헌트를 확 채웠다. 죽음의 구부러진 낫 아래서도 아니고, 되찾은 영혼과 되찾은 마음의 충격하에서도 아니었다. 단지 말 한 마디의 떠밂으로 인해 그녀는 자신의 시간을 초월한 순간을 경험했던 것이다.

메리 헌트의 모든 삶, 그리고 그 삶의 의미, 그리고 그 삶 속의 모든 것들이 펼쳐졌다. 무명 커튼과 집에서 구운 빵, 재키와 세스가 그녀의 책을 대신 들어 주는 특권을 차지하기 위해 주먹다짐을 벌이던 일, 양념통 선반과 거실 창문 아래의 수선화. 그녀는 그 모두를 무척 사랑했고, 그 모두를 다스렸다. 대개의 경우에 그녀는 온화한 군주로서 친절하게 통치했다.

사람들이 내쫓아 버리던가, 아가씨?

그게 어디서부터 시작되었는지, 그게 어떻게 나타났는지를 메리 헌트는 이제껏 전혀 모르고 있었다. 그런데 이제 그녀는 놀랍게도 그걸 알았다. 아빠가 시작한 거였다. 심지어 그녀가 걸을 수 있기 전부터 말이다. 아빠는 셜리 템플이라는 아역 배우에게 박수를 보낸 수백만 명 가운데 하나였고, 그녀를 우상화한 수천 명 가운데 하나였으며, 그녀를 신성시한 수백 명 가운데 하나였다. "꼬마 메리 할리우드." 아빠는 딸을 이렇게 불렀다. "네가 영화에 나오면 말이다, 얘야—" 매일 아침 아빠의 꿈의 저수지에서 흘러온 물이 분수처럼 솟아올랐다. 매일 밤 아빠는 딸을 위해 당신의 깊이를 알 수 없는 야심의 샘에서 끌어온 물을 꿈의 저수지에 도로 채웠다.

모두가 아빠를 믿었다. 엄마도 믿게 되었고, 꼬마 남동생도 믿게 되었으며, 급기야 마을의 모두가 믿게 되었다. 그들은 믿어야만 했다. 아빠의 흔들림 없는, 의심 없는 확신이 모든 대안을 무시했으며, 메리 헌트 역시 섬세하게 가꿔지는 섬세한 아이로서 매년 (할리우드 기준으로) 점점 더 아름다워짐으로써 이 확신을 포용했기 때문이다. 그녀는 다른 모든 아이들이 원하는 것을 원했다. 바로 애정 어린 관심이었다. 그녀는 이를 충만할 정도로 얻었다. 그녀는 다른 모든 아이들이 하고 싶은 것을 하고 싶었다. 즉 어른들의 인정을 받는 것이었다. 그녀는 시도했다. 그리고 실제로 그녀에게는 다른 어떤 길도 열려 있지 않았다.

사람들이 내쫓아 버리던가, 아가씨?

어쩌면 아빠는 그 꿈에서 벗어났을지도 모른다. 그렇지 않았더라면, 아빠는 현실 세계에서 당신 꿈을 성취하는 방법을 알았거나, 또는 찾아냈을지도 모른다. 하지만 아빠는 그녀가 여섯 살 때에 돌아가셨고, 엄마는 그 꿈을 마치 남편의 죽은 손에 들려 있던 꽃이라도 되는 양 받아들었다. 엄마는 그 꿈을 육성하지는 않았다. 대신 아빠에 관한 당신의 소중한 추억 속 책갈피 사이에 눌러 놓았을 뿐이었다. 그것은 살아 있는 것이었고, 진실한 것이었지만, 여섯 살 때의 딸을 향해 아빠가 지녔던 희망의 강렬함과 무정형성에 사로잡혀 있었다. 그녀는 스스로를 독려해서 영화에 나오고 싶어지도록, 그리고 결국 그렇게 되리라고 확신하도록 만들었다. 아이가 배워야 할 다른 것들이 있을 수도 있다는 사실을 그녀는 결코 깨닫지 못했다. 그녀의 이력은 다가오고 있었다. 마치 크리스마스처럼 다가오고 있었다.

하지만 그게 정확히 언제인지는 아무도 몰랐다.

메리 헌트가 집을 청소할 때면, 모두들 지켜보기에 흐뭇하고 아름다운 광경이라고 생각하면서도, 실제로는 그녀의 손에서 빗자루를 빼앗곤 했다. 메리 헌트가 빵을 구울 때에도 아름답다고 생각했지만, 그녀가 실제로 **해야** 할 일까지는 아니라고들 생각했다. 메리 헌트가 식품점 잡지에서 다이어트 기사를 읽을 때면 좋다고 여겼지만, 다른 기사(예를 들어 오리 요리에 넣을 귤 그레이비소스 만드는 법이라든지, 합성 섬유에서 얼룩 빼는 법이라든지)를 읽으면 이렇게들 말했다. "이런, 메리! 그런 일이라면 너 대신 해 주겠다고 나설 사람이 한 무더기나 있잖아!"

결국 영화 잡지, 영화, 기다림뿐이었다. 그녀가 집을 떠날 때까지 말이다.

사람들이 내쫓아 버리던가, 아가씨?

《스크린 소사이어티》에 할리우드 고등학교에 관한 기사가 실렸다. 수많은 스타와 신인이 그곳 출신이라는 설명과 함께, 그중 일부의 계약 당시 나이가 나와 있었다. 그러자 갑자기 메리 헌트는 제2의 셜리 템플이 전혀 아니게 되었다. 그녀는 더 나이가 많았고, 그 기사에 나온 두 소녀보다 더 나이가 많았으며, 그중 다섯 명과는 동갑이었다. 하지만 전 세계가 기다리고 있는 사이에, 메리 헌트는 아직 여기 머물러 있었으니…… 만약 그녀가 성공하지 못한다면? 만약 여기서 아무 일도 일어나지 않는다면? 메리 헌트는 이런 발언, 저런 표정, 다른 침묵 등을 자기에게 고민스러운 방식으로 해석하기 시작했고, 급기야 숨어 버리기를, 죽어 버리기를, 또는 떠나기를 원하게 되었다.

바로 그거였다. 떠나는 거야말로 해답이었다. 그녀는 아무에게도 말하지 않았고, 가장 좋은 옷들을 챙겼으며, 아무 데로나 가는 차표를 끊었고, 짜릿하고 상상력 넘치고 사실이 아닌 편지를 점점 더 긴 간격으로 써 보냈다. 순진하게도 메리 헌트는 자신의 '큰 기회'를 의미할 수도 있는 일자리를 얻었지만, 사실은 결코 그렇지가 않았다. 마침내 그녀는 어느 지점에 도달했다. 메리 헌트는 뒤를 돌아보지 않을 것이었으니, 왜냐하면 집을 무척이나 열망했기 때문이다. 메리 헌트는 앞을 바라보지 않을 것이었으니, 왜냐하면 거기에는 아무것도 없음을 알았기 때문이다. 그녀는 스스로가 가졌다고 주장하던 야심을 추구하기를 의도적으로 거부하는 무익한 현재에 머물렀다. 메리 헌트에게는 아무런 즐거움도, 아무런 배출구도 없었고, 오로지 분노뿐이었다. 자신의 격노를 도피처로 삼았다. 사람들을, 그리고 사람들의 행동을, 그리고 사람들이 원하는 바를 경멸했고, 그들 모두에게 그런 사실을 말해 주었다. 노랑수선화와 튤립이 만발한 봄철에 집 앞에 서 있는 엄마 사진을 가져다가 날염 면포 드레스에 둘둘 말아 놓았다. 그 드레스로 말하자면, 메리 헌트의 열네 살 생일을 맞이해서 엄마가 만들어 놓았지만, 10대 소녀에게는 공주 스타일이 오히려 촌스럽다는 《스크린 소사이어티》의 지적에 따라서 실제로 선물하지는 않은 것이었다.

사람들이 내쫓아 버리던가, 아가씨?

샘 영감이 그녀에게 이렇게 물었다. 메리 헌트가 미처 모르고 있을 때에도 그는 알고 있었다. 하지만 지금, 이 기묘한 은빛 순간에는 그녀도 알게 되었다. 메리 헌트는 모두 알게 되었다. 그랬다. 사람들이 그녀를 내쫓아 버린 거였다. 사람들은 메리 헌트를 죽은 아버지의 꿈이 되도록 방치함으로써, 결국 그녀 스스로가 거의 죽을 지경에 이르게 한 것이었다. 그녀는 새로운 커튼을 고치거나 산딸기 파이를 굽는, 그리고 엘름 스트리트를 따라 이어지는 산울타리를 갖고 일요일마다 예배에 나가는 메리 헌트가 되고 싶었지만, 사람들은 그렇게 하게끔 허락하지 않았다. 그들은 그녀의 얼굴과 몸과 입은 옷에 그녀의 운명을 적어 넣었고, 그녀의 말에 그녀의 운명을 새겨 넣었으며, 그녀의 머리카락을 자기들이 원하는 식으로 만들어 놓았다. 그리하여 가슴 밑바닥에서 메리 헌트는 화가 나 있었다.

그런데 지금, 갑자기, 그리고 난생처음으로, 그녀는 자기가 (만약 원하기만 했다면) 메리 헌트 자신이 될 수 있었다는, 그리고 자기 집에서도 그렇게 될 수 있었다는 생각을 떠올리게 되었다. 즉 집이야말로 그 아주 좋은 일을 하기에 최선인 장소라는, 그리고 그녀는 이들의 실망을 매우 실제적인 자부심으로 대체할 수 있다는 생각을 떠올리게 되었다. 메리 헌트는 교회에서 딸기 축제가 열리기 전에 집에 갈 수 있을 것이었다. 앞치마를 걸치고, 머리카락을 뒤로 모으고 이마에 머리그물을 쓸 것이었다. 비티가 가끔 하듯이 말이다.

그리하여 메리 헌트는 소방차에 올라탄 채, 커다란 외투를 얻어 걸친 고등학교 사서 옆에 앉아서, 모든 것이 불타서 사라져 버렸다고 말하고 있었다. 그리고 그녀는 이렇게 말할 참이었다. "이제는 집으로 돌아가야겠어요." 하지만 그 대신 이렇게 말했다. "이제는 집에 돌아갈 수 있겠어요." 메리 헌트는 슈미트 양의 눈을 바라보며, 더 나이 많은 여자가 이제껏 한 번도 못 보았던 미소를 지었다. "돌아갈 수 있어요, 돌아갈 수 있다고요! 이제는 집에 돌아갈 수 있어요!" 메리 헌트가 노래했다. 충동적으로 그녀는 슈미트 양의 손을 붙잡고 꽉 눌렀다. 상대방의 얼굴을 바라보며 웃었다. "나는 더 이상 화를 내지 않을 거예요. 당신에게나 다른 누구에게나…… 지금까지 내가 약간 불쾌하게 굴었던 거는 미안해요. 나는 **집에** 갈 거예요!" 슈미트 양은 상대방의 얼룩진 얼굴, 뒤로 돌려서 고무줄을 이용해 마치 아이 같이 포니테일로 묶은 그을린 머리카락, 흠 한 점 없는 날염 면포 드레스를 바라보았다. "이런. 당신은 아름답네요. 그냥 아름다워요!" 슈미트 양이 말했다. "그렇지 않아요. 나는 열일곱 살, 겨우 열일곱 살이니까요." 메리 헌트는 크나큰 행복에 사로잡혀 말했다. "그리고 나는 집에 가서 케이크를 구울 거예요." 그녀는 엄마의 사진을 끌어안고 미소를 지었다. 심지어 불타 버린 집도 그 정도로 환하게 빛나지는 못했다.

현장 탐사 〔기록〕 첫 〔권의〕 발췌문

〔!!!〕 제대로 작용했다! 〔당신은〕 이 표본들이 시냅스 베타 서브 식스틴을 평생 사용해 왔다고 착각할 것이다! 만약 〔우리가〕 이들의 체력의 〔10분의 1만〕 갖고 있었더라도 〔우리는〕 역설의 〔침대에〕 〔누워서〕 〔잠들〕 수 있었을 것이다.

〔우리는〕 〔짧은 기간〕 동안 좀 더 관찰한 다음, 짐을 꾸려 떠날 것이다.

이곳이야말로 〔매력적인〕 방문 장소이지만, 〔나로선〕 이곳에서 〔살고〕 싶지는 않다.

XVI

벌써 10월이니, 어쩌면 오늘이 마지막 소풍 기회일 수도 있었다. 게다가 이들이 보기에는 날씨도 괜찮고 화창해 보였다. 이들은 좋은 장소를 찾아냈다. 오래된 가로대 울타리 양편으로 자작나무가 줄줄이 자라나고, 눈에 보이지 않는 가까운 곳에 개울도 있는 곳이었다. 식사를 마치자 오바니언은 햇빛 속에서 배를 깔고 엎드려서, 지푸라기 조각으로 윗입술을 긁으며 생각에 잠겼다.

그의 아내가 나지막이 웃었다.

"응?"

"당신 또 비텔먼 부부를 생각하는 거죠."

"그걸 어떻게 알았어요?"

"하도 익숙하니까요. 당신이 자기 자신 속으로 빠져들었을 때, 뭔가 놀라고도 매혹되고도 짜증스러운 표정이 한꺼번에 나타나면 또 비텔먼 부부인 거예요."

"해롭지는 않은 취미잖아요." 핼버슨이 미소를 지었다.

"그런가요, 필? 토니오, 당신이 나에 대해서보다 오히려 그 사람들에 대해서 생각하느라 더 많은 시간을 보낸다는 이유로 내가 부루퉁하고 샐쭉해하며 불평하면 어떨 것 같아요?"

"어디 한번 부루퉁하고 샐쭉하게 굴어 봐요. 당장 이혼할 테니까."

"토니!"

"음." 오바니언은 느긋하게 말했다. "나로 말하자면 애초에 당신과 결혼하는 과정이 무척이나 재미있었으니까, 다시 한번 할 만한 가치가 있을 거예요. 로빈은 어디 있어요?"

"바로 여기— 아, 이런, **로빈!**"

개울 소리가 나는 오목한 땅 너머에서 로빈의 목소리가 곧바로 대답했다. "여기 개구리 있어, 엄마! 맛있어!"

"혹시 애가 개구리를 날로 먹는 것 아니에요?" 핼버슨이 넌지시 물었다.

수가 웃었다. "방금 그 말은 결국 '예쁘다', 또는 '멋지다', 또는 '밝은 초록색'이라는 뜻이예요. 로빈, 물에 젖으면 안 돼, 나한테 약속할 거지?"

"나한테 약속할게." 목소리가 말했다.

"어디 가면 안 돼!"

"안 가."

"그나저나 그 양반들은 왜 돌아오지 않은 걸까요?" 오바니언이 물었다. "딱 한 번만이라도. 내가 원하는 것은 그것뿐인데 말이에요. 내 앞에 나타나서 두 가지 질문에만 대답해 주면 좋을 텐데."

"누구 이야기를— 아, 샘하고 비티 말이군요. 그나저나 두 가지 질문이 뭔데요?"

"그들이 우리에게 한 일의 이유와 방법을 묻고 싶어서예요."

"그렇게 되면 결국 한 가지 질문 아닌가요, 변호사님?" 핼버슨이 물었다.

"아니죠. 또 하나가 있거든요. 즉 그들은 무엇이냐고도 묻고 싶어요."

"저기, 사람한테는 '무엇'이 아니라 '누구'냐고 물어야 되는 것 아닌가요?"

"그게 또 사정이 있거든요." 오바니언은 몸을 굴려 일어나 앉았다. "여보, 우리가 지금까지 알아낸 모든 내용을 내가 다시 한번만 설명해도 괜찮겠어요?"

"이번에 요약하고 나면 이 건은 앞으로 접어 둘 수 있겠어요?"

"접어 둘 것까지는 아니고…… 그냥 사건 개요를 검토하는 것뿐이예요."

"제법 긴 이야기가 될 텐데, 그걸 과연 개요라고 할 수 있을지는 잘 모르겠네요." 핼버슨이 쿡쿡 웃었다.

오바니언은 일어나서 울타리로 다가갔다. 손을 뻗어 늘씬한 자작나무 줄기에 갖다 대고, 위로 펄쩍 뛰어서 빙글 돌더니, 가로대 맨 꼭대기에 걸터앉았다. "음, 우선 내가 확신하는 게 한 가지 있어요. 샘과 비티는 사람들에게 뭔가를 **할** 수 있다는 거죠. 그리고 두 사람은 우리 모두에게 실제로 뭔가를 했어요. 하지만 나는 그 두 사람이 논리와 설득으로 그렇게 했다고는 믿지 않아요."

"두 사람이 꽤나 설득력이 있었을 수도 있죠."

"사실은 그 이상이에요." 오바니언은 조급한 듯 말했다. "그들이 내게 한 일이 결국 나의 모든 것을 바꿔 버렸으니까요."

"무척이나 흥미롭군요."

"내가 **생각하는** 방식을 모조리 바꿔 놓았다니까요, 아가씨. 지금 와서 돌이켜 보면, 내가 밧줄에 매이고, 끌려가고, 조종되었다는 사실을 깨닫게 되는 거예요. 그가 이런저런 질문에 대한 답변을 원하면,

내가 무슨 생각을 하든지 상관없이 나는 답변을 할 수밖에 없었어요. 그렇게 해서 자기 용무를 마치면 그는 나를 놓아주었고, 마치 아무 일도 없었던 것처럼 내가 원래 하던 일로 돌아가도록 허락해 주었어요. 슈미트 양도 나에게 똑같은 말을 하더군요." 오바니언은 가로대 위에서 체중을 옮겨 앉으며 신이 나서 말했다. "이제 우리의 자랑거리가 등장하는 겁니다. 우리 모두가— 이 일로 인해— 바뀌었지만— 레타야말로— **정말로** 다른 사람이 되었으니까요."

"그녀라고 해서 다른 사람보다 더 많이 바뀐 것은 아니에요." 수가 침착하게 말했다. "벌써 나이가 서른여덟이잖아요. 그게 참 흥미로운 나이인 것이, 일단 그 나이에 도달하면 누구나 다섯 살쯤 더 많아 보이게 돼요. 그러다가 그녀처럼 멋을 부리면 거꾸로 다섯 살쯤 더 적어 보인다니까요. 결과적으로는 열 살 차이가 아니라 마치 스무 살 차이처럼 보인다고요. 하지만 그 모두는 화장품과 옷 때문이죠. 진짜 차이는 조용하고도 깊은 것이 마치— 음, 여기 있는 필 같은 거예요."

또다시 핼버슨이 미소를 지었다. "어쩌면 당신 말이 맞을 수도 있어요. 그녀는 도서관 보직에서 벗어나 학생을 가르치는 보직으로 옮겼지요. 스스로를 다른 사람들의 지식으로 에워싸던 상황에서 벗어나 스스로의 지식으로 다른 사람들을 에워싸는 상황으로 옮겨 간 셈이에요. 그녀는 생기가 넘쳐요."

"저는 이렇게 말하고 싶네요. 남자친구도 있다고요."

"조용하고도 깊은 거죠." 오바니언은 뭔가를 숙고하는 듯 말하면서 두 발을 흔들었다. "맞아요. 그거에 대해서 핼버슨에게 물어보았을 때에 얻을 수 있는 답변이라고는 마치 빛 같은 미소와 '이제는 내가 나인 것이 적절하다'는 말뿐이죠."

"바로 그거예요. 그게 다예요." 핼버슨이 행복한 듯 웃었다.

"그리고 메리 헌트가 있죠. 세상에. 지금까지 내가 본 것 중에 두 번째로 행복한 어린애라니까요. **로빈! 무슨 일 있는 거 아니지?**"

"응!" 목소리가 대답했다.

"나는 아직도 만족스럽지가 않아요." 오바니언이 말했다. "마치 우리가 어떤 매우 중요한 대의의 매우 사소하고도 부수적인 결과를 바라보고 있는 듯한 기분이 들어요. 극심한 스트레스의 순간에 나의 삶 전체에 영향을 주게 될 결정을 내렸거든요."

"**우리의** 삶 전체라고 해야죠."

오바니언은 수에게 입을 맞추었다. "레타 슈미트도 똑같은 이야기를 하더라고요. 비록 자세한 말까지는 아니었지만요. 핼버슨이 '**이제는** 내가 나인 것이 적절하다'고 했을 때의 말뜻이 아마 그것일 테고…… 그런데 **당신을** 보면 나는 짜증이 나요."

"뭐라고요!" 수는 일부러 경악하는 척하며 외쳤다.

오바니언은 웃었다. "내 말뜻이 뭔지는 알죠. 오로지 당신만이 비텔먼 부부에게 노출되었음에도 불구하고 변하지 않았어요. 다른 모두는 그들 덕분에 놀라워졌는데 말이에요." 그가 미소를 지었다. "당신은 그저 예나 지금이나 놀라운 상태를 유지하고 있을 뿐이죠. 도대체 당신한테는 어떤 특별한 점이 있었던 거죠?"

"우리는 여기 앉아서 그냥—"

"쉬잇. 돌이켜 생각해 봐요. 그날 밤에 당신에게 일어났던 일 가운데 뭔가 **다른** 종류의 것이 있었어요? 그러니까 당신이 떠올린 일종의 긴급한 생각 속에서, 평소에 당신이 할 수 있다고 생각했던 차원을 훌쩍 뛰어넘는 뭔가가 있었어요?"

"내가 기억하는 한에는 없어요."

갑자기 오바니언은 주먹으로 자기 허벅지를 내려쳤다. "하나 **있긴** 하네요! 우리가 집에서 빠져나온 직후에, 벽이 우리 위로 무너진 거 기억나요? 갑자기 당신이 나를 뒤로 끌어당기더니 꽉 붙들고 서 있었는데, 다락 환풍구가 마치 고리 던지기처럼 우리를 쏙 지나서 떨어졌던 거요?"

"그거요. 네. 기억나요. 하지만 그건 특별한 게 아니었어요. 그냥 이치에 닿았던 거죠."

"**이치**라고요? 나 같으면 그렇게 하는 데 컴퓨터가 필요했을 거예요. 무너진 집 벽은 절반쯤 그을리고 한동안 충격을 받은 상태였으니 말이에요. 어떻게 했는지는 모르겠지만, 당신은 벽이 얼마나 빨리 떨어질지, 그리고 바닥에 부딪쳤을 때에는 얼마나 넓은 공간을 차지할지를 계산해 낸 거예요. 그것도 바깥으로 달려 나간 우리의 속도까지 감안해서 계산한 거예요. 당신은 다락 환풍구를 찾아내고, 그게 어디 떨어질지, 그리고 과연 우리 두 사람을 통과할 수 있을지를 계산한 거예요. 그런 다음에 당신은 우리 속도를 예측해서 **과연** 우리가 안전한 곳까지 갈 수 있을지 따져 보고, 그럴 수 있다고 결론을 내린 거예요. **그래서** 당신은 행동에 돌입했고, 덤으로 축 늘어진 내 몸까지도 움직인 거예요. 그 모두를 불과—" 그는 눈을 감고 그 순간을 돌이켜보았다. "—아무리 오래 걸렸어도, 불과 1초 반 동안에 해낸 거예요. 그야말로 **특별한** 것 아니에요?"

"아니에요, 그렇지 않아요." 수는 자신 있게 말했다. "그건 긴급 상황이었잖아요. 무슨 말인지 모르겠어요? 진짜 긴급 상황이었다고요. 한편으로는 우리가 다칠 수 있어서였고, 한편으로는 우리가 서로에 대한 마음과 가능성이 있었는데도 당신이 미처 그럴—"

"음, 그래서 내가 결국 그렇게 했잖아요." 오바니언이 미소를 지었다. "하지만 나는 아직 당신을 이해하지 못하겠어요. 당신 말뜻은 당신이 더 적게가 아니라 더 많이 생각했다는 거네요. 그러니까 그런 종류의 긴급 상황에서 당신의 초점을 좁히는 대신에 오히려 넓혔다는 거죠? 그러면 당신은 이 모두를 한꺼번에, 더 낫고 더 빠르고 더 정확하게 생각할 수 있다고 생각하는 거예요?"

그때 갑자기 핼버슨이 앞으로 달려들어 오바니언의 한 발을 붙잡더니 위로 확 잡아당겨 버렸다. **"으앗!"** 오바니언은 오른손을 위로, 그리고 뒤로 휘둘러서 나무줄기를 더듬었다. 상체가 뒤틀리고, 왼손이 곧장 아래로 내려갔다. 두 발은 도리깨질하며 곧게 펴졌다. 잠시 그는 가로대 위에 배를 대고 시소처럼 움직였다. 그러다가 마침내 왼손으로 가로대를 짚고 몸을 끌어 올려 도로 앉았다. "이봐요! 도대체 왜 갑자기 그러는—"

"핵심을 입증하기 위해서죠." 핼버슨이 말했다. "보세요, 토니. 아무런 경고도 없이 당신은 균형을 잃어버리게 되었어요. 그랬더니 당신은 어떻게 했죠? 쳐다보지도 않은 상태에서 저 나무줄기 쪽으로 손을 뻗었죠. 그리고 나무줄기를 결국 붙잡았죠. 당신은 얼마나 빨리, 그리고 얼마나 멀리까지 손을 뻗어야 하는지를 알았어요. 하지만 이와 동시에 당신은 왼손을 곧장 아래로 뻗었고, 그렇게 해서 땅에 떨어질 경우에 체중을 감당할 채비를 했어요. 그 사이에 당신은 두 다리를 휘두르고, 이쪽으로 체중을 움직였죠. 그것도 딱 새로운 균형을 유지할 수 있을 만큼만요. 어디 한번 말해 봐요. 내가 당신을 밀고 나서, 당신은 거기 앉아 있는 상태에서 이 모두를 하나하나 따져 보았나요?"

"전혀 그렇지 않았죠. 오히려 스놉— 스냅— 시냅스의 작용이었어요."

"뭐라고요?"

"시냅스요. 그건 두뇌 속에 있는 일종의 도로인데, 어떤 행동을 반복할수록 점점 더 잘 포장된 도로가 되는 거예요. 어느 정도 시간이 지나면, 의식적인 생각이 없이도 작용하게 돼요. 근육 운동 차원에서 균형을 유지하는 것도 바로 그런 종류의 일이죠. 하지만 그렇다고 해서…… 무슨 일종의 개인적-문화적 내이內耳가 있다고 말하지는 말아요. 즉 당신의 과거와 미래에 반사적으로 도달하게 해 주는 뭔가가 있다고는 말이에요…… 바로 그날 밤에 나한테 일어났던 일이 바로 그거였어요!" 오바니언은 핼버슨을 바라보았다. "당신은 그걸 오래전에 알아냈군요. 당신, 그리고 당신의 컴퓨터 같은 머리는요!"

"긴급 상황이 나쁜 것일 때에는 항상 그게 일어나게 마련이죠." 수가 침착하게 말했다. "때로는 그게 긴급 상황이라는 사실을 내가 모르고 있을 때에도 말이에요. 하지만 뭐가 그렇게 대단한 걸까요? 물에 빠지면 눈앞으로 온 평생이 스쳐 지나간다고도 하잖아요?"

"그러면 당신은 긴급 상황에서 항상 그랬다는 거예요?"

"음, 그렇지 않나요?"

갑자기 오바니언은 나지막이 쿡쿡 웃기 시작했다. 어째서냐고 묻는 듯한 그녀의 눈빛에 그는 이렇게 대답했다. "당신 말을 듣고 보니, 언젠가 어떤 심리학자한테 들은 이야기가 생각나서요. 한번은 그 심리학자가 어떤 남자한테 술에 취했을 때의 정확한 느낌을 묘사해 보라고 요청했대요. '그냥 여느 사람과 비슷합니다.' 그 남자가 대답했대요. '음, 한번 묘사해 보세요.' 심리학자가 말했죠. 그러자 그 남자가 대답했대요. '음, 처음에는 얼굴이 약간 붉어지고 혀가 꼬이죠. 시간이 좀 지나면 귀가 울리기 시작하고—' 여보, 수. 당신한테 알려 줄 소식이 있어요. 어쩌면 당신은 중요한 순간에는 그렇게 행동할지도 몰라요. 어마어마하게 크고 환한 진리의 섬광과 이에 비례하는 관계의 순간에는요. 하지만 내가 장담하건대, 다른 사람들은 그렇게 행동하지 않아요. 저 역시 바로 그날 이전에는 한 번도 그렇게 행동한 적이 없어요. **바로 그거예요!**" 오바니언은 최대한 목소리를 높여서 외쳤다.

경사로 아래에서 맑고 작은 목소리가 들려왔다. "방금 그게 무슨 소리야?"

수와 핼버슨은 서로를 바라보며 미소를 지었고, 곧이어 오바니언이 진지하게 말했다. "비티와 샘이 우리한테 준 게 바로 그거였어요. 마치 평형 메커니즘과도 비슷한 시냅스 반사작용인데, 다만 더 커다란— 훨씬 더 커다란 거예요. 한 인간은 전체 문화의 한 가지 구성요소이고, 문화 그 자체는 살아 있는 것이고…… 내 생각에는 생물종을 그 전체로서 하나의 생물이라고 부를 수 있을 것 같아요. 우리가 어떤 스트레스 상황에 놓이고, 그 상황이 우리에게 (위험하게, 또는 그냥 중요하게) 마치 신호 같은 영향을 끼치면, 우리는 예를 들어 방금 전에 당신이 밀었을 때에 내가 했던 것 같은 방식으로 반응하는 거예요. 오로지 문화적인 층위에서 말이에요. 이건 마치 샘과 비티가 우리 안에 들어 있는 그 '균형' 메커니즘을 설치하는, 또는 발전시키는 어떤 방법을 찾아낸 것과도 비슷해요. 그건 핼버슨의 어떤 깊은 개인적 갈등 가운데 일부를 해결해 주었어요. 그건 메리를 야단쳐서 위험한 망상에서 벗어나게 해 주었고, 슈미트 양을 야단쳐서 위험한 은둔에서 벗어나게 해 주었어요. 그리고, 음, 내가 어땠는지는 당신이 잘 알죠."

"긴급 상황에서 사람들이 그런 식으로 생각하지 않는다니, 정말 믿을 수가 없네요!" 수는 얼떨떨한 듯 말했다.

"아마 일부는 그렇게 할 겁니다." 핼버슨이 말했다. "한번 생각해 보세요. 갑작스러운 스트레스를 받으면 사람들은 뭔가 놀라운 일을 해내죠. 압력이 있을 때, 비록 분명하지는 않아도 매우 올바른 선택을 하는 거예요. 예를 들어 농담을 해서 공황을 회피하는 사람이라든지, 또는 분대를 구하기 위해 수류탄을 자기 몸으로 덮는 청년처럼요. 이들은 자신을 있는 그대로 탐색하고, 이를 주변 환경과 대조해서 측정했어요. 그 모두가 몇 분의 1초 만에 일어난 거예요. 제 생각에는 모든 사람이 그것을 갖고 있어요. 비록 일부라도요."

"이 시냅스가 뭐든지 간에, 비텔먼 부부가 그걸 우리한테 준 거예요…… 맞아요, 그리고 집에다가도 불을 질렀을 거예요…… 왜일까요? 실험이라도 하려고? 도대체 뭘 실험하려는 거였을까요. 단지 우리, 또는 인간을? **그들은 도대체 무엇이었을까요?**" 변호사가 물었다.

"무엇이든지 간에, 이제는 사라져 버렸죠." 핼버슨이 말했다.

아주 짧은 시간이나마, 그의 이런 말은 틀린 것이었다.

현장 탐사 〔기록〕의 발췌문

이곳에서 〔우리의〕 마지막 〔시간에〕, 〔우리는〕 최종 비공식 관찰을 위해 실험 표본 가운데 셋을 〔B 현장으로〕 〔유도했다〕. 〔스미스는〕 어느 정도의 〔유감을〕 지닌 척했다. 어쨌거나 〔그는〕 이렇게 〔말했다〕. 즉 〔우리가〕 한 모든 일은 〔지구에서는 측정 불가능한 거리 단위〕들을 〔상당한 규모의 추상적인 숫자]에 도달하고, [우리의] [   ]와 [   ]의 즐거움의 동반을 절대적으로 배제하는 것이었다고. [우리의] 교묘함과 우리의 [기술적 장비]를 [파열]될 지경까지 혹사시키고, 심지어 저 [처참하게 비실용적인] 동력 공급 장치를 사용하고 매[월] [충전]하는 데에 얽매이기까지 했다고. 이 모두는 시냅스 베타 서브 식스틴의 사례를 감지하고 분석하기 위해서였다. 그리하여 이 표본들은 여기 앉아서, 짧고도 한가한 대화 동안에 시냅스를 찾아내고 정의하고 있다! 사실 [나는] [스미스가] 이에 대해서 그들과 마찬가지로 [기뻐하리라고] [생각한다]. 우리는 이제 [위젯]과 [와젯]을 [해체하고] [떠날] 것이다.

로빈은 송어를 보고 있었다.

"쯧! 쯧!"

사실 그는 송어 이상의 뭔가를 보고 있었다. 송어의 그림자를 보고 있었던 것이다. 어쩌면 저 그림자는 그냥 그림자가 아닐 수 있다는 생각이 떠올랐다. 즉 저 그림자는 또 다른 모습이 희미한 종류의 물고기로서, 더 윤곽이 명료한 물고기가 그 위에서 달아나 버리게 허락하지 않는 것이고, 어쩌면 그렇기 때문에 송어는 물살 속에 계속 머무르고 또 머물러 있다가 **슈웅!** 하고 앞으로 달려 나가는 것인지도 몰랐다. 하지만 저 물고기는 충분히 빠르게 움직이지는 못하는 듯, 무슨 일이 있건 바로 그 밑에는 더 윤곽이 희미한 또 다른 물고기가 항상 머물러 있었다.

"쯧! 로빈!"

꼬마는 고개를 들었고, 이제 송어는 잊어버렸다. 힘차고 어린 폐에 공기를 가득 채우고, 얼굴에 기쁨을 가득 채웠으며, 저 친숙한 입술에 손가락 갖다 대기와 저 폭발적인 **"쉬잇!"** 소리에 순종하여 영웅적인 노력을 발휘해 자신의 요란한 기쁨을 억눌렀다.

간신히 스스로를 억제한 상태에서, 꼬마는 신발이고 몸이고 온통 적시며 곧장 개울을 건너가서 비티의 품으로 뛰어들었다. "아, 로빈!" 여자가 말했다. "못된 녀석 같으니. 이 못된 녀석 같으니!"

"응. 비티— 비티— 비티!"

"쉬잇. 누가 같이 왔는지 좀 봐." 그녀가 꼬마를 내려놓자 샘 영감이 서 있었다. "어어어어이, 꼬마야?"

"아, 샘!" 로빈은 양손을 깍지 끼더니, 자기 무릎 사이에 집어넣고, 기쁨에 겨워 몸을 거의 반으로 접었다. "도대체 **어디** 갔었어요, 샘?"

"여기저기." 샘이 말했다. "잘 들어, 로빈. 우리는 잘 있으라고 인사를 하러 온 거야. 우리는 이제 가 봐야 돼."

"가지 말아요."

"우리는 가야만 해." 비티가 말했다. 그녀는 무릎을 꿇고 꼬마를 끌어안았다. "잘 있어라, 얘야."

"흔들고." 샘이 엄숙하게 말했다.

"흔들고, 떨고, 구르고."* 로빈이 마찬가지로 정색하며 말했다.

"준비됐나, 샘?"

"됐어."

그들은 재빨리 몸뚱이를 벗은 다음, 깔끔하게 접어서 작은 초록색 플라스틱 케이스 두 개에 집어넣었다. 그중 하나에는 〔위젯〕이라고 적혀 있었고, 또 하나에는 〔와젯〕이라고 적혀 있었지만, 물론 로빈은

* 미국의 가수 제시 스톤Jesse Stone이 1954년에 발표한 노래 〈흔들고, 떨고, 구르고Shake, Rattle an' Roll〉의 가사이다.

너무 어려서 읽을 수가 없었다. 게다가 꼬마는 또 다른 뭔가에 깜짝 놀란 상태였다. "보프!" 그가 외쳤다. "구기!"

보프와 구기가 〔손을 흔들자〕, 꼬마도 맞받아서 손을 흔들었다. 그들은 플라스틱 케이스를 집어 들어서, 어찌어찌 이미 그곳에 와 있던 일종의 거품 안에 던져 넣었고, 그 뒤를 따라 〔걸어〕 들어갔다. 그리고 그들은 〔가〕 버렸다.

로빈은 뒤로 돌아섰고, 단 한 번도 뒤를 돌아보지 않은 채, 경사면을 올라가서 수에게 달려갔다. 꼬마는 엄마의 무릎에 뛰어들더니, 마치 휘파람처럼 기나긴 통곡을 뱉어 냈다. 평소에 흔치 않은 눈물바람을 하기 전에 나타나는 일종의 전조 증상이었다.

"왜 그러니, **얘**, 무슨 일이야? 도대체 **무슨** 일이냐니까? 혹시 어디 다치기라도—"

꼬마는 붉어지고 일그러진 얼굴을 들어 엄마를 바라보았다. "보프가 가 버렸어." 로빈은 울음 섞인 목소리로 말했다. "엉, 어어엉, 보프랑 구기가 가 버렸어."

꼬마는 사실상 집에 가는 내내 울었고, 이후로 두 번 다시는 보프 이야기를 꺼내지 않았다.

현장 보고서의 추가 〔주석〕

한 생물 종에게서 시냅스 베타 서브 식스틴의 전체 사례와 무작위적 사용의 발견은 지금까지 확인된 〔우주〕 내에서도 독특한 것임. 하지만 현장 탐사에서 얻은 방대한 자료를 〔주〕 〔컴퓨터에〕 입력한 결과, 그 원래의 〔의견은〕 전혀 바뀌지 않았음. 즉 한 생물 종 내에서 이 시냅스의 현존은 그 생존을 보장한다는 것임.

당면한 이 특수한 사례에서, 가능한 역설의 양 때문에라도, 이 생물 종은 개인 간 및 문화 간 마찰이라는 〔저주를〕 보유하고 있음이 분명하며, 앞으로도 항상 보유할 것임. 시냅스와 그 〔보편적인-상호관계적인〕 조절 효과에 의해서 그토록 많은 활동, 결정, 조직적 활동이 통제 없이 발생할 수 있는 상황에서는 역설이 반드시 나오게 마련임. 다른 〔한편으로는〕 시냅스의 그런 집중을 지닌 생물 종이라면, 제아무리 부분적인 사용만 하더라도, 스스로를 파괴하지는 않을 것이며, 그 어떤 것에 의해서도 파괴되지 않을 가능성이 매우 높음.

양성 예후.

그들의 어린 것은 귀여웠음. 〔나는〕 〔기분이 좋음〕. 〔스미스〕, 〔나도〕 〔자네를〕 〔용서하겠음〕.

그것
It

그것은 숲을 걸었다.

그것은 결코 태어나지 않았다. 그것은 존재했다. 솔잎 아래에서 불이 타올랐다. 흙 속의 깊은 곳에서 연기도 없이. 열기와 어둠과 부패 속에서 성장이 있었다. 생명이 있었고 성장이 있었다. 그것은 자라났지만, 그것은 살아 있지 않았다. 그것은 숨을 쉬지도 않고 숲을 걸어 다녔다. 생각했고, 보았고, 무시무시했고, 강했다. 그것은 태어나지 않았으며, 그것은 살아 있지 않았다. 그것은 자라났고, 살아 있지도 않으면서 돌아다녔다.

그것은 어둠에서, 그리고 뜨겁고 축축한 흙에서 기어 나와 아침의 서늘함 속으로 들어섰다. 그것은 거대했다. 그것은 혹투성이였고, 스스로의 혐오스러운 물질로 뒤덮여 있었으며, 움직일 때마다 그 일부가 뚝뚝 떨어졌다. 그렇게 떨어진 것들은 바닥에 놓여 몸부림쳤고, 조용해졌고, 썩으면서 숲의 흙 속으로 다시 가라앉았다.

그것은 자비가 없었고, 웃음도 없었고, 아름다움도 없었다. 그것은 힘과 대단한 지능을 가지고 있었다. 그리고— 아마 그것은 파괴될 수 없을 것이었다. 그것은 숲속의 그 둔덕에서 기어 나왔고, 한참을 햇빛 속에서 박동하며 누워 있었다. 그 일부분이 황금빛 속에서 축축하게 빛을 발했으며, 다른 일부분은 덩어리지고 벗겨졌다. 도대체 누구의 죽은 뼈가 그것에 사람의 형체를 부여했을까?

그것은 반쯤 형성된 양손을 고통스럽게 휘저었으며, 땅을 후려치고 나무줄기를 후려쳤다. 그것은 나뒹굴었고, 무너지는 팔꿈치를 짚고 일어섰으며, 풀을 크게 한 움큼 뜯어내서 제 가슴에 대고 산산조각 냈으며, 동작을 멈추고 지적인 냉정을 발휘하며 그 회녹색 즙을 바라보았다. 그것은 선 채로 몸을 흔들었고, 어린 나무를 붙잡고 파괴했으며, 그 가느다란 줄기를 거듭해서 꺾고 또 꺾어서, 쓸모없고 섬유가 드러난 지저깨비를 유심히 바라보았다. 곧이어 그것은 두려움에 얼어붙은 들판의 생물을 한 마리 낚아챈 다음, 천천히 짓뭉개서, 피와 뭉개진 살과 털가죽이 제 손가락 사이로 흘러나오게끔, 제 아래팔을 따라 흘러내리며 썩어 가게끔 만들었다.

그것은 탐색을 시작했다.

킴보는 마치 흙먼지 구름마냥 키가 큰 풀 사이를 헤매었다. 덥수룩한 꼬리는 등 위로 단단하게 말리고, 긴 주둥이는 벌린 상태였다. 개는 편안하게 성큼성큼 뛰었으며, 제 옆구리와 덥수룩한 어깨의 힘과 자유를 사랑했다. 개의 혀는 입술 위로 축 늘어져 있었다. 개의 입술은 검은색이고 깔쭉깔쭉했으며, 각각의 작고 뾰족하고 작은 입술 주름이 개 특유의 종종걸음에 맞춰 흔들거렸다. 킴보는 전형적인 개였고, 온통 건강했다.

개는 높이 뛰어서 어떤 바위를 훌쩍 넘어간 다음, 땅에 내려서자마자 놀란 듯 짖어 댔다. 토끼 한 마리가 바위 아래의 은신처에서 쏜살같이 뛰어 달아났기 때문이다. 킴보는 그 뒤를 쫓았고, 발을 크게 밀어낼 때마다 끙 소리를 냈다. 토끼는 바로 앞에서 펄쩍 뛰어 거리를 유지하며 귀를 뒤로 납작하게 젖히고 그 작은 다리를 감질나게 움직이고 있었다. 토끼가 멈추자 개는 앞으로 달려들었지만, 토끼는 옆으로 방향을 바꿔서 텅 빈 통나무 속으로 들어가 버렸다. 킴보는 다시 한번 짖은 다음 쿵쿵거리며 통나무로 달려갔다. 개는 제 실수를 깨닫자 껑충거리고 뛰었지만, 일단 그루터기를 지나가자 뛰어서 숲으로 들어갔다. 숲에서 그 모습을 지켜보고 있던 그것은 껍데기가 딱딱한 두 팔을 치켜들고 킴보가 오기를 기다렸다.

킴보는 그것이 거기 있음을, 즉 길 옆에서 죽은 듯 가만히 서 있음을 감지했다. 하지만 얼핏 보기에는 썩은 냄새가 진동하는 덩어리일 뿐이어서 굳이 살펴볼 필요도 없었기에, 킴보는 역겨운 듯 콧소리를 내고 그것을 지나서 달려갔다.

그것은 개가 가까이 오도록 내버려 두었다가 육중하고 뒤틀린 주먹을 휘둘렀다. 주먹이 날아오는 것을 본 킴보는 달리면서 최대한 몸을 움츠렸지만, 엉덩이를 얻어맞고 경사면을 따라 낑낑대며 굴러떨어지고 말았다. 개는 다시 일어나서 고개를 흔들었으며, 깊게 으르렁 소리를 내며 몸을 흔들었고, 두 눈에 생생한 살의를 드러낸 채로 조용한 그것에게 되돌아왔다. 개는 뻣뻣하게, 발을 곧게 펴고 걸었으며,

한껏 낮춘 머리만큼 꼬리도 낮추고, 목 주위로는 분노로 인해 털이 솟구쳐 있었다. 그것은 다시 두 팔을 치켜들고 기다렸다.

킴보는 움직임을 늦추더니, 곧이어 괴물의 목을 겨냥해서 공중을 날았다. 개의 주둥이가 목을 물었다. 하지만 콱 다문 이빨 속에는 오물 덩어리만 들어 있어서, 개는 캑캑거리고 으르렁거리면서 땅에 내려섰다. 그것은 아래로 몸을 굽혀 두 번 내리쳤고, 개의 등뼈가 부러져 버리자 그 옆에 주저앉아서 찢어발기기 시작했다.

"한 시간쯤 있다 올게." 앨턴 드루가 장작통 뒤 모퉁이에 놓여 있던 소총을 집어 들고 말했다. 그러자 그의 형이 웃음을 터트렸다.

"킴보 녀석 때문에 쉽지 않을걸, 앨턴." 그가 말했다.

"아, 그 망할 놈이야 내가 잘 알지." 앨턴이 말했다. "한번은 30분 동안 휘파람을 불었는데도 안 나타나는 거야. 뭔가 궁지에 빠져 있거나, 그렇지 않으면 총으로 쏠 만한 뭔가를 쫓는 거지. 그 망할 놈이 나한테 대답을 하지 않는 방법으로 나를 부르는 거라고."

코리 드루는 우유를 가득 채운 유리잔을 아홉 살짜리 딸에게 건네주면서 미소를 지었다. "네가 그 사냥개를 생각하는 건, 내가 여기 있는 베이브를 생각하는 거랑 비슷하구나."

베이브는 의자에서 미끄러져 내려와 삼촌에게 달려갔다. "나한테 나쁜 놈을 잡아다 줄 거야, 앨턴 삼촌?" 꼬마가 소리를 질렀다. '나쁜 놈'은 코리의 발명품이었다. 예를 들어 닭 떼를 뒤쫓아 놀라게 하거나, 위험하게 잔디깎기 근처에서 놀거나, 덜 익은 사과를 세게 던져 돼지 옆구리를 맞춰서 턱 소리와 꽥 소리를 동시에 듣는 여자아이가 있으면, '나쁜 놈'이 구석에 숨어 있다가 확 달려든다는 것이었다. 또 여기서 이전에 일했던 고용인처럼 오스트리아인 말투로 욕을 내뱉거나, 건초 더미 아래 굴을 파서 무너지게 하거나, 애완용 가재를 내일 사용할 우유 통에 넣어 두거나, 일하는 말을 끌고 한밤중에 들판에 나가서 땀투성이가 되도록 타고 다니는 여자아이에게도 마찬가지였다.

"어서 이리 오지 못해! 앨턴 삼촌 총 있는 데로 가까이 가지 마!" 코리가 말했다. "혹시 그 나쁜 놈을 만나면 말이야, 앨턴. 그놈을 이쪽으로 쫓아내 줘. 어젯밤에 말썽을 부린 우리 베이브랑 오늘 좀 만나기로 되어 있거든." 마침 어젯밤에 베이브는 암소들이 핥아먹는 소금 덩어리에 친절하게도 후춧가루를 뿌려 준 바 있었다.

"걱정 마라, 조카야." 삼촌이 씩 웃었다. "내가 그 나쁜 놈의 가죽을 벗겨다가 갖다줄 테니까. 물론 내가 먼저 그놈한테 당하지 않는다면 말이야."

앨턴 드루는 숲으로 향하는 길을 따라 걸어 올라가며 베이브를 생각했다. 저 꼬마는 걸작이었다. 응석받이로 자란 시골 아이. 아, 물론 — 그 녀석은 그럴 수밖에 없었다. 두 남자 모두 클리사 드루를 사랑했으니까. 그녀는 결국 코리와 결혼했지만, 두 남자 모두 클리사가 낳은 아이를 사랑하지 않을 수 없었다. 사랑이란 우스운 것이었다. 상남자인 앨턴은 만사를 그런 식으로 생각했다. 그리고 사랑에 대한 그의 반응은 강하고도 무시무시한 것이었다. 앨턴은 사랑이 무엇인지 알았는데, 왜냐하면 여전히 형의 아내를 향해 사랑을 느꼈고, 또한 자기 목숨이 붙어 있는 동안 베이브를 향해서도 사랑을 느낄 것이기 때문이었다. 사랑은 삶에서 그를 이끌어 주었지만, 사랑에 대해 생각하면 그는 여전히 부끄러워졌다. 개 한 마리를 사랑하는 것은 쉬운 일이었는데, 왜냐하면 굳이 사랑에 대해 이야기하지 않고도 사람과 개가 서로를 사랑할 수 있기 때문이었다. 앨턴 드루에게는 총의 연기와 빗속에 젖은 털가죽의 냄새야말로 충분히 향수香水나 다름이 없었고, 만족스러운 신음과 사냥당해 총을 맞은 뭔가의 비명이야말로 충분히 시詩나 다름이 없었다. 그 사랑은 인간을 향한 사랑과는 같지 않았다. 인간을 향한 사랑이란 그의 목을 메게 만들었고, 애초부터 그로선 생각조차 할 수 없었던 말들을 내뱉을 수 없게 만들었다. 그리하여 앨턴은 자기 개 킴보와 자기 총 윈체스터를 남들 앞에서 보란듯이 사랑했던 반면, 자기 형의 두 여자 클리사와 베이브를 향한 사랑만큼은 오히려 조용히, 그리고 말없이 자기를 잠식하도록 했다.

그의 재빠른 눈은 바위 너머 부드러운 흙 위에 갓 찍힌 발자국을 파악했다. 그 발자국은 킴보가 돌아선 자리와, 단 한 번 펄쩍 뛰어서 토끼를 쫓아갔음을 보여 주었다. 앨턴은 발자국을 무시하고 토끼가 숨었을 만한 제일 가까운 장소를 찾아보았고, 그루터기를 넘어서 거닐었다. 그가 보기에는 킴보도 이곳에 왔을 것 같았고, 다만 너무 늦게 왔을 것 같았다. "이 멍청한 녀석아." 앨턴이 중얼거렸다. "토끼를 뒤에서 쫓으니 잡을 수가 없었겠지. 그놈한테는 오히려 옆에서 달려들어야 한단 말이야." 그는 유난히 크게 떨리는 소리로 휘파람을 불었다. 십중팔구 킴보는 근처의 어느 그루터기 아래를 정신없이 파헤치고 있을 것이고, 정작 녀석이 노리는 토끼는 이미 멀찌감치 도망가 버렸을 터였다. 하지만 응답이 없었다. 약간 당혹스러워진 앨턴은 다시 오솔길로 돌아갔다. "한 번도 이런 적이 없었는데." 그는 나지막이 말했다.

앨턴은 32구경 소총을 장전해서 몸 앞으로 들었다. 군郡 축제에서 누군가가 앨턴 드루에 대해서 이런 말을 했었다. 그로 말하자면 옥수수와 콩 한 줌을 공중에 던지며 쏴 보라고 해도, 그중에서 옥수수만 골라 맞힐 정도의 실력자라고 말이다. 한때 앨턴은 칼날에 총을 쏴서 총알을 반으로 가른 적도 있었고, 촛불 두 개를 한꺼번에 꺼 버린 적도 있었다. 총으로 쏴서 맞출 수 있는 것이라면 그 무엇도 겁낼 필요가 없었다. 그는 그렇다고 믿었다.

숲속에 있던 그것은 자기가 킴보에게 한 일을 흥미로운 듯 내려다보았고, 킴보가 죽기 전에 냈던 신음을 따라 하려 시도해 보았다. 그것은 1분쯤 가만히 선 채로, 이런저런 사실들을 자신의 더럽고도 감정 없는 정신 속에 저장했다. 피는 따뜻했다. 햇빛도 따뜻했다. 움직이는, 그리고 털가죽을 가진 사물은 근육을 갖고 있었고, 작은 관을 통해 걸쭉한 액체를 몸속으로 보냈다. 그 액체는 시간이 지나면 응고되었다. 반면 안쪽에 박힌 초록색 물체에 든 액체는 더 묽었고, 사지 가운데 하나를 잃어버렸다고 해서 반드시 목숨을 잃어버리는 것은 아니었다. 매우 흥미로웠다. 하지만 그것은, 즉 정신을 지닌 흙덩어리는 유쾌하지 않았다. 그렇다고 불쾌하지도 않았다. 그것의 우연한 충동은 지식을 향한 갈망이었고, 그것은 단지— 흥미가 있었을 뿐이었다.

시간이 점차 흘렀고, 태양이 붉어진 채 언덕투성이 지평선에서 잠시 머물면서, 구름에게 반전된 불길이 되는 방법을 가르쳐 주었다. 그것은 갑자기 머리를 들고 어스름을 깨달았다. 밤은 언제나 낯선 것이며, 심지어 평생 밤을 알고 지낸 우리에게도 마찬가지이다. 저 괴물도 두려움을 느낄 능력만 있었다면 두려움을 느꼈을 터이지만, 실제로는 그저 호기심만 느꼈을 뿐이다. 그것은 오로지 자기가 관찰한 것으로부터 추론하는 능력밖에는 없었다.

무슨 일이 벌어지고 있는 것일까? 뭔가를 보기가 점점 더 어려워지고 있었다. 어째서일까? 그것은 형체 없는 머리로 좌우를 둘러보았다. 사실이었다. 물체가 흐릿해지고, 점점 더 흐릿해졌다. 사물이 형태를 바꾸었고, 새롭고도 더 어두운 색깔을 취했다. 그것이 박살 내고 찢어발긴 생물들은 무엇을 보았을까? 그 생물들은 어떻게 보았을까? 더 커다란 생물, 즉 공격을 가했던 생물은 그 머리에 있는 두 개의 기관을 이용했다. 분명히 그랬을 것이다. 왜냐하면 그것이 개의 다리 가운데 두 개를 뜯어낸 뒤에도, 머리에 있는 두 개의 기관은 여전히 털북숭이 주둥이에 붙어 있었기 때문이다. 그리고 개는 일격이 날아오는 것을 보자 접힌 피부로 그 기관을 덮어 버렸다. 즉 눈을 감았다. 따라서 개는 두 눈으로 사물을 보는 것이었다. 하지만 개가 죽고, 그 몸뚱이가 꼼짝 않게 되자, 연속된 일격은 눈에 아무런 영향을 끼치지 못했다. 두 눈은 뜬 채 바라보는 상태로 계속 남아 있었다. 그렇다면 살고 숨 쉬고 움직이기를 멈춘 존재가 결국 그 눈의 사용을 잃어버렸다는 것이 논리적인 결론이었다. 뒤집어 말하자면, 시력을 잃어버린다는 것은 곧 죽는다는 것이 분명했다. 죽은 것은 걸어 다니지 않았다. 쓰러진 채 움직이지 않았다. 따라서 숲속의 그것은 이 생물이 죽었음이 분명하다고 결론을 내렸다. 그리하여 그것은 길가에 누워 버렸다. 킴보의 산산조각 난 시체에서 그리 멀지 않은 길가에 누운 채, 자기 자신도 죽었다고 믿었다.

앨턴 드루는 어스름을 뚫고 숲속으로 들어왔다. 그는 정말로 걱정하고 있었다. 다시 휘파람을 불었고, 소리도 질렀지만 여전히 아무 응답이 없었다. 앨턴은 다시 말했다. "이놈이 이제껏 한 번도 이런 적이 없었는데." 그러면서 육중한 머리를 저었다. 소 젖을 짜 줄 시간이 이미 지났기 때문에 코리를 도와주러 가야만 했다. "킴보!" 그가 소리를 질렀다. 그 외침은 어둠 속을 메아리쳤고, 앨턴은 소총의 안전장치를 잠근 다음, 개머리를 길가에 내려놓았다. 소총에 몸을 기댄 채, 그는 모자를 벗고 뒤통수를 긁으며 궁금해했다. 부드러운 흙이라고 생각한 곳에 닿은 소총 개머리가 아래로 푹 들어갔다. 앨턴은 비틀거리다가 마침 길가에 누워 있는 그것의 가슴팍을 발로 밟았다. 썩은 흙 속에 발목까지 푹 빠지자, 그는 욕을 하면서 펄쩍 뛰어 뒤로 물러났다.

"**어휴!** 여기서 뭔가가 단단히 썩어 버린 모양이군! 으윽!" 앨턴이 나뭇잎을 한 움큼 집어서 신발을 닦는 동안, 괴물은 짙어지는 어둠 속에 누워 있었으며, 그 가슴팍에 깊이 난 발자국 주위에 있는 덩어리들이 빈 곳으로 흘러들어 가 도로 메워졌다. 그것은 계속 거기 누워서 흐릿한 눈으로 상대방을 어렴풋이 바라보았다. 그것은 어둠 때문에 자기가 죽었다고 생각했다. 그러다가 앨턴 드루의 관절 마디를 바라보면서, 이 새롭고도 부주의한 생물에 대해서 궁금해졌다.

앨턴은 더 많은 나뭇잎을 집어서 소총 개머리판을 닦았고, 킴보를 찾으려고 애써 휘파람을 불면서 오솔길을 따라 걸어가 버렸다.

클리사 드루는 젖소 축사 문간에 서 있었다. 붉은색 체크무늬 깅엄과 파란색 앞치마 차림의 사랑스러운 모습이었다. 머리카락은 깨끗한 노란색이었고, 한가운데를 갈라서 뒤로 바짝 잡아당겨 크게 매듭을 땋아 놓았다. "코리! 앨턴!" 그녀는 약간 날카롭게 불렀다.

"왜?" 코리가 축사에서 퉁명스럽게 대답했다. 그는 한창 젖소의 젖을 짜는 중이었다. 점점 가늘어지는 젖줄기가 이미 가득찬 들통의 거품 속으로 경쾌하게 떨어졌다.

"아까부터 부르고, 또 불렀다고." 클리사가 말했다. "저녁 식사가 식는다니까. 게다가 베이브는 두 사람이 오기 전에는 안 먹는단 말이야. 도대체 왜— 앨턴은 어디 있어?"

코리는 끙 소리를 내며 걸상을 치우고, 축사 입구의 칸막이 나무를 빼고, 젖소의 엉덩이를 철썩 때렸다. 암소는 마치 예인선처럼 움찔움찔하더니, 요란스럽게 통로를 지나 앞마당으로 나갔다. "아직 안 왔어."

"안 왔다고?" 클리사가 축사로 들어와서 곁에 섰을 무렵, 코리는 다음 암소 옆에 앉아서 이마를 따뜻한 옆구리에 갖다 대고 있었다. "하지만, 여보, 아까 앨턴이 말하기로는—"

"그래, 그래, 나도 알아. 젖 짤 시간에 맞춰서 돌아올 거라고 했었지. 나도 들었어. 음, 어쨌거나 안 왔다고."

"그렇다면 당신 혼자서— 아, 코리. 내가 마무리하는 거 도와줄게. 앨턴도 돌아올 수 있었으면 돌아왔을 거야. 아마 무슨 사정이—"

"아마 어치라도 한 마리 쫓아다니는 모양이지." 그녀의 남편이 딱딱거렸다. "그 녀석하고 그 망할 놈의 개하고 말이야." 그는 한 손으로 크게 손짓을 하면서도, 다른 한 손으로는 계속 젖을 짰다. "젖을 짜 줘야 할 암소가 스물여섯 마리나 있다고. 돼지에게도 먹이를 줘야 하고, 닭 떼도 닭장에 넣어야 하고. 암말에게 건초를 던져 줘야 하고,

농마農馬를 풀어줘야 하고. 마구도 수리해야 하고, 야간 방목지에 있는 철망도 수리해야 한다고. 장작을 쪼개고 날라야 하고." 코리는 한동안 아무 말 없이 젖을 짜며 입술을 깨물었다. 클리사는 옆에 선 채로 양손을 쥐어짜며, 이 흐름을 저지할 뭔가를 생각하려 노력했다. 앨턴이 사냥하느라 집안일을 방해받은 것은 이번이 처음도 아니었다. "그러니 내가 계속할 수밖에. 나로선 앨턴의 사냥을 방해할 수 없으니까. 그놈의 사냥개가 다람쥐 냄새라도 맡는 날에는 나도 저녁 식사를 못하기 십상이라고. 나도 이제는 정말 지겹고—"

"아, 내가 도와준다니까!" 클리사가 말했다. 그녀는 봄에 있었던 일을 생각했다. 무게 4백 파운드짜리 격노한 흑곰을 킴보가 궁지에 몰아세운 틈을 타서 앨턴이 그 머리에 총알 한 방을 명중시켰다. 마침 그때 베이브는 새끼 곰을 발견해서 집으로 데려오던 중에 불어난 물에 빠져서 머리를 다친 상태였다. 그러니 내 아이를 구해 준 개를 차마 미워할 수는 없는 노릇이지. 그녀는 생각했다.

"당신은 이 일에 손도 대지 마!" 코리가 씩씩거렸다. "어서 집으로 들어가기나 해. 거기에도 당신이 할 일은 충분히 많을 테니까. 여기는 내가 알아서 한다고. 빌어먹을, 클리사, 울지 마! 내 말뜻은 그게 아니라— 아, 빌어먹을!" 그는 자리에서 일어나 아내를 두 팔로 끌어안았다. "내가 짜증이 나서 그랬어." 코리가 말했다. "이제 들어가 봐. 당신한테 그렇게 말할 필요까지는 없었는데. 미안해. 어서 베이브한테 돌아가 봐. 오늘 밤에는 이걸 그만두도록 할게. 나도 이제는 질렸어. 여기 있는 일로 말하자면 농부 넷이 달려들어야 될 정도인데, 정작 있는 사람이라고는 나랑 저…… 저 사냥꾼 녀석뿐이니.

어서 들어가 봐, 클리사."

"알았어." 그녀는 남편의 어깨에 대고 말했다. "하지만, 코리. 앨턴이 돌아오면 일단 무슨 영문인지 먼저 들어 보도록 해. 아마 못 돌아올 만한 이유가 있었을 거야. 아마 이 시간에 맞춰 못 돌아올 만한 이유가 있었을 거라고. 어쩌면 혹시…… 혹시……"

"총으로 쏴 맞출 수 있는 거라면 그 무엇도 감히 내 동생을 해치지는 못할 거야. 제 몸 하나쯤은 건사할 수 있는 녀석이고. 그러니 이번에는 쓸 만한 핑곗거리도 찾을 수 없을걸. 어서 들어가, 이제. 애한테 저녁이나 먹여."

집으로 돌아가는 클리사의 젊은 얼굴은 수심이 가득했다. 만약 코리와 싸워서 앨턴이 나가 버리기라도 하면, 예를 들어 가뭄이라든지, 또 여차하면 문을 닫을 지경인 낙농장 일을 남은 이들로선 감당할 수 없을 것이었다. 사람을 하나 고용하는 것은 애초부터 불가능했다. 코리가 죽도록 일해야만 할 것이고, 그렇게 하더라도 성공하지는 못할 것이었다. 한 사람의 힘으로는 불가능한 일이었다. 그녀는 한숨을 쉬며 집 안으로 들어갔다. 벌써 저녁 7시였는데 소 젖 짜는 일을 다 마치지 못한 상태였다. 아, 도대체 앨턴은 왜 꼭 이렇게—

저녁 9시에 베이브가 잠자리에 들고 나서, 클리사는 헛간에서 코리가 철망 끊는 펜치를 한쪽 구석에 걸어 두는 소리를 들었다. "앨턴은 아직도 안 왔어?" 두 사람은 동시에 이렇게 물어보았다. 남편이 부엌으로 걸어 들어왔다. 아내가 고개를 젓자, 그는 스토브 쪽으로 걸어가서 뚜껑을 열고는 숯에 침을 뱉었다. "들어가서 잠이나 자자고." 그가 말했다.

아내는 바느질거리를 내려놓고 남편의 넓은 등을 바라보았다. 그는 스물여덟 살이었는데도, 걸음이며 행동을 보면 마치 열 살이나 더 늙어 보였고, 외모만 보면 다섯 살이나 더 어려 보였다. "나는 조금 있다 들어갈게." 클리사가 말했다.

코리는 앨턴이 평소에 소총을 세워 두던 장작 통 뒤를 곁눈질한 다음, 정확히는 알 수 없지만 뭔가 짜증스러운 말을 내뱉더니, 자리에 앉아서 진흙투성이가 된 육중한 신발을 벗었다.

"벌써 9시가 넘었어." 아내가 소심하게 말을 꺼냈다. 남편은 아무 말도 없이 실내화에 손을 뻗었다.

"코리, 아무래도 당신이 좀—"

"내가 좀 뭘?"

"어, 아니야. 나는 그냥 혹시나 앨턴이—"

"앨턴!" 코리가 폭발했다. "그놈의 개는 들쥐를 잡으러 간 거야. 앨턴은 그놈의 개를 잡으러 간 거고. 그러니까 당신은 이제 나더러 앨턴이란 놈을 잡으러 가라는 거군. 당신이 원하는 게 그거야?"

"나는 그냥— 앨턴도 이렇게 늦은 적은 한 번도 없었으니까."

"나는 안 가! 밤 9시에 그놈을 찾아서 밖에 나가 보라고? 사람 미치겠군! 그런 놈은 우리가 굳이 찾아 나설 필요도 없어, 클리사."

클리사는 아무 말도 하지 않았다. 그녀는 스토브로 다가가서 빨래 삶는 솥을 살펴보고, 그걸 레인지 뒤쪽으로 치워 두었다. 클리사가 뒤로 돌아서자, 코리가 신발과 외투를 다시 걸치고 있었다.

"당신이 갈 줄 알았어." 그녀가 말했다. 표정은 아니었지만 목소리만큼은 미소를 짓고 있었다.

"대강 보고 금방 들어올 거야." 코리가 말했다. "내 생각에 그 녀석도 멀리까지 가지는 않았을 거야. 시간이 늦었으니까. 나는 그 녀석이 걱정되는 건 아니야. 다만—" 그는 12구경 산탄총을 꺾어서 총신

속을 살펴보았다. “당신은 잠이나 자. 기다리지 말고.” 그는 밖으로 나가면서 어깨 너머로 말했다.

“알았어.”

클리사는 닫힌 문에 대고 말한 다음, 다시 램프 곁에 놓여 있는 바느질거리 쪽으로 다가갔다.

경사면을 따라 숲으로 이어지는 오솔길은 무척이나 어두웠다. 코리는 그곳을 올라가며 주위를 살피고 이름을 불렀다. 공기가 차갑고 조용했으며, 불쾌한 흙냄새가 감돌았다. 그는 참을성 없는 콧구멍에서 그 냄새를 불어 낸 다음, 다음 숨에 도로 들이마시고 욕을 내뱉었다. “말도 안 돼.” 코리가 중얼거렸다. “사냥개라는 놈이. 무슨 밤 10시에 사냥을 하고 자빠졌다는 거야. 앨턴!” 그가 외쳤다. “앨턴 드루!” 메아리의 응답을 들으며 코리는 숲에 들어섰다. 그가 어둠 속에서 지나쳐 버린 저 엉겨붙은 그것은 사람의 목소리도 들었고, 사람의 발걸음 진동도 느꼈지만, 자기가 죽었다고 생각했기에 굳이 움직이지 않았다.

코리는 계속 걸어가며 좌우와 앞을 살펴보았지만, 굳이 아래를 살펴보지는 않았다. 왜냐하면 워낙 익숙하게 다니던 길이었기 때문이다.

“앨턴!”

“형이야? 코리?”

코리 드루는 그 자리에 얼어붙었다. 그가 있는 숲 한구석은 나무가 울창해서 마치 지하 납골당처럼 어두웠다. 그리고 방금 들은 목소리는 목이 메고, 가라앉고, 꿰뚫는 듯한 느낌이었다.

“앨턴?”

“킴보를 찾았어, 코리.”

"너 도대체 지금까지 어디 있었던 거야?" 코리가 격분한 듯 외쳤다. 그는 칠흑 같은 어둠을 싫어했다. 그리고 지금은 앨턴의 목소리에 담긴 긴장과 절망이 두려웠고, 과연 자기가 동생을 향해서 계속 화를 낼 수 있을지도 자신이 없었다.

"내가 그 녀석을 불렀어, 코리. 내가 휘파람을 불었는데도, 그놈의 개가 대답을 안 하더라고."

"나 역시 너에 대해서 똑같이 말할 수 있지. 너…… 너, 이 자식아. 도대체 왜 젖 짜러 안 온 거야? 어디 갔었어? 혹시 덫에라도 치였던 거야?"

"그 녀석은 지금까지 단 한 번도 나한테 대답 안 한 적이 없어. 형도 알겠지만." 어둠 속에서 들려오는 긴장되고 단조로운 목소리가 말했다.

"앨턴! 도대체 무슨 일 때문에 그러는 거야? 네 사냥개가 대답을 하거나 말거나, 내가 그걸 왜 알아야 하는데? 도대체 어디서—"

"내 생각에는 그 녀석이 지금까지 단 한 번도 죽었던 적이 없어서 그랬던 것 같아." 앨턴은 방해받고 싶지 않다는 듯 말을 이어 나갔다.

"너 **뭐라고** 했어?" 코리는 입을 두 번이나 뻥긋거린 다음에야 비로소 말을 꺼냈다. "앨턴, 너 혹시 정신 나갔어? 도대체 무슨 말을 하는 거야?"

"킴보가 죽었다고."

"킴…… 아! 아!" 코리의 머릿속에 그 장면이 다시 한번 떠올랐다. 베이브가 불어난 물에 빠져서 정신을 잃고 쓰러져 있는 동안, 킴보가 길길이 날뛰고 물어뜯고 하면서 커다란 곰을 저지한 덕분에 앨턴이 간신히 그곳까지 달려갈 수 있었다. "무슨 일이 있었던 거야, 앨턴?"

그는 아까보다 더 나지막이 물어보았다.

"내가 알아내고 말 거야. 어떤 놈이 그 녀석을 찢어발겼는지."

"찢어발겼다고?"

"그 녀석의 몸뚱이 가운데 온전히 붙어 있는 부분이 단 하나도 없었어. 관절 하나하나까지 모조리 찢어발겼더라고. 내장도 다 꺼내 놓고."

"이런, 세상에! 곰이 한 짓일까?"

"곰은 절대 아니야. 다른 네 발 달린 놈들의 짓도 결코 아니고. 시체가 전부 여기 있거든. 먹어 치운 부분이 하나도 없어. 누군지는 모르겠지만, 범인은 그 녀석을 그냥 죽이고— 찢어발긴 거야."

"이런, 세상에." 코리가 다시 말했다. "도대체 누가—" 긴 침묵이 흘렀다. "일단 집에 가자." 그는 친절하게 들리는 어조로 말했다. "밤새도록 그 녀석 옆에 죽치고 앉아 있을 필요까지는 없으니까 말이야."

"나는 다짐을 했어. 해가 뜰 때까지 여기 남아 있다가 추적을 시작할 거야. 그리고 킴보에게 이런 짓을 한 놈을 찾아낼 때까지 계속 추적할 거야."

"너 지금 술에 취하거나 머리가 돈 것 같은데, 앨턴."

"술에 취한 것 아니야. 나머지에 대해서는 형이 좋은 대로 생각해도 돼. 여하간 나는 여기 있을 거야."

"저 너머에 우리 농장이 있다고. 그건 알고 있겠지? 그리고 나는 방금 전에 간신히 끝마친 것처럼, 내일 아침에도 무려 스물여섯 마리의 암소 젖을 짜고 싶지는 않아, 앨턴."

"누군가는 꼭 해야 할 일이야. 나는 도와주러 갈 수 없어. 그냥 형이 혼자 해야 할 것 같아, 코리."

"이 망할 자식아!" 코리가 외쳤다. "지금 당장 나를 따라 돌아가도록 해. 안 그러면 가만 안 둘 테니까!"

앨턴의 목소리는 여전히 긴장되고 반쯤 졸린 투였다. "더 가까이 올 생각하지 마, 형."

코리는 계속해서 앨턴의 목소리가 들리는 쪽으로 움직였다.

"내가 경고했지." 그의 목소리는 이제 매우 나지막해져 있었다. **"그 자리에 멈추라고 말이야."** 코리는 계속 움직였다. 32구경 소총의 안전장치를 푸는 날카로운 찰칵 소리가 들렸다. 코리는 걸음을 멈추었다.

"너 지금 나한테 총을 겨눈 거야, 앨턴?" 코리가 속삭였다.

"맞아, 형. 이 오솔길에 나 있는 누군가의 발자국을 형이 짓밟아 버리면 안 되니까. 해가 뜨면 내가 뒤쫓아 갈 발자국이거든."

그렇게 1분이 지나는 동안, 어둠 속에서 유일하게 들린 소리는 코리의 고통스러운 숨소리뿐이었다. 마침내 그가 말했다.

"총이라면 나도 갖고 있어, 앨턴. 어서 집에 가자."

"보이지도 않는데 나를 어떻게 쏘겠다는 거야."

"그러니 결국 피장파장이잖아."

"그렇지 않아. 나는 형이 어디 서 있는지 알아. 벌써 네 시간째 여기 죽치고 있었으니까."

"이건 산탄총이라 어디든 한 군데는 맞을걸."

"이건 소총이라 맞으면 끝장이지."

코리 드루는 더 이상 아무 말하지 않고 돌아서서 농장으로 걸어 내려갔다.

시커멓고 액체 같은 그것은 어둠 속에 누워 있었다. 살아 있는 것도 아니고, 죽음을 이해하는 것도 아니지만, 자기가 죽었다고 믿었다. 살아 있는 것들은 보고 움직일 수 있었다. 살아 있지 않은 것들은 어느 쪽도 할 수 없었다. 흐릿한 시선으로 그것은 둔덕 꼭대기에 늘어선 나무를 응시했고, 그 속의 깊은 곳에서는 생각이 축축하게 흘러내렸다. 그것은 뭉친 상태로 누워 있었으며, 새로 발견한 사실들을 나누고, 앞서 빛이 있었을 때에 살아 있는 것들을 해부했던 것처럼 해부했으며, 비교하고, 결론을 내리고, 분류했다.

경사면 꼭대기에 있는 나무들도 간신히 모습을 알아볼 수 있었다. 그 줄기가 그 너머에 있는 어두운 하늘보다는 음영이 약간 더 밝은 부분이 있었기 때문이다. 마침내 그 부분도 사라져 버리면서, 한동안 하늘과 나무는 똑같은 색이 되었다. 그것은 자기가 죽었음을 알았고, 이전의 다른 많은 존재와 마찬가지로, 과연 얼마나 오랫동안 이런 상태로 머물러야만 하는지 궁금해졌다. 곧이어 나무 너머의 하늘이 약간 더 밝아졌다. 이것이야말로 확실히 불가능한 일이라고 그것은 생각했다. 하지만 똑똑히 볼 수 있었으니, 실제로 일어난 일이 분명했다. 죽은 것이 다시 살 수도 있을까? 호기심이 일었다. 산산조각 나서 죽은 것은 어떨까? 그것은 기다리며 지켜보기로 작정했다.

해가 뜨면서 빛줄기가 연이어 나타났다. 어디선가 새 한 마리가 날카롭게 하품하듯 울었고, 올빼미 한 마리가 뾰족뒤쥐 한 마리를 죽였고, 스컹크 한 마리가 또 다른 뾰족뒤쥐에게 달려들었다. 그리하여 야간의 죽음과 낮 동안의 죽음은 중단 없이 계속될 수 있었다. 꽃 두 송이가 서로를 향해 아치를 그리며 고개를 까딱였고, 각자의 예쁜 옷을 비교했다. 잠자리 유충 한 마리가 진지한 모습으로 보이기 지친 듯, 그 등을 째고 기어 나와서 가볍게 몸을 말렸다. 첫 번째 황금색

광선이 나무 사이로 비춰 들어오고, 풀을 관통해서 그늘진 덤불 안에 있는 그 덩어리를 지나갔다. "나는 다시 살아났다." 아마도 살 수가 없었을 법한 그것은 이렇게 생각했다. "나는 살아 있다. 왜냐하면 나는 선명하게 볼 수 있기 때문이다." 그것은 굵은 다리로 일어나서, 황금빛 작열 속으로 솟아올랐다. 잠시 후에 밤사이에 자라났던 젖은 더께가 햇볕에 말랐으며, 그것이 처음으로 몇 걸음을 내딛자마자 부서지면서 작은 소나기가 되어 떨어져 나갔다. 그것은 킴보를 찾아서 경사면을 걸어 올라갔다. 그 생물 역시 다시 살아났는지 살펴보러 가는 것이었다.

베이브는 햇볕이 자기 방에 스며들어 오고 나서야 비로소 눈을 떴다. 앨턴 삼촌은 어디론가 가 버렸다. 꼬마의 머릿속을 맨 먼저 스친 생각은 그거였다. 어젯밤에 아빠가 집에 돌아오자마자 엄마랑 한 시간 동안 소리를 지르며 싸웠다. 앨턴은 완전히 돌아 버렸다. 자기 형에게 총을 겨누기까지 했다. 코리는 동생이 자기네 땅 안으로 10피트만 들어와도 총을 쏴서 온몸을 수세미처럼 만들 거라고 단언했다. 앨턴은 게으르고, 무능하고, 이기적이고, 의심스러운 취향도 한두 가지 있었지만, 의심의 여지없는 생기도 지니고 있었다. 베이브는 아빠 성격을 알았다. 앨턴 삼촌은 앞으로 이곳에서 결코 안전하지 못할 것이었다.

꼬마는 어린아이 특유의 남부러운 방식으로 침대에서 튀어 나와 창문으로 달려갔다. 코리는 한쪽 팔에 고삐 두 개를 걸고 농마農馬를 끌어내기 위해서 약간 방목지 쪽으로 걸어 내려가고 있었다. 아래층 부엌에서도 이런저런 소리가 났다.

베이브는 세면대에 머리를 담갔다가, 강아지처럼 흔들어서 물을 턴 다음, 수건으로 닦았다. 꼬마는 깨끗한 셔츠와 바지를 손에 들고 질질 끌면서 계단 꼭대기로 갔다. 우선 셔츠를 입은 다음, 바지를 가지고 아침마다의 의식을 거행했다. 한 계단 내려가면서 오른쪽 다리를 바지에 집어넣었다. 또 한 계단 내려가면서는 왼쪽 다리를 바지에 집어넣었다. 그러고 나면 두 발로 계단을 쿵쿵 뛰어 내려오면서, 계단 하나마다 단추 하나씩을 잠갔다. 계단 밑에 내려섰을 즈음에는 완전히 옷을 다 입고 부엌으로 달려갔다.

"앨턴 삼촌 아직 안 왔어, 엄마?"

"잘 잤니, 베이브. 삼촌은 안 오셨어." 클리사는 너무 조용하게 말했고, 너무 많이 미소를 지었다. 베이브는 눈치 빠르게 생각했다. 엄마는 행복하지 않았다.

"삼촌 어디 갔는데, 엄마?"

"우리도 몰라, 베이브. 자리에 앉아서 아침 먹어라."

"그런데 사생아가 뭐야, 엄마?" 갑자기 베이브가 물었다. 엄마는 마른 행주로 닦던 접시를 그만 떨어뜨릴 뻔했다. "베이브! 그런 말은 앞으로 절대 하지 마!"

"어. 그러면 앨턴 삼촌은 왜 그건데?"

"삼촌이 뭐?"

베이브는 너무 큰 숟가락으로 잔뜩 퍼 올린 오트밀을 입에 넣었다.

"그러니까 사생—"

"베이브!"

"알았어, 엄마." 베이브는 입에 음식을 잔뜩 넣은 채로 말했다. "음, 근데 왜?"

"이래서 엊저녁에 코리한테 크게 떠들지 말라고 했더니만." 클리사가 반쯤 혼잣말로 중얼거렸다.
"음, 그게 무슨 뜻인지는 모르겠지만, 삼촌은 아니라는 거지." 베이브가 결론 삼아 말했다. "그럼 삼촌은 또 사냥하러 간 거야?"
"삼촌은 킴보를 찾으러 갔어, 얘야."
"킴보? 아, 엄마. 킴보도 같이 간 거야? 그러면 킴보도 안 온 거야?"
"그래, 얘야. 아, 제발, 베이브, 이제 질문 그만 좀 해!"
"알았어. 근데 엄마 생각에는 둘이서 어디 간 것 같아?"
"북쪽 숲에 갔겠지. 그러니 조용히 좀 해."
베이브는 아침 식사를 먹어 치웠다. 곧이어 꼬마는 한 가지 생각을 떠올렸다. 그 생각을 더듬다 보니 먹는 속도는 점점 더 느려졌고, 비스듬히 뜬 눈으로 점점 더 많이 엄마를 곁눈질하게 되었다. 혹시라도 아빠가 앨턴 삼촌한테 무슨 짓을 하면 끔찍할 것이었다. 누군가가 삼촌에게 알려 주어야 했다.
베이브가 숲을 향해서 절반쯤 갔을 무렵, 앨턴의 32구경 소총이 만들어 낸 메아리가 계곡을 따라 위아래로 퍼져 나갔다.

코리는 남쪽 밭에서, 경운기에 올라타고 농마를 향해서 욕을 하던 참에 총소리를 들었다. "워어." 그는 말들을 멈춰 세운 뒤, 잠시 그 소리에 귀를 기울였다. "하나, 둘, 셋, 넷." 그리고 숫자를 세었다. "누군가를 발견하고 대뜸 갈겨 버렸군. 조준을 할 기회가 있어서 또 한 방 신중하게 쏜 거야. 이런, 세상에!" 그는 경운기 날을 들어 올린 다음, 농마를 몰아서 느티나무 세 그루의 그늘로 들어갔다. 여분의 끈을 가지고 말들의 다리를 재빨리 묶은 다음, 숲으로 향했다. "앨턴이 살인자가 되다니." 그는 이렇게 중얼거리며, 총을 가지러 다시 집으로 향했다. 클리사가 밖에 나와 기다리고 있었다.

"탄약을 꺼내 와!" 코리는 외치면서 집 안으로 들어갔다. 클리사도 뒤따라 들어왔다. 그녀가 선반에서 탄약 상자를 꺼내기도 전에, 그는 사냥용 칼을 찼다. 아내가 남편에게 말을 걸었다. "여보—"

"총소리 들었지, 안 그래? 앨턴 그 자식은 돌아 버렸어. 녀석은 평소에도 총알을 허비하지 않아. 어젯밤에 내가 마지막으로 봤을 때, 녀석은 자고새가 아니라 사람을 쏘려고 작정하고 있었어. 녀석은 어떤 사람을 잡으러 간 거야. 거기 총 좀 줘 봐."

"여보, 베이브가—"

"애가 집에서 나오지 못하게 해. 아, 세상에, 정말 엉망진창이군. 나도 더 이상 못 참겠어." 코리가 문으로 달려갔다.

클리사가 그의 한쪽 팔을 붙잡았다. "여보, 내가 계속 당신한테 말하려는 게 그거야. 베이브가 여기 없어. 내가 불러 봤는데, 애가 집 안에 없다고."

코리의 육중한, 젊고도 늙은 얼굴에 긴장이 떠올랐다. "베이브는—마지막으로 본 게 어디였는데?"

"아침 식사 할 때였어." 클리사는 이제 울고 있었다.

"혹시 어디 갈 거라고 얘기 안 했어?"

"안 했어. 그냥 앨턴에 대해서, 그리고 앨턴이 어디 갔는지에 대해서 이런저런 질문만 했어."

"그래서 대답해 줬어?"

클리사의 눈이 휘둥그레졌다. 그녀는 고개를 끄덕이며, 손등을 깨물었다.

"그러지 말았어야지, 클리사." 코리는 이를 갈면서 숲 쪽으로 달려갔다. 아내는 남편을 바라보며 서 있었다. 바로 그 순간 그녀는 자살이라도 하고 싶었다.

코리는 머리를 치켜들고, 다리와 허파와 눈 모두를 혹사시키면서 기나긴 오솔길을 따라 달려갔다. 숲으로 가는 경사로를 헐떡이며 뛰어 올라갔고, 무려 45분 동안이나 힘겹게 달린 까닭에 숨이 차서 고통스러웠다. 심지어 공기 중의 축축한 흙냄새조차도 깨닫지 못할 지경이었다.

그는 오른편 덤불 속에서 뭔가 움직임을 감지하고 엎드렸다. 숨을 죽이려고 애를 쓰면서, 상황을 똑똑히 볼 수 있는 곳까지 앞으로 기어갔다. 저 안에 뭔가가 있었다. 그랬다. 뭔가 시커먼 것이 꼼짝 않고 있었다. 코리는 다리와 상체에 힘을 완전히 풀어서, 심장이 다시 약간의 힘을 펌프질해 보낼 수 있게 한 다음, 12구경 산탄총을 천천히 들어서 덤불에 숨어 있는 뭔가를 겨냥했다.

"어서 나와!" 다시 말을 할 수 있게 되자 그가 외쳤다.

아무 일도 벌어지지 않았다.

"나오지 않으면 진짜로 쏜다!" 코리는 초조하게 소리쳤다.

긴 침묵의 순간이 지나고, 그는 방아쇠에 건 손가락에 힘을 주었다.

"그쪽이 자초한 거야." 코리가 말했다. 총을 쏘자마자 그 뭔가가 바로 옆의 탁 트인 장소로 펄쩍 뛰어나오며 비명을 질렀다.

아주 시커먼 옷을 입은 마르고 체구가 작은 남자였다. 얼굴만 보면 이제껏 코리가 본 것 중에서도 가장 발그레한 아기 얼굴이었다. 상대방의 얼굴은 공포와 고통으로 일그러져 있었다. 남자는 허둥지둥 일어나서 위아래로 펄쩍펄쩍 뛰며 계속해서 떠들어 댔다. "아이고, 내 손이야. 쏘지 말아요! 아이고, 내 손. 쏘지 말아요!" 잠시 후에 남자는 호들갑을 멈추었고, 엎드려 있던 코리가 일어나자, 서글퍼 보이는 청회색 눈으로 코리를 바라보았다. "사람한테 총을 쏘다니." 그는 야단치듯 말하면서 피투성이가 된 작은 손을 들어 올렸다. "아, 이런, 세상에."

코리가 물었다. "그나저나 당신은 도대체 누구요?"

남자는 곧바로 히스테릭해지더니, 앞뒤가 안 맞는 말을 잔뜩 늘어놓아서, 코리는 한 걸음 반이나 뒤로 물러나서 방어를 위해 총을 치켜들었다. 상대방의 말은 대부분 "그 서류를 잃어버려서"와 "내가 안 그랬고"와 "정말 끔찍해. 끔찍해. 끔찍해"와 "죽은 남자"와 "아, 쏘지 말아요"로 되어 있었다.

코리는 다시 한번 남자에게 질문을 던져 보았고, 그래도 소용이 없자 대뜸 상대방에게 다가가서 주먹을 휘둘렀다. 남자는 땅에 쓰러져서 버둥거리고, 신음하고, 울먹이고, 피투성이가 된 손을 방금 맞은 입가에 갖다 댔다.

"이제 똑바로 설명해 봐요. 무슨 일이 있었던 거요?"

남자는 몸을 굴려서 일어나 앉았다. "내가 안 그랬어요!" 그는 울먹였다. "내가 안 그랬다고요. 나는 그냥 걸어가고 있었는데, 총소리가 들리고, 누가 욕을 하더니, 끔찍한 비명이 들리기에, 그쪽으로 가서 살펴보았더니, 웬 사람이 죽어 있어서, 나는 도망치다가, 당신이 오기에, 나는 여기 숨었고, 당신이 나를 쏴서, 결국—"

"입 닥쳐!" 코리의 윽박에 남자가 시키는 대로 했다. 마치 스위치라도 켠 듯이. "이봐요." 코리는 손으로 오솔길을 가리켰다. "그러니까 저기에 어떤 사람이 죽어 있더라는 겁니까?"

남자는 고개를 끄덕이고 이제는 진짜로 울기 시작했다. 코리는 남자를 부축해서 일으켜 세웠다. "이 오솔길을 따라가면 내가 사는 농장이 있어요." 그가 말했다. "제 아내를 만나면 손을 치료해 달라고 하세요. 하지만 그것 말고 다른 이야기는 **절대** 하지 마세요. 그리고 내가 갈 때까지 거기서 기다리세요. 알았습니까?"

"예. 고맙습니다. 아, 고맙습니다. **훌쩍.**"

"어서 가 보세요." 코리는 올바른 방향으로 남자를 부드럽게 떠민 다음, 서늘한 두려움에 사로잡혀 어젯밤에 앨턴을 찾아냈던 장소를 향해서 오솔길을 따라 혼자 걸어갔다.

그곳에서 그는 앨턴을, 그리고 킴보를 찾아냈다. 사냥개와 주인은 몇 년 동안 가장 깊은 우정을 나눈 바 있었다. 둘은 함께 사냥하고, 싸우고, 잠잤다. 둘이 서로에게 빚진 목숨은 이제 끝나 버리고 말았다. 둘은 나란히 죽어 있었다.

둘 다 똑같은 방식으로 죽어 버렸다는 점은 너무나도 끔찍했다. 코리 드루는 강인한 남자였지만, 흙으로 이루어진 그것이 동생과 개에게 해 놓은 짓을 보자마자 헉 소리를 내며 그만 기절하고 말았다.

검은 옷차림의 덩치 작은 남자는 오솔길을 따라 서둘러 걸어갔다. 차라리 다리를 저는 편이 더 나았겠다는 듯한 투로 부상당한 손을 치켜들고 내내 징징거렸다. 잠시 후에는 징징거림이 잦아들고, 방금 전의 헛소리를 늘어놓게 하던 공포가 가라앉으면서, 서두르는 발걸음도 보통 발걸음으로 바뀌었다. 그는 두 번 숨을 깊이 들이마시고 나서 이렇게 말했다. "이런, 세상에!" 그러자 마치 거의 정상이 된 것 같은 기분이 들었다. 남자는 리넨 손수건을 손목에 감았지만, 손에서는 계속 피가 흘렀다. 팔꿈치를 묶어 보았지만, 그렇게 했더니 아팠다. 그는 손수건을 다시 주머니에 집어넣고, 피가 응고될 때까지 그냥 손을 공중에 들고 흔들었다. 그러다 보니 바로 뒤에서 걸어오는 거대하고 축축한 공포를 미처 보지 못하고 말았다. 비록 콧구멍은 그 고약한 냄새를 맡고 벌름댔지만 말이다.

괴물의 가슴팍에는 세 개의 구멍이 가까이 모여 있었고, 점액질의 이마 한가운데도 한 개의 구멍이 나 있었다. 등에도 역시나 세 개의 구멍이 가까이 모여 있었고, 뒤통수에도 한 개의 구멍이 나 있었다. 이 구멍들은 앨턴 드루의 총알이 뚫고 나간 자리에 생겨난 것이었다. 괴물의 형태 없는 얼굴 가운데 절반은 흘러내렸고, 어깨에는 움푹 들어간 부분이 있었다. 이것 역시 앨턴 드루의 총 개머리로 인해 생긴 흔적이었다. 총알이 네 발이나 관통한 이후에도 쓰러지지 않은 그것을 향해서, 그가 총을 들고 방망이처럼 휘둘렀던 것이다. 그런 일을 겪었지만 괴물은 다치거나 화나지 않았다. 다만 앨턴 드루가 왜 그렇게 행동하는지 궁금했을 뿐이다. 이제 그것은 전혀 서두르지 않고 저 작은 남자를 뒤좇았으며, 작은 오물 조각을 뒤로 뚝뚝 떨어뜨리며 상대의 걸음에 맞춰 나아갔다.

작은 남자는 계속 걸어서 숲을 벗어나더니, 숲 가장자리에 있는 커다란 나무에 등을 기대고 생각했다. 오늘 자기에게 일어난 일은 이걸로 족하다고. 그저 이 어리석고 모호한 탐색을 지속하기 위해서, 굳이 여기 계속 얼쩡거리다가 저 무시무시한 살인 관련 심문에 직면해 보았자 무슨 득이 있겠는가? 이 숲의 깊은 곳 어딘가에는 낡은, 아주 낡은 사냥용 오두막의 폐허가 있다고 전했으며, 어쩌면 그곳에는 그가 원하는 증거가 있을지도 몰랐다. 하지만 그 이야기는 모호한 보고에 불과했다. 잊어버려도 아쉽지 않을 만큼 충분히 모호했다. 더 얼쩡거리다가 자칫 숲에서 일어난 저 무서운 사건을 조사하는 온갖 시골 특유의 관료제를 경험하는 것이야말로 어리석음의 절정일 것이었다. 따라서 아까 그 농부의 조언을 따르는 것, 즉 그의 집에 가서 그가 돌아오기를 기다리는 것은 우스꽝스러운 일일 것이었다. 차라리 시내로 돌아가는 게 나을 터였다.

이때 괴물은 그 커다란 나무의 반대편에 역시나 기대서 있었다.

작은 남자는 갑작스레 압도적으로 풍기는 썩은 냄새에 역겨운 듯 코를 킁킁거렸다. 그는 손수건을 꺼내려다가 그만 놓쳐서 떨어뜨리고 말았다. 손수건을 집으려고 몸을 숙인 바로 그 순간, 방금 전까지 사람의 머리가 있었던 곳에 괴물의 한쪽 팔이 육중하게 **철썩** 부딪쳤다. 여차하면 아기 같은 얼굴에서 돌출되어 나온 부분들이 모조리 떨어져 나갔을 법한 일격이었다. 남자는 도로 몸을 일으켰으며, 손수건에 피가 너무 많이 묻어 있지만 않았어도 선뜻 코에 갖다 댔을 것이었다. 나무 뒤의 그것이 한 팔을 다시 들어 올리는 순간, 남자는 손수건을 내버리고 들판으로 걸어 나갔으며, 시내로 이어지는 먼 고속도로를 향해서 땅을 가로질렀다. 괴물은 손수건 쪽으로 다가갔고, 손으로 집어서 관찰한 다음, 여러 번 찢어서 누더기가 된 조각을 살펴보았다. 곧이어 그것은 사라지는 작은 남자의 뒷모습을 멍하니 바라보았고, 상대방이 더 이상은 흥미롭지 않다고 생각한 나머지 뒤로 돌아 다시 숲으로 들어갔다.

베이브는 총소리를 듣자마자 종종걸음으로 달렸다. 아빠가 한 이야기를 앨턴 삼촌에게 경고해주는 것도 중요했지만, 그보다는 어떤 사냥감을 잡았는지를 발견하는 것이 더 흥미로웠다. 아, 삼촌은 사냥감을 잡았을 것이었다. 당연했다. 앨턴 삼촌은 반드시 뭔가를 죽일 때에만 총을 쏘았기 때문이다. 그런데 이렇게 여러 발을 쏘는 소리를 들은 것은 꼬마도 처음이었다. 분명히 곰일 거야. 꼬마는 신이 나서 생각했다. 그러다가 나무뿌리에 걸려 비틀거리다가 넘어졌지만, 곧바로 몸을 굴려 일어났기에 방금 넘어진 것은 깨닫지도 못했다. 곰가죽을 또 하나 자기 방에 놓아두게 되면 좋을 것이었다. 그걸 어디에다가 놓을까? 어쩌면 안감을 대서 이불로 삼을 수도 있을 것이었다. 저녁에는 앨턴 삼촌이 그 위에 앉아서 책을 읽어 줄 수도 있을—아, 아니야. 아니야. 삼촌이랑 아빠 사이에 이런 말썽이 있어서는 안 돼. 아, 만약 꼬마가 뭔가를 할 수만 있다면! 베이브는 걱정되고 기대되는 마음으로 더 빨리 뛰려고 노력했지만, 숨이 찬 나머지 오히려 더 천천히 가고 말았다.

숲 가장자리의 둔덕 꼭대기에서 꼬마는 걸음을 멈추고 뒤를 돌아보았다. 계곡 아래 멀리 남쪽 밭이 보였다. 베이브는 그곳을 유심히 훑으면서 아빠 모습을 찾아보았다. 새로운 이랑과 옛 이랑이 뚜렷이 대조되었기에, 꼬마의 예리한 눈은 아빠가 그 줄을 마무리하지 않은 상태에서, 경운기를 몰고 밭을 떠났으며, 농마를 끌고 나무 그늘 속으로 들어가 버렸음을 알아보았다. 그건 아빠답지 않은 행동이었다. 이제 베이브는 농마도 찾아냈지만, 아빠의 연푸른색 작업복은 어디에도 보이지 않았다. 꼬마는 아빠를 속인 방식을 떠올리며 가볍게 혼자 웃음을 터트렸다. 그리고 이 작은 웃음소리는 (적어도 꼬마의 귀에서) 앨턴이 죽어 가는 목쉰 비명을 그만 덮어 버리고 말았다.

베이브는 오솔길에 접근해서 가로지른 다음, 그 옆의 덤불 속으로 들어갔다. 총소리는 이 근처 어디에서 났었다. 꼬마는 걸음을 멈추고 몇 번이나 귀를 기울였으며, 그러다가 갑자기 뭔가가 자기 쪽으로 다가오는 소리를 들었다. 베이브는 겁에 질린 채 움츠리며 숨었고, 검은색 옷을 걸친 덩치 작고 아기 얼굴을 한 남자가 푸른 눈이 공포로 휘둥그레진 채 정신없이 그 옆을 지나 달려갔고, 그 와중에 손에 들고 있던 가죽 가방이 나뭇가지에 걸려 버리고 말았다. 가죽 가방은 잠시 빙빙 돌다가 꼬마 앞에 뚝 떨어졌다. 남자는 가방을 떨어뜨린 것도 개의치 않았다.

베이브는 한참 그곳에 숨어 있다가, 떨어진 가방을 주워 들고는 숲으로 사라졌다. 꼬마로선 이해하기 힘들 만큼 너무 빠르게 벌어진 사건이었다. 앨턴 삼촌이 곁에 있었으면 했지만, 감히 부를 엄두가 나지 않았다. 베이브는 다시 걸음을 멈추고 귀를 쫑긋 세웠다. 숲 가장자리 쪽으로 다시 돌아가다가, 꼬마는 아빠의 목소리를, 그리고 또 다른 사람의 목소리를 들었다. 아마도 서류 가방을 떨어뜨린 바로 그 사람인 모양이었다. 베이브는 차마 그곳으로 가 보지는 못했다. 즐거움직한 공포로 가득한 채로, 꼬마는 열심히 생각해 보다가 의기양양하게 손가락을 딱 쳤다. 베이브와 앨턴은 바로 이곳에서 인디언 놀이를 많이 했었다. 두 사람은 수많은 비밀 신호를 정해 놓고 있었다. 꼬마는 새 울음소리를 연습했는데, 심지어 새들보다도 그 소리를 더 잘 낼 정도였다. 그렇다면 어떤 소리가 좋을까? 아— 어치였다. 베이브는 머리를 뒤로 젖히고, 젊은이 특유의 어떤 연금술을 이용해서 소름끼치게 날카로운 소리를 만들어 냈는데, 그 정도라면 지금까지 날아다닌 그 어떤 어치에게도 뒤지지 않을 정도였다. 꼬마는 소리를 다시 냈고, 곧이어 두 번 더 냈다.

그러자 곧바로 응답이 왔다. 어치 울음소리가 모두 네 번, 그것도 두 번 나고 잠시 후에 다시 두 번 났던 것이다. 베이브는 행복한 듯 고개를 끄덕였다. 그거야말로 두 사람이 '거기'에서 곧바로 만나자는 신호였다. '거기'는 삼촌이 발견해서 조카와 공유한 은신처였고, 두 사람 외에는 아무도 몰랐다. 바로 여기서 멀지 않은 개울가의 바위 모퉁이였다. 엄밀히 말하자면 동굴까지는 아니었지만, 사실상 동굴에 가까웠다. 매혹을 느낄 만큼은 충분히 그러했다. 베이브는 행복하게 개울 쪽으로 종종걸음을 했다. 꼬마는 앨턴 삼촌이 어치의 울음소리를, 그리고 그 의미를 기억하고 있음을 방금 확인한 것이었다.

그때 앨턴의 난자당한 시체 위로 드리워진 나뭇가지 위에는 커다란 어치 한 마리가 앉아서 부리로 몸을 다듬으며 햇빛 속에서 빛을 내고 있었다. 죽음의 현존에 대해서는 전혀 의식하지 못하고, 베이브의 사실적인 울음소리도 거의 깨닫지 못한 상태에서, 어치는 다시 모두 네 번 울었다. 두 번, 그리고 다시 두 번.

코리는 어느 정도 시간이 흐르고 나서야 자기가 본 광경에서 받은 충격에서 회복될 수 있었다. 그는 처참한 광경을 피해 고개를 돌린 다음, 소나무에 힘없이 기대선 채로 숨을 헐떡였다. 앨턴. 저기 앨턴이 쓰러져 있었다. 산산조각 나서.

"세상에! 세상에, 세상에, 세상에—"

점차 체력이 돌아오자 그는 다시 몸을 돌렸다. 조심스럽게 걸어가서 몸을 굽히고 32구경 소총을 주워 들었다. 총신은 빛나고 깨끗했지만, 개머리며 그 밑판에는 뭔가 냄새 고약하고 썩은 물질이 묻어 있었다. 이 물질을 예전에 어디서 봤더라? 어디선가— 어쨌거나 지금은 상관없었다. 그는 멍하니 오물을 닦아 낸 다음, 더러워진 손수건을 내던져 버렸다. 머릿속에서 앨턴의 말이 맴돌았다. 그게 겨우 어제의 일이었나? **"추적을 시작할 거야. 그리고 킴보에게 이런 짓을 한 놈을 찾아낼 때까지 계속 추적할 거야."**

코리는 움츠러든 상태에서 주위를 살핀 끝에 앨턴의 탄약 상자를 발견했다. 상자는 축축하고 끈끈했다. 그렇게 되고 보니— 어떤 면에서는 더 나아진 셈이었다. 앨턴의 피가 묻은 총알이야말로 지금 상황에서 사용하기 딱 알맞은 셈이었다. 그는 범행 현장에서 멀지 않은 곳까지 간 다음, 주위를 한 바퀴 돈 끝에 육중한 발자국을 발견했고, 다시 아까 있던 곳으로 돌아왔다.

"내가 너 대신 추적해 줄게, 동생." 코리가 굵은 목소리로 중얼거리고 나서 출발했다. 그는 덤불을 헤치며 그 비틀거리는 자취를 따라갔다. 처음에는 줄줄이 이어지는 더러운 흙의 양에 놀랐지만, 점차 그것이야말로 자기 동생을 죽인 범인과 관련이 있다고 여기게 되었다. 지금의 코리에게는 증오와 끈질김만이 이 세상의 전부인 셈이었다. 어젯밤에 앨턴을 억지로라도 집에 끌고 돌아오지 않은 것을 자책하면서, 그는 자취를 따라서 숲의 가장자리까지 갔다. 그 자취를 따라서 거기 있는 커다란 나무까지 가자, 뭔가 다른 것이 보였다. 그건 바로 아까 본 덩치 작은 도시 남자의 발자국이었다. 그리고 그 근처에는 얼룩진 리넨 천이 놓여 있었고— 저건 또 뭐지?

또 다른 발자국이었다. 작은 발자국. 작고 발가락이 짧은 발자국이었다.

"베이브!"

아무런 응답도 없었다. 바람이 한숨을 쉬었다. 어디선가 어치 한 마리가 울었다.

아빠 목소리를 들은 베이브는 걸음을 멈추고 뒤로 돌아섰다. 거리가 멀어서 희미하지만 충분히 꿰뚫는 듯한 소리였다.

"아빠가 소리 지르는 것 좀 봐." 꼬마는 신나는 듯 읊조렸다. "와, 아빠가 화가 난 것 같은데." 베이브는 마치 약 올리듯 어치 울음소리를 아빠에게 보낸 다음, '그곳'을 향해 서둘러 갔다.

그곳은 개울가의 거대한 바위로 이루어져 있었다. 빙하 시대의 어떤 융기가 그곳을 쪼개 놓았는지 커다란 V자 형태의 덩어리가 떨어져 나간 뒤였다. 그렇게 해서 생긴 틈새에서 가장 넓은 부분은 물가와 맞닿았고, 가장 좁은 부분은 덤불에 가려져 있었다. 틈새 안은 천장 없는 작은 방이 되었다. 내부는 거칠고 울퉁불퉁하며 웅덩이와 작은 구멍이 많았지만, 그럼에도 불구하고 바닥은 상당히 평평한 편이고, 물가와 맞닿아 있었다.

베이브는 덤불을 헤치고 틈새 속을 들여다보았다.

"앨턴 삼촌!" 꼬마가 나지막이 불러 보았다. 아무 대답이 없었다. 아, 맞아. 삼촌은 지금 오는 중일 거야. 베이브는 안으로 기어 들어가서 바닥으로 미끄러져 내려갔다.

꼬마는 이곳이 좋았다. 그늘지고 시원했으며, 재잘거리는 개울 덕분에 움직이는 황금색 빛과 경쾌한 물소리가 가득했기 때문이다. 베이브는 원칙대로 다시 한번 삼촌을 불러 본 다음, 둔덕에 올라앉아서 기다렸다. 그러고 나서야 아까 본 작은 남자의 서류 가방을 자기가 들고 있음을 비로소 깨달았다.

두 바퀴나 뒤집어 보고 나서야 꼬마는 가방을 열었다. 한가운데 가죽 벽이 있어서 칸이 나뉘어 있었다. 한쪽 칸에는 커다란 노란색 봉투 안에 서류가 몇 장 들어 있었고, 다른 쪽 칸에는 샌드위치 몇 개와 초콜릿 바 하나, 사과 하나가 들어 있었다. 하늘에서 떨어진 만나를 감사히 받아들이는 어린이 특유의 자세로 베이브는 간식을 집어 들었다. 샌드위치 하나는 앨턴을 위해서 남겨 두기로 했는데, 사실은 그 안에 들어 있는 소시지의 매운 양념이 마음에 들지 않았기 때문이다. 그래도 나머지는 정말 잔치나 다름이 없었다.

사과를 속까지 다 먹어 치울 때까지 앨턴이 도착하지 않자 꼬마는 약간 걱정이 되었다. 일단 자리에서 일어나 납작한 조약돌 몇 개를 콸콸 흐르는 개울에 집어 던져 보았고, 다음에는 물구나무를 서 보았으며, 다음에는 자기 자신에게 해 줄 이야기를 생각해 보다가, 나중에는 그냥 기다려 보았다. 마지막으로는 절망적인 상태에서 다시 서류 가방을 집어 들고, 그 안의 서류를 꺼낸 다음, 돌벽 옆에 앉아서 읽기 시작했다. 어쨌거나 뭐라도 할 일이 생긴 셈이었다.

그 안에 들어 있는 오래된 신문 기사 스크랩에는 어떤 사람들이 남긴 기묘한 유언들에 관한 이야기가 나와 있었다. 어느 노부인은 지구에서 달까지의 왕복 여행에 성공한 사람에게 주라면서 상당히 많은 돈을 남겼다. 또 어떤 사람은 주인의 사망으로 갈 곳 없는 고양이를 돌보는 집을 만들 자금을 내놓았다. 어떤 남자는 어떤 수학 문제를 풀고, 그 풀이 과정을 제시하는 첫 번째 사람에게 주라며 수천 달러를 남겼다. 그리고 그중 한 가지 대목에는 파란색 연필로 표시가 되어 있었다. 이런 내용이었다.

아직도 효력을 지닌 유언 가운데 가장 기묘한 것은 1920년에 사망한 새디어스 M. 커크의 유언이다. 그는 자기 일족의 유해 모두를 안치할 지하 납골당이 있는 호화로운 영묘를 건설한 것으로 보인다. 그는 지정된 자리를 채우기 위해 전국 각지에서 일족의 관들을 수집하고 운반했다. 커크는 가문의 마지막 후손이었다. 그가 사망하자 다른 친척은 전혀 없었다. 그는 유언에서 이 영묘를 영구적으로 보수하라고 요구하면서, 아직 자리가 비어 있는 자기 할아버지 로저 커크의 시신을 찾아내는 사람에게 줄 보상금도 별도로 마련해 놓았다. 그 시신을 찾아내는 사람은 상당한 금액을 받게 될 것이라고 한다.

베이브는 기사를 읽다 말고 멍하니 하품을 했지만, 딱히 더 할 일이 없었던 관계로 계속 읽어 나갔다. 그다음에는 사업상의 편지를 묶은 두툼한 더미가 있었는데, 그 편지지에는 무슨 법률회사의 이름이 인쇄되어 있었다. 그 내용은 이러했다.

새디어스 커크 씨의 유언에 관한 귀하의 문의에 대해서는 다음과 같이 말씀드릴 수 있습니다. 고인의 할아버지께서는 키가 162센티미터셨고, 왼쪽 팔에 부러졌던 흔적이 있고, 두개골에 삼각형 은판을 부착하고 계셨습니다. 그분의 사망 장소에 관해서는 아무런 정보가 없습니다. 실종된 지 14년이 지나 법적으로는 사망한 것으로 간주되었습니다.

고인의 유언에 명시된 보상 금액은 그동안의 이자까지 포함해서 6만 2천 달러 이상에 달합니다. 발견된 유해가 우리가 보유한 기록에 나온 구체적인 묘사에 부합될 경우, 유해를 발견한 사람에게 보상금을 지급할 예정입니다.

내용은 더 있었지만, 베이브는 지루해졌다. 그리하여 꼬마는 작고 까만 공책으로 넘어갔다. 그 안에는 도서관 방문에 관해서 연필로 적은 간략한 기록이 들어 있었다. 그리고 『앤젤리나와 타일러군郡 역사』와 『커크 가문 역사』 같은 책들에서 가져온 인용문도 들어 있었다. 베이브는 공책도 내던져 버렸다. 도대체 앨턴 삼촌은 어디에 간 걸까?

꼬마는 곡조 없이 흥얼거리기 시작했다. "투말루말룸 툼, 타 타 타." 베이브는 영화에서 본 어떤 여자아이처럼 치렁치렁한 치마를 걸치고 미뉴에트에 맞춰 춤추는 흉내를 냈다. 그러다가 '그곳'으로 들어오는 입구의 덤불이 부스럭거리는 소리에 우뚝 동작을 멈추었다. 꼬마는 위쪽을 바라보았다. 덤불이 옆으로 젖혀지고 있었다. 베이브는 재빨리 돌벽에 있는 작은 구멍으로 달려갔다. 딱 꼬마가 들어가 숨으면 보이지 않을 만한 크기였다. 베이브는 자기가 갑자기 뛰어나오면 앨턴 삼촌이 얼마나 놀랄지를 생각하며 킥킥거리기까지 했다.

베이브는 새로 들어온 누군가가 틈새의 가파른 경사로를 미끄러져 내려와서 바닥에 쿵 하고 떨어지는 소리를 들었다. 그런데 그 소리에는 뭔가 이상한 데가 있었다. 저게 뭐지? 앨턴 삼촌처럼 덩치 큰 사람이 덤불 속의 작은 입구를 지나오는 것은 쉽지 않은 일이었지만, 어째서인지 이번에는 가쁜 숨소리가 들리지 않았다. 아니, 숨소리가 아예 들리지 않았다!

베이브는 넓은 틈새를 슬쩍 엿보자마자 극한의 공포에 사로잡혀 비명을 질렀다. 거기 서 있는 것은 앨턴 삼촌이 아니라 커다란 사람 모양의 형체였다. 마치 어설프게 들쭉날쭉 만든 진흙 인형처럼 생긴 커다란 뭔가였다. 그것은 덜덜 떨렸으며, 그중 일부는 번뜩이고, 그중 일부는 말라서 부서졌다. 얼굴의 왼쪽 아랫부분은 날아가고 없어서 뭔가 기우뚱해 보였다. 뚜렷한 입이나 코도 없었으며, 두 눈도 뒤틀려 한쪽이 다른 한쪽보다 더 높았고, 흐릿한 갈색 눈동자에는 흰자가 전혀 없었다. 그것은 가만히 서서 꼬마를 바라보았고, 유일한 움직임이라고는 꾸준하고도 살아 있지 않은 떨림뿐이었다.

그것은 방금 베이브가 낸 기묘하고 작은 소음이 뭔지 궁금해졌다.

꼬마는 작은 구멍 속으로 최대한 뒷걸음질해 들어갔고, 두뇌는 고통의 작은 원을 그리며 돌고 또 돌았다. 소리를 지르려고 입을 벌렸지만 차마 그럴 수가 없었다. 노력해도 되지 않자 두 눈이 튀어나오고 얼굴이 붉어졌으며, 필사적으로 나갈 길을 찾아보는 과정에서 머리를 땋은 황금빛 밧줄 두 개가 씰룩대고 또 씰룩댔다. 차라리 쐐기 모양의 반半동굴에서 물가 쪽에만 있었더라면! 아니면 지금 그것이 서 있는 자리에만 있었더라면! 차라리 그냥 집에서 잠을 자고만 있었더라면!

그것이 꼬마에게 다가왔다. 무표정하게, 느린 불가피성을 드러내는 그 움직임이야말로 순전한 공포의 핵심이었다. 베이브는 눈이 휘둥그레지고 몸이 얼어붙은 채로 쓰러져 있었다. 늘어가는 공포의 압력으로 허파가 정지했고, 온 세상을 뒤흔들 것처럼 가슴이 벌렁거렸다. 괴물은 작은 구멍의 입구로 다가왔고, 꼬마에게 다가가려 했지만 양옆에 가로막히고 말았다. 워낙 좁고 얕은 균열이었으며, 그나마 베이브가 들어갈 수 있는 유일한 곳이었다. 숲에서 온 그것은 양쪽 어깨로 바위를 떠밀며 긴장시켰고, 베이브에게 가기 위해 세게, 더 세게 짓눌렀다. 꼬마는 천천히 일어났다. 그것에게서 워낙 가까운 까닭에 그 냄새가 마치 눈에 보일 것처럼 강렬하게 났다. 그러자 베이브의 목소리 없는 두려움에서 강한 희망이 뚫고 나왔다. 그것은 이리로 들어올 수 없다! 그것은 너무 커서 이리로 들어올 수 없다!

어마어마한 긴장 속에서 그것의 발을 이룬 물질이 천천히 주위로 퍼져 나갔으며, 그것의 한쪽 어깨에 약간의 균열이 나타났다. 괴물이 무감각하게 제 몸을 바위에 짓눌러 망가트리자 균열은 더 넓어졌고, 갑자기 어깨에서 큰 부분이 떨어져 나가면서, 그것이 철퍽거리며 구멍 안으로 3피트나 더 들어왔다. 그러고는 가만히 누운 채 흐릿한 눈으로 꼬마를 바라보면서 굵은 팔을 제 머리 위로 넘겨서 뻗었다.

불가능한 줄은 알았지만 베이브는 안으로 1인치만 더 들어가려고 발버둥쳤고, 지저분하고 굵은 손이 꼬마의 등을 훑고 지나가면서 입고 있던 셔츠의 파란 데님 천에 진흙 자국을 남겼다. 곧이어 괴물이 갑자기 돌진하면서, 이제는 완전히 누운 자세가 되어서, 저 귀중한 마지막 1인치를 얻어냈다. 시커먼 한 손이 꼬마의 땋은 머리 하나를 붙잡았고, 베이브는 그만 정신을 잃고 말았다.

다시 정신을 차렸을 때, 꼬마는 앞서와 마찬가지로 껍데기가 있는 손에 머리카락이 붙들린 채 공중에 대롱대롱 매달려 있었다. 그것은 베이브를 높이 치켜들었고, 그리하여 꼬마의 얼굴과 그것의 형태 없는 머리 사이는 불과 1피트밖에 되지 않았다. 그것은 두 눈에 약간의 호기심을 담아 베이브를 바라보았고, 천천히 앞뒤로 꼬마를 흔들었다. 머리카락을 잡아당기는 고통 때문에 베이브는 두려움도 채 할 수 없었던 일을 해냈다. 목소리를 되찾은 것이었다. 꼬마는 비명을 질렀다. 입을 벌리고, 어린이 특유의 저 강인한 허파에 공기를 가득 채운 다음, 소리를 내질렀다. 베이브는 자기 목을 첫 번째 비명의 위치에 유지한 채, 가슴을 움직여서 얼어붙은 목구멍 너머로 더 많은 공기를 들여보냈다. 그 비명은 날카롭고 단조로웠으며 무한히 찌르는 듯했다.

그것은 개의치 않았다. 계속해서 꼬마를 그대로 붙잡고 지켜볼 뿐이었다. 이 현상으로부터 배울 수 있는 것을 다 배우고 나자, 그것은 베이브를 갑자기 놓아 버렸다. 그러고는 반半동굴 안을 둘러보면서, 놀라서 웅크린 꼬마를 무시해 버렸다. 그것은 손을 뻗어서 가죽 서류 가방을 집어 들더니, 마치 화장지 조각이라도 되는 듯 찢어서 두 조각을 내 버렸다. 그것은 베이브가 남겨 놓은 샌드위치를 발견하고, 집어 들어서 뭉개더니 도로 떨어뜨렸다.

꼬마는 두 눈을 떴고, 자기가 자유로워졌다는 사실을 깨달았다. 그것이 등을 돌리자마자, 베이브는 그것의 두 다리 사이를 지나 바위 앞에 있는 얕은 웅덩이로 뛰어든 다음, 비명을 지르며 헤엄을 쳐서 반대편 개울가에 도달했다. 꼬마에게서는 작지만 극렬한 분노의 불빛이 타오르고 있었다. 베이브는 자몽 크기의 돌멩이를 하나 집어 들어 격노한 상태에서 힘껏 집어던졌다. 돌멩이는 낮고도 빠르게 날아가 괴물의 한쪽 발목을 정통으로 맞혔다. 그것은 마침 물속으로 한 걸음을 내디딘 상태였다. 돌멩이에 맞으면서 그것은 균형을 잃었고, 평형 유지 능력을 미처 연습하지 못했던 까닭에 균형을 되찾지 못했다. 그것은 물가에서 한참을 조용히 비틀거리더니, 결국 물속으로 첨벙하고 쓰러져 버렸다. 베이브는 두 번 바라볼 것도 없이 비명을 지르며 도망쳤다.

코리 드루는 어쩐지 살인자의 경로를 표시해 주는 듯한 작은 흙덩어리를 뒤쫓다가, 그곳에 가까이 다가섰을 때에 처음으로 딸의 비명을 들었다. 그는 뛰기 시작했고, 산탄총은 내던져 버린 상태에서 32구경 소총을 들고 쏠 준비를 했다. 코리는 끔찍한 공황을 느끼면서 달렸기에, 커다란 균열이 있는 바위를 지나쳐서 무려 1백 야드나 더 가서야, 비로소 딸이 웅덩이로 뛰어들었다가 반대편 개울가를 달려 올라가는 모습을 보았다. 그는 딸을 붙잡기 위해서 죽어라고 빨리 달려야만 했다. 왜냐하면 베이브의 뒤에 있는 것은 바로 동굴 속의 얼굴 없는 공포였으며, 지금 꼬마는 그곳에서 벗어나야 한다는 단 한 가지 생각뿐이었기 때문이다. 아빠는 딸을 두 팔로 붙잡아서 가슴에 끌어안았지만, 꼬마는 계속 또 계속 또 계속 비명을 지를 뿐이었다.

베이브는 코리를 알아보지도 못했다. 심지어 아빠가 자기를 끌어안고 달래 주는 동안에도 매한가지였다.

괴물은 물속에 누워 있었다. 그것은 이 새로운 물질을 좋아하지도, 싫어하지도 않았다. 그것은 개울 바닥에 누워 있었으며, 그 커다란 머리는 수면에서 1피트 아래에 있었다. 그것은 호기심에 사로잡혀 이제껏 모은 사실들을 고려해 보았다. 베이브의 목소리에 들어 있는 작고 흥얼거리는 소음 때문에 괴물은 그 동굴을 찾아 나섰던 것이었다. 서류 가방을 구성하는 검은색 물질을 찢을 때에는 다른 초록색 물질보다 훨씬 더 저항감이 있었다. 애초에 노래를 불러서 그것을 불러들였지만, 정작 그것이 나타나자 비명을 지른 두 발 달린 것도 있었다. 그리고 그것이 지금 빠져 있는 이 새롭고도 차갑고도 움직이는 것이 있었다. 이것이 그것의 몸뚱이를 씻고 있었다. 지금까지 한 번도 없었던 일이었다. 흥미로웠다. 괴물은 계속 이 상태로 머물러서 이 새로운 것을 관찰하기로 작정했다. 그것은 스스로를 구할 충동을 전혀 느끼지 않았다. 그것은 단지 호기심을 가질 수만 있었다.

개울은 그 샘으로부터 재잘거리며 흘러내려 왔고, 그 수원에서부터 아래로 흐르면서 햇빛을 부르고, 불어난 물과 유용한 실개울을 모두 받아들였다. 이것은 흐르는 작은 뿌리들을 가지고 놀며 소리쳤으며, 그 작은 역수逆水에 있는 피라미와 올챙이를 떠밀었다. 이것은 행복한 개울이었다. 균열이 있는 바위 옆의 웅덩이에 도달한 이것은 거기 있는 괴물을 발견해서 달려들었다. 이것이 지저분한 물질을 적시고, 흙을 무르게 만들어서 녹이자, 그것의 밑에 있는 물은 그 희석된 물질 때문에 시커멓게 변해서 소용돌이쳤다. 이것은 철저한 개울이었다. 이것은 만지는 모든 것을 끈질기게 씻어 냈다. 이것은 오물을 발견하면 오물을 제거했다. 혹시나 겹겹이 쌓인 더러움이 있으면, 그 더러움을 한 겹 또 한 겹 제거했다. 이것은 훌륭한 개울이었다. 이것은 괴물의 독성에 개의치 않았으며, 그것을 받아들이고, 그것을 희석하고, 그것을 퍼뜨려서 하류에 있는 바위들 주위에 작은 고리를 이루게 했으며, 그것이 수생 식물의 잔뿌리에 가 닿게 해서 장차 더 초록이고 더 아름다울 수 있게 해 주었다. 그렇게 괴물은 녹아 버렸다.

"나는 더 작아졌다." 그것은 생각했다. "흥미롭군. 이제 나는 움직일 수 없어. 그리고 이제는 나의 생각하는 이 부분도 역시나 사라지고 있어. 잠시 후면 생각도 멈춰 버릴 거고, 몸뚱이의 나머지와 함께 흘러서 사라지겠지. 그것은 생각하기를 멈출 거고, 나는 존재하기를 멈출 거고, 그것 역시 매우 흥미로운 일이야."

그렇게 괴물은 녹아서 물을 더럽혔지만, 물은 다시 깨끗해졌고, 괴물이 남겨 놓은 해골을 씻고 또 씻어 냈다. 해골이라야 아주 크지도 않았으며, 왼쪽 팔에는 부러졌다가 잘못 붙은 흔적이 남아 있었다. 희끄무레한 두개골에 달려 있는 삼각형 은판이 햇빛을 받아 번쩍였고, 이제 해골은 매우 깨끗해져 있었다. 개울은 이후로도 오랫동안 그 일을 놓고 웃어 댔다.

사람들은 해골을 찾아냈다. 살인자를 찾겠다며 달려온 굳은 표정의 남자들이 무려 여섯 명이었다. 하지만 며칠 뒤에 베이브가 해 준 이야기를 믿는 사람은 아무도 없었다. 며칠 뒤에야 비로소 이야기를 할 수 있었던 까닭은, 꼬마가 무려 일곱 시간 동안 쉬지 않고 비명을 지르고 하루 종일 마치 죽은 아이처럼 누워 있었기 때문이다. 아무도 베이브의 말을 믿지 않았는데, 온통 나쁜 놈에 대한 이야기였기 때문이고, 사람들은 그 나쁜 놈이야 단지 꼬마의 아빠가 딸을 겁주려고 만들어 낸 것임을 알고 있었기 때문이다. 하지만 베이브 덕분에 해골을 찾아낸 셈이었으므로, 드루 가족은 이제껏 꿈꿔 봤던 것보다 훨씬 더 많은 돈을 은행에서 얻게 되었다. 그 해골은 당연히 로저 커크의 것이었다. 물론 그가 실제로 사망한 곳은 거기서 5마일이나 떨어져 있었다. 그는 죽어서 숲 바닥으로 가라앉았으며, 거기서 그의 해골 주위에 뜨거운 흙이 뭉쳐지면서 결국 괴물로 부활한 것이었다.

그리하여 드루 가족은 새로운 축사와 훌륭한 새 가축을 갖게 되었으며, 일꾼도 네 명이나 고용하게 되었다. 하지만 앨턴을 곁에 두지는 못했다. 그리고 킴보도 곁에 두지는 못했다. 그리고 베이브는 밤마다 비명을 질렀고, 무척 여윈 아이로 자랐다.

사고방식

A Way of Thinking

아마도 여러분이 나한테서 이미 들어 보았음직한 일화 한두 개로 시작해야만 할 것 같다. 하지만 충분히 반복할 만한 이야기이다. 왜냐하면 지금 우리가 이야기하는 사람은 바로 켈리이기 때문이다.

나는 청년 시절 그와 함께 선원으로 일한 적이 있다. 대부분 연안을 운행하는 유조선에서였다. 즉 석유가 나는 지역 어디(예를 들어 뉴올리언스, 애런서스패스, 포트아서, 또는 다른 어디)에선가 짐을 싣고 가서 해터러스곶 북쪽 항구에 내리는 것이었다. 바다에서 8일, 항구에서 16시간 그리고 각각 하루에서 6시간의 편차가 있었다. 켈리는 내가 감독하는 이등 선원이었는데, 한마디로 웃음거리였다. 하지만 그는 배에 탄 누구보다도 바다에 대해서 잘 알았다. 켈리는 결코 나를 놀리지 않았는데, 나로 말하자면 파란색 숙련 선원 면허증을 갖고 돌아다녔기 때문이다. 그는 나름대로의 기묘하고 조용한 유머 감각을 갖고 있었지만, 그런 유머 감각을 만족시키기 위해서 한 가지 분명한 사실을 굳이 입증하지는 않았다. 그 분명한 사실이란, 선원으로서의 능력 면에서는 켈리가 나보다 두 배로 뛰어나다는 점이었다.

예를 들어 포트아서에서 어느 날 밤에 일어난 일이다. 나는 레드라는 별칭의 붉은 머리 아가씨와 어느 술집에서 음악을 들으면서 작업에 한창이었는데, 가만 보니 마침 주크박스 바로 옆에 부츠라는 또 다른 아가씨가 앉아 있었다. 이 부츠라는 아가씨는 술집 입구를 바라보며 이를 갈고 있었는데, 나는 무슨 영문인지를 알고 있었기에 걱정이 되었다. 사실은 켈리가 그녀를 상당히 정기적으로 찾아갔었는데, 이번 여정에서는 그러지 않은 데다가, 동료인 피트의 대타로 다른 어떤 아가씨와 노닥거렸다는 소문이 돌았기 때문이다. 그거야말로 부츠의 입장에서는 불쾌할 수밖에 없는 종류의 소문이었다. 나는 켈리가 금방이라도 그 술집에 들어올 것을 알았는데, 왜냐하면 하필 나를 거기서 만나기로 약속했기 때문이다.

드디어 그가 나타났고, 길고 곧은 계단을 마치 고양이처럼 손쉽게 뛰어 올라왔다. 켈리가 입구에 들어서자 모두가 숨을 죽였고, 그저 주크박스만 떠들고 있었는데, 그 음악 소리조차도 뭔가 겁에 질린 듯했다.

마침 부츠의 한쪽 어깨 위에는 작은 선반이 하나 있었는데, 거기에는 전기 선풍기가 한 대 있었다. 16인치짜리 날개가 달렸고 보호망은 없었다. 켈리의 얼굴이 문간에 나타난 바로 그 순간, 마치 바구니에서 솟아오르는 뱀처럼 부츠가 자리에서 일어나더니, 자기 뒤로 손을 뻗어서 선반의 선풍기를 낚아채 그에게 던져 버렸다.

켈리의 입장에서 보자면 그 일은 마치 슬로모션 카메라로 찍은 영상처럼 펼쳐졌던 모양이다. 그는 발을 전혀 움직이지 않았다. 그저 상체를 아주 살짝 옆으로 굽히면서 넓은 어깨를 돌렸을 뿐이다. 나는 그 윙윙거리는 선풍기 날개 끝이 그의 셔츠 단추 하나를 **틱! 틱! 틱!** 하고 세 번 건드리는 소리를 똑똑히 들었다. 곧이어 선풍기는 문설주에 쿵 하고 부딪혔다.

그 순간 주크박스의 노래가 뚝 끊어졌다. 술집 안은 **너무** 조용했다. 켈리는 아무 말하지 않았고, 그 어느 누구도 아무 말하지 않았다.

'당한 대로 갚는다'는 말도 있듯이, 누군가가 여러분에게 무시무시한 물건을 집어 던져서 아슬아슬하게 빗나갔을 경우, 여러분은 곧바로 땅에 떨어진 그 물건을 집어서 상대방에게 도로 던졌을 것이다. 하지만 켈리는 우리처럼 생각하지 않았다. 그는 선풍기를 쳐다보지도 않았다. 단지 부츠를 쳐다보았을 뿐이다. 그녀는 하얗게 질리고 정신 나간 몰골로, 켈리가 마음속에 품고 있을 어떤 보복이든 당하기를 기다리고 있었다.

그는 술집을 가로질러 그녀에게 다가갔다. 빠른 움직임이었지만 아주 서두르는 것은 아니었다. 그리고 테이블에 앉아 있던 그녀를 들어 올린 다음, 휙 하고 던져 버렸다.

그는 그녀를 선풍기에 던졌다.

그녀는 바닥에 떨어져서 미끄러져 갔으며, 선풍기가 놓여 있는 곳을 지나쳐서 문설주에 머리를 쿵 하고 부딪히더니, 빙글 돌면서 계단까지 미끄러져 가 버렸다. 켈리는 그녀의 뒤를 쫓아가서 몸을 타넘은 다음, 계단을 내려가서 다시 배로 돌아갔다.

또 한번은 우리 배의 우현 권양기에 사용할 신품 주主 평톱니바퀴를 실은 적이 있었다. 엔지니어가 오전 내내 낡은 톱니바퀴를 그 축에서 빼내려고 애를 썼는데 소용이 없었다. 바퀴통에 열을 가하기도 했다. 바퀴통을 때리기도 했다. 쐐기를 넣기도 했다. 핸디빌리(즉 네 개짜리 겹도르래)를 걸기도 했는데, 그 결과 U자형 볼트만 부러지고 말았다.

그러다가 켈리가 갑판에 올라오더니, 잠을 쫓기 위해 눈을 비비면서 상황을 한번 흘끗 살펴보았다. 그는 권양기로 다가가더니 멍키렌치를 집어 들고는 축 주위의 덮개를 꽉 조여 주는 볼트 네 개를 풀었다. 그러더니 12파운드짜리 메를 집어 들고 무게를 가늠하더니 딱 한 번 휘둘렀다. 메로 축 끄트머리를 때리자, 축이 마치 발사구를 빠져나오는 어뢰마냥 기계 반대편으로 휙 튀어나왔다. 톱니바퀴는 갑판 위에 쿵 하고 떨어졌다. 켈리는 키를 잡기 위해 앞으로 갔고, 더 이상은 그 일에 신경 쓰지 않았지만, 갑판의 선원들은 눈이 휘둥그레져서 그의 뒷모습을 바라보고 있었다. 내 말이 무슨 뜻인지 아시겠는가? 즉 이런 문제가 있다고 치자. '축에 박힌 톱니바퀴를 빼시오.' 그러나 켈리의 사전辭典에는 이렇게 나온다. '톱니바퀴에 박힌 축을 빼시오.'

한번은 포커 판에서 내가 그에게 훈수를 둔 적이 있는데, 나쁘지 않은 패인 투페어를 버리고, 확실히 이기는 패인 스트레이트플러시를 드로 했기 때문이었다. 왜 그 패를 버렸을까? 속임수가 있음을 그제야 깨달았기 때문이었다. 왜 플러시였을까? 누가 알겠는가. 켈리가 한 일이라고는 판돈을(제법 큰 액수였다) 챙긴 다음, 사기꾼을 향해 씩 웃어 보이고는, 자리를 뜬 것뿐이었다.

이런 식의 이야기라면 얼마든지 더 있지만, 이쯤이면 그가 어떤 사람인지 여러분도 이해했을 것이다. 즉 그 친구는 특별한 사고방식을 지니고 있었다. 그것뿐이었다. 그리고 그런 사고방식 덕분에 결코 실패하는 법이 없었다.

훗날 나는 켈리와 소식이 끊겼다. 가끔은 그 사실이 아쉬웠다. 워낙 뚜렷한 인상을 남겼기에, 나도 가끔 해결하기 힘든 문제를 만나면 그를 생각하곤 했다. 켈리라면 어떻게 했을까? 가끔은 그런 생각이 도움을 주었지만, 그렇지 못할 때도 많았다. 그렇지 못할 때면, 그건 어디까지나 내가 켈리까지는 아니기 때문이라고 짐작했다.

훗날 나는 선원 일을 그만두었고, 결혼한 다음에 다른 온갖 종류의 일을 했다. 그렇게 여러 해가 지나고, 전쟁이 시작되었다가 끝났으며, 그러던 어느 따뜻한 봄날 저녁, 나는 웨스트 48번 스트리트의 어느 장소에 가게 되었다. 마침 **테킬라**를 한잔 마시고 싶었는데, 그때마다 가는 곳이 거기였기 때문이다. 그런데 그곳의 어느 칸막이 좌석에 앉아서 멕시코 음식을 한 상 펼쳐 놓고 먹어 치우는 사람이 하나 있었으니— 아니, 켈리는 아니었다.

그 친구는 바로 밀턴이었다. 돈 많은 대학생 같은 차림새였다. 정장은 항상 몸에 딱 맞게 재단되어 있었지만, 차분한 색깔이었다. 긴장을 풀고 있을 때면, 마치 남학생 사교 클럽 회원으로 방금 뽑힌 것 같은, 그리고 그 일이 자신에게는 중요하다는 듯한 모습이었다. 걱정을 하고 있을 때면 혹시 또 수업을 빼먹었느냐고 누구라도 물어보고 싶을 듯한 모습이었다. 한마디 덧붙이자면, 그는 매우 실력이 뛰어난 의사였다.

밀턴은 마침 걱정을 하는 모습이었지만, 그래도 내게 반갑게 인사를 건네고 손까지 흔들어 자기 좌석으로 부르더니 남은 음식을 먹어 치웠다. 우리는 잠시 이야기를 나누었고, 나는 그에게 술을 한잔 사려고 했다. 밀턴은 정말로 안타까운 표정을 짓더니 고개를 저었다. "10분 뒤에 환자를 보기로 했거든." 그는 이렇게 말하며 자기 시계를 들여다보았다.

"병원이 근처에 있잖아. 진료 끝나고 다시 오라고."

"차라리 이렇게 하자고." 밀턴은 이렇게 말하며 자리에서 일어났다. "자네도 같이 가는 거야. 어쩌면 자네도 관심이 생길 수 있으니까. 한번 생각해 보라고."

그가 모자를 쓰고 루디에게 돈을 내자, 내가 말했다. "루에고(나중에)." 그러자 루디는 씩 웃으면서 **테킬라** 병을 손으로 툭 쳤다. 좋은 가게였다. 루디스*는.

"어디가 아픈 환자인데 그래?" 거리로 나오자 내가 물었다. 잠시 나는 밀턴이 내 말을 못 들었나 보다 생각했다. 하지만 마침내 그가 말했다. "늑골 골절이 네 군데 그리고 대퇴부 합병증이야. 체내 출혈도 약간 있는데, 어쩌면 비장 파열 때문일 수도 있고, 아닐 수도 있어. 설소대舌小帶에 괴저도 있지. 아니, 그마저도 설소대가 조금이라도 남아 있을 때의 이야기였지만."

"설소대가 뭔데?"

"혀 밑에 있는 작은 조직이야."

"우훔." 나는 혀끝으로 입안의 그 부분을 건드려 보면서 대답했다. "참으로 건강하신 환자로군."

"폐 협착도 있어." 밀턴이 곰곰이 생각했다. "심각한 건 아니고, 결핵성도 확실히 아니야. 하지만 아프고 피가 나기 때문에, 영 마음에

* Rudy's. 앞서 「이성」에 등장한 '루디스'와 같은 곳으로, 실제로 저자의 단골 가게였다.

들지가 않아. 그리고 주사酒皶도 있지."

"그러니까 코가 신호등처럼 빨갛게 변하는 것 말이군, 그렇지?"

"그 증상을 가진 사람에게는 별로 재미있는 일이 아니야."

나는 농담을 멈추었다. "뭐가 원인이었을까. 혹시 폭력배에게 당했나?"

그는 고개를 저었다.

"트럭에 치였어?"

"아니."

"넘어지면서 뭔가에 부딪친 게로군."

밀턴은 걸음을 멈추고는 몸을 돌려 내 눈을 똑바로 바라보았다. "아니야." 그가 말했다. "그런 게 전혀 아니야. 전혀 아니라고." 밀턴은 이렇게 말하고 다시 걷기 시작했다. "전혀."

나는 아무 대답도 하지 않았다. 아무 할 말이 없었기 때문이다.

"그 환자는 그냥 누워 있었을 뿐이라더군." 밀턴은 뭔가 생각하는 듯 말했다. "갑자기 식욕이 없어져서 말이야. 그런데 이런 증상들이 하나씩 하나씩 나타났던 거지."

"그냥 **누워만** 있었는데도?"

"음." 밀턴은 아주 정확히 설명하려는 듯한 어조로 덧붙였다. "사실은 그가 화장실에 갔다 침대로 돌아오던 중에 갑자기 늑골이 부러졌다고 하더군."

"농담하지 마."

"아니, 진짜야."

"그럼 그 환자가 거짓말을 하는 거겠지."

밀턴이 말했다. "나는 그 사람 말을 믿어."

나는 그의 성격을 알았다. 따라서 밀턴이 그 환자를 믿는다는 데에는 의심의 여지가 없었다. "나는 심신증 질환에 관한 자료를 꾸준히 읽어 왔어. 하지만 그렇게까지 망가진— 아까 어느 부위라고 했었지?"

"대퇴골. 허벅지 말이야. 합병증도 있지. 아, 물론 희귀한 증상이야. 하지만 충분히 일어날 수도 있고, 실제로 일어나기도 했지. 자네도 알다시피, 그 근육들은 상당히 강하다고. 자네가 계단을 올라갈 때마다 매번 무려 250에서 300파운드의 힘을 내는 근육들이니까. 특정한 경련성 히스테리에서는 그 근육들이 뼈도 쉽게 부러뜨릴 수 있어."

"그렇다면 나머지 증상들은 뭐야?"

"기능성 장애지. 하나같이 말이야. 세균성 질환까지는 아니야."

"그렇다면 그 환자는 **진짜로** 마음속에 뭔가 대단한 게 있나 보군."

"그래, 실제로 있어."

하지만 나는 그게 뭔지 물어보지 않았다. 마치 스프링 문이 딸깍하고 닫힌 것처럼, 그 문제에 대한 대화가 끝나는 소리를 들을 수 있었기 때문이다.

우리는 상점 전면들 사이에 있는 어떤 문으로 다가가서 계단을 세 개나 지나갔다. 밀턴은 한 손을 초인종에 갖다 댔지만, 누르지 않고 도로 내렸다. 문에는 다음과 같은 쪽지가 붙어 있었다. '선생님. 주사제 사러 갑니다. 열려 있으니 들어가세요.'

누구라고 이름은 적혀 있지 않았다. 밀턴은 손잡이를 열었고, 우리는 안으로 들어갔다.

맨 먼저 나를 엄습한 것은 바로 냄새였다. 아주 강하지는 않았지만, 참호를 파다가 재수 없게도 하필이면 지난주에 시신을 묻은 구덩이를 건드려 본 사람이라면 남은 평생 결코 잊지 못할 만한 냄새였다. "괴저 때문에 그래." 밀턴이 말했다. "빌어먹을." 그가 손짓을 했다. "모자는 거기 걸어 두라고. 자리에 앉아. 나도 금방 나올 테니까." 밀턴은 안쪽 방으로 들어가면서 문간에서 이렇게 말했다. "잘 있었나, 핼." 안에서 누군가가 대답하며 웅얼거리는 소리가 났는데, 그 소리를 듣자 내 속에서 뭔가가 뒤틀렸다. 그 정도로 병마에 시달려 지쳤을 사람의 목소리가 그렇게 쾌활해서는 안 되기 때문이다.

나는 자리에 앉아 벽지를 바라보면서, 방 안에서 들려오는 저 의사의 끙끙 소리며, 쾌활하고도 지친 듯한 응답을 애써 못 들은 척했다. 그곳의 벽지는 끔찍했다. 언젠가 어느 나이트클럽 공연에서 레지널드 가디너*가 벽지 디자인을 소리로 묘사한 것이 떠올랐다. 이 벽지라면 아마 이렇지 않았을까. "**엉**…… 웩, 웩. 엉…… 웩, 웩." 매우 희미하게, 그리고 마지막 음절은 긴장된 구역질이었다. 곧이어 나는 특히나 어설픈 접합부에 도달했는데, 거기서는 벽지가 완전히 그 자체의 리듬을 파괴했고, '웩 웩 **엉**'으로 가고 있었다. 바로 그때 현관문이 열려서 나는 깜짝 놀라 벌떡 일어났다. 간단하고 확실한 해명이 없는 상태로 뜻밖의 장소에서 붙잡힌 사람이 느낄 법한 전적인 죄의식이 솟구쳤던 것이다.

키가 크고 밑창이 부드러운 신발을 신은 한 남자가 성큼성큼 두 걸음 만에 집 안으로 들어왔다. 매우 평온한 얼굴과 긴 초록색 눈으로 그가 나를 바라보았다. 그러고는 마치 몸에 겹판 스프링과 충격 흡수 장치가 달린 것처럼 멈춰 섰다. 갑자기가 아니라 완전히 제어된 움직

* 영국의 배우 레지널드 가디너Reginald Gardiner는 기차와 벽지 같은 사물의 소리와 모습을 묘사하는 무대 공연으로 큰 인기를 끌었다.

임이었다. 그러고는 물었다. "누구시죠?"

"이런, 세상에." 내가 대답했다. "켈리!"

나를 바라보는 그의 표정이야말로, 우리가 예전에 함께하던 슬롯머신의 작은 정사각형 창문을 들여다볼 때마다 그의 얼굴에 드러나던 바로 그 표정과 똑같았다. 마치 기계팔 움직이는 소리며, 원통 움직이는 광경을 실제로 보고 듣는 기분마저 들었다. 레몬은 아니고…… 체리…… 체리…… 그러다가 **딸깍!** 이번에는 유조선이 아니라…… 텍사스…… 그 친구였다! …… 그리고 **딸깍!** "이런, 세상에." 켈리가 천천히 말했다. 그가 나보다 더 놀랐음을 보여 주는 반응이었다. 켈리는 오른손에 들고 있던 작은 꾸러미를 왼손으로 옮겨 들더니 나와 악수를 나누었다. 그의 손 하나가 내 손 주위로 한 번 반을 돌아갔다. 밧줄로 반결삭半結索을 묶기에 충분한 부분만 남겨 두고 말이다. "도대체 어떻게 그동안 그렇게 꼭꼭 숨어 있었습니까? 어떻게 나만 모르게 할 수 있었습니까?"

"그런 적 없어." 내가 말했다. (이렇게 말하면서 문득 이런 생각이 들었다. 이제껏 내게 깊은 인상을 남긴 사람들의 경우, 그 인상의 깊이만큼 내가 그들의 말투도 좋아하게 되었다는 점이다. 따라서 켈리의 면도용 거울보다 더 켈리처럼 말하는 나 자신을 항상 발견하곤 했다.) 나는 얼굴이 아플 정도로 활짝 미소를 지었다. "자네를 다시 만나니 반갑군." 나는 바보 같이 그와 다시 악수를 나누었다. "의사가 여기 온다기에 같이 왔지."

"그럼 당신도 지금 의사인 겁니까?" 켈리가 물었다. 그의 목소리는 놀랄 채비를 하고 있었다.

"나는 작가야." 나는 변명하듯 대답했다.

"맞아요. 저도 들었죠." 켈리는 스스로에게 상기시켰다. 그의 눈이 가늘어졌다. 나이가 들다 보니, 그 동작은 마치 서치라이트 광선을 가늘게 초점 맞추는 것과 같은 효과를 발휘했다. "저도 들었어요!" 더 깊은 관심을 드러내며 켈리가 다시 말했다. "이야기들. 그렘린이며, 비행접시며, 그런 것들에 관한 내용이었죠." 나는 고개를 끄덕였다. 그는 모욕할 의도라고는 전혀 없이 이렇게 말했다. "먹고사는 방법치고는 참 희한하군요."

"자네는 어떻게 지냈나?"

"배를 탔죠. 한동안 실업자로 지냈고요. 탱크 청소 일도 했고. 나침반 조정 일도 했고. 한동안 보험 조사관 노릇도 했어요. 아시다시피."

나는 예전에 알던 그의 커다란 두 손을 바라보았다. 용접도, 선박 조종도, 계산도 확실히 탁월하게 할 수 있는 사람이었는데도 이처럼 별로 눈에 띄지 않은 채로 지낸다니 의외였다. 나는 다시 지금 이곳으로 돌아와서, 안쪽 방을 향해 고갯짓을 했다. "내가 자네를 공연히 붙잡고 있었군."

"아뇨, 그렇지 않습니다. 밀턴 선생이야 당신 일을 잘 알고 계시니까요. 혹시나 제가 필요하다면 부르실 겁니다."

"누가 아픈 건가?"

켈리의 얼굴이 마치 비구름 낀 날씨의 바다처럼 갑자기, 그리고 깊숙이 어두워졌다. "제 동생입니다." 그가 마치 탐색하는 듯 나를 바라보았다. "그 녀석이……" 곧이어 켈리는 뭔가 억제하는 듯했다. "그 녀석이 아파서요." 그는 불필요한 말을 내놓은 다음, 재빨리 이렇게 덧붙였다. "그래도 괜찮아질 겁니다."

"그래야지." 나도 재빨리 덧붙였다.

어쩐지 우리 둘 다 거짓말을 하고 있다는 느낌을, 그런데 우리 둘 다 그 이유를 모른다는 느낌을 받았다.

밀턴이 밖으로 나왔다. 처음에는 웃고 있었지만, 환자에게 들릴 만한 범위 밖으로 나오자마자 웃음은 싹 사라지고 말았다. 켈리는 천천히 의사를 돌아보았다. 마치 의사에게 달려들어서 새로운 소식을 두들겨서 뽑아내는 것 이외에 유일하게 남아 있는 대안은 그런 느린 동작밖에는 없다는 듯한 투였다. "안녕하세요, 켈리. 당신이 온 듯한 소리가 들리더군요."

"저 녀석은 좀 어떤가요, 선생님?"

밀턴은 재빨리 고개를 들었다. 그의 빛나고 둥근 눈이 켈리의 가늘고 꿰뚫는 눈과 맞부딪쳤다. "여유를 가지셔야 합니다, 켈리. 만약 당신이 쓰러지시기라도 하면 환자가 어떻게 되겠습니까?"

"쓰러질 사람은 아무도 없습니다. 제가 어떻게 하면 될까요?"

밀턴은 탁자 위의 꾸러미를 보았다. 그는 그걸 집어 들어서 열었다. 가죽 케이스 하나와 약병 두 개가 있었다. "혹시 예전에 이런 것을 써 보신 적이 있습니까?"

"이 친구는 바다에 나오기 전에 의대 예과에 다녔었어." 내가 불쑥 끼어들었다.

밀턴이 나를 바라보았다. "두 사람이 서로 아는 사이인가?"

나는 켈리를 바라보았다. "가끔은 내가 이 친구를 발명한 것 같다는 생각마저 든다니까."

켈리는 코웃음을 치더니 내 어깨를 탁 때렸다. 나는 행복하게 한 손으로 붙박이 그릇장을 짚었다. 그는 커다란 한 손을 계속 움직여서, 의사에게서 피하주사 케이스를 받아 들었다. "몸통과 바늘 모두를 소독해야겠죠." 켈리는 마치 책을 읽듯 졸린 투로 말했다. "결합할 때에는 바늘을 손가락으로 만지면 안 되고요. 주사액을 채울 때에는 덮개를 바늘로 찌른 다음, 피스톤을 당겨야죠. 주사기를 위로 향하고 피스톤을 밀어서 공기를 빼야 색전증塞栓症이 안 생기겠죠. 대정맥을 찾을 때에는—"

밀턴이 웃었다. "좋아요, 좋아요. 하지만 정맥을 굳이 찾으실 필요는 없어요. 어느 자리에 놓아도 그만이에요. 그건 피하주사니까요. 여기까지예요. 당신이 예상하실 수 있는 증상에 사용할 정확한 분량을 제가 적어 드릴게요. 제발 성급하게 하지만 마세요, 켈리. 그리고 이건 스튜 끓일 때에 소금 간을 하는 것과도 비슷하다고 생각하세요. 조금만 넣으면 훌륭하지만, 많이 넣는다고 해서 꼭 더 나아지는 것은 아니니까요."

켈리는 마치 졸린 듯한 무관심 상태를 드러냈는데, 내 기억으로 이것은 오히려 마치 녹음기처럼 상대방의 말을 낱낱이 새겨듣고 있다는 뜻이었다. 그는 가죽 케이스를 살살 위로 던졌다가 다시 받으면서 이렇게 물었다. "지금 놓을까요?"

"지금은 말고요." 의사가 단호하게 말했다. "꼭 필요할 때에만 놓으세요."

켈리는 불만스러워 보였다. 갑자기 나는 그가 뭔가를 하고, 뭔가를 만들고, 뭔가와 싸우고 싶어 한다는 것을 깨달았다. 즉 요법이 어떤 결과를 가져오기를 가만히 앉아 기다리는 것만 아니라면 뭐든지 하려는 것이었다. 내가 말했다. "켈리, 자네 동생이라면 누구라도— 음, 자네도 알다시피, 내가 인사라도 하고 싶어서 말이야. 혹시—"

그러자 켈리와 의사 모두가 곧바로, 그리고 동시에 대답했다. "좋지요. 하지만 그건 나중에 혼자 힘으로 일어선 뒤에나—", "지금은 안 하는 게 낫겠군. 방금 내가 환자에게 진정제를 놓아서—" 그러고는 두 사람이 어색하게 말을 멈췄다.

"그러면 가서 술이나 한잔하자고." 나는 두 사람이 더 허우적거리기 전에 이렇게 말했다.

"말 한번 잘했군. 같이 갑시다, 켈리. 한잔하면 당신한테도 좋을 거예요."

"저는 말고요." 켈리가 말했다. "핼이—"

"내가 저 친구를 곯아떨어지게 했다니까요." 의사가 퉁명스레 말했다. "당신이 집에 있으면 공연히 들쑤시고 다니는 바람에 결국 환자를 깨우게 되고 말 거예요. 지금 환자에게는 잠이 필요해요. 어서 가자고요."

나로선 켈리에 대해 지금껏 품었던 수많은 머릿속 이미지에다가 의외로 우유부단한 그의 이미지를 처음으로 더해야 하는 입장이 되어 고통스러웠다. 나로선 싫을 수밖에 없었다.

"음." 켈리가 말했다. "제가 들어가서 확인해 보죠."

그가 안으로 사라졌다. 나는 밀턴의 얼굴을 바라보았지만 재빨리 시선을 돌렸다. 역겨운 연민과 당혹의 표정을 그가 내게 들키고 싶어 하지 않으리라고 확신한 까닭이었다.

켈리가 밖으로 나왔다. 늘 그렇듯이 조용히 움직이고 있었다. "맞아요. 잠들었군요." 그가 말했다. "얼마나 오래갈까요?"

"최소한 네 시간은 갈 거예요."

"음, 좋습니다." 켈리는 구식 옷걸이에 걸어 놓은 낡은 검정색 정비사용 모자를 집어 들었는데, 거기에는 번쩍이는 기묘한 에나멜 가죽

면갑이 달려 있었다. 나는 웃음을 터뜨렸다. 두 사람 모두 나를 돌아보았는데, 내 생각에는 뭔가 언짢은 기색이었다.

계단을 내려와 밖으로 나서자 내가 해명했다. "그 모자 때문에," 내가 말했다. "기억나나? 탐피코?"

"아." 켈리가 끙 소리를 냈다. 그러고는 모자로 아래팔을 탁 내리쳤다.

"이 친구가 그곳의 술집 카운터에다가 저 모자를 놓고 왔지." 내가 밀턴에게 설명했다. "우리는 다시 승선했는데, 저 친구가 그걸 찾아야겠다는 거야. 결국 다시 술집으로 돌아갈 수밖에 없는 상황에서, 내가 저 친구랑 같이 갔지."

"그때 당신은 얼굴에 **테킬라** 상표를 붙이고 있었지요." 켈리가 말했다. "그러면서 택시 기사에게 당신이 술병이라고 계속 말을 건넸죠."

"어쨌거나 그 기사는 영어를 몰랐어."

켈리의 얼굴에 마치 예전의 미소 비슷한 것이 스쳐 지나갔다. "그래도 알아듣긴 했지요."

"어쨌거나." 내가 밀턴에게 말했다. "우리가 도착했을 때 그 술집은 문을 닫은 뒤였지. 앞문과 옆문으로 들어가 보려고 했는데, 양쪽 모두 앨커트래즈 교도소처럼 꽉 닫혀 있었어. 우리가 워낙 소란을 떨어서, 만약 누가 안에 있더라도 차마 겁이 나서 문을 열지 않을 것 같았어. 안을 들여다보니, 켈리의 모자가 카운터 위에 놓여 있더군. 아무도 그 모자를 훔치려 **들지** 않았던 거야."

"좋은 모자였다고요." 그는 상처받은 어조로 말했다.

"그래서 켈리가 행동에 돌입했지." 내가 말했다. "이 친구는 다른 사람들처럼 생각하지 않아. 자네도 알다시피 말이야, 밀턴. 켈리는 반대편 벽에 있는 창문을 통해서 곁눈질한 다음, 건물 뒤로 돌아가서 모서리 샛기둥에 한 발을 대고, 술집에서 사용하는 물결 모양 철제 판자벽 사이로 손가락을 집어넣었지. '제가 이걸 약간 비틀어 벌릴 테니까, 안에 들어가서 제 모자를 꺼내 주세요.' 저 친구가 이렇게 말하더군."

"판자벽은 그저 각목 골조에 못을 박아 만든 것이었거든요." 켈리가 말했다.

"저 친구가 죽어라 한 번 잡아당겼어." 내가 킥킥거렸다. "그랬더니 한쪽 벽 전체가 건물에서 떨어져 나온 거야. 내 말은, 2층까지 말이야. 그런 요란한 소리는 자네 평생 들어 본 적도 없을걸."

"저는 결국 모자를 되찾았죠." 켈리가 말했다. 그는 딱 두 음절의 웃음만 내뱉었다. "문제는 2층 전체가 갈봇집이었는데, 급기야 벽과 함께 좁은 계단 하나까지 떨어져 나온 거예요."

"택시 운전사는 막 떠난 다음이었어. 하지만 택시는 남겨 두고 갔지. 그래서 켈리가 택시를 몰고 돌아갔어. 나는 운전할 수가 없었지. 웃느라 바빠서 말이야."

"술에 취하셨잖아요."

"음, **조금** 그랬지." 내가 말했다.

우리는 조용하고도 행복하게 함께 걸었다. 켈리가 못 보는 사이에, 밀턴이 내 갈비뼈를 엄지손가락으로 쿡 찔렀다. 그 신호만으로도 많은 이야기가 전달되었고, 나로선 그 내용이 즐거웠다. 그 신호에 따르면, 켈리가 이렇게 웃어 본 지 오래라는 것이었다. 아울러 그가 핼 이외의 다른 어떤 것에 대해 생각해 본 지도 오래였다.

나는 우리가 똑같이 그걸 느꼈다고 생각했는데, 갑자기 웃음의 흔적이라고는 전혀 없이…… 그리고 마치 자기가 말할 기회를 얻기 위해서 내 추억담이 끝나기만 기다렸다는 듯이…… 켈리가 말했다. "선생님, 그 녀석 손은 어떻던가요?"

"괜찮아질 거예요."

"부목을 대셨던데요."

밀턴이 한숨을 쉬었다. "알았어요, 알았어. 골절이 세 군데 있어요. 두 군데는 가운뎃손가락, 한 군데는 넷째 손가락이에요."

켈리가 말했다. "그 부분이 부어오른 걸 봤어요."

나는 그의 얼굴을 바라보고 나서 밀턴의 얼굴을 바라다보았다. 양쪽 모두 내 마음에 들지 않는 표정이어서, 그 순간 차라리 내가 다른 어디엔가 있었으면 좋겠다고 하느님께 빌었다. 차라리 우라늄 광산에 있든가, 아니면 소득세를 신고하고 있는 쪽이 더 낫겠다고 말이다. 내가 말했다. "드디어 도착했군. 혹시 루디스에 와 본 적이 있나, 켈리?"

그는 작은 노란색과 붉은색 차양을 올려다보더니 말했다. "아뇨."

"들어가세." 내가 말했다. "**테킬라.**"

우리는 안으로 들어가서 칸막이 좌석에 앉았다. 켈리는 맥주를 시켰다. 그때쯤 되자 나는 신이 난 나머지, 여기서부터 아메리카 대륙 최남단 티에라델푸에고의 부두 사이 곳곳에서 내가 주워들은 몇 가지를 그에게 알려 주기 시작했다. 밀턴은 눈이 휘둥그레져서 나를 바라보았고, 켈리는 자기 양손을 바라보았다. 조금 있다가 밀턴은 주머니에서 꺼낸 처방전 작성용 메모지에 그 내용 일부를 적기 시작했다. 나는 상당히 자부심이 생겼다.

켈리는 점차 이해하게 되었다. 만약 내가 계산서를 집어 들고 싶어 했는데 그가 나를 만류한다면, 그의 행동은 **우나 푸녜타 신 코호네스**(불알도 없는 녀석)의 태도였으며(스페인어 사전을 찾아보면, 이 표현이 '계란 없는 약골'이라는 뜻이라고 확실히 잘못 알려 줄 것이다), 선배에 대한 그의 애정은 강력하기는 하지만 부적절할 것이었다. 내가 이겼고, 머지않아 켈리는 쇠고기 토스타다, 닭고기 엔칠라다, 돼지고기 타코스로 이루어진 커다란 혼합 요리를 먹어 치우고 있었다. 그는 자기 **테킬라**에 소금과 레몬을 함께 주문함으로써, 그리고 그걸 가지고 흠 없는 의례를 해치움으로써 루디의 마음에 쏙 들어 버렸다. 우선 왼쪽 엄지와 검지로 레몬을 잡고, 왼쪽 손등을 혀로 핥고, 침이 묻은 자리에 소금을 뿌리고, 오른손으로 **테킬라**를 들어 올리고, 소금을 핥고, **테킬라**를 마시고, 레몬을 먹는 것이다. 머지않아 우리가 어느 날 밤 푸에르토바리오스에서 배를 몰고 나왔을 때의 어느 독일인 이등 항해사를 흉내 내며(그 독일인은 초록색 바나나를 14개나 먹어 치웠다가 그거랑 자기 이빨 모두를 배 밖에다 토했다) 켈리가 옹알이를 하자 우리는 웃음을 터트렸다.

하지만 아까 거리에서 골절된 손가락에 대한 질문이 나온 다음이다 보니, 밀턴과 나는 더 이상 속지 않았다. 비록 모두가 열심히 노력했고, 비록 훌륭한 시도이기는 했지만, 웃음 가운데 어느 것도 충분히 깊이 파고들거나 충분히 오래 남아 있지는 않았기에, 나는 그만 울고 싶어졌다.

우리 모두는 루디의 아름다운 금발 아내가 만든 설탕 절임 과일 파이를 커다란 조각으로 먹어 치웠다. 하지만 냅킨만 펄럭여도 접시에서 훅 날아갈 것 같은 파이였으니…… 칼로리가 들어 있는 달콤한 연기와도 비슷했다. 바로 그때 켈리가 지금이 몇 시인지 묻더니, 놀란 듯 욕을 내뱉으며 자리에서 일어났다.

"이제 겨우 두 시간밖에 안 됐어요." 밀턴이 말했다.

"저는 늘 그랬듯이 곧 집에 가 봐야 합니다." 켈리가 말했다. "고마웠습니다."

"잠깐만." 내가 말했다. 그리고 지갑에서 종잇조각을 꺼내서 숫자를 적었다. "내 전화번호야. 자네를 좀 더 만나고 싶군. 나는 요즘 혼자서 일한다네. 그러니 아무 때나 상관없어. 잠도 많이 안 자니까, 내킬 때 언제든 전화를 하게."

그는 종이를 받아 들었다. "나쁜 양반 같으니." 켈리가 말했다. "예전에는 나쁜 양반이었던 적이 없는데." 그가 말하는 방식에 나는 기분이 좋아졌다.

"길모퉁이에 가면 신문 가판대가 있을 거야." 내가 켈리에게 말했다. "거기 가면 《어메이징》이라는 잡지가 있는데, 내가 쓴 변변찮은 이야기 하나가 실려 있어."

"계속 연재하는 거예요?" 그가 물었다. 곧이어 켈리는 우리에게 손을 흔들더니, 루디에게 고개를 끄덕여 인사를 건네고, 밖으로 나갔다.

나는 테이블 위에 떨어진 설탕을 쓸어서 모은 다음, 사방에서 밀어 완벽한 정사각형을 만들었다. 잠시 후에는 다시 양옆을 밀어서 마름모형을 만들었다. 밀턴은 아무 말하지 않고 있었다. 루디는 평소와 마찬가지로 지금이야말로 우리에게서 멀리 떨어져 있어야 할 때임을 감지한 듯했다.

"음, 이 자리가 그 친구에게는 약간이나마 도움이 되었을 거야." 잠시 후에 밀턴이 말했다.

"그렇지 않다는 건 자네도 알지 않나." 내가 씁쓸히 대꾸했다.

그는 인내심 있게 말했다. "이 자리가 그에게 약간이나마 도움이 되었으리라는 **우리의 생각**을 그 역시 생각했을 거야. 어쨌거나 그렇게 생각한 것만으로도 그에게는 도움이 되었겠지."

나로선 그 곡해에 미소를 지을 수밖에 없었다. 어쨌거나 그러고 나니 대화가 더 쉬워졌다. "그 환자는 살 수 있는 건가?"

밀턴은 가만히 기다렸다. 마치 어디선가 뭔가 다른 대답이 툭 튀어나오기라도 할 것처럼 말이다. 하지만 다른 대답이라곤 없었기에, 그는 이렇게 대답했다. "아니."

"훌륭한 의사 선생님이시군."

"그런 식으로 농담하지 마!" 밀턴이 짜증을 부렸다. 그러더니 나를 바라보았다. "이봐, 만약 이 병례가 그런 것들 가운데 하나였다면—음, 예를 들어 중환자 목록에 있는 늑막염이라고 하면, 나로서도 어떻게 치료할지 알았을 거야. 보통 그런 절망적인 병례도 저 아래 깊숙이에는 안심시켜야 하는 격렬한 열망을 갖고 있기 때문에, 적절한 말을 생각해 낼 수만 있으면 얼마든지 기꺼이 붙잡을 수 있어. 그리고 보통은 실제로 그럴 수 있고. 하지만 핼의 병례는 그런 것들 가운데 하나가 아니야. 그는 살고 싶어 한다고. 만약 그토록 살고 싶어 하지만 않았더라면, 핼은 벌써 3주 전에 죽은 목숨이었을 거야. 그를 죽이고 있는 것은 순전히 신체적인 외상이야. 뼈가 하나씩 하나씩 부러지고, 내부 장기가 하나씩 하나씩 망가지거나 부어오르는 거라고."

"도대체 누구의 짓인 건가?"

"빌어먹을. 그건 **누구의** 짓이 아니야!" 그는 내가 입술 깨무는 모습을 보았다. "만약 우리 둘 중에 어느 한 사람이 그건 켈리가 하는 짓이라고 말한다면, 다른 한 사람이 상대방 아가리에 주먹을 날릴 거야. 알았어?"

"알았어."

"따라서 그런 말은 하면 안 돼." 밀턴은 신중하게 말했다. "자네가 조만간 내게 물어봄직한 질문에 미리 대답해 주지. 도대체 왜 핼은 병원에 있지 않은 걸까?"

"좋아, 왜지?"

"원래는 병원에 있었어. 몇 주 동안 말이야. 그런데 병원에 있는 내내 그런 일들이 그에게 계속 일어났고, 점점 악화되기만 했어. 더 많이, 그리고 더 자주. 나는 핼이 허벅지 골절 때문에 착용한 견인 장치를 벗자마자 집으로 데려왔어. 켈리와 있으니까 훨씬 더 잘 지내더군. 형이 계속해서 동생을 격려하고, 음식도 해 주고, 약도 먹여 주고, 뒤치다꺼리를 해 줬지. 최근 들어 켈리는 그런 일만 하고 있어."

"그런 것 같았어. 그래도 점점 더 힘들어졌을 게 분명한데."

"맞아. 나도 자네처럼 욕을 하는 능력을 가졌으면 좋았을 텐데. 혹시 자네가 그 친구에게 뭔가를 빌려준다거나, 또는 줄 수는 없을까…… 예를 들어 자부심 같은 것을? 이런, 세상에!"

"어쩌면 불쾌하게 들릴지도 모르겠지만, 혹시 다른 의사와 상담은 해 보았나?"

밀턴은 어깨를 으쓱했다. "사방팔방으로 다 물어봤지. 십중팔구는 켈리가 모르는 상태에서 해치웠는데, 그게 또 쉽지가 않았어. 내가 어떤 거짓말까지 했는지 아나! 예를 들어 용커스*에 있는 어느 가게에서만 구할 수 있는 특별한 종류의 머스크멜론이 핼에게 꼭 필요하

* 뉴욕시 북부의 브롱크스구區와 인접한 뉴욕주 웨스트체스터군郡의 도시.

다는 식이었지. 그래서 켈리가 집 밖에 나서면, 그 사이에 나는 의사 두세 명을 데리고 와서 핼을 살펴보게 하고, 켈리가 돌아오기 전에 도로 데리고 나갔지. 또는 핼에게 특별한 조제약이 필요하다면서, 약제사와 미리 짜고 두 시간 동안 약을 만든다며 늑장을 부리게 했지. 그렇게 해서 뼈 전문의 그런디지에게 핼의 상태를 보여 줄 수 있었지만, 약제사 앤셀로윅스 영감은 불쌍하게도 늑장을 부렸다며 켈리한테 귓방망이를 맞았다니까."

"밀턴, 자네 행동은 옳았어."

그는 나를 바라보며 씩씩대더니 조용히 말을 이어 나갔다. "그런데 그중 어느 것도 아무런 도움이 안 되는 거야. 나는 갖가지 현명한 말들이며, 이전까지는 있는 줄도 몰랐던 몇 가지 치료 기술이 가득한 의학 백과사전 전체를 뒤지기까지 했다네. 하지만……" 밀턴은 고개를 저었다. "핼과 인사라도 나누겠다는 자네의 제안을 켈리와 내가 거절한 이유가 뭔지 아나?" 그는 혀로 입술을 핥더니, 적절한 예를 머릿속으로 더듬었다. "혹시 군중이 훼손하고 난 직후의 무솔리니 시체 사진 기억나나?"

나는 몸서리쳤다. "본 적은 있지."

"음, 지금 그 환자의 모습이 딱 그거야. 단지 살아 있다는 점만 다를 뿐인데, 그렇다고 해서 모습이 더 예쁜 것까지는 아니라고. 핼은 자기 상태가 얼마나 나쁜지 모르고 있어서, 켈리나 나 말고 다른 누군가의 얼굴에 떠오른 표정을 자칫 그가 보게 될 위험을 감히 무릅쓸 수가 없었어. 나라면 그 방 안에는 인디언 목각상조차도 들여놓지 않을 거야."

나는 생각에 열중한 나머지 테이블을 두드리기 시작했다. 처음에는 손이 살짝 닿는 정도였지만, 점점 세게, 더 세게 때리다 보니, 밀턴이 내 손목을 붙잡았다. 나는 그대로 얼어붙었고, 불행하게도 그곳에 있던 모든 사람의 눈이 나를 바라보고 있음을 깨달았다. 점차 식당의 일상적인 소리가 재개되었다. "미안."

"괜찮아."

"그래도 어떤 종류의 이유가 있어야만 한다고!"

밀턴은 입술을 씰룩이며 작고도 신랄한 미소를 지었다. "자네가 결국 얻어 낸 결론이 그거로군, 안 그래? 물론 모든 것에는 항상 이유가 있게 마련이지. 설령 우리가 모른다면 찾아낼 수도 있고 말이야. 하지만 진짜 비합리의 병례가 단 하나만 있어도, 모든 것에 대한 우리의 믿음을 흔드는 데에는 충분해. 그러면 당면한 병례보다 두려움이 더 커지게 되어서, '미확인'이라는 딱지가 붙은 개념의 전체 우주로까지 확장되는 거지. 그렇게 되면 기본적으로 우리가 뭔가를 얼마나 거의 안 믿고 있었는지가 입증되지."

"그것 참 비참하기 짝이 없는 철학이군!"

"맞아. 만약 자네가 이와 같은 병례의 또 다른 결론을 갖고 있다면, 나는 웃돈을 주고라도 기꺼이 사들일 의향이 있다네. 그러기 전까지 나는 그냥 이 한 가지 병례를 걱정하고, 내가 마땅히 느껴야 하는 것보다도 더 겁내기만 계속할 거라네."

"술이나 더 마시자고."

"좋은 생각이야."

하지만 우리 둘 중 누구도 술을 더 주문하지는 않았다. 그냥 앉은 채로 내가 테이블 위에 만들어 놓은 설탕 마름모를 바라볼 뿐이었다. 잠시 후에 내가 말했다. "혹시 켈리는 뭐가 잘못되었는지를 모른다던가?"

"그 친구가 어떤지는 자네도 알잖나. 어떤 생각이 떠올랐다면, 직접 행동에 나섰을 거야. 켈리가 줄곧 한 일이라고는 동생의 몸이 마치 술통 속 효모처럼 끓어오르고 부풀어 오르는 걸 옆에 앉아 지켜보는 것뿐이었어."

"헬 본인은?"

"그는 더 이상 정신이 명료하지 않아. 방법이 없으니 어쩌겠나."

"하지만 어쩌면 환자 본인이—"

"이보게," 밀턴이 말했다. "내 말이 까다롭게, 또는 다른 뭔가로 들리는 건 원하지 않지만, 나로서도 가만히 있을 수만은 없는 질문이 있단 말이야. 예를 들어……" 그는 말을 멈추고, 웃옷의 장식용 손수건을 꺼낸 다음, 그걸 들여다보고는, 다시 집어넣었다. "미안해. 하지만 내가 이 병례를 어제 오후에 처음 맡은 게 아니라는 사실을 자네는 미처 이해하지 못한 것 같군. 나는 벌써 3개월째 이것 때문에 땀을 빼고 있었다네. 자네가 지금부터 생각해 볼 것들은 내가 이미 모두 생각해 보았어. 그래, 나는 헬에게 물어보았다네. 앞에서, 뒤에서, 또 옆에서. 하지만 아무것도 없었어. 아무…… 것도."

그런데 밀턴의 마지막 한 마디가 뭔가 기묘한 방식으로 늘어지며 끝났기에 나는 급히 고개를 들었다. "어디, 말해 봐." 내가 말했다.

"뭘 말하라는 거야?" 갑자기 그가 자기 시계를 들여다보았다. 나는 손을 뻗어 시계를 가렸다. "그러지 말고, 밀턴."

"지금 자네가 무슨 말을 하는지 도통— 이런, 망할. 귀찮게 하지 말라고, 알았어? 그건 별로 중요하지도 않은 거야. 이미 오래전에 나도 추적해 봤다고."

"그러니까 그 중요하지도 않은 게 뭔지 말해 달라니까."

"싫어."

"그러면 나한테 이야기를 하지 않으려는 이유라도 말해 봐."

"망할 자식. 그럼 그 이유만 말해 주지. 왜냐하면 자네가 괴짜이기 때문이야. 자네는 좋은 친구고, 나도 자네를 좋아하지만, 그래도 자네는 괴짜라고." 밀턴은 갑자기 웃음을 터트렸고, 그 모습이 내게는 마치 섬광 전구의 작열처럼 보였다. "자네가 그렇게 깜짝 놀란 표정을 지을 줄은 전혀 몰랐어!" 그가 말했다. "이제 마음 편안히 갖고 내 말 잘 들어. 어떤 사람이 스테이크를 먹고 식당에서 나오다가 녹슨 못을 밟고는 결국 파상풍으로 죽었다고 쳐 보자고. 하지만 자네 같은 괴짜 채식주의자는 만약 그 사람의 몸에 고기의 독성이 없었다면 아직 살아 있었을 거라고 단언하면서, 그의 죽음을 가지고 자기 주장을 입증하려 들 거라고. 만약 그 남자가 스테이크에 맥주를 곁들여 먹었다고 치면, 영구 금주론자는 바로 그 남자가 음주의 희생자라고 주장했을 거야. 그 한 가지 죽음을 놓고 그 남자의 이혼, 종교, 정치적 성향, 또는 올리버 크롬웰 밑에서 일했던 먼 조상님으로부터 물려받은 유전적 소질을 원인으로 지목하며 열렬하고도 전심으로 비난할 수가 있지. 자네는 좋은 친구고, 나도 자네를 좋아해." 그는 다시 말했다. "하지만 이렇게 자네와 마주 앉아서, 자네가 특유의 괴짜 행동을 하는 모습을 지켜볼 의향까지는 없어."

"나는 지금 자네가 도대체 무슨 말을 하는지 전혀 모르겠어." 나는 천천히, 그리고 또렷이 말했다. "그러니 이제 나한테 말을 **해 줘야만** 할 거야."

"그래야 할 것 같군." 밀턴은 서글픈 듯 말했다. 그리고 길게 숨을 들이쉬었다. "자네는 스스로 쓴 것을 그대로 믿는 거겠지. 아니," 그가 재빨리 말했다. "나는 자네한테 물어보는 게 아니라, 자네한테 이야기하는 거야. 자네는 그 모든 환상과 공포 이야기를 만들어 내고, 그 내용을 곧이곧대로 믿는 거겠지. 더 기본적으로 말하자면, 자네는 내가 **실제의** 것이라고 부르는 것을 믿기보다는 오히려 **기이한** 것, 그리고 이른바 '미지의 것'을 믿는 거겠지. 자네는 내가 지금 허튼소리를 하고 있다고 생각하겠지만."

"사실이야." 내가 말했다. "하지만 계속해 보게."

"내가 만약 내일 자네에게 전화를 걸어서, 핼과 같은 상태를 일으키는 바이러스를 찾아내서 치료용 혈청이 현재 배송 중이라고 크게 기뻐하며 말한다면, 자네도 아마 나만큼 기뻐하겠지. 그런 한편으로 자네는 저 아래 깊은 곳에서 과연 그게 정말로 그의 몸에서 잘못되었던 것인지, 또는 혈청이 정말로 그를 치료한 것인지 궁금할 거야. 또 한편으로, 만약 내가 핼의 목에서 작은 구멍 두 개를 발견했고, 또한 안개 무리가 그의 방에서 빠져나오는 것을 발견했다고 시인한다면 — 이런, 세상에! 내 말이 무슨 뜻인지 알겠나? 벌써부터 자네의 눈이 번뜩이기 시작하는군!"

나는 손으로 두 눈을 가렸다. "나 때문에 이야기를 중단하지는 말게." 내가 냉랭하게 말했다. "그렇다고 자네가 드라큘라의 송곳니 자국을 시인하려는 것은 아닐 텐데. 도대체 뭘 시인하려는 건가?"

"지금으로부터 1년 전에 켈리가 동생에게 선물을 하나 줬다더군. 못생기고 작은 아이티 인형이었어. 핼은 한동안 그걸 집에 두고 바라보며 인상을 쓰다가, 어떤 여자한테 다시 선물로 줘 버렸대. 그런데 그 여자랑 고약한 말썽을 겪고 만 거지. 그 여자는 그를 미워했어. 정말로 미워한 거야. 그리고 우리가 알기로는 그 여자가 아직 그 인형을 갖고 있다더군. 다 듣고 나니 이제 좋은가?"

"좋군." 나는 역겨운 듯 말했다. "하지만 밀턴— 자네도 그 인형어쩌고를 깡그리 무시하고 있지는 않은 것 같은데. 혹시 그게 이 모든 일의…… 어이, 앉으라니까! 도대체 어디 가는 거야?"

"자네 같은 빌어먹을 호사가 앞에 앉아 있지는 않을 거라고 말했잖아. 호사가 들어오면, 이성은 나가야지." 그가 몸을 움츠렸다. "잠깐만— 자네는 그냥 앉아 있어."

나는 그의 멋진 정장 옷깃을 한 손으로 움켜잡았다. "우리 둘 다 앉자고." 내가 부드럽게 말했다. "싫다면 내가 이성의 끝에 도달했음을 자네의 열망 앞에 입증해 보일 테니까."

"그렇게 하시든가." 밀턴은 사람 좋은 말투로 대답한 다음, 자리에 앉았다. 나는 망할 바보가 된 것 같은 기분이었다. 그는 총기가 떠나버린 눈을 하고는 몸을 앞으로 숙였다. "아마 이제는 자네도 그렇게 달려 나가는 대신에 귀를 기울이게 되겠지. 내 생각에는 여러 사례에서 부두 인형이 효과를 발휘했다는 걸 자네도 알고 있을 거야. 그런데 왜 그런지 아나?"

"음, 그래. 나로선 자네가 그걸 시인하리라고는 차마 생각하지 않았어." 그의 굳은 시선에서는 아무런 반응도 얻을 수 없었기에, 비로소 나는 그런 문제에 대해 권위자를 자처하는 환상 소설 작가의 태도야말로 그처럼 진지하고 진보적인 의사와는 어울리지 않는다는 사실을 깨달았다. 그래서 나는 훨씬 덜 긍정적으로 말했다. "그건 주관적 실재의 문제, 또는 어떤 사람들이 믿음이라고 부르는 것의 문제로 귀결되는 거야. 만약 자네가 스스로와 동일시하는 인형의 사지절단이 자네의 사지절단을 일으킨다고 확고하게 믿는다면, 음, 실제로 그런 일이 일어나는 거지."

"그것으로, 그리고 다른 여러 가지로 말하자면, 심지어 공포 소설가라도 자신의 투사적 상상력 말고 다른 어디를 조사해서든지 충분히 찾아낼 만한 것들이지. 예를 들어 오늘날 북아프리카의 아랍인 가운데 일부는 정말로 자신들에게 중요한 방식으로 누군가에게 모욕을 가할 엄두를 내지 않아. 만약 상처받은 기분을 느끼면, 그들은 죽겠다고 위협하지. 그때 누군가가 마음대로 하라고 일축하면, 그들은 자리에 앉아서 머리를 감싸고 정말로 **죽어** 버린다고. 그런가 하면 성흔聖痕, 또는 십자가의 상처 같은 심신적 현상도 있는데, 예외적이다 싶을 정도로 독실한 사람들의 손과 발과 가슴에 때때로 나타나곤 하지. 물론 자네는 그런 사례를 상당히 많이 알고 있을 게 뻔하지만." 곧이어 밀턴은 갑자기 어떤 말을 덧붙였는데, 아마도 내 표정에서 뭔가를 읽은 모양이었다. "여하간 내가 최소한 이런 것들까지 고려에 넣고 추적할 능력을 지니고 있음을 자네가 시인하지 않는다면, 나도 자네의 가슴에 박은 내 무릎을 떼지는 않을 거야."

"자네의 이런 모습은 나도 생전 처음이군." 내가 말했다. 뭔가 중요한 방식으로 나는 진심을 말한 것이었다.

"좋아." 그는 상당한 안도를 느끼며 말했다. "이제 내가 뭘 했는지를 자네에게 말해 주지. 나 역시 자네처럼 그 인형에 대한 일화에 달려들었어. 그게 질문에서도 늦게야 등장한 까닭은, 그거야말로 헬에게는 **정말 문제가 되지** 않아 보였기 때문이야."

"음, 그래. 하지만 무의식적인—"

"닥치게!" 그는 놀라우리만치 날카로운 검지로 내 쇄골을 찔렀다.

"내가 이야기하고 있잖나. 자네가 이야기하는 게 아니라고. 물론 나도 핼의 무의식 속에 부두에 대한 깊은 믿음이 감춰져 있을 가능성을 아예 부정하려는 것은 아니야. 하지만 실제로 그렇다고 치더라도, 정작 아모바비탈이나, 단어 연상법이나, 얕거나 깊은 최면이나, 기타 대여섯 가지 요법에서는 그렇다는 증거가 털끝만큼도 나오지 않았어. 자네의 표정을 보아하니, 나야말로 자네보다 더 오랫동안 더 많은 방법이며 도구를 가지고 이 문제를 파헤쳐 왔다는 사실을 다시 한번 상기시켜야겠군. 게다가 이 문제가 나보다 자네에게 더 중요한 의미를 지녔을 리는 없을 터이고 말이야."

"자네도 알다시피, 나는 이제부터 입을 다물려던 참이었어." 나는 애처롭게 말했다.

"때를 딱 맞췄군." 밀턴은 이렇게 말하며 씩 웃었다. "여하간 아니었어. 부두로 인한 손상이나 죽음의 사례에는 무당이나 마법사의 힘에 대한 독실한 믿음이라는 요소가, 그리고 그 믿음을 통해 인형과 완전히 동일시되는 감각이 반드시 있어야 했거든. 아울러 인형이 어떤 종류의 손상을 겪는지를 희생자가 알고 있다면 특히나 도움이 되지. 예를 들어 짓뭉개기, 또는 핀 찌르기 같은 손상을 말이야. 그런데 내가 장담하지만, 핼은 그런 소식을 전혀 들어 본 적이 없단 말이지."

"그렇다면 인형은? 그저 완전히 확신을 갖기 위해서라도, 그 인형을 되찾아 와야 하지 않을까?"

"나도 그 생각은 해 봤어. 하지만 그 인형의 잠재적인 가치를 그 여자에게 눈치채이지 않은 상태에서 조용히 되찾아 올 방법이 딱히 생각나지 않더라고. 그 인형이 핼에게 가치 높은 것이겠거니 하고 그 여자가 생각한 순간, 우리는 **두 번 다시** 그 인형을 만날 수 없을 거야."

"흠. 도대체 그 여자가 누구며, 또한 그 여자의 불만이 뭔데 그래?"

"한 마디로 밉살맞기 짝이 없는 여자야. 잠깐 핼과 얽혔었지. 진지한 건 아니었고, 그의 입장에서는 확실히 아니었어. 그는…… 그는 평소에 오로지 악한 사람들만 영화 결말에 죽게 된다고 생각하는 덩치 좋고 성격 좋은 친구였으니까. 켈리는 그 당시 바다에 나가 있었는데, 뒤늦게야 그 작은 흡혈귀가 매사에 핼을 속이고 있다는 걸 깨달았지. 처음에는 연민을, 나중에는 협박을 이용해서 말이야. 켈리는 둘 사이에 아무 일도 없었다는 말을 듣고는, 핼에게 그 여자를 혼내 주라고 말했어. 그러자 그 여자가 이의를 제기하면서 결국 법정까지 가게 되었지. 법정에서 강제로 신체검사를 시키자, 결국 그 여자는 웃음거리가 되어 쫓겨나고 말았어. 누군가의 아기를 가진 임산부가 아니었거든. 평생 그럴 수도 없을 거고. 그러자 그 여자는 그에게 복수하겠다고 맹세했어. 비록 두뇌도 교양도 자원도 없었지만, 그렇다고 해서 병적으로 구는 것까지 막을 수는 없었지. 증오라면 그 여자도 확실히 할 수 있었어."

"아. 그러면 자네도 그 여자를 본 적이 있다는 거군."

밀턴은 몸을 부르르 떨었다. "본 적이 있지. 나는 핼이 준 선물 모두를 그 여자로부터 돌려받으려고 시도했거든. 나로선 전부라고 말할 수밖에 없었어. 왜냐하면 구체적인 항목을 적을 엄두가 나지 않았으니까. 자네는 놀랄지도 모르지만, 내가 가장 원한 물건은 바로 그 망할 놈의 인형이었어. 만일을 대비해서 그랬던 거지. 자네도 알다시피…… 물론 나야 그놈의 물건이 저 증상과 아무 관계가 없다고 사실상 확신했지만 말이야. 이제는 내가 말한 '비합리의 병례' 운운이 무슨 뜻인지 알겠지?"

"그런 것 같아." 나는 동요를 느꼈고 잠잠해졌고 억눌렀으며, 그 느낌이 마음에 들지 않았다. 나는 유령이 출몰하는 현상의 의문을 풀기 위한 상상력을 아예 지니지 못한 과학자들이 등장하는 이야기를 너무 많이 읽었다. 밀턴처럼 똑똑한 친구에게 우월감을 느끼는 기분은 정말 끝내주었다.

우리는 술집에서 나와 걸었고, 나는 (작가가 이야기 목적으로 내 목구멍에 때려 박고 있다는 느낌이 없는 상태에서) 그제야 처음으로 밤의 분위기를 느끼게 되었다. 나는 깨끗하게 청소한, 별까지 닿을 듯한 라디오시티 구역의 큐비즘이며, 그곳의 살아 있는 네온사인 뱀들을 보았다. 그리고 에벌린 스미스의 이야기를 갑자기 떠올렸는데, 그 전반적인 발상은 "원자폭탄이 마법의 산물이었다는 사실을 발견한 이후, 이제껏 냉장고와 세탁기와 전화 체계에 마법을 부여했던 나머지 마법사들도 세상에 모습을 드러내게 되었다"는 것이었다.* 나는 바람의 숨결을 느꼈고, 그 숨결을 내뱉은 것이 무엇일지 궁금해졌다. 나는 도시의 코골이를 들었고, 놀라운 1초 동안 도시가 뒤척이고, 눈을 뜨고…… **말하는** 것을 느꼈다.

길모퉁이에서 나는 밀턴에게 말했다. "고맙네. 자네는 내게 한 방 먹였어. 내 생각에는 그게 나한테도 필요했던 것 같아." 나는 그를 바라보았다. "맹세코 자네가 이 일에서 멍청하게 굴었던 어떤 지점을 기어이 내가 찾아내고 싶군."

"자네가 그럴 수만 있다면 나도 기쁘겠어." 밀턴도 진지하게 말했다.

나는 그의 어깨를 탁 쳤다. "봤지? 자네는 그 일에서 모든 재미를

* 미국의 추리 및 SF 작가 에벌린 E. 스미스Evelyn E. Smith의 단편 「화성인과 마법사The Martian and the Magician」(1952)의 내용이다.

얻고 있다니까."

밀턴은 택시를 탔고, 나는 걷기 시작했다. 나는 그날 밤에 딱히 목적지를 정하지 않고 계속 걸었다. 그러면서 여러 가지를 생각했다. 집에 도착했을 때 전화가 울리고 있었다. 켈리였다.

켈리와 그때 나눈 대화를 낱낱이 소개하지는 않을 것이다. 그의 집에 있는 그 작은 거실에 앉아서(핼이 병이 나면서부터 켈리가 임대한 아파트로, 원래 핼이 살던 집은 아니었다) 우리는 밤새도록 대화를 나누었다. 내가 밝히지 않는 내용은 하나같이 여러분도 이미 알고 있는 일에 대한 켈리의 표현일 뿐이다. 즉 그가 동생에게 깊은 애착을 품고 있다는 것, 그에게는 아무런 희망도 남지 않았다는 것, 그리고 그는 반드시 이 일에 책임이 있는 사람이나 물건을 찾아내서 자기 식으로 해결하리라는 것이었다. 필요하다면 사람과 장소를 직접 선택해서 오열하는 것이야말로 강한 사람의 권리였으며, 그런 경우는 오열조차도 단지 힘의 표현일 것이었다. 하지만 그 장소는 하필 환자가 있는 조용한 집이었기에, 그곳에서 켈리는 반드시 공기 중에 희망이 계속 감돌게 해야만 했다. 따라서 그는 죽어 가는 사람이 알지 못하도록, 가슴을 들썩이고 목구멍을 크게 열어 놓은 상태에서 조용히 울었다. 이런 일들은 유쾌하지 않으므로 자세히 묘사할 수는 없다. 켈리에 대한 나의 궁극적인 감정이 무엇이든지 간에, 그의 감정과 그 표현은 오로지 그 혼자만의 것이었다.

켈리도 그 여자의 이름과 소재를 알고 있었다. 다만 그녀가 책임이 있다고 생각하지는 않았다. 내가 보기에는 그 역시 의심을 품고 있는 듯했지만, 지금으로선 이것이 질병은 아니라는, 즉 주관적인 내부

질환이 아니라는 점만 확실히 드러났을 따름이었다. 만약 거대한 증오와 거대한 결의가 이 문제를 해결할 수 있었다면, 켈리가 해결할 수 있을 것이었다. 만약 연구와 논리가 해결할 수 있다면, 밀턴이 해결할 수 있을 것이었다. 만약 내가 해결할 수 있다면, 내가 해결할 수 있을 것이었다.

그 여자는 브루클린과 퀸스의 외딴 교차점인 이른바 롱아일랜드라는 곳에 있는 싸구려 클럽에서 외투 보관원으로 일하고 있었다. 접촉하기는 쉬웠다. 나는 봄 외투를 그녀에게 건네주면서 일부러 상표를 밖에 드러나게 했다. 좋은 상표였다. 그녀가 외투를 받아 들고 돌아서자, 나는 다시 불러서 술 취한 목소리로 오른쪽 주머니에 들어 있는 지폐를 꺼내 달라고 말했다. 그녀는 지폐를 꺼내서 내게 건네주었다. 1백 달러짜리였다. "망할 놈의 택시는 잔돈도 안 갖고 다닌다니까요." 나는 이렇게 중얼거린 다음, 그녀의 놀라움이 교활함으로 바뀌기 전에 그걸 받아 들었다. 지갑을 꺼내고 구겨진 지폐를 충분히 서투르게 쑤셔 넣어서, 그 안에 들어 있는 다른 두 장의 1백 달러짜리 지폐를 똑똑히 보여 주었고, 지갑을 내 재킷 앞에다 무작정 찔러 넣어서 주머니를 빗나가 바닥에 떨어지게 하고는 그냥 걸어갔다. 그리고 그녀가 카운터에서 나와 지갑을 주워 들기 전에 다시 돌아갔다. 지갑을 주워 들고 나는 바보 같이 그녀를 바라보며 미소를 지었다. "이런 식으로 해서 명함을 더 많이 잃어버렸지요." 내가 말했다. 그러고는 그녀를 유심히 들여다보았다. "저기요. 뭐랄까, 상당히 귀여우시네요."

내 생각에는 '귀엽다'야말로 그녀를 표현하는 단어 가운데 하나인 듯했다. "이름이 뭐예요?"

"채러티*예요." 그녀가 말했다. "하지만 이름 때문에 착각하지는 마세요." 화장이 무척 두꺼워서 실제 안색이 어떤지조차 알 수가 없었다. 카운터 위로 어찌나 잔뜩 몸을 기울였던지, 브래지어에 묻은 립스틱 얼룩도 볼 수 있었다.

"나는 선호하는 자선 단체가 아직 없는데." 내가 말했다. "여기서 항상 일하세요?"

"가끔 한 번씩은 집에 다녀오기도 해요." 그녀가 말했다.

"몇 시에요?"

"1시에요."

"저기 말이죠." 내가 털어놓았다. "우리 1시 15분에 이 가게 앞에서 만나기로 약속해서, 어디 누가 누구를 바람맞히는지 한번 봅시다, 괜찮죠?" 나는 대답을 기다리지도 않고, 지갑을 뒷주머니에 찔러 넣어서 재킷이 그 위에 걸리게 했다. 식당으로 걸어 들어가는 내내, 그녀의 두 눈이 두 개의 뜨겁고 번들거리고 구워진 버섯처럼 내 지갑에 꽂히는 것을 느낄 수 있었다. 그러다가 나는 수석 웨이터와 부딪치는 바람에 자칫 지갑을 진짜로 잃어버릴 뻔했다.

그녀는 물론 약속대로 나와 있었다. 누르스름한 모피를 목에 두르고, 송판에 휘둘러 박을 수 있을 만큼 뾰족한 하이힐을 신고 있었다. 그녀는 요란한 놋쇠와 크롬 장신구를 팔꿈치까지 잔뜩 차고 있었으며, 택시에 타자마자 입을 벌리고 내게 달려들었다. 어디서 그런 반사적 행동이 나왔는지 모르겠지만, 나는 고개를 숙여서 상대방의 광

* Charity. 사람 이름으로도 쓰이지만, 일반적으로는 '자선(사업 및 단체)'을 뜻한다.

대빼를 이마로 들이받았다. 그녀가 꽥 소리를 지르자, 나는 또다시 지갑을 떨어뜨렸다고 말했고, 그러자 그녀는 다행히도 입을 다문 상태에서 내가 지갑 찾는 것을 도와주었다. 우리는 심야 영업을 하는 가게를 연이어 찾아다녔는데, 하나같이 그녀가 고른 곳이었다. 가게에서는 그녀의 위스키 잔에 셰리주를 따라 주었고, 내 주문에 두 배로 바가지를 씌웠으며, 터무니없이 비싼 계산서를 내놓았다. 한번은 내가 웨이터에게 8달러를 주라며 건네자, 그녀가 중간에서 5달러를 가로챘다. 한번은 그녀가 내 가슴 주머니에서 가죽 수첩을 슬쩍 꺼냈는데, 그걸 지갑으로 착각한 까닭이었다. 물론 지갑은 그때쯤 내 팬티 속에 잘 넣어 둔 상태였다. 그래도 그녀는 모조 다이아몬드가 들어 있는 에나멜 커프스 단추 하나와 만년필을 이미 챙긴 상태였다. 이건 전반적으로 대결이나 다름이 없었다. 나는 술에 취하지 않으려고 티아민염산염과 카페인시트르산염을 잔뜩 복용한 상태였지만, 상당한 양의 알코올을 섭취한 까닭에 술기운이 약효를 압도하게 되어서, 내가 할 수 있는 일은 끝까지 버티는 것뿐이었다. 그래도 나는 성공했고, 상대방의 모든 시도를 차단했으며, 결국 그녀로선 나를 자기 집으로 데려가는 것밖에는 선택의 여지가 없게 되었다. 여자는 화가 났고, 굳이 그 사실을 감추려고 그리 애를 쓰지도 않았다.

우리는 서로를 부축하고 조명 흐릿한 계단을 걸어 올라갔고, 술에 취한 상태에서 서로의 입에 손가락을 대고 조용히 시켰다. 둘 다 연기한 것보다는 훨씬 더 정신이 말짱했고, 지금 하지 말아야 할 일들을 각자 다짐하고 있었다. 그녀는 자물쇠를 따는 데 성공하자, 손짓을 해서 나를 안으로 데리고 들어갔다.

나는 집 내부가 그토록 깔끔하리라고는 미처 예상하지 못했다. 그토록 추우리라고도 역시나 예상하지 못했다. "창문을 저렇게 열어 놓고 나가지는 않았는데." 여자가 불평하듯 말하고는, 방을 가로질러 가더니 창문을 닫았다. 그리고 목에 두른 모피를 더 여몄다. "끔찍하게 춥네요."

길고 천장이 낮은 방에는 창문이 세 개 있었다. 한쪽 끝에 베니션 블라인드로 가려진 부분이 간이 부엌이었다. 또 한쪽 벽에 난 문은 아마도 화장실인 듯했다.

여자는 베니션 블라인드로 다가가서 위로 걷었다. "조금만 있으면 따뜻해질 거예요." 그녀가 말했다.

나는 간이 부엌을 바라보았다. "저기요." 나는 여자가 작은 오븐에 불을 붙이는 것을 보며 말했다. "커피. 우리 커피를 마시는 게 어때요?"

"아, 좋아요." 그녀는 뚱하게 대답했다. "대신 말은 조용히 해요, 알았죠?"

"쉬이이잇." 나는 검지를 들어 입술에 갖다 댔다. 그리고 방을 한 바퀴 돌았다. 싸구려 전축과 음반이 있었다. 화면이 작은 TV도 있었다. 커다란 침대 겸용 소파도 있었다. 책장도 있었지만, 책은 없고 개 도자기 인형뿐이었다. 여자의 노골적인 접근법이 그녀의 소원만큼 자주 성공한 것은 아닐지도 모른다는 생각이 문득 들었다.

하지만 내가 찾는 그 물건은 어디 있는 걸까?

"저기요. 화장 좀 고쳐야 되겠는데요." 내가 말했다.

"저기예요." 여자가 말했다. "그나저나 좀 조용히 말할 수 없어요?"

나는 화장실로 들어갔다. 작았다. 소형 욕조 위로 둥근 테가 있었고, 크고 붉은 장미 문양이 들어간 섬뜩하리만치 천박한 샤워 커튼이 늘어져 있었다. 나는 화장실 문을 닫고, 벽장을 조심스레 열어 보았다. 그냥 일반적인 물건뿐이었다. 나는 소리를 내지 않고 조심스레 도로 닫았다. 붙박이 선반에도 수건만 들어 있었다.

아마 큰방에 벽장이 있을 거라는 생각이 들었다. 모자 상자, 트렁크, 여행 가방일 수도 있었다. 내가 만약 누군가에게 마법을 건다면, 그런 악마 인형을 과연 어디에 넣어 둘 것인가?

나라면 그걸 굳이 숨겨 두지는 않을 거야. 나는 스스로에게 대답했다. 왜인지는 몰랐지만, 나는 그걸 어찌어찌 탁 트인 곳에 놓아둘 것이었으니……

나는 샤워 커튼을 열었다가 도로 닫히게 내버려 두었다. 커튼은 원형으로 쳐졌는데, 정작 욕조는 사각형이었다.

"그래!"

커튼을 끝까지 밀어서 걷었더니 한쪽 구석에, 그것도 딱 눈높이에, 삼각형 선반이 하나 있었다. 그 위에는 인형 네 개가 있었는데, 아마도 밀랍을 개어 만든 것 같았다. 그중 세 개에는 머리카락 한 줌씩을 촛농으로 붙여 놓았다. 나머지 한 개에는 머리카락이 없었지만, 양쪽 팔 끝에 뭔가 뾰족한 것을 찔러 놓은 상태였다. 가만 보니 깎은 손톱 조각이었다.

나는 잠시 서서 생각을 해 보았다. 그러고는 머리카락 없는 인형을 집어 들고 문 쪽으로 돌아섰다. 일단 내 몸을 살펴보고, 변기 물을 내리고, 수건을 한 장 꺼내서 흔든 다음, 욕조 가장자리에 걸쳐 놓았다. 그런 다음에 비틀거리며 밖으로 나왔다. "저기요, 자기. 이것 좀 봐요. **귀엽지** 않아요?"

"쉬이잇!" 여자가 말했다. "아, 제발 좀. 그거 도로 갖다 놓으시죠,

예?"

"음, 이게 뭔데요?"

"그건 당신이 알 바 아니잖아요. 그냥 그거예요. 어서요, 도로 갖다 놓으라고요."

나는 그녀에게 손가락을 흔들어 보였다. "당신은 나한테 친절하게 굴지 않는군요." 내가 불평했다.

여자는 아직 남아 있는 인내심을 애써 모으려 노력하는 기색이 역력했다. "그냥 우리 집에 놓아두는 장난감 같은 거예요. 이리 줘요."

그녀가 손을 내밀었지만, 나는 외면했다. "알았어요. 당신은 친절하게 굴고 싶지 않은 거군요!" 나는 여전히 인형을 붙든 채로, 내 외투를 낚아채서 어설프게 단추를 채우기 시작했다.

여자는 한숨을 쉬고, 미치겠다는 표정을 짓더니 내게 다가왔다. "왜 이래요, 아저씨. 우리 싸우지 말고 맛있는 커피나 한 잔씩 해요." 그녀가 인형을 향해 손을 내밀었지만, 나는 다시 외면했다.

"이게 뭔지 말해 봐요." 나는 입을 비쭉였다.

"개인적인 거예요."

"나는 당신의 개인적인 것까지 다 알고 싶다고요." 내가 지적했다.

"그래요, 알았어요." 여자가 말했다. "한때 같이 살던 친구가 있었는데, 걔가 만들어 준 거예요. 걔 말로는 그런 인형을 하나 만들어 놓았다가, 내가 당신을 좋아하지 않게 되면, 당신의 몸에서 머리카락이나 발톱이나 다른 뭔가를 떼어 내서 그 인형에 붙이라는 거예요. 예를 들어 당신 이름이 조지라고 쳐요. 그나저나 당신 이름이 뭐죠?"

"조지요." 내가 말했다.

"좋아요. 그러면 나는 그 인형을 조지라고 부르는 거예요. 그리고 그 인형을 핀으로 찌르는 거죠. 그게 다예요. 어서 이리 줘요."

"그러면 이 녀석은 이름이 뭔데요?"

"그건 앨이에요."

"핼요?"

"앨요. 핼이라는 인형은 따로 있어요. 그건 저기 있어요. 나는 그 인간이 제일 싫거든요."

"그렇군요, 흠. 그러면 당신이 인형을 핀으로 찌르면 실제의 앨과 조지한테는 무슨 일이 벌어지는 거죠?"

"두 사람 모두 아프게 될 거예요. 심지어 죽기도 하고요."

"정말로요?"

"아뇨." 여자는 즉각 완전히 솔직함을 드러냈다. "내가 그랬잖아요. 이건 일종의 장난감이라고요. 물론 효과가 있다면 앨은 피를 펑펑 쏟고 죽을 거예요. 그는 식품점을 운영하거든요." 내가 인형을 건네주자, 그녀는 뭔가 생각하는 듯 그걸 바라보았다. "가끔은 이게 정말 효과가 있었으면 하는 바람이에요. 가끔은 나도 이걸 거의 믿어 버린다니까요. 핀으로 찌르면 정말 **비명을** 질러요."

"어디 소개나 좀 해 봐요." 내가 말했다.

"뭐를요?"

"소개나 좀 해 보라고요." 내가 말했다. 그러면서 여자를 화장실 쪽으로 끌고 갔다. 그녀는 짜증스러운 듯 작게 "아이, 참" 소리를 내고는 따라왔다.

"이건 프리츠, 이건 브루노, 그리고— 또 하나가 어디로 갔지?"

"또 하나라뇨?"

"혹시 뒤로 떨어졌나— 아래 뒤쪽에—" 여자는 욕조 가장자리에 무릎을 꿇고 벽 쪽으로 몸을 기울여 뒤쪽을 살펴보았다. 다시 일어난 그녀의 얼굴은 그 움직임과 분노로 붉어져 있었다. "도대체 뭘 하려고 그래요? 지금 나랑 장난하자는 거예요, 뭐예요?"

나는 두 팔을 벌렸다. "도대체 무슨 말이에요?"

"장난치지 말아요." 그녀는 이를 갈며 말했다. 그러고는 내 외투며 재킷을 손으로 더듬어 보았다. "당신이 어딘가에 숨긴 거잖아요."

"아니, 안 숨겼어요. 아까 보니까 네 개뿐이었는데." 내가 손으로 가리켰다. "앨하고 프리츠하고 브루노하고 핼하고요. 그나저나 핼은 어떤 거예요?"

"그건 프레디예요. 그 인간은 나한테 20달러를 줘 놓고, 내 지갑에서 23달러를 꺼내 갔다고요. 그 망할— 그나저나 지금 없어진 게 바로 핼이에요. 그게 제일 좋은 인형인데. 당신이 그걸 안 감춘 게 **확실**해요?" 곧이어 여자는 이마를 찰싹 때렸다.

"창문!" 그녀는 이렇게 말하며 다른 방으로 달려갔다. 나는 엎드려서 욕조 아래를 살펴보고 나서야 비로소 여자의 말뜻을 이해했다. 나는 마지막으로 주위를 한번 둘러보고 그녀를 뒤따라갔다. 여자는 창가에 서서 눈썹에 손바닥을 대고 바깥을 살펴보았다. "알다가도 모를 일이네. 도대체 누가 그런 걸 다 훔쳐 갔을까!"

순간 명치에서 강한 허탈감이 느껴졌다.

"아, 관둘래요. 핼의 인형이라면 하나 더 만들면 그만이니까. 하지만 그만큼 못생긴 인형은 다신 못 만들 거예요." 그녀는 분한 듯 덧붙였다. "자요, 커피를 좀— 그런데 왜 그래요? 어디 안 좋아요?"

"예." 내가 말했다. "안 좋네요."

"하고 많은 물건들 중에서 하필 그걸 훔치다니." 여자가 간이 부엌에서 말했다. "도대체 누가 그런 물건을 훔쳐 간 걸까요?"

갑자기 나는 누가 그랬을지 알 것 같았다. 나는 주먹으로 손바닥을 때리며 웃음을 터트렸다.

"도대체 왜 그래요? 미쳤어요?"

"예." 내가 말했다. "혹시 여기 전화 있어요?"

"아뇨. 어디 가는 거예요?"

"밖에요. 잘 있어요, 채리티."

"저기, 잠깐 기다려요, 자기. 내가 지금 막 커피를 끓였는데." 나는 문을 벌컥 열어젖혔다. 그녀가 내 소매를 붙잡았다.

"이렇게 가 버리는 게 어디 있어요! 채리티를 위해서 뭔가 좀 주고 가는 게 어때요?"

"당신 몫은 내일 또 한 바퀴 돌면서 얻게 될 거예요. 물론 아까 마신 셰리 칵테일 때문에 숙취에 시달리지 않는다면 말이에요." 나는 쾌활하게 말했다. "그리고 당신이 팁 놓는 접시에서 슬쩍한 5달러도 잊지 말아요. 그 웨이터를 조심하는 게 좋을 거예요. 내 생각에는 당신이 한 짓을 그 사람이 본 것 같으니까."

"당신 취한 게 아니었군요!" 여자가 깜짝 놀라 외쳤다.

"당신도 마녀는 아니었고요." 내가 씩 웃었다. 나는 그녀에게 손 키스를 보낸 다음 밖으로 달려 나갔다.

나는 항상 그 모습으로 여자를 기억할 것이었다. 휘둥그레진 두 눈, 분개했다기보다는 오히려 약간 더 놀란 듯한 표정, 그토록 사랑했던 돈 표시가 스러져 가는 갈색 눈동자, 마지막 간청으로 소환했지만 이제는 쓸모가 없어진 엉덩이의 작은 씰룩임까지.

새벽 5시에 공중전화를 찾기 위해서 갖가지로 애를 써 본 적이 있는가? 나는 반쯤 뛰다시피 아홉 블록을 지나가서야 비로소 택시를 한 대 잡았고, 트라이보로 다리*의 퀸스 쪽에 도달해서야 아직 열려 있는 주유소를 한 곳 발견했다.

나는 전화를 걸었다. 누군가가 대답했다. "여보세요?"

"켈리?" 나는 신이 나서 외쳤다. "왜 나한테는 말을 안 했던 거야? 진즉 알았다면 지금까지 내가 겪은 것 중에서도 가장 우울한 재미를 60달러어치나 아낄 수 있었을 텐데—"

"나 밀턴이야." 전화에서 목소리가 들려왔다. "헬이 방금 전에 사망했어."

나는 아마 입을 벌린 상태로 계속 있었던 모양이다. 비로소 입을 닫고 보니 입안이 차가워져 있었다. "지금 당장 갈게."

"안 오는 게 나을 거야." 밀턴이 말했다. 그의 목소리는 자제력이 닿지 않아 떨리고 있었다. "자네가 진짜로 원하는 게 아니라면…… 사실 자네가 할 수 있는 일도 없고, 나 역시 지금부터…… 바빠질 테니까."

"켈리는 어디 있어?" 내가 속삭였다.

"나도 모르겠어."

"음." 내가 말했다. "나중에 전화해."

나는 다시 택시에 올라타서 집으로 향했다. 그때부터의 여정은 전혀 기억이 나지 않는다.

때때로 나는 그날 아침에 내가 켈리를 만나는 꿈을 꾸었다는 생각

* 뉴욕시의 퀸스와 맨해튼과 브롱크스구區를 연결하는 다리.

이 든다.

상당한 양의 알코올, 그걸 억누를 수 있을 만큼 충분한 감정, 거기다가 30시간 동안 잠을 자지 않고 버텼다는 사실까지 더해지자 나는 뻗고 말았다. 그러다가 마지못해 잠에서 깨어났으며, 이곳은 자각할 만한 종류의 세계가 전혀 아니라는 느낌을 받았다. 오늘은 영 아니었다.

나는 침대에 누운 채 책장을 바라보았다. 집 안은 매우 조용했다. 나는 두 눈을 감았고, 돌아누웠고, 베개 속으로 파고들었고, 다시 눈을 떴고, 안락의자에 앉아 있는 켈리를 보았다. 너무나도 긴 다리, 너무나도 긴 팔, 거기에 너무나도 긴 눈까지 반쯤 뜨고 있는 모습이다 보니, 그는 마치 긴장을 늦춘 고양잇과 동물 같은 자세로 축 늘어져 있었다.

나는 어떻게 들어왔느냐고 묻지도 않았고(왜냐하면 그가 이미 들어와 있었으니까) 딱히 반기지도 않았다. 다른 이야기도 전혀 하지 않았는데, 왜냐하면 핼의 소식을 켈리에게 맨 처음 전해 주는 사람이 되고 싶지 않았기 때문이다. 게다가 나는 아직 완전히 깨지 않은 상태였다. 그래서 그냥 누워만 있었다.

"밀턴한테 들었어요." 그가 말했다. "괜찮아요."

나는 고개를 끄덕였다.

켈리가 말했다. "당신이 쓴 이야기를 읽었어요. 다른 것들도 좀 더 찾아서 읽었고요. 상상력이 풍부하시더군요."

그는 아랫입술에 담배를 하나 물고 불을 붙였다. "밀턴 선생도 상당히 많은 지식을 갖고 계시죠. 어느 정도까지는 두 분께서도 정말로 훌륭하게 생각하셨어요. 하지만 밀턴 선생은 너무 많은 지식에 짓눌리는 바람에 북동쪽으로 빗나가 버렸죠. 당신은 지나친 상상력에 휘어짜이는 바람에 북서쪽으로 빗나가 버렸고요."

켈리는 한동안 담배만 피웠다.

"저는 곧바로 나아갔지만, 그러기 위해서는 시간이 좀 걸렸죠."

나는 손바닥으로 눈을 비볐다. "자네가 지금 무슨 말을 하고 있는지 모르겠는데."

"괜찮습니다." 그는 조용히 말했다. "사실 저는 핼을 죽인 놈을 쫓고 있어요."

나는 두 눈을 감고 저 사악하고, 예쁘고, 공허한 작은 얼굴을 떠올려 보았다. 그리고 이렇게 말했다. "어젯밤 대부분을 채러티와 함께 보냈어."

"그래서 이러고 계신 것이겠지요."

"켈리." 내가 말했다. "만약 자네가 그 여자를 쫓는 거라면, 그냥 잊어버리게. 비록 천박하고 한심한 탕녀인 것도 사실이지만, 한편으로는 제대로 된 기회를 한 번도 얻어 보지 못한 불쌍한 계집애에 불과하니까. 그 여자가 핼을 죽인 게 아니야."

"그 여자가 죽인 게 아니라는 건 저도 압니다. 어차피 그 여자에게는 아무런 감정도 없어요. 하지만 저는 핼을 죽인 게 누구인지 알고 있고, 따라서 제가 확실히 아는 유일한 방법으로 그 뒤를 쫓고 있는 겁니다."

"그럼 좋아." 내가 말했다. 그리고 다시 머리를 베개에 파묻었다. "그러면 뭐가 죽인 건데?"

"밀턴이 당신께 이야기했을 겁니다. 핼이 그 여자에게 선물한 인형 말이에요."

"나도 밀턴한테 들었어. 하지만 그 인형에는 아무것도 없어, 켈리. 어떤 사람이 부두 희생자가 되기 위해서는 일단 그걸 믿어야만—"

"예, 예, 예. 밀턴도 그렇게 말하더군요. 무려 몇 시간이나요."

"음, 좋아."

"당신은 상상력을 갖고 계시죠." 켈리는 졸린 투로 말했다. "지금부터 한동안은 저도 그냥 상상력만 가지고 가겠습니다. 밀턴한테 아마 들으셨겠지요? 어떤 사람들은 상대방이 총구를 겨누고 방아쇠를 당기기만 하면 그대로 쓰러져 죽는데, 심지어 빈 총을 쏴도 마찬가지라는 이야기를요."

"나는 들은 적 없는데. 하지만 어디선가 읽은 기억은 나는군. 역시나 똑같은 전반적인 발상이지."

"이제 한번 상상해 보세요. 당신이 지금까지 들어 본 총소리가 모두 그런 빈 총소리뿐이었다고 말이에요."

"계속해 봐."

"누군가가 총에 맞을 때마다, 당신은 이런 믿음에 관해서 많은 증거와 많은 전문가를 갖게 되죠."

"이해했어."

"그러면 이번에는 누군가가 총에 진짜 탄약을 넣어 가지고 나타났다고 쳐 보죠. 그렇다면 앞서와 같은 믿음을 가진 사람에게 과연 그 총알이 효과를 발휘할 거라고 보십니까?"

나는 아무 말도 하지 않았다.

"오랜 세월 동안 사람들은 인형을 만들고 핀으로 찔러 왔어요. 그렇게 하면 효과가 있다고 누군가가 믿었던 곳에서는 실제로 효과가 있었습니다. 그러면 이제 다른 모든 인형들의 모본模本이 된 어떤 인형을 가진 누군가가 나타났다고 쳐 보죠. 진짜 인형을 가진 누군가가요."

나는 가만히 누워 있었다.

"그것에 대해서는 알 필요도 없습니다." 켈리가 느긋하게 말했다. "특별한 누군가가 될 필요도 없어요. 그게 어떻게 작동하는지 이해할 필요도 없습니다. 뭔가를 믿을 필요도 전혀 없습니다. 그냥 효과가 일어났으면 하고 바라는 곳을 가리키기만 하면 되는 겁니다."

"어떻게 가리킨다는 건가?" 내가 속삭였다.

그는 어깨를 으쓱했다. "인형을 어떤 이름으로 부르는 거죠. 그리고 미워하는 거겠죠."

"이런, 세상에. 켈리. 자네 미쳤군! 이 세상에 그런 게 있을 리 없어!"

"당신은 스테이크를 드시죠." 켈리가 말했다. "그렇다면 당신의 내장도 이제 뭘 받아들일지, 뭐가 지나가는지 알고 있을까요? 과연 **당신은** 아시나요?"

"아는 사람도 일부 있겠지."

"당신은 모르시죠. 하지만 당신의 내장은 알고 있어요. 따라서 수많은 자연 법칙은 누군가가 그 작동 원리를 알거나 모르거나 간에 계속 작용하는 겁니다. 선원 가운데 상당수는 조타 기관이 어떻게 작용하는지 알지도 못하면서 조타륜 근무를 하죠. 음, 제가 바로 그렇습니다. 제가 어디로 가는지도 알고, 제가 거기 도착하리라는 것도 아니까요. 그러니 그게 어떻게 작용하는지, 또는 누가 뭘 믿는지를 제가 왜 신경 써야 합니까?"

"좋아. 그러면 자네는 어떻게 하겠다는 건가?"

"핼을 해친 것을 처치해야죠." 켈리의 어조는 여전히 느긋했지만, 목소리만큼은 매우 깊었다. 그리고 나는 더 많은 질문을 하지 말아야 할 때를 알고 있었다. 그래서 나는 그 대신 어느 정도 짜증을 섞어서 이렇게 말했다. "그런데 왜 나한테 그런 이야기를 하는 건가?"

"당신께 뭐 하나 부탁을 드리고 싶어서요."

"뭔데?"

"제가 방금 했던 말을 당분간 아무한테도 말하지 마세요. 그리고 제 물건을 하나 맡아 주세요."

"뭔데? 그리고 얼마 동안?"

"두고 보시면 알 겁니다."

만약 바로 그 순간에 켈리가 자리에서 일어나 내 침실에서 빠져나가려고 선택하지 않았더라면, 나는 벌떡 자리에서 일어나 그에게 호통을 쳤을 것이다. "저로선 이걸 6개월 전에 생각해 내지 못했다는 사실이 못내 아쉬울 뿐입니다." 켈리가 옆방에서 나지막이 말했다.

나는 그가 나가는 소리를 들으며 긴장한 채로 잠이 들어 버렸다. 켈리는 지금까지 내가 본 덩치 중에서 가장 조용하게 움직였다.

오후가 되어서야 나는 잠에서 깨어났다. 벽난로 선반 위에 놓여 있는 인형이 나를 노려보고 있었다. 지금까지 본 것 중에서도 가장 흉측한 모습이었다.

나는 핼의 장례식에서 그를 보았다. 켈리와 밀턴과 나는 장례식 후에 모여 앉아 우울한 채로 술을 마셨다. 우리는 인형에 관해 이야기하지 않았다. 내가 알기로 켈리는 그 직후에 배를 타고 나간 모양이었다. 누군가가 선원인데 어느 날 갑자기 보이지 않게 되면 흔히들 그렇게 추측하게 마련이니까. 밀턴은 의사 일로 바빴고, 그것도 무척이나 바빴다. 나는 한두 주 동안 인형을 원래 있던 자리에 그냥 놓아 두고, 과연 켈리가 자기 계획을 언제쯤 실행할지 궁금해했다. 준비가 되면 그걸 가지러 들르지 않을까 싶었다. 그때가 될 때까지, 나도 그의 요구를 존중하면서 아무에게도 그 이야기를 하지 않았다. 그러던 어느 날, 우리 집에 손님이 여러 명 오게 되어서, 나는 그 인형을 벽장 맨 위 칸에 옮겨 놓았고, 이후 계속 그대로 놓아두었다.

그러다가 한 달쯤 지났을 때에 나는 냄새를 감지하기 시작했다. 물론 곧바로 알아챈 것은 아니었다. 너무 희미했기 때문이다. 하지만 그게 뭐든지 간에, 나로선 마음에 들지 않았다. 냄새를 추적해서 벽장까지 갔더니, 곧이어 인형이 나왔다. 인형을 꺼내 냄새를 맡아 보았다. 그러자 구토가 나왔다. 많은 사람들이 제발 잊어버렸으면 하는 바로 그 냄새였다. 밀턴이 살의 괴저라고 불렀던 바로 그 증상의 냄새였다. 그 더러운 물건을 당장 소각로에 던져 넣고 싶었지만, 어쨌거나 약속은 약속이었다. 탁자 위에 올려놓았더니, 그 인형은 역겨운 냄새를 풍기며 기우뚱하게 서 있었다. 다리 하나의 무릎 부분이 부러져 있었다. 내 말뜻은 그 인형이 무릎 관절을 두 개 지닌 것처럼 보였다는 뜻이다. 그리고 뭔가 부풀어 오르고 아픈 모습이었다.

우리 집에는 오래된 유리 종 항아리가 있었는데, 원래는 시계가 들어 있던 물건이었다. 나는 항아리와 함께 무늬가 새겨진 리놀륨 조각을 찾아낸 다음, 인형을 항아리에 넣어 두어서 최소한 함께 살 수는 있게 만들었다.

나는 일을 하고 사람을 만났으며(한 번은 밀턴과 식사도 했다), 그렇게 시간이 평소처럼 흘러갔다. 그러던 어느 날 밤, 나는 다시 한번 인형을 살펴볼 생각이 들었다.

인형은 상당히 안쓰러운 모습이 되어 있었다. 비교적 시원한 곳에 보관하려 노력했는데도, 인형은 녹아서 사방으로 흘러내리는 것처럼 보였다. 순간 나는 켈리가 이 꼴을 보면 뭐라고 말할지 걱정이 되었으며, 곧이어 진심으로 그를 욕하면서 그 엉망진창이 된 물건 모두를 지하실에 갖고 내려가 처박아 두었다.

핼이 사망한 지 두 달이 되었을 즈음에, 나는 켈리가 꼭 해야 할 일을 하기 전에 저 작고 무시무시한 물건을 가지러 들를 거라던 내 예상에 오히려 의문을 품게 되었다. 그는 단지 핼을 해친 것을 처치할 거라고만 말했고, 바로 이 인형이 그 무엇이라고 말했을 뿐이었다.

음, 어쨌거나 그 인형은 처치되는 중이었다. 그것도 완전히 처치되는 중이었다. 나는 항아리를 가져다가 불에 비춰 보았다. 여전히 사람 모습이기는 했지만, 정말이지 지독하게 엉망진창이 된 상태였다. "좋아, 켈리." 나는 고소해했다. "아주 끝내 버리라고, 이 친구야."

그런데 밀턴이 대뜸 전화를 걸어서 루디스에서 만나자고 했다. 말투를 보니 상태가 별로 좋지 않은 듯했다. 우리는 지금까지 중에서도 가장 짧은 술자리를 가졌다.

그는 식당 뒤쪽 칸막이 좌석에 앉아서 뺨 안쪽을 질겅질겅 씹고 있었다. 입술은 잿빛이었고, 술잔을 들면서는 내용물을 흘리기까지 했다.

"도대체 그 사이에 무슨 일이 있었던 거야?" 나는 깜짝 놀라 말했다.

밀턴은 핼쑥한 미소를 지었다. "내가 유명해져서 그렇지." 그가 말했다. 밀턴의 유리잔이 그의 이빨에 부딪히며 달그락 소리가 들렸다. 그가 다시 말했다. "핼 켈리 때문에 수많은 의사들과 연락을 주고받다 보니, 이제는 내가 아주 전문가로 통하게 되었다니까. 바로 그— 그…… 증상에 대해서 말이야." 밀턴은 양손으로 술잔을 들어서 다시 식탁에 내려놓은 다음, 그대로 가만히 멈추었다. 그는 미소를 지으려고 시도했지만, 나로선 그러지 말았으면 하는 마음이었다. 밀턴은 결국 시도를 멈추고, 거의 속삭이다시피 말했다. "그런 사람을 또 하나 돌볼 수는 없었어. 그럴 수는 없었다고."

"무슨 일인지나 좀 이야기해 보지?" 나는 거칠게 물었다. 가끔은 이런 말도 효과를 발휘할 때가 있었다.

"아. 아, 그래. 음, 그러니까 환자가 또…… 또 한 명 들어온 거야. 제너럴 병원에 있어. 그랬더니 거기서 나한테 연락을 했더군. 핼하고 똑같은 증상이야. 내 말뜻은 핼하고 **똑같은** 증상이라는 거야. 다만 이 환자는 내가 굳이 간호할 필요까지는 없었지. 그럴 필요까지는 없었어. 그 여자는 병원에 온 지 여섯 시간 만에 죽어 버렸거든."

"그 여자?"

"사람을 그 몰골로 만들기 위해서는 어떻게 해야 하는지 아나?" 그는 날카로운 목소리로 말했다. "우선 신체 곳곳을 묶어 놓아서 괴저를 일으켜야 해. 나무 깎는 줄을 써야 할 거야, 아마도. 방망이도 썼겠지. 상처에다가 오물을 대고 문질러야 하지. 뼈를 부러뜨리려면 죔쇠에 넣고 조여야 할 거야."

"알았어, 알았어. 하지만 아무도—"

"그리고 그런 짓을 무려 두 달쯤은 꼬박 해야만 할 거야. 매일 낮, 매일 밤." 밀턴은 두 눈을 문질렀다. 주먹 관절을 어찌나 세게 눈에 들이박던지 나는 그의 손목을 붙들었다. "그런 짓을 한 사람이 없다는 건 나도 **알고** 있어. 내가 언제 그걸 누군가가 했다고 말했나?" 그가 외쳤다. "어디 헬에게는 그런 짓을 한 사람이 있었느냐고, 안 그래?"

"술이나 마셔."

밀턴은 마시지 않았다. 대신 이렇게 속삭였다. "누군가가 말을 걸면, 그 여자는 계속 똑같은 말만 되풀이했어. 사람들이 물었지. '어떻게 된 겁니까?' 또는 '누가 이런 짓을 한 겁니까?' 또는 '이름이 어떻게 됩니까?' 그러면 그 여자는 이렇게만 대답했어. '그 사람이 저를 인형*이라고 불렀어요.' 그 여자가 한 말은 그것뿐이었어. 그냥 '그 사람이 저를 인형이라고 불렀어요.'"

나는 자리에서 일어났다. "또 보자고, 밀턴."

그는 깜짝 놀란 표정이었다. "가지 마. 왜 이래. 이제 겨우—"

"가 봐야 해서 그래." 내가 말했다. 뒤를 돌아보지도 않았다. 일단 거기서 나와 스스로에게 몇 가지 질문을 던져 보아야 했다. 생각해야 했다.

살인에서는 누가 유죄일까? 나는 스스로에게 물었다. 방아쇠를 당긴 사람일까, 아니면 총일까?

나는 탐욕스럽고 뜨거운 갈색 눈동자를 지닌 불쌍하고 정말 예쁘고 공허하고 작은 얼굴을 생각했다. 그리고 켈리가 한 말을 생각했다. "어차피 그 여자에게는 아무런 신경도 안 써요."

여자가 인형을 뒤틀고 부러뜨리고 찔렀을 때, 그 모습이 인형에게는 도대체 어떻게 보였을까? 하지만 그녀는 결코 거기에 대해 궁금해한 적도 없었다.

* 보통은 인명인 '달리'Dolly를 뜻하지만, '인형'doll의 애칭으로도 사용된다.

나는 생각했다. 작용: 여자가 선풍기를 남자에게 던진다. 반작용: 남자가 여자를 선풍기에게 던진다. 작용: 바퀴가 굴대에 끼어 있다. 반작용: 굴대를 때려서 바퀴에서 뽑아낸다. 상황: 우리는 건물 안쪽으로 들어갈 수 없다. 해결책: 건물 바깥쪽을 떼어 낸다.

이것이야말로 그의 사고방식이었다.

사람을 죽이려면 어떻게 할까? 인형을 사용한다.

인형을 죽이려면 어떻게 할까?

누가 유죄인가? 방아쇠를 당긴 사람인가, 아니면 총인가?

"그 사람이 저를 인형이라고 불렀어요."

"그 사람이 저를 인형이라고 불렀어요."

"그 사람이 저를 인형이라고 불렀어요."

내가 집에 도착했더니 전화벨이 울리고 있었다.

"접니다." 켈리가 말했다.

내가 말했다. "그건 다 작살났어. 인형은 다 작살났다고, 켈리." 내가 말했다. "다시는 내 앞에 나타나지 말게."

"알겠습니다." 켈리가 말했다.

바다를 잃어버린 사람
The Man Who Lost the Sea

당신이 꼬마라고, 그리고 어느 어두운 밤에 차가운 모래밭을 따라 달리면서 손에는 이 헬리콥터를 들고 매우 빠르게 '타타타타' 소리를 낸다고 치자. 당신은 아픈 사람 옆을 지나가고, 그 사람은 당신이 그 물건을 내버리기를 원한다. 아마 장난감을 갖고 놀기에는 당신의 나이가 너무 많다고 생각하는 듯하다. 그래서 당신은 모래밭에서 그 사람 옆에 쪼그리고 앉아서, 이건 장난감이 아니라 모형이라고 설명해 준다. 여기를 보세요, 대부분의 사람들이 헬리콥터에 대해서 모르는 뭔가가 여기 있어요, 이렇게 그에게 말해 준다. 회전날개의 날을 손가락으로 붙잡은 다음, 그게 속도를 변화시키기 위해서 살짝 위아래로, 살짝 앞뒤로, 살짝 뒤틀기도 하는 등 바퀴통에서 어떻게 움직일 수 있는지를 역시나 그에게 보여 준다. 이런 유연성 덕분에 자이로스코프

작용이 없어지는 이유에 대해서도 말해 주기 시작하지만, 그는 당신 말을 듣지 않을 것이다. 그는 비행에 대해서, 헬리콥터에 대해서, 또는 당신에 대해서 생각하고 싶어 하지 않는다. 특히나 누군가가 뭔가에 대해서 내놓는 설명을 제일 듣고 싶어 하지 않는다. 이제 그는 바다에 대해서 생각하고 싶어 한다. 그래서 당신은 그냥 가 버린다.

아픈 사람은 머리와 왼쪽 팔만 드러낸 채 차가운 모래 속에 몸이 파묻혀 있다. 우주복을 입고 있어서, 마치 화성에서 온 사람처럼 보인다. 왼쪽 옷소매에는 결합형 시계와 압력계가 달려 있는데, 압력계에는 뭔지 알 수 없는 야광 파란색 표시판이 달려 있고, 시곗바늘은 야광 빨간색이다. 그는 파도의 철썩임과 자기 펌프의 부드럽고 신속한 박동을 듣는다. 예전에 한번 헤엄을 치다가 너무 깊은 곳에 들어가서 너무 오래 머무르다가 너무 빨리 나왔는데, 그때 그에게 닥친 일이 딱 이랬다. 사람들은 말했다. “움직이지 말아라, 꼬마야. 잠수병이 온 거야. 움직이려는 **시도조차** 하지 말아라.” 그는 아랑곳 않고 움직이려 시도했다. 그러자 아팠다. 따라서 지금은, 이번만큼은 모래밭에 누운 채 움직이지 않았고, 심지어 움직이려는 시도조차도 하지 않았다.

머리도 제대로 작동하지 않았다. 하지만 그는 머리가 제대로 작동하지 않는다는 사실을 똑똑히 알고 있었는데, 이것이야말로 충격을 받은 상태인 사람에게 일어나는 기묘한 일이었다. 만약 당신이 그 꼬마라고 치면, 당신은 어떻게 그런지를 설명할 수 있을 것이다. 왜냐하면 당신도 고등학교 시절 눈을 떠 보니 체육관 교사실에 누워 있기에 무슨 일이 있었던 거냐고 주위 사람들에게 물어본 적이 있었기 때문이다. 그들은 당신이 평행봉에서 뭔가를 시도하다가 아래로 떨어지며 머리를 부딪쳤다고 설명했다. 당신은 정확히 이해했지만, 떨어진 것을 기억할 수는 없었다. 그러다가 1분 뒤에 당신은 무슨 일이 있었던 거냐고 다시 물어보았고, 그들은 다시 설명해 주었다. 당신은 이해했다. 그러다가 1분 뒤에…… 그들은 모두 마흔한 번이나 당신에게 이야기해 주었고, 당신은 이해했다. 단지 당신이 제아무리 여러 번 그 사실을 머릿속에 밀어 넣어도, 그 사실이 거기 계속 머물러 있지 않는 것뿐이다. 하지만 그 내내 당신은 머지않아 머리가 다시 작동하기 시작하리라는 것을 **알고** 있었다. 그리고 머지않아 머리가 다시 작동하게 되었고…… 물론 만약 당신이 저 꼬마였다고 치면, 그래서 항상 사람들이며 스스로에게 이런저런 것들을 설명했다고 치면, 당신은 지금 저 아픈 사람을 괴롭히고 싶지는 않을 것이다.

당신이 이미 그에게 무슨 짓을 했는지 보라. 그가 정신의 성난 어깻짓을 통해서(두 눈을 제외하면, 지금 당장 움직일 수 있는 것이라고는 그의 정신뿐이니까) 당신을 물리치게 만들지 않았던가. 그 움직임 없는 노력만으로도 그는 구토의 물결을 비용으로 지불해야 했다. 그는 이전에도 멀미를 느껴 보았지만, 단 한 번도 멀미를 **일으킨** 적은 없었다. 그 비결은 두 눈을 수평선에 맞추고 계속해서 바쁘게 움직이는 것이었다. 지금! 그렇다면 그는 바쁘게 움직이는 게 더 나을 것이다. 지금. 왜냐하면 이 세상에 멀미를 느껴서는 안 되는 장소가 있다면, 지금과 같이 완전히 밀폐된 우주복 안이었기 때문이다. 지금!

그리하여 그는 바다 풍경, 땅 풍경, 하늘을 바라보며 최대한 열심히 바쁘게 눈을 움직였다. 그는 높은 땅에 쓰러져 있었으며, 그의 머리는 검은 돌로 이루어진 수직 벽을 베개 삼고 있었다. 그의 앞에는 비슷한 노두가 또 하나 있었는데, 꼭대기에는 흰 모래가 매끄럽고 평탄하게 깔려 있었다. 그 너머 아래로는 계곡이 있었는데, 소금기가 없는 강의 어귀였다. 그는 아직 확신할 수가 없었다. 다만 발자국의 열에 대해서는 확신했다. 발자국은 그의 뒤에서부터 시작되어, 그의 왼쪽으로 지나서, 노두의 그림자 속으로 사라졌으며, 그 뒤에서 다시 나타나서 마침내 계곡의 그림자 속으로 또다시 사라져 버렸다.

하늘에는 예전의 상복喪服 만드는 천이 펼쳐지고, 별빛이 불타는 구멍들이 있었고, 구멍과 구멍 사이의 검정색은 절대적이었다. 겨울의 산꼭대기 하늘 같은 검정색이었다.

(내면에 있는 수평선 저 멀리에서, 그는 마치 파도처럼 밀려오는 구토의 너울과 마루를 볼 수 있었다. 그는 미약한 저류를 가지고 이에 맞섰으며, 그리하여 파도가 강타하기 전에 미리 마주치고 에워싸서 진정시킬 수 있었다. 더 바쁘게 움직이자. **지금.**)

그렇다면 X-15 모형을 가지고 그에게 난입하자. 그게 그를 끝낼 테니까. 저기요, 이걸 속임수로 사용하면 어때요? 희박한 공기 속으로 너무 높이 올라간 나머지, 당신은 조종을 할 수 없게 되었는데, 당신의 날개 끝에는, 그리고 꼬리날개의 양옆에도, 이렇게 작은 제트 엔진들이 있는 거예요. 알았어요? 압축 공기가 분출되면서 선회하고, 들썩이고, 도리질하고, 그 밖의 일들을 하는 거예요.

하지만 아픈 사람은 아픈 입술을 말았다. 아, 꺼져 줄래, 꼬마야, 꺼져 줄래, 제발 좀? 그건 바다와 아무 관계가 없어. 그러니 좀 꺼져.

아픈 사람은 자기 시선을 억지로 밖으로, 또 밖으로 보냈고, 자신이 보는 모든 것을 세심한 격렬함을 동원해 머릿속에 새겨 두었다. 마치 언젠가는 그 모든 것을 복제하는 것이 자신의 임무라도 된다는 식이었다. 그의 왼쪽으로는 오로지 별이 반짝이고 바람이 없는 바다가 있었다. 앞쪽으로는 계곡 너머 둥근 언덕들이 펼쳐져 있고 희미한 흰색 견장이 둘러져 있었다. 오른쪽으로는 툭 튀어나온 검은색 담장 모서리가 있고, 바로 거기에 그의 헬멧이 닿아 있었다(그는 멀리서 쌓이던 구토가 진정되었다고 생각했지만, 아직은 돌아보지 않을 것이었다). 따라서 그는 하늘을 훑어보았고, 검고도 밝은 그곳에서 시리우스를 부르고, 플레이아데스를, 북극성을, 작은곰자리를 부르고, 그리고 저…… 저…… 뭐야, 저게 **움직이고** 있군. 저걸 봐. 그래, 저게 움직이고 있어! 빛의 점에 불과하고, 마치 깜박이고 갈라진 것처럼 보여서, 어딘가 하늘에 있는 삶은 콜리플라워 조각처럼 보였다(물론 이제 자기 눈을 완전히 신뢰할 수 없다는 것을 잘 알고 있었지만). 하지만 저 움직임은……

어린 시절에 그는 서리 내린 케이프코드의 저녁 동안 차가운 모래밭에 서서 스푸트니크*의 꾸준한 불꽃이 (맹렬하게, 약간 북서쪽에서 떠올라서) 안개 속에서 나타나는 것을 지켜보았다. 그는 졸린 상태에서 수신기에 장착할 특수 코일을 감았고, 목숨을 걸고서 높은 안테나의 선을 새로 감았는데, 이 모두가 뱅가드**에서 나오는 독해조차 불가능한 '띠릭-띡-띠릭' 소리를 짧게 포착하기 위해서였다. 익스플로러, 루닉, 디스커버러, 머큐리.*** 그는 이 모두를 알고 있었고

* Sputnik. 스푸트니크 1호(1957~1958년)는 사상 최초로 발사에 성공한 소련의 인공위성이다. 당시에 이 인공위성을 망원경으로 관측하거나, 그 신호음을 단파 수신기로 듣는 놀이가 크게 유행했다.

** Vanguard. 뱅가드 1호(1958~1964년)는 미국의 인공위성이다.

*** 익스플로러 1호(Explorer, 1958)는 미국의 인공위성이고, 루닉Lunik은 소련의 달 탐사 계획인 루나 프로그램(1959~1976년)을 말하며, 디스커버러Discoverer는 미국의 정찰 위성 계획인 코로나 프로그램(1959~1972년)의 원래 명칭이고, 머큐리 계획(Mercury, 1958~1963년)은 미국의 지구 궤도 유인 우주선 발사 프로그램을 말한다.

(음, 성냥갑이나 우표를 수집하는 사람들과도 비슷했다) 하늘의 저 틀림없고 꾸준한 활강을 특히 잘 알고 있었다.

저 움직이는 점은 위성이었다. 비록 지금은 크로노미터와 자신의 두뇌 일부분을 제외하면 변변한 장비도 없고 움직임도 없었지만, 잠시 후면 그는 저게 어떤 위성인지를 알게 될 것이었다(그는 표현할 수 없을 만큼 고마웠다. 저 활강하는 빛 조각이 없었더라면, 그가 이 세상에 유일한 인간이 아니라는 것을 알려 주는 증거는 오로지 이 발자국, 즉 이 방황하는 발자국뿐이었을 테니까).

만약 당신이 어린아이라고 치면, 게다가 열의와 도전 의식이 있고, 제법 똑똑한 편이라면, 아마 하루이틀 정도 궁리한 끝에 오로지 시계와 두뇌만을 가지고도 위성의 주기를 측정하는 방법을 찾아낼 것이다. 당신은 아마 저 앞에 있는 돌의 그림자가 거기 있었던 까닭은 애초부터 떠오르는 위성에서 나온 불빛 때문이었음을 결국 깨달을 것이다. 만약 모래 위의 그림자가 노두의 높이와 똑같아지는 순간의 시간을 정확히 확인했다면, 그리고 다시 불빛이 천정天頂에 있고 그림자가 사라지는 시간을 정확히 확인했다면, 당신은 그 시차에 해당하는 몇 분에 8을 곱할 것이고(이제는 왜 그런지 생각해 보자. 약간의 편차를 감안하면, 수평선에서 천정까지의 거리는 대략 궤도의 4분의 1에 해당하고, 하늘의 절반은 바로 그 4분의 1의 절반이기 때문이다), 당신은 위성의 주기를 알게 될 것이다. 당신은 모든 주기들을 알게 된다. 90분, 2시간, 2시간 반. 이것 그리고 이 새의 외관을 합치면, 당신은 어떤 것이 어떤 것인지를 알아낼 것이다.

하지만 당신이 저 꼬마라고 치면, 열의가 있건 재간이 있건 뭐가 있건 간에, 당신은 아픈 사람을 앞에 두고 그 이야기를 떠들어 대지는 않을 것이다. 단순히 그가 당신 때문에 성가시기를 원하지 않아서만이 아니라, 또한 그가 이 모두를 오래전에 이미 생각했었고, 심지어 지금도 그 짧은 측정 순간을 위해서 그림자를 지켜보고 있기 때문이다. **지금!** 그의 두 눈이 크로노미터의 표면으로 향한다. 0400. 거의 신경쓰지 않아도 되는 숫자이다.

이제 그는 저 아기 달이 그 그림자 파이의 조각을 먹어 치울 때까지 몇 분을 기다려야 한다. 10분? ……30분? ……23분? ……게다가 기다리기에는 상황이 너무 나쁘다. 비록 내부 바다는 잔잔하지만, 그 아래에는 해류가 있어서, 그림자가 움직이고 헤엄치기 때문이다. 바쁘게 움직이자. 바쁘게 움직이자. 무슨 일이 있더라도 그는 거대하고 눈에 보이지 않는 아메바 가까이 헤엄쳐서는 안 된다. 그 최초의 차가운 위족僞足이 심지어 이제 주요 장기를 향해 뻗어 오고 있다.

더 이상은 아주 꼬마까지는 아니고 오히려 식견 있는 젊은 친구인 까닭에, 그리고 아픈 사람을 도와주고 싶은 까닭에, 당신은 저 배 속의 차가움에 관해서, 즉 눈에 보이지 않게 에워싸고 다가오는 저 무자비한 아메바에 대해서 자신이 아는 모든 것을 그에게 말해 주고 싶어진다. 당신은 그것에 대해서 모두 알고 있다. 잘 들으시라. 당신은 그에게 이렇게 외치고 싶다. 그 차가운 손길이 당신을 괴롭히도록 허락하지 마시라. 그게 뭔지 알면 그만이니까. 당신의 내장을 건드리는 그것이 무엇인지 아시라. 당신은 그에게 말하고 싶다. 잘 들으시라.

잘 들으시라. 당신이 괴물을 만나고 그걸 해부하는 방법은 이렇다. 잘 들으시라. 당신은 열대 기후 얕은 바다의 섬들 1백 개로 이루어진 그레나딘제도에서 스킨다이빙을 하고 있다. 당신은 새것인 (얼굴판과 호흡용 튜브가 모두 한데 붙어 있는 종류의) 파란색 스노클 마스크를 쓰고, 새것인 파란색 물갈퀴를 발에 신고, 새것인 파란색 작살총을 들고 있다. 이 모두가 새것인 까닭은 당신이 이제 겨우 시작했기 때문이다. 보시다시피. 당신은 초보자이고, 이 수중의 이세계異世界 속으로 손쉽게 침입할 수 있다는 즐거움에 깜짝 놀랐다. 당신은 보트를 타고 나갔다가 돌아오는 길인데, 작은 만灣의 입구에 도달했을 때, 나머지 거리를 헤엄쳐서 가자고 생각했다. 당신은 친구들에게 그렇게 말하고는 따뜻하고 비단 같은 물속으로 미끄러져 들어갔다. 당신은 작살 총을 갖고 있었다.

가야 할 거리는 그리 멀지 않지만, 초보자라면 머지않아 물속 거리가 겉보기와 다르다는 사실을 발견하게 마련이다. 처음 5분 정도는 오로지 즐겁기만 했고, 태양은 당신의 등에 뜨겁게 내리쬐고 물은 무척 따뜻해서 마치 아무런 온도도 지니지 않은 것처럼 느껴지고, 몸이 날아갈 듯했다. 얼굴을 물속에 넣고 있다 보니, 마스크는 마치 몸에 붙은 것이 아니라 몸의 일부인 것 같고, 넓은 파란색 물갈퀴는 몇 야드씩 밀어내고, 작살 총은 손에 들고 있어도 전혀 무게가 느껴지지 않고, 팽팽한 고무 멜빵은 햇빛 찬란한 초록 속에서 당신의 움직임에 잡아당겨질 때마다 때때로 웅 소리를 낸다. 당신의 귀에서는 스노클 튜브의 단조로운 호흡 소리가 작게 읊조리고, 투명한 유리 원판 너머로 당신은 경이를 바라본다. 만은 깊이가 얕고(10피트에서 12피트쯤이고) 모래밭이며, 뇌산호腦珊瑚와 각종 산호가 크게 자라났고, 뒤얽힌 채 흔들리는 부채꼴산호와 물고기도 있다. 어마어마하게 많은 물고기도! 주홍색과 초록색과 눈이 아플 정도의 담청색과 황금색과 장미색과 암청회색 바탕에 새파란색과 분홍색과 평화와 은색의 점들이 박혀 있다. 그러다가 **그것**이 당신에게 달려든다. 그…… 괴물이.

이 이세계에는 적들이 있다. 머리가 크고 흉측하며 입은 아래로 처진 모래색의 점박이 바다뱀은 물러서지 않은 채 침입자가 지나가는 모습을 지켜보며 드러누워 있다. 턱이 볼트 절단기 같은 얼룩덜룩한 곰치도 있다. 그리고 이 근처 어디엔가는 아래턱이 툭 튀어나온 얼굴에 이빨이 안으로 휘어져서 뭐든지 한번 물었다 하면 반드시 뜯어내고 마는 창꼬치도 있을 것이 분명하다. 성게도 있다. 불룩하고 하얀 성게에는 날카로운 가시가 빽빽이 돋아난 털가죽이 달려 있고, 검은 성게에는 길고 가느다란 바늘이 달려 있어서 부주의한 살에 박힌 채 부러지면 몇 주 동안 그 자리를 곪게 만들 수 있었다. 쥐치와 쏨뱅이에도 독성 가시와 치명적인 살이 있었다. 노랑가오리는 그 가시를 다리뼈까지 박아 넣을 수도 있었다. 하지만 이런 놈들은 **괴물**이 아니었고, 당신에게 문제가 되지도 않으며, 침입자는 그놈들 모두의 위를 헤엄치며 지나가게 마련이다. 당신은 여러 가지 면에서 그놈들 위에 있는 셈이다. 무장하고, 합리적이고, 가까운 해안에서(저 앞에는 바닷가가 있고, 양옆에는 바위가 있다) 위안을 얻고, 심지어 멀지 않은 뒤에 보트까지 있다. 하지만 당신은…… 공격을 당했다.

처음에는 불편함일 뿐이었다. 다급하지는 않았지만, 스며드는 것이었으며, 마치 바다의 접촉만큼이나 친밀한 접촉이었다. 당신은 그 안에 푹 파묻혔다. 또한 접촉도 있었다. 차갑고 내적인 접촉이었다. 마침내 그것을 깨닫자, 당신은 웃었다. 이런, 세상에, 도대체 무서워할 게 뭐가 있는가?

괴물, 아메바.

당신은 머리를 들어 물 밖에서 뒤를 돌아본다. 보트는 오른쪽에 있는 절벽에 다가갔다. 누군가가 바닷가재를 잡기 위해서 마지막으로 주위에 작살을 한번 찔러 본다. 당신은 보트를 향해 손을 흔든다. 당신은 손에 작살 총을 든 상태이고, 그걸 물 밖으로 꺼내 들자 그 숨어 있던 무게가 작용하면서, 당신은 약간 아래로 가라앉았고, 마치 스노클을 전혀 쓰고 있지 않은 것처럼, 당신은 숨을 쉬기 위해서 고개를 뒤로 젖힌다. 하지만 고개를 뒤로 젖히면서 튜브의 끝이 물속으로 들어가 버린다. 밸브가 닫힌다. 당신은 숨을 세게 들이마시지만 아무것도 나오지 않는다. 당신은 얼굴을 물속에 집어넣는다. 튜브가 위로 올라온다. 당신은 공기를 들이마시고, 이와 함께 날아든 바닷물의 총알이 목구멍 속 어딘가를 때린다. 당신은 기침을 하면서 바닷물을 내뱉고 허우적거리고, 공기를 들이마시면서 눈물을 흘리고, 가슴을 아프도록 부풀린다. 당신이 들이마신 공기는 좋지 않은, 전혀 좋지 않은, 그야말로 가치 없고 생명을 약화시키는 불활성 기체인 것처럼 보인다.

당신은 이를 악물고 바닷가로 향하며, 강하게 발을 차고, 이것이야말로 해야 할 올바른 일이라는 사실을 알고 있다. 그러다가 아래에서, 그리고 오른쪽에서, 당신은 바다의 모래 바닥에서 커다란 형체가 솟아오르는 것을 보았다. 당신은 그것이 단지 암초와 바위와 산호와 잡초에 불과하다는 사실을 알고 있지만, 그 광경에 비명을 지르게 된다. 당신은 스스로 알고 있는 것에는 신경 쓰지 않는다. 당신은 이를 회피하려고 세게 왼쪽으로 돌고, 마치 그것이 당신에게 손을 뻗는 것처럼 맞서 싸운다. 스노클 튜브에서 막힘없이 훅훅 소리가 나고 있음에도 당신은 공기를 얻을 수 없고, 또 공기를 얻을 수 없다. 당신은 갑자기 단 1초도 더는 마스크를 견딜 수 없게 되고, 그리하여 마스크를 위로 젖혀서 입에서 떼어 내고 몸을 돌려서, 똑바로 누운 채 물에 떠서 하늘을 향해 입을 벌리고 컥컥거리는 소음을 내면서 숨을 쉰다.

바로 그때, 바로 거기에서, 괴물이 당신을 제대로, 그리고 진짜로 삼켜 버렸고, 제 몸뚱이로 감싸서 그 안에 넣어 버렸다. 형체도 없고, 경계도 없고, 한정시킬 수 없는 아메바가 말이다. 불과 몇 야드밖에 남지 않은 바닷가, 만을 에워싼 바위투성이 땅, 그리 멀지 않은 곳에 있는 보트까지. 당신은 이 모든 것을 알아보지만, 더 이상 구분하지는 못한다. 왜냐하면 그 모두는 모두 하나이며 똑같은 것…… 이른바 도달할 수 없는 것이기 때문이다.

당신은 그 상태로 한동안 맞서 싸운다. 똑바로 누워서, 당신의 몸 아래에, 그리고 뒤에 작살 총이 대롱거리는 상태에서, 햇빛 머금은 따뜻한 공기를 가슴에 충분히 얻으려고 몸을 긴장시킨다. 잠시 후에 제정신의 일부 입자가 당신의 정신의 교란 속으로 흘러들어 오기 시작하고, 그것을 용해하고 물들이기 시작한다. 당신의 일그러지고 겁먹은 입으로 들어가고 나가는 공기가 마침내 의미 있어지기 시작했고, 괴물은 당신으로부터 떨어져 나간다.

당신은 정신을 수습하고, 파도와 바닷가와 기울어진 나무 한 그루를 바라본다. 너울이 커지다가 파도로 부서지는 사이에, 당신은 자기 몸에서 새로운 향기를 느낀다. 겨우 열두어 번쯤 확실하게 발만 차면 몸을 접을 수 있는 곳에 도달하게 된다. 정강이가 산호에 부딪쳐 기분 좋은 고통을 만들어 내고, 당신은 거품 속에서 몸을 일으켜 바닷가로 걸어 나온다. 당신은 젖은 모래밭에, 단단한 모래밭에, 그리고 궁극적으로 허세로부터 힘을 얻어 두 걸음을 더 내디딘 끝에 고조선高潮線을 지나서 마른 모래밭에 쓰러지고, 차마 더는 움직이지 못하게 된다.

당신은 모래밭에 쓰러져 있고, 차마 움직이거나 생각할 수도 있기 전에, 승리감을 느낄 수 있게 된다. 당신이 살아 있기 때문에, 그리고 전혀 생각하지 않고도 그만큼을 알고 있기 때문에 승리인 것이다.

생각을 할 수 있게 **되자**, 그 첫 생각은 작살 총에 관한 것이었고, 할 수 있었던 첫 움직임은 마침내 손에 쥐고 있던 그 물건을 놓아 버린 것이었다. 당신은 그 물건을 진즉에 놓아 버리지 않았기에 하마터면 죽을 뻔했다. 그 물건이 없었더라면 부담이 없었을 것이고, 당황하지도 않았을 것이다. 당신이 그 물건을 줄곧 갖고 있었던 까닭은 (이제야 이해하기 시작한 바에 따르면) 일단 그건 잃어버리면 다른 누군가가 (충분히 손쉽게) 그걸 되찾아 와야 하기 때문이었고, 따라서 차마 남들의 웃음을 견딜 수 없었기 때문이다. 결국 남들이 비웃을지도 모른다는 이유 때문에 당신은 하마터면 죽을 뻔했던 것이다.

이것은 저 괴물에 대한 해부, 분석, 연구의 시작이었다. 바로 그때 시작되었다. 그리고 결코 끝나지 않았다. 그로부터 당신이 배운 것 가운데 일부는 그냥 중요할 뿐이었다. 나머지 가운데 일부는 진짜 중차대한 것이었다.

예를 들어 당신은 스노클을 끼고 헤엄칠 경우, 스노클을 끼지 않고도 헤엄쳐 돌아올 수 있는 거리보다 더 멀리 가서는 절대 안 된다는 것을 배웠다. 당신은 긴급 상황에서 불필요한 물건을 몸에 지녀서 부담을 져서는 절대 안 된다는 것을 배웠다. 심지어 한쪽 손이나 한쪽 발조차도 작살 총만큼이나 내버려도 그만일 수 있었다. 오만도 내버릴 수 있고, 존엄도 내버릴 수 있었다. 당신은 혼자 잠수해서는 절대 안 된다는 것을, 설령 남들이 당신을 비웃더라도, 또한 설령 당신이 혼자 물고기를 작살로 쏴서 잡은 다음에도 '우리'가 잡았다고 말하더라도 혼자 잠수해서는 절대 안 된다는 것을 배웠다. 다른 무엇보다도 당신은 공포가 여러 개의 손가락을 지녔다는 것을, 그리고 그중 하나는(간단한 것으로서, 당신의 혈액 속에 이산화탄소 농도가 너무 높아짐으로써 생겨나며, 한 튜브로 숨을 너무 빨리 들이마심으로써 생겨나는 것과 마찬가지이다) 사실 진짜 공포가 아니지만 마치 공포처럼 느껴지는 것으로서, 자칫 공황으로 변모해서 당신을 죽일 수도 있다는 것을 배웠다.

잘 들으시라. 당신은 말하고 싶어진다. 잘 들으시라. 그런 경험에는, 또는 그로 인해 비롯되는 모든 연구에는 잘못된 것이 하나도 없다. 왜냐하면 그로부터 충분히 배울 수 있는 사람이라면, 충분히 적응하고, 충분히 조심하고, 충분히 예견하고, 두려움 없고, 겸손하고, 가르칠 수 있으며, 그로 인해 선택될 수 있고, 자격을 얻을 수 있는 것이다.

당신은 그 생각을 잃어버리고 말았는데, 또는 그 생각으로부터 돌아서고 말았는데, 왜냐하면 아픈 사람이 차가운 손길을 내부 깊은 곳에서 느꼈고, 지금 당장 느꼈고, 무시할 수 없을 정도로 느꼈기 때문이다. 만약 그가 귀를 기울였다면, 당신의 모든 경험과 확실성을 가지고 당신이 그에게 설명할 수 있는 한도를 넘어서고 지나칠 정도로 느꼈기 때문이며, 심지어 그는 귀를 기울이지도 않기 때문이다. 그렇다면 그가 귀를 기울이게 만들라. 그 차가운 손길은 무산소증처럼, 또는 심지어 기쁨 같은 어떤 간단하고 설명 가능한 일이라고 말해 주라. 그의 머리가 다시 제대로 돌아갈 때에 인식할 수 있는 어떤 승리라고 말해 주라.

승리라고? 여기 그는 무려 그것을…… 그것이 뭐든지 간에, 여하간 그것을 겪고도 살아남았다. 비록 충분히 승리인 것처럼 보이지는 않지만, 그래도 그레나딘제도에서는 분명히 승리였으며, 그 다른 때에, 즉 그가 잠수병을 겪었을 때에 그의 목숨을 구했고, 다른 두 명의 목숨을 구했다. 그런데 지금은 어째서인지 그때와 똑같지가 않았다. 그것을 겪은 직후에 그냥 살아 있다는 것이 승리가 아닌 데에는 뭔가 이유가 있는 것처럼 보였다.

왜 승리가 아닐까? 왜냐하면 저 위성이 궤도의 8분의 1 거리를 완주하는 데 걸리는 시간은 12분도 아니고, 20분도 아니고, 심지어 30분도 아니었기 때문이다. 50분이 지나갔는데도, 저 너머에는 그림자의 조각이 여전히 남아 있었다. 바로 이것이, 즉 **이것**이 그의 심장에 차가운 손가락을 갖다 대고 있었다. 그는 왜인지 알 수 없었고, 또 그는 왜인지 알 수 없었으며, 그는 **앞으로도** 왜인지 알 수 없을 것이었다. 그의 머리가 다시 작동하기 시작했을 때, 그는 아무래도 그럴 것 같다고 생각했고……

아, 그 꼬마는 어디 갔지? 정신을 바쁘게 만들고, 뭔가에 적용할, 즉 달을 앞질러 버린 시곗바늘 이외의 다른 뭔가에 적용할 어떤 방법은 어디 있는 것일까? 여기다, 꼬마야. 이리 와라. 뭘 갖고 있는 거냐?

만약 당신이 그 꼬마라면, 당신은 모든 것을 용서하고, 새로운 모형을 가지고 주저앉을 것이다. 그건 장난감도 아니고, 헬리콥터나 로켓 비행기도 아니고, 오히려 커다란 뭔가였고, 마치 웃자란 탄창처럼 생긴 물건이었다. 비록 모형이어도 상당히 컸기 때문에, 제아무리 화나고 아픈 사람까지도 그걸 가리켜 장난감이라고 부르지는 못할 것이었다. 거대한 탄창이었다. 하지만, 보라. 아래쪽의 5분의 4는 알파였고(즉 모두 근육이었고) 1백만 파운드가 넘는 추진력을 지니고 있었다. (그걸 꺾어서 떼어 내고 내던져 버린다.) 나머지의 절반은 베타였고(즉 모두 두뇌였고) 그것은 당신을 제자리에 놓아준다. (그걸 꺾어서 떼어 내고 내던져 버린다.) 그리고 이제 남아 있는 반들거리는 일부분을 바라보라. 어딘가에 있는 조종 장치를 건드리고 가만히 지켜보면(보이는가? 날개가 달려 있다) 커다란 삼각형 날개가 나타난다. 이것은 감마로서 날개가 달려 있고, 그 등에는 작은 소시지가 하나 달려 있다. 마치 등짝에 소시지가 달려 있는 나방 같은 모습이다. 그 소시지는(딸깍! 하면서 떨어져 나온다) 델타이다. 델타는 맨 마지막이고, 가장 작은 것이다. 델타는 집으로 가는 방법이다.

다음으로 그들은 무엇을 생각할까? 그저 장난감일 뿐이야. 그저 장난감일 뿐이야. 꺼져 버려라, 꼬마야. 위성이 거의 머리 위에 도달했고, 그림자의 조각이 사라지고, 사라지고, 거의 사라졌고, 마침내…… 사라져 버렸다.

확인 — 0459. 59분이라고? 몇 분쯤 오차가 있을 것이다. 거기에 8을 곱하면…… 472분…… 그러니까, 음, 7시간 52분이 된다.

7시간 52분? 그런 주기로 지구 궤도를 도는 위성은 없다. 태양계에서 그런 주기는 오로지……

차가운 손가락이 격렬해지고 무자비해진다.

동쪽이 희끄무레해지자 아픈 사람은 그쪽을 본다. 차마 답변을 찾아볼 수가 없는 질문들에 대한 종식으로서 빛을, 태양을 원했던 것이다. 커지는 빛 속에서 바다는 끝도 없이 뻗어 있었고, 눈에 보이지 않는 어디선가 끝도 없이 파도가 소리쳤다. 희끄무레해지는 동쪽이 모래투성이 언덕 꼭대기를 하얗게 만들고, 길게 이어진 발자국을 아치

형의 부조浮彫로 만들었다. 저건 도움을 요청하러 간 동료일 것이었다. 아픈 사람은 알고 있었다. 당장 이 순간에는 그 동료가 누군지 기억나지 않았지만, 조만간 기억날 것이었고, 그 사이에 저 발자국 덕분에 그는 덜 외로웠다.

태양의 위쪽 가장자리가 수평선 너머로 튀어나오면서 초록색 불빛이 반짝였다가 곧바로 사라졌다. 저것은 여명이 아니었고, 단지 초록색 불빛이 나타나고 곧이어 명료한 일출의 깨끗하고 하얀 작열이 나타났다. 바다는 그보다 더 하얄 수가 없을 지경이었고, 더 잔잔할 수가 없을 지경이어서, 마치 얼어붙은 눈 이불을 덮은 듯했다. 서쪽으로는 여전히 별들이 빛났고, 머리 위로는 물결치는 위성이 커지는 빛에 의해서도 거의 주눅 들지 않고 있었다. 저 아래 계곡의 형체 없는 뒤범벅이 스스로 해소되어서 일종의 천막촌으로, 또는 튜브 비슷하고 돛 비슷한 건물들이 들어찬 일종의 군사 시설로 변모했다. 만약 아픈 사람의 머리가 제대로 작동하고 있었더라면, 이것은 뭔가 의미가 있을 것이었다. 머지않아 그러할 것이었다. 그럴 것이었다.

(오……)

수평선까지 펼쳐져서 떠오르는 태양 바로 아래 있는 바다는 기묘하게 행동했는데, 왜냐하면 차마 견딜 수 없을 정도로 밝은 웅덩이가 되어야 마땅할 바로 그 장소에 오히려 갈색의 틈이 있었기 때문이다. 마치 태양의 하얀 불길이 바다를 들이마셔 건조시키는 것과도 같은 형국이었다. 왜냐하면 보라, 보라! 그 틈은 활이 되었고, 활은 초승달이 되어서 햇빛을 향해서 질주했고, 그 앞에는 하얀 바다가 있고, 그 뒤에는 코코아색의 마른 얼룩이 가로질러 번져 가면서 그가 바라보고 있는 곳을 향해 내려오고 있었다.

그에게 닿아 있는 공포의 손가락 이외에도 또 하나의 손가락이 닿았고, 곧이어 또 하나가 닿으면서, 여차하면 움켜잡기를, 부여잡기를, 급기야 공황에 이르도록 궁극적으로 미칠 듯 쥐어짜기를 가할 채비를 갖추고 있었다. 하지만 또다시 그 너머에는 결국 그 쥐어짜기를 넘어서면 (그 쥐어짜기가 공황까지는 아니고 공포에 불과하다면, 오히려 만끽이 가능할 것이었다) 승리가 놓여 있었다. 승리가, 그리고 영광이. 어쩌면 이것이야말로 그의 전투 전체를 구성하는 것일 수도 있었다. 공포가 할 수 있는 극한을 견디도록 스스로를 적응시키기 위한, 스스로를 준비시키기 위한 것일 수 있었다. 왜냐하면 그가 그렇게 할 수만 있다면, 반대편에는 승리가 있을 것이기 때문이다. 하지만…… 아직은 아니었다. 제발, 잠시 아직은 아니었다.

아직 별들이 빛나는 오른쪽 맨 끝에서부터 뭔가가 그를 향해 날아온다(또는 날아왔다, 또는 날아올 것이다. 그는 이 지점에서 약간 혼란스러웠다). 그건 새가 아니었고, 지상의 어떤 비행기와도 달랐는데, 왜냐하면 공기 역학이 잘못되었기 때문이다. 너무 넓고 너무 연약한 날개는 쓸모가 없을 것이었으며, 바깥쪽 가장자리를 제외한 지상의 대기 가운데 어디에서나 녹아내리고 산산조각 날 것이었다. 곧이어 그는 저게 바로 꼬마의 모형이라는 것을, 또는 그 모형의 일부분이라는 것을 깨달았다(왜냐하면 그가 그렇게 깨닫기를 선호했기 때문이다). 장난감치고는 실제로 매우 잘 해낸 편이었다.

그것은 바로 감마라고 불린 부분이었다. 그것은 활강했고, 균형을 잡았고, 모래와 평행을 이루고 그대로 거리를 유지했으며, 그렇게 거리를 유지하며 느려지더니, 역시나 한결같이 느린 동작으로 착륙했고, 그 활주부에서는 고운 모래가 우아한 판형 분수처럼 솟구쳤다.

그것은 땅 위에서 차마 불가능해 보이는 거리를 달렸으며, 그 무게를 조금씩, 인색하리만치 조금씩 내려놓았고, 마침내 **조심해** 마침내 활주부가 **조심해** 일종의 교량이 놓여 있는 크레바스로 접어들더니 **조심해, 조심해** 그러고도 계속 움직여서 결국 그 교량의 버팀대 위에 멈춰 섰다. 곧이어 감마는 지친 듯, 그 넓은 날개의 끄트머리를 흘러내리는 모래에 조심스럽게 파묻었다. 그것도 세게. 날개가 부러지면서, 감마는 회전하고, 옆걸음질 하고, 천천히 미끄러지더니, 다른 쪽의 삼각형 천막 비슷한 날개가 하늘로 향하고, 넓은 면이 계곡 끝에 있는 바위에 부딪혔다.

감마가 구르고 박살 나면서, 그 넓은 등에서 소시지가, 즉 작은 델타가 떨어져 나오더니, 공중제비를 넘으면서 그 등짝이 바위에 부딪히고, 그 부러진 몸체에서는 원자로의 감속재에 들어 있던 흑연의 깨진 파편이 흘러나왔다. **조심해! 조심해!** 이와 동시에 마침내 멈춰 선 감마의 더미에서 인형이 하나 튀어나오더니, 미끄러지고 굴러서 모래 위와 바위 위를 지나더니 결국 델타의 잔해에서 흘러나온 박살 나고 뜨거운 흑연 위에 쓰러졌다.

아픈 사람은 이 장난감이 저절로 파괴되는 모습을 멍하니 지켜보았다. 그들은 다음에 무엇을 생각할까? 그리고 얼어붙는 듯한 공포를 느끼며, 원자로의 불타오르는 잔해 위에 쓰러져 있는 인형을 향해 간절히 빌었다. **거기 머물러 있지 마, 친구. 거기서 피해! 거기서 피해! 거기는 뜨겁다고, 자네도 알잖아?** 하지만 마치 밤이 한 번, 낮이 한 번, 그리고 밤의 절반이 또 한 번 지난 듯한 시간 뒤에야, 인형은 비틀거리며 일어섰고, 우주복 차림으로 어색하게, 계곡 경사면을 따라 도망쳤고, 모래가 덮인 노두 위로 올라갔고, 미끄러졌고, 떨어졌으며, 그렇게 쓰러진 상태에서 차갑고 오래된 모래의 느린 폭포수가 쏟아진 까닭에, 한쪽 팔과 헬멧을 제외하면 완전히 파묻히고 말았다.

태양은 이제 높이 떠 있었고, 저 바다가 사실은 바다가 아니라 단지 서리에 뒤덮인 갈색 들판이었다는 사실을 보여 줄 만큼 충분히 높이 떠 있었다. 갈색 들판에 뒤덮인 서리가 증발했고, 이제는 언덕에 있던 서리마저 증발해서, 공중에 흩어지며 태양의 원판 가장자리를 흐렸기에, 잠깐 태양이 전혀 없었고, 단지 동쪽에 섬광만 있을 뿐이었다. 곧이어 저 아래 계곡도 그늘을 잃어버렸으며, 마치 디오라마의 배열처럼, 저 아래 있는 파편의 형태와 본성이 드러났다. 그곳은 천막촌도 아니었고, 군사 시설도 아니었으며, 내부 부품이 다 튀어나온 델타와 감마의 진짜이고 실제인 잔해일 뿐이었다(알파는 근육이었고, 베타는 두뇌였으며, 감마는 새였고, 델타는, 델타는 집으로 가는 방법이었다).

바로 그곳에서부터 발자국이 길게 이어지면서 아픈 사람 쪽으로 다가와서 그 옆을 지나 절벽 위로 향했으며, 그를 이곳에 파묻어 버린 모래사태와 함께 사라져 버렸다. 저건 누구의 발자국일까?

그는 누구의 발자국인지를 알고 있었다. 스스로가 알고 있음을 그가 알고 있거나 말거나 간에 또는 알고 싶어 하거나 말거나 간에 말이다. 그는 (약간의 오차를 감안하면) 저런 주기(정확한 숫자를 원하는가? 바로 7.66시간, 즉 460분의 주기)를 지닌 위성이 무엇인지를 알고 있었다. 그는 저런 밤을 지닌, 그리고 낮이면 저런 서리 낀 섬광을 지닌 세계가 무엇인지 알고 있었다. 그는 이런 것들을 알고 있었을 뿐만 아니라, 유출된 방사능이 인간의 이어폰에 마치 파도의 부서

짐과 중얼거림 같은 소리를 쏟아부을 수 있다는 사실도 알고 있었다.

당신이 저 꼬마라고 쳐 보자. 아니, 그 대신, 마침내, 당신이 저 아픈 사람이라고 쳐 보자. 왜냐하면 그 둘은 똑같은 사람이기 때문이다. 그렇다면 당신은 왜 하필이면 다른 모든 것 중에서도, 심지어 박살 나고, 충격을 받고, 계산된 (떠나간) 방사능과 측정된 (도착한) 방사능과 차마 견딜 수 없을 정도의 방사능으로 인해 (델타의 잔해 속에 쓰러져) 아픈 상태에서도, 굳이 당신이 바다에 관해서 생각하기를 원할 것인지를 확실히 이해할 수 있을 것이다. 왜냐하면 사랑과 지식으로 흙을 만지는 농부도 아니고, 흙에 관해 노래하는 시인도 아니고, 화가도, 도급업자도, 공학자도, 심지어 수선화 밭의 차마 표현할 수 없는 아름다움 앞에서 눈물을 터트리는 아이도 아니었기 때문이다. 이들 가운데 어느 누구도 바다에서 살아가고, 바다와 함께 살아가고, 바다에서 숨 쉬고 떠다니는 사람들만큼 지구와 친밀하지는 않았다. 따라서 당신이 반드시 생각해야 하는 저런 것들 중에서도, 당신은 바로 이것에 반드시 머물러야만 했던 것이다. 당신이 덜 아파지고, 진실에 직면할 준비가 더 될 때까지 말이다.

그렇다면 진실은 여기서 희미해지는 위성이 바로 포보스이고, 저 발자국은 당신 자신의 것이며, 여기에는 바다가 없고, 당신은 추락하고 부상당해 조만간 사망하리라는 것이었다. 당장이라도 당신의 심장을 쥐어짜서 멈추게 만들려는 저 차가운 손은 무산소증도 아니고, 공포도 아니고, 바로 죽음이었다. 이제 이것보다 더 중요한 뭔가가 있다면, 그것은 바로 진실이 스스로 모습을 드러낼 시간이었다.

아픈 사람은 자기 발자국으로 이루어진 긴 줄을 바라보았다. 이는 그가 혼자임을 증언했다. 그는 저 아래 있는 잔해를 바라보았다. 이는 돌아갈 길이 없음을 선언했다. 그는 하얀 동쪽과 얼룩덜룩한 서쪽과 저 위에서 희미해지는 점 같은 위성을 바라보았다. 그의 귀에는 파도 소리가 들렸다. 그는 자기 심장 박동을 들었다. 그는 자기 남은 숨소리를 들었다. 차가움이 조여들더니, 측정을 넘어서서, 모든 한계를 넘어서서 그를 감싸 안았다.

그 순간 그는 말했다. 이렇게 외쳤다. 그 순간 그는 죽음의 저편에서 자신의 승리를 즐겁게 만끽했다. 마치 커다란 물고기를 잡은 사람처럼, 숙련되고 어마어마한 과제를 완수한 사람처럼, 어떤 크고도 만만찮은 도약의 끝에서 다시 균형을 잡은 것처럼 말이다. 그는 평소에도 "우리가 물고기를 잡았어"라고 말했으며, '나'라는 표현을 쓰지 않았다.

"세상에." 그는 화성에서 죽어 가며 이렇게 말했다. "세상에, 우리가 해냈어!"

느린 조각

Slow Sculpture

그를 만났을 때, 그녀는 그가 누구인지 알지 못했다. 음, 그를 아는 사람은 많지 않았다. 그는 고지 과수원의 배나무 아래에서 뭔가를 하고 있었다. 그 땅에서는 늦여름과 바람 냄새가 났다. 청동. 그 땅에서는 청동 냄새도 났다. 그가 위를 바라보노라니, 체구가 작은 20대 중반의 여자가 있었다. 두려움 없는 얼굴에 머리카락과 똑같은 색깔인 눈은 상당히 이례적인 편이었는데, 왜냐하면 그녀의 머리카락은 적금색이었기 때문이다. 그녀가 아래를 바라보았더니, 살갗이 가죽 같은 40대 남자가 있었다. 그는 한 손에 금박 검전기檢電器를 들고 있었으며, 그녀를 침입자로 느끼고 있었다. 그녀가 말했다. "아." 그녀가 올바른 방식으로 말한 모양이었다. 왜냐하면 그가 고개를 한 번 끄덕이더니 이렇게 말했기 때문이다. "이걸 들고 계세요." 그러자 침입에 대한 생각은 전혀 없어지고 말았다. 그녀는 무릎을 꿇고 옆에 앉아서 장비를 받아 든 다음, 손을 그가 놓아 둔 곳에 그대로 들고 있었다. 그러자 그는 약간 멀어져 가더니, 소리굽쇠를 자기 무릎에 툭 쳤다. "그게 어떻게 되고 있나요?" 그는 목소리가 좋았다. 낯선 사람조차도 알아채고 귀를 기울일 만한 종류의 목소리였다.

그녀는 검전기의 유리 차폐막 속에 들어 있는 섬세한 금박을 바라보았다. "서로 떨어지고 있어요."

그가 다시 한번 소리굽쇠를 치자, 금박은 마치 밀쳐 내듯 서로에게서 멀어졌다. "많이요?"

"당신이 소리굽쇠를 때렸을 때 45도 각도쯤으로요."

"좋아요. 우리가 얻을 수 있는 최대한이 그쯤일 거예요." 그는 부시 재킷 주머니에서 자루를 하나 꺼내더니, 그 안에 들어 있는 분필가루를 한 움큼 쥐어서 땅에 뿌렸다. "이제는 제가 움직일게요. 당신은 거기 계속 머물면서, 금박이 얼마나 많이 떨어지는지 말해 주세요."

그가 배나무 주위를 지그재그로 움직이며 소리굽쇠를 칠 때마다 그녀는 숫자를 불러 주었다. 10도, 30도, 5도, 20도, 없음. 금박이 서로를 최대한으로, 즉 40도 이상으로 밀쳐 낼 때마다 그는 분필가루를 더 뿌렸다. 그가 움직임을 멈추었을 즈음에는 분필가루의 흰 점이 대략 타원형으로 나무를 에워싸고 있었다. 그는 공책을 하나 꺼내서 분필가루와 나무의 도해를 그려 넣은 다음, 공책을 도로 집어넣고 그녀가 들고 있던 검전기를 건네받았다. "혹시 뭐 찾으시는 게 있나요?"

"아니요." 그녀가 말했다. "네."

그는 미소를 지을 수도 있었다. 비록 오래 지속되지는 않았지만, 그런 얼굴에서 미소란 상당히 놀라운 것이라고 그녀는 생각했다. "그건 법원에서 자발적 답변이라고 부르는 것이 아닌데요."

그녀는 늦은 오후의 햇빛 속에서 금속성으로 보이는 언덕 경사면을 흘끗 바라보았다. 그곳에는 있는 것도 많지가 않았다. 바위, 여름 날씨에 끝장난 잡초, 나무 한두 그루 그리고 과수원뿐이었다. 누구든 이곳에 온 사람은 상당히 먼 길을 지나왔게 마련이었다. "그건 쉬운 질문이 아니었어요." 그녀가 대답했다. 그러면서 미소를 지으려 노력했지만, 도리어 눈물이 터져 나왔다.

그녀는 미안하게 생각했고, 그에게도 그렇다고 말해 주었다.

"왜죠?" 그가 물었다. '다음 질문 던지기'라는 특유의 화법을 그녀가 경험한 것은 이때가 처음이었다. 그 화법은 마음을 동요시켰다. 향후에도 줄곧 그러할 것이었다. 그 정도가 덜한 경우는 결코 없고, 때로는 그 정도가 훨씬 더할 것이었다. "음— 사람은 누구나 공개적으로 감정을 폭발시켜서는 안 되니까요."

"**당신만** 그런 거겠죠. 당신이 말하는 '누구나'가 누구인지 저는 모르겠군요."

"저도— 제 생각에는 저도 역시나 모르는 것 같아요. 당신이 그렇게 말씀하시고 나니까요."

"그러면 진실을 말해 보세요. '저 사람이 나를 어떻게 생각할까' 어쩌고 하는 생각을 반복하는 것은 이치에 닿지가 않아요. 당신이 뭐라고 말하든지 간에, 저는 제가 생각할 것을 생각할 테니까요. 그럴 수 없다면— 그냥 산에서 내려가세요. 더 이상 아무 말 마시고요." 그녀가 뒤로 돌아서 떠나려 들지 않자, 그는 이렇게 덧붙였다. "그러면 진실을 한번 말해 보세요. 그게 중요한 거라면, 그리고 간단한 거라면요. 물론 그게 간단한 거라면 말하기도 쉬울 테지만요."

"저는 죽게 될 거예요!" 그녀가 외쳤다.

"그건 저도 마찬가지죠."

"제 가슴에 혹이 있어요."

"일단 집으로 들어가시죠. 그럼 제가 고쳐 드릴 테니까요."

더 이상은 아무 말도 없이, 그는 등을 돌려 과수원을 가로질러 걷기 시작했다. 한편으로는 화도 나고, 또 한편으로는 터무니없는 희망이 가득해지며 뭔가 어처구니없는 느낌이 들었으며, 심지어 놀란 웃음까지 갑작스레 터져 나오다 보니, 그녀는 잠시 그 자리에 선 채 그가 가는 모습을 지켜보다가, 곧이어 자기도 모르는 사이에(도대체 내가 어느 시점에 결심을 한 걸까?) 그를 뒤따라 뛰고 있었다.

그녀는 과수원 가장자리의 오르막길에 가서야 그를 따라잡았다. "혹시 의사세요?"

그는 그녀가 한동안 가만히 서 있다가 뒤늦게 뛰어왔다는 사실조차도 깨닫지 못한 듯했다. "아니요." 그는 이렇게 말하고 계속 걸어갔다. 그러다 보니 다시 한번 그녀가 가만히 서서 아랫입술을 깨물고 있다가 다시 뛰어서 그를 따라잡았다는 사실도 역시나 깨닫지 못하고 있었다.

"제가 아마 정신이 나갔던 모양이에요." 그녀가 말했다. 두 사람은 나란히 정원 오솔길로 접어들었다. 그녀가 한 말은 어디까지나 혼잣말이었다. 그 역시 대답하지 않은 것으로 미루어 이미 알고 있는 듯했다. 흐드러지게 피어난 국화며 연못이 있는 정원은 생명력이 넘쳐 보였다. 연못에서는 비단잉어가 언뜻 보였는데(금색이 아니라 은색 물고기였다) 지금껏 그녀가 본 것 중에서 가장 컸다. 곧이어 집이 나타났다.

처음에는 열주列柱 테라스가 있는 집이 마치 정원의 일부처럼 보였지만, 나중에는 (건축용 자연석이라고 부르기에는 너무 큰) 그 돌벽이 마치 산의 일부처럼 보였다. 그 집은 언덕 경사면 위에, 그리고 안에 있었으며, 그 지붕은 전면과 양옆이 지평선과 평행했고, 또 일부는 툭 튀어나온 절벽 면에 맞닿도록 뒤쪽으로 이어져 있었다. 보강되고 징이 박혔으며, 활 쏘는 구멍이 두 개나 달린 문이 알아서 열리며 이들을 맞이했다(하지만 정작 문에는 사람이 없었다). 문이 닫히자 내부는 조용했고, 그 어떤 걸쇠나 빗장이 절그럭 덜그럭대는 소리보다도 훨씬 더 단단하게 외부에 있는 것들을 차단했다. 그녀는 문에 등을 기댄 채 서서, 그가 마치 집의, 또는 집에서도 이 구역의 중정中庭인 것처럼 보이는 곳을 향해서 걸어가는 모습을 지켜보았다. 일종의 작은 마당인 그곳의 한가운데에는 격실이 있었는데, 다섯 면은 유리로 되어 있고 하늘을 향한 위쪽만 트여 있었다. 그 안에는 사이프러스인지 노간주인지 싶은 나무가 한 그루 있었는데, 마디지고 뒤틀린 것이 일본인의 말마따나 분재 특유의 뒤로 젖혀지고 평행하고 조각된 외관을 지니고 있었다.

"안 따라올 겁니까?" 그는 격실 뒤의 문을 연 상태로 물었다.

"높이가 15피트씩이나 되는 분재는 세상에 없을 텐데요." 그녀가 말했다.

"여기 있잖아요."

그녀는 천천히 격실로 다가가서 살펴보았다. "도대체 이걸 얼마나 오래 기르신 거죠?"

이 질문에 대답하는 남자의 어조는 그가 무척이나 기쁘다는 사실을 말해 주고 있었다. 분재 소유주에게 이 나무가 얼마나 오래 묵었는지를 묻는 것은 서투른 행동이었다. 그런 질문을 던지는 사람은 십중팔구 이 분재를 당신이 직접 만든 것인지, 아니면 다른 사람이 고안한 것을 얻어서 계속 기르는 것뿐인지를 물어보는 셈이었다. 이렇게 하면 소유주는 다른 누군가의 고안과 세심한 노력을 자기 것이라고 주장하고픈 유혹을 받는 셈이 되며, 이때 소유주를 향해 당신이 시험당하고 있다고 말하는 것은 무례한 일이 된다. 따라서 "얼마나 오래 기르셨죠?"라는 질문은 공손하고도, 절제되고도, 심오하게 정중한 질문이 아닐 수 없었다. 그가 대답했다. "제 반생 동안요." 그녀는 그 나무를 바라보았다. 때로는 완전히 버려진 것도 아니고, 완전히 잊힌 것도 아닌 상태로, 완전히 성공적이지는 않은 종묘장에서 녹슨 깡통에 담긴 채, 기묘한 형태를 가졌다는, 또는 여기저기 죽은 가지가 달렸다는, 또는 전체나 일부분이 너무 느리게 자란다는 등의 이유로 팔리지 못한 나무들이 발견되기도 한다. 이런 나무들은 흥미롭게 생긴 줄기와 아울러 불운에 대한 저항력도 발전시켰기 때문에, 삶을 위한 최소한의 '명분'만 주어져도 번성할 수 있게 마련이다. 이 나무는 이 남자의 반생보다, 또는 평생보다 훨씬 더 오래되어 보였다. 그 나무를 바라보고 있자니, 그녀는 여차하면 불이, 또는 다람쥐 가족이, 또는 땅속의 어떤 벌레나 흰개미가 이 아름다움을 파괴할 수 있다는 생각이 자발적으로 떠오르며 겁에 질렸다. 그런 것들이야말로 그 어떤 올바름이나 정의나…… 또는 존중의 개념 바깥에서 작동하는 뭔가였다. 그녀는 그 나무를 바라보았다. 그녀는 그 남자를 바라보았다.

"올 건가요?"

"네." 그녀는 이렇게 말한 다음, 남자와 함께 그의 실험실로 들어갔다. "거기 앉아서 긴장을 푸세요." 그가 그녀에게 말했다. "조금 시간이 걸릴 수도 있으니까요."

그가 말한 '거기'는 바로 책장 옆에 있는 커다란 가죽 의자였다. 책은 다양한 분야를 망라하고 있었다. 의학과 공학, 핵물리학, 화학, 생물학, 정신의학 관련 참고도서들이 있었다. 테니스, 체조, 체스, 동양의 전쟁 게임인 바둑, 골프에 관한 책도 있었다. 연극, 소설 기법, 『현대 영어 용례』, 『미국 영어』와 보유편, 우드와 워커의 동운어同韻語 사전과 기타 사전 및 백과사전도 여럿 있었다. 긴 선반 하나가 전기 관련서로만 가득하기도 했다. "서재가 상당하네요."

그는 오히려 짧게 대답했다. 지금 당장은 이야기를 나누고 싶지 않은 것이 분명했는데, 매우 바빴기 때문이다. 그의 답변은 이것뿐이었다. "맞아요. 아마 나중에 당신도 보실 수 있을 겁니다." 이 말에 그녀는 그의 말을 되새기면서, 도대체 그게 무슨 뜻인지를 알아내려 고심했다. 결국 그녀의 의자 옆에 있는 책들은 그가 자신의 작업을 위해 손 닿는 곳에 편리하게 놓아둔 것이라는 뜻일 수밖에 없다는 결론이 나왔다. 즉 그의 진짜 서재는 여기 말고 다른 어딘가에 있다는 뜻이었다. 그녀는 뚜렷한 경외감을 드러내며 그를 바라보았다.

그녀는 그를 바라보았다. 그가 움직이는 방식이 그녀의 마음에 들었다. 재빠르고도 확고했다. 분명히 그는 자기가 하는 일을 제대로 알고 있었다. 그가 사용하는 장비 가운데 몇 가지는 그녀도 알아볼 수 있었다. 유리 증류기, 적정滴定 장비, 원심 분리기 같은 것이었다. 냉장고도 두 대나 있었지만, 사실 그중 한 대는 냉장고가 아니었다. 왜냐하면 그 장치의 문에 붙어 있는 커다란 계기판에는 섭씨 21도가 표시되어 있었기 때문이다. 문득 그녀는 현대식 냉장고야말로 (심지어 따뜻한) 통제 환경이 필요한 경우에 안성맞춤이라는 생각을 떠올렸다.

하지만 이 모든 것들은(심지어 그녀가 미처 알아보지 못한 장비조차도 포함해서) 단순히 설비에 불과했다. 정말 볼 만한 가치가 있는 것은 바로 그 남자였다. 그 남자에게 계속 주목했던 까닭에, 그녀는 거기 앉아 있는 오랜 시간 내내 단 한 번도 책장에 대해서는 유혹을 느끼지 않았다.

마침내 그가 작업대에서의 기나긴 연쇄 동작을 마친 다음, 몇 가지 스위치를 켜고, 높은 걸상을 하나 집어 들고 그녀에게 다가왔다. 그는 걸상에 올라앉더니, 양쪽 발뒤꿈치를 가로대에 얹고, 긴 갈색 손을 둘 다 무릎에 올려놓았다. "겁나세요?"

"그런 것 같네요."

"가고 싶으면 가셔도 됩니다."

"대안을 생각해 보았는데." 그녀는 씩씩하게 말을 꺼냈지만, 그 용감한 말투는 어째서인지 밖으로 새어 나가 없어지고 말았다. "별문제는 없을 것 같네요."

"아주 건전하시군요." 그는 거의 쾌활하게 대답했다. "제가 어렸을 때에 살던 아파트에 화재 경보가 울린 적이 있었죠. 모두들 황급하게 밖으로 나갔는데, 당시 열 살이었던 제 남동생은 자명종 시계를 하나 들고 거리에 나가 있었어요. 워낙 오래된 시계였고, 이미 고장 난 물건이었어요. 그런데도 집 안에 있던 온갖 물건 중에서 그 녀석이 그때 딱 집어 들었던 것이 뭔가 하니, 바로 그 시계였던 거예요. 이유가 뭔지는 그 녀석도 결코 설명을 못 하더군요."

"당신은요?"

"그 녀석이 하필 그 물건을 집어 든 이유에 대해서라면 저도 몰라요. 하지만 그 녀석이 명백히 비합리적인 어떤 행동을 한 이유에 대해서라면 저도 알 것 같아요. 아시다시피 공황은 매우 특별한 상태에요. 공포와 도주, 또는 분노와 공격과도 마찬가지로, 그거야말로 극단적 위험에 대한 매우 원시적인 반응이죠. 그거야말로 생존하려는 의지의 표현 가운데 하나죠. 그걸 매우 특별하게 만들어 준 요소는 그게 비합리적이라는 거예요. 그렇다면 도대체 어째서 이성을 포기하는 게 곧 생존 메커니즘이 되어야 했던 걸까요?"

그녀는 이 문제를 진지하게 생각해 보았다. 이 남자에게는 진지한 생각을 하게 만드는 뭔가가 있었다. "저는 잘 상상이 안 돼요." 그녀는 마침내 말했다. "다만 어떤 상황에서는, 한마디로 이성이 제대로 작동하지 않기 때문에 그런 것이 아닐까요."

"당신은 **상상할** 수 있어요." 그가 말했다. 다시 한번 그 전적인 승인을 환히 드러냈기 때문에, 그녀는 얼굴이 화끈해졌다. "그리고 당신은 지금 상상을 했던 거예요. 당신이 위험에 처해서 이성을 사용하려 시도했는데, 이성이 제대로 작동하지 않으면 결국 내버리는 거죠. 작동하지 않는 것을 내버렸다고 해서 지적이지 못하다고 말할 수는 없어요, 그렇죠? 공황에 처하면 당신은 무작위적 행동을 수행하기 시작하죠. 그 행동 대부분은 단언컨대 쓸모가 없을 거예요. 그중 일부는 심지어 위험하기까지 하겠지만, 그래도 아무 상관없을 거예요. 당신은 이미 위험에 처해 있으니까요. 생존 가능성이 워낙 희박할 경우, 당신은 1백만 분의 1에 불과한 기회조차도 아예 없는 것보다는 낫다는 사실을 내심 아는 거죠. 그래서 (당신은 여기 앉아서) 겁에 질려서 도망칠 수도 있어요. 당신에게 도망쳐야 한다고 말하는 뭔가도 있어요. 하지만 당신은 도망치지 않으려는 거죠."

그녀는 고개를 끄덕였다.

그는 계속 말했다. "당신은 혹을 발견했죠. 당신은 의사에게 갔고, 의사는 몇 가지 검사를 해 보고 나서 당신에게 나쁜 소식을 전했죠. 어쩌면 당신은 또 다른 의사에게 찾아갔을지도 모르고, 그 의사도 그 사실을 확인해 주었겠죠. 그러고 나서 당신은 몇 가지 조사를 해 보고 나서, 다음에 무슨 일이 벌어질지를 알아냈죠. 예비적인 일들, 극단적인 일들, 의심의 여지가 있는 회복, 그리고 이른바 말기 사례가 되는 것의 길고도 고통스러운 과정 전체를 말이에요. 곧이어 당신은 돌아 버렸죠. 당신 입장에서는 제가 굳이 물어보지 말았으면 싶은 일도 몇 가지 했고요. 그리고 어딘가로, 어디라도 좋다며 여행을 떠났다가, 아무런 이유 없이 제 과수원에 나타나게 된 거예요." 그는 양손을 펼쳤다가, 다시 일종의 잠 속으로 다시 돌아가게 했다. "공황. 잠옷 바람의 꼬마들이 한밤중에 고장 난 자명종 시계를 끌어안고 서 있는 이유도 바로 그것이고, 돌팔이들이 존재하는 이유도 바로 그것이에요." 작업대 위에서 뭔가가 소리를 내자, 그는 그녀를 향해 살짝 미소를 짓고 나서 다시 일하러 갔고, 어깨 너머로 이렇게 말했다. "그나저나 저는 돌팔이가 아니에요. 돌팔이 자격을 얻으려면 일단 의사가 되어야 하거든요. 다시 말해 저는 의사가 아니란 거죠."

그녀는 그가 스위치를 끄고, 스위치를 켜고, 휘젓고, 측정하고, 계산하는 모습을 지켜보았다. 그가 작업을 수행하는 동안, 갖가지 장비로 이루어진 작은 오케스트라가 윙윙, 쉭쉭, 딸깍, 깜빡 하며 합창과 독주를 내놓았다. 그녀는 웃고 싶었고, 울고 싶었고, 비명을 지르고 싶었다. 하지만 일단 시작하면 결코 멈출 수 없을지도 모른다는 두려움에 애써 참았다.

그가 다시 다가왔을 때, 그녀의 내면에서는 갈등이 끓어오르지 않았고, 대신 상반되는 긴장감만 꾸준하게 발휘되었을 뿐이었다. 그 결과는 무시무시한 정지 상태였고, 그가 손에 들고 있는 기구를 보았을 때에 그녀가 할 수 있는 일은 그저 눈을 크게 뜨는 것뿐이었다. 그녀는 숨을 쉬는 것조차도 잊어버리고 있었다.

"맞아요. 주삿바늘이에요." 거의 놀림에 가까운 어조로 그가 말했다. "길고도 반짝이고도 날카로운 주삿바늘이죠. 설마 당신도 주삿바늘을 무서워하는 사람 가운데 하나라고 말하지는 말아요." 그는 피하주사기 주위를 에워싼 검은 외장에서 뻗어 나온 긴 전원 코드를 손가락으로 툭 쳐서 느슨해지게 만든 다음, 걸상에 올라앉았다. "혹시 마음을 진정시킬 만한 게 필요한가요?"

그녀는 말하기가 겁났다. 정신이 멀쩡한 그녀 자신을 에워싼 막은 매우 얇았고, 매우 팽팽하게 늘어나 있었다.

그가 말했다. "저로선 차라리 당신이 그런 걸 필요로 하지 않으면 좋겠군요. 왜냐하면 이 혼합 약품은 그 자체로 충분히 복잡하기 때문이에요. 하지만 당신이 꼭 필요하다면……"

그녀는 가까스로 고개를 약간 저을 수 있었으며, 또다시 그로부터 인정의 물결이 흘러나오는 것을 느꼈다. 그녀로선 묻고 싶은, 물어보려고 했던, 물어볼 필요가 있는 질문이 1천 개나 있었다. 그 주삿바늘 안에는 뭐가 들어 있나요? 제가 반드시 받아야 하는 치료의 횟수는 몇 번인가요? 그 치료는 어떤 것인가요? 저는 여기서 얼마나 오래, 그리고 어디에 머물러야 하나요? 그리고 다른 무엇보다도— 아, 제가 살 수 있을까요? 제가 살 수 있을까요?

그는 이런 질문들 가운데 단 하나에 대해서만 신경을 쓰는 것처럼 보였다. "이건 주로 포타슘 동위원소 주위에 구축한 거예요. 제가 이것에 관해서 아는 내용이라든지, 또는 애초에 어쩌다가 이것을 만들게 되었는지를 모두 설명하려면, 아마 시간이— 음, 우리가 가진 시간보다 훨씬 더 걸릴 거예요. 하지만 대강 설명하자면 이래요. 이론상 모든 원자는 전기적으로 균형이 잡혀 있어요(일상적인 예외는 신경 쓰지 말자고요). 이와 마찬가지로 분자 속의 모든 전하도 균형이 잡혀 있다고 간주되지요. 즉 양극도 너무 많고, 음극도 너무 많아서, 총합이 0인 거죠. 저는 일탈 세포 속의 전하의 균형은 0이 아니라는 사실을 떠올렸어요. 완전히 0까지는 아니라는 거죠. 말하자면 분자 층위에서 초현미경적 번개 폭풍이 발생하면, 작은 번개가 이리저리 번쩍이며 신호를 변화시키는 거죠. 그러면서 (정적) 의사소통에 간섭하는 거고요. 그게—" 그는 차폐된 피하주사기를 든 채로 손짓했다. "—바로 이거예요. 뭔가가 의사소통에 (특히 '이 청사진을 읽고, 그 내용에 따라 만들고, 완성되면 멈추라'고 말하는 RNA 메커니즘에) 간섭할 경우에는 그 메시지가 혼동되어서 뭔가 기우뚱한 것이 만들어지는 거예요. 즉 마땅히 해야 할 것을 거의 다 하는 것이, 즉 거의 올바른 것이, 하지만 사실은 불균형한 것이 말이에요. 그게 바로 일탈 세포이고, 그놈들이 전달하는 메시지는 그보다 더 나빠요.

좋아요. 그 번개 폭풍의 원인이 바이러스건, 화학 물질이건, 방사능이건, 신체적 외상이건, 또는 심지어 불안이건 간에(불안이 차마 그런 일을 할 수 없다고는 생각하지 마세요) 그건 어디까지나 부차적인 거예요. 여기서 중요한 점은 번개 폭풍이 일어나지 않도록 고치는 거니까요. 만약 당신이 그렇게 할 수만 있다면, 세포는 잘못된 것을 스스로 고치고 대체하는 능력을 풍부하게 갖고 있어요. 생체계는 누출되기만을, 또는 접지선으로 방전되기만을 기다리는 정전하 지닌 탁구공과는 달라요. 생체계는 일종의 탄력을(저는 그걸 아량이라고 부르죠) 지니고 있기 때문에, 좀 더 많거나 좀 더 적은 전하를 받아들여도 멀쩡할 수 있어요. 좋아요, 그러면. 예를 들어 세포 덩어리가 일탈되어서 양극으로 1백 단위 더 많은 합성체를 운반한다고 가정해 보죠. 인접한 세포들은 영향을 받겠지만, 그다음 층, 또는 그다음다음 층의 세포들은 영향을 받지 않을 거예요.

만약 그 세포들이 여분의 전하를 받아들일 수만 있다면, 즉 그 세포들이 여분의 전하를 소진하도록 도울 수만 있다면, 그 세포들은, 음, 남아도는 어긋난 세포들을 **치료할** 거예요. 제 말이 무슨 뜻인지 아시겠어요? 그리고 그 세포들은 약간의 과잉을 스스로 해결할 수도, 또는 그걸 해결할 만한 다른 세포들이나 또 다른 세포들에게로 전달할 수도 있을 거예요. 달리 말하자면, 제가 만약 이 불균형한 전하의 농축물을 소진시키고 분배하는 어떤 매개체를 당신 몸에 잔뜩 주입한다면, 통상적인 신체 과정이 자유롭게 개입해서 일탈 세포의 손상을 깨끗이 고쳐 놓을 거예요. 제가 여기 갖고 있는 게 바로 그거예요."

그는 차폐된 주삿바늘을 두 무릎 사이에 끼운 다음, 실험실 가운 주머니에서 플라스틱 상자를 하나 꺼내더니, 그걸 열고 알코올 적신 면봉을 꺼냈다. 그는 여전히 쾌활하게 말하면서, 공포로 마비된 그녀의 팔을 붙잡고, 팔꿈치 안쪽을 면봉으로 문질렀다. "저는 원자 속의 핵전하가 정전기와 똑같은 것이라고 암시한 적이 단 1초도 없어요. 두 가지는 완전히 다른 부류에 속하죠. 하지만 유비는 가능해요. 저는 또 다른 유비를 사용할 수도 있어요. 즉 일탈 세포의 전하를 지방의 축적에 비유하고, 저의 이 점액을 세제에 비유한 다음, 세제가 지방을 부수고 멀리까지 넓게 펼쳐 놓음으로써 더 이상은 감지될 수 없게 만들어 버린다고 비유할 수 있는 거죠. 하지만 제가 정전기의 유비에 도달하게 된 것은 한 가지 기묘한 부작용이 있기 때문이었어요. 이 물질을 주입받은 유기체는 지독한 정전하를 축적하기 때문이에요. 일종의 부산물인 셈인데, 그 원인에 대해서라면 지금의 저로서는 소리 스펙트럼에 맞춰진 것처럼 보인다고만 이론화할 수 있을 뿐이에요. 소리굽쇠라든지, 뭐 그런 것들이요. 제가 당신을 만났을 때에 그걸 듣고 있었던 이유도 그래서죠. 그 나무는 이 물질에 흠뻑 젖은 상태였죠. 그 나무는 일탈 세포 성장의 소용돌이를 갖고 있었어요. 지금은 더 이상 갖고 있지 않지만요." 그는 그녀에게 찰나의 놀라운 미소를 지은 다음, 그 미소가 싹 가신 상태로 주삿바늘 끝을 위로 해서 주사액을 분출했다. 다른 한 손으로는 그녀의 왼쪽 이두근 주위를 감싸고 부드러우면서도 단단히 움켜쥐었다. 주삿바늘이 아래로 내려와서 자리를 잡더니, 무척이나 능숙하게 정맥으로 들어가는 바람에 그녀는 헉 소리를 냈다. 아파서가 아니라, 오히려 아프지 않아서 낸 소리였다. 그는 검은색 외장에서 툭 튀어나온 유리 원통의 끝부분을 유심히 바라보면서, 피스톤을 약간 당겨서 그 안의 무색 액체에 붉은 액체가 약간 섞이는 것을 지켜본 다음, 다시 피스톤을 꾸준하게 눌렀다.

"움직이지 말아요…… 미안해요. 시간이 조금 걸릴 거예요. 이걸 당신에게 상당히 여러 번 해야만 할 거예요. 그래도 괜찮아요. 당신도 아시다시피," 그는 이렇게 말했고, 앞에서 소리 스펙트럼에 관해 말할 때의 어조로 돌아갔다. "부작용이 있거나 없거나 간에, 이것은 일관적이에요. 건강한 생체계에서는 강력한 정전기장이 발달하고,

건강하지 못한 생체계에서는 정전기장이 약하거나 아예 없어요. 저작은 검전기처럼 원시적이고 단순한 도구로도 유기체의 어떤 부분에 일탈 세포의 군집이 있는지를, 그리고 실제로 있다면 어디에 있으며, 얼마나 크며, 얼마나 일탈되었는지를 확인할 수 있어요." 그는 외장에 들어 있는 피하주사기를 붙잡은 손을 옮겼지만, 솜씨가 좋은 까닭인지 주삿바늘 끝이 움직이거나 피스톤의 압력량이 변화되지는 않았다. 이제는 그녀도 불편해지기 시작했고, 욱신거림은 멍으로 바뀌었다. "이 모기 녀석에 굳이 외장을 씌워 놓고 전선까지 연결해 놓은 이유가 궁금하시다면 말씀드리죠. (물론 당신이 궁금해하지는 않을 거라고, 그리고 제가 이 모든 이야기를 하는 까닭은 어디까지나 당신의 생각을 딴 데로 돌리려는 목적임을 당신도 아실 거라고 장담하지만요.) 이건 고주파 교류 전류를 전달하는 코일이에요. 교류장 덕분에 이 액체는 처음부터 자기적으로나 정전기적으로나 중성이에요." 그는 갑작스럽지만 매끈하게 주삿바늘을 빼더니, 그녀의 팔꿈치 안쪽에다가 솜뭉치를 끼워 넣고 팔을 접어 주었다.

"이전까지는 어느 누구도 치료 뒤에 그런 이야기를 저한테 해 주지는 않았어요." 그녀가 말했다.

"무슨 이야기를요?"

"충전되지 않았다*는 이야기를요." 그녀가 말했다.

다시 한번 승인의 파도가 일어났고, 이번에는 말도 곁들여졌다. "저는 당신의 태도가 마음에 들어요. 기분은 어때요?"

그녀는 정확한 표현을 찾기 위해 잠시 망설였다. "마치 어마어마한

* no charge. 직역하면 '치료비는 청구하지 않는다'로도 해석할 수 있다.

히스테리가 잠재된 사람이 다른 누군가에게 그걸 깨우지 말라고 간청하는 듯한 느낌이에요."

그가 웃었다. "잠시 후면 당신은 워낙 기묘한 느낌을 받게 된 나머지 히스테리를 부릴 시간도 없을 거예요." 그는 자리에서 일어나 주삿바늘을 작업대에 도로 갖다 놓고, 걸어가는 동안 케이블도 둘둘 감아 놓았다. 그는 교류장을 끄고, 커다란 유리 그릇 한 개와 네모난 합판 한 장을 들고 돌아왔다. 그녀의 옆 바닥에 그릇을 뒤집어 놓은 다음, 그릇의 넓은 바닥에 합판을 올려놓았다.

"이와 비슷한 어떤 것이 기억나요." 그녀가 말했다. "그러니까 제가 — 중학교에 다닐 때에 말이에요. 인공 번개를 만들어 내는 거였는데…… 어디 보자…… 음, 길고 끝없는 벨트가 풀리 위에서 돌아갔고, 작은 철사 몇 개가 그 위를 긁었고, 커다란 구리 공이 위에 있었어요."

"밴더그래프 발전기네요."

"맞아요! 학교에서는 그걸 가지고 갖가지를 해냈는데, 제가 특별히 기억하는 것은 이거랑 비슷한 그릇 위에 나무판자가 하나 놓여 있고, 발전기를 이용해서 저에게 충전한 거였어요. 머리카락이 꼿꼿이 선 것을 제외하면, 저는 거의 아무것도 느끼지 못했어요. 모두가 웃었어요. 제 머리가 마치 고슴도치 같았거든요. 나중에 듣자 하니 제가 4만 볼트를 보유하고 있었다고 하더군요."

"좋아요! 당신이 그걸 기억하니 기쁘군요. 하지만 이건 약간 다를 거예요. 즉 그거랑은 4만 볼트 차이가 더 난다는 거죠."

"아!"

"걱정 말아요. 당신이 절연되어 있는 한에는, 그리고 접지된 물체라든지, 또는 비교적 접지된 물체가(예를 들어 저 같은 사람이) 당신에게서 충분히 멀리 떨어져 있는 한에는 불꽃놀이가 벌어지지 않을 거예요."

"당신도 그런 발전기를 사용할 건가요?"

"그와 비슷한 것까지는 아니에요. 그리고 저는 이미 발전기를 사용했어요. 당신이 바로 그 발전기거든요."

"제가— 아!" 그녀가 쿠션 의자 팔걸이에 올려놓고 있던 팔을 치켜들자, 불꽃이 타닥거리는 소리와 함께 희미한 오존 냄새가 풍겼다.

"아, 당신은 확실히 발전기로군요. 그것도 제가 생각한 것 이상으로, 그리고 더 빨리요. 자, 일어서세요!"

그녀는 천천히 일어섰다. 그리고 이 움직임을 마무리할 때에는 좀 더 빨라져 있었다. 몸이 의자에서 떨어지면서 그녀는 찰나의 순간 타닥거리는 푸른색과 흰색 섬유 타래 속에 있게 되었다. 그것들은, 또는 그녀 자신은 선 채로 1야드 반이나 앞으로 나아가게 되었다. 말 그대로 충격을 받아 반쯤 얼이 빠진 상태에서, 그녀는 자칫 쓰러질 뻔했다.

"계속 똑바로 서 있어요!" 그의 외침에 그녀는 숨을 헐떡이며 몸을 추슬렀다. 그는 한 발짝 뒤로 물러섰다. "어서 판자 위에 올라가요. 빨리, 지금!"

그녀는 시키는 대로 움직였고, 그녀가 지나간 자리에 불로 이루어진 발자국 두 개가 짧게나마 나타났다. 그녀는 판자 위에서 비틀거렸다. 그녀의 머리카락이 눈에 띄게 곤두서기 시작했다. "저한테 무슨 일이 일어나는 거죠?" 그녀가 외쳤다.

"당신은 결국 충전되고 있는* 거예요." 그가 쾌활하게 말했지만, 바로 이 대목에서 여자는 앞서 자기가 했던 농담을 상대방이 받아 말한다는 사실조차도 깨닫지 못했다. 그녀는 다시 한번 외쳤다. "저한테 무슨 일이 일어나는 거죠?"

"다 괜찮아요." 그는 위로하듯 말했다. 그는 작업대로 다가가서 음원기를 켰다. 그 기계는 1백에서 3백 사이클 범위에서 깊은 신음을 냈다. 그는 음량을 키우고 음조 조절 장치를 돌렸다. 기계가 위를 향해 소리를 지르자, 그녀의 적금색 머리카락이 떨리면서 사방으로 확 펼쳐졌고, 머리카락 한 올 한 올이 서로서로 떨어지기 위해서 미친 듯 춤추었다. 그는 음조를 1만 사이클 이상으로 돌렸고, 급기야 둔탁하고도 귀에 들리지 않는 1만 1천 사이클까지 다 돌렸다. 극단에 이르자 그녀의 머리카락이 푹 수그러졌지만, 1만 1천 사이클 즈음에서는 (그녀가 앞서 말했던 것처럼) 고슴도치 모양으로 곤두섰다.

그는 음량을 다소간 견딜 만한 수준으로 내리고 검전기를 집어 들었다. 그리고 그녀에게 다가와 미소를 지었다. "지금은 **당신이** 곧 검전기예요. 그거 알아요? 게다가 살아 있는 밴더그래프 발전기이기도 하고요. 또 고슴도치이기도 해요."

"절 내려 주세요." 그녀가 할 수 있는 말은 이게 전부였다.

"아직은 안 돼요. 부디 잘 버텨 봐요. 지금은 당신과 이곳의 다른 모든 것들 사이의 차이가 너무 크기 때문에, 뭐든지 근처에만 다가가도 당신이 거기다가 방전해 버릴 거예요. 당신에게는 직접적인 해가 없겠지만(전류가 아니니까요) 자칫 화상이나 정신적 충격을 입을 수도

* get charged. 직역하면 '치료비를 청구당하는'이라고 해석할 수도 있다.

있어요." 그는 검전기를 내밀었다. 그녀로서는 안타깝게도, 심지어 멀리서도 금박이 몸부림치며 멀어지는 모습이 보였다. 그는 그녀의 주위를 돌면서 금박을 유심히 살펴보았고, 그 도구를 앞이며 뒤며 이쪽 저쪽으로 움직여 보았다. 한번은 음원기로 다가가서 출력을 약간 더 줄였다. "당신이 워낙 강력한 정전기장을 내보내고 있기 때문에, 저도 변화량을 포착할 수가 없어요." 그는 이렇게 설명하고 그녀에게 다가왔으며, 이번에는 아까보다 더 가까이 다가왔다.

"못 하겠어요. 더는…… 못 하겠어요." 그녀가 중얼거렸다. 그는 듣지 않는, 또는 신경 쓰지 않는 듯했다. 그는 검전기를 그녀의 배로, 위로, 좌우로 옮겼다.

"옳지. 여기 있었군!" 그는 쾌활하게 말하며 장비를 그녀의 오른쪽 가슴에 가까이 가져갔다.

"뭐가요?" 그녀가 칭얼거렸다.

"당신의 암요. 오른쪽 가슴이었군요. 아래쪽, 거기서 겨드랑이 쪽으로요." 그가 휘파람을 불었다. "지독한 놈이네요. 정말이지 더럽게 악성이에요."

그녀는 휘청거리다가 앞으로 무너지며 떨어져 버렸다. 역겨운 어둠이 그녀를 내리덮었고, 고통스러운 청백색 불꽃 속에서 폭발적으로 감퇴하더니, 곧이어 마치 산이 무너지는 것처럼 뒤덮어 버렸다.

벽과 천장이 만나는 곳이었다. 또 다른 벽, 또 다른 천장이었다. 앞서는 본 적이 없었다. 상관없었다. 관심 없었다.

벽과 천장이 만나는 곳이었다. 뭔가가 중간에 있었다. 그의 얼굴이,

가깝게, 찡그리고, 지쳐 있었다. 그래도 두 눈은 뜨고 있었으며 형형하기까지 했다. 상관없었다. 관심 없었다.

벽과 천장이 만나는 곳이었다. 약간 아래로, 늦은 오후의 햇빛이 보였다. 금녹색 유리 원뿔에 꽂힌 작고 녹슨 황금색 국화 위로. 또다시 뭔가가 중간에 있었다. 그의 얼굴이었다.

"제 말 들려요?"

그랬다. 하지만 대답하지 말자. 움직이지 말자. 말하지 말자.

잠들었다.

방이 있었고, 벽이 있었고, 탁자가 있었고, 한 남자가 이리저리 오가고 있었다. 한밤중의 창문과 국화도 있었다. 당신은 국화가 살아 있다고 생각하지만, 실제로는 줄기가 잘려 나간 상태에서 죽어 가고 있다는 것을 모르는가?

꽃들은 그 사실을 알고 있을까?

"목말라요."

차가움, 그리고 그 한 모금 때문에 턱관절이 욱신거렸다. 자몽 주스였다. 그의 팔에 안겨 누운 상태였고, 그의 다른 한 손에는 유리잔이 있었다. 어, 이런, 이건 아닌데…… "고맙습니다. 정말 고맙—" 일어나 앉으려 시도하다가, 시트가, **내 옷이!**

"그건 미안하게 됐어요." 그는 독심술사처럼 말했다. "절차상 꼭 필요한 뭔가가 당신의 팬티스타킹과 드레스와는 병존할 수가 없었거든요. 그래도 모두 잘 빨아서 말려 놓았으니까— 언제라도 입으면 됩니다. 저기 있어요."

갈색 양모 옷과 팬티스타킹과 신발이 의자 위에 놓여 있었다. 그는 공손하게 뒤로 물러난 다음, 유리잔을 침대 옆 협탁에 놓인 절연된 유리 물병 옆에 놓아두었다.

"그 뭔가가 뭐였는데요?"

"토하는 거요. 변기를 쓰는 거하고요." 그는 솔직하게 말했다.

그녀는 시트로 몸을 보호했지만, 비록 몸을 가려 줄 수는 있어도 부끄러움까지 가려 줄 수는 없었다. "아, 죄송해요…… 아, 제가 분명—" 그는 고개를 저으면서 그 상상 속을 들락날락했다.

"당신은 쇼크 상태가 되었고, 거기서 빠져나오지 못했어요." 그는 잠시 머뭇거렸다. 그가 뭔가에 대해 머뭇거리는 모습은 그녀로서도 처음 보는 셈이었다. 순간 그녀도 독심술사 같아졌다. **내 마음속 이야기를 이 여자에게 다 말해야 할까?** 당연히 그는 말해야 했으며, 실제로도 그렇게 말했다. "당신은 거기서 빠져나오기를 **원하지** 않았어요."

"무슨 말인지 하나도 모르겠네요."

"배나무, 검전기. 주사, 정전기 반응."

"아니에요." 그녀는 자기도 모르면서 말했다. 하지만 곧이어 알고 말했다. **"아니에요!"**

"잠깐!" 그가 외쳤다. 다음 순간 그는 침대 곁에 서서, 그녀 위로 몸을 숙이고, 양손으로 그녀의 뺨을 꽉 붙잡고 있었다. "다시 의식을 잃지 말아요. 당신이 좌우할 수 있어요. 이제는 멀쩡하기 때문에 당신이 좌우할 수 있다고요. 무슨 말인지 이해했어요? 당신은 이제 멀쩡하다고요!"

"당신이 제가 암에 걸렸다고 말했잖아요." 그녀의 말은 부루퉁하게, 마치 비난하듯 들렸다. 그는 그녀를 향해 웃음을 터트렸다. 실제로 웃음을 터트렸다.

"그건 당신이 먼저 암에 걸렸다고 **저한테** 말해 준 거였죠."

"아, 하지만 저는 **알지** 못했어요."

"그러면 설명이 되는군요." 그는 마치 짐을 던 듯한 어조로 말했다. "제가 취한 조치 중에는 이렇게 사흘간의 의식 불명을 일으킬 만한 것이 전혀 없었어요. 그러니 그건 당신과 관련이 있는 게 분명해요."

"**사흘**이라고요!"

그는 간단히 고개를 끄덕이는 것으로 대답을 대신한 다음, 자기가 하던 말을 계속 이어 나갔다. "저는 가끔 한 번씩 거만해지곤 해요." 그는 열중해서 말했다. "왜냐하면 제가 옳았던 경우가 워낙 많았기 때문이죠. 그러다 보니 마땅히 해야 하는 것보다도 약간은 더 많이 당연시했던 거예요. 그렇지 않았나요? 예를 들어 당신이 의사에게 다녀왔다고, 어쩌면 생검까지 했을지도 모른다고 가정했을 때 말이에요. 하지만 당신은 하지 않았죠, 그렇지 않았나요?"

"저는 겁이 났어요." 그녀도 시인했다. 그리고 그를 바라보았다. "우리 엄마도 암으로 돌아가셨고, 우리 이모도 그랬고, 심지어 언니도 크게 유방 절제 수술을 받았거든요. 저는 차마 견딜 수가 없었어요. 그래서 당신이—"

"그러니까 당신이 이미 알고 있는 일을, 그리고 당신이 결코 듣고 싶어 하지 않는 일을 제가 말했을 때, 당신은 차마 그걸 받아들일 수 없었던 거예요. 결국 당신은 곧바로 의식을 잃었죠. 아시다시피. 기절해 버린 거예요. 그 일은 당신이 몸에 지닌 7만 볼트의 정전기와는 아무런 관계가 없었던 거예요. 제가 당신을 붙잡았죠." 그가 두 팔을 앞으로 내밀자, 그녀는 본능적으로 몸을 움츠렸다. 하지만 그는 두 팔을 내밀어 보여 줄 뿐이었으며, 비로소 그녀는 그의 아래팔과 육중한 이두근에도, 그러니까 그가 걸친 반팔 셔츠 아래로 눈에 띄는 곳 대부분에도 새빨갛게 덴 자국이 있음을 알아보았다. "대략 열에 아홉은 저까지 기절시키곤 하죠." 그가 말했다. "하지만 최소한 당신은 머리가 깨지거나 그러지는 않았어요."

"고마워요." 그녀는 반사적으로 대답했다. 그리고 울기 시작했다. "이제 저는 **뭘** 해야 하죠?"

"뭘 해야 하냐고요? 집으로 돌아가세요. 어디건 간에 말이에요. 그리고 당신 삶을 다시 살아요. 그게 무슨 뜻이건요."

"하지만 당신 말로는—"

"제가 한 일은 병을 진단하는 게 아니었다는 사실을 도대체 언제쯤 당신 머릿속에 집어넣을 생각인가요?"

"그러면 당신은— 그러니까 당신이— 그러니까 당신 말뜻은 당신이 그걸 치료했다는 건가요?"

"제 말뜻은 당신이 지금 당장 그걸 치료하고 있다는 거예요. 앞서 당신에게 모두 설명했잖아요. 이제 기억이 나죠, 안 그래요?"

"완전히는 아니지만, 그래도— 맞아요." 그녀는 남몰래(하지만 완벽하지는 못했다. 왜냐하면 그녀의 움직임을 그도 포착했으니까) 시트 밑에서 혹을 더듬어 보았다. "그게 아직 거기 있는데요."

"지금 제가 방망이로 당신 머리를 때린다면," 그는 약간 과장되게 단순화하며 말했다. "당신 머리에는 혹이 생길 거예요. 그 혹은 내일도 모레도 그 자리에 있겠죠. 그다음 날이 되면 더 작아질 거고, 일주일이 지나면 비록 손으로 만져서 느낄 수 있어도, 이미 사라져 버릴 거예요. 이것도 마찬가지예요."

마침내 그녀는 이 일의 어마어마함을 실감했다. "암을 단 한 방에 치료하는 방법이라니……"

"이런, 세상에." 그가 거칠게 말했다. "지금 당신 모습을 바라보고 있으니, 아무래도 제가 그놈의 설교를 **또다시** 듣게 될 것 같군요. 음, 저는 듣지 않을 거예요."

그녀는 깜짝 놀라 물었다. "무슨 설교요?"

"인류에 대한 저의 의무에 관한 설교요. 그 설교는 두 가지 국면으로 나타나고, 다양한 결을 지니고 있죠. 첫 번째 국면은 인류에 대한 저의 의무와 관련이 있는데, 진짜 속내는 우리가 이걸 가지고 상당한 돈을 벌 수 있다는 뜻일 뿐이에요. 두 번째 국면은 오로지 인류에 대한 저의 의무만을 다루는데, 사실은 그리 자주 듣는 것도 아니에요. 하지만 두 번째 국면은 이미 용인되고 존중되는 출처에서 나오지 않은 한에는 제아무리 좋은 것조차도 용인하지 않으려는 인류 특유의 거리낌을 완전히 간과해 버리죠. 첫 번째 국면은 이런 거리낌을 완전히 자각하는 대신, 그런 거리낌을 우회하기 위해서 무척이나 교활한 방법을 고안하는 거고요."

그녀가 말했다. "저는 그게 무슨 말인지—" 하지만 차마 더 이상 말할 수가 없었다.

"다양한 결들에는 계시의 빛이 수반되죠." 그는 그녀의 말을 무시해 버렸다. "종교, 그리고/또는 신비주의가 있거나, 또는 없거나 해서요. 또는 도덕 철학으로 굳건하게 주조되어 있는데, 그건 어디까지나 죄의식에다가 동정을 (어느 정도에서부터 심지어 전적인 수준까지) 뒤섞음으로써 저를 항복시키려는 목표로 주조된 것이죠."

"하지만 저는 그저—"

"당신도," 그는 긴 검지로 그녀를 가리키며 말했다. "제가 방금 말한 모든 것에서 최상의 사례를 스스로 훔쳐낸 거예요. 제 가정이 맞았다면, 당신은 집 근처의 친한 의사에게 갔을 거고, 그 의사는 암을 진단하고 당신을 전문가에게 보냈을 거고, 그 전문가 역시 마찬가지로 당신을 자기 동료에게 보내서 상담을 받아 보게 했겠죠. 무작위적인 공황 속에서 당신은 제 손에 떨어졌고, 결국 치료되었어요. 그러니 이제 당신은 앞서 거쳐 온 수많은 의사들에게 돌아가서 이 기적을 보고하겠죠. 그렇게 하면 당신은 그들로부터 어떤 반응을 얻게 될지 알아요? '자발적 증상 완화.' 당신은 이런 반응을 얻게 될 거예요. 의사들만 그러는 것도 아닐 거예요." 그는 갑자기 또 격앙하며 이야기를 지속했고, 그 와중에 그녀는 침대에서 움찔할 수밖에 없었다. "모두가 각자의 돈벌이를 갖고 있다고요. 영양학자는 자기가 제안한 맥아나 떡 같은 건강식이 효과를 발휘했다고 고개를 끄덕일 거고, 사제는 무릎을 꿇고 하늘을 바라볼 거고, 유전학자는 격세유전에 대해서 애지중지하는 이론을 들먹이며 당신 조부모님도 자발적 증상 완화를 겪으셨지만 미처 깨닫지 못했을 뿐이라고 당신에게 장담할 거예요."

"제발 좀!" 그녀는 외쳤지만, 그가 오히려 더 크게 소리를 질렀다. "당신은 제가 누구인지 알아요? 저는 두 가지 학위를 지닌 공학자이고, 기계공이고, 전기 기술자이고, 법학 학위도 갖고 있어요. 만약 당신이 어리석은 까닭에 여기서 일어난 일을 누군가에게 말하기라도 하면(물론 저는 당신이 그러지 않기를 바라지만, 혹시나 그렇게 하더라도 저 자신을 보호할 방법은 알고 있어요) 저는 면허 없이 의료 행위를 했다는 이유로 감옥에 갈 수도 있어요. 심지어 당신에게 주삿바늘을 꽂았다는 이유로 폭행 혐의를 덮어쓸 수도 있고, 당신을 이 실험실로 끌어들였다는 사실을 입증할 수만 있다면 납치 혐의도 덮어 쓸 수 있을 거예요. 그렇게 되면 제가 당신의 암을 치료했다는 사실에는 아무도 관심을 주지 않을 거예요. 당신은 제가 누구인지 모르는 거예요? 정말 그래요?"

"몰라요. 심지어 저는 당신 이름도 모른다고요."

"그러면 저도 당신에게 말해 주지 않을 거예요. 당신의 이름을 모르는 건 저도 마찬가지니까—"

"아! 그건—"

"말하지 말아요! 말하지 말라고요! 듣고 싶지 않아요! 저는 당신의 혹에 관여하고 싶었을 뿐이고, 실제로 관여해 버렸어요. 제가 원하는 건 이거니까, 당신이 기운을 차리는 대로 이곳을 떠나 주면 좋겠어요. 제 말 완전히 이해되었나요?"

"옷이나 입게 해 줘요." 그녀는 딱딱하게 말했다. "그러면 당장 떠나 드릴 테니까요!"

"설교는 안 하고서요?"

"설교는 안 하고서요." 순간적으로 분노가 연민으로 바뀌어서, 그녀는 이렇게 말했다. "저는 고맙다고만 말할 생각이었어요. 그거라면 괜찮았을까요?"

그의 분노 역시 뭔가 변화를 겪었다. 왜냐하면 그가 침대에 가까이 다가와서 쪼그려 앉아, 그녀와 눈높이를 맞추고 상당히 부드럽게 이런 말을 건네었기 때문이다. "그거라면 괜찮아요. 그래도…… 당신은 앞으로 열흘 동안은 진짜로 고마워하지는 않을 거예요. 그 기간이 지나야만 당신의 '자발적 증상 완화'에 관한 보고서가 나올 테니까요. 어쩌면 6개월, 또는 1년, 또는 2년, 또는 5년일 수도 있죠. 그 기간 동안 계속해서 검사를 통해 음성 판정이 나와야 할 테니까요."

그녀는 이 발언의 배후에 놓인 크나큰 슬픔을 감지한 나머지, 몸을 지탱하기 위해 침대 가장자리에 짚은 그의 손을 향해 손을 뻗었다. 그는 움찔하지 않았지만, 그렇다고 해서 이 접촉을 반기지도 않는 듯했다. "왜 제가 지금 당장은 고마워할 수 없다는 거죠?"

"그렇게 한다면 결국 믿음의 행위가 되는 거니까요." 그는 씁쓸한 듯 말했다. "그런 일은 더 이상 일어나지 않아요. 설령 과거에는 가능했더라도 말이에요." 그는 자리에서 일어나 문 쪽으로 갔다. "오늘 밤에는 가지 말고 여기 있어요." 그가 말했다. "이미 날도 어두워졌고, 당신은 길도 모르니까요. 내일 아침에 제가 다시 올게요."

아침에 그가 다시 왔을 때, 문은 열려 있었다. 침대는 정돈되어 있었고, 시트는 그녀가 사용한 베갯잇이며 수건과 함께 깔끔하게 개켜져 의자에 놓여 있었다. 그녀는 방에 없었다.

그는 입구 쪽 마당에 나와서 분재에 대해서 생각해 보았다.

이른 아침의 햇빛 때문에 오래된 나무의 위쪽에 있는 수평 잎사귀에는 황금빛 서리가 내렸고, 마디진 가지들은 요철이 뚜렷해지면서 거친 갈회색과 벨벳 균열로 구분되었다. 오로지 분재와(물론 분재의 소유주도 있지만, 그들은 더 못한 부류이다) 함께 있을 때에만 관계를 완전히 이해할 수 있다. 나무에는 배타적이고 개별적인 나무다움이 있는데, 왜냐하면 나무는 생물이기 때문이고, 생물은 변화하기 때문이며, 나무의 변화에는 정해진 방식이 있기 때문이다. 사람이 나무를 바라보면, 그의 정신은 자기가 본 것에 대한 특정한 외연外延과 외삽外揷을 만들어 내고, 그런 일이 실현되게끔 착수한다. 나무는 오로지 나무로서 할 수 있는 일만 할 것이고, 나무로서 할 수 없는 일을 하게끔 만들려는, 또는 어떤 일을 하는 데 필요한 시간보다 더 촉박한 시간에 그 일을 하게끔 만들려는 그 어떤 시도에 대해서도 죽도록 저항할 것이다. 따라서 분재가 형성되는 과정은 항상 타협이며, 또 항상 협조이게 마련이었다. 분재란 사람 혼자서 만들 수도 없고, 또 나무 혼자서 만들 수도 없다. 오히려 사람과 나무 모두가 필요하며, 양쪽은 반드시 서로를 이해해야만 한다. 그 일을 하는 데에는 오랜 시간이 걸린다. 사람은 자기 분재의 모든 가지와 균열과 잎사귀를 외우다시피하며, 한밤중에 잠을 이루지 못하면서까지, 또는 1천 마일 떨어진 곳에서 잠시 짬을 내어서 이런저런 선과 질량을 떠올리면서까지 나름의 계획을 세운다. 철사와 물과 빛을 이용해서, 또는 기울기 조정이나 수분을 빼앗는 잡초 심기나 뿌리를 가리는 흙덮개 등을 이용해서, 사람은 자기가 원하는 바를 나무에게 설명한다. 만약 설명이 충분히 잘 이루어진다면, 그리고 충분히 많은 이해가 있다면, 나무는 이에 반응하고 순종할 것이다. 대개는 그렇다. 이 과정에는 그 나름의 자기 존중이, 매우 개별적인 변수가 있을 것이다. **아주 좋아. 나는 당신이 원하는 것을 하겠어. 하지만 어디까지나 내 식대로 하겠어.** 이런 변수를 위해서, 나무는 항상 뚜렷하고도 논리적인 설명을 내놓을 용의가 있으며, 십중팔구는 (거의 미소를 지으면서) 만약 당신이 더 잘 이해했더라면 이 일을 회피할 수 있었을 것임을 분명히 전한다.

분재야말로 세상에서 가장 '느린 조각'이며, 그러다 보니 때로는 과연 어느 쪽이 조각을 당하는 것인지에 대한 의구심마저 떠오른다. 사람일까, 아니면 나무일까.

그래서 그는 대략 10분쯤 위쪽 나뭇가지 위에 내리는 황금빛의 흐름을 지켜보며 서 있다가, 곧이어 목각 나무 궤짝으로 다가가서 뚜껑을 열고, 누가 봐도 확실히 면포綿布인 것을 꺼낸 다음, 격실의 한쪽에 있는 경첩 달린 유리문을 열고, 나무뿌리와 줄기 한쪽의 땅 전체에 천을 덮어서, 나머지 부분만 바람과 물에 노출시켰다. 아마 조만간 (한두 달쯤 지나면) 맨 꼭대기의 어떤 어린 나뭇가지가 낌새를 챌 것이고, 형성층을 지나 위로 올라가는 불규칙한 습기의 흐름으로 인해서, 어린 나뭇가지는 위를 향해 뻗어 나가는 걸 중단하고 수평으로 계속 자라날 것이다. 어쩌면 그러지 않을 수도 있는데, 이럴 경우에는 속박과 철사라는 더 가혹한 언어가 필요할 것이다. 하지만 그러고 나면 그놈도 위를 향한 경향의 올바름에 관해서 뭔가 할 말이 있을 것이고, 어쩌면 이 남자를 납득시키기 충분할 만큼 설득력 있게 말할 것이었다. 모두 합쳐 인내심 있는, 의미 있는, 그리고 보람 있는 대화일 것이다.

"좋은 아침이네요."

"아, 이런, 빌어먹을!" 그가 소리쳤다. "당신 때문에 놀라서 혀를 깨물었잖아요. 이미 떠난 줄로 생각했는데."

"실제로도 떠났었죠." 그녀는 안쪽 벽에 등을 기댄 채 그늘 속에 무릎을 꿇고 앉아서 유리 격실을 바라보고 있었다. "하지만 잠시 저 나무와 함께 있고 싶어서 걸음을 멈추었어요."

"그래서 뭘 했죠?"

"생각을 많이 했어요."

"뭐에 대해서요?"

"당신요."

"이제 와서!"

"저기요." 그녀가 단호하게 말했다. "저는 이걸 확인하기 위해서 군이 의사를 찾아가지는 않을 거예요. 그걸 당신에게 이야기하기 전에는, 그리고 당신이 제 말을 믿는다는 걸 확신하기 전에는 떠나지 않고 싶었어요."

"안으로 들어와요. 뭐라도 좀 먹게요."

그녀는 바보같이 웃음을 터트렸다. "못 가겠어요. 발이 저려서요."

그는 서슴없이 상체를 숙여 그녀를 양팔에 안아 들고 유리 격벽을 돌아 걸어갔다. 그녀는 한 팔로 그의 어깨를 둘러서 서로의 얼굴을 가까이했다. "제 말을 믿는 거예요?"

그는 계속해서 걸어서 나무 궤짝 있는 곳에 도착했고, 그제야 걸음을 멈추고 그녀의 눈을 들여다보았다. "저는 당신 말을 믿어요. 왜 당신이 그러기로 작정했는지는 모르겠지만, 그래도 당신 말을 믿을 용의가 있어요." 그는 그녀를 궤짝 위에 올려놓고, 뒤로 물러섰다.

"이것 역시 당신이 말했던 믿음의 행위예요." 그녀는 진지하게 말했다. "저는 당신이 믿음을 가져야 마땅하다고 생각했어요. 최소한 평생 한 번만큼은 가져 보아야만 두 번 다시는 그런 말을 안 할 테니까요." 그녀는 두 발꿈치를 조심스레 슬레이트 바닥에 갖다 댔다. "아야." 그녀는 고통스러운 미소를 지었다. "따끔따끔하네요."

"당신도 꽤 오랫동안 생각을 해 본 게 분명하군요."

"맞아요. 더 듣고 싶어요?"

"예."

"당신은 화가 나고 겁에 질린 사람이에요."

그는 마치 기뻐하는 것 같았다. "어디 전부 다 말해 봐요!"

"싫어요." 그녀는 조용히 말했다. "당신이 저한테 말해 봐요. 저는 이 일에 대해서 아주 진지하다고요. 당신은 왜 화가 난 거죠?"
"화난 게 아니라고 말했잖아요! 다만—" 그는 온화하게 덧붙였다. "당신이 저를 그쪽으로 몰아가고 있을 뿐이에요."
"좋아요, 그러면, 왜죠?"
그는 그녀를 바라보았다. 그녀에게는 그 시간이 실제로도 매우 긴 시간처럼 느껴졌다. "정말로 알고 싶은 거군요, 그렇죠?"
그녀는 고개를 끄덕였다.
그는 갑자기 한 손을 위로, 그리고 바깥으로 휘저었다. "당신이 생각하기에는 이 모두가 어디에서 온 것 같아요? 이 집이며, 이 땅이며, 이 장비가요?"
그녀는 가만히 있었다.
"배기 장치에서 온 거예요." 그가 이제는 그녀도 익숙해진 특유의 굵어진 목소리로 말했다. "즉 내연 기관에서 배기가스를 끌어낼 때에, 거기다가 약간의 변화를 가하는 방법이었죠. 미연소 고체를 소음기 벽에 설치된 유리솜 내장재에 파묻히게 한 다음, 한 덩어리로 되어 있는 그 내장재를 2천 마일에 한 번씩 새것으로 바꿔 끼울 수 있게 한 거예요. 배기가스의 나머지는 그 자체의 점화기에 의해서 불이 붙어서, 거기서 연소될 만한 것은 연소되는 거죠. 그 열은 연료를 예열하는 데 사용되는 거예요. 나머지 열은 다시 5천 마일짜리 카트리지를 통해 다시 한번 순환되는 거죠. 그렇게 해서 최종적으로 나오는 배기가스는 최소한 오늘날의 기준으로 따지면 상당히 깨끗한 거예요. 게다가 예열 덕분에 엔진의 연비도 실제로 더 나아지는 거고요."
"그렇다면 당신은 돈을 상당히 많이 벌었겠네요."
"물론 돈을 상당히 많이 벌었지요." 그가 따라서 말했다. "하지만 그 물건이 실제로 대기 오염을 줄이는 데 사용된 까닭은 아니었어요. 오히려 어떤 자동차 회사가 그 기술을 매입해서 금고 안에 꼭꼭 숨겨 둔 까닭에 돈을 벌었던 거죠. 그 회사에서는 그 기술을 좋아하지 않았는데, 신형 자동차에 장비를 설치하려면 제법 돈이 많이 들기 때문이죠. 그 회사의 정유업계 친구들 가운데 일부도 그 기술을 좋아하지 않았는데, 저질 연료에서도 뛰어난 성능을 뽑아낼 수 있기 때문이었어요. 음— 괜찮아요. 제가 미처 생각을 못 한 부분도 있었지만, 다시는 그런 실수를 하지 않을 거예요. 하지만— 맞아요. 저는 화가 났어요. 제가 유조선에서 신참 선원으로 일할 때에도 그렇게 화가 났었죠. 한번은 빨랫비누 조각과 천을 가지고 격벽을 닦는 일을 하고 있었죠. 저는 시험 삼아 육지로 가서 합성 세제를 사다가 닦아 보았는데, 그쪽이 더 잘, 더 빨리, 더 저렴하게 닦이는 거예요. 그래서 갑판장에게 가서 이야기를 했더니만, 대뜸 제 얼굴에 주먹을 날리더군요. 자기 일을 제가 더 잘 아는 척한다면서 말이에요…… 음, 그 사람은 그 당시에 술에 취해 있긴 했었죠. 하지만 가장 괴로웠던 것은 선원 중에서도 고참들이 이 사실을 알아내고는 저를 가리켜 이른바 '회사 끄나풀'이라고 손가락질하며 적대시한 거였어요. 선박에서는 그야말로 오명이 아닐 수 없었죠. 저로선 왜 사람들이 뭔가 더 나은 것을 반대하는지를 이해할 수가 없었어요.

저는 평생 그렇게 줄곧 적대당했어요. 일단 제 머릿속에 어떤 생각이 떠오르는데, 차마 생각을 멈출 수가 없게 되죠. 그러면 저는 이렇게 다음 질문을 던져 보는 거예요. 그건 왜 이러이러한 방식인 걸까? 왜 그 대신 저러저러한 방식이 될 수는 없는 걸까? 어떤 것이든지, 또는 어떤 상황이든지 항상 질문할 것이 또 한 가지 있게 마련이에요.

특히 어떤 답변이 마음에 들 때에는 더더욱 거기서 멈춰 버리면 안 되는데, 그다음에 항상 또 다른 답변이 있게 마련이기 때문이에요. 그런데 우리가 사는 세상으로 말하자면, 사람들이 다음 질문에 대해서 아예 묻고 싶어 하지 않는 곳이란 말이죠!

저는 이제껏 사람들이 사용하지도 않을 물건들을 만들어 낸 대가로 돈을 잔뜩 받았어요. 만약 제가 항상 화가 나 있다면, 그건 정말로 제 잘못이에요. 저도 인정해요. 왜냐하면 저로선 다음 질문을 해 보고, 그 답변을 떠올리는 것을 멈출 수가 없기 때문이에요. 저 실험실에는 진짜 대단한 물건들이 여섯 가지나 있지만, 그걸 실제로 볼 사람은 아무도 없을 거예요. 제 머릿속에도 그와 비슷한 것들이 50개쯤 더 들어 있지만 말이에요. 하지만 사막을 나무와 꽃이 우거진 장소로 바꿀 수 있는 방법을 보았음에도 불구하고, 사람들이 그보다는 차라리 사막에서 서로를 죽이는 편을 선택하는 세상에서 어떻게 할 수 있겠어요? 화석 연료가 우리 모두를 죽이게 되리라는 사실이 거듭해서 입증되었음에도 불구하고, 사람들이 계속해서 새로운 유전을 개발하기 위해 수십억 달러를 퍼붓는 세상에서 어떻게 할 수 있겠느냐고요?

맞아요, 저는 화가 났어요. 그러지 않을 수가 없잖아요?”

그녀는 잠시 기다리면서 그의 목소리의 잔향이 중정을 한 바퀴 돌고, 유리 격실의 꼭대기에 있는 구멍을 통해 밖으로 빠져나가도록 내버려 두었다. 그리고 좀 더 기다리면서 그가 이곳에 그녀와 함께 있으며, 자기 자신과 자기 분노로 인해 돌아 버리지 않았다는 사실을 이해하도록 내버려 두었다. 그는 비로소 그런 사실을 깨닫고는 수줍은 듯 씩 웃었다. 그러자 그녀가 말했다.

"어쩌면 당신은 올바른 질문을 던지는 대신에 그저 다음 질문을 던지기만 했을지도 몰라요. 제 생각에 명언을 준수하며 살아가는 사람은 사실 생각을 하지 않으려고 애쓰는 거예요. 하지만 그중에서도 어느 정도 주목할 만한 가치가 있는 명언도 하나 있어요. 바로 이런 거예요. '올바른 방식으로 질문을 던진다면, 이미 답변을 얻은 것이나 다름없다.'" 그녀는 잠시 말을 멈추고, 그가 진짜로 관심을 기울이는지 살펴보았다. 그는 진짜로 관심을 기울이고 있었다. 그녀는 계속 말했다. "제 말뜻은 이런 거예요. 만약 당신이 뜨거운 난로에 손을 갖다 대고서 '내 손이 데는 일을 막으려면 어떻게 해야 할까?'라고 질문을 던진다면, 이에 대한 답변은 매우 명료하겠죠. 그렇지 않아요? 만약 당신이 주고자 하는 것을 세상이 계속 거절한다면, 그 문제에 대한 답변이 이미 들어 있는 질문을 던져 보는 어떤 방법이 있을 거라고요."

"간단한 답변이 있긴 있죠." 그는 짧게 말했다. "사람들이 어리석기 때문이라는 거예요."

"그건 진짜 답변이 아니에요. 당신도 알잖아요." 그녀가 말했다.

"진짜 답변은 뭔데요?"

"아, 저는 당신에게 말해 줄 수 없어요! 제가 아는 사실은 이래요. 다른 사람들과 관련된 일에서 당신이 어떤 결과를 원한다고 치면, 당신이 실제로 하는 일보다는 오히려 당신이 그 일을 하는 방식이 더 중요하다는 거예요. 제 말뜻은 … 당신은 이 나무에서 당신이 원하는 것을 얻어 내는 방법을 이미 알고 있잖아요, 안 그래요?"

"당연히 알고 있죠."

"사람들도 역시나 뭔가를 기르면서 살아가는 거예요. 저야 당신이 분재에 관해서 하는 일에 대해서라면 100분의 1도 모르지만, 그래도 이건 확실히 안다고요. 즉 당신이 분재를 하나 만들기 시작할 때, 강하고 곧고 튼튼한 녀석을 고르는 경우는 오히려 흔치 않을 거예요. 오히려 뒤틀리고 병든 녀석을 골라야 가장 아름다운 모양을 만들 수 있죠. 당신이 인류를 계몽하려고 시도할 때에도, 그 사실을 기억해야 할 거예요."

"그 모든— 저로선 당신 앞에서 웃어야 할지, 아니면 당신 얼굴에 주먹을 날려야 할지 모르겠네요."

그녀는 자리에서 일어났다. 그는 그녀의 키가 그토록 큰 줄 깨닫지 못했었다. "이제는 가 보는 게 좋겠네요."

"그러지 말아요. 설교를 들으면 설교한 인물을 안다고 했잖아요."

"아, 저는 위협받는 기분을 느끼는 건 아니에요. 하지만— 마찬가지로 저는 가 보는 게 좋겠어요."

그는 교묘하게도 그녀에게 물어보았다. "당신은 다음 질문을 던지는 것이 두려운가요?"

"겁나요."

"그래도 한번 던져 봐요."

"싫어요!"

"그러면 제가 대신 던져 볼게요. 당신은 제가 화낸다고 말했죠. 그리고 두려워한다고요. 당신은 제가 뭘 두려워하는지 알고 싶은 거예요."

"맞아요."

"그건 바로 당신이에요. 저는 지금 당신이 정말 두려워 죽겠어요."

"진짜로요?"

"당신은 솔직하게 자극하는 능력을 갖고 있어요." 그는 어렵사리 설명을 꺼냈다. "제 짐작에 당신은 이렇게 생각하고 있을 거예요. 제가 가까운 인간관계를 모조리 두려워한다고요. 즉 드라이버나 질량 분광기分光器나 코사인과 탄젠트 표를 가지고 분해할 수 없는 어떤 것을 두려워한다고 말이에요." 그의 목소리는 익살맞았지만, 그의 두 손은 떨리고 있었다.

"당신은 한쪽에만 물을 줘서 그렇게 한 거예요." 그녀가 말했다. "또는 햇빛 아래에서도 똑같은 방식으로 그렇게 한 거고요. 당신은 그걸 마치 생물처럼, 예를 들어 생물 종이나, 또는 여자나, 또는 분재처럼 다루었던 거예요. 그것이 스스로의 모습이 되도록 내버려 두고, 시간과 관심을 들인다면, 그것은 당신이 바라는 대로 될 거예요."

"제 생각에는 당신이 저한테 일종의 제안을 하는 것 같은데요." 그가 말했다. "왜죠?"

"거의 밤새도록 저기 앉아 있다 보니, 뭔가 좀 정신 나간 이미지가 떠오르더라고요." 그녀가 말했다. "혹시 병들고 뒤틀린 나무 두 그루가 서로를 분재로 만들 수도 있다고 생각해 본 적 있어요?"

"당신 이름은 뭐죠?" 그가 그녀에게 물었다.

SF를 쓰는 새롭고도 신선한 방법을 보여 준 작가

1.

시어도어 스터전은 1918년 2월 26일 뉴욕주州 스태튼아일랜드에서 태어났다. 본명은 에드워드 해밀턴 월도Edward Hamilton Waldo였지만, 1929년에 어머니가 재혼하면서 새아버지의 성을 따라 시어도어 해밀턴 스터전Theodore Hamilton Sturgeon으로 개명했으며, 훗날 '시어도어 H. 스터전'이라는 필명을 사용하게 된다. 학창 시절에는 기계체조에 재능이 있어서 대학 졸업 후 체육 교사가 되기를 꿈꾸었지만, 질병으로 심장이 약해져 운동을 할 수 없게 되자 그 길을 포기하고 다양한 직업에 종사하다가 1935년부터는 화물선 선원으로 근무했다.

선원 생활 중이던 1937년에 단편 「피부가 벗겨지는 바보」를 난생

처음 언론사 신디케이트에 판매했고, 이에 자신감을 얻어 1939년에 뉴욕으로 이주해 전업 작가가 되었다. 전설적인 편집자 존 캠벨의 호의로 환상/공포 잡지《언노운》과 SF 잡지《어스타운딩》에 활발히 기고하며 이름을 알리기 시작했다. 제2차 세계대전 때에는 가족과 함께 자메이카로 이주해서 친척 소유의 호텔을 운영했지만, 태평양 전쟁의 발발로 생계가 어려워지자 자메이카와 푸에르토리코의 미군 기지와 비행장 건설 현장에서 일하며 중장비 운전을 배워서 불도저를 다루었다.

전쟁이 끝나고 미국으로 돌아와서도 카피라이터, 출판사 직원, 저작권 에이전트 등 여러 가지 본업에 종사하면서 꾸준히 작품을 발표했다. 왕성한 필력을 자랑한 1940년대와 1950년대가 지나고 1960년대에는 SF 작품의 숫자가 줄어든 대신, (엘러리 퀸 이름으로 대필한 추리 소설도 포함해서) 다른 장르의 작품을 여럿 발표했다. 1966년부터 로스앤젤레스로 거처를 옮겨 〈스타 트렉〉을 비롯한 TV드라마와 영화 대본을 집필했고, 자신의 대표작『인간을 넘어서』를 영화로 만들기 위해 영화계의 또 다른 전설인 오슨 웰스와 의논하기도 했지만 결실을 맺지는 못했다.

스터전은 갑작스러운 영감의 분출로 단기간에 걸작을 완성하기도 했지만, 말년에는 창작 불능(라이터스 블록) 상태가 빈번해지며 작품의 발표 간격과 수준이 불규칙하게 되었다. 1970년에 발표한 단편「느린 조각」으로 휴고상과 네뷸러상을 수상하며 건재를 과시했지만, 이후로는 많은 작품을 내지 못하다가 1985년 5월 8일에 67세를 일기로 사망했다. 사후 10년이 지난 1994년부터 2010년까지 꾸준히 진행된 단편 전집 간행 프로젝트에서는 미발표 작품 포함 총 211편을 전 13권으로 완간해 새로운 세대에게 그의 존재를 다시 한번 각인시켰다.

2.

SF의 황금기(1938~1950)를 대표하는 작가 가운데 하나인 스터전이지만 정작 대중적 인기와는 거리가 멀었다. 대신 그는 기존 SF 작가들과 차별되는 독특한 세계를 구축해 "작가들의 작가"로서 후배 작가들에게 큰 영향력을 발휘했다. 동료 작가 로버트 실버버그의 평가에 따르면, 아시모프와 하인라인 같은 동시대 거장들의 단순하고 직설적인 화법과 달리 스터전의 작품은 섬세함과 교묘함이 돋보였다. 오로지 줄거리와 아이디어로만 승부하던 SF 분야에 순수 문학의 인물과 문체와 주제를 도입해 "SF를 쓰는 새롭고도 신선한 방법"을 보여 준 것이다.

또 다른 동료 작가 피터 S. 비글의 평가 역시 비슷한 맥락에서 스터전이 SF 장르에 기여한 바를 인정한다. "스터전이 이 분야에 등장했던 1940년대 초에만 해도, 최고의 과학 소설 가운데 상당수를 집필한 작가는 십중팔구 이런저런 공학 배경을 지닌 인물이었다. 그러다 보니 (……) 등장인물이 조종하는 로켓이나 사용하는 기계에 대해서는 관심이 많았던 반면, 등장인물의 인간성에 대해서는 훨씬 관심이 덜했다. 반면 테드는 자기 시대의 그 어떤 작가와도 다르게 고독과 고통, 인간의 잔인성과 인간 정신의 갑작스러운 너그러움을 거듭해서 다루었다."

당시로선 독특했던 그의 작품 세계를 잘 보여주는 단편이 (아쉽게도 본서에는 미수록된) 「고독의 비행접시A Saucer of Loneliness」(1953)이다. 평범한 여성이 우연히 마주친 손바닥 크기의 비행접시로부터 어떤 메시지를 건네받는다. 그 메시지의 내용을 알아내려는 정부와 언론의 압박에도 그녀는 끝내 입을 다물고, 외딴 바닷가에 살면서 고독에 관한 시를 종이에 적고 유리병에 넣어 바다에 띄워 보내기를 반복한다. 그녀와 접촉한 작은 비행접시도 사실은 어느 외계인이 고독의 메시지를 담아 우주에 띄워 보낸 일종의 유리병이었기 때문이다.

스터전은 "훌륭한 과학 소설은 과학과 관련된 내용으로 인해 발생한 인간의 문제와 인간의 해법을 담은 이야기"라는 자기 나름의 정의도 내놓은 바 있는데, 사실 SF에 대한 그의 발언 중에서 가장 유명한 것은 "스터전의 법칙"이다. "과학 소설의 90퍼센트는 쓰레기다. 하지만 세상 만물의 90퍼센트는 쓰레기이게 마련이다." 1953년 필라델피아에서 개최된 세계 과학 소설 컨벤션에서 내놓았다고 알려진 이 발언은 순수 문학에 비해 열등하다고 간주되던 장르 문학의 통쾌한 항변이자, 오늘날은 세계 전반에 적용 가능한 법칙으로까지 평가되고 있다.

하지만 스터전은 또 다른 동료 작가의 작품에 묘사된 모습을 통해 가장 많은 독자와 만났다고 할 수 있다. 커트 보니것의 작품에 반복 등장하는 악전고투의 무명 SF 작가 '킬고어 트라우트'의 모델이 바로 스터전이기 때문이다. ('송어'를 뜻하는 '트라우트'라는 성부터가 '철갑상어'를 뜻하는 '스터전'의 패러디이다). 트라우트는 『제5도살장』(1969), 『챔피언들의 아침 식사』(1973), 『제일버드』(1979) 같은 보니것의 대표작과 『타임퀘이크』(1997), 『신의 축복이 있기를, 닥터 키

보키언』(1999) 같은 말년의 작품에서 다양한 역할을 맡아 꾸준히 등장했다.

스터전 사후에 간행된 단편 전집에 기고한 서문에서 보니것은 다음과 같은 일화를 소개했다. "그는 깡마르고 수척했으며, 쥐꼬리만 한 원고료를 받고, 당시에만 해도 게토에 불과했던 과학소설 장르 바깥에서는 인정받지 못했다. 그는 서 있는 상태에서 뒤로 공중제비를 돌 수 있다고 장담했고, 정말로 해냈다. 다만 그는 두 무릎으로 바닥에 떨어졌고, 그 충돌 소리에 집 전체가 흔들렸다. 단언컨대 미국 최고의 작가 중 한 명이었던 그가 고통 속에서 민망하게 웃으며 자리에서 일어났을 때, 딱 그 순간만큼은 그가 바로 킬고어 트라우트의 모델이었다."

3.

이 책에 수록된 작품들의 배경에 관해서 간략히 해설하자면 다음과 같다. (아래의 서지사항 및 해설은 스터전 단편 전집 각 권의 말미에 수록된 해설을 참고했다).

(1) 천둥과 장미Thunder and Roses

《어스타운딩 사이언스 픽션Astounding Science Fiction》 1947년 11월호에 최초 발표되었다. 스터전은 1940년에 발표한 단편 「아트난 과정Art-nan Process」에서 우라늄 235의 추출 과정을 언급한 바 있었는데, 훗날 이 원료를 이용한 원자폭탄이 히로시마에 떨어졌다는 소식을 접하고 큰 충격을 받았다. 단편 「천둥과 장미」는 작중에도 언급된 『하나의 세계, 아니면 끝장』이라는 반핵 선전물에 대한 대중의 반응이 미미한 것에 좌절감을 느끼고 집필했다고 전한다. 본문에도 나온 노래 「천둥과 장미」는 스터전의 창작으로, 그의 또 다른 단편 「다시 추수감사Thanksgiving Again」(1939)에도 언급된다.

(2) 황금 나선The Golden Helix

《스릴링 원더 스토리즈Thrilling Wonder Stories》 1954년 여름호에 최초 발표되었다. 흥미롭게도 왓슨과 크릭의 DNA "이중 나선" 구조 발견이 이루어진 1953년에 집필되어 그 이듬해에 발표되었지만, 이 단편에서 묘사되는 "황금 나선"은 실제 DNA 구조와는 무관한 독립적 상상의 산물이다. 하지만 평소에 스터전에게 호의를 보였던 존 캠벨은 "제목이 가리키는 상징이 순환을 가리키는 반면, 정작 내용에서는 퇴보밖에 묘사되지 않는다"는 이유로 이 원고를 비판하며 구매하지 않았다.

(3) 영웅 코스텔로 씨Mr. Costello, Hero

《갤럭시 사이언스 픽션Galaxy Science Fiction》 1953년 12월호에 최초 발표되었다. 현대판 마녀사냥이었던 맥카시 청문회 당시의 뒤숭숭한 분위기 속에서 그 모든 소동의 원인인 조 맥카시에 대한 풍자로 작정하고 쓴 것이다. 원고 집필 당시의 제목은 "절대 혼자 있지 마라Never Alone"였지만, 스터전은 이 제목 대신 "코스텔로 씨"나 "영웅" 가운데 하나로 정하자고 제안했다. 결국 두 가지 모두를 합친 "영웅 코스텔로 씨"가 제목으로 결정되었다.

(4) 비앙카의 손Bianca's Hands

《아거시Argosy》 1947년 5월호에 최초 발표되었다. 실제로는 1939년에 완성했지만, 당시로선 충격적인 내용이었기 때문에 기존에 거래하던 여러 에이전트와 편집자로부터 줄줄이 거절당했다(심지어 '이런 내용을 쓸 수 있는 사람의 작품 따위는 구입하지 않겠다'고 단언한 사람도 있었다). 낙담한 스터전은 미국이 아니라 영국 잡지 《아거시》의 상금 1천 달러짜리 단편 공모상에 이 작품을 제출했는데, 결국 그레이엄 그린의 작품을 꺾고 1위를 차지해서 세상에 모습을 드러낼 수 있었다.

스터전의 회고에 따르면, 한 편집자의 의뢰로 스포츠 소재의 단편을 집필하는 중에 갑작스레 영감이 떠올랐고, 애써 무시하려 했지만 계속해서 머릿속을 맴도는 바람에 원래 쓰던 작품을 포기하고 불과 서너 시간 만에 일필휘지로 완성했다고 한다. 아울러 이 작품이 우여곡절 끝에 성공하는 것을 지켜보며 전업 작가로서의 자신감을 얻게 되었다고 한다. 스터전은 본인의 작품 중에서 「비앙카의 손」을 가장 좋아해서, 서인도제도 체류 시절에는 순수하게 기억만으로도 작품 전체를 다시 옮겨 쓰기도 했다고 전한다.

(5) 재너두의 기술The Skills of Xanadu

《갤럭시 사이언스 픽션》 1956년 7월호에 최초 발표되었다. 사반세기 뒤에 이 작품을 재수록한 단편집 서문에서 스터전은 소설가 토니 모리슨의 1979년 바드 대학 졸업식 연설의 한 대목이 「재너두의 기술」을 한 마디로 요약한 셈이라고 지적했다. 즉 남을 자유롭게 만드는 데 쓰지 못한다면 내 자유는 무용지물이며, 남을 행복하게 만드는 데

쓰지 못한다면 내 행복은 무용지물이라는 요지의 이야기였다. '재너두'는 콜리지의 시 「쿠빌라이 칸」에서 황제의 궁전이 있던 장소로 묘사된 상도上都의 영어식 이름인데, 콜리지 이후로 영어권에서는 이 지명이 목가적 아름다움을 지닌 장소의 대명사로 통용되었기 때문이다.

(6) 킬도저! Killdozer!

《어스타운딩 사이언스 픽션》 1944년 11월호에 최초 발표되었다. 1942~1943년에 자메이카와 푸에르토리코의 미군 기지 및 비행장 건설 현장에서 중장비 기사로 일한 경험이 반영된 작품이다. 스터전의 경력 초기에 가장 큰 성공을 거둔 작품인 동시에, 1940~1946년의 기나긴 창작 불능(라이터스 블록) 기간에 나온 이례적인 작품이기도 하다. 1944년 봄에 다른 작품을 집필하던 중에 갑작스러운 영감이 떠올라 9일 만에 완성했다고 전한다.

초고의 제목은 "데이지 에타"였다가 훗날 "킬도저!"로 바뀌었으며, 1959년에 영화화 이야기가 나오면서 결말도 약간 수정되었다. 즉 원래는 공사 중인 비행장을 일본군 폭격기 편대가 급습하는 것으로 끝났지만, 수정 후에는 지금처럼 미국이 비밀리에 개발 시험 중인 미사일이 떨어지는 것으로 끝나게 되었다. 훗날 미국 ABC에서 TV 영화로 제작해서 1974년 2월 2일에 방영했으며, 스터전도 각색에 관여했지만 최종 결과물에는 불만을 표시했다.

스터전은 전시에 중장비 운전을 배우면서 불도저에 각별히 매료되었다고 전하는데, 그래서인지 불도저를 소재로 한 단편이 몇 가지 더 있다. 「불도저는 명사다Bulldozer Is a Noun」(1945)는 미래의 인류가 파편적인 증거를 토대로 '불도저'라는 과거 기술의 존재를 추정하는 내용이고, 「억압해제Abreaction」(1948)는 (이번에는 D-7이 아니라 D-8) 불도저를 운전하던 중에 외계 행성으로 전이된 한 불도저 기사의 모험담이다.

(7) 밝은 부분Bright Segment

스터전의 단편집 『캐비어Cavier』(1955)에 수록되어 최초 발표되었다. 실제로는 꽤 오래 전부터 구상했지만 과학 소설이 아닌 까닭에 판매되지 않을 것이라고 예상해 집필을 미루다가, 곧 간행될 단편집에 들어갈 신작을 써 달라는 출판사의 의뢰로 집필했다는 뒷이야기가 있다. 1974년에 프랑스에서 TV용 영화로 제작되어 방영되었으며, 스터전은 그 각색과 영상 모두에 매우 흡족해 하면서 훗날 강연회와 낭독회에서 상영하곤 했다.

(8) 이성The Sex Opposite

《판타스틱 스토리즈》 1952년 가을호에 최초 발표되었다. "반세기 동안 스터전은 우리에게 한 가지 메시지를 거듭해서 전달했다. (……) '서로 사랑하라.'" 로버트 하인라인의 이 말처럼 스터전은 사랑의 문제에 오래 천착했는데, 사랑의 본질을 완전히 이해할 수 있다면 인간의 협동, 창의적 영감, 자기희생, 이타주의 같은 놀라운 특성을 이해할 수 있으리라는 기대 때문이었다. 스터전은 특히 무성생식의 한 가지 방법인 연접連接에 매료되어 단편 「그건 연접이 아니었다It wasn't Syzygy」(1948)와 「완벽한 숙주The Perfect Host」(1948)에서 연이어 소재로 사용했다. 급기야 몇 년 뒤에 간행된 「이성」을 읽은 제임스 블리시가 '왜 스터전은 연접 이야기를 반복하느냐?'고 공개

비판하자, 스터전은 「왜 이렇게 연접 이야기가 많은가?Why So Much Syzygy?」(1953)라는 에세이로 공개 답변에 나서기도 했다.

(9) 〔위젯〕, 〔와젯〕, 보프 The [Widget], the [Wadget], and Boff

《매거진 오브 팬터지 앤드 사이언스 픽션The Magazine of Fantasy and Science Fiction》 1955년 11월~12월호에 최초 발표되었다. 이른바 "다음 질문 던지기"라는 스터전 특유의 비판적 사고방식이 내용 중에 소개된 작품이기도 하며, 작품에서 등장인물 각자가 경험하는 '인생을 바꿔놓는 계시의 순간'은 스터전이 여러 가지 치료 요법을 통해 직접 경험한 것을 토대로 삼았다.

(10) 그것 It

《언노운Unknown》 1940년 8월호에 최초 발표되었다. 첫 번째 아내인 도로시 필링게임과의 신혼여행 중에 갑작스러운 영감에 사로잡혀 불과 10시간 만에 완성했으며, 스터전에게 전업 작가로서의 진짜 성공을 가져다 준 최초의 작품이었다. 1975년에 그는 뜻밖에 샌디에이고 코믹콘에 초청되어서 레이 브래드버리가 건네주는 '황금잉크병Golden Ink Pot' 상을 받았는데, 「그것」이 후대의 여러 작가들에게 끼친 영향력을 인정받아 수상하게 되었음을 뒤늦게 알고 감격했다고 전한다. 브래드버리는 이 작품을 가리켜 "이 장르의 가장 뛰어난 괴기물 가운데 하나로 오랫동안 남아 있을 것"이라고 격찬했다.

(11) 사고방식 A Way of Thinking

《어메이징 스토리즈Amazing Stories》 1953년 10~11월호에 최초 발

표되었다. 스터전의 자전 에세이에 따르면, 작품의 주인공 켈리는 실존 인물이며 (나중에는 교도소에 들어간 것으로 전해 들었다고 말한다) 작중에 묘사된 그에 관한 몇 가지 일화도 모두 사실이었다.

(12) 바다를 잃어버린 사람 The Man Who Lost the Sea

《매거진 오브 팬터지 앤드 사이언스 픽션The Magazine of Fantasy and Science Fiction》 1959년 10월호에 최초 발표되었다. 스터전은 이 작품의 초고가 마음에 들지 않는다며 수개월에 걸쳐 퇴고하면서 원래 분량의 4분의 1로 줄였는데, 그러다 보니 이때까지 쓴 이야기 중에서 가장 오래 붙잡고 다듬은 작품이 되고 말았다. 심지어 아내와 어머니조차도 읽고 나서 제대로 이해하지 못하겠다는 반응을 드러내서 작가를 실망시켰다. 그러다가 마침 한 잡지사에서 원고를 찾는다기에 제출했는데, 의외로 게재 후에 반응이 좋아서 1959년에 마사 폴리Marta Foley의 연간 간행물인 『미국 단편 걸작선Best American Short Stories』에 수록되었고, 휴고상 단편 부문 후보로도 올랐다.

코니 윌리스는 이 작품을 "그의 최고의 단편"으로 단언했다. "이것이야말로 명석하고, 잔혹하고, 아름답게 쓴 단편이며, 이와 동시에 가슴 미어지고 높이 치솟을 만큼 의기양양하다. 지금까지 그가 쓴 것 중에서도 최고이다. (……) 이 단편은 다른 어떤 과학 소설 단편과도 다르다. 독특한 것이다." 아서 클라크도 스터전의 단편 가운데 이 작품을 가장 좋아한다고 말했다. "「바다를 잃어버린 사람」은 복잡한 의식의 흐름 단편으로 많은 독자를 당혹스럽게 했을 것이다. (……) 나는 이 작품을 다시 읽을 때마다 목덜미가 오싹해지는 느낌이다."

(13) 느린 조각 Slow Sculpture

《갤럭시Galaxy》 1970년 2월호에 최초 발표되었다. 1960년대 내내 활동이 뜸하던 스터전은 1970년에 이 작품으로 복귀해 단편 부문 네뷸러상과 휴고상을 수상했다. 말년에 동거하던 애인 위나 골든과 한 파티에 참석해서 분재를 구경하고 돌아오는 길에, 분재의 형성이 인간의 형성에 대한 은유일 수 있을 터이고, 분재야말로 느린 조각이라는 그녀의 말에 아이디어를 얻었다고 한다.

4.

이 책은 시어도어 스터전의 단편 13편을 수록한 선집(*Selected Stories* by Theodore Sturgeon. New York: Vintage Books, 2000)의 완역본이다. SF 분야 대표작뿐만 아니라 공포/스릴러 분야의 대표작까지 수록한 선집이기 때문에, 단권 분량으로 스터전의 다양한 면모를 살펴볼 수 있는 좋은 기회가 되리라 생각한다.* 역자후기에 수록한 저자의 생애, 작품 세계, 수록 작품 해설은 단편 전집(*The*

* 참고로 본서 이외에 우리나라에 간행된 시어도어 스터전의 작품은 다음과 같다:
  (1) 『인간을 넘어서More Than Human』(신영희 옮김, 그리폰북스 010, 시공사, 1998). 1952년에 발표한 중편 「아기는 세 살The Baby is Three」에다가, 내용상 전편에 해당하는 「이상한 바보The Fabulous Idiot」와 후편에 해당하는 「도덕성Morality」을 새로 쓰고 덧붙여서 1953년에 장편으로 개작한 작품이다. 장편으로 재발매된 「아기는 세 살」의 내용은 최초 발표 당시의 단편과 약간 다르다.
  (2) 「소우주의 신Microcosmic God」, 『SF 명예의 전당 2: 화성의 오디세이』(최세진 외 옮김, 오멜라스, 2010). 1941년에 발표한 단편이다.
  (3) 「아기는 세 살The Baby is Three」, 『SF 명예의 전당 4: 거기 누구냐?』(박상준 외 옮김, 오멜라스, 2011). 시공사에서 간행된 『인간을 넘어서』의 제2장을 수정해서 재수록했다.

Complete Stories of Theodore Sturgeon, Vol. I-XIII. Berkeley, CA: North Atlantic Books, 1994~2001)의 서문과 해설을 참고했다.

시어도어 스터전 연보

1918 2월 26일 뉴욕주州 스테이튼아일랜드에서 출생. 본명은 에드워드 해밀턴 월도Edward Hamilton Waldo.

1929 어머니의 재혼으로 새아버지의 성을 따라 시어도어 해밀턴 스터전Theodore Hamilton Sturgeon으로 개명.

1935 선원으로 취업해서 화물선의 기관실에서 일하기 시작.

1937 단편 「피부가 벗겨지는 바보Derm Fool」를 처음으로 맥클루어 신디케이트에 판매.(3년 뒤 《언노운Unknown》 1940년 3월호에 간행.)

1939	선원 생활을 청산하고 뉴욕으로 이주. 최초의 SF 단편 「에테르 호흡자Ether Breather」를 《어스타운딩Astounding》에 간행.
1940	도로시 필링게임Dorothe Fillingame과 첫 번째 결혼. 단편 「그것It」 간행. 이해 5월부터 이듬해 3월까지 가족과 함께 자메이카로 가서 친척 소유의 휴양 호텔 운영.
1941	태평양 전쟁 발발로 호텔 운영이 어려워지자, 자메이카와 푸에르토리코에서 미국 육군의 하청 근로자로 일하며 중장비 운전을 배움.
1944	미국으로 돌아와 광고 회사에서 카피라이터로 일함. 단편 「킬도저!Killdozer!」 간행.
1945	도로시와 이혼.
1946	저작권 에이전트로 일함.(제임스 블리시와 데이먼 나이트 등의 작가를 대리했으며, 나중에 스콧 메레디스 에이전시로 사업을 넘김).
1947	단편 「천둥과 장미Thunder and Roses」 간행. 단편 「비앙카의 손Bianca's Hands」으로 영국 잡지 《아거시》 공모상 수상.
1948	타임사社, Time, Inc.에서 일하며 《포춘》 지의 홍보 업무를 담당. 단

편집 『마법 없이Without Sorcery』 간행.

1949 메리 메이어Mary Mair와 두 번째 결혼. 타임사에서 승진해서 국제판 업무를 담당.

1950 장편 『꿈꾸는 보석들The Dreaming Jewels』 간행.(훗날 『합성 인간The Synthetic Man』이란 제목으로 재간행).

1951 메리와 이혼.

1952 단편 「이성The Sex Opposite」 간행. 단편 「아기는 세 살The Baby is Three」 간행.(이듬해 장편 『인간을 넘어서』의 일부로 편입).

1953 매리언 맥게이헌Marion McGahan과 세 번째 결혼. 단편 「영웅 코스텔로 씨Mr. Costello, Hero」, 단편 「사고방식A Way of Thinking」, 장편 『인간을 넘어서More Than Human』, 단편집 『에 플루리부스 유니콘E Pluribus Unicorn』 간행.

1954 단편 「황금 나선The Golden Helix」 간행. 장편 『인간을 넘어서』로 국제환상문학상 수상.

1955 단편 「밝은 부분Bright Segment」, 단편 「〔위젯〕, 〔와젯〕, 보프The [Widget], the [Wadget], and Boff」, 단편집 『집으로 가는 길A Way Home』, 단편집 『캐비아Caviar』 간행.

1956 단편 「재너두의 기술The Skills of Xanadu」 간행.

1958 단편집 『낯선 손길A Touch of Strange』 간행. 장편 『우주 강간Cosmic Rape』 간행.(훗날 『메두사와의 결혼To Marry Medusa』으로 개작).

1959 단편 「바다를 잃어버린 사람The Man Who Lost the Sea」, 단편집 『외계인 4Alien 4』 간행.

1960 장편 『비너스 플러스 XVenus Plus X』, 단편집 『너머Beyond』 간행.

1961 장편 『당신의 피 약간Some of Your Blood』 간행.

1962 단편집 『궤도 상의 스터전Sturgeon in Orbit』 간행.

1963 엘러리 퀸의 이름으로 대필한 추리 장편 『저편의 선수The Player On the Other Side』 간행.(이 작품으로 이듬해 에드거상 최종 후보까지 오름).

1966 단편집 『별빛Starshine』 간행. 로스앤젤레스로 이주해 한동안 할란 엘리슨과 동거. 이후 1975년까지 〈스타 트렉〉을 비롯한 여러 텔레비전 드라마의 대본을 집필.

1968 엘러리 퀸의 이름으로 대필한 두 번째 추리 장편 『놋쇠의 집The House of Brass』 간행.

1969 위나 골든Wina Golden과 동거 생활 시작.

1970 단편「느린 조각Slow Sculpture」 간행.(이 작품으로 1970년에 네뷸러상, 1971년에 휴고상 수상).

1971 단편집『스터전은 무사히 살아 있다……Sturgeon Is Alive and Well……』 간행.

1972 단편집『시어도어 스터전의 세계들The Worlds of Theodore Sturgeon』 간행.

1973 단편집『스터전의 서부Sturgeon's West』 간행.

1974 위나 골든과 결별.

1975 샌디에이고 코믹콘에서 '황금잉크병Golden Ink Pot' 상을 수상. 단편집『케이스와 몽상가Case and the Dreamer』 간행.

1976 제인 태너힐 잉글하트Jane Tannehill Englehart와 동거 생활 시작.

1978 단편집『선견과 모험가Visions and Venturers』 간행.

1979 단편집『별들은 스틱스The Stars are the Styx』, 단편집『황금 나선The Golden Helix』 간행.

1985 5월 8일 오리건주州 유진에서 67세를 일기로 사망.

세계문학 단편선을 펴내며

세상의 모든 이야기는 단편으로 시작되었다. 성서와 그리스 신화를 비롯해 인류의 많은 신화와 설화는 단편의 형식으로 사물의 기원, 제도와 금기의 탄생, 운명이라는 이름의 삶의 보편적 형식을 설명했다.

〈세계문학 단편선〉은 모든 산문의 형식 중 가장 응축적이고 예술성이 높은 단편소설에 포커스를 맞추어 세계문학을 바라보는 새로운 관점을 제시하고자 한다. 단편소설을 언급할 때 빼놓을 수 없는 작가들의 작품들은 물론이고, 한두 편의 장편소설로만 우리에게 알려진 세계적 작가들이 남긴 주옥같은 단편들을 통해 대가의 진면모를 총체적으로 바라볼 수 있게 할 것이다. 또한 우리에게 문학의 변방으로 여겨져 왔던 나라들의 대표적 단편 작가들도 활발히 소개할 것이며 이미 순문학과의 경계가 불분명해진 장르문학의 형성과 발전에 크게 기여한 작가들의 작품 역시 새롭게 조명해 나갈 것이다.

에드거 앨런 포는 문학작품은 독자가 앉은자리에서 다 읽을 수 있을 정도로 짧아야 한다고 했다. 바쁜 일상의 삶을 사는 현대인들에게 〈세계문학 단편선〉은 삶과 사회, 나아가 세계를 바라볼 수 있게 하는 더할 나위 없이 좋은 친구가 될 것이라 확신한다.

21세기인 현재에 이르기까지 단편소설은 그리스 신화가 그러했듯이 삶의 불변하는 조건들을 응축된 예술적 형식으로 꾸준히 생산해 왔다. 그리고 새로운 문학적 기법과 실험적 시도를 통해 단편소설은 현재도 계속 진화, 확장되고 있다. 작가의 치열한 예술적 열정이 가장 뜨겁게 반영된 다양한 개성으로 빛나는 정교한 단편들을 통해 문학의 진정한 존재 이유를 독자들이 느낄 수 있기를 소망하며 이번 〈세계문학 단편선〉을 펴낸다.

현대문학 편집부

H 세계문학 단편선

01 어니스트 헤밍웨이
킬리만자로의 눈 외 31편
하창수 옮김 | 548면 | 값 15,000원

02 윌리엄 포크너
에밀리에게 바치는 한 송이 장미 외 11편
하창수 옮김 | 460면 | 값 14,000원

03 토마스 만
베네치아에서의 죽음 외 11편
박종대 옮김 | 432면 | 값 14,000원

04 대실 해밋
중국 여인들의 죽음 외 8편
변용란 옮김 | 620면 | 값 16,000원

05 데이먼 러니언
세라 브라운 양 이야기 외 24편
권영주 옮김 | 440면 | 값 14,000원

06 허버트 조지 웰스
눈먼 자들의 나라 외 32편
최용준 옮김 | 656면 | 값 16,000원

07 하워드 필립스 러브크래프트
크툴루의 부름 외 12편
김지현 옮김 | 380면 | 값 12,000원

08 오 헨리
휘멘의 지침서 외 55편
고정아 옮김 | 652면 | 값 16,000원

09 기 드 모파상
비곗덩어리 외 62편
최정수 옮김 | 808면 | 값 17,000원

10 대프니 듀 모리에
지금 쳐다보지 마 외 8편
이상원 옮김 | 380면 | 값 12,000원

11 사이트 파이크 아바스야느크
세상을 사고 싶은 남자 외 38편
이난아 옮김 | 424면 | 값 13,000원

12 플래너리 오코너
오르는 것은 모두 한데 모인다 외 30편
고정아 옮김 | 756면 | 값 17,000원

13 몬터규 로즈 제임스
호각을 불면 내가 찾아가겠네, 그대여 외 32편
조호근 옮김 | 676면 | 값 16,000원

14 로버트 루이스 스티븐슨
지킬 박사와 하이드 씨의 기이한 사례 외 7편
이종인 옮김 | 504면 | 값 14,000원

15 윌리엄 트레버
그 시절의 연인들 외 22편
이선혜 옮김 | 616면 | 값 16,000원

16 잭 런던
들길을 가는 사내에게 건배 외 24편
고정아 옮김 | 552면 | 값 15,000원

17 허먼 멜빌
선원, 빌리 버드 외 6편
김훈 옮김 | 476면 | 값 14,000원

18 레이 브래드버리
태양의 황금 사과 외 31편
조호근 옮김 | 556면 | 값 15,000원

19 제임스 서버
원십 부부의 결별 외 35편
오세원 옮김 | 384면 | 값 12,000원

20 랭스턴 휴스
내가 연주하는 블루스 외 40편
오세원 옮김 | 440면 | 값 14,000원

21 오에 겐자부로
사육 외 22편
박승애 옮김 | 776면 | 값 18,000원

22 레이먼드 챈들러
밀고자 외 8편
승영조 옮김 | 600면 | 값 16,000원

23 사키
스레드니 바슈타르 외 70편
김석희 옮김 | 608면 | 값 16,000원

24 그레이엄 그린
정원 아래서 외 52편
서창렬 옮김 | 964면 | 값 20,000원

25 제임스 그레이엄 밸러드
시간의 목소리 외 24편
조호근 옮김 | 724면 | 값 17,000원

26 조지프 러디어드 키플링
왕이 되려 한 남자 외 24편
이종인 옮김 | 704면 | 값 17,000원

27 프랜시스 스콧 피츠제럴드 1
벤저민 버튼에게 일어난 기이한 현상 외 13편
하창수 옮김 | 640면 | 값 16,000원

28 프랜시스 스콧 피츠제럴드 2
바빌론에 다시 갔다 외 15편
하창수 옮김 | 576면 | 값 15,000원

29 알퐁스 도데
아를의 여인 외 24편
임희근 옮김 | 356면 | 값 13,000원

30 캐서린 앤 포터
오랜 죽음의 운명 외 19편
김지현 옮김 | 864면 | 값 19,000원

31 헨리 제임스
나사의 회전 외 7편
이종인 옮김 | 660면 | 값 16,000원

32 진 리스
한잠 자고 나면 괜찮을 거예요, 부인 외 50편
정소영 옮김 | 600면 | 값 16,000원

33 펠럼 그렌빌 우드하우스
편집자는 후회한다 외 38편
김승욱 옮김 | 1172면 | 값 23,000원

34 유도라 웰티
내가 우체국에서 사는 이유 외 31편
정소영 옮김 | 844면 | 값 19,000원

35 아돌포 비오이 카사레스
눈의 위증 외 13편
송병선 옮김 | 492면 | 값 15,000원

36 리처드 매시슨
2만 피트 상공의 악몽 외 32편
최필원 옮김 | 644면 | 값 17,000원

37 프란츠 카프카
변신 외 77편
박병덕 옮김 | 840면 | 값 19,000원

38 시어도어 스터전
황금 나선 외 12편
박중서 옮김 | 792면 | 값 19,000원

39 윌키 콜린스
꿈속의 여인 외 9편
박산호 옮김 | 564면 | 값 16,000원

40 스타니스와프 렘
미래학 학회 외 14편
이지원 · 정보라 옮김 | 660면 | 값 17,000원

※ 〈세계문학 단편선〉은 계속 출간됩니다.

시어도어 스터전

초판 1쇄 펴낸날 2020년 7월 31일
초판 2쇄 펴낸날 2022년 1월 31일

지은이 시어도어 스터전
옮긴이 박중서
펴낸이 김영정

펴낸곳 (주)현대문학
등록번호 제1-452호
주소 06532 서울시 서초구 신반포로 321(잠원동, 미래엔)
전화 02-2017-0280
팩스 02-516-5433
홈페이지 www.hdmh.co.kr

ISBN 979-11-90885-21-8 04840
세트 978-89-7275-672-9

* 책값은 뒤표지에 있습니다.
* 파본은 구입처에서 교환해 드립니다.